Métacortex

Liber Mundi II

Maurice G. Dantec

Métacortex

Liber Mundi II

ROMAN

Albin Michel

À Sylvie, à Éva, Angels in the Ring of Fire.

Travaillez pendant que vous avez encore la lumière.

Saint Jean

On pourrait concilier le dogme de la Chute et la théorie de l'Évolution en disant que l'homme remonte vers le lieu d'où il est tombé.

Gustave Thibon

Nous sommes pourtant *autres*. Nous sommes des êtres d'un nouveau genre. Des événements de la taille d'Hiroshima n'attendent pas de savoir si nous voulons bien condescendre à les envisager et à nous mesurer à eux. Ce sont eux qui décident qui est *transformé*.

Günther Anders

Le passé et le futur sont des illusions. Rien ne s'est jamais produit dans le passé. Au moment où cela s'est passé, c'était maintenant. Rien ne se produira jamais dans le futur, cela se produira dans le présent.

Eckhart Tolle

There is so much panic in this world
But we're living in
The best of all possible worlds
No fear of the world,
No fear, no fear of the world
No real bruises I can show
When travelling the world on the radio
No real scars I can display
Burnin'up tomorrow into yesterday
No fear of the world,
No fear, no fear of the world.

(*Fear of the World*, MARTIN FRY/ABC)

LE CRÉPUSCULE DES ANGES

Aucune nation n'a douté qu'il y eût dans le sang une vertu expiatoire…
on croyait (comme on a cru, comme on croira toujours) que l'innocent pouvait payer pour le coupable.

Joseph de Maistre, *Éclaircissements sur les sacrifices.*

Smoke on the water, fire in the sky

Le travail consistait à effectuer le tri entre les morts et les vivants.

D'une part, les morts, le plus simple : masses agglutinées de corps blêmes sous la lumière lunaire, enchevêtrement de chairs sans plus la moindre singularité, ils peuvent encore avoir des corps, même démembrés, mais les macchabées n'ont plus de regard, ils n'ont plus de visage, ils ne ressentent plus aucune peur, ils n'ont plus ni libertés ni obligations, ils sont les plus chanceux d'entre tous.

De l'autre, un peu plus compliqué : les vivants, les survivants plutôt, ceux qui ont encore un visage, sauf qu'il s'agit d'un masque, une bouche pour parler, sauf qu'il s'agit d'un orifice incapable de proférer le moindre son, des yeux pour voir, sauf qu'ils sont tournés vers l'intérieur de leur cerveau détruit, il y a ceux qui ont failli mourir, il y a ceux qui sont presque morts, et il y a ceux qui voudraient l'être.

C'était un travail très simple, routinier, mécanique, répétitif. Le travail d'un prolétaire du désastre, quand il devient monde. C'était le travail d'un flic. Ce n'était pas un travail pire qu'un autre.

Sous la voûte étoilée déjà consumée par les premières lueurs de l'aube, la réalité s'approchait au plus près d'une définition de l'enfer : le fleuve n'était pas en feu, *il était feu*. Les eaux étaient orange pyrique. Le ciel était bleu nuit. Les éléments étaient à leur place. En fait, tout était en ordre.

C'était le monde tel qu'il se configurait à cet instant : le feu du pétrole surgissant des masses aquatiques, attisé par les vents subarctiques, calcinant la terre, alliages chimiques en fusion, un phénomène qui dévorait les aciers les plus résistants.

Description clinique de l'événement qui fait corps avec le brasier liquide : deux navires en perdition. Comme ce monde d'où ils viennent et où ils retournent, où qu'ils aillent, ce monde divisé, clivé, qui pourtant sombre d'un bel ensemble.

Le premier bâtiment est venu s'échouer en se brisant en deux sur les rocs du rivage. Le second coule avec une lenteur régulière dans les eaux glaciales du fleuve, à environ huit cents mètres de la rive. Des nuées de toutes teintes courent sur les flots, des geysers de flammes éclatent à travers les coques incandescentes, il y a un soleil qui se lève avant l'heure, ici. Et il s'est dédoublé, pour plus de sûreté.

Comme tout événement mettant en jeu la pensée tel un département intégré de la technique, la redondance est une condition *sine qua non* de son existence, pensait Paul Verlande. Les habitants d'Hiroshima et de Nagasaki l'avaient appris à leurs dépens, à trois journées d'intervalle.

C'était ici que l'ordre du chaos venait se fracasser dans la violence de la loi, c'était ici que le monde montrait son vrai visage, celui d'un homme tenant une arme contre le front de son voisin, de son ami, de son prochain, de sa progéniture.

C'était un coup de projecteur dirigé droit sur la surface glacée de cet univers en phase terminale dévasté par lui-même, comme les feux invertis d'une DCA astrale chargée d'illuminer le désastre terrestre en son entier. Un million de watts braqués plein pot sur l'enfer incendiaire et mécanique des hommes. C'était à tout point de vue le travail d'un agent de la police provinciale, et tout spécialement d'un membre de son service de renseignement. C'était le travail de Paul Verlande.

L'étape suivante de la Procédure avait pour but de séparer ceux qui mourraient en toute certitude dans les prochaines heures de ceux qui conservaient ne serait-ce qu'une petite chance de survivre, puis de différencier ceux qui nécessitaient interventions lourdes et transferts d'urgence de ceux qui pouvaient se contenter des premiers secours. Ensuite, la Procédure était on ne peut plus claire : opérer la sélection finale entre ceux qui seraient admis directement dans les zones sanitaires de l'ONU et ceux qui transiteraient par les innombrables dispositifs du contrôle frontalier : les secteurs verts, jaunes, orange, rouges, qui quadrillaient le monde de cette héraldique policière née avec le tournant du siècle, c'est-à-dire avec ce moment indicible où son début avait correspondu avec sa fin. La machine était parfaitement au point, elle disperserait les humains matriculés, fichés, cybernétisés, sur l'ensemble du paysage réel et des territoires judiciaires, cliniques, policiers, elle saurait en faire des dispositifs parfaitement usinés pour elle-même.

C'était le monde qu'ils avaient en charge de protéger, sous la lumière des halogènes et des gyrophares. Ce monde qui essayait péniblement de se protéger de lui-même.

Avec des hommes comme lui, les hommes de la nuit en uniforme. Ces hommes qui avaient pour tâche d'agencer le chaos en un ordre plus dangereux encore. Ces hommes dont le métier était de ramasser les décombres laissés sur leur passage par les autres hommes, comme autant de déchets nucléaires, et d'en faire le combustible secret de la Cité.

Paul Verlande se tenait sous la voûte du ciel bleu nuit, le ciel en *dark blue shirt,* le ciel des flics. Comme leurs nouveaux uniformes, il était teinté des peintures de guerre de l'époque, on y trouvait des traces de vert militaire, de variantes camouflage, de métal vert-de-gris, *dark blue,* désormais, c'était le noir qui retenait toutes les couleurs du monde sur sa fin.

Il actionna la commande subvocale greffée à son larynx et les lentilles de contact nano-électroniques incorporées à sa rétine s'allumèrent aussitôt, animant une série d'objets virtuels superposés à son champ de vision. Localisation GPS. Connexion Internet/Intranet avec les différents corps de police, logiciels de traitement de l'information en temps réel, vision augmentée, nocturne, thermique, imagerie de synthèse ; les implants auditifs, intégrés par réseau nanotechnologique à l'ensemble du tympan et du pavillon, triaient les fréquences audibles et les interférences, modifiant certains paramètres sonores pour les rendre plus nets, augmentation sensorielle, adaptation évolutionniste de la technique au cœur de la technique.

La haute technologie devenue *nature naturante* face au paradoxal retour de la sauvagerie par la technique elle-même. Le Monde, ici, rendait vraie l'assertion puérile de Paul Éluard : *La Terre est bleue comme une orange.* Mais c'était pour mieux révéler son sens caché, terriblement dangereux, comme tout poncif : ici la Terre brûlait du bleu profond de la nuit, ici la nuit allumait autant d'océans de feu couleur or dans le ciel, la Terre en *dark blue shirt,* la Terre en code orange général, la Terre Nuit/Feu était l'illustration la plus nette de cette époque où un simple organe valait largement plus qu'un être humain en son entier.

Plus les frontières s'évanouissaient sous le choc des migrations de masse, plus des abîmes insondables s'ouvraient en leur place, la Terre était une arme de destruction massive et elle était la *meilleure* d'entre toutes : celle où l'on est obligé de vivre. Le feu, la nuit, l'or, le carbone, simples variations d'intensité dans le champ quantique, illuminaient de ce clair-obscur élémental le littoral et les structures qui s'y calcinaient alors que la pâle luminosité céleste servait d'écrin vif-argent à ce monde en héraldique orange et bleue, ce monde Nuit/Feu, ce monde des flics, des morts, et de ceux qui regretteraient bien vite d'être encore vivants.

Coordonnées GPS du désastre : 48"22'22.95 N / 69"22'23.02 O. Amérique du Nord, Canada, province de Québec, côte nord du fleuve Saint-Laurent.

Leur monde.

Ce monde où un énorme ferry se consumait sur une plage du Bouclier canadien. Ce monde où un cargo venu des antipodes coulait au milieu des flots glacés de l'océan boréal. Ce monde où des grappes humaines se formaient dans les eaux froides, cernées par des jungles de diesel enflammé, ce monde où des individus s'abandonnaient à la solitude désespérée qui précède la mort par hypothermie, ou par calcination.

Des milliers. Hommes, femmes, enfants, vieillards, toutes générations confondues, toutes ethnies mêlées, toute humanité détruite. Entassés comme du varech géant aux abords du ferry auréolé d'aluminium incandescent, parfois à demi vivants, quoique incapables d'émettre la moindre parole, sinon des plaintes lointaines venant d'un autre monde. Ou bien concentrés en masses flottantes qui dérivaient entre les plaques de glace de la débâcle printanière, leurs hurlements résonnant en échos multiples dans la réverbération naturelle du fleuve et de ses berges.

Dans tous les cas, quel que soit le statut juridique qui leur serait attribué, tous ces réfugiés seraient légalement poursuivis pour une liste interminable de délits commis à l'encontre du délicat écosystème du Saint-Laurent. L'échouage et le naufrage des deux navires détournés depuis l'Afrique seraient condamnés comme dépôt illégal de matériaux dangereux et non recyclables dans un environnement protégé. Les deux ou trois mille corps qui descendraient le fleuve en longs trains d'épaves boursouflées seraient considérés de la même façon. Protéger l'eau potable par tous les moyens, la protéger de tous, surtout de ceux qui ont le plus soif.

Le ballet des projecteurs et l'intense vibration des flammes cernaient le cargo de reflets mordorés et profonds qui accentuaient son aspect spectral et faisaient étinceler vivement la vaste surface plane et blanche du ferry en feu. Celui-ci se dressait sur la plage tel un monument dédié à sa propre consomption, une cathédrale haute de vingt mètres pour plus de cent mètres de long, une pyramide virginale, issue des eaux, faite de plastiques, de polymères, de composite et d'aluminium en fusion. C'était une œuvre d'art. C'était la seule œuvre d'art que méritait cette époque, ce monde bleu et mécanique qui ne cessait de se répliquer dans chaque événement.

Deux tornades incendiaires surgissant des eaux. La pyrotechnie sauvage des colonnes de carburant en feu irisait l'ivoire légèrement métallisé de la quille du ferry échoué et elle éclairait d'une teinte lunaire les eaux noires où la coque sombre du cargo s'engloutissait au rythme régulier, machinal, d'un animal de fer doué du grand calme des cétacés en perdition.

Les jets d'étincelles et les torches géantes se dressaient jusqu'au zénith, embrasant le gaz nocturne plus sûrement qu'un astre explosif. C'était du feu et c'était d'une beauté incomparable.

Le ferry contenait de loin le plus grand nombre de personnes, sans doute des milliers. Sa moitié antérieure s'était quasiment détachée, quille brisée en de multiples points, moteurs noyés, gouvernail démembré, direction, vitesse et puissance hors contrôle, cela avait été vraisemblablement la cause de l'accident. Ensuite, le crash avait déchaîné son lot de conséquences dramatiques : entre les deux morceaux du navire reliés par des pans de métal incandescent à demi liquéfié et quelques structures résilientes, on ne voyait qu'un trou béant où rugissait un brasier à la forte odeur de pétrole. La partie postérieure du bateau était la plus endommagée, sans les hauts-fonds du littoral elle aurait sombré d'un bloc, mais c'est le feu qui y avait propagé sa forge, au point que personne n'avait pu y survivre sans se jeter dans les eaux du fleuve couvertes de vastes nappes de mazout enflammé. Quand l'eau brûle, même l'air est toxique. Quand le feu est aquatique, aucun élément du monde n'est épargné.

Sur ses lentilles de contact, les paramètres du désastre s'affichaient en continu : variations des températures, taux de concentration des gaz, nombre d'humains. À environ un demi-mille nautique, le cargo s'était renversé sur son tribord, les flammes dévoraient toute la coque émergée, authentique vaisseau fantôme, long zeppelin nautique fait de fumées ardentes, de toutes les intensités, de toutes les teintes de la chimie minérale en combustion, il avait déjà piqué du nez dans les eaux du fleuve où il s'enfonçait avec la glaciale patience des condamnés. Autour de sa lourde masse d'acier, on pouvait apercevoir les grappes flottantes d'humains accrochés les uns aux autres ou contraints à la dernière des solitudes par le jeu des flammes mouvantes, on pouvait suivre la course erratique de quelques survivants qui échappaient au brasier métallique en se jetant de la coque comme des lemmings vers leur destin aquatique.

C'était orange, orange et aussi beau qu'une mécanique d'horlogerie au service de la nuit. C'était le monde qu'ils servaient et protégeaient. Le monde qu'ils étaient chargés de garder en l'état, le monde qu'ils avaient pour tâche de faire survivre à tout prix, alors qu'il n'avait plus la moindre valeur, y compris à ses propres yeux.

C'était le monde avec lequel ils allaient sombrer un jour, comme ces milliers d'hommes engloutis dans les ténèbres, ces milliers d'hommes qui avaient quitté de véritables enfers nautiques pour un paradis terrestre plus qu'illusoire.

Plus de victimes que de rescapés, beaucoup moins d'élus que d'appelés, bien plus de morts que de vivants. Des statistiques. Des données sur un disque dur.

Des nombres.

Sur ses optiques défilaient des codes d'identification de toutes provenances, les lentilles oculaires superposaient au monde réel de la catastrophe la symbolique particulière de la loi, comme deux visions jumelles du même univers, deux points de vue complémentaires sur la même Chute.

Verlande fit une pause dans sa marche de contrôle et vérification : chaque chose à sa place, une place pour chaque chose. Les systèmes de détection anti-explosifs, les murs de déflection, les scanners, la panoplie des machines à empreintes, digitales, oculaires, vocales, les sondes de triage ADN, les spectrographes de masse, les tunnels à IRM, à rayons X, les scintillographes, les tomographes à positons, les bulles antivirales et antibactériennes, tout parfaitement nominal. La coordination des diverses forces de police, la disposition de chacun sur la scène de crime, le rythme et la précision du travail fourni. Tout parfaitement nominal. Les morts, les vivants, les refoulés d'office, les acceptés, les contrôlés, les surcontrôlés, ceux qui seraient inculpés sur-le-champ pour un délit ou un autre, ceux qui seraient placés au plus vite en état d'arrestation sur ordre de la GRC, des US Marshals, ou d'un tribunal militaire, ceux qui bientôt auraient disparu dans un centre pénitentiaire secret par simple décret exécutif. *100 % nominal.*

Les hommes qui étaient parvenus à s'extraire des navires en flammes et à rejoindre le rivage fuyaient misère et tyrannies. Ils n'allaient pas tarder à connaître le goût véritable de la liberté.

On pouvait voir les *speed-boats* des gardes-côtes patrouiller systématiquement autour de l'aire de la catastrophe, un hélicoptère de la Marine survolait la zone, des types en costume sombre se tenaient à l'écart et enregistraient eux aussi la scène sous toutes les coutures : des agents du Service Canadien de Renscignement Criminel, d'autres du SCRS[1] et sans doute quelques gars du FBI, il suffisait de repérer les Ray Ban. Devant l'ampleur de l'événement, le gouvernement du Québec avait directement passé le relais à Ottawa. Ce qui signifiait Washington.

Verlande pouvait officiellement passer le relais aux forces de la

1. Service canadien de renseignement et de sécurité.

GRC, en suivant la chaîne de commandement, selon les règles de la Procédure générale.

Tout devait être 100 % nominal. En particulier le chaos.

Le rideau de fer qui s'était abattu sur le Rio Grande cernait désormais l'ensemble du continent nord-américain, sous toutes les formes possibles. Un mur de béton n'est pas forcément le meilleur moyen de protection. Quelques hommes déterminés et un peu d'énergie électrique peuvent s'avérer largement plus efficaces.

Mais c'était la première fois que des réfugiés parvenaient ainsi à remonter le fleuve.

C'était la première fois qu'ils pénétraient par cette voie *à l'intérieur* du continent américain.

Les nomades nautiques n'avaient jamais pu jusque-là franchir Terre-Neuve, et encore moins l'île d'Anticosti, pour naviguer dans les eaux de l'estuaire, en pleine province du Québec. Les Anglais avaient mis un siècle et demi avant d'y parvenir, eux, il ne leur avait fallu que quelques années. Les civilisations s'effondrent toujours beaucoup plus vite qu'elles ne s'érigent.

Les premiers rapports établissaient que les réfugiés avaient eux-mêmes pris d'assaut le ferry sud-africain et le cargo battant pavillon grec au large de la Namibie, environ dix jours auparavant, ils avaient abandonné les équipages dans leurs divers radeaux et barques de fortune avant de cingler vers l'Amérique du Nord, où des pirates venus de Rhode Island les avaient pris en chasse pour s'emparer des navires et de leur cargaison, le matériel humain en premier lieu. Les réfugiés, armés, avaient pu résister aux attaques et aux abordages mais les avaries gravissimes avaient fini par avoir raison des navires.

Ils avaient fui le chaos en se servant du chaos.

Ils venaient de trouver l'ordre, qui ne sert que lui-même.

Bientôt, le monde entier viendrait mourir, ou survivre, ici. Un précédent avait été créé. L'information circulerait à la vitesse de la lumière dans cet univers de ténèbres. Et les ténèbres se mettraient en marche.

Le travail serait alors de plus en plus simple, car les bureaucraties aiment les nombres et les statistiques. On leur donnerait des moyens, ceux qu'ils réclamaient depuis si longtemps. Il y aurait plus encore de bateaux échoués, il y aurait plus encore de réfugiés, de pirates, de désastres, il y aurait plus encore de quadrillages verts, jaunes, orange, rouges, il y aurait toujours plus de destinations carcérales ou sanitaires, il y aurait toujours plus d'alternatives piégées, mais le travail en serait d'autant simplifié. Toute une machinerie létale, complexe, terriblement *intelligente* se mettrait en place.

Et il serait partie intégrante de cette machine qui semblait être la seule force susceptible de se confronter au monde qui l'avait fait naître.

Il avança d'un pas lent en direction de l'énorme ferry échoué sur la rive nord, les flammes dévoraient une bonne moitié du bâtiment et s'étendaient en rosaces de feu entrelacées dans les eaux noires tout autour, au milieu de silhouettes qui s'agitaient en vain, ou qui flottaient, silencieuses, immobiles, étonnamment calmes et insensibles à l'enfer terrestre qui rugissait de toutes parts. Les plaintes et les hurlements des survivants répondaient aux ordres aboyés et aux moteurs des sauveteurs.

Le feu illuminait les ténèbres.

Tout était parfaitement à sa place.

– Verlande ? Paraît que c'est toi qui les as *spottés* en premier ?

La voix, un peu rauque, le fit se retourner. Gary Kirkwood était l'un des meilleurs agents de la GRC en charge de cette partie du territoire.

– Alors ça, toujours aussi chanceux, toi ! Près de 6 000 réfugiés au dernier comptage, une moitié flottant à la dérive, l'autre moitié sauvée par les héros de la Sûreté, un vrai 11-Septembre nautique, les gros titres te feront les honneurs.

– J'étais avec Voronine. On les a *spottés* à deux, Gary. Et on n'est pour rien dans le sauvetage de ces 3 000 types, tu peux me croire. Pour les sauver tous, il nous aurait fallu contrôler autant d'empreintes digitales ou oculaires.

– Vous étiez là les premiers. Vous serez juste à côté l'un de l'autre sur la première page.

– Écoute, si tu veux vraiment savoir, je ne pense pas que la SQ soit en train de me prévoir au casting de la conférence de presse. Ils vont vouloir la coopération de tous les services et ménager le petit ego de chacun, tu connais la musique, en plus il faudra *dealer* avec les Forces canadiennes, je crois qu'ils me préparent un rôle de figurant de seconde zone, et ça m'ira très bien, Gary.

Kirkwood était un des rares *Mounties* avec lesquels il était parvenu à établir des relations qui ressemblaient à des rapports professionnels normaux. Au Canada, et tout particulièrement au Québec, les mots « guerre inter-services » sont de l'ordre de l'euphémisme humoristique. Il avait fallu attendre la première vague planifiée d'attentats sur le sol canadien – un an après l'attaque virologique à la grippe angolaise sur San Francisco et Atlanta, et le méga-incendie criminel qui avait détruit des banlieues et des quartiers entiers de Los Angeles – avec l'opération suicide de Toronto, près de 120 morts, plus du double de blessés graves, sur différentes lignes de métro, de bus et de tramway, pour que les gouvernements locaux, provinciaux et fédéral s'entendent sur le projet de constitution d'une Agence de coordination équivalente au Homeland Department US. Il avait fallu des mois et des mois de batailles parlementaires, de négociations entre les provinces et Ottawa, et entre les provinces elles-mêmes. Le second attentat, à la bombe au radium, au cœur des infrastructures portuaires de la ville de Vancouver, avec ses 500 victimes directes et environ vingt fois plus de contaminés, un vrai miracle à bien y regarder, avait fini par convaincre les machinistes en chef qu'il fallait prendre au plus vite une décision. Et une fois la machine conçue, elle avait commencé sa vie de machine bureaucratique, elle avait commencé à commettre des erreurs.

Il ne faut surtout pas croire que la force d'une bureaucratie réside dans sa capacité de fonctionner sans perpétrer la moindre faute. C'est précisément *l'erreur humaine* entre toutes. *Une bonne bureaucratie est une machine à commettre des erreurs.* La plus grande partie de ses ressources est destinée à les corriger, à les camoufler, à les utiliser comme leurres, voire comme systèmes opérationnels, et à les faire proliférer jusqu'à ce qu'un « changement général du système » devienne inévitable, tel l'*update* d'un ordinateur vieillissant. Et c'est le monde entier qui désormais était en voie d'être *updaté.* On passait à une autre version de l'Humanité, *Homo sapiens sapiens 2.0.* Rien ne permettait d'affirmer qu'il serait meilleur que le modèle précédent.

À l'ouest, vers Québec, le tonnerre gronda, des éclairs jaillirent dans le clair-obscur du matin naissant, la pluie se mit à tomber, froide, extraite d'un glacier lunaire, on annonçait un violent ouragan boréal sur l'Outaouais, l'est de l'Ontario et la région de Montréal pour la journée à venir. Il pouvait distinguer les nuages de traîne de la tempête s'effilocher au-dessus de lui, leur lente mais implacable décomposition indiquant avec l'exactitude des météores l'état du monde à venir. *Tel qu'il était venu, cette nuit.*

Il était temps de reprendre la route.

Sudden Impact

Une heure auparavant, l'aube diffusait ses toutes premières blancheurs en un trait de fuseau albâtre sur l'horizon quand Alexis Voronine, assis sur le siège passager du GMC Yukon XL Hydrion blindé, repeint aux couleurs de la Sûreté, lui avait dit avec son très léger accent slave :

– Tu as pas vu cette lumière, là-bas ?

Verlande conduisait vers l'est, sur la 138, les yeux rivés sur la route, le Saint-Laurent dessinait un long serpent noir à ses côtés, les éoliennes plantées au sommet des collines qui surplombaient la rive sud du fleuve brassaient l'air matinal de leurs pales géantes, dans un ballet parfaitement synchronique, rotors d'hélicoptères posés pour toujours sur les tarmacs des couloirs de vent.

Ils montaient jusqu'à la Côte-Nord pour rencontrer un de leurs informateurs, au sujet du meurtre de deux officiers de police de la ville de Montréal, survenu l'avant-veille dans des conditions douteuses qui avaient fait s'ébattre les flicards des Affaires internes.

Marc Robitaille et William Curtiss. Abattus de sang-froid dans leur voiture de patrouille. C'était très exactement le genre d'affaires qui concernait le service de renseignement de la Sûreté. Ils avaient passé Tadoussac puis ils avaient croisé la grande décharge sauvage des Escoumins, une de ces hautes montagnes d'ordures non recyclables, de produits dangereux, de substances interdites, de matériaux inutilisables pour la nouvelle économie, qui colonisaient peu à peu tous les paysages, urbains comme ruraux. Leurs regards furent attirés simultanément par les fantomatiques éclats qui serpentaient dans les nuées de chlore et de méthane en feux follets bleuâtres, ils pouvaient apercevoir le ballet des divers animaux sauvages qui venaient s'établir dans ces abris géants, chauds, malléables, saturés de matériaux comestibles, dont tous ces stocks de nourriture agricole non agréée jetés aux ordures, l'ultime configuration de la technique devenait la niche écologique de prédilection pour une vie sauvage qui s'adaptait à ce nouveau monde. La chute de l'Homme est concomitante à celle de la Création – affirmait Joseph de Maistre, sans doute un des rares auteurs qui parvenait à maintenir sa conscience *en vie*, en accord avec les scholastiques et les Pères de l'Église. Le règne animal n'échappera pas à la transmutation générale qui est en cours, se disait Verlande, alors qu'ils arrivaient en vue de Forestville. Ils se rapprochaient de Baie-Comeau avec la régularité du *cruise control*, ils pourraient voir Ryan Fortin dès le début de la matinée, l'ancien truand du Plateau Mont-Royal saurait sûrement les aiguiller vers les tueurs de flics. La Sûreté conserverait sa longueur d'avance. Verlande avait jeté un coup d'œil en direction du point que Voronine lui montrait vaguement de son index, complètement sur leur droite, vers le fleuve, au sud-est, derrière eux en fait.

Il n'avait rien vu.

– Quel genre de lumière ?

– Genre rouge, jaune. On aurait dit des flammes.

– Des flammes, tu es sûr de toi ?

– Non, pas à cent pour cent, mais ça ressemblait à une explosion ou à un début d'incendie, une lumière très violente, Paul.

– Mais là il n'y a plus rien, non ?

– Non.

– Alors ce n'est pas un incendie. Tu as dû voir un reflet sur le fleuve... Tout ce qui brille n'est pas feu, ajouta-t-il pour faire le malin.

Il existe des moments où les mots peuvent créer un monde, à tout le moins ce qui est susceptible d'en produire un.

Alors qu'il prononçait les derniers mots de sa phrase, les yeux accrochés à ce morceau d'horizon oriental, la lumière jaillit du fleuve pour inonder les cieux. Elle éclata au-dessus des arbres, des maisons, des entrepôts, des garages, des usines, des hangars désaffectés, des néo-habitats, de tout ce que l'homme et la nature avaient édifié dans le coin. Elle éclata comme une colère venue des abysses. Elle éclata comme un geyser dressé vers le ciel.

Verlande n'avait même pas pilé net, fasciné par la beauté tellurique du spectacle et de ce qu'il signifiait, il freina avec calme, observa la boule orange qui emplissait une bonne portion du ciel bleu nuit, fit demi-tour en silence, aucun crissement de pneus, pas de gomme imprimée sur l'asphalte, rien que la voiture qui inversait sa direction, dans le doux bruissement du V8.

Mais le gyrophare. Plein pot.

C'était un incendie. Un gros.

Il s'était produit une explosion. Très forte.

Cela venait du fleuve. Pire, avaient-ils fini par comprendre : cela venait vraiment *du* fleuve. Quelque chose brûlait sur les rives, voire dans les eaux fluviales elles-mêmes. Un des réservoirs à méthane des centres d'exploitation de la Can-Arctic Gas Union ?

La fréquence des actes de « microterrorisme » – comme les appelaient les experts – suivait une courbe exponentielle depuis quelques années : sabotages industriels, bris de réseaux hydrauliques, électriques, ferroviaires, autoroutiers, attaques de réservoirs pétroliers, empoisonnements de nappes phréatiques ou de rivières, incendies volontaires en milieu urbain, feux de forêts en périodes de sécheresse, inondations et glissements de terrain intentionnels lors des saisons humides, accidents de la route provoqués, destructions de stations-service, sabotages industriels, piratages informatiques de toutes natures, la guerre mondiale s'était imbriquée dans la vie quotidienne au point de devenir un fait divers.

Il fallait immédiatement appeler les secours d'urgence, pompiers et ambulances, tout en s'assurant d'être sur les lieux juste avant eux.

Il composa l'appel de circonstance, son regard ne voulait pas quitter la lumière orange qui ne cessait d'enfler dans le ciel de nuit. Il calcula la distance, ordinateur mental connecté au navigateur de bord digital, au tachymètre, au compte-tours, à l'horloge, au navigateur GPS. Plusieurs routes à emprunter pour accéder à cet endroit particulier du fleuve, quelques antiques débarcadères et entrepôts de poissonnerie désaffectés. Une dizaine de kilomètres à vol d'oiseau, environ le double en suivant le tracé urbain. Voies principales en bon état, voies secondaires plus rustiques : on pouvait espérer 60 à 70 kilomètres-heure de moyenne. Vingt minutes, peut-être un peu plus. Sur la route, ils croisèrent plusieurs groupes de réfugiés nomades qui semblaient fuir, affolés, quelque chose d'indicible : bicyclettes et scooters électriques, motocyclettes à éthanol de contrebande, mobylettes trafiquées, des centaines de véhicules à deux roues se dispersaient en hordes mécaniques depuis les rives où les flammes avaient surgi.

Devant lui, c'est le ciel en son entier qui fulminait d'orange feu.

Qu'est-ce qui pouvait brûler ici avec autant d'intensité, et en si peu de temps ?

Qu'est-ce qui pouvait brûler ainsi au bord, voire *dans* le fleuve ?

C'est à ce moment-là qu'ils les virent.

Qu'ils virent la version 2.0 de l'Humanité. C'est-à-dire la version avancée, terminale, de la Chute.

C'est à ce moment-là qu'ils comprirent. Ils comprirent ce qui brûlait sur le fleuve, ils comprirent que rien ne serait jamais plus comme avant, ils comprirent qu'ils étaient seuls et qu'en fait, ils ne servaient et protégeaient qu'un désastre depuis longtemps survenu.

Silhouettes mobiles en translations diaphanes, piégées dans la lumière de la lune et des étoiles, se regroupant vers la route comme des essaims d'insectes aspirés par la lumière quand passe le GMC Yukon Hydrion vert-de-gris métallisé et son gyrophare. Ils étaient déjà nombreux, une bonne centaine. Ils seraient très vite beaucoup plus.

C'était comme les abords immédiats d'une zone de guerre, ou d'un crash d'avion. Qu'est-ce qui pouvait provoquer un tel volume de feu en aussi peu de temps, qu'est-ce qui pouvait provoquer la fuite de tant de rescapés ? Une simple alternative, explosive dans les deux cas. On avait fait exploser une bombe dans un stock méthanier des bords du fleuve, ou alors on s'en était pris à un des traversiers nocturnes qui franchissent l'estuaire aux environs de Tadoussac. On s'en était pris à la frontière.

La dernière frontière.

– Qu'est-ce qu'on fait ? On s'arrête pas ?

– Il faut tout de suite constater les dégâts, informer la chaîne de commandement et établir un périmètre de sécurité, les premiers secours les prendront en charge.

– Paul, ils étaient des dizaines, plus de cent, et on n'aurait pas dit des gens du coin, qu'est-ce qui a vraiment explosé, un tanker ?

Verlande se doutait de ce qui avait détoné sur le fleuve. Il ignorait simplement l'ampleur et la nature exacte, tout à fait particulière, de la catastrophe. Il ignorait même encore qu'une catastrophe initiale venait de se produire, primitive d'une longue série qui finirait par être indiscernable de la vie quotidienne à venir. Pourtant une intuition lui fit dire :

– Ce qui a explosé, c'est leur soi-disant filet de sécurité, Alex. Ce qui a explosé, c'est la frontière nord-américaine.

La horde des survivants était formée de conglomérats de fortune nés des seules contingences de la survie. Il avait pu, à la lumière des phares, apercevoir du sang sur les vêtements déchiquetés, il avait discerné des membres abîmés, tordus, cassés, des visages couverts de contusions, il avait machinalement noté la présence de plaques brunâtres autour de chevelures consumées ainsi que des lambeaux de chair sanguinolents qui ne tenaient parfois plus qu'à un tendon et qui indiquaient la présence de brûlures en profondeur. Certains restaient seuls, prostrés dans une broussaille, d'autres se réunissaient spontanément et s'agitaient frénétiquement au passage de la voiture illuminée de son gyrophare. Certains criaient, d'autres émettaient des signes de la main. Mais aucun ne tenta de se mettre en travers de leur route. Verlande comprit intuitivement que ce n'était pas tant la peur de la mort qui les arrêtait ainsi au bord de la chaussée que la présence luminescente du gyrophare bleu-orange couplé au son de la sirène. Ce qui les faisait étrangement reculer alors que tout était joué, qu'ils avaient survécu au désastre, qu'ils avaient pénétré la frontière, qu'ils avaient déjoué les systèmes de sécurité et qu'ils étaient absolument prêts à tout, c'était la présence pyrotechnique de la loi, qui venait se confronter à celle de la grande boule orange.

Verlande poursuivit sa course en direction de la lumière qui repeignait les cieux de pétrole enflammé. Ces hommes, ces femmes, ces enfants étaient des êtres humains, évidemment. Mais Verlande savait fort bien que cela ne leur conférait aucune dignité supplémentaire. Au contraire. Selon les cours en vigueur à l'époque, un être humain valait à peu près le prix d'un appareil électroménager d'occasion, et encore, aucun être humain ne sait maintenir d'aliments au frais durant des jours, et cela sans compromettre la délicate couche d'ozone qui entoure la planète. Il ne propose pas plusieurs programmes de lavage et d'essorage et capte très mal les émissions de satellite. À bien des égards, il se révélait d'un usage bien moins pratique. Un sentiment mêlé de nostalgie, de compassion, et peut-être de narcissisme, nous faisait encore nous considérer comme de quelque valeur, mais il ne fallait pas se bercer d'illusions, Verlande devinait que l'Humanité version 2.0 ne serait pas moins impitoyable pour la première que le *Sapiens* l'avait été pour son prédécesseur Neandertal.

Le meilleur prédateur est celui qui a été proie, le pire des bourreaux a subi les affres de la victime. Quand vous valez à peine le prix d'un demi-réfrigérateur, vous n'éprouvez aucune difficulté à considérer vos frères humains comme des pièces de rechange.

Voronine n'avait rien répondu. Verlande savait qu'il avait parfaitement compris. Leur informateur de la Côte-Nord attendrait. La Sûreté devait être la première sur les lieux, avant même la flicaille locale, le Service de Police de Baie-Comeau, de Sept-Îles, de Tadoussac, voire de Québec, il fallait tous les griller, SCRC, SCRS, Forces canadiennes et GRC comprises, bien entendu.

Seuls les ennemis méritent, parfois, une once de commisération. Un allié, quel qu'il soit, doit toujours être traité de la façon la plus implacable.

C'est ainsi que le monde orange et bleu comme une machine s'offrit à leur vue alors qu'ils faisaient irruption sur le débarcadère qui longeait le rivage. C'est ainsi qu'ils coururent vers la plage en flammes sous le ciel d'or fondu, c'est ainsi qu'ils firent face au double désastre, le ferry tel un monument pyramidal venant de s'effondrer dans une boule de feu explosive, le cargo mourant lentement derrière un écran de nuées et de spirales fuligineuses, disparaissant tel un ectoplasme avant même son engloutissement dans les eaux. Il n'y avait ici que du feu et de l'eau, il n'y avait que de l'eau et du feu trépanant l'acier et les chairs.

Le hold-up du siècle venait d'être commis et c'est tout le siècle qui allait être dévalisé, tel un énorme coffre-fort.

C'est le monde entier qui venait pour braquer la banque.

Ils avaient établi le périmètre d'interdiction sur un rectangle d'environ cent mètres de côté autour du ferry en flammes. Bannières de composite jaune à bioluminescence. Pylônes émetteurs d'ondes sonores dirigées, à effet incapacitant. Cellules photo-électriques dotées de signaux d'alarme intégrés. La plage et le fleuve étaient en feu. Les machines étaient prêtes à calculer tous ces hommes.

Ils avaient sorti leurs armes, ils avaient violemment repoussé quelques groupes de réfugiés, souvent blessés, qui tentaient d'échapper à la frontière jaune fluo qu'ils venaient d'ériger. Verlande avait méchamment avoiné d'un coup de crosse en revers un grand Black aux cheveux rastas armé d'un gourdin qui voulait se la jouer chef de horde, le Taser l'immobilisa sur le sol, et la horde fut calmée dans l'instant. Voronine avait opté pour la matraque anti-émeute standard, elle rencontra quelques crânes et quelques côtes qui avaient voulu s'aventurer au-delà de la bande jaune.

Ils étaient la frontière, nul ne devait l'oublier, d'où qu'il vienne, pour quelque raison que ce soit ; leurs interventions parvinrent à faire régner l'ordre, c'est-à-dire le silence, la soumission et la peur, ils avaient hurlé leurs sommations d'usage dans les langues étrangères qu'ils connaissaient, laissé le gyro en action et fait remonter l'information à travers la chaîne de commandement de la Sûreté, radio ultra-haute fréquence, Internet deuxième génération, triangulations GPS, toute la panoplie numérique du flicage moderne.

Il avait joint le commandant McGlade, son supérieur au service de renseignement de la police provinciale, il lui avait tracé un topo concis et exact de la situation, puis il avait laissé opérer la machine.

Les premiers contingents à arriver furent quelques flottilles d'ambulances devançant un escadron de camions de pompiers, Freightliners rutilants venus de toutes les villes environnantes. Un tiers du ciel était blanc corail lorsque l'avant-garde des véhicules de la Sûreté arriva sur les lieux, en même temps que les patrouilleurs de la ville de Tadoussac, puis de Baie-Comeau. Les dernières étoiles s'estompaient derrière le cristal céleste lorsque toute l'armada flicarde et militaire du territoire avait fini par se retrouver sur la plage démolie. Un peu plus tard, alors que Verlande et Voronine quittaient les lieux, une très légère pointe d'or avait cinglé vers le zénith, accompagnant dans leur traque les patrouilles mixtes formées d'officiers de la RCMP, d'US Marshals et des habituels comités civils de vigilance qui avaient pourchassé les tout premiers rescapés, ceux que Verlande et Voronine avaient croisés sur la route communale, pour les reconduire illico à la frontière, c'est-à-dire sur la plage en feu, avec ses bandes de plastique multicolores et ses uniformes monochromes.

Les survivants nocturnes des navires en flammes allaient commencer leur journée sous un ciel bleu nuance uniforme de flic. Ils avaient quitté des prisons, des camps et des cloaques pour une forteresse.

Ils allaient rapidement comprendre le mode d'emploi de l'Amérique.

Hell's Kitchen

L'hydravion était un ancien appareil démilitarisé datant de la fin de l'époque soviétique que Ryan Fortin avait acheté et rafistolé grâce à ses complicités dans l'administration civile du transport aérien et la mafia moscovite. On aurait dit un albatros perdu au milieu du continent nord-américain, ses formes singulières en faisaient le premier objet qui se jetait à votre vue passé l'ultime virage de la piste forestière. Ses angles durs lui donnaient l'apparence d'une machine photographiée en négatif sur la blancheur cristalline de l'eau et de la glace.

Les étoiles rouges, imprimées sur la queue et les ailes de l'appareil, avaient pâli, estompées par le vernis implacable du temps, mais elles restaient visibles, ultimes emblèmes d'une force aérienne disparue.

Verlande avait jeté un coup d'œil discret en direction de Voronine pour déceler quelque émotion, un relent de nostalgie, une épiphanie historique, mais à son habitude le Russe avait conservé un visage impassible, comme s'il regardait la première motomarine venue.

Il avait noté la présence de plusieurs troupeaux d'animaux modifiés, ovins, caprins, bovins miniaturisés, qui broutaient dans la campagne environnante, rasant les mauvaises herbes, étayant les arbustes et les haies, ordonnant quelques futaies, creusant des sillons. Des écureuils munis de neurorécepteurs spécialisés travaillaient à la cueillette sur les branches des arbres, des castors étaient employés pour la coupe du bois et son transport, des groupes d'amphibiens et d'outardes nettoyaient les abords des étangs. Dans le ciel, des rapaces traçaient de vastes cercles au-dessus de tout le territoire, tels des drones de chair et de sang, leur microcaméra GPS envoyait images et informations à un petit central de contrôle robotique qui surveillait l'ensemble de l'armada animale.

Les *animobots* avaient fait leur apparition depuis peu, grâce aux mutations génétiques et à l'augmentation vertigineuse du prix des carburants. Ils servaient de tondeuses à gazon, de débroussailleurs de sous-bois, d'épouvantails-chasseurs, d'instruments de coupe, de trait, de forage, les animaux renaturés remplaçaient peu à peu les machines.

Les machines reviendraient sous peu à l'état sauvage.

À l'approche de la propriété, Verlande avait aperçu la silhouette de leur indic s'encadrant dans le rectangle sombre de l'entrée, debout devant la maison.

L'homme, âgé d'une soixantaine d'années, avait été un de ses meilleurs contacts dans les milieux de la pègre montréalaise. En échange de quelques menus services, libération conditionnelle d'un ami, accès à une aile SuperMax, informations concernant les gangs ennemis, couverture de quelques délits mineurs, Fortin s'était toujours fait un devoir de livrer des renseignements aussi précis qu'importants.

Il avait cessé ses activités de truand au début de la décennie, avait d'abord déménagé à Québec, puis était venu s'installer dans le bas du fleuve, sur l'estuaire, près d'un de ces petits lacs glaciaires qui constellent la province. Il s'était bien intégré à la communauté locale et faisait partie d'un groupe de *vigilantes* chargés de surveiller certaines installations pétrolières avoisinantes, ainsi que tous les réservoirs, naturels ou artificiels, d'eau potable.

Mais arrêter ses activités, pour un homme qui a vécu les trois quarts de son existence une arme à feu cachée dans le dos, n'a pas grand-chose à voir avec une retraite de fonctionnaire. On franchit juste une autre étape initiatique du gang. On devient un coffre-fort vivant. Un coffre-fort rempli de souvenirs, de noms, d'événements, de mots tus, de phrases prononcées, de détonations, de cris, de poudre et de sang. On devient le comptable historique du gang.

Mais si on parle, ce n'est à personne, si on dit quelque chose, cela n'a strictement aucune importance, si l'on se souvient d'un épisode particulier, il n'y a que les cimetières pour l'entendre.

Sauf si on est Ryan Fortin. Sauf si on est un agent double depuis plus d'un quart de siècle. Sauf si on est un traître de métier, spécialiste de l'espionnage et de l'infiltration anti-Bandidos pour les Hell's Angels, tout en informant les flics de la Sûreté. Sauf si on est un *biker* qui s'est offert une authentique bibliothèque, en ayant appris à lire les grands classiques de la littérature derrière les murs d'un établissement pénitentiaire. Sauf si on n'est pas ce que les autres croient, et plus encore si on est autre chose que ce que l'on pensait être.

Sauf si on est encore plus flic que le pire de tous les flics.

Verlande savait à quel point les caractéristiques uniques de leur informateur de la Côte-Nord faisaient partie des secrets les mieux gardés par leur équipe. C'était aussi la preuve que dans ce monde mécanique et orange comme un incendie nocturne, des miracles anodins pouvaient donner un autre sens à ne serait-ce que quelques mots échangés. Verlande savait que Fortin était le seul gangster avec lequel il pouvait passer d'une conversation sur les mérites comparés des calibres .38 *special* et 9 mm Parabellum à une discussion non moins animée sur Céline, Rimbaud, Baudelaire, Chesterton, Huxley, Nabokov ou Frank Herbert.

C'était une anomalie, donc une rareté, donc une mine d'or.

Verlande avait jeté un coup d'œil au vaste appentis recouvert de photovoltaïques qui s'ouvrait vers le sud. Le verre fumé des baies vitrées à translucidité programmable cachait parfaitement les formes oblongues des plantations hydroponiques et les structures arachnéennes des minilampes UV accrochées au plafond, dont le revêtement composite spécial à haute absorption empêchait les radiations ultraviolettes et infrarouges d'être détectées depuis le ciel par les drones des Narcotiques. Les photovoltaïques, couplées à une éolienne et à un petit dispositif illicite qui truquait les chiffres de la consommation d'électricité, fournissaient le courant nécessaire sans alerter les inspecteurs d'Hydro-Québec. Des insectes transgéniques neuroprogrammés par le central de contrôle surveillaient la bonne marche des opérations.

Rien n'était visible, sinon les simulacres holoplasmiques qui se configuraient sur les vitres et donnaient à voir de fausses plantations d'hévéas et d'eucalyptus.

Durant les années fastes des Hell's Angels/Nomads et des Bandidos/Rock Machines, les gangs de *bikers* n'avaient pas manqué le train du XXIe siècle qui venait d'entrer en gare. On tuait encore au couteau ou à la batte de base-ball, mais on communiquait par Internet en langage crypté et on avait transformé le trafic de stupéfiants en une chaîne de montage automatisée à la pointe des hautes technologies. C'est de ce savoir-faire unique quc Fortin avait hérité. Verlande savait pertinemment que la qualité exceptionnelle de son hydroponique transgénique lui permettait de s'offrir ce qui aujourd'hui n'avait presque plus de prix : du kérosène-éthanol en quantité suffisante pour faire voler régulièrement son appareil, un *deal* solide avec un cadre haut placé des raffineries de PétroCanada dans la banlieue Est de Montréal, on disait qu'il fournissait toute la zone industrielle, avec l'aide d'un vieil ami bien placé à la mairie, plus quelques rouages bureaucratiques qu'il fallait huiler.

Fortin avait remarqué le regard de Verlande :

– Manquerait plus qu'on vienne me faire chier pour cent onces de *pot* par mois, alors que vous arrivez même pas à stopper les enculés qui trafiquent du sarin ou des bombes à propane dans leur cuisine halal.

Verlande retint un sourire. Plus il connaissait Fortin, plus une très dangereuse connivence s'établissait avec lui, ces moments particuliers où l'ordre et le crime s'allient contre un autre ordre, et d'autres criminels. Il savait fort bien que dans cette situation de guerre civile dans laquelle le monde entier s'encageait, il ne prenait aucun risque. Au contraire, il était persuadé, sans trop savoir pourquoi, de prendre de très judicieuses dispositions pour le futur proche.

C'est-à-dire pour le présent, en train de mourir à chaque instant.

– Si tu sais rester discret, comme tu as toujours su le faire, tu pourrais même cultiver à l'air libre. Et ta bibliothèque, dis-moi, elle pousse bien elle aussi ?

La connivence s'établissait ici, dans le plus total secret, sur ce lieu précis, sur ce mystère du *biker* brutalement happé par la littérature dans le centre de détention à sécurité maximum de Donnacona une douzaine d'années auparavant, lors de sa dernière interpellation liée à un des ultimes soubresauts de la guerre des motards. Il arrivait parfois qu'elle se concrétise par un sachet d'une once discrètement remis au moment du départ.

– Je viens d'acquérir une édition assez rare de *Du Pape* de Joseph de Maistre, celle parue en 1836 chez Pélagaud.

Verlande se contenta de lâcher un petit sifflement en guise d'appréciation.

– J'en achète plus que je ne pourrai jamais en lire. Tu m'aurais dit ça il y a tout juste douze ans, je t'aurais vomi ma bière au visage.

– Pour lire un livre il faut le posséder, mais pour que le livre devienne tien, il doit *te posséder*.

Fortin l'avait fixé de son profond regard noir, aussi noir que tous les secrets qu'il connaissait, avec un éclair de sentiment éperdu de reconnaissance dans sa lumière de brasier au carbone. Verlande comprit qu'il venait de mettre des mots sur un amas encore indistinct d'émotions, que le *biker* n'avait pu jusque-là démêler dans son propre cerveau.

C'est le rôle des flics, après tout, se dit Verlande, nous sommes des psychologues praticiens. Nous opérons à la tronçonneuse, c'est tout.

Si une lame peut couper une pensée, elle peut couper n'importe quel arbre sur cette Terre.

N'importe quel arbre. Et n'importe quelle tête.

L'hydravion, oiseau de métal gris anthracite, était posé près d'un embarcadère de bois un peu vermoulu, il pointait de son cockpit bulbeux le vaste chalet de frêne et d'érable sur le seuil duquel ils se tenaient avec leur indicateur. Verlande se fit la remarque que les machines civiles d'origine russe présentaient inévitablement une allure de prédateur aérien, d'avion de guerre.

C'était comme un morceau d'Afghanistan des années 80 qui semblait posé sur l'eau glacée, frémissante, de la brise matinale.

Si Fortin les avait fait venir jusqu'ici, c'est qu'il avait des souvenirs vivants à raconter, son Afghanistan à lui. Si Voronine avait accepté de monter jusqu'à la Côte-Nord en pleine nuit, c'est qu'il savait que ces morceaux de passé viendraient circonscrire la scène de crime initiale, celle où les détectives Marc Robitaille et William Curtiss avaient trouvé la mort, sur le Plateau Mont-Royal, deux jours auparavant. Lui et Verlande connaissaient depuis longtemps le prix des informations livrées par les hommes mauvais.

Elles étaient invariablement les meilleures.

– Alors comme ça, vous avez croisé les bateaux de réfugiés qui se sont *crashés* vers Tadoussac ? On ne parle que de ça à la radio, ce matin.

Voronine avait regardé Verlande. C'est lui qui avait prévenu Fortin dès l'aurore, lorsqu'ils avaient repris la route.

Verlande avait capté le message muet. C'était à lui de répondre. C'était à lui de camoufler gentiment la vérité sous elle-même.

– Les journalistes ont besoin de faire leur beurre, faut qu'ils grossissent même ce qui est déjà bien rempli. C'est leur métier. Empiffrer la populace.

Sous-entendu : les journalistes sont des enculés. C'était encore le meilleur moyen de couper court à la conversation, en maintenant un strict consensus.

L'homme grimpa les marches qui conduisaient à la porte d'entrée de la maison en leur faisant signe de le suivre. Il lança un geste vif en direction du GMC Yukon XL Hydrion.

– Vous auriez quand même pu prendre une voiture un peu moins SQ... Enfin, c'est vrai qu'ici on ne risque pas trop de rencontrer les directeurs généraux de la rue Sainte-Putain.

– Si on avait pris une banalisée, surtout de nuit, ce n'est pas de tes éventuels anciens complices ou ennemis qu'on se serait fait repérer, mais de notre hiérarchie bien-aimée, répondit Verlande. Avec une patrouilleuse standard, on a juste à prendre la route. A priori, pas de mission de renseignement, pas d'intervention secrète, pas de mandat d'arrêt surprise. Rien. Et tu connais mieux que nous le vieil adage des flics : le meilleur moyen de rester planqué, c'est d'apparaître au grand jour.

– *Rien*, comme tu le sais, c'est le mot magique dans notre métier. Quant au grand jour, tu sais comme moi que pour nous ça veut dire au cœur de la nuit. De toute façon, ici personne ne vient jamais. Et si quelqu'un s'amène sur la piste, je le sais au moins une demi-heure à l'avance.

L'allusion les visait clairement, mais comme les individus tout juste singuliers d'un troupeau statistique. Verlande et Voronine ne jouaient jamais aux plus malins avec un indic du calibre de Fortin, ils avaient désactivé leurs nanoréseaux sensoriels dès leur entrée sur la piste en question. Fortin avait établi sa réputation de tueur et de braqueur de banques sur son sens de l'exactitude. Pour lui, le temps était une machine servant à télécommander un dispositif ou un autre, une bombe sous une voiture, de la dynamite contre un coffre-fort, un microcircuit suicide au sein d'un système informatique haut de gamme, un numéro de téléphone composable automatiquement, le dérèglement d'un autopilote, le détournement d'informations GPS, la mise à feu à distance d'un fusil à canons sciés.

Le meilleur moyen de ne pas se faire piéger, disait-il, *c'est de devenir soi-même un piège.* C'était une leçon que Verlande avait faite sienne depuis très longtemps. Avant même le jour de sa naissance.

Verlande n'avait jamais demandé en quoi consistaient ses systèmes de surveillance mais il se doutait qu'ils devaient être soigneusement choisis. Fortin avait amassé beaucoup d'argent liquide en plus de trois décennies d'actions illégales, la plupart du temps couvertes par des flics comme lui et Voronine. De quoi s'acheter un grand chalet, deux acres de forêt, un hydravion, et la tranquillité.

L'argent peut servir à acheter des caméras dotées d'optiques de nuit, des senseurs détectant aussi bien les fréquences audibles qu'inaudibles, des aéronefs de tous les genres, parfois il peut acheter des hommes. Parfois, à l'extrémité de la main de l'homme, il y a le canon d'une arme à feu. La tranquillité.

La Zubrowka s'était écoulée lentement dans les petits verres de cristal, sa substance rendue sirupeuse par son séjour prolongé dans le congélateur. C'est ainsi que l'on se devait de boire cette vodka polonaise à l'herbe de bison. Comme extraite d'un iceberg.

Fortin n'ignorait pas que les Russes détestent les Polacks, et réciproquement, depuis l'aube des temps, en tout cas des nations.

C'était son « rituel multiculturel personnel », disait-il parfois. « Apprendre à vivre ensemble », rajoutait-il souvent dans un éclat de rire sonore. Voronine avait appris à faire avec. Fortin, en plus du sang irlando-écossais qui coule dans les veines d'un bon nombre de Québécois de souche, descendait d'une grand-mère maternelle d'origine franco-polonaise. Il savait probablement distinguer Varsovie de Cracovie et aurait été capable de situer la Vistule sur la carte. Il s'en fichait comme de son premier crime, tout simplement. Il se contentait de se fabriquer une identité, comme tout le monde, et il aimait bien s'amuser avec Voronine. Et il n'y a qu'avec un Russe, ou un Polonais, que vous pouvez espérer une réaction de quelque nature que ce soit lorsque la discussion s'engage sur la vodka.

À l'exception des grandes vodkas russes au poivre rouge, Voronine devait admettre que les Polonais étaient eux aussi passés maîtres dans la confection de la « petite eau », autant dire l'eau bénite des Slaves. Les Russes leur étaient restés supérieurs en matière d'armements nucléaires et de caviar de Béluga, ce n'était pas une mince consolation, mais la Zubrowka les narguait quand même de son jaune arrogant.

Et Fortin avait appris à boire comme tout Hell's Angel né au XXe siècle. Il avait appris à boire tout ce qui se présentait.

Tout comme il avait appris à tuer tout ce qui devait mourir.

– Ça faisait longtemps que des *cops* s'étaient pas fait descendre sur le Plateau.

– Des années, Ryan, le *chief* Robitaille a été tué sur le coup et son collègue est décédé avant l'arrivée des secours. On ne leur a laissé aucune chance.

– J'ai lu les comptes rendus de la presse. Il y a des détails un peu bizarres. Il me faut plus d'infos. Je veux dire de vraies infos. Il me faut les infos dont vous disposez pour votre enquête.

Verlande et Voronine échangèrent un bref coup d'œil. On allait passer aux choses sérieuses. Ils étaient habitués. Ils allaient dévoiler les éléments confidentiels d'une investigation policière à un ancien gangster. Pour autant qu'un gangster puisse jamais être qualifié d'« ancien ». Surtout s'il s'agit d'un *biker*, son esprit de corps, ses initiations, sa *culture*.

Verlande et Voronine s'envoyèrent les verres de vodka cul sec, au même instant ou presque, comme mus par un moteur invisible synchronisant leurs existences.

Puis ils firent ce pourquoi ils étaient venus jusqu'ici.

Trahir la Loi et l'Ordre pour les maintenir en vie. Disons, sous perfusion.

À l'extérieur de la maison, le vent continuait de bousculer l'univers de ses rafales. Verlande et Voronine suivirent Fortin jusqu'à l'embarcadère.

– Procédure habituelle ? avait demandé Fortin.

– Dans les démocraties, on ne change que ce qui fonctionne. Tu connais mon goût invétéré pour les hystéries révolutionnaires.

Fortin laissa éclater son rire tonitruant.

– Ah, Verlande, je crois bien que tu es le seul Français que je connaisse qui n'aime ni Robespierre ni Zola.

– Rajoute Danton, Diderot, Saint-Just, Hébert, Voltaire, Rousseau plus le reste du Panthéon, et tu auras la liste complète. En revanche, je conserverais volontiers la guillotine avec laquelle tous ces enculés se sont entre-tués, ou ont exterminé des populations entières de leur propre pays. Cela étant dit, c'est la procédure habituelle, évidemment.

– Plus je te connais, Verlande, plus tu me parais en mesure de faire marcher une de ces guillotines à plein régime en te tapant un poker.

Verlande émit un sourire presque tendre.

– Pour la guillotine, je manque encore d'expérience. Mais le poker est un jeu basé sur la chance. Et sur la psychologie. Je serais plutôt un adepte des échecs. Il n'y a aucune chance aux échecs. Il y a des échecs. Et il y a des mats. Cela veut dire que la psychologie y est une branche des mathématiques. Donc de la guerre.

– Autant dire que c'est un jeu pour les tueurs, siffla Fortin.

– Oui, et d'absolument tous les genres.

– Dont ceux qui nous occupent.

– Évidemment, eux, ce sont de vrais petits Kasparov. Et peut-être même des « Deep Blue ».

Verlande observait l'hydravion russe, le regard happé par ses étoiles rouges et sa structure anguleuse.

– Vous me connaissez bien tous les deux : confiance zéro égale sécurité maximale. Je possède un robot débuggeur dernière génération qui passe la maison au peigne fin une fois par semaine, le jardin et les boisés proches sont truffés de contre-mesures, et je ne me fie pas à des technologies dont je sais qu'elles sont toujours en train d'être dépassées.

– Je sais, Ryan, c'est ce qui t'a sauvé la vie à l'époque de la guerre des *bikers*.

– Oui, et c'est ce qui me sauve la vie à l'époque des flics mercenaires.

– On suit donc la procédure habituelle.

– Procédure, c'est un mot que j'ai toujours adoré.

Verlande dévisagea discrètement Alexis Voronine, celui-ci n'avait jamais vraiment connu ce qui s'était appelé « URSS » ni ce qui lui avait succédé : il avait vu le jour la nuit même de la chute du Mur de Berlin. Il voyageait en avion dans des langes de bébé vers l'Amérique du Nord lors de la tentative de coup d'État communiste à Moscou, puis il avait grandi dans l'est de Montréal alors que les vestiges de l'ère soviétique se vendaient telles des catins au plus offrant.

L'hydravion démilitarisé semblait l'ambassade flottante d'une souveraineté oubliée, ou le résultat d'un vol transfuge intercontinental. Verlande comprenait l'effet de cette machine volante sur le psychisme de Voronine, et pourquoi il le cachait. Quelques tonnes d'un acier gris plus lourd que l'air et que tous ses souvenirs réunis. Il se disait souvent que Voronine était un Russe sans Russie, comme il était un Français sans France. Ils n'étaient pas des exilés politiques, ni des réfugiés économiques, ou écologiques, comme toutes ces hordes multi-ethniques qui franchissaient les continents dans le chaos, la violence et les ténèbres de l'espoir, ils n'étaient pas des émigrants comme les autres.

Un Russe sans Russie est plus dangereux que n'importe lequel de ses compatriotes, car c'est de cette absence fondamentale qu'une identité bâtie sur les mythes des grandes steppes eurasiennes se structure au plus profond de lui, il devient un cosaque recherché par son propre pays. Il devient un *outlaw du Far East.* Pour Verlande, être un Français sans France se révélait en quelque sorte plus tragique encore. Il venait d'une planète disparue, d'un monde qui s'était englouti lui-même, d'une civilisation qui avait échangé ses propres exilés contre les flux migratoires venus en masse du sud de la Méditerranée. Voronine était un Russe qui avait perdu sa terre natale juste avant de venir au monde, Verlande était un Français que sa terre natale avait abandonné bien avant sa naissance.

Ils étaient des hommes sans passé, donc emplis de toute la mémoire des siècles. Ils étaient des hommes absolument seuls, comme les victimes des naufrages au milieu des eaux en feu. Ils étaient des hommes terriblement seuls. Ils étaient des hommes terriblement libres.

De toute façon, pour les gars de la Sûreté, Voronine était « le Russe », et Verlande était « le Français ». Être nommé, savait Verlande, c'est accéder au statut d'être vivant. Peu importait au fond de qui provenaient les mots qui donnaient la vie. Ils étaient des étrangers dans leur propre pays, ils étaient des « aliens » au sein même des forces de police.

Ils embarquèrent alors que la brise venue du nord soufflait plus fort sur le lac, créant une petite houle qui fit tanguer l'appareil. Très vite, alors que l'hydravion prenait de l'altitude, Verlande put contempler les vastes étendues d'épinettes et les pistes forestières qui traçaient leurs sinuosités blafardes au milieu des forêts, les maisons de campagne analogues à celle de Fortin, quelques fermes à éthanol, des rangées d'éoliennes, des réservoirs de méthane semblables à ceux qui avaient échappé de peu à la catastrophe de la nuit.

Il restait encore de vastes plaques de neige sur l'ensemble du paysage, et les lacs, comme le fleuve, montraient de larges structures de glace qui dérivaient lentement dans les courants et les tourbillons du printemps primitif.

Ils voleraient haut, ils voleraient vite, ils voleraient loin. Ils voleraient à l'intérieur d'une bulle électromagnétique de fabrication israélienne, chargée de brouiller toute onde pointée dans leur direction. Tout pour contrecarrer d'éventuels scanners vocaux à longue portée, ou des drones furtifs. Tout pour rester secrets. Tout pour servir la Loi et l'Ordre. Tout pour en faire leurs instruments.

Verlande se fit la remarque que l'hydravion de Fortin s'était paradoxalement adapté parfaitement à son époque, et de fait à toutes les époques : il était resté un engin militaire, un engin espion et contre-espion.

Un engin de guerre.

C'est-à-dire un engin qui vous assurait la paix.

– J'ai commencé à me renseigner sur vos deux flics. Robitaille et Curtiss. Premiers échos : absolument rien à signaler. Des flics moyens, lambdas. Ni des *supercops*, ni des minables, ni des pourris. De bons flics, normaux, syndiqués, pile à l'heure au boulot. Point barre.

– Nos premières infos vont dans le même sens, mais tu sais comme moi que ça ne veut rien dire à ce stade de l'enquête. Qu'est-ce que tu peux nous dire sur ceux qui les ont trucidés ?

– Les Hell's Angels auraient pu faire ça, au temps où on affrontait les Bandidos et la mafia italienne. À l'époque de « Mom » Boucher, on ne se serait pas gênés pour rayer de la carte la moitié de la ville, celle qui ne nous rapportait rien.

L'hydravion grimpait vers la voûte du ciel, un angle bien raide, une bonne vitesse d'ascension, comme toujours. L'hydravion de la guerre froide.

– Oui, répondit Verlande, c'était vos méthodes. Sauf que les Hell's ne sont plus dans le coup à Montréal depuis le milieu des années 2000, et que les Rock Machines ont quasiment été exterminés juste avant, tu en sais quelque chose. Bon, d'accord, le chapitre québécois s'est reconstitué peu à peu, mais tu es mieux placé que nous pour savoir que ce n'est plus comme avant. Ce ne sera jamais plus comme avant. Comme le reste. Ce ne sont pas des *bikers*, Ryan.

Verlande vit un épais nuage couleur corail se précipiter vers eux.

– Je le sais depuis le premier jour, j'en ai eu confirmation le lendemain, mes contacts tournent encore à plein régime, mon petit gars. Chez les Anges comme chez les Bandidos, les Italiens, les Hispanos.

– Alors ? fit Voronine, où est-ce qu'il faut commencer à chercher ?

Fortin ouvrit une petite boîte de métal plaquée contre son siège et en extirpa un joint roulé d'avance. Verlande décryptait patiemment les inscriptions en cyrillique sur le tableau de bord, il repéra les compteurs et nota que l'avion prenait peu à peu son assiette horizontale, à 550 kilomètres-heure.

– Dans *Le Journal de Montréal,* ils parlaient d'une « intense fusillade », sur Resther et Saint-Joseph. *Intense fusillade*, ça veut dire beaucoup d'armes, beaucoup de munitions, beaucoup de volonté.

– Ce n'était pas exactement Saint-Joseph, ça fait partie des imprécisions dont on parsème la presse. Le pick-up a surgi de Chapais, la petite rue juste avant le carrefour.

– OK. Bien vu. Mais ça ne change rien à l'essentiel. Ça a été l'Irak pendant cinq minutes sur ce bout du Plateau Mont-Royal. Ce n'était pas une vulgaire exécution vite faite mal faite.

– Les Haïtiens ? demanda Voronine. Depuis que les Hell's Angels, justement, se sont retrouvés en taule après le mégaprocès, les Blacks de Montréal-Nord, et d'autres gangs ethniques, se sont empressés de récupérer la plupart de vos business. Et ils ne font pas de cadeaux, les bébésmacoutes. Rappelle-toi le massacre à la machette dans Parc-Extension, en 2006. Et l'attaque au bulldozer contre votre repaire de Sorel, deux ans plus tard.

– Exact. Mais comme tu le faisais remarquer, les temps ont changé. Ils ne vont pas se mettre toute la police du Québec à dos, attirer l'attention des médias sur eux, et obliger la flicaille du SPVM à faire son boulot. Non, sois en sûr, ce ne sont pas les Nègres de Montréal-Nord ou de Parc-Extension.

– Tu as une idée, tu disais ? demanda Verlande.

– Dites-moi un peu, c'était quoi les calibres, combien de douilles retrouvées sur place ? Il n'y avait rien dans le journal à ce sujet, évidemment.

– Encore heureux, répliqua Verlande. Manquerait plus que les journalistes se mettent à raconter les faits, c'est-à-dire autre chose que ce qu'on leur donne à grignoter.

– Combien de douilles, quels calibres ? répéta Fortin.

– C'est sur notre liste, on va faire vite : des munitions de pointe, nouveaux calibres, genre 6,8 mm Remington Special-Purpose pour Barrett M468, et du .223 à haute vélocité pour HK dernière génération. Mais aussi du .45 GAP, cette version compacte du .45 ACP spécialement conçue pour les pistolets Glock, comme les nôtres, mais les modèles G37, G38 et suivants, donc *forces spéciales*. À cela, on additionne les bonnes vieilles cartouches de douze, mais chargées en grain très lourd, comme celles utilisées pour éclater les serrures de portes lors d'une opération commando. Le SPVM va pouvoir demander ses voitures blindées.

– Il pourra toujours les demander, en effet. Combien de temps a duré l'opération ?

– D'après les reconstitutions de la SQ, pas plus de deux minutes, tout compris.

– La méthode ?

– Les quelques témoignages parlent d'au moins quatre personnes. On a ramassé plus d'une soixantaine de douilles sur la scène de crime. Ils ont percuté la voiture de patrouille avec un pick-up qui a aussitôt pris la fuite, quatre types sont sortis d'un SUV Ford Expedition hybride qui suivait et ils ont arrosé.

– Ce n'est donc pas un accident. Ce n'est même pas une poursuite qui a mal tourné.

– Oh, que non. On a juste laissé quelques questions en suspens pour que les journaleux continuent de croire qu'ils font de l'investigation. La hiérarchie du SPVM va devoir se faire à l'idée que les Affaires internes savent déjà qu'il s'agit d'une action préméditée.

– Préméditée, planifiée, parfaitement exécutée. Vos gars sont des super-pros de l'embuscade. Et il faut d'excellentes raisons pour descendre deux flics comme ça, en plein cœur du Plateau Mont-Royal.

– Si ce ne sont ni les *bikers* ni les Haïtiens, tu as une idée ?

– J'ai commencé à fouiner. Et aussi à réfléchir. Avec ce que tu viens de me dire, on peut établir des bases pour chercher plus loin.

– Quelles bases ?

– Eh bien, premier point : ce n'est pas à proprement parler une opération de banditisme. On ne descend pas des flics comme ça, au Québec.

– Si ce n'est pas du banditisme, tu appelles ça comment, une partie de *paintball* ? avait lancé Voronine.

– Tu devrais t'inscrire au Festival Juste pour rire, Alex. Ce n'est pas du banditisme classique, on va dire. Ce sont des criminels, mais ce ne sont pas des *bikers*, Verlande a raison, et ce ne sont pas les Haïtiens non plus. D'après mes infos, ce ne sont pas les Chinois, et ce ne sont pas des Sud-Américains, ni un cartel colombien, ni la Mala Noche des Nicaraguayens ou des Guatémaltèques, ni leurs rivaux mexicains du MS13, ce ne sont pas les Salvadoriens du groupe 18th Street, pas plus que les Cubains. Et ce n'est pas une des nouvelles familles de New York, ça c'est une certitude en béton armé.

– Super, fit Voronine, on sait à peu près tout ce qu'ils ne sont pas.

– C'est comme ça que les flics commencent leurs enquêtes, tu devrais le savoir, ma poulette. En procédant par élimination, on finit par circonscrire le cercle.

– Tu as une idée du cercle en question ? demanda Verlande.

L'hydravion semblait suivre ses paroles, amorçant un virage vers l'est.

– Oui, répondit calmement Fortin.

– Tu as une demande spéciale à formuler ?

– À ce stade, ce serait malhonnête, répondit le truand dans un large sourire sarcastique, non, mais je m'étonne que cela ne vous ait pas sauté en pleine face.

– Quoi donc ?

– Du 6,8 mm et du .223 HK en pagaille, du gros calibre de chasse et du .45 compact à usage militaire, si je comprends bien ce que tu m'as dit.

– Oui ?

– Ce sont des spécialistes, vos gars. Des anciens flics, genre escouade d'intervention, ou d'anciens soldats spécialisés *urban warfare*. Ou les deux.

– Des flics ? avait lâché Voronine, interloqué.

– Quoi d'autre ?

– N'importe quel pingouin peut se procurer un M-16 ou un AK47 en solde au dépanneur du coin, ne me fais pas rire, intervint Verlande. C'est devenu plus difficile pour nous autres de se procurer un fusil automatique moderne que d'acheter une batterie de lance-roquettes pour le premier terroriste venu.

Fortin arquait son sourire en continu.

– Se procurer des flingues, c'est en effet à la portée du premier *moron* venu. Le truc c'est de savoir s'en servir, d'une manière précise et coordonnée. C'est ça le détail important, crois-en mon expérience.

– N'importe quel merdaillon qui s'est tapé un ou deux ans à Bordeaux[1] sait se servir de telles armes, Fortin, les temps ont bien changé en une décennie.

– Non. Le temps ne change rien quand on discute assassinat. Surtout avec des flics, autant parler éternité avec des curés.

– En 2012, tu te rappelles pas, la tuerie juste devant le restaurant de Jacques Villeneuve, rue Crescent ? Combien de victimes déjà, au total ? Vingt-cinq, trente ?

– Quatorze morts, vingt et un blessés, sept graves, dont un qui a fini paralysé, je sais tenir les comptes, mon gars. C'était ces saloperies de Mexicains. Ils voulaient s'en prendre à une famille de

1. Bordeaux : Établissement pénitentiaire provincial situé au nord de l'île de Montréal, pour les détenus condamnés à des peines de deux ans moins un jour.

la Cosa Nostra, basée à Providence. Ni vous, ni le SPVM n'êtes parvenus à quoi que ce soit. Mais je peux vous dire quc les gars de Providence s'en sont chargés, eux. Il y a désormais plein de tombes très discrètes dans les montagnes des Appalaches.

L'hydravion survolait la rive sud du fleuve, sur sa droite, par le cockpit, Verlande apercevait les éclats orange de l'incendie, là-bas, vers Tadoussac. Cette combustion aquatique que l'on ne parvenait pas à éteindre, c'était sans doute un signe, on aurait dit une seconde aurore, comme si la Terre avait été pourvue d'un autre soleil. Plus loin, à l'ouest, c'était l'ouragan cyclonique ontarien qui dressait un mur noir à la place du ciel, un mur noir plein de la couleur indéfinissable de la charge électrique pas encore actualisée. Au nord, l'horizon se teintait de vieil argent et faisait apparaître à contre-jour les pales en rotation des parcs à éoliennes plantés au sommet des collines. Tel un miroir humain et tellurique du feu céleste, une longue colonne d'hommes et de femmes s'effilochait le long de la route 89, pas très loin d'une décharge sauvage encore récente, faite principalement de matières non recyclables et de déchets biodégradables, la haute masse des plastiques composites compressés par leur propre poids dessinait un triangle noir qui percutait l'horizon en son centre et créait l'arrière-plan vertical à cette esquisse d'humanité, où les individus se mouvaient comme les parties intégrantes d'une forme de vie collective. Verlande nota les habituels deux-roues, vélos, scooters, motocyclettes, quelques automobiles qui roulaient au ralenti, et d'autres, en panne sèche ou accidentées, remorquées comme d'antiques charrettes par divers animaux de trait, chevaux, mules, bœufs ; en arrière-garde, il apercevait les immenses grilles mobiles formées par des centaines de caddies de supermarché ou de chariots d'aéroport arrimés les uns aux autres et tractés par des groupes de volontaires, quadrillant le paysage de vastes plates-formes à roulettes surmontées d'objets métalliques en tous genres : morceaux de tuyauterie, canalisations, pièces mécaniques, ferronnerie, acier inox, cuivre, plomb, zinc, fer-blanc, tungstène, titane, peu importait. Le monde régressait vers l'économie primaire, en passant par les flux financiers digitaux, les grands centres de distribution semi-abandonnés d'Amérique du Nord et les ateliers robotisés de Chine populaire; des groupes erratiques de familles et d'individus s'éparpillaient parfois dans les boisés alentour, hommes, femmes, enfants, vieillards, chiens, tous tentaient d'atteindre la capitale. La plupart marchaient courbés sous le poids de leur maison pliable, faite de Carton-Composit semi-recyclable, les hommes transportaient désormais leur habitat sur leur dos, le progrès des sociétés modernes était incontestable. Ils ne fuyaient pourtant aucune guerre, à la différence des naufragés de la nuit, au contraire, ils désertaient les lieux dévastés par la pacification générale.

Verlande s'était contenté d'enregistrer l'information. Une donnée supplémentaire classée instantanément dans le disque dur mental. Des réfugiés de la crise économique-énergétique-écologique globale, ceux qu'on surnommait désormais les « Éco-Écos », ou « Zéco-Zécos » en mode créole, ces masses humaines qui fuyaient les forêts boréales, leurs industries en banqueroute et la crise alimentaire engendrée par la conversion des terres arables en fermes à éthanol. Ils devaient venir de la frontière du Labrador. Rien de phénoménal. Un incident social perdu dans la masse de tous les autres fabriqués à la chaîne par une société-monde devenue productrice agréée de catastrophes. Comparés aux hordes hagardes de la nuit précédente, on aurait pu les prendre pour des touristes. Le spectacle des campements et des colonnes de rescapés de la guerre économique globale faisait maintenant partie intégrante de la banalité quotidienne, Verlande se disait qu'il était peu probable, en revanche, que les débarquements en masse de populations étrangères sur le sol nord-américain suscitent autant d'indifférence. Les migrations internes entreraient inévitablement en collision avec les mouvements de population venus des autres continents. Le choc des civilisations serait avant tout le choc des barbaries, la collision explosive des divers rescapés de la crise globale. La guerre qui aurait lieu, sans doute très bientôt, ne se cristalliserait que secondairement sur les lignes de fractures politiques, religieuses, géostratégiques, territoriales, que l'on avait connues jusqu'alors, elle mettrait aux prises *les pauvres de la planète*, autant dire pratiquement tout le monde.

Dans le même temps, son cerveau continuait d'œuvrer en toute sérénité en machine qu'il était. Comme ce banc de compteurs et de jauges imprimés en cyrillique. Ryan Fortin était peut-être en mesure de les aider à voir plus clair dans les ténèbres. Les ténèbres, c'était ce que des flics comme eux partageaient avec des tueurs à gages comme lui.

– Je me demande si ce n'est pas la solution la plus simple, avait dit Verlande. Guerre des gangs. Les deux pauvres Curtiss et Robitaille pris entre deux feux. Je te rappelle qu'un flic est également mort rue Crescent. Et il y avait deux 4 x 4, dont un qui a foncé sur le trottoir.

– Justement. Primo, le flic sur Crescent, c'était un pauvre type qui faisait sa ronde, mauvais endroit, mauvais moment. Deuxio : rue Crescent, le pick-up a foncé dans la foule parce que c'était des Ritals, dans votre affaire il a juste servi de bélier contre le char des flics. Tertio : sur le Plateau, il n'y a eu aucun dégât collatéral et ils ont tiré plus de soixante balles à quatre. Conclusion : pour tuer un truand, rien de tel qu'un truand. Pour tuer un flic, rien de tel qu'un flic.

L'hydravion entama sa dernière courbe en direction du fleuve, retour vers l'embarcadère et la maison de Fortin. Verlande laissa son esprit faire corps avec la machine volante. Il était une machine pensante dans une machine volante, il était une machine de guerre dans une machine de guerre. Le ciel bascula, parfaitement synchrone avec ses pensées.

Pour tuer un flic, rien de tel qu'un flic.

Dans le cerveau de Verlande, une sarabande de mots voulait prendre forme, des idées cherchaient une voie hors des limbes, des images, des souvenirs, des intuitions éclataient en volées de shrapnel mental.

Pour tuer un flic, rien de tel qu'un flic.

Sauf que cette phrase passait à côté du caractère essentiel de tout meurtre : sa morale, c'est-à-dire sa dialectique interne. Par conséquent, la phrase générique de Fortin pouvait revêtir deux significations : Pour tuer un flic pourri, rien de tel qu'un flic encore plus pourri. Pour tuer un bon flic, rien de tel qu'un flic encore meilleur.

Verlande commençait à deviner ce qui pouvait, à cette heure, traverser l'esprit des détectives des Affaires internes. On était en train de procéder à de violents règlements de comptes à l'intérieur de la Police de Montréal. Ils pensaient probablement à des flics véreux victimes de leurs complices du milieu. Le coup classique. Lui et Voronine conservaient une petite longueur d'avance.

Grâce à Fortin. Grâce à la torsion qu'ils faisaient subir à la Loi et l'Ordre.

Grâce au pacte secret qui lie les gangsters et les flics avec leur amie commune.

– *My only friend, the end*, chantonna Verlande en s'installant derrière le volant.

Vie : zéro / mort : un

Tout crime est un territoire, il est un événement planté au cœur du monde. Il y dessine une topologie spécifique, il est un *lieu*. Un crime, pour un flic, c'est une *crime scene*. Un crime, pour un flic, c'est ce qui va pouvoir le définir.

Un crime est le miroir absolu de lui-même, il laisse inévitablement des traces dans le réel. Rien ne disparaît vraiment tout à fait. Rien ni personne ne garde jamais totalement le silence. Le silence lui-même est un indice, la mort elle-même indique sa présence.

Et en ce monde qui se reflète à l'infini, sa reconstitution policière est la carte, elle est le diagramme qui donne une forme à ce qui n'en a pas, elle donne un sens à ce qui l'a coupé net.

L'équipe des criminalistes de la Sûreté avait présenté sa version des faits avec toute la sensibilité dont sont capables des médecins légistes et des spécialistes de la balistique.

Verlande voyait les choses à peu près comme eux : des paramètres, des coordonnées, des chiffres, du code. Passé le point d'impact létal, un homme est une combinaison d'algorithmes et de formules chimiques.

Seule saillie notable : le moment situé *avant* le point d'impact. Ce moment où l'homme n'est pas encore un catalogue de nombres stockés dans un ordinateur. C'est ce moment-là qui est la clé du code, c'est ce moment-là qui permet de reconstruire l'algorithme, c'est ce moment-là qui permet d'éclairer la mort de tous les projecteurs de la pensée, et de l'artifice.

Alors voici la carte, le parchemin qui dessine la nécromancie rituelle de la mort moderne, ultra-moderne, au-delà de tout modernisme, les ayant tous avalés. Voici la mort en diagramme digital. La mort en équations différentielles, en plans tridimensionnels, en graphiques cybernétiques.

Le scanner-laser a topographié l'ensemble de la scène de crime sous tous les angles imaginables, il a tout stocké et paramétré dans le silicium. C'est du silicium que viendra la lumière : dans le royaume des ombres, la Parole s'extrait du sable, le Verbe naît du désert. Devant eux, le bulbe du projecteur photonique fait rayonner la réplique d'un clavier d'ordinateur dans la scintillance même de la table anodisée, il leur suffira de caresser les touches lumineuses pour agir sur l'environnement simulé devant eux. Ici, leurs corps serviront d'interfaces entre la lumière et la matière, en fait entre deux intensités singulières de la lumière. Tout est lumière avec les nombres. Même la plus profonde des obscurités. Même le plus banal des espaces urbains.

Le croisement. Le carrefour fatal. Des pixels tremblotent un peu sur l'écran holographique 3D. L'endroit où la petite rue Chapais plonge sur la rue Resther, juste avant le boulevard Saint-Joseph. L'endroit rêvé pour une embuscade.

L'endroit où la voiture de patrouille s'engage, l'endroit où Marc Robitaille et William Curtiss vont mourir.

Car ils vont mourir.

Puisqu'ils sont morts et que la féerie démonique des machines digitales leur permet de revivre leur mort à l'infini, chaque fois que quelqu'un mettra cet ordinateur sous tension.

Alors, diagramme de la mort planifiée mise en acte, images haute résolution, écran ACL haut de gamme, holographie reconstitutive, la Sûreté mettra tous les moyens dont elle dispose, et les autres, pour coincer les tueurs de flics. Sa réputation est en jeu. Et la réputation, pour la police, c'est comme pour une putain, c'est ce qui permet de survivre sur son bout de trottoir.

Action/accélération photonumérique : la mémoire est une cellule dans un réseau de pixels, le passé, comprend Verlande, est une simple variation d'intensité dans un flux qui n'est ni linéaire, ni cyclique, car il est comme ce laboratoire de criminalistique, il passe et repasse l'événement en boucles jamais complètement identiques, jamais vraiment différentes, il le surplie à chaque opération du logiciel. Nous sommes les nécromanciens de la mort devenue dispositif technique, nous sommes les chamans des villes surpeuplées et des banlieues infinies. C'est pourquoi la mort peut être là, avec eux, au-delà du mur de pixels, elle peut être avec eux, elle peut être en eux, *elle peut être eux*.

Il est :

Temps T–1 : William Curtiss roule sur Resther, le boulevard Saint-Joseph bien encadré dans le pare-brise, le beau soleil pâle de la matinée, le bruissement sourd du moteur électrique à hélium-lithium diffuse une douce monodie d'orgue étouffée. Lui et Robitaille n'ont pas ouvert la bouche depuis leur départ du poste 37. Bon, continuer à faire son boulot… son boulot de flic. Se préparer à tourner sur Saint-Joseph, le gyro en marche si jamais des cons se pointent en provenance de l'est.

Temps T-zéro : Marc Robitaille tape des coordonnées sur son ordinateur de bord, un fichier fédéral des ex-détenus pour crimes violents. Ils cherchent un certain Fernand « Delta » Corzabal, sa requête informatique laissera des traces dans plusieurs réseaux policiers. Le croisement avec Saint-Joseph, juste devant eux. Les cottages de part et d'autre de la rue, avec leurs briques rouges, leurs colonnades blanches, leurs toits à dominante gris argenté, les colombages albâtre, les escaliers extérieurs en colimaçon dont le métal tinte de la lumière matinale. C'est le moment du

Temps T + 1 : C'est le moment du mouvement rouge, le moment critique de la rutilance cinétique, c'est un éclair d'acier lourd dans un bruit d'avion. William Curtiss a juste le temps de discerner la calandre du pick-up, avec sa tête de bélier caractéristique de la marque Dodge. Il va voir, entendre, sentir l'acier s'écraser dans l'acier, entre ses mains le volant va devenir un axe fou, la voiture de patrouille, hors de contrôle, va glisser latéralement au milieu de la route en un demi-tour saccadé, il verra même le pare-brise de plexiglas blindé au titane se fendiller sous l'impact. William Curtiss va pouvoir observer tout un tas de choses à cet instant, il va devenir un système d'enregistrement vivant, pendant les quelques secondes qu'il lui reste, tout comme le chef Marc Robitaille pour qui la séquence rouge d'acier fluide vient d'être interrompue brutalement par l'éjection des airbags. Leurs têtes seront pleines de souvenirs nets et récents au moment où elles exploseront.

Temps T + 2: Du blanc, chaud, 300 degrés, des milliers de litres de gaz éjectés en une microseconde, c'est cela un airbag en action. C'est une arme très efficace. Elle reçoit la charge de l'impact initial et la translate dans un mouvement brutal mais contrôlé par la résine plastique du sac. Elle peut sauver la vie, c'est clair, mais elle peut néanmoins commotionner, voire blesser légèrement, elle immobilise, elle bouche la vue, elle surprend, c'est presque aussi efficace qu'une grenade aveuglante. Ce n'est pas parce qu'une arme ne vous tue pas que vous avez une chance de survivre. C'est-à-dire de survivre à la phase suivante, celle où Marc Robitaille et William Curtiss aperçoivent ce qui va structurer le

Temps T + 3: C'est un imposant SUV sept places, modèle Ford Expedition Hybrid-Flex de couleur sombre. Après le mouvement rouge, l'ombre noire. Il suit le pick-up à moins de six mètres, c'est lui le vrai prédateur, Curtiss et Robitaille le savent fort bien tandis qu'ils essaient, encore étourdis par le choc, de se dégager de leurs sièges et de l'habitacle défoncé en se saisissant maladroitement de leurs pistolets de service, il est déjà sur eux alors que le surpuissant Dodge 3500 RamCharger rouge disparaît vers le sud en faisant vrombir son V-8 Hemi, arrachant au passage toute l'aile avant lorsqu'il se dégage violemment dans une furie de métal froissé. L'ombre noire emplit maintenant tout l'espace. Le véhicule s'est disposé latéralement juste devant leur calandre, de façon à leur présenter le côté droit de l'habitacle aux formes musculeuses. C'est le moment du changement de régime, le saut quantique, l'événement pivotal.

C'est le moment *T + infini* : Les portes s'ouvrent, dans un ballet translatif à la parfaite coordination. Le conducteur ne bouge pas d'un millimètre, impassible. Le type assis sur le fauteuil passager est le tout premier à s'extraire de la voiture. C'est juste le plus rapide de tous, sans doute le chef. De la rangée centrale, un autre homme est lui aussi en train de s'extirper, à une vitesse incroyable. Curtiss et Robitaille contemplent, immobiles, les derniers instants de leurs propres existences, des airbags, et de ce qui reste de la Chevrolet Malibu flambant neuve.

De l'autre côté de la rangée centrale sort un troisième homme en tenue de sport Adidas bleu marine, il fait aussitôt le tour de la voiture en armant la culasse de son automatique tandis que, de la banquette arrière, un quatrième, revêtu d'un épais manteau de cuir brun, actionne déjà la pompe de son fusil Mossberg. Tous parfaitement synchrones. Cela va être une mort réglée à la milliseconde.

Les deux premiers hommes sont équipés de matériel de guerre. Un arsenal aisément identifiable, et aussitôt identifié. Curtiss et Robitaille sont pris dans ce temps infini où chaque instant dure une vie, où toute la vie ne dure plus qu'un instant, ils vont être les témoins les plus fiables de l'événement auquel ils ne survivront pas, ils voient tout avec l'ultime précision du regard flicard, ils ont la capacité de reconnaître avec précision le modèle de chacune des armes automatiques tenues par le passager et par le type de la rangée centrale.

Carabine d'assaut Barrett M468 d'un côté, pourvue d'une munition dernière génération de 6,8 mm, transférant quasiment le double d'énergie cinétique que celle du M-16 traditionnel, fusil automatique HK416 de l'autre, conçu pour remplacer la célèbre *M-4 Carbine* de l'US Army, doté d'une balle de fusil de calibre 5,56 × 45 et non plus du petit projectile de 9 mm Parabellum pour pistolets-mitrailleurs, il offre une cadence de tir de 900 balles à la minute. De quoi découper du ciment en tranches. Des armes compactes, étudiées pour le combat urbain en environnement confiné, des armes tout aussi précises à longue portée, des armes qui ne laissent aucune chance à l'adversaire de près comme de loin, des armes qui tuent à haute vélocité, des armes capables de coucher un éléphant à 400 ou 500 mètres de distance, des armes qui transpercent tous les types de gilets pare-balles, des armes faites pour ce siècle qui sublime celui qui l'a fait naître. Des munitions étudiées à la perfection pour le carnage.

Ces deux hommes sont entièrement revêtus de noir, gilets pare-balles, combinaisons de Navy Seals ou de SWAT, leurs visages cagoulés, c'est à peine s'ils se distinguent du véhicule dont ils viennent de sortir, leurs armes ne sont qu'extensions mécaniques d'eux-mêmes, tout ne fait qu'un. Tout est ombre noire, tout est horizon d'albâtre. Le monde en bichromie invariable : les airbags qui viennent de leur sauver la vie, et qui seront les acolytes de leur mort, l'ombre noire et ses occupants qui vont les tuer, ce pan de ciel si bleu, si pur, si serein, le monde n'a de toute façon plus aucun sens, puisqu'il n'a plus vraiment de forme, s'il en a jamais eu. Les armes à feu qui deviennent en une seconde à peine la seule réalité durable de l'univers alors que c'est tout juste si on les discerne dans l'ombre noire. Des armes qui ont fait leurs preuves dans la guerre urbaine, des armes qui ont déjà tué beaucoup d'hommes, des armes qui vont en tuer deux de plus.

Passager et Rangée Centrale 1 arrosent l'habitacle avec leurs fusils automatiques tout en effectuant un léger mouvement circulaire autour de la voiture, chacun dans un sens, jusqu'à se trouver en position trois quarts avant, presque face à chaque fenêtre latérale. Ils vident leurs chargeurs avec calme et efficience, en quelques rafales très précises, des munitions militaires dites « armor-piercing », dotées d'une pointe incendiaire et d'un noyau en carbure de tungstène, aucun gilet pare-balles n'y résiste, en tout cas pas ceux du Service de Police de la ville de Montréal. Au même moment ou presque, Banquette Arrière épaule son fusil à pompe en se plantant fermement devant la calandre éventrée et tire une cartouche de 12 chargée en grain 4 sur chacun des policiers, énorme force d'impact à courte portée, puis c'est Rangée Centrale 2 qui, se déplaçant d'une fenêtre à l'autre en contournant le hayon, se contente de loger très précisément deux balles dans la tête de chacune des victimes.

C'est la danse de la lumière auréolée de poudre, éclairs, les corps tressautent, fumée, les têtes oscillent, détonations, les crânes se fendent, cliquetis des chargeurs vides, les yeux se figent. Deux types pour le « supressive fire », un pour le tir d'efficacité, un dernier pour le coup de grâce. C'était effectivement du travail de super-pros. Deux chargeurs de trente balles, deux cartouches de 12, quatre balles de .45. On frôlait l'*overkill*, mais tout était resté parfaitement sous contrôle. C'était étrange, c'était presque trop, comme si on avait voulu faire une démonstration de force, tout en laissant un vague espace aux doutes et aux questions. Il fallait juste que les flics meurent. Taux de réussite accepté : 200 % nominal. Pas le moindre iota de chance, du travail d'élite, rien d'autre. En quelques secondes, tout le monde de retour dans le Ford Expedition et fuite bien contrôlée vers le sud, jusqu'à Saint-Joseph puis, par Saint-Denis, jusqu'à la Métropolitaine, de là les autoroutes partent dans toutes les directions, États-Unis compris. Extraction.

C'était une véritable opération militaire, effectuée au micron près.

L'analyse balistique était claire et concise : ni les douilles ni les munitions n'étaient fichées dans les bases de données criminelles du Canada ou des États-Unis, elles ne correspondaient à aucun lot vendu dans l'année par les armuriers contrôlés par le Registre des armes à feu, elles ne venaient pourtant pas de nulle part, on pouvait même lire leur origine dans cette absence de traces. Leurs caractéristiques techniques, outre leur absence des registres légaux nord-américains, dessinaient en creux leur véritable signature : l'Amérique du Nord, précisément. Et plus précisément encore, son centre vital. Et au cœur de ce centre vital, ce qui assurait les défenses immunitaires de tout l'organisme. Le monde entier ressemblait à une vaste expérience de virologie, dont les pandémies et les infestations de micro-organismes n'avaient été que le prélude.

La seule piste que Verlande put vaguement établir, c'était la « disparition », quelques mois auparavant, en Floride, d'un container de l'US Army en partance pour le Moyen-Orient, à destination d'un contracteur militaire privé entraînant l'armée irakienne. La presse locale américaine en avait parlé durant quelques jours. Mais cela avait rapidement disparu, couvert par le brouhaha incessant du microterrorisme urbain.

Ici-bas, pensait Verlande, c'est précisément ce que l'on doit voir qui devient invisible à nos yeux.

Curtiss et Robitaille eux non plus ne voient plus rien à cet instant.

Cela fait un certain temps qu'ils ne voient plus rien, mais à ce moment-ci, la reconstitution digitale est terminée, cela n'a donc strictement aucune importance, si cela en a jamais eu. Il y a Verlande, Voronine et l'équipe criminalistique de la Sûreté qui tentent, eux, de s'imprégner de ce qu'ils ont vu sur l'écran. Il y a une poignée de flics qui font face à des bits d'informations qui circulent dans des semi-conducteurs, il y a une poignée de flics qui font face à la réalité.

La réalité de la carte. La réalité de l'empreinte digitale ou oculaire. La réalité de la signature balistique. La réalité de la trace. La réalité de l'acide désoxyribonucléique.

La réalité, autant dire tout ce qu'on ne peut pas voir.

Maintenant Curtiss et Robitaille sont retournés dans le monde des nombres.

Ce qu'il reste d'eux, ce sont des chiffres et des coordonnées, de longs rapports d'autopsie, des formules de chimie organique ou de science des solides et des fluides. Ce sont des modèles, des simulations, c'est-à-dire la phase purement mécanique de la vérité, la copie sans original, le modèle à la recherche de son contretype, la preuve qui traque les faits. Cette vérité est la seule qui intéresse les flics. La seule qui puisse envoyer à coup sûr un quatuor d'enculés de tueurs à gages derrière les barreaux d'une prison haute sécurité. La vitesse, le calibre, les caractéristiques des munitions, leurs trajectoires, leurs forces d'impact respectives, les projections de sang qu'elles ont éparpillées, celles qui ont causé la mort, celles qui n'ont fait que la préparer.

Dans le monde des vivants, ou plutôt dans le monde des hommes qui se tiennent au seuil de la mort, les deux flics montréalais avaient pu voir le duo d'ombres en gilet pare-balles épauler leurs armes automatiques, Robitaille avait eu le geste réflexe d'actionner l'émetteur d'urgence avec localisation GPS, puis ils avaient juste eu le temps de distinguer l'autre duo qui se mettait en place et cela avait été un chaos de verre brisé, de poudre, d'acier et de plastique arraché, accompagné d'un vacarme insensé, comme si un avion supersonique était en train de s'abattre pile sur eux.

Cela avait été le règne du feu. Cela avait été le moment des chocs balistiques. Cela avait été le moment de la grande ombre noire.

Puis cela avait été le grand calme de la vie qui s'écoule, flux serein, rouge vif sur l'asphalte gris de la ville.

L'idée avait foré son évidence au long des heures qui avaient suivi la reconstitution numérique des criminalistes.

Ça ne tenait pas, toutes ces histoires de flics marrons, avec magouilles, trafics et autres saloperies les impliquant dans un réseau illégal quelconque. Robitaille et Curtiss ne cadraient pas du tout avec ce type de scénario. En deux ou trois jours, lui et Voronine avaient su chauffer les dossiers qu'il fallait dans les bureaux du SPVM. Ils les voyaient mal en train de racketter ou de couvrir des *dealers*, des voleurs de bijoux ou des braqueurs de banques. Ils les voyaient bien plus mal s'adonner directement à un trafic quelconque, à du chantage, à des cambriolages, à des homicides, et moins encore à du terrorisme.

Mais alors quoi ? Pourquoi envoyer un véritable commando de tueurs paramilitaires pour descendre deux pauvres flics sans histoires ?

Quand les individus ne correspondent pas au contexte, c'est que le contexte est faux. Si l'enchaînement des causalités ne mène nulle part, c'est que l'axiome fondamental est erroné. Ce sont les bases de toute inspection flicarde du monde.

C'était des flics sans histoires. Justement. Ils en avaient rencontré une.

Pour une seule et unique raison possible : volontairement ou non, Robitaille et Curtiss étaient tombés sur quelque chose de terriblement suspect.

Quelque chose de gros. Très gros. Quelque chose qui les dépassait. De très loin.

Ils avaient dérangé les plans de quelqu'un. Ou de quelques-uns. Des gens qu'il ne fallait pas. Ils avaient vu ou entendu quelque chose qu'il ne fallait pas. Ils s'apprêtaient à faire quelque chose qu'il ne fallait pas. Absolument pas.

Ils ne voulaient pas faire les choses qu'on attendait d'eux. Pas du tout.

Ils voulaient parler. Ils avaient des choses à dire.

Et quelqu'un ne voulait pas qu'ils parlent. Pas du tout.

Il les avait donc fait taire. Absolument.

Mais Verlande savait qu'en cet âge qui débutait dans les brasiers aquatiques et les exodes de villes entières, on ne peut jamais tout à fait imposer le silence à ceux qui meurent. La science des nombres veille sur les ultimes échos de chacune de nos existences.

La Loi et l'Ordre sont désormais des instruments qui peuvent faire parler les morts, à défaut d'extirper des aveux aux vivants.

Le Cube

L'immeuble de la Sûreté, à Montréal, se dresse au 1701, Parthenais, entre Logan et Ontario. Sa silhouette massive côtoie le métal bleu-vert du pont Jacques-Cartier et la haute tour brune de Radio-Canada, dans son périmètre sécurisé. C'est un vaste bâtiment en forme de L, surplombé de l'emblème de la SQ, fait d'une structure de béton vert-de-gris et d'immenses façades de verre fumé, que le soleil teinte d'un jade un peu terne, il s'en dégage une étrange élégance en dépit de ses formes strictement cubiques. En cela, il change de la plupart des édifices administratifs de la ville qui datent de l'époque moderne, de la dernière époque historique, celle d'avant sa naissance, comme le gros building de béton de la Fédération des caisses Desjardins qui lui fait face de l'autre côté de la rue, ou l'ancien siège social de la chaîne de télévision TVA, un peu plus au sud-ouest, transformé depuis peu en ferme urbaine, comme beaucoup d'autres immeubles de la ville. La crise alimentaire liée à l'explosion des prix de l'énergie faisait sentir ses effets depuis plusieurs années, les cités occidentales se transformaient, ce n'était pas la nature semi-sauvage des éco-parcs qui s'y introduisait, mais la nature industrielle, celle de l'*Homo faber*, celle de l'agriculture. Les mégapoles du XXIe siècle ressembleraient très vite à des assemblages de cultures hydroponiques, aériennes, souterraines, en terrasses, l'urbanisme était en train de s'adapter à ce monde de réfugiés économiques et de famines postindustrielles, il semblait avoir été pensé pour cette occurrence.

L'immeuble de la SQ est là, de toute sa présence. C'est leur QG. C'est là que se trouve la Direction du Renseignement Criminel de la Sûreté. C'est là que se trouve le commandant Francis McGlade et son adjoint, Antoine Sherville.

C'est là que se trouve le cœur de la machine policière du Québec. C'est de là qu'on trame les complots contre les gangs, contre les terroristes, contre les immigrants clandestins, et contre les autres forces de police.

Verlande observa un court instant l'univers qui existait à l'extérieur du Cube. La ville, nature renaturée, devenant peu à peu un hybride d'urbanisme et de territoires agricoles, les montagnes d'ordures attendant leur recyclage, les millions d'êtres humains déjà recyclés dans ce nouvel ordre du monde qui détruisait lentement le monde, et tout ordre.

Il fit face au reste de l'escouade, quatre hommes parmi les plus durs. Il ne leur manquait qu'une guerre mondiale comme point d'origine ontologique.

Ils faisaient partie de l'élite de la SQ, ils étaient durs, mais Verlande savait aussi qu'être dur ne suffit pas. Ce qui compte, c'est d'avoir la propriété de rayer le métal, comme le verre le plus solide.

Un diamant se taille relativement aisément. Mais aucun acier ne lui résiste.

– Nous travaillons tous sur les actes de terrorisme, comme celui de la Métropolitaine, mais Voronine et moi, nous allons nous taper cette affaire des flics du poste 37. Il y a maintenant ce naufrage sur le Saint-Laurent, même si la GRC va prendre l'enquête en main, la SQ sera mobilisée d'une manière ou d'une autre, et il va se produire d'autres événements dans leur sillage. Vous continuez vos investigations, vous transmettez régulièrement vos rapports, mais je vous demande de conserver un espace libre dans vos têtes pour des actes criminels qui n'entrent pas dans votre juridiction et qui seraient susceptibles de nous intéresser, tous, et chacun. Par exemple, pour l'heure, des meurtres bizarres dans le milieu des ex-flics, et des ex-taulards.

L'escouade au complet :

Patrick Forestier, Luc Reznik, Guillaume Larouche, Francis Davidson, Luc Montclair, Georges Haddad, John Guerlain, Pierre Vincennes, Scott Larivière, Alan Gregorsky. Verlande les connaît bien, il a commencé sa carrière aux Crimes Violents avec certains d'entre eux, les autres font partie de son équipe depuis son incorporation à la Direction du Renseignement.

Ils feraient ce qu'il avait demandé. Laisser une case disponible dans le cerveau, ouvrir l'œil, tendre l'oreille, faire un peu de calcul mental. Un jour ou l'autre, un de ces hommes mettrait en rapport deux événements séparés par tous les simulacres possibles de ce monde, et un éclair surgirait du Cube pour plonger dans la Cité, et punir le coupable.

Il était temps de monter encore quelques étages vers le sommet du Cube, là où siège son cerveau.

Le cerveau secret de la Cité.

Le commandant McGlade porte ses ascendances irlando-écossaises comme on arbore une héraldique remontant au roi Arthur. Les moustaches rouquines, bien drues, surplombent des lèvres nettes et fines, découpées aux ciseaux dans la chair du visage. Ses yeux d'un vert à l'éclat métallique dévisagent l'univers comme un problème qu'il faut régler au plus vite.

Identification : Francis Owen McGlade, 54 ans, vingt-quatre ans à la Sûreté du Québec, a commencé sa carrière au Service de Police de la ville de Québec à la fin des années 80. Il dirige désormais la nouvelle Direction centrale du Renseignement et de la Sécurité, qui regroupe des divisions autrefois séparées, dont la Sécurité du Territoire, et sa cellule antiterroriste.

Il dirige de fait le service le plus puissant de la police provinciale.

Il dirige les yeux et les oreilles les plus occultes de toutes les polices, il peut même surveiller les gars des Affaires internes, ce dont il ne se privera pas, Verlande le sait déjà. Les yeux et les oreilles de la Sûreté, ce sont des types comme lui et Voronine. Des prédateurs tranquilles, oiseaux de jour comme de nuit, capables de veiller soixante-douze heures d'affilée sans perdre leur vivacité. Des hommes qui s'entraînent régulièrement au stand de tir. Des hommes qui ne cessent d'apprendre les nouvelles techniques de recherche criminalistique. Des hommes qui sont devenus des experts en matière de nanoréseau sensoriel, commandes subvocales, contrôle des lentilles optiques ou des implants auditifs, capables de s'en servir à bon escient et d'élaborer des techniques de protection et de contre-mesures toujours très efficaces. De vrais flics de ce siècle cyborg qui commence. Mais aussi des hommes qui ont su synthétiser plus d'un siècle de tradition flicarde, tous les trucs, toutes les combines, toutes les astuces d'au moins cinq générations policières. Des hommes pour qui attraper un suspect tient donc de l'expérience mystique. Être au plus vite sur le coup, savoir effectuer le tri entre les infos importantes et les renseignements de seconde, voire de troisième main, identifier les bons témoins, les mauvais informateurs, les vrais indics, distinguer la fausse piste de l'authentique *track*, deviner ce qui se cache derrière la vérité apparente, ouvrir les portes dérobées, trouver les coffres-forts cachés dans les murs, élucider les codes de l'ennemi. Puis le serrer.

Tout savoir avec un coup d'avance, au moins, sur tout le monde.

Absolument tout le monde.

Sur toute la société. Ses ennemis comme ses défenseurs.

Il ne se souvenait plus où il avait lu un jour que, pour assurer l'Ordre, la Loi était parfois obligée de le compromettre. Il se rappelait fort bien, en revanche, en avoir longuement discuté avec Ryan Fortin, l'ex-*biker* devenu amateur de livres.

Il se pouvait aussi que la formule s'inverse : pour assurer la pérennité de la Loi, l'Ordre est parfois obligé de la circonvenir.

Il semblait que l'âge qui s'ouvrait allait donner une consistance très réelle aux deux propositions placées en parallèle, mieux : devenues des conséquences l'une de l'autre.

Les voici tous les quatre assis autour de la table d'une petite salle de réunion située un peu à part des aires de circulation et des bureaux. Portes bien closes. Oreilles grandes ouvertes. Systèmes de contre-mesures en action. Les regards sont plongés dans les fichiers d'informations ou les flammes d'un brasier nocturne.

Ils sont là. Ils vont faire leur rapport. Ils vont lâcher tout ce qu'ils ont appris. Ils vont transmettre ce qu'ils ont espionné, recherché, deviné. Ils vont raconter tout ce qu'ils ont vu, et surtout ce qu'ils ont compris.

Ils vont expliquer que quelque chose d'*autre* vient de commencer, que quelque chose d'*autre* s'en vient, que quelque chose d'*autre* est déjà là.

Et la Sûreté était la première sur les lieux. Elle conservait son coup d'avance.

– Repartons *back to square one*. Où vous en êtes avec l'affaire qui nous intéressait au départ, la mission d'origine, les deux flics ?

McGlade pose ces questions comme s'il établissait des constats mineurs. Mais pour McGlade, justement, un constat mineur c'est toujours le début d'une investigation cruciale. C'est une simple évidence pour un flic d'expérience : si ce que l'on constate, dans un contexte criminel, semble ne pas revêtir la moindre importance, c'est que non seulement cela en a une, mais qu'on fait tout pour le cacher.

D'où l'investigation cruciale qui s'ensuit.

– Les Affaires internes suspectent une connexion avec un gang, des affaires sales qui auraient mal tourné.

McGlade a tout de suite compris.

– Vous n'êtes pas d'accord avec cette version, évidemment.

– Évidemment. Voronine et moi on a passé plus de trois jours à éplucher tous les fichiers numériques du SVPM. Ces types-là auraient dû mourir vingt ans après leur retraite. Ils n'étaient rien. De pauvres flicards de patrouille.

– Donc il y a un *mais*, évidemment.

– Oui il y a un mais, évidemment. Ce qui n'est pas évident, c'est où il nous conduit.

– Montrez-nous le chemin, Verlande, éclairez-le, au moins.

– Organisation de type militaire. Deux véhicules, quatre tireurs, une opération réglée au chronomètre comme une attaque de forces spéciales. Ça ne cadre même pas avec un règlement de comptes entre gangsters.

– Il y a autre chose, selon vous ?

– Oui, je ne sais pas quoi encore. Mais on trouvera. On trouvera qui a buté ces deux flics et pourquoi. Et les Affaires internes n'y pourront rien.

– Je compte sur vous. Spécialement concernant le dernier point.

Le sourire de McGlade est un arc tout juste bandé vers ses zygomatiques. Ce sont ses yeux qui parlent. Et ses yeux disent : Baisez-les tous, Verlande, baisez-les tous profondément, et à sec.

L'ombre bleu-vert des larges baies vitrées donne à la silhouette filiforme d'Antoine Sherville un aspect mi-minéral mi-végétal de phasme adapté à l'environnement singulier du Grand Cube de verre. Près d'un mètre quatre-vingt-dix. Des cheveux très noirs, coupés court, des lunettes à monture d'écaille, le costume invariablement gris perle, chemise bleu pastel, cravate argent, Verlande ne se rappelle pas l'avoir vu porter une autre tenue. C'est son uniforme personnel, c'est ce qui fait de lui une structure à peine humaine dans la lumière tamisée du bureau.

Identification : 51 ans. Membre de la Sûreté depuis dix-neuf ans. A commencé sa carrière dans plusieurs services de police municipaux de la région de l'Estrie. A dirigé durant six ans le Service d'Analyse et de Documentation de l'Information criminelle, juste avant le regroupement de plusieurs départements sous la houlette de la nouvelle Direction centrale du Renseignement, où il s'est très vite retrouvé aux côtés du commandant McGlade. A déjà tué un homme en service, comme Verlande, et s'est déjà cogné les enculés des Affaires internes. Il n'y a jamais de vengeance assez froide.

– Passons maintenant à ce qui fait les gros titres de la presse. C'est toi, Voronine, qui a vu l'explosion en premier ?

Le Russe jette malicieusement un regard en coin à Verlande.

– J'ai juste aperçu un éclair vers le fleuve, ensuite Verlande et moi on a vu la boule de feu au-dessus de la rive.

– Un éclair ? Juste avant l'explosion ?

– Oui, répond Verlande, on vous l'a indiqué dans notre rapport écrit avec une estimation du temps écoulé entre les deux événements. Il a dû se produire une première détonation, ou plutôt je dirais : un incendie préliminaire qui a causé la mise à feu du carburant, des munitions stockées à bord et de diverses matières inflammables ou explosives. L'incendie devait probablement être contenu dans une pièce bien close, quelqu'un a ouvert une porte, une vitre s'est brisée, bref, arrivée brutale d'une grande masse d'oxygène, retour de flammes de très forte intensité, la boule de feu, en quelques secondes c'était fini.

– Et le cargo ? Vous dites qu'il était déjà en train de sombrer lorsque vous êtes arrivés sur place.

– Affirmatif. Il était complètement englouti avant que les forces de sécurité ne soient sur les lieux. Ce sera aux plongeurs de déterminer la séquence des événements, je leur souhaite bonne chance. Lui aussi était en feu, de la proue à la poupe, bien pire que le ferry échoué, c'est du métal fondu qui a coulé dans le Saint-Laurent.

– Il y a eu très peu de survivants à bord de ce navire.

– Il y a eu très peu de survivants tout court, mon commandant.

– Votre intervention a sauvé la vie à près de trois mille personnes, vous avez tout de même conscience de la situation, j'imagine.

Bien sûr qu'il avait conscience de la situation. La Sûreté se préparait pour une opération de relations publiques de grande envergure. Il était bien possible, après tout, qu'elle veuille se servir de lui et de Voronine comme « héros de la semaine ».

– On a simplement fait notre job, vous le savez aussi bien que nous. Ne comptez pas sur moi pour me taper les entrevues avec les blaireaux du *Journal de Montréal* ou de *La Presse*. Ça, c'est justement *votre* job, mon commandant.

– Au large du Labrador, la garde côtière traque les pirates américains qui seraient à l'origine du désastre, tous les projecteurs sont maintenant braqués sur eux.

– Qu'ils s'occupent donc de ces putains de pirates, quant aux réfugiés ce n'est plus de notre ressort, la GRC et le Service canadien du Renseignement vont prendre la relève. Vous savez que ce qui compte vraiment, ce sont ces tueurs de flics. Ce sont eux qu'on veut coincer, Voronine et moi. Ce sont eux qu'on *va* coincer. C'est ça qui réorientera les projecteurs dans la bonne direction.

Sherville le fixe, immobile, de ses yeux embrumés par les verres épais de ses lunettes de bureaucrate, mais un relâchement imperceptible de toute sa structure organique fait comprendre à Verlande que l'adjoint du commandant est on ne peut plus content de sa réponse.

Quant au commandant McGlade, son sourire pourrait éclairer l'immeuble de la Sûreté dans son entier. D'ailleurs, se dit Verlande, c'est exactement ce qu'il fait.

La Direction du Renseignement prend les choses en main.

C'est nous qui tenons le projecteur, dirigé pleine face sur le reste du monde.

Veuillez ne pas cligner des yeux.

Power to the Power

La brûlerie des Deux-Marie se trouve sur Saint-Denis, entre Marie-Anne et Rachel, bref en plein centre du Plateau Mont-Royal. Ils sont assis face à face, à cinq cents mètres environ du lieu où les deux flics montréalais se sont fait dessouder.

La brûlerie torréfie une grande variété de cafés venus du monde entier, c'est un « Second Cup » à la française, le décor y est moins froid que dans un Starbucks Coffee, et les gens y parlent plus fort. Ils entendront donc moins ce que Voronine et Verlande ont à se dire. Et ici, parler français paraîtra moins incongru qu'à l'ouest de la ville. Ils sont d'ici, ils sont des éléments du décor, c'est tout juste s'ils sont visibles.

Eux, ils pourront éventuellement surprendre un bout de conversation intéressant.

Eux, ils savent parler à voix basse pour ne pas se faire entendre, et pour mieux écouter les autres.

Eux, ils sont des flics.

– Il ne faudrait pas perdre de vue notre affaire de décembre dernier.

Voronine a l'air soucieux. Verlande est au-delà de tout *souci*. Il lui semble de plus en plus que les problèmes font figure de solutions.

– En quelques jours, tu admettras qu'un certain nombre d'éléments nouveaux sont survenus dans notre secteur d'activités.

– Ils peuvent mettre d'autres gars sur les réfugiés. Et aussi sur les deux flics du SPVM. Nous, on était sur le coup avant tout le monde et si ça continue on va se faire griller par la GRC.

Verlande plante son regard amusé dans celui de son collègue, il avale avec précaution une gorgée brûlante de son Costa Rica Tarrazu, un des *musts* de ce café branché dans ce quartier branché. Eux, ils ne sont pas branchés, ils sont *interconnectés*. Il a transmis un message très clair, en un dixième de seconde. Mais cela mérite un appui direct, du feu verbal. Ils doivent être absolument sur la même longueur d'onde, tous les deux, s'ils veulent baiser les autres, *tous les autres*.

– On était aussi sur le coup avant tout le monde pour les autres affaires. C'est pour ça qu'on est payés. Et c'est pour ça qu'on forme la meilleure équipe. Nous sommes les meilleurs, et quand on est le meilleur, il faut constamment le prouver pour le rester. Les réfugiés du Saint-Laurent ne sont déjà plus de notre ressort, disons plus complètement. Les services secrets prendront le truc en charge dans les jours qui viennent, la Sûreté jouera la médiatrice entre les différents services, comme d'habitude. Il y a un bureau spécialisé pour ça. Donc on s'en fout. Mais les deux flics montréalais, ils sont à nous. On va pogner les fils de putes qui les ont saignés.

– Très bien. Et pour l'affaire de décembre ? On la laisse donc au second plan ?

Verlande inspira longuement les arômes d'Afrique sèche, Montréal disparut l'espace d'un instant derrière un désert scintillant comme du cristal.

– Il n'y a pas de second plan, Alex. Les Arabes de décembre, les flics de ce mois-ci, et les prochains quand ils arriveront. Personne ne doit penser une seule seconde qu'on va lâcher l'affaire. On est les meilleurs. On doit *tous* les baiser. Tous.

– Ça risque de faire un paquet de personnes.

– Ça en fera beaucoup moins que les réfugiés du Saint-Laurent. Ceux-là, que les bureaucrates s'en occupent, on les paye même pour ça, je crois.

– D'accord, mais on fait face à des types qui agissent en commandos paramilitaires. Faudra vraiment se fondre dans le décor pour les approcher.

– Le décor est devenu une partie de nous-mêmes, Alex, c'est ça être un flic. Les deux patrouilleurs du poste 37 se repéraient à l'horizon comme un navire en feu au milieu du fleuve. Nous, nous sommes des extensions du territoire, en ville nous sommes la ville, dans la forêt nous sommes la forêt.

– Et j'imagine que dans le feu nous sommes le feu, ou une déconnade du même genre.

Voronine attaquait son Célèbes Kalossi, Verlande lui avait rendu son sourire.

– Non, nous, dans le feu, nous sommes le carburant, dans l'eau nous sommes les tourbillons. Nous devons être plus mauvais que les fils de putes que nous pourchassons. Pire que ça : nous devons être *meilleurs*.

– C'est pour ça qu'on ferait bien de porter les gilets pare-balles dernière génération et de demander un agrément pour l'usage d'armes automatiques gros modèle.

– On disposera de *dragon skins*, les gilets ne se verront pas sous nos costumes civils, pour les armes lourdes, ça prendra un peu plus de temps, tu t'en doutes.

Être doté du nec plus ultra en matière de protection restait dans le domaine du possible immédiat pour des agents de la Direction du Renseignement. En ce qui concernait les armes automatiques auxquelles Voronine faisait allusion, il y aurait l'inévitable paperasse, et le cheminement bureaucratique des dossiers, même sous forme digitale. Être armé, aujourd'hui, passe pour un dérangement mental, Verlande le savait mieux que quiconque. Personne ne semblait comprendre que le point limite venait d'être franchi. Le point limite à partir duquel la seule façon d'être libre, c'est précisément d'être armé.

Et si possible, mieux armé que les autres.

Ceux qui le comprenaient n'hésitaient pas à passer à l'action, sans états d'âme. Ceux qui le comprenaient agissaient comme des soldats de métier. Ceux qui le comprenaient descendaient des flics au cœur de la ville, ils avaient résolu l'équation de la mort mécanisée : la puissance de feu combinée à la supériorité numérique.

Ils avaient compris que c'était la guerre.

Ceux qui ne le comprenaient pas étaient morts.

Comme les deux militants salafistes du 1er décembre.

Deux Arabes sunnites venus d'Algérie qui avaient explosé avec leur camionnette bourrée de Semtex en plein sur la Métropolitaine, à la hauteur de l'embranchement avec Cavendish. Les deux terroristes vaporisés. Le petit camion Ford E-450 Super Duty et sa vieille remorque Transit Inc à ouverture manuelle réduits à un vaste périmètre de débris calcinés. L'autopont pulvérisé par l'onde de choc sur une longueur de cinquante mètres. Les rues et voies adjacentes, au niveau du sol, transformées en un large cratère. Des blocs de béton avaient, paraît-il, fusé à près d'un kilomètre de distance.

Les victimes collatérales : le chauffeur d'un taxi et son passager qui doublaient le camion et sa remorque, au moment où tout avait sauté. Désintégrés en plein vol. Une ambulance, avec le conducteur, ses deux agents hospitaliers et la victime d'un accident de moto, plus un réfugié américain venu du Connecticut au volant de son minivan Dodge, avec sa compagne et leur enfant de cinq ans, tous réduits en une bouillie informe de chair et de métal, sous les énormes blocs de ciment qui s'étaient dévissés de l'autopont pour s'écraser sur les voies d'accès. Une bonne dizaine de blessés graves :

la structure porteuse du viaduc ayant cédé sous l'impact, plusieurs véhicules n'avaient échappé à la détonation et aux flammes que pour se précipiter droit dans le vide fumant, puis six ou sept mètres plus bas, dans le cratère de béton.

Attentat kamikaze, avaient titré les journaux. Les journaux titrent ce que les véritables puissances veulent bien qu'ils titrent.

Verlande et Voronine, comme les hommes de la section antiterroriste de la GRC qui s'affairaient sur le coup, savaient fort bien que cet attentat faisait partie du tableau bien plus général de la guerre que les islamistes conduisaient contre l'Occident, mais aussi de celle qu'ils se menaient les uns contre les autres, en Occident.

Et il servait à ce que la masse critique soit bientôt atteinte : ces trois dernières années, après la période de relative accalmie qui avait suivi les grands attentats de Toronto et Vancouver, la liste des crimes politiques n'avait cessé de s'allonger.

La cadence des attentats et des actes de vengeance restait irrégulière, épousant les variations de la nuit que portent les hommes en eux, mais la guerre « interconfessionnelle » s'implantait dans le territoire, dans le Grand Cube de la cité, au cœur même de la machine politique, telle une donnée météorologique invariable sous un climat particulier. Elle venait se superposer au « jihad » général, comme cette série d'attentats revendicatifs contre les institutions d'Ottawa, de Québec ou de Calgary, demandant l'instauration de tribunaux islamiques au niveau fédéral, à la place de leurs dérogations locales, sur le modèle de la Hollande, de régions entières de la Belgique wallonne, et de la grande réforme législative prévue pour l'automne prochain au Royaume-Uni qui ne cessait depuis un an, date de l'adoption de l'avant-projet par les Communes, de provoquer d'incessantes flambées de violence entre partisans et adversaires de la loi coranique dans toutes les villes d'Angleterre, d'Écosse et d'Irlande.

Les divergences se succédaient, elles produisaient une mécanique spécifique, mais totalement imprévisible.

Puis ce fut la contamination générale, l'étoilement des conflits superposés au décentrage des réseaux, aux divergences induites par les rivalités internes, à l'élévation constante du degré de violence employée, en corrélation avec la propagation du « jihad mondial » : une guerre civile s'était enracinée ici, comme sur tous les autres territoires de la planète, à l'exception peut-être de l'Antarctique. Elle s'était capillarisée dans le métabolisme des sociétés, réveillant au passage d'anciens conflits qui venaient s'entremêler à des rivalités tout juste naissantes. Une *guerre civile mondiale*, une constellation de conflits en réseaux, une circulation post-historique des événements, tout territoire en image fractale du globe, le globe entier comme condensation d'un seul de ces microterritoires constitutifs/destitutifs. Désintégration métalocale. La politique devenue monde s'établit d'abord comme machine de fission atomique.

Ici comme ailleurs, on n'assistait nullement à un « choc de civilisations », mais à la *disjonction synthétique* et terminatrice de mondes absolument inconciliables, qui se ruaient les uns sur les autres à la vitesse d'avions de ligne, par flux migratoires de populations entières. En termes purement techniques, cela s'appelle une implosion.

La seule chose, peut-être, qui différait, ici, au Canada, c'était l'analogie frappante entre la plupart des attentats et contre-attentats perpétrés depuis environ trois ans, jusqu'à celui de la Métropolitaine. Bien souvent, c'était des méthodes de flics, comme pour l'assassinat des policiers du poste 37.

Verlande devinait une distorsion, quelque chose d'indistinct qui ne collait pas avec le reste, quelque chose qui collait de trop près avec l'état du monde.

Diviser pour régner est une vérité si simple qu'elle est double : on divise les autres pour les assujettir. Mais on est parfois obligé de se diviser pour assurer sa souveraineté.

Lorsqu'on est deux, qu'on est les meilleurs, et qu'on se bat contre le monde entier, cette division devient une multiplication.

C'est ce qui différencie un homme normal d'un flic. C'est ce qui différencie un flic normal d'hommes comme Verlande et Voronine. C'est ce qui différencie un prédateur d'une proie. C'est ce qui différencie un souverain d'un sujet.

C'est aussi souvent ce qui différencie un homme mort de celui qui vient de l'abattre.

Alors les « deux V », comme certains gars du département les ont surnommés, se dédoublent sur le territoire ouvert de l'investigation, ils se dédoublent sur la carte des faits, ils se dédoublent dans le seul réel physique, concret, celui des morts et des traces qu'ils laissent.

Voronine avec les types de la GRC, les « forensics » qui analysent tous les indices, quels qu'ils soient, trouvés sur le lieu du crime. La Métropolitaine, c'est-à-dire l'autoroute 40, n'est pas une route fédérale, mais elle est désormais classée dans les « axes stratégiques », cela avait suffi à Ottawa pour forcer la main à la Sûreté, dont la Direction du Renseignement faisait pourtant office de centre de lutte anti-terroriste. Il avait fallu composer. Jouer les agents de liaison. Parler coordination interservices.

En clair, comme le disait McGlade, il fallait les baiser à sec.

Verlande, lui, a les yeux rivés sur l'écran de son ordinateur. Il a activé ses optiques et des sous-fichiers spécifiques peuvent s'afficher en transparence devant les informations qui défilent sur l'écran, sous toutes les formes possibles, images, textes, enregistrements audio, reconstitutions digitales. Il vient de déplier son clavier à mémoire de forme et d'activer le réseau wi-fi. Les fichiers de tous les flics du SPVM défilent lentement devant ses yeux. Il lit tout, absolument tout. Sur chacun. Sur tous. Toutes les notes, tous les rapports, tous les bilans d'évaluation de la hiérarchie, il pénètre même dans les dossiers des Affaires internes. Leur irruption dans l'enquête dès les premières vingt-quatre heures est d'une affligeante banalité.

Des flics. Un commando paramilitaire organisé. Bien.

Au départ, le détective lambda se dit : des flics pourris qui se font plomber par un gang pour une raison ou pour une autre, c'est une sale affaire qui a mal tourné.

Sauf que ça ne tient pas. Et que les gars les plus malins des Affaires internes doivent sûrement s'en douter, eux aussi.

Des flics tueurs de flics ? Ou d'ex-flics tueurs de flics ?

Il n'y avait rien. Il les avait déjà épluchés plusieurs fois ces derniers jours, ces putains de dossiers à la con, dès les premières heures de leur investigation. Lui aussi avait tout de suite compris, et il était impératif de prendre les Affaires internes de vitesse, McGlade veillerait à ce que la consigne soit respectée à la lettre, à n'importe quel prix.

Pourquoi des flics tueraient-ils d'autres flics ?

Aucun membre du SPVM ne semblait en mesure de monter une telle opération. Il n'y avait pas de connexions louches avec des détenus dans l'un ou l'autre des centres pénitentiaires de la province, ni du Canada. Il n'y avait rien qui permettait de soupçonner d'éventuels partenariats avec l'une ou l'autre des mafias de Montréal, il n'y avait pas de liens avec les gangs de rue, avec les *dealers*, avec les piqueries en tous genres, les centres de neuro-univers interdits ou les pornodromes clandestins.

Certes, il restait les petites arnaques, les microrackets, les fouilles poussées limite, les trafics couverts en échange de menus services, comme une bonne pipe vite fait bien fait sur le siège de la voiture de patrouille, rien que du normal, rien que la routine flicarde, là où la Loi plonge dans les ténèbres du crime.

Rien que des flics qui faisaient à peu près correctement leur boulot, avec les moyens du bord.

Et on les avait assassinés de sang-froid avec les méthodes et les armements d'une unité militaire d'élite.

La disproportion était presque trop flagrante. Elle indiquait une réelle situation de déséquilibre. Comme deux mondes ne fonctionnant absolument pas au même rythme, ni selon les mêmes lois physiques, ni les mêmes modes de perception. Comment la fourmi ou la mouche voient-elles l'autoroute et ses automobiles, comment s'y comportent-elles ?

Les deux flics de la rue Resther n'avaient été que deux insectes happés par le pare-brise, ils n'avaient rien vu venir. Ils n'avaient sans doute même pas su pourquoi ils étaient morts. Ils n'avaient même pas su ce qu'ils faisaient.

Et on ne le leur avait pas pardonné.

La seule piste était ce nom que leurs collègues du SPVM avaient retrouvé sur une feuille d'agenda déchirée à la date du jour de leur mort, dans le bureau de Robitaille.

Il y avait aussi un petit calepin qui indiquait la date d'un rendez-vous, une dizaine de jours plus tôt.

Corzabal. Fernand.

Identification : 50 ans. Truand professionnel, dès sa naissance pour ainsi dire. Montréalais pure souche. Il avait fricoté avec les Hell's Angels vingt ans auparavant. On disait qu'il venait de quitter le Manitoba où il avait zoné à droite à gauche après sa dernière sortie de prison, avant de s'installer discrètement quelque part sur l'île de Montréal. On disait qu'il avait dû quitter le Manitoba très vite. On disait que cela avait peut-être un rapport avec son ancienne affiliation aux Hell's Angels. D'autres disaient qu'il avait déconné avec des truands de Winnipeg.

Les deux flics montréalais pistaient Corzabal parce qu'ils croyaient à l'une ou l'autre de ces hypothèses, c'était l'évidence. Mais l'évidence montrait aussi qu'ils s'étaient lourdement trompés. Et plus de soixante cartouches chemisées d'acier étaient là pour le prouver. Quoi qu'il en soit, le SPVM n'avait pu retrouver Corzabal, ils avaient donné le mot à tous les autres services et fait passer un avis de recherche de témoins dans tous les médias. Sans le moindre succès, évidemment.

Mais qui pouvait affirmer que les deux flics du poste 37 n'avaient pas fini par lui mettre la main dessus ? Juste avant d'y passer, ce qui expliquait l'absence de tout rapport ?

Si Corzabal se cachait à Montréal, il faudrait au SPVM des semaines, des mois, peut-être plus, pour le retrouver. Il était né ici, y avait toujours vécu ou presque, si l'on exceptait quelques séjours dans les pénitenciers des provinces voisines. Il connaissait l'ouest de la ville comme un rat les canalisations souterraines qu'il infeste. Verlande ne se disait même pas que la tâche serait difficile.

À l'heure actuelle, le sieur Corzabal était en liberté depuis un peu moins de cinq ans, après avoir purgé sa dernière peine au pénitencier de Drummondville pour une série de délits liés aux ultimes soubresauts de la guerre des Motards, coups et blessures, voies de fait, extorsion de fonds, il avait évité de justesse la loi anti-gang et un emprisonnement bien plus long que les six années qu'il avait écopées.

En liberté, cela voulait dire qu'il préparait, ou exécutait déjà, un méfait, voire un crime. Il l'avait même sûrement préparé depuis longtemps, et peut-être l'avait-il déjà perpétré. Le crime, chez un criminel, c'est ontologique, c'est aussi simple que ça. La Loi et l'Ordre occupent la même place chez le flic : c'est l'être qui parle. Et pour un vrai salaud de flicard, l'être commande que les criminels soient embastillés au plus vite, et sans qu'on leur laisse la moindre chance. C'est une guerre de tous les instants, et de tous les territoires. C'est la sélection naturelle la plus pure, la plus exacte, la plus implacable, prédateur contre prédateur, l'un finit inévitablement dans le rôle de la proie, mais l'issue incertaine est l'essence même du jeu. C'était, selon Verlande, ce qui rendait le darwinisme humain nettement supérieur à sa version primitive, purement animale, où le déséquilibre est intangible, programmé génétiquement par l'appartenance à l'espèce.

Dans le cas qui l'occupait, les prédateurs étaient devenus proies, et ils en étaient morts.

Robitaille et Curtiss s'étaient lancés à la poursuite dudit Corzabal, mais Verlande ne voyait ni comment ni pourquoi un criminel de sa catégorie aurait eu les moyens de monter une opération comme celle qui avait tué les deux policiers patrouilleurs.

Il voyait encore moins ce qui avait poussé les deux flics morts à traquer cet ex-taulard parmi des milliers d'autres.

C'était pourtant la seule piste. Les deux flics du SPVM l'avaient peut-être interrogé, le Corzabal. Mais la Sûreté n'était pas encore passée le voir.

Certains hommes ne se doutent pas de leur bonheur.

Voronine avait regardé James Ferrier, le type de la GRC qui avait remplacé Gary Kirkwood sur l'enquête depuis sa réaffectation, pour une raison aussi obscure qu'un fond de tiroir, dans la région de la Côte-Nord. L'Agence canadienne de la sécurité nationale chapeautait et « coordonnait » toutes les organisations policières du pays, elle pouvait prendre ce genre de décisions sans en référer à personne. Voronine partageait l'avis de Verlande à ce sujet : les bureaucraties ne cessent de s'engendrer, dans un processus multiplicateur d'ordre démoniaque. Verlande lui disait souvent : « Rappelle-toi que le Nom du Diable est Légion. C'est dans les Évangiles, et je crois que c'est lui-même qui l'avoue. »

James Ferrier était le type même du « *Mountie* » ; son adjoint, Nathan Winston Vartanian, était sorti du même moule. Pas très loin de l'aspect militarisé de la police provinciale. Version fédérale, canadienne, multiculturelle. Un Franco-Ontarien pure souche venu de Sudbury, un Anglo-Québécois aux ascendances arméniennes né à Outremont. C'était de bons flics, Voronine le reconnaissait sans arrière-pensées. Mais ils n'étaient pas de la Sûreté. Et encore moins de son service de renseignement. Les gars de la GRC ignoraient la nature et la fonction du véritable département auquel ils étaient rattachés. Lui et Verlande étaient d'ailleurs pratiquement les seuls, à l'exception de la haute hiérarchie, à les connaître.

Voronine savait maintenant que les *Mounties* suivaient une piste très proche de la sienne. Ils ne connaissaient pas l'identité réelle du bureau secret auquel il appartenait, en contrepartie c'est eux qui avaient la charge de l'analyse criminalistique de l'attentat. Ils lui fourguaient les infos qu'ils voulaient bien lui fourguer, disons au rythme qui leur convenait.

Mais ce matin-là, ils n'avaient pu lui cacher les indices essentiels.

Ils n'avaient pu lui cacher les quelques débris carbonisés, noircis, fondus, radiographiés à l'atome près.

Ils n'avaient pu lui cacher ce qui mettait en miettes la thèse de l'attentat-suicide.

Verlande et lui s'étaient posé les premières questions probablement en même temps que les gars de la GRC. Ils ne disposaient pas des infos criminalistiques de première main, mais, comme disait Verlande, il nous reste nos cerveaux, ça peut valoir un très bon ordinateur. Parfois, c'est même mieux.

Le problème résidait dans la mise en équation de deux facteurs clés :

– La camionnette était remplie de Semtex, plus d'une demi-tonne répartie dans un stock de mobilier d'occasion, elle avait littéralement détruit le viaduc comme si une bombe guidée au laser avait frappé le béton. Six cents kilos. De quoi pulvériser tout un immeuble.

– On comptait moins de dix morts et une quinzaine de blessés graves. La camionnette avait explosé un mardi soir, un peu après onze heures.

– Conclusion : tout indiquait qu'on avait voulu limiter le nombre de victimes.

Pourtant, paradoxalement, la camionnette était remplie de plusieurs quintaux d'explosifs, de quoi désintégrer toute cette partie de l'autoroute, et ses alentours.

Ce paradoxe indiquait la présence d'une violente distorsion dans la logique relativement prévisible des assassinats politiques.

Ce n'était qu'une supposition, un flux d'instinct flicard. Verlande lui-même avait élaboré plusieurs théories et il suivait avec acharnement toutes les pistes qui présentaient un quelconque rapport avec ses implacables équations humaines. Après l'inévitable période de sélection, une idée centrale avait fini par s'imposer, et elle tenait en quelques mots : *Ce n'est pas un attentat, c'est peut-être un accident, quelque chose a déclenché la mise à feu alors qu'ils effectuaient la livrai-*

son sur l'autoroute. Les deux Arabes tués dans l'explosion n'étaient pas des kamikazes, mais de simples convoyeurs. *Il faut trouver qui expédiait, d'où, et qui recevait, où.*

Mais très vite l'idée sous-jacente avait fini par germer, l'idée sous-jacente, c'est-à-dire le moteur paranoïaque de toute pensée investigatrice, la vision de nuit braquée sur le monde invisible des motivations humaines : *C'est peut-être un contre-attentat, une faction rivale qui aurait piégé, ou détruit, le véhicule à distance.* Depuis ce jour, Verlande passait son temps à éplucher les rapports antiterroristes du monde entier, pour essayer de voir clair dans la nébuleuse des radicaux islamiques.

La nationalité et le curriculum vitae des victimes, tout comme le *modus operandi* de l'opération qui leur avait coûté la vie, pointaient en direction de la fracture géopolitique principale, mais Verlande devinait qu'il pouvait s'agir d'un leurre, d'une erreur d'interprétation, voire d'une suite de hasards objectifs, tout était possible dans ce monde qui n'offrait plus d'issue de secours. Si les deux Arabes tués n'étaient que des chauffeurs-livreurs, ils pouvaient travailler pour n'importe qui, n'importe qui ayant besoin d'une grande quantité d'explosifs modernes. Des membres des FARC contre des groupes d'autodéfense colombiens ? Des *vigilantes* centraméricains contre des gangs mexicains ou nicaraguayens ? Des rebelles vénézuéliens anticommunistes contre les séides du parti au pouvoir à Caracas ? Des résistants tibétains antichinois contre des groupes de soutien au régime de Pékin ? Des nationalistes antimusulmans européens contre des membres d'une organisation islamique locale ? Le Front de libération du Québec ? Les Forces fédéralistes canadiennes ? Des afrocentristes noirs pronazis contre des néosuprématistes blancs ultra-sionistes ? Des unionistes grand-russes contre un des nombreux groupes indépendantistes de la Fédération ? La liste était longue comme un rapport de l'ONU sur les « droits des nationalités ». Et si l'on se contentait de l'évidence première, si l'on focalisait son regard sur la guerre de toutes les guerres, celle que les terroristes islamiques se menaient les uns contre les autres, on obtenait un diagramme à peine plus cohérent, qui ne cessait de proliférer, tel un réseau incontrôlable, et sans doute incontrôlé.

Mais désormais, quelques grammes de carbone et d'alliages fondus allaient donner à la vérité une chance de faire sauter toutes les autres hypothèses.

Voronine avait planté son regard dans celui de Ferrier.

– Vous êtes sûrs de votre identification ?

Ferrier avait laissé passer un simple rictus :

– Regardez dans le binoculaire, Voronine, vous comprendrez.

Voronine avait collé ses yeux sur les lentilles du spectrographe.

Il avait regardé. Il avait vu. Il avait compris.

La lune est un peu rousse au-dessus du mont Royal, elle semble vibrer, comme une caisse de résonance, de tous les échos qui se réverbèrent à travers la ville plongée dans la nuit, elle paraît branchée sur la longueur d'onde des actes les plus secrets, elle s'est transfigurée en un récepteur astral aux couleurs du sang versé par les hommes.

Boulevard Saint-Laurent, puis du Parc. Les avenues se côtoient en longues lignes de lumière, l'asphalte luit sous le feu des réverbères et des phares, le ciel est noir-bleu nuit, constellé d'étoiles vif-argent, un véritable uniforme de flic drape toute la cité, c'est leur ville, c'est leur territoire, c'est ici qu'ils vont prouver qu'ils sont les meilleurs agents de la SQ.

Verlande avait passé la journée à suivre la piste Corzabal, à lister tous les endroits connus de lui, tous les bars ou boîtes de nuit que le type avait fréquentés, ses relations, ses proches, ses amis, sa famille, ses voitures, ses différents appartements, il avait retracé sa vie de bandit ordinaire, rien de bizarre n'était apparu. Il avait épluché les rapports des flics du SPVM datant des quarante-huit heures suivant l'assassinat de leurs collègues du poste 37, eux non plus n'avaient rien trouvé.

Et en tout premier lieu, ils n'avaient pas trouvé Corzabal.

Alors, à eux, les agents de renseignement de la SQ, de serrer ce fils de pute et de lui faire cracher le morceau, par tous les moyens légaux possibles.

Et en matière de moyens légaux pour faire parler quelqu'un, Verlande et Voronine ont des aptitudes tout à fait particulières, les patrons de la Direction du Renseignement le savent mieux que quiconque et pour rien au monde ils ne souhaiteraient que le duo change des méthodes qui se sont toujours révélées d'une efficacité à toute épreuve en restant dans le cadre constitutionnel.

Rester dans la légalité n'est pas un problème pour des hommes qui savent la mouvoir dans le sens qu'ils désirent. Respecter la Constitution l'est encore moins pour des hommes qui savent ce qu'il en coûte vraiment de la protéger.

Toute la souffrance nécessaire pour qu'un microgramme de liberté subsiste, tous les sacrifices requis pour défier le crime organisé, toute la frustration et toute la tristesse accumulées devant les corps tuméfiés, violés, brisés, brûlés, plombés, découpés, démembrés, décomposés, toute cette mélancolie qui envahit Verlande alors qu'il oblique vers l'ouest un peu avant Querbes ; là-bas au loin, les arbres fruitiers hydroponiques élèvent leurs futaies au-dessus de l'énorme bloc de béton formé par l'ancien incinérateur industriel planté au bord de la voie ferrée, citronniers, haricots sauvages, tomates, vignes, orangeraies, bananiers et avocatiers transgéniques frémissent d'un vert scintillant sous les projecteurs halogènes, toute cette beauté électrique/végétale qui jaillit de la ville telle une jungle rayonnante pour fuser vers l'astre sélénite, tout ça ne fait plus qu'un, tout ça l'emplit de l'intérieur, tout ça est lui. Une intuition fugitive mais intense le fait se douter qu'ils se dirigent tous vers un désastre plus grand que la Terre elle-même.

– Armée canadienne ? Tu es vraiment sûr ?

– Si même les gars de la GRC me l'ont confirmé et montré, alors oui, je crois qu'on peut être sûr.

– Qu'est-ce qu'ils ont exactement ?

– Primo : les premières analyses ne l'avaient pas détecté mais, en plus des molécules de Semtex, ils ont pu repérer quelques traces, infimes, de dynamite industrielle, leurs *quantum shifters* peuvent en détecter une partie par dizaine de trillions, tu le sais.

– De la dynamite industrielle ? Pourquoi trimbaler une demitonne de Semtex avec un ou deux bâtons de vulgaire dynamite ? Ça ne tient pas, ça non plus. Qu'est-ce que tu as vu exactement ?

– Des débris. Certains collés, fondus plutôt, les uns aux autres, par la chaleur de l'explosion.

– Quel genre de débris ?

– Ils ont pu identifier les restes d'une pile au lithium et d'un portable. Un Motorola récent, avec GPS deuxième génération, j'ai noté le modèle exact dans mon rapport. La pile au lithium, c'est ce qui est notable, semble avoir été fabriquée en Iran.

– Les Forces canadiennes ne fabriquent pas de téléphones cellulaires, et les Iraniens font mieux que des piles au lithium maintenant, c'est quoi ce truc de l'armée dont tu me parlais ?

– En fait, je crois que le contracteur officiel est britannique, il fournit quasiment toutes les armées du Commonwealth. C'est un simple condensateur électrolytique, très puissant, ultra-miniaturisé.

– Un condensateur ?

– Oui. Il reçoit une micro-impédance électrique via une pile basse énergie et la transforme instantanément en courant basse tension standard, 110 volts, pendant un centième de seconde. Juste de quoi mettre à feu à coup sûr un dispositif détonant. D'après les analystes de la GRC, il s'agissait d'un circuit à redondance asymétrique, un branchement direct sur un pain de Semtex situé juste à l'extérieur de la boîte, une connexion parallèle vers un peu de dynamite placée à l'intérieur, si un circuit flanche, l'autre assure la mise à feu, chacun selon son système spécifique. Simple et efficace.

Verlande commençait à voir le diagramme s'agencer dans le crâne même du monde, qui était en train de devenir le sien.

– Quoi d'autre ?

– Une série de câblages, c'est cela qui a rendu possible l'identification finale. Il n'en restait pratiquement rien, mais ils étaient mélangés à des morceaux identifiables du Motorola et à des molécules de métal.

– Métal ?

– Les gars de la GRC pensent que tout le mécanisme était enfermé dans une petite boîte d'aluminium, avec une certaine proportion de titane qui établit son origine militaire. Quant aux restes des câbles électriques, l'analyse spectrographique et le microscope à balayage ont révélé des empreintes résiduelles de marques écrites qui en prouvent l'origine exacte. Et cette origine, c'est l'armée canadienne.

Verlande ne répondit rien, il roulait sur la 720, vers l'ouest de la ville, là où Fernand Corzabal avait l'habitude de se terrer entre deux coups.

Toute la machine était là, exposée devant ses yeux, le corps du délit disséqué par les bombardements d'électrons ou de rayons gamma, le séquençage implacable des événements, comme guidé par le programme d'un ordinateur invisible.

Des terroristes arabes ou iraniens avaient eu accès à du matériel d'origine militaire sensible, ici même, et ils avaient soigneusement préparé l'attentat qui allait coûter la vie à leurs rivaux en se servant de leur propre opération de transfert d'explosifs.

Une petite boîte d'aluminium, placée discrètement dans une des caisses remplies de Semtex, ou à n'importe quel endroit du camion, le réservoir par exemple.

Un téléphone cellulaire connecté par quelques câbles à un condensateur électrolytique lui-même relié à une des caisses d'explosifs, d'une part, et à un ou deux petits bâtons de dynamite, d'autre part, afin d'assurer la redondance minimale : si jamais un des circuits ne marche pas, l'autre fera le boulot, c'est-à-dire tout détruire à des centaines de mètres à la ronde. Du travail de pro, du travail de super-pro. Là encore, aucune chance de s'en sortir, pas d'échappatoire, pas un iota de possibilité, les deux hommes devaient mourir, le camion devait exploser. C'était un des points communs les plus évidents avec l'exécution de type militaire des deux policiers du poste 37.

Personne n'avait intérêt à lui parler de « problèmes de délinquance ».

La guerre était là. À toutes les échelles. Sur l'ensemble du territoire. Au milieu d'un fleuve, sur une autoroute transcontinentale ou à un coin de rue de centre-ville.

La guerre était là. Elle n'avait cessé d'être là.

Qu'est-ce qui avait pu pousser les deux flics du poste 37 à courser Corzabal ? Plus difficile encore : comment avaient-ils pu entrer en contact avec lui, comment avaient-ils obtenu un rendez-vous ? Et surtout : pourquoi ?

La vraie question était là. Ils n'en avaient fait nulle mention dans leurs rapports, ils n'étaient dépêchés sur aucune enquête officielle, ils n'avaient pas même un mandat de perquisition.

Lui et Voronine discutaient de cette anomalie en essayant de la relier à toutes les autres. Depuis trois jours, les journaux faisaient leurs gros titres sur le double naufrage du Saint-Laurent, le sort des policiers de l'avenue Laurier avait été très vite relégué aux pages nécrologiques.

Pourquoi Corzabal ? La ville défile dans le pare-brise, ils vont prendre Côte-des-Neiges jusqu'à la limite de Parc-Extension, pour surveiller une des dernières caches du gangster.

Corzabal était revenu du Manitoba depuis un peu plus de trois mois. Aucune agression ou extorsion portant sa signature n'avait été signalée sur l'île de Montréal ou ses environs dans l'intervalle de ce trimestre. L'homme se planquait. Il restait planqué. Il ne sortait pas. Il nc bougcait pas. Il nc faisait rien.

Il se planquait encore mieux que s'il avait des flics au cul, justement. Il se planquait comme si quelqu'un pouvait à tout instant le faire disparaître de la surface de la Terre.

Qu'est-ce qui avait pu jeter de simples patrouilleurs du poste 37 sur sa piste ?

À quelle malversation occulte Corzabal était-il lié ?

Pourquoi cela avait-il fini par plus de soixante cartouches tirées à bout portant ?

La ville devint plus sombre à l'approche de la zone industrielle qui bordait le quartier des gangs blacks de Montréal. Les décharges sauvages s'accumulaient tout au long du trajet, toujours plus hautes, plus grosses, plus sales. Les premières colonies nocturnes de nomades commençaient à prendre possession des lieux, rejoignant leurs niches et leurs cavernes creusées à même la compression d'ordures ménagères, les volutes de méthane et d'ammoniac tourbillonnaient autour de leurs silhouettes, plus spectrales encore que les nuées de gaz qui s'élevaient des montagnes de déchets, les biogaz étaient pompés dans des réservoirs de fortune afin d'être vendus, légalement ou non, à des usines de retraitement en gaz naturels ou à des fourgueurs de produits non recyclés. Certains transportaient des extracteurs de biomasse et des catalyseurs d'éthanol, ces machines, souvent fabriquées avec les moyens du bord, leur permettaient de confectionner des plaques de carbone à haute teneur de méthanol-base qu'ils pouvaient ensuite revendre aux industries de recyclage spécialisées. D'autres traînaient ou poussaient des chariots bricolés sur lesquels s'entassaient des containers remplis à ras bord de marchandises de contrebande, dont celles qu'ils venaient acheter aux colonies des décharges, en échange de drogues, ou de petites putains, le plus souvent. C'était une économie ni plus ni moins « parallèle » que les autres qui fonctionnait plutôt bien. Verlande s'était fait la remarque que, désormais, tout, même les catastrophes, était recyclable, tout, même les millions de réfugiés du Grand Crash Général, tout, même les ordures, tout, absolument tout. Même le pétrole au bout du compte.

Juste là, devant eux, commençait le quartier sunnite, avec son immeuble industriel transformé en mosquée. Les antennes paraboliques se multipliaient sur les façades et les toits des maisons, des buildings, des bâtiments industriels désaffectés, grappes de disques lunaires pointés vers le ciel des satellites. Plus on s'enfonçait vers le nord-ouest, plus les soucoupes de réception envahissaient l'espace visuel, elles luisaient vaguement dans le clair-obscur artificiel et Verlande nota, à peine surpris, que les jeux d'ombre et de lumière dessinaient à leur surface la forme répétée du croissant islamique. Cette coïncidence optique ne devait absolument rien au hasard, auquel Verlande ne croyait pas. Il savait que tout, dans l'ordre du cosmos, prend le sens que la pensée lui donne. La *pensée en action*, c'est-à-dire le contraire de la « conscience », souvent « bonne », de ses concitoyens. Autant dire une cristallisation singulière du Logos. Il y avait ici un signe qui se démultipliait en centaines, en milliers d'exemplaires. Les antennes constituaient les oreilles de la Polis parallèle qui s'était installée au sein de celle dont ils avaient la garde, ici même. Internet et la voix du muezzin servaient ensuite de haut-parleurs. Puis des hommes mouraient.

Cela n'avait même plus la forme d'une guerre. Au contraire. C'était le régime de la pacification générale, l'âge des libertés sans frontières, donc sans plus rien pour empêcher leurs annihilations réciproques, c'était l'âge des tribulations, à n'en pas douter.

Il ne fallait se faire aucune illusion : personne n'y échapperait, pas plus les jihadistes que les milices nationalistes. Pas plus les *rogue States* islamiques que les démocraties, ou les néo-dictatures occidentales. D'autres forces se manifestaient déjà. En tout cas au moins deux. Et les deux forces dessinaient le véritable diagramme de cette paix génocidaire : les paramilitaires profitaient des dissensions déjà existantes dans chaque camp politique pour aggraver la situation en commettant assassinats et attentats selon des méthodes éprouvées au Moyen-Orient. Un groupe de tueurs « post-mafieux » profitait de vieilles rivalités à moitié oubliées pour établir son business.

Ce n'était encore qu'une simple variation d'intensité dans cette destruction du monde qui disait enfin son nom.

Au sud, tout près, commençait le quartier où Corzabal avait vécu, et vraisemblablement vivait encore. Les décharges créaient une frontière au milieu de la ville, elles délimitaient un territoire où les cartes n'avaient plus le moindre sens. Les diverses économies locales s'y croisaient pour mieux s'intégrer dans la société « normale ». Ici, les métaux et les matériaux non licites trouvaient preneurs. Les canalisations obsolètes, les composants désuets, les machineries hors d'usage, la plomberie du XXe siècle, l'électricité coaxiale à base de cuivre, tout ce que l'on pouvait trouver dans les maisons abandonnées, voire directement dans les bennes à ordures, réapparaissait inévitablement ici, ou dans une autre des concentrations de décharges de la ville, en attente d'un recyclage clandestin. Les animaux transgéniques des services de la voirie patrouillaient et travaillaient tout autour de la zone pour la maintenir à un niveau d'hygiène convenable, quelques chiens de garde, à la vision augmentée, quadrillaient le secteur à la recherche d'un quelconque délit. Ici, l'homme devenait de moins en moins indispensable.

C'est dans cette zone interface, hyperactive le jour comme la nuit, que Corzabal avait choisi d'élire domicile, juste avant sa dernière incarcération. Une sorte de loft dans un ancien entrepôt.

Il faudrait surveiller tous les appartements de la liste, bien sûr, et éventuellement agir au plus vite selon leur code secret. Le code secret du mandat de perquisition invisible. Le code secret qui permettait de s'assurer l'armure de la légalité tout en œuvrant sans merci pour la justice, qui est surtout un sabre, et comme disait Joseph de Maistre, *un sabre sans fourreau.*

La zone industrielle plongée dans le clair-obscur distillé par de rares fenêtres éclairées et quelques enseignes lumineuses, là-bas, dans le globe jaune de l'éclairage urbain, les immeubles de Parc-Extension, le métro, le parc qui le jouxte, les masses luisantes de polyester des décharges sauvages, les mouvements furtifs de quelques vélos ou mobylettes nomades, les ombres qui marchent groupées et traversent leur espace visuel, les gangs en maraude, les *animobots* qui taillent les haies et les branches, débroussaillent la végétation sauvage qui prend pied dans la ville, tondent les vastes étendues d'herbes des plaines qui poussent à l'abri des monticules de plastique chaud. Castors, ovins, caprins, insectes, tous reconfigurés selon le travail de prolétaire qui leur est confié. Modifications transgéniques, implants bioniques, intégration de nanocomposants.

La version terminatrice de la cité, le moment où la Polis n'a plus de police, le moment où la Polis n'a plus de politique, le moment où la Polis est redevenue une horde.

Le moment où la nature est redevenue une machine.

Ils surveillèrent la cache durant des heures, jusqu'à ce que l'uniforme du flic céleste se teinte d'un cristal laiteux. Personne ne s'était montré, personne n'était venu, personne n'était parti, aucune lumière n'était apparue, ne serait-ce qu'un bref instant, à l'étage du loft, aucune activité, aucun mouvement, aucune silhouette d'apparence humaine. Rien. Écoute des réseaux téléphoniques cellulaires grâce aux implants audio : rien. Observation des immeubles alentour, lentilles optiques programmées infrarouge : rien.

Les nanoréseaux sensoriels avaient été mis au point par l'armée américaine à partir des premières lentilles oculaires multimédias apparues sur le marché une dizaine d'années auparavant, comme composant essentiel de leur programme *land warrior*, né de la seconde guerre du Golfe ; le *nanonetwork centric biotech system* était composé de lentilles optiques intelligentes, d'un amplificateur audio permettant de percevoir des fréquences inaudibles pour l'être humain et même certains animaux, d'un dispositif capable de déceler une infime vibration à des centaines de mètres, de capter une conversation à deux ou trois kilomètres, un dispositif pratiquement en mesure d'entendre une pensée se former. Les dispositifs d'amplification sensoriels étaient commandés par un micro-implant dit « subvocal » greffé dans le larynx et qui envoyait ses ordres, convertis en digits, via un réseau pseudonerveux parfaitement intégré à l'ensemble du cortex. Il suffisait de parler à voix basse, mieux, en articulant simplement les mots à l'intérieur de la glotte sans même les prononcer, pour actionner les principales fonctions du sensorium amplifié : l'Œil. L'Oreille. On disait que la prochaine génération serait actionnée directement par la pensée.

L'Œil et l'Oreille deviennent des armements organiques/digitaux grâce à la Voix, et bientôt grâce à l'Esprit.

Jamais ils n'avaient autant assumé ce rôle d'agents de renseignement que depuis ce moment où tous les policiers de la SQ, et en premier lieu ceux de leur division, s'étaient vus dotés de cette micromachine intégrée à leur organisme, devenue l'image de leur organisme, et qui faisait d'eux des Cubes vivants, des Cubes de la Polis incarnés dans des bipèdes hominiens, autant dire dans la plus dangereuse de toutes les machines.

Celle qui versait son sang pour absolument rien.

Il fallait se rendre à l'évidence : les prochains jours seraient des nuits passées à attendre le fantôme d'une probabilité, devant une entrée d'immeuble, près d'un appartement, d'un cottage, d'un garage, d'un autre loft postindustriel, voire d'une remorque au milieu d'un *trailer park*, ou à proximité de la banquette arrière d'une voiture garée avec des milliers d'autres sur un de ces parkings devenus zones d'habitats horizontaux.

Tout était possible. Donc rien n'était sûr.

Ils avançaient dans la nuit, Verlande le savait, la nuit *dark blue*, la nuit de ceux qui cherchent sans relâche. Il avait appris depuis longtemps que toute véritable recherche est une confrontation directe avec les ténèbres, qui finissent inévitablement par vous absorber. La recherche authentique, la volonté de se cramer à la vérité, ne consiste pas à se croire investi d'une quelconque lumière, chercher vraiment quelqu'un, ou quelque chose, en ce monde où les flottilles de réfugiés s'écrasaient contre les masses continentales, c'était comprendre, comme saint Denys l'Aréopagite, que la lumière qui ne brûle pas n'est pas lumière, et que le feu qui n'éclaire pas n'est pas feu.

Chercher, c'était confronter les ténèbres à cette vérité insoutenable mais, pour cela, encore avait-il fallu traverser le fleuve de feu et accepter d'être aveuglé par la lumière incandescente. Pour cela, il fallait simplement avancer avec la mort à ses côtés, en faire une complice, une alliée, une bonne donneuse. Il fallait avancer tout au bord du précipice, ils avanceraient même sur les couches gazeuses de l'atmosphère, comme le Christ avait marché sur l'eau.

Sauf qu'ils n'étaient pas le Christ, pas même la mauvaise copie d'une réplique.

Ils n'étaient que des flics, des gardiens-prolétaires de la *dark blue night*.

Mais ça ne changeait rien. Tout était possible.

Donc tout était devenu extrêmement dangereux.

Tout était possible.

La mort avait toutes ses chances.

Cartes et territoires

Ils avaient prolongé la planque des jours, des nuits d'affilée. Depuis les premières heures de leur collaboration, Verlande avait appris à Voronine les techniques de contrôle du sommeil qu'on lui avait enseignées en France, dans le Groupe des Commandos de Montagne, ces unités de chasseurs alpins spécialisées dans le renseignement et l'infiltration des lignes ennemies, détail qui n'avait pas échappé aux recruteurs de la SQ. Ils se partageaient les rotations diurnes/nocturnes, tenaient sans problème quarante-huit heures de suite, accumulaient films vidéo et clichés photographiques. Ils surveillèrent absolument toutes les caches répertoriées. Ils rencontrèrent ses amis, ses proches, les rares membres de sa famille encore en vie, de simples connaissances des nombreux quartiers qu'il avait fréquentés au cours de sa vie de quinquagénaire bien remplie. Corzabal, c'était 350 kilomètres carrés de topographie urbaine imprimée jusqu'à l'os. Il était né à Montréal, avait vécu à Montréal, avait tué à Montréal, avait été condamné et avait initié sa vie pénitentiaire à Montréal, d'une manière ou d'une autre, il mourrait ici, à Montréal, il était son fantôme avant même sa disparition.

Ils traquèrent sa piste sur chaque trottoir de la ville, à l'est : Rosemont-La Petite-Patrie, Ahuntsic, le Plateau Mont-Royal, Hochelaga-Maisonneuve, Saint-Léonard, Verdun, Longue-Pointe ;

à l'ouest : Pierrefonds, Pointe-Claire, Roxboro, Beaconsfield, chemin Rockland, Notre-Dame-de-Grâce, Côte-Saint-Luc, Trans Island Avenue, Kirkland, Dorval, Montréal-Ouest, Sainte-Anne de Bellevue, Dollard-des-Ormeaux, cela couvrait pratiquement toute l'île de Montréal, l'homme était la ville incarnée, une reproduction cartographique vivante, il était l'homme qui en connaissait le moindre centimètre carré de bitume et de béton, il était l'homme dont l'asphalte était la mémoire vivante, il était l'homme qu'il fallait serrer au plus vite. Ils firent le tour des clubs de danseuses de Sainte-Catherine, des boîtes de nuit du centre-ville ou de l'avenue Mont-Royal, des cercles de jeux clandestins de Chinatown, des bars de Crescent et de la Petite Italie, ils criblèrent la cité du nord au sud, d'est en ouest.

Ils ne trouvèrent rien.

Rien qui puisse les conduire à Corzabal. Il était arrivé à Montréal au début de l'hiver et s'était fondu dans la blancheur neigeuse qui avait recouvert la ville.

Rien n'indiquait qu'il l'ait quittée. Rien non plus n'indiquait le contraire.

Verlande et Voronine commencèrent à penser sérieusement à une disparition forcée.

Une fosse, quelque part dans les Laurentides ou les Appalaches, avait un jour attendu l'homme qu'ils traquaient, un rendez-vous truqué, un piège quelconque, avec peut-être la complicité involontaire des deux flics, bref, le trou dans la nuit : il n'y avait plus qu'à faire gicler une volée de chevrotines et à le laisser tomber au fond avant de tout recouvrir tranquillement, en parsemant la terre superficiellement gelée de graines de graminées sauvages qui fleuriraient dès le printemps, dans quelques semaines au plus, et en disposant des poignées de branchages susceptibles de pourrir un peu dans les plaques de neige résiduelles et de s'amalgamer au couvercle terreux de la fosse. Qui n'a jamais existé, qui n'existe pas, qui n'existera jamais.

Au Canada, les tombes clandestines ne peuvent être découvertes à cause d'une loi statistique très simple qui se résume à deux chiffres : 32 millions d'habitants pour 9 millions de kilomètres carrés.

La mort des deux flics et la disparition du truand produisaient une tension oblique, atypique, jamais ces hommes n'auraient dû se rencontrer. La preuve, c'est qu'ils l'avaient payé de leur vie.

Ce furent des Cris[1] de la baie James qui découvrirent les véhicules. Cela faisait près de quinze jours que Verlande et Voronine pistaient Corzabal sans relâche, jour, nuit, nuit, jour, jours-nuits, nuits sans fin, aubes en série, crépuscules assemblés en un seul moment solaire, discipline du cerveau d'acier, armature des sens, armurerie de la cognition, pur impact mental sur le monde, *snipers* dont l'attente pourrait durer mille ans avant de presser la détente, quinze jours à sans cesse planifier les parcours et les veilles, jamais dans le même ordre, jamais aux mêmes heures, passant et repassant devant ses planques, interrogeant sans cesse les habitants du quartier en question sur un éventuel retour du truand montréalais dans le secteur, sans le moindre succès, quinze jours et plus de frustration glacée dans le congélateur de la volonté, cela faisait deux semaines pleines, sans shabbat, sans dimanche, sans une seconde de répit, lorsque la nouvelle avait été diffusée sur la fréquence de la police.

La baie James !

Mille deux cents kilomètres vers le nord. Au milieu de nulle part.

Ils prévinrent la Direction qu'ils se rendaient illico sur les lieux.

En tant que membres du Renseignement de la SQ, ils n'étaient affiliés à aucun district particulier, d'après une directive qui datait maintenant de plusieurs années. Ils opéraient depuis le QG de Montréal, ils pouvaient se rendre et enquêter où ils le désiraient, quand ils le désiraient, avec la méthode qu'ils désiraient, ils étaient les seuls à décider de l'opportunité de se rendre ici, ou là, pour telle ou telle raison.

---

1. Nation amérindienne du nord du Québec et de l'Ontario.

Ils étaient des flics en même temps que des espions.

Ils étaient des hommes absolument libres.

On était en début de matinée, un jour de semaine, trafic relativement fluide dans cette direction, vers l'extérieur de la ville. Ils prirent la 40 Ouest puis l'embranchement de la 15 Nord en direction des Laurentides.

Voronine brancha son lecteur MP3 sur la piste digitale audio du tableau de bord.

– Toujours tes musiciens russes ? demanda Verlande.

– Oui. *Dans les steppes de l'Asie centrale.* Alexandre Borodine. Tu verras, ce sera très couleur locale.

Verlande ne répondit rien, il attendait que les fichiers musicaux se chargent en se disant qu'en effet, entre les steppes de l'Asie centrale sibérienne et celles de l'Amérique boréale canadienne, les analogies reflétaient la grandeur des deux continents, elles étaient multitude et elles recouvraient toute la nature de leur présence. Elles étaient les deux images, l'une orientale, l'autre occidentale, de l'infinité à l'échelle terrestre.

Les violons cosaques attaquèrent les premières mesures, l'autoroute se prolongea jusqu'à l'horizon où se profilait la chaîne bleutée des Laurentides, Verlande garda le silence. Ils étaient la Russie de l'Ouest transatlantique. Peut-être bien, après tout, que les Russes étaient des Américains eurasiatiques ?

Peut-être bien, après tout, que l'histoire des hommes consistait en ces inversions pivotales continues, qui conduisaient les libertés et les droits vers la dictature, et qui faisaient surgir les authentiques souverainetés des décombres et de l'esclavage ?

L'anarchie accouchait de la tyrannie, la tyrannie engendrait l'anarchie, un serpent redoutable, venimeux, broyait toute liberté dans ses anneaux dialectiques, encerclant le monde de son orbe visqueuse, apportant la preuve, si besoin était, que la Chute, en fait, ne faisait que commencer. Peut-être y avait-il un sens à tout cela, les réfugiés dans leurs navires en feu, les flics assassinés en pleine rue, la disparition du truand montréalais, l'explosion anormale des terroristes dans leur camionnette ? Peut-être y avait-il un sens à toutes les actions que les hommes accomplissaient sur cette Terre, tout compte fait ?

Le seul problème est qu'aucun d'eux n'avait la moindre idée de ce dont il pouvait s'agir.

Le sens ne se décrète pas, comme toute véritable liberté. Une liberté est par nature indéterminable, car c'est elle le déterminant, c'est elle qui vous rend libre. Pour faire simple, Verlande savait très bien et à quel point *la seule liberté en ce monde consiste à s'en saisir*. C'était donc à eux de faire repartir la machine, l'*axis mundi* branché sur le gyroscope de la justice, c'était à eux de serrer tous ces fils de putes et de redonner au monde un visage digne de ce nom. Toute sa vie semblait converger vers ce point crucial. Il en sentait les épicentres résonner dans toute la structure de son corps, et de son esprit.

Quelque chose d'immense le remplissait.

Immense. Comme un abîme.

Ils roulèrent vers le nord sans discontinuer, sinon pour faire régulièrement le plein d'essence-éthanol aux quelques stations-service dont les réservoirs étaient alimentés, et dûment surveillés par des patrouilles de police locales ou les gros bras des compagnies de sécurité privées, et pour vider leurs vessies ; un peu partout, des groupes, des familles, des hommes seuls attendaient en files, jerrycans, bidons et tickets de rationnement en main, de pouvoir s'approcher des précieuses pompes, le regard souvent plus vide encore que les divers contenants dont ils se servaient pour recueillir les carburants.

Verlande et Voronine se passèrent et repassèrent le volant comme ils s'étaient échangé les tours de veille, les planques, les tournées dans le *red light district*. Le voyage vers la baie James se déroulait en parfaite continuité avec les jours-nuits urbaines traversées les deux semaines précédentes, la seule différence tenait aux apparences, une simple nuance dans certains traits du décor : la ville n'est rien d'autre qu'une prothèse humaine de la nature. La nature est tout aussi dangereuse qu'un mauvais terminal d'autobus. Et elle est tout aussi secrète que les bas-fonds les plus obscurs de la cité. C'est comme si les espaces sauvages qui se dévoilaient à leurs yeux contenaient toutes les cités possibles, tous les crimes que l'homme est capable de commettre. La nature semblait le plus grand et le plus impressionnant de tous les artifices.

Nouveau-Comptoir se trouve dans les basses terres qui longent la côte orientale, très découpée, de la baie James. Il faut se cogner les 1 200 kilomètres qui séparent le Saint-Laurent de cette sorte de péninsule aquatique de la baie d'Hudson, puis se taper encore 350 kilomètres pour parvenir jusqu'à cette petite ville portuaire plantée au bord d'un fjord aux formes complexes qui conduit aux Painted Hills Islands, vaste conglomérat d'îles et d'îlots pratiquement soudés entre eux et à la terre ferme.

Les deux Cris vivaient dans la réserve locale, Weminji, ils étaient partis pour quelques jours sur un de leurs territoires de chasse, à environ 80 kilomètres à l'est de la ville, ils avaient planté leur campement dans les boisés qui couvrent les quelques buttes et hauteurs de cette région, afin de repérer plus facilement leurs proies, ils avaient tué un chevreuil, quelques lièvres, puis sur le chemin du retour, tout à fait accidentellement, dans une ravine camouflée par une forte concentration d'épinettes, ensevelies sous plusieurs blocs ou couches de neige, ils étaient tombés sur les épaves calcinées.

Il faut connaître le nord du Québec pour comprendre pourquoi le fait de trouver *par hasard* les monceaux de métal carbonisés tenait du miracle. Moins de trois semaines après l'assassinat des flics montréalais, moins de trois semaines après l'abandon des véhicules dans la nature, *moins de trois semaines*, en plein milieu des steppes de l'Amérique boréale.

On était un peu avant la mi-avril, sous ces latitudes la neige imposait encore sa présence à des pans entiers de la nature. Les Cris étaient des chasseurs, des prédateurs, ils ne faisaient pas partie de la nature, la nature faisait partie d'eux. Ils étaient des francs-tireurs de l'ordre cosmologique.

Aussi, le hasard n'y était-il pour rien, face à des chasseurs cris il n'avait aucune chance.

Lorsque Verlande et Voronine arrivèrent sur les lieux, plusieurs équipes de la SQ du district, dont le labo d'analyses criminalistiques, étaient déjà au travail.

D'après les premiers constats, on avait conduit le pick-up et le SUV dans cet endroit désolé, il subsistait des traces qui se perdaient plus loin, aux alentours du chemin forestier principal, puis on les avait précipités dans la ravine. Ensuite, une seule et unique explosion, très puissante, dont il restait à déterminer la nature exacte, avait littéralement pulvérisé et carbonisé les deux véhicules. Pour finir, on avait plus ou moins recouvert le tout avec de gros blocs de neige, de la glace, des branches et des arbustes morts, de la terre. Rien qui puisse échapper à l'œil averti d'un chasseur cri.

Les unités de criminalistes passaient toute la zone au peigne fin, munis de détecteurs de métaux et de longues gaffes dotées de pinces robotisées ou de plaques à aimants. Ils repéraient les indices, les numérotaient avec une petite pancarte jaune, les photographiaient puis les plaçaient précautionneusement dans une enveloppe de plastique composite haute résistance.

Verlande et Voronine purent constater à quel point la cité et la nature ne s'opposaient que superficiellement. Face à un événement comme une explosion de forte magnitude, nature et ville réagissent avec la même insensibilité, elles se contentent de fournir un contexte particulier, gardent leurs distances avec les généralités humaines et créent les conditions singulières, leur signature en quelque sorte, dans lesquelles cette brèche dans le temps et l'espace va s'ouvrir, durant une fraction de seconde. Ville et nature vivent à l'ère géologique, ou anthropologique.

Ils observèrent avec calme le travail en cours, ce travail routinier, mécanique, répétitif, ce pur travail de flic.

Ce travail qui restait invariablement le même, au cœur de la ville métropolitaine comme au plus profond des steppes subarctiques. Les mêmes procédures que celles qu'avaient suivies les types de la GRC sur la Métropolitaine. Les mêmes méthodologies, la même organisation, la même discipline, le même ordre. La même série d'événements.

Et au bout du compte, les mêmes causes, avec les mêmes conséquences.

Le gros des équipes criminalistiques de la SQ arriva un peu avant midi, plusieurs camionnettes dotées de spectrographes mobiles, de détecteurs à imagerie thermique, de diodes laser, de canons à rayons X. Il fallait amasser le maximum d'informations sur place, *in situ*, règle numéro un des « forensics ».

C'est pourquoi Verlande et Voronine restèrent dans les parages tout au long de la journée. Ils prirent leurs propres clichés et demandèrent des copies digitales de toutes les données numérisées par l'escouade au fur et à mesure. Ils étaient de la Direction du Renseignement, l'idée même de discuter leurs exigences n'effleura aucun des flics présents sur les lieux.

La nuit tombée, ils dormirent dans un motel anonyme à l'entrée de Nouveau-Comptoir. Le lendemain, tous les indices, les restes carbonisés des véhicules, et jusqu'à la neige, congelée, qui avait servi à les recouvrir, seraient acheminés vers le quartier général du district, au laboratoire d'analyses criminalistiques.

Les études préliminaires seraient poussées aux limites de la physique connue. On inspecterait les débris atome par atome, on reconstituerait l'explosion à partir de quelques paramètres épars prélevés sur la scène de crime, dans la neige ou la glace, la terre ou un peu de métal noirci ; non, que ce soit face aux Cris venus du néolithique ou face aux technoflics de ce siècle, le hasard n'avait plus la moindre chance.

La mort était une science.

On pouvait même poser l'hypothèse que sans la mort, la science n'aurait probablement jamais vu le jour.

L'existence du monde tient en quelques mots. Ceux que Dieu a prononcés pour le créer, ceux que les hommes inventent pour le détruire.

Trois mots peuvent suffire. Une trinité démonique, née des forces de la nature, de l'intelligence humaine et de l'indifférence générale du cosmos.

Surnom : *Fire Steel Thunder*, ou son acronyme : FIST.

Description de la machine, inscription de la technique comme vérité porteuse de mort, excision opératoire des mécanismes :

D'abord la structure générale : appelons-la *bombe thermobarique deuxième génération*, on dit parfois *fuel-air explosive ammunition*. Son ancêtre fut testé abondamment en Irak et en Afghanistan : sa dénomination, MOAB, provenait de deux origines, son acronyme militaire « Massive Ordnance Air Blast » et le surnom donné à l'engin dès les premiers « tests » sur le terrain : *Mother Of All Bombs*.

Dix ans plus tard c'est devenu une chose à peine croyable : une machine de destruction qui cherche et qui détruit avec la glaciale précision d'un ordinateur, localisation super-GPS, au centimètre près, capable d'atteindre son objectif à trois fois la vitesse du son, et on s'était contenté de la poser dans la neige ou sur le capot d'un des deux véhicules.

De l'extérieur, une bombe, c'est-à-dire un récipient contenant une certaine quantité de matières explosives ou inflammables. En l'occurrence, les deux.

Concept : inonder une zone, située en territoire ennemi, de trois « vagues » successives : une violente onde de choc, une très intense élévation de la température, la projection à haute vélocité de milliers de fragments de tungstène.

Solution : la poupée russe. La bombe contient une autre bombe, qui contient à son tour une autre bombe, qui elle est pourvue de centaines de *bomblets*.

Machine on : la bombe périphérique détone en un laps de temps de l'ordre de la nanoseconde, elle fait sauter l'armature extérieure qui projette aussitôt un nuage de vapeur de kérosène et de gaz propane sous pression sur des centaines de mètres carrés. *Machine on*, deuxième automatisme : la première bombe avait un temps d'explosion trop court et une ignition trop froide pour provoquer une déflagration générale. La seconde bombe, contenue dans celle qui vient de sèchement éclater, est une bombe à haute intensité. Elle va provoquer deux phénomènes conjoints, aussi mortels l'un que l'autre, qui, jumelés, ne créent pas une létalité redondante, mais plutôt une sorte de mort élevée au carré. La bombe *high explosive* fait s'enflammer d'un seul coup le nuage de kérosène et de propane en train de flotter vers le sol, attiré naturellement par la force de la gravité ; la déflagration incendiaire est immédiatement précédée d'une onde de choc extrêmement destructive, surtout pour les organes internes des êtres humains, et elle actionne le mécanisme détonant qui va éjecter les *bomblets* de la troisième bombe, contenant un mélange de poudre d'aluminium, de sodium et de microbilles de tungstène ; les projectiles miniatures à haute densité traverseront le nuage enflammé sans se liquéfier, mais percuteront leurs objectifs, tels des essaims de feu, en ayant atteint des températures supérieures à 1 000 degrés centigrades.

Fire Steel Thunder. Même son nom est beau, à cette putain de bombe. Non seulement elle le porte à merveille, mais c'est cette identité singulière qui la soutient tout entière, tel un monument pyrotechnique dressé sur sa propre déflagration.

Il ne fallut pas très longtemps aux escouades de criminalistes pour déterminer que ce modèle bien particulier de *Fuel-Air Explosive* n'était en usage que dans l'armée américaine et les Forces canadiennes, depuis tout juste quelques années.

Évidemment, c'est ici, chez nous, que s'élabore la destruction du monde, c'est-à-dire l'élaboration du prochain, avait pensé Verlande.

On s'était servi d'une arme sophistiquée de dernière génération rien que pour oblitérer deux véhicules vides de tout occupant, et complètement isolés dans la nature. Ces hommes savaient qu'un simple incendie n'était plus suffisant pour corrompre complètement les indices matériels. Ils savaient comment résoudre le problème. Ils avaient de quoi résoudre le problème.

Sauf que, précisément, ce quelque chose était ce qu'il y avait de plus identifiable au milieu des gravats qu'ils avaient su parfaitement carboniser et pulvériser.

Et ce quelque chose, c'était une arme de guerre. Une arme de guerre qu'on avait utilisée comme un vulgaire cocktail Molotov. Il fallait se rendre à l'évidence, les mains bien en l'air : un déséquilibre se faisait jour, un décalage infini, abyssal, un déraillement des rapports de force, une démultiplication sauvage des différences et des destructions.

Il fallait être aveugle ou complètement idiot pour ne pas se rendre compte qu'on entrait vraiment dans l'époque, et à fond. L'époque des paquebots-suicide, l'époque des attentats réussis, ratés, ou devenus pièges se retournant contre leurs auteurs, l'époque des bombes dernière génération utilisées au milieu de nulle part pour détruire deux véhicules laissés à l'abandon, l'époque de la catastrophe générale, l'époque où une vie valait bien moins que les munitions servant à l'anéantir.

L'époque pour laquelle ils étaient nés.

Il existait pourtant une saillie dans la paroi de glace de l'enquête, un minuscule piton qui permettait tout juste qu'on s'y accroche.

Vers la mi-novembre, un mois avant le retour de Corzabal à Montréal, un dénommé Douglas « Roddy » Derville avait été assassiné dans le terrain vague jouxtant la ligne du Canadien National, à environ cinq cents mètres du poste de police 37.

Douglas Derville appartenait à la même génération que Corzabal, il avait suivi à peu de chose près le même itinéraire : ancien agent de sécurité véreux, et violent, il avait fait ses premières armes, au sens propre, en Somalie, dans une unité parachutiste qui fut dissoute suite à un scandale entourant le meurtre d'un jeune insurgé par des membres de l'unité. Puis il avait rejoint le chapitre québécois affilié aux Hell's Angels, les Nomads, il avait participé à la guerre contre les Bandidos/Rock Machines et la mafia italienne à la fin des années 90, et s'était retrouvé sur le banc des accusés lors du mégaprocès de « Mom » Boucher au début du siècle. Il écopa de dix ans fermes, fut libéré au bout de sept pour bonne conduite et avait repris, comme tous les autres, ses activités professionnelles favorites en solo : en l'occurrence le braquage de diamantaires et pratiquement toutes les formes de cambriolages avec effraction. Quoique ne disposant d'aucune preuve solide, les flics savaient qu'il avait écumé l'Ontario, le Québec, le Manitoba, il devait probablement disposer d'une connexion très fiable avec l'un des meilleurs fourgues du Canada.

C'était Robitaille et Curtiss qui avaient été mis sur le coup par le SPVM.

Deux balles de .22 dans la nuque. L'exécution mafieuse dans les règles.

Le .22 est un petit calibre. Il est néanmoins suffisant, à courte portée ou mieux, à bout portant, pour fracasser les os du crâne et pénétrer à haute vélocité à l'intérieur, y détruire le médullaire plus quelques organes connexes. Mort instantanée. Ensuite, sa légèreté et les déformations subies à cause de l'impact l'empêchent de ressortir de l'occiput, il se met donc à zigzaguer, sous le régime de l'impulsion cinétique initiale, au cœur de la masse cérébrale, y provoquant de nombreuses lésions, toutes plus ou moins mortelles.

Avec la redondance de la seconde balle, l'homme visé n'a strictement aucune chance.

Robitaille et Curtiss avaient établi plusieurs rapports d'affilée sur leur investigation, Verlande et Voronine passèrent une journée entière à tout éplucher, au poste de l'avenue Laurier. Et ils avaient fini par établir la connexion avec Corzabal.

Cela n'avait pas échappé non plus aux deux flics montréalais, ce qui les avait lancés sur la piste de l'ancien Hell's Angel.

Puis ils en étaient morts.

C'était leur moment. C'était leur territoire. C'était à eux, toute cette affaire.

Elle ne cesserait que lorsqu'ils viendraient apposer les mots *Closed case* sur un carton qu'on entasserait dans une salle de stockage, avec des milliers d'autres.

C'était ça leur boulot de flic. Transformer un homme mort en une boîte de carton qui ne serait plus jamais ouverte, sinon par quelque archéologue du futur, tel un sarcophage. Ils assuraient étrangement la survie de l'individu après sa mort en opérant sur lui comme de secondes funérailles symboliques, ils assuraient la perpétuation de sa mémoire en ayant avant toute chose consacré leur temps à en faire un catalogue de données numériques. Ils étaient bien les nécromanciens des mégapoles. Ils jouaient avec la mort, et s'évertuaient à la faire perdre, même lorsqu'elle avait gagné.

Pour commencer, comme toujours, les questions, c'est-à-dire en fait l'éclat résiduel de la réponse.

D'abord : exécution style mafia italienne. D'accord. Mais pourquoi un règlement de comptes aussi violent et risqué – à proximité d'un poste de police de quartier – pour des affaires remontant à une vingtaine d'années et qui s'étaient soldées par des peines de prison tombant de tous côtés, sur les deux camps en lice ?

Pourquoi les mafiosi italos, ou ce qui restait des Bandidos, s'en seraient-ils pris à un type qui se contentait de suivre sa carrière de petit entrepreneur solitaire du crime ?

Le poste 37.

Derville se dirigeait vers le poste 37 lorsqu'il avait été abattu.

Des révélations urgentes à faire ? Des questions troublantes à poser ?

Cela pouvait expliquer la réponse, expéditive, qu'on lui avait fournie. Il n'aurait aucune question troublante à poser si les deux balles de .22 détruisaient complètement son système nerveux central.

Ce détail non plus n'avait probablement pas échappé aux flics du poste 37. C'est pour cette raison qu'ils avaient pisté Corzabal, son ami de la prison de Drummondville, c'est pour cette raison qu'ils avaient tourné sans cesse, eux aussi, dans tous les quartiers où le Hell's Angel avait vécu, c'est pour cette raison qu'ils s'étaient fait repérer.

C'est pour cette raison qu'ils avaient pris, eux, plus de soixante balles dans la peau.

Autre question-réponse : le différentiel, encore une fois, ce déséquilibre fondamental, pivotal, cet axe chaotique qui faisait pourtant tenir tout ensemble. Deux balles de .22 tirées en solo dans la nuque, d'une part ; quatre hommes surarmés et une organisation de type militaire, d'autre part.

Le décalage, le déraillement. L'abysse.

Alors voici comment fonctionne le cerveau de Verlande : c'est une sorte de moteur, de générateur, de réacteur nucléaire. Sa conscience se tient aux ordres d'un étage psychique qui est précisément l'inverse du subconscient, tout en restant aussi indécelable aux sens qu'à la pure cognition.

C'est la Direction du Renseignement du cerveau.

Si deux questions parallèles sont aussi obscures l'une que l'autre, il est probable que la solution se situe à leur croisement orthogonal, là où ça fait vraiment mal.

Verlande se souvenait du stage d'entraînement qu'il avait suivi au Groupe des Commandos de Montagne avec des instructeurs venus du SAS britannique. Les SAS s'étaient servis abondamment du calibre 9 mm depuis les années 80. Pour compenser le manque d'impact à moyenne distance, ils avaient rapidement développé une méthode très simple.

Tirer deux fois de suite, le plus vite possible, en contrôlant au maximum le recul.

Il y avait là, sous les apparences d'une logique dispersée, la possibilité d'une connexion réelle entre Derville, Corzabal, les deux flics montréalais et la bande de tueurs militarisés.

Ce n'était peut-être pas une exécution modèle mafia italienne.
C'était peut-être bien une exécution dans le plus pur style SAS.
C'était bien la guerre, plus aucun doute n'était permis.

SS Inc.

L'alerte Amber fut déclenchée à 12 h 14. Verlande sortait de chez son paternel, dans le Mile End, ce quartier cosmopolite parsemé d'enclaves juives dans lequel le vieil homme avait décidé de vivre dès son arrivée au Canada. Un message codé en provenance de la Direction du Renseignement apparut dans ses lentilles optiques.

C'était une dépêche classée *confidentiel*. La SQ voulait que Verlande et Voronine se branchent immédiatement sur l'affaire.

La réversibilité semblait pleinement à l'œuvre. En plus des tueurs de flics militarisés, ils allaient devoir infiltrer le milieu des pédophiles, trouver un lien quelconque pouvant conduire à un suspect, déceler quelque chose, quelqu'un, dans l'entourage de la gamine, un détail, un événement un peu bizarre, vu par un voisin. Une enquête faite sur mesure pour les Agents de la Boîte Noire.

Verlande appela Voronine, lui demanda de se brancher illico sur le coup, et de l'attendre un peu après midi trente devant le parking de la place Ville-Marie.

L'alerte Amber concernait une fillette de douze ans nommée Vesna Milanovic. Elle était partie de chez elle à l'heure habituelle pour se rendre à l'école, à trois ou quatre cents mètres de son domicile.

Elle n'y était jamais arrivée. Passé 9 heures, la secrétaire du bureau du directeur appela les parents, puis tout se déroula assez rapidement, à la vitesse intangible des machineries bureaucratiques.

Un pédophile en liberté, évidemment. Les flics ne sont pas payés pour se bercer d'illusions. En Occident, et en fait dans le monde entier, pédophilie, inceste, viol conjugal font partie des coutumes sexuelles les plus répandues. Toutes les classes sociales, toutes les professions, de l'instituteur au pompier, du chef d'entreprise au travailleur humanitaire, du militaire à l'écrivain, toutes les ethnies, toutes les origines sont représentées, dans une forme terminale de la démocratie universelle, mais un seul destin les cloue tous ensemble. Le Néant. Cet infini à jamais réduit aux dimensions d'un cercueil. Bientôt ce n'est pas vers deux cités perdues dans le désert que Dieu enverrait ses Anges. Il lui faudrait faire appel à toute son armada, au complet, et recouvrir chaque point de la planète de la menace de son éclair.

Son père, à l'époque lointaine de sa jeunesse, avait pu voir l'enfer de près, extrêmement près, il avait vu l'enfer, les démons, et il avait vu les anges déchus, dont il était.

Verlande s'était habitué à sa très singulière situation familiale depuis sa plus tendre enfance, l'âge où l'on se blinde, l'âge où l'on construit son armure psychologique, que certains appellent « personnalité ».

Son père était âgé de quatre-vingt-douze ans, quarante-six années les séparaient, c'était un peu atypique, mais pas foncièrement anormal. En février, le jour de son anniversaire, son père lui avait dit : « Tu as parcouru la moitié du chemin que je me suis tapé. Je suis la fin de l'époque dans le centre de laquelle tu te tiens, mais je ne la verrai probablement pas. Je suis né à ses débuts, au milieu de ce que tous les cons ont appelé *l'entre-deux-guerres*, alors qu'aucune d'entre elles ne s'est jamais arrêtée. Toi, tu as vu le jour au moment de son apex, de sa culmination, c'est-à-dire le début de son déclin. Tu n'as rien connu d'avant sauf par ma mémoire. Mais tu vas tout savoir d'après, et ta mémoire risque de ne pas être suffisante. Nous sommes le XXe siècle et nous sommes le suivant. Je suis sûr que tu es en mesure d'estimer à l'avance l'étendue des dégâts. »

Son père avait vécu ce qu'il appelait la première fin du monde, d'après lui les Bêtes de l'Apocalypse se succéderaient en s'engendrant les unes les autres dans un processus de clonage incestueux qui était parfaitement décrit comme tel dans la Bible. Et il avait approché de très près la première, ou peut-être déjà la deuxième d'entre elles, il n'était pas vraiment sûr.

Verlande savait que le secret de son père, si jamais il était révélé de son vivant, tétaniserait littéralement tous les habitants de son quartier.

On trouve assez peu d'anciens Waffen SS qui résident dans le Mile End.

Un jour, son père lui avait dit : « Parmi toutes ces générations nées après-guerre, l'une se retrouvera dans la position de la dernière à être née avant-guerre. » C'était sa façon si singulière de lui dire : Vous avez – croyez-vous – vécu dans la paix depuis 1945, mais vous serez bientôt face à la toute dernière des guerres mondiales, celle qui détruira votre monde, celui que nous avons fabriqué sur les cendres du précédent que nous avons détruit.

C'était un moyen de raccrocher l'expérience de l'Apocalypse qu'il avait vécue, en Europe, à celle que son fils vivrait inévitablement en ce siècle. Car selon Joseph de Maistre, un des auteurs maîtres de sa bibliothèque personnelle, dont il lui avait légué l'admiration, « les innocents paient pour les coupables », et c'est précisément cette réversibilité qui vient donner un sens à l'iniquité du monde. En effet, en payant pour les coupables, chaque innocent est une réfraction temporelle du Christ, chaque innocent, même s'il n'est pas un saint, est oint par la terrible et magnifique justice divine, celle où la Miséricorde est aussi infinie que le Châtiment et, par son sacrifice, il permet au coupable d'accéder à la Rédemption, geste de don total qui n'est pas obligatoirement voulu. Chaque innocent *satisfait* pour les coupables, dit Maistre. La signification du mot *satisfactio* est ici médiévale, rien à voir avec la définition de contentement hédoniste que les différentes dynasties de modernismes lui ont donnée. Satisfaire, *satisfactio* en latin, signifie : *accomplir ce qui doit l'être*. Le parachever.

C'est très exactement ce que son fils, Paul Verlande, entreprend chaque jour, à partir du Grand Cube froid de l'immeuble de la SQ.

C'est en cela qu'il est un instrument. Un instrument de la Justice invisible bien plus que de celle des hommes. Les hommes. La plupart ne sont même pas *mauvais*. C'est tout juste s'ils peuvent comprendre les crimes qu'ils commettent chaque jour.

C'est ainsi que Paul Verlande comprenait le sens de l'invisible, quand il se prolonge dans le monde. L'interpolation *politique-policière* du Grand Cube de la Sûreté, le building qui réfracte les vérités de toutes ses vitres pour mieux les intégrer à son mécanisme.

Son père n'était pas un exalté, son âge ne lui permettait même plus de se rendre à la messe de façon aussi régulière que durant le dernier demi-siècle, il n'était pas devenu mystique, Verlande le savait. Mais il savait aussi que le cerveau paternel était à jamais resté bloqué quelque part dans une steppe neigeuse russe, ou une rue berlinoise défoncée par le matraquage des bombes, des roquettes et des obus.

Les villes détruites traversées par son père. La Cité sur sa fin. La Polis en voie de désintégration. Ne vivaient-ils pas en fait très exactement la même époque ? La Deuxième Guerre mondiale ne s'était-elle pas tout bonnement poursuivie, sous d'autres formes, comme si elle avait été non pas la fin d'un monde, mais le début cataclysmique d'un nouvel âge de l'homme ? Ne s'était-elle pas capillarisée dans tous les compartiments de la réalité, devenant par ce fait invisible aux yeux de la plupart des hommes ?

La théologie personnelle du père de Verlande lui avait été inspirée par ses lectures, certes, mais il en avait expérimenté la chimie terrestre, au plus près, dans le laboratoire même où elle se fabriquait, à la chaîne, telle une industrie terminatrice.

Et Hector Verlande, de son vrai nom Victor Voerlandt, avait pu vivre, de tous ses sens, de toute sa chair, de toute son âme, cette action divine invisible, il s'était retrouvé dans le non-lieu de l'Histoire des hommes, là où innocence et culpabilité s'entremêlent dans le sang versé et la poudre en suspension dans l'air.

Né le 6 février de l'an de grâce 1926, il allait sur ses dix-sept ans à la toute fin de l'année 1942. Il était alsacien, donc citoyen du

Reich. Le 25 août de la même année, le régime hitlérien, en panne de main-d'œuvre qualifiée sur le front russe, et en prévision de l'imminente bataille de Stalingrad, promulgua une loi spéciale qui rompait les accords tacites conclus auparavant avec Pétain. Sujets du Reich, les citoyens lorrains et alsaciens étaient désormais incorporables immédiatement dans la Wehrmacht ou toute autre unité militaire combattante, voire dans la Gestapo, la SS, ou n'importe lequel des organes militaires ou policiers de l'État nazi.

Une fois la loi d'incorporation décrétée, il ne s'était pas écoulé un trimestre avant qu'il reçoive la visite des agents recruteurs allemands au domicile de ses parents. Ils se présentèrent sans préavis un beau matin du mois de novembre, quelques semaines après la rentrée des classes : un bon gros *Feldgendarme*, un officier Waffen SS, un sergent de la Wehrmacht pour l'accompagner, et deux types en imperméable de cuir noir, Gestapo ou SD. Il avait vu comme une ombre très noire dressée derrière eux, c'était l'ombre tutélaire de la terrible défaite que les Soviétiques étaient en train d'infliger à la VIe armée de Von Paulus, sur les rives de la Volga.

C'était l'ombre pour laquelle ils étaient venus le chercher.

Les officiers recruteurs lui offrirent le choix, attendre une année pleine, passé son prochain anniversaire, dans un camp de sélection provisoire avant d'être admis dans la Wehrmacht, ou opter directement pour le corps d'élite des forces nazies, avec un départ pour son centre de formation bavarois avant la fin de l'année. La perspective d'un internement préliminaire à son incorporation lui déplut sur-le-champ. Ce ne fut sans doute pas l'argument décisif. Mais y en avait-il seulement un ? En fait, il ne sut jamais vraiment pourquoi l'idée de faire acte de serment volontaire dans la Waffen SS finit par emporter sa décision.

Des décennies plus tard, il restait dans l'incapacité de comprendre ce qui avait motivé son geste. Il n'avait pas encore fêté son dix-septième anniversaire, la Waffen SS incorporait parfois dès l'âge de seize ans, elle y était autorisée, à la différence de l'armée régulière, contrainte aux dix-huit ans révolus réglementaires. Et puis l'armée régulière, c'était juste les Boches en *feldgrau* qu'on croisait chaque jour dans la rue, désormais de jeunes garçons maladroits au casque trop grand enfoncé de travers sur le crâne, ou de semi-vieillards munis d'antiques Mauser datant de la Première Guerre mondiale, voire de simples *Feldgendarmen* roulant à bicyclette comme n'importe quel facteur. Waffen SS, c'était une unité d'élite, on s'y battait pour de bon, les uniformes étaient plus chouettes. L'aventure guerrière dans les grandes plaines de l'Est eurasien pouvait contrebalancer l'éventualité de la mort à l'âge de dix-sept ans.

Il avait été entraîné méthode SS, c'est-à-dire jusqu'à l'épuisement total, courses de 30 kilomètres, marches pouvant atteindre le double, chronomètre en action, avec privation de sommeil, incessantes séances de tir, entraînement à balles réelles, *close combat* au couteau ou à mains nues, contre des mannequins, d'autres recrues, des prisonniers de guerre russes ou polonais, ou contre des dobermans dressés pour tuer, de jour, de nuit, sur terre, dans l'eau, la neige, la boue, dans l'urine de cheval ou des matières fécales dont il se refusa à identifier l'origine. C'était quasiment du vingt-quatre heures sur vingt-quatre, mais en beaucoup plus expéditif, plus rude, plus méchant que l'entraînement « normal » que recevaient les engagés SS des territoires considérés comme pleinement et historiquement « allemands ». Non seulement on vous extirpait la pitié du cœur, mais on vous enlevait le cœur en entier, pour plus de sûreté. On l'instruisit d'abord dans un centre de formation situé en Bavière puis, sur place, à Debica et dans quelques campements situés à la frontière russo-polonaise. La neige et le froid l'accoutumèrent tout de suite aux conditions qu'il allait rencontrer, au-delà de la Vistule. Lorsqu'il fut déclaré apte au service, affecté à une unité opérationnelle et en route vers l'Est, son dix-septième anniversaire était passé de quelques jours, tout comme la reddition de Von Paulus à Stalingrad. Ce serait la seule défaite qu'il n'aurait pas gagnée, se dirait-il plus tard.

Le printemps venait d'arriver lorsqu'il se retrouva sur le front de l'Est, à tenter en vain de repousser la grande vague sibérienne. *Panzergrenadier.*

Il avait commencé à se battre en sachant que tout était perdu.

Il avait gagné toutes les batailles perdues. Il les avait gagnées en y survivant à chaque fois, souvent par l'intercession étrange d'une sorte de miracle inespéré.

Toutes les batailles conduites à reculons par la glorieuse armée du Reich dans les vastes plaines de Russie du Sud, d'Ukraine et de Biélorussie. Le tsunami de Joukov aux trousses. Cela durait déjà depuis des semaines. Cela durait depuis Stalingrad. Cela durait depuis le début de la fin et cela durerait jusqu'à Berlin.

À partir de cette date, l'armée allemande fut dans l'incapacité de gagner une seule bataille stratégique, défensive comme offensive. Il était arrivé en Russie moins de trois mois avant le désastre de Koursk, et sa division SS avait pris part à la catastrophique opération *Citadel* qui avait littéralement saigné le meilleur des forces encore en état de se battre. Depuis, c'était le reflux sans la moindre halte, la retraite générale, ce serait bientôt la déroute.

Koursk fut son véritable baptême du feu, en fait ce fut son baptême de l'enfer. La bataille allait s'avérer le Léviathan de tous les affrontements menés durant cette guerre. Elle mit à contribution plus d'hommes qu'à Stalingrad, en bien moins de temps elle usa des contingents de machines destructrices bien supérieurs en nombre, et sur un périmètre nettement plus restreint. Un million deux cent mille Soviétiques allaient affronter un peu plus de neuf cent mille Allemands, des milliers de tanks alignés de part et d'autre. Ce fut sans doute un des points culminants de cette expérience qui était en train de le créer, de le produire, de l'inventer, comme être humain.

C'est-à-dire comme machine de destruction intelligente.

À la différence des engagés volontaires français de la LVF, les Alsaciens ne se voyaient attribuer aucune unité combattante spécifique, même si un certain nombre se retrouvèrent dans la brigade Frankreich ou dans la division Charlemagne, avec les volontaires nazis venus de la France encore française. Beaucoup d'Alsaciens furent incorporés de force dans la Das Reich, les autres, comme Voerlandt, furent intégrés dans diverses unités *volkische*, le gros des troupes « étrangères » de la SS.

Ils étaient des sujets *allemands*, ils pouvaient être affectés ici ou ailleurs sur simple réquisition. Sa parfaite connaissance de la langue germanique, liée à ses origines ancestrales (des catholiques de Saxe qui avaient fui jusqu'en France les persécutions protestantes lors de la guerre de Trente Ans), ainsi que celle du néerlandais, venue d'ascendances paternelles et de ses études secondaires écourtées, l'avaient fait se retrouver au sein de la 5e Panzerdivision SS Wiking, un des corps Waffen SS les plus respectés. La division Wiking fut rapidement surnommée la « Légion germanique », elle était sans conteste un des pivots essentiels de toute la SS étrangère, elle rassemblait les sujets de « race » germanique – selon les critères nazis –, en fait les germanophones et les hommes parlant des langues apparentées. On y trouvait certes quelques contingents allemands, surtout constitués d'une majorité d'Autrichiens et de Hongrois, ainsi que de Slovènes, de Croates, de Bulgares et de Slovaques germanophones, mais le gros des forces était composé de Flamands, de Finlandais, de Baltes, de Suisses, de Néerlandais, de Sudètes, de Luxembourgeois, jusqu'aux volontaires belges du corps franc rexiste Wallonie que la Wehrmacht avait transféré aux SS. S'y ajoutaient plusieurs *Sturmgruppen* danois et norvégiens qui n'avaient pas encore été incorporés dans la division scandinave Nordland, les volontaires des divers groupes fascistes ukrainiens qui les avaient suivis dans la déroute et même, sur la fin, juste avant la Chute, les survivants d'une brigade de cavalerie formée de Cosaques du Dniepr, du Don et du Kouban, ainsi que quelques bataillons russes antibolcheviques détachés de l'armée Vlassov ! Plus les Alsaciens, que le haut commandement SS avait eu un peu de mal à répartir en suivant ses propres critères de sélection. Voerlandt fut confronté dans sa chair à canon au dilemme de la machine bureaucratique nazie : sujet allemand du fait de l'annexion de 1940, donc citoyen du Reich en bonne et due forme, par les accords signés initialement avec la France et par l'identité singulière, franco-rhénane, de sa région d'origine, il appartenait pourtant à une sorte de marche limbique, un État encore frontalier, une zone-mystère historique tout autant que géographique, un territoire qui restait indéfini. Comme tous les autres membres de la « Légion germanique », il n'était donc qu'un lansquenet. Un lansquenet qui parlait la langue d'Adolf Hitler.

Les pompiers du IIIe Reich, c'était leur surnom. Les unités de Waffen SS couraient d'un bout à l'autre du front pour colmater les brèches ouvertes dans les lignes stratégiques, trancher un saillant devenu trop dangereux, lancer des contre-attaques désespérées mais néanmoins efficaces, au prix de pertes souvent colossales.

La division Wiking était une véritable réplique miniature de toute l'organisation SS. En deux années et demie de combat, c'est fou le nombre de Russes qu'il avait pu tuer. Et encore plus fou le nombre d'Européens de toutes nationalités qu'il avait vus mourir à ses côtés. Près de 700 000 étrangers combattaient dans les Waffen SS, les deux tiers des effectifs. Par ce terrible et mystérieux aspect réversible de tout événement réel, c'est-à-dire ayant un quelconque lien avec le surnaturel, la SS était devenue en quelques années un véritable modèle d'organisation *cosmopolite*, une authentique Internationale. Contre un immense peuple uni par sa propre dictature collectiviste sous les auspices de la Mère Patrie, avec ses drapeaux rouges, tels les étendards de guerre romains, aux couleurs du dieu Mars, la révolution prolétarienne mondiale laissant place nette à Alexandre Nevski.

Ce n'était que le plus apparent de tous les absurdes et démoniaques paradoxes dans lesquels cette guerre avait étançonné le monde. La dislocation du sens qui était en cours ne lui échappait guère en dépit de son jeune âge et des hurlements de furie des Katioushas soviétiques.

Si jamais l'Europe survivait à tout ça, il l'avait su dès les premiers combats, elle ne serait plus qu'un spectre, le fantôme désincarné de ce qu'elle avait été durant des siècles, et il était probable que cette simple image ne soit plus, et pour très longtemps, qu'un simulacre, c'est-à-dire une copie sans original, un reflet sans modèle.

Ce que lui, précisément, était devenu.

Comme beaucoup de ses compatriotes, il fut d'abord incorporé à l'unité Germania, un régiment venu de la Das Reich où se trouvaient aussi regroupés les volontaires suisses et luxembourgeois, puis, au cours de l'été 1943, lorsque le corps franc Wallonie fut complètement intégré à la division Wiking comme *Ve Sturmbrigade*, l'unité des « Franco-germaniques » y fut immédiatement transférée.

Il fut très vite affecté aux bataillons d'assaut Panthers, ceux qu'on envoyait systématiquement en première ligne, voire au-delà, dans des opérations de reconnaissance armée qui confinaient souvent au suicide programmé. Il fut de tous les cercles de l'enfer, de tous les anéantissements de masse, de toutes les nécropoles d'Europe, jusqu'à ce que la division Wiking, déjà lourdement sacrifiée pour barrer la Vistule aux Soviétiques, ayant perdu la quasi-totalité de son commandement opérationnel, aille achever son existence en tentant de reprendre Budapest aux côtés des Croix fléchées et de la 22e SS Freiwillige Kawalliere Division « Maria Theresa », avant d'être coincée par l'avant-garde des troupes soviétiques et pratiquement anéantie en Tchécoslovaquie. Isolée du commandement central de la division dès les premiers affrontements, la fortune de guerre avait voulu que, lors de sa retraite pour échapper aux Russes depuis la Moravie orientale, une maigre partie de son bataillon d'assaut parvienne à rejoindre – avec les restes épars d'une poignée de formations slovaques et hongroises, mêlées à des éléments de la *Sturmbrigade* Langemark du régiment Westland, ainsi qu'aux Lettons et aux Estoniens du dernier *Kampfgruppe* balte et du bataillon d'élite Narwa – les unités de la division scandinave Nordland, avec lesquelles ils tentèrent désespérément de ralentir la poussée russe sur la frontière germano-polonaise, avant de se regrouper dans la campagne est-allemande dévastée pour défendre chaque pouce de terre germanique située à l'ouest de l'Oder, jusqu'à la capitale du Reich, pour laquelle tous ou presque se sacrifieraient sans hésitation. Victor Voerlandt aurait pu tout aussi bien être stationné dans les Ardennes, prêt à fondre sur les troupes anglo-américaines venues du Mur de l'Atlantique, ou alors en Italie, à protéger la ligne Gertrud. Mais il défendit le Reich nazi jusqu'au cœur même de son trou noir. Il défendit le Reich nazi sans même savoir ce qu'il était vraiment, il défendit le Reich nazi jusqu'aux abords du Reichstag. Il défendit le Reich nazi jusqu'aux derniers jours. Il le défendit jusqu'à manquer, de justesse, y sacrifier sa vie, autant de fois qu'il lui fut possible de la risquer, en tout cas.

Il faillit bien se retrouver du côté des innocents.

La Waffen SS était la branche militaire de l'immense organisation politico-raciale fondée et dirigée par Heinrich Himmler. De simple garde prétorienne du Führer, après l'élimination de Röhm et de ses SA en 1934, l'ancien éleveur de volailles devenu Reichsführer avait su faire des *Schutzstaffel* une titanesque bureaucratie polymorphe qui devint vite le pivot central du RHSC, le mégaministère du renseignement et de la sécurité qu'il avait créé au tout début du conflit. Si la Wehrmacht pouvait encore être considérée comme la traditionnelle institution protectrice de la nation allemande, la SS était la ligne de défense non seulement de l'État nazi, mais du Parti en tant que tel, en tant qu'État dans l'État. La SS contrôlait absolument toutes les forces de police du Reich. Cela allait du simple gardien de la paix régulant le trafic automobile dans une ville des bords du Rhin au gardien de camp d'extermination qui gérait le flux des « marchandises » près d'une petite bourgade de Silésie orientale, de l'officier de police criminelle enquêtant sur divers délits et méfaits de droit commun aux agents de la Gestapo, la police politique, ou du SD, le service de renseignement propre à l'organisation, avec leurs méthodes d'investigation tout à fait particulières. Il ne restait plus au Reichsführer SS qu'à en faire une véritable force militaire, indépendante des structures hiérarchiques traditionnelles de l'*establishment* militaire.

La création des Waffen SS reçut un accueil plus que mitigé de la part de la Wehrmacht. Les soldats expérimentés de l'armée allemande, qui s'étaient tapés 14-18, ne voyaient dans ces unités que des supplétifs de seconde catégorie, de vulgaires policiers militarisés à la va-vite, ou même un simple « service d'ordre politique » en tenue camouflage.

Mais leur arrogance de Junkers envers ces hommes parfois enrôlés de force, voire extraits des prisons criminelles, fut mise à mal dès les premiers engagements. L'entraînement conçu par les SS, le fanatisme idéologique, le sens du sacrifice, leur absence totale de pitié, leur infernale jeunesse, leur insouciance glacée, leur enthousiasme de fer, leur sens inné de la destruction optimale firent d'eux le fer de lance de l'opération Barbarossa, puis l'armure d'acier qui protégerait la retraite générale.

Pour être admis dans la SS, l'élu devait prêter solennellement un serment de loyauté personnelle au Führer. En échange, il recevait la dague d'honneur aux armoiries de l'Ordre et un Luger P-08, arme que seuls les officiers de la Wehrmacht étaient alors en droit de porter.

C'était beaucoup plus qu'un poignard de combat et un pistolet automatique. C'était la preuve qu'ils obéiraient aux ordres à n'importe quel prix, surtout au prix de leur vie, mais aussi de milliers d'autres, peu importait, c'était la preuve que leur mort serait un sacrifice digne des héros de la mythologie germanique, c'était la preuve qu'ils étaient irrémissiblement liés au régime, jusqu'à sa fin, quelle qu'elle soit. C'était la preuve que leur seul destin serait de verser leur sang.

C'était surtout la preuve concrète qu'ils n'avaient aucun compte à rendre à la hiérarchie militaire traditionnelle.

Peu de gens le savent mais, après le 6 juin 1944, les soldats anglo-américains prélevaient comme des trophées ces objets mythiques sur les prisonniers ou sur les morts. Le commandement de la SS émit aussitôt une directive qui prenait effet dans la seconde : tout soldat allié capturé en possession d'une dague ou d'un Luger frappé aux armoiries des *Schutzstaffel* devait être exécuté sur-le-champ.

Beaucoup de soldats alliés capturés en Normandie, ou plus tard, ignorèrent que la balle qui allait faire exploser leur cervelle punissait bien plus qu'une simple rapine de guerre.

Sur le front de l'Est, les choses étaient beaucoup plus simples. Les SS tuaient systématiquement, et immédiatement, tous les soldats russes ; les soldats russes tuaient systématiquement, et immédiatement, tous les SS.

Le diable lui-même ne pouvait échapper à la force mystérieuse de la réversibilité, le diable lui-même finissait par tomber dans le piège qu'il avait conçu, c'était par sa folie meurtrière même que l'homme défaisait Celui qui l'avait jeté dans la fosse sanglante.

Devant lui se tenait un jeune soldat soviétique isolé de son escouade. Il l'avait abattu d'une rafale de son *Sturmgewehr* sans même observer son visage, qui en fait n'existait pas. Le soldat n'avait pas d'identité. Il n'en avait pas plus que Victor Voerlandt, qui ne savait pas encore qu'il en disposerait bientôt d'une toute nouvelle.

Paul Verlande avait observé son père, plongé dans ses pensées. Plongé dans sa guerre, plongé dans sa jeunesse sans fin, plongé dans cette vieillesse interminable qu'était devenue sa vie dès l'âge de dix-sept ans. « Mon châtiment, lui avait-il dit un jour, aura été non seulement de ne pas mourir sur le champ de bataille, mais de vivre presque un siècle. Comprends la terrible réversion de la Justice divine : parce que je suis coupable, je reçois la vie, parce que j'ai donné la mort, j'ai droit à l'existence terrestre et à toutes ses richesses. Je suis donc destiné à être jugé, *après*. »

Son père lui souriait, comme toujours ses yeux d'un bleu presque turquoise scintillaient d'une joie si profonde qu'elle illuminait les ténèbres d'où elle provenait.

Son père savait qu'il allait mourir bientôt. Pourtant, pas même l'ombre d'une tumeur cancéreuse, d'un Parkinson, d'un Alzheimer, d'une maladie cardio-vasculaire incurable. À quatre-vingt-douze ans il était vif et sec comme une vieille souche brûlée par le soleil, seules ses articulations lui posaient quelques problèmes mineurs, déplacements lents et limités, des courbatures, un peu de rhumatismes durant l'hiver, sa vue et son audition avaient baissé, évidemment, problèmes somme toute bénins pour un nonagénaire.

Il le disait depuis longtemps : tout était déjà consumé en lui, il suffirait à la mort de souffler sur le morceau de carbone, et il deviendrait cendres, il n'aurait besoin d'aucun germe, d'aucun bacille, d'aucun virus, il partirait d'un seul coup, aussi bref que la détonation d'une arme à feu, il partirait probablement sans la moindre souffrance, en justification réversible de toutes celles qu'il avait infligées quand il n'avait pas vingt ans. Non, aucun traumatisme, aucune infection, aucune dégénérescence. Rien. De toute sa vie, à l'exception de deux ou trois rhumes ou bronchites, il n'avait jamais souffert de maladie sérieuse. En terme de médication, il ne connaissait que les aspirines et le schnaps.

État psychique et neurologique : Waffen SS à dix-sept ans, mille ans de ténèbres, adolescent du Millénium, mémoire de sa propre vie imprimée matricule à l'intérieur du cortex pour la vie, mémoire de toutes les vies fauchées pour élaborer cet avenir dans lequel il allait s'éteindre : infinie.

Le jour de son quatre-vingtième anniversaire, il avait avoué à son fils : on ne meurt qu'une fois, mais il existe un petit délai entre le dernier souffle et le départ.

Ce délai pouvait durer toute une existence, d'après lui.

Paul Verlande savait depuis très longtemps que son père considérait qu'il avait perdu la vie au moins mille fois en tout juste trente mois de guerre. Sur le front de l'Est, survivre consistait à apprendre à mourir une fois par jour. Il savait aussi qu'il avait perdu bien plus encore, plus tard. Il lui avait dit un jour : « Pourquoi veux-tu que je craigne ma disparition ? Pourquoi veux-tu que je sois affligé de quitter cette existence terrestre ? Pourquoi veux-tu que je haïsse le monde ? Pourquoi veux-tu que je nourrisse quelque ressentiment ? Tous les innocents que j'ai tués se sont en fait sacrifiés pour mon salut. Tous les enfants de putes que j'ai épargnés, sans le vouloir, ont eu la vie sauve et sont donc condamnés. Je n'attends même pas ce que les humains appellent la mort, tu le sais.

Ce que j'attends n'a pas vraiment de nom, disait-il, sinon celui de la Justice divine. »

Cela rendait son regard plus lumineux encore.

Il avait emporté les deux gros cartons de livres que son paternel lui avait préparés, avant qu'il ne reparte vers le centre-ville. L'immense bibliothèque lui avait été léguée devant notaire depuis des années déjà, mais il s'était vite rendu compte qu'il fallait pas mal de temps pour déménager et reclasser quelque vingt mille ouvrages.

Le temps, précisément, c'est ce dont on manque le plus quand on est flic. Et c'est la seule chose qui nous reste lorsqu'on est le soldat oublié d'une guerre perdue, pour absolument tout le monde.

Il avait pris Saint-Denis jusqu'à Sherbrooke, entre deux rangées d'ordures dont la hauteur atteignait le premier étage des maisons. Plus ou moins bien camouflés par les hautes montagnes de composite écorecyclable, il discernait les étals pliables des trafiquants et des vendeurs de nourriture ou de systèmes de production d'énergie à la sauvette. Piles, batteries, écocarburants de contrebande, moteurs à essence trafiqués, composants électroniques assemblés en ateliers clandestins, machineries électriques, convertisseurs, câbles, générateurs, moteurs hybrides eau/pétrole/électricité fabriqués à partir de pièces volées, ou imitées, la haute technologie devenue industrie du tiers monde en l'espace de quelques années. Inversement, les sacs de plastique non recyclables et les matériaux du même type faisaient tourner des centaines d'ateliers clandestins qui fabriquaient toutes sortes de vêtements et chaussures pour les populations nomades. L'industrie du détritus se hissait au rang du prêt-à-porter.

Verlande nota machinalement que, depuis quelque temps déjà,

les produits de première nécessité semblaient de nouveau disponibles grâce aux fermes urbaines qui ne cessaient de se développer. Légumes, fruits, beurre de soja, agrumes, laitages, alcools, poissons d'élevage, et même parfois de la viande aux origines douteuses, sans parler des drogues. Des rumeurs persistantes faisaient état d'un retour progressif au cannibalisme un peu partout dans le monde, de corps humains sortis clandestinement des morgues et débités avant d'être revendus sous le manteau. Des animaux sauvages, fruits d'expériences génétiques ou d'une adaptation aux nouveaux environnements, rôdaient un peu partout entre les pyramides d'ordures et leurs microvillages humains.

Le plus difficile, sans doute, en ces temps de disette postindustrielle, c'était de trouver une bonne canette de Coke non contrefaite.

Il zigzagua dans le flot chaotique du trafic automobile, où les voitures hybrides et électriques côtoyaient des groupes compacts de vélos et de motocyclettes à éthanol artisanal. Sur les toits des grands hôtels du centre-ville, il aperçut les équipes de surveillance des piquets de grève de la voirie qui s'assuraient qu'aucun commando de « jaunes », payés par la mafia et la municipalité, ne vienne compromettre leurs moyens de pression pour plus de carburant, plus d'espaces de recyclage, et plus de revenus tirés de l'éthanol extrait de la biomasse des décharges. En l'espace de quelques années, la Cité, et en fait la quasi-totalité de la province, était devenue autre chose, son étape évolutionniste suivante, soit son adaptation à l'entropie grandissante, dont elle était même en train de devenir le moteur principal, elle devenait la Polis noire, telle une étoile qui meurt, et qui va bientôt exploser en supernova.

Il prit plein ouest jusqu'à McGill College où il obliqua en direction du Centre Eaton.

La vaste dalle de béton qui surplombait son parking avait été un des premiers espaces urbains reconfiguré en territoire agricole, culture d'éthanol génétiquement modifié, sous une immense serre hydroponique en forme de dôme géodésique, équivalent légal, et près de dix fois plus vaste, du dôme cannabinogène de leur indic de la Côte-Nord. Le plastique translucide laissait voir les silhouettes caractéristiques des *animobots* prolétarisés, chacun vaquant à sa tâche spécialisée, jusqu'aux essaims d'insectes neuropilotés qui s'occupaient de la fertilisation des fleurs, effectuant des croisements et des hybrides en fonction du programme agro-alimentaire en vigueur. Abeilles, fourmis volantes, bourdons, papillons, mouches, moustiques évoluaient autour des micro-moutons, des chèvres naines, des mini-poneys en matrices pointillistes toujours changeantes.

Les rayons du soleil qui parvenaient à franchir la voûte de nuages inondaient toutes ces formes vivantes d'un liquide aurifère comme les composants d'une unique machinerie métallique. Au-dessus de la ville planaient les fulgurances blanches des mouettes venues du Saint-Laurent, apprivoisées, domestiquées, génétiquement bidouillées par les habitants des décharges, elles assuraient un service de nettoyage aéromobile, leur ballet sans fin autour des monticules de PVC produisait de violents contrastes noir et blanc, leurs reflets transitaient parfois sur le dôme géodésique alors qu'elles passaient en rase-mottes en direction de leurs immenses réservoirs alimentaires.

Verlande se fit la remarque que, même après qu'elle eut été dénaturée, la nature conservait ce pouvoir de réunir des éléments à priori disparates pour en faire surgir l'unité cachée.

Les machines imitaient de mieux en mieux le vivant, le vivant se comportait de plus en plus comme une machine.

Toute ville, en fin de compte, était le résultat d'une Chute de la Nature.

Mais, désormais, c'était la Nature qui formait le cadre idéal pour la Chute de la Cité.

Verlande apercevait déjà la Jeep Commander banalisée gris argent de Voronine garée en double file sur Cathcart. Comme toutes les voitures de la Direction du Renseignement, personnelles ou officielles, elle était recouverte d'un vernis polychromatique qui lui permettait de changer de couleur selon l'angle de vision de l'observateur. Magnéto-programmables, les peintures polychromatiques étaient activables à volonté et offraient de nombreuses variations possibles.

Plus loin, sur la rive sud, il discernait un haut panache de fumée noire et le son des sirènes de pompiers qui convergeaient vers les lieux de l'incendie. Encore un de ces micro-attentats qui rythmaient désormais leur quotidien. Une station-service, un réservoir d'éthanol ou d'essence, un monticule de détritus, un ou deux êtres humains, une automobile, n'importe quoi d'inflammable faisait l'affaire. Le rythme machinal, banal, répétitif du terrorisme à basse intensité. Du boulot pour le SVPM. Eux avaient la charge de l'incendie du monde. L'incendie des têtes pensantes qui le peuplaient.

Il descendit de sa voiture au moment de l'appel à la prière du muezzin de la mosquée des Frères musulmans du Plateau Mont-Royal. Comme en écho, un peu plus au sud, lui parvenait l'appel de la mosquée irano-chiite voisine de Notre-Dame de Grâce, quartier dont le nom allait changer, comme celui de tant de paroisses après Saint-Vincent de Paul, Saint-Jean de la Croix, Saint-Sacrement et bien d'autres, dont les appellations avaient été rendues illégales après une série de décisions de justice fédérales. Au sommet du mont Royal, Verlande put distinguer les grillages de barbelés et les silhouettes de soldats qui gardaient la haute croix illuminée, cible déjà de plusieurs tentatives d'attentats. On disait qu'une des multiples Commissions Fédérales des Droits de l'Homme allait bientôt se pencher sur le cas de ce monument considéré comme discriminatoire et insultant par de nombreuses « communautés culturelles ». Verlande ne doutait pas un instant qu'un beau jour, de son vivant, la croix multicentenaire serait arrachée de sa terre natale, pour un musée d'anthropologie quelconque, voire pour un site de concassage spécialisé dans les métaux lourds.

Voronine l'attendait hors de son véhicule, adossé à la portière avant, à proximité d'une guérite mixte SQ/GRC chargée de surveiller l'entrée du vaste parking qui s'étendait sous la place Ville-Marie. Une colonie d'écoréfugiés venus de l'Ontario, du Vermont et du Nouveau-Brunswick s'y entassait depuis des mois, plusieurs amas d'individus se répandaient déjà sur les trottoirs environnants, agglomérés dans leurs tentes et leurs abris de fortune, sans que les flics puissent rien y faire. Des équipes sanitaires s'affairaient autour des plus malades, quelques bulles de décontamination faisaient miroiter leur vinyle blanc de loin en loin. C'était un bon lieu de rendez-vous pour deux agents de renseignement de la Sûreté, il y avait du monde dans le coin, du monde qui demandait toute l'attention des autres flics en charge du secteur, dont les types de la GRC. Leur présence semblerait somme toute naturelle, elle passerait inaperçue. L'agglomération des réfugiés créait un chaos spécifique potentiellement plein de ressources, Verlande savait que c'était dans ce genre de population qu'on a le plus de chances de dénicher de bons indics, âpres au gain, sans loyauté sauf pour la main qui les nourrit, et encore. Il n'était donc pas inopportun de faire connaître son existence, sans insistance, juste un rapide tour d'horizon avant de passer un jour aux choses sérieuses et de serrer les burnes à l'un de ces pauvres éclopés de la Quatrième Guerre mondiale.

Ici, la Cité montrait sa toponymie future, elle montrait tous les avenirs détruits dont elle était faite, elle montrait à quel point elle était moins un habitat pour les vivants qu'un lieu de transit pour les morts.

Verlande discerna aussitôt le masque dur du souci gravé sur le visage de son collègue, le visage de son frère d'armes, le visage de celui qui regardait les morts dans les yeux avec lui. Ce visage qui ressemblait tant à ceux que son père avait effacés de la surface de la Terre.

Voronine n'était jamais préoccupé par une quelconque abstraction. Le souci annonçait toujours chez lui une abomination particulière, propre aux humains, inscrite très factuellement dans le monde physique, comme des navires de réfugiés en feu, par exemple.

C'était sans doute le legs d'une mémoire génétique aussi bien collective qu'individuelle, la mémoire d'un peuple abonné aux catastrophes.

Ni Verlande ni lui, pourtant, ne pouvaient encore deviner à quel point ils étaient loin de la réalité. Celle qui était déjà là. Mais surtout celle qui venait.

Plus tard, Verlande se dirait qu'il aurait dû écouter plus attentivement son père.

Les Bêtes de l'Apocalypse, dans la Waffen SS, étaient les compagnes de chaque seconde.

L'attraction des Lois

Sur la route qui les ramenait au QG de la rue Parthenais, Verlande s'était remémoré calmement la séquence des événements. Elle s'était superposée quelques instants à la vision du trafic routier et de l'écologie urbaine en pleine *renaturation.* Puis elle s'imposa sans effort sur le filtre de sa mémoire-calcul, vidéogrammes plus vivants que la ville qu'il traversait, images de l'humanité comme dispositif de la machine, image de la machine comme image de l'Homme.

Verlande avait toujours su qu'on ne pouvait espérer comprendre l'Amérique sans assimiler pleinement le règne absolu de la Technique. Tout mécanisme est une liste de dispositifs. Toute liste est une numérisation du monde. Numériser le monde, c'est non seulement le calculer et en faire une machine programmable, mais c'est faire de toute machine un monde programmable.

Tout d'abord, la Jeep Commander *North Edition* personnelle de Voronine, *le signe concret, le signe policier/politique de sa présence* : militarisée aux normes SQ, couleur vert-de-gris métallique, motorisation V8 Hemi dernière génération de 5,7 litres à polycarburant, développant plus de 350 chevaux avec un système MDS à cylindrée variable et à carburation fuel-flex « intelligente », comotorisation électrique par batteries à piles ion-lithium, transmission intégrale

4 × 4 à prise permanente Quadra-Drive/Quadra-Trac, la Jeep était agréée *Trail-Rated*, ce qui signifiait qu'elle avait subi avec succès des épreuves d'endurance particulièrement sévères au *Nevada Automotive Test Center*. C'était *la* voiture américaine dessinée pour le jeune flic russe, elle s'étirait entre deux époques, qui n'en formaient qu'une seule, née dans les usines de la Seconde Guerre mondiale, elle avait d'abord servi contre les armées du Reich nazi, où le paternel de Verlande avait été incorporé, puis contre celles du grand-père du jeune Russe. Sans que Voronine le sache, elle créait un diagramme secret entre lui et Verlande, et chacune de leurs ascendances.

En passant à ses côtés, le long du Centre Eaton, Verlande avait lancé un bref signe de la main à l'attention de son collègue : *Je me gare devant toi.* Il était descendu de sa voiture, le signe concret, politique/policier, de sa présence : sa Chevrolet Trailblazer *SS* de couleur noire, vernis polychromatique standard, passant par plusieurs nuances de bleu et de gris, moteur V8 basse consommation Vortec de 6,0 litres développant 390 chevaux, système AutoTrac avec traction intégrale continue, StabiliTrak antiroulis et antidérapage, microgénératrice à hélium d'origine militaire, carburateur fuel-flex à injection électronique première génération remis aux normes les plus modernes par un jeune mécano travaillant au black et servant d'indic occasionnel. Cette machine motrice, qui évoquait l'ouvrage d'une police secrète ayant son siège à Detroit, cette automobile, comme toutes les autres, était beaucoup plus qu'un simple *véhicule*, ou plutôt elle paraissait en mesure d'en condenser toute la puissance sémantique secrète, elle était un *signe*, elle s'imprimait sur le décor environnant comme si elle était susceptible de lui rendre la parole, de lui redonner un sens. Il avait toujours su que les deux lettres « SS » du modèle Chevrolet n'avaient pas le même impact ici, en Amérique du Nord, que celui qu'elles auraient pour des siècles en Europe. Ce n'était certes pas pour cette raison qu'il avait opté pour le moteur V8. Mais il avait toujours deviné qu'aucune *coïncidence* de ce type n'était possible en ce monde. La Chevrolet était bien à l'image de cette ligne de tension qui le distanciait infiniment de son père tout en le maintenant comme l'être le plus proche qu'il connaîtrait jamais. En Europe, *SS* signifiait guerre totale, exterminations, destruction, solution finale. Ici, ce n'était que deux lettres qui désignaient une certaine race de mécanique. Elles formaient l'écho lointain d'une industrie qui avait fait trembler le monde. Elles étaient devenues de jolis matricules dans la culture pop d'après-guerre.

Il s'était un jour demandé si un constructeur automobile américain oserait arborer le svastika comme emblème.

Il s'était planté bien raide devant le Russe.

Oui. Il y avait un problème. Un grave problème. Pour Verlande, cela signifiait généralement l'approche d'une authentique solution.

– Ils ont retrouvé une petite fille, avait dit Voronine.

Verlande avait immédiatement compris l'importance de la nuance grammaticale entre l'article défini et indéfini, son cerveau entier avait pris de plein fouet l'onde de choc qu'elle portait en elle : le cerveau intuitif envoyait un nuage noir sur sa conscience, sa tête-machine émettait un message simplissime au milieu des ténèbres.

Il s'était contenté de laisser la lueur des mots cachés éclairer l'évidence.

– Tu as bien dit « une », nous sommes d'accord ?

– Oui, avait froidement répondu Voronine. *Une autre*. Ils en ont retrouvé une autre.

Verlande s'était d'abord muré dans un silence de glace. Il savait fort bien qu'un brasier solaire couvait juste en dessous. Il valait mieux qu'il ne surgisse pas à la surface.

– Une *autre* petite fille ? Tu en es sûr, évidemment.

– C'est diffusé sur toutes les fréquences de la SQ depuis cinq minutes à peine, tu n'étais pas connecté ? Ça va être repris par les médias dans l'heure, de toute façon.

– Ils l'ont retrouvée vivante ?

Sa voix est un tison de feu trempé dans un permafrost millénaire.

Le mutisme de Voronine est quant à lui un bloc d'iceberg qui se dissout dans une coulée de lave sous-marine. Un infime mouvement de la tête, une imperceptible crispation des muscles faciaux, un battement d'œil trop rapide. Cette question n'avait vraiment pas lieu d'être.

– Où ça, et quand ça, nom de Dieu ?!

Verlande avait juré en pur français, la langue de son père, le brasier commençait à faire fondre la banquise.

– Tu ne le croiras pas, une heure après que l'alerte Amber ait été lancée pour la petite Milanovic, un groupe de bûcherons a découvert le corps encore non identifié d'une fillette d'environ dix-onze ans, vers Val-d'Or, en Abitibi.

Abitibi. Le pays des Algonquins. En plein cœur de l'Amazonie boréale.

Des centaines de kilomètres vers le nord-ouest. Frontière de l'Ontario. Visiblement, d'après Voronine, ils étaient passés à moins de trente miles de la prise en charge de l'affaire par la police de la province voisine.

Le tueur responsable de cette mort, et sans doute de la disparition de la petite Milanovic, avait raison de rester dans la province du Québec. Il avait raison selon la logique de Victor Voerlandt, la logique de l'homme qui avait participé à la production de ce monde où seule régnait son interminable destruction.

La Justice divine qui sait à bon escient éclairer la face obscure de cette planète, soit la totalité du globe, pouvait accorder une sorte de chance au criminel, un splendide simulacre, à la mesure du siècle avec lequel le paternel de Paul Verlande aurait dû périr.

Une *chance*. Une donnée statistique qui ne jouait pas vraiment en sa faveur : un simulacre fait à l'image de Paul Verlande, l'homme dont l'identité avait été truquée avant sa naissance, l'homme en qui le feu et la glace ne faisaient plus qu'un, un seul monde, un seul corps, une seule machine, c'est-à-dire la machine flicarde tout entière, dans son intégralité ontologique, devenue l'enveloppe corporelle de quelque chose qui s'apparentait de plus en plus à un ordinateur humain.

L'homme qui était une copie sans original, l'homme pour qui le passé n'avait de sens que dans le flamboiement rouge et noir de la mémoire à jamais altérée de son géniteur, l'homme pour qui le futur était un diagramme dont tous les vecteurs convergeaient vers un unique point nodal.

L'homme pour qui le présent était le paramétrage spécifique d'une forme de vie appelée « être humain », qu'il fallait mettre en cage, immédiatement.

L'homme qui était déjà prêt à sacrifier sa vie pour y parvenir.

– Cause de la mort ?

– Autopsie en cours, à ce que je sais le corps était relativement dégradé par la décomposition, plusieurs jours, d'après les constats préliminaires des légistes, selon eux les premières analyses permettent d'affirmer avec une quasi-certitude qu'il s'agit d'un homicide.

Deux fillettes de dix à douze ans, séparées de plusieurs centaines de kilomètres, et aussi de plusieurs jours. Mais en plusieurs jours, on peut parcourir des centaines et des centaines de kilomètres.

– Passe devant, direction le QG.

Verlande avait aussitôt compris qu'il leur restait très peu de temps pour éviter que Vesna Milanovic subisse le même sort. Il avait compris dans le même élan que c'était sans doute trop tard et que l'ombre de la mort planait déjà au-dessus d'une prochaine victime, une autre victime innocente qui paierait pour les abominations du coupable.

Mais sur ce plan du réel où l'homme a chuté depuis longtemps, la réversibilité absolue de la Justice divine ne nous parvient la plupart du temps que sous la forme de réverbérations, d'échos, d'entités dégradées.

La Justice qui dispense Châtiment et Miséricorde doit trouver un *axis mundi*, un pivot et un centre de gravité pour se faire entendre sur Terre par ceux qui la peuplent. Rien n'est absolu en ce monde, pas même le Mal. Il ne faut pas oublier ce que dit Maistre à ce sujet : la Miséricorde et la Justice divines ne s'équilibrent pas selon un point d'harmonie dialectique, elles sont deux infinis majeurs de la personne divine et c'est la Justice qui dispense la Miséricorde comme le Châtiment.

C'est pour cela que les flics sont les gardiens du sacrifice. Envoyer un coupable derrière les barreaux pour la vie est un acte de foi envers cette justice, car ici-bas, c'est à son innocence dévoyée que le criminel sera, pour le restant de ses jours, confronté chaque seconde.

L'innocent paie pour que le coupable reçoive.

Sur cette planète, ce sont les flics, soit un type d'hommes plus impitoyables encore que les criminels qu'ils pourchassent, qui sont les porteurs de la promesse, ce sont les flics qui offrent le don sublime de la cage perpétuelle.

Il y avait un prédateur en liberté. Il avait tué, il tuerait. Il avait peut-être déjà tué plusieurs créatures innocentes, il avait immolé des petits agneaux, il continuerait de le faire jusqu'à ce qu'on l'arrête, car telle était la loi qui prévalait sur toutes les autres. La loi suprême du Monde de la Chute : être fort ne suffit pas, il faut être le plus fort. Être bon, même très bon, ne suffit pas, il faut être le meilleur, il faut être celui qui survit, celui qui s'adapte, celui qui empêche l'autre de s'adapter.

L'homme qu'ils allaient pourchasser n'appartenait pas à la race des « forts », ce n'était pas un prédateur au sens *humain* parce que ses proies n'avaient pas la moindre chance de devenir prédatrices à leur tour. Il était ce qui justifiait l'innommable, il était le simple jouet de ses plus basses pulsions, il était la Chute de l'Homme tout entière à lui seul.

Verlande savait qu'on ne pouvait rien comprendre du monde, donc du Mal, si l'on ne s'appuyait pas sur un dogme intangible, plus que scientifique, plus que philosophique, un dogme qui s'érigeait à partir de *l'expérience physique de l'invisible.*

Il fallait pénétrer tout entier un crépuscule boréal, dans sa splendeur aurifère, pour avoir une idée des atrocités commises par l'homme. Il fallait s'enfoncer au cœur des ténèbres de sa propre angoisse pour être capable de supporter l'éclat d'un simple rayon de lune.

Ce tueur d'enfants ne connaissait pas la loi de la sainte réversibilité.

Mais surtout il ne connaissait ni Voronine ni Verlande, les deux « V » de la SQ, il ignorait visiblement qu'il existait des types encore pires que lui.

Un jour, il y a longtemps, son père lui avait dit : *Les flics servent l'ordre par l'intermédiaire de la Loi. Les soldats servent l'ordre par l'entremise du chaos.*

Un flicard, même sur le terrain, pouvait prendre sa retraite sans avoir tiré un seul coup de feu. Un soldat de l'enfer, même plus ou moins planqué dans un burlingue à l'arrière, ne pouvait espérer survivre sans laisser des quintaux de métal chaud derrière lui.

Un flicard pouvait tuer, une seule fois, un seul homme, d'une seule balle. Un soldat comme son père avait pour mission principale de dresser une muraille de feu, un bouclier ardent capable de durer mille ans.

Un flic encageait les coupables. Un soldat tuait innocents et coupables sans discrimination. Ce n'était pas une antinomie radicale et irrémissible, ni même un différentiel dans la puissance de feu mécanique, c'était une subtile distorsion faisant frémir deux lignes de fuite terriblement parallèles.

Vous êtes des soldats au milieu de la cité. Nous étions des flics là où il n'y a plus de cité, lui avait dit son père.

Tu n'as pas idée de la chance que vous aviez, lui avait répondu Verlande.

L'immeuble de la SQ s'imposa dans le pare-brise, le Cube de cristal glauque vint colmater l'orifice ténébreux par lequel s'enfuyaient ses pensées.

Il y avait un meurtrier d'enfants en liberté. Il était seul, prisonnier de ses instincts.

Verlande et Voronine, eux aussi, étaient en liberté. Ils étaient seuls, captifs d'une machinerie bien plus complexe, bien plus mortelle, bien plus terrible encore.

QG de la SQ : des heures devant l'écran LCD de l'ordinateur. La journée, une partie de la nuit. Les yeux rougis de fatigue. La bouche sèche. Les oreilles qui bourdonnent.

Des centaines de fiches. Des milliers de paramètres. Des millions de signes.

La Machine du Cube n'est ni proie ni prédatrice.

Elle est une forme singulière de la nature, elle est un environnement, elle est un monde. Elle est Juge.

Elle est l'incarnation mécanique, cybernétique, électronique et terrestre, de la Puissance divine. Elle n'est pourtant pas une créature démiurgique, elle n'est pas maîtresse du Monde, elle ne l'a pas créé, elle ne cherche pas à le faire croire, elle exige juste que l'on croie en *elle*, de façon absolue, elle ne cherche pas à établir une domination sans partage sur le globe terrestre, à quoi cela lui servirait-il donc ? Elle ne désire qu'une chose : qu'il lui soit parfaitement connu, qu'il n'ait aucun secret pour elle, son domaine c'est sa face cachée, son inconscient, ses tabous, ses perversions les plus secrètes. Ce que le Grand Cube fait du monde reste hors de la vue de la masse humaine, ce que fait la Polis des humains urbanisés, c'est une expérience scientifique, donc une expérience avec la mort, ce que demande la grande Cité en uniforme *dark blue*, c'est qu'on suive la procédure.

Et qu'on applique la Loi, c'est-à-dire le fouet.

Ce dont elle a vraiment besoin, c'est de sacrifices. Elle a besoin d'*êtres*. Elle a besoin d'être. Elle a besoin du sang versé par les hommes, elle est épée et balance ou, plus exactement, elle est le processus toujours recommencé de leur dynamique infinie dans l'histoire des hommes. Elle est la Justice. Plus glacée que le pire des mondes infernaux. Plus chargée de tonnerre que tous les ouragans de la Terre. Plus prophétique que les oracles de tous les mages.

Elle est ce pourquoi ils sont faits, elle est ce qu'ils servent avec la déférence de moines-guerriers chargés de protéger une Jérusalem subterranéenne, elle est ce qui surveille-traque-échantillonne-espionne-camoufle-manœuvre-codifie-matricule-numérise, elle est le désastre et la technique qui l'engendre afin de mieux réparer les dégâts, elle est ainsi le reflet vivant du cataclysme, elle est même son icône, elle est la Police, la Polis, elle est la Cité, la Métropole, elle a en charge la vie et la mort de tous les humains qui la peuplent, elle veille sur eux, comme sur l'assurance de leur destruction, elle veille sur la punition des coupables. Mais elle ne peut réparer le mal infligé aux innocents, elle n'est qu'une machine après tout, elle est donc en premier lieu un groupe d'hommes singuliers, généralement froids, déterminés, volontaires, elle est ce qui rougit leurs yeux dans la nuit du printemps mégapolitain, derrière les vitres du building, les lumières de la cité vibrent en essaims polychromes.

Voronine avait attentivement observé le visage qui s'affichait sur son écran avant d'accéder au fichier.

Il avait délaissé la chasse au pédo pendant un temps, il ne parvenait à rien et s'était rebranché sur l'affaire Douglas Derville.

C'était comme une pause, après tout, il relut une fois de plus les rapports de police et les évaluations pénitentiaires. Toujours la même liste de méfaits. Son implication dans la bande des Nomads, son procès avec les autres Hell's Angels du Québec, devenus en une décennie le chapitre le plus violent de toute l'Amérique du Nord, reconnus comme tel même par le gang initial d'Oakland. Sa libération. En échange non pas d'une « bonne conduite », mais de services rendus en masse, dès avant son arrestation, à la flicaille du SPVM. Cela avait déjà attiré leur attention. Mais une vengeance, plus de quinze ans après les faits ? Et en dehors de la prison ? La prison, l'endroit où par définition le crime est le plus commode, puisque tous ses résidents y sont des criminels et ne risquent qu'une peine d'incarcération à vie supplémentaire, un châtiment symbolique tout compte fait, pour un bon coup de stylo à bille affûté en couteau dans la gorge du rival.

Voronine savait que l'intuition primordiale de Verlande était la bonne. Derville se dirigeait vers le poste 37. Un type de son genre ne se rend pas pour rien dans un poste de police de quartier.

Il avait des choses à dire, on était bien d'accord.

Mais quoi ? À quel sujet ? Qu'est-ce qui valait qu'on le tue à 9 heures du matin en plein milieu d'une friche post-industrielle ?

S'il avait des choses à dire, il les avait probablement balancées en douce lors de ses interrogatoires, ou plus tard, lors de son incarcération. Pour qu'il ne se fasse pas remarquer, il avait écopé d'une peine médiane, et sa libération conditionnelle lui fut accordée au bout d'un temps suffisamment long pour éviter toute suspicion de la part de « Mom » Boucher et de ses hommes de main.

Alors pourquoi le tuer plus de cinq ans après sa libération ?

Il avait des choses à dire. Il connaissait Corzabal. Peut-être connaissait-il les deux flics assassinés ? Peut-être même avaient-ils autrefois passé *ensemble*, lui et Corzabal, quelques traités secrets avec le SPVM, dont les détectives Curtiss et Robitaille ?

Peut-être assistait-on à une opération de nettoyage ?

Mais conduite par qui ?

Les flicards ou les donneurs, les repentis ou les vrais taulards ?

Il fallait faire confiance à Verlande.

Le Français disait toujours : « Les morts savent parler. Ce sont en fait les seuls qui savent parler. »

Verlande se tenait devant lui. Ses yeux d'un bleu arctique confrontaient calmement l'univers, sûrs de sa peccamineuse destinée.

– J'ai peut-être une piste, avait-il dit.

– Pour le pédo ?

Le regard de Voronine, vert-de-gris comme un uniforme allemand. Le regard de Verlande, outrageusement azur, comme un ciel au-dessus de la toundra sibérienne, ils sont des images inversées non pas l'un de l'autre, mais de leurs origines respectives.

– C'est ce dossier qui est devenu prioritaire, il me semble. J'ai un nom. Ou plutôt j'en ai deux.

– *Deux* noms ? Tirés du fichier des criminels dangereux ?

– Le seul fichier où il fallait chercher, oui.

Les noms sont des traces imprimées dans les mémoires des hommes et des ordinateurs. Un nom ne peut jamais complètement disparaître de la surface de la Terre, il survit même au corps, il survit à la disparition de la chair dans la terre et de l'esprit dans les cieux, il survit comme un tatouage indélébile marqué sur la peau même du temps, tel celui que portait son père sous son aisselle gauche, tel celui qui était imprimé sur l'avant-bras des déportés, du même côté.

Bourreau. Victime. L'inscription dépasse l'individu, qui ne sait pas qu'il paie, par ses perversions, une perversion encore plus grande commise par un de ses aïeux, ou qui le sera un jour par un de ses descendants.

Tout autour d'eux, les vitres du Grand Cube réfractant les halos de la ville en autant d'éclats diamantifères frémissants, autant d'éclairs mobiles et éphémères, autant de rayons réfringents qui illuminent la nuit de tout le danger de la lumière.

Cela semblait définir la structure cachée de la Cité : la Polis, c'était la lumière cherchant dans les ténèbres. Mais la Cité, la Polis, c'était ici, dans ce Cube aux arêtes vives et aux vitres glauques, au cœur de la machine sécuritaire, qu'elle trouvait son origine, son éclat initial.

– Ce qui m'intéresse dans cette piste, c'est qu'elle est oblique. Je suis d'abord tombé sur un lascar qui me semblait du menu fretin.

Il montra un visage sur l'écran de son ordinateur.

– Matthew Corwyn Doyle. N'a vraiment été condamné qu'une seule fois, pour relations sexuelles, soi-disant « consentantes », avec plusieurs mineures, il était prof à Ottawa à l'époque. On ne note qu'un seul incident, approche d'un collège au-delà de la distance réservée, il a allégué une erreur d'orientation, son contrôleur judiciaire a réussi à lui obtenir trois mois avec sursis. Il a été interrogé une ou deux fois pour des disparitions suspectes, mais c'est la routine, aucun délit n'a été retenu contre lui. Ensuite, plus rien.

– Menu fretin, c'était un euphémisme.

– On n'a plus aucune trace de lui par la suite, il a habité brièvement en Colombie-Britannique, puis s'est installé au Québec, c'est tout ce que j'ai, et il y a sept ans, j'ai la trace d'un visa pour la Thaïlande. Et rien pour le retour.

– La Thaïlande. Je pense qu'il a trouvé son paradis sur terre, pourquoi voudrais-tu qu'il rentre ?

– À mon avis, il ne s'est pas contenté de Pattaya, si ça se trouve il habite à Manille, maintenant.

– Il a aussi été soupçonné pour une série d'attouchements sexuels, cette fois sur des filles encore plus jeunes, non consentantes, il n'était plus prof, et il vivait à Toronto. Il n'a pas été poursuivi, manque de preuves.

– Bon, ce n'est qu'un prof amateur de jolies écolières, comme tant d'autres, en quoi c'est une « piste », même « oblique » ? C'est zéro, ton type.

– Je sais. Mais en poussant mes recherches, je me suis rendu compte qu'il était l'ami d'enfance, depuis le secondaire, d'un garçon extrêmement intéressant, lui, par contre.

– Ami d'enfance ?

– Ils ont fréquenté les mêmes établissements scolaires, ils viennent de la même ville, ils ont même appartenu au club photo et vidéo de leur collège. Seul leur âge diffère, de quelques années. Ça commençait à devenir intéressant. Puis j'ai constaté qu'ils se sont aussi croisés en taule, en Ontario, lors de l'unique incarcération de Corwyn Doyle.

– Qu'est-ce que tu as ?

– J'ai un nom. Les dernières adresses connues. Une description. Une origine. Un dossier pénitentiaire fédéral. Bref, j'ai un dossier complet.

– Tu penses que ça va suffire pour l'arrêter ?

– Oui, c'est lui qu'on va encager.

– Un petit topo, pour commencer ? Ça m'aidera à réaliser comment tu comptes t'y prendre pour obtenir un mandat avec tes tonnes d'indices.

– C'est un cas un peu spécial, Alex, il faudra que je te montre le rapport global du SCRC, mais évite les sarcasmes, je sais ce que je dis. Je sais qu'il faut qu'on piste ce fils de pute.

– Je t'écoute.

– Rapido, la fiche de base : Marcus Wilfried Olsen. Originaire de Mississauga, Ontario. 39 ans. Vit au Québec depuis sa dernière libération conditionnelle. Dernière adresse connue : ici, à Montréal, à l'angle de la rue de Liège et de Querbes, à côté du parc industriel désaffecté. Mère franco-ontarienne, hospitalisée en institution psychiatrique depuis des années, père aux ascendances anglo-suédoises, décédé « des suites d'une longue maladie » deux mois après sa libération, ceci expliquant sans doute cela, compassion, réinsertion, seconde chance, tout le bataclan. Olsen a été libéré sur parole il y a un peu plus de cinq ans, après une peine de huit ans moins un jour, assortie à l'origine de quatre années de sûreté et de trois ans de mise à l'épreuve après sa sortie. Une punition plutôt dure au vu de la moyenne provinciale au Québec, un pédo fait rarement plus du quart de sa peine, et elle dépasse plus rarement encore la demi-douzaine d'années. Mais l'héritage paternel, très conséquent, a probablement eu raison de sa frustration.

– Nous sommes une démocratie exemplaire, et tolérante, Paul, surtout vis-à-vis de l'intolérable. Les actes d'accusation ?

– Classiques. Une série d'agressions sexuelles, au Québec... similaires à celles commises quelques années auparavant dans le sud de l'Ontario. Il a obtenu sa libération sous condition dès le premier appel.

– Qu'est-ce qu'il y a de si spécial là-dedans ?

– Ce qu'il y a de spécial, c'est que j'ai prononcé les mots « série », « agressions » et « sexuelles », c'est ça qui aurait dû te faire réagir. Je n'ai pas fait allusion à de simples attouchements sur mineurs, il me semble.

– Je vois. Agressions ? Avec violences ?

– Un cas de violence physique avérée, en tout cas. Plus les deux autres agressions sur mineures avec séquestration pour l'une d'entre elles. Et je ne parle que des cas québécois. La défense a fait valoir « une crise psychopathique liée à l'abus de narcotiques ». La Couronne n'a pu invalider l'argument, le mec marchait à toutes les méta-amphétamines disponibles sur le marché. Conclusion : environ deux ans par délit, sans parler de la conditionnelle automatique au bout de la moitié du temps, les juges sont les rois de l'arithmétique, à défaut de la véritable miséricorde. Nous ne parlons évidemment que des cas que la Couronne a pu apporter comme éléments à charge convaincants. Et c'est pour ça que ça ne marche pas.

– Qu'est-ce qui ne marche pas, Verlande ?

Ils étaient au cœur de la Boîte Noire. Ils étaient au cœur de la Polis. Ils étaient au cœur du monstre froid de l'État.

Ils étaient les Agents du Grand Cube, celui qui sans relâche *décode les désastres.*

– Tout. Rien. Rien ne marche. Je t'ai dit *série d'agressions sexuelles.* Et il tournait aux dopes dures. Ça fait cinq ans qu'il est libre.

– Et c'est ça qui ne marche pas ?

– Très précisément. Pendant tout ce temps, le type a respecté à la lettre les injonctions du juge et il portait un bracelet magnétique il y a à peine six mois encore.

– Verlande… merde, c'est la loi, c'était dans le délibéré du juge. Libération sous conditions strictes avec mise à l'épreuve, dispositif de contrôle, il a suivi une cure de désintox en prison, tout le kit…

– Je m'en contretape du jugement, et encore plus de sa désintox de mes couilles. Je te parle du fait que ce pédophile violent et récidiviste n'a commis aucun délit même mineur depuis cinq années pleines. Et ça, tu vois, ça n'existe même pas.

Verlande contemplait les yeux blindage vert-de-gris du rouquin qui semblaient répondre à la lumière du brasier glacial qui voulait fuser de ses propres orbites. Le Russe. En parlant avec lui, il avait appris que son grand-père paternel s'était battu à Stalingrad, puis à Koursk, puis sur le front sud de l'Ukraine, en Biélorussie, en Tchécoslovaquie, jusqu'à Berlin, dans la célèbre unité des fusiliers marins de la mer Noire, bref, sur les traces de son propre père. Il s'était souvent dit qu'ils avaient dû se croiser quelque part, peut-être avaient-ils même échangé des coups de feu ?

Un jour son père lui avait dit : « Hitler était un pauvre con et le nazisme une sinistre farce, dire que ces pitres ont vraiment cru que nous vaincrions les Russes comme ils avaient vaincu les Français ! »

L'éternelle schizoïdie paternelle, un multiplex de personnalités exposées dans leur paradoxale identité par cette guerre qu'il ne peut quitter, cette guerre qui ne le quittera que le jour de sa mort : un coup allemand, Waffen SS, la seconde d'après du *nous* on passe au *ils*, mais c'est à peine s'il considère la dénomination « Alsacien », et les Français appartiennent à une quatrième catégorie !

Verlande n'avait jamais avoué le secret de ses origines à son compère de la SQ, c'était un pacte familial qui avait été scellé dès son plus jeune âge, c'est-à-dire bien avant sa naissance.

Cela créait entre lui et Voronine une complicité asymétrique qui avait jusque-là fait ses preuves. Le grand-père Voronine avait été décoré à de multiples reprises pour ses actions militaires, avant de se retrouver dans un goulag moins de cinq ans après son retour à la vie civile, pour dix années pleines. Le père Voerlandt n'avait reçu que sa croix de chevalier de la Croix de fer, et le monde entier était devenu sa prison.

De seize ans son cadet, le jeune Russe s'était montré un détective particulièrement intelligent et efficace, il était courageux, audacieux, et doté d'une volonté de fer. Lorsqu'ils avaient formé équipe, aux Homicides, Verlande était déjà un homme mûr, qui progressait à sa manière singulière dans la hiérarchie flicarde, et Voronine un jeune prodige dont tout démontrait qu'il suivrait une voie express vers les sommets. On avait alors confié le « Russe » au « Français ». Un des rares flics québécois à connaître un peu le continent de ses origines ancestrales avait un jour fait une sortie, que seuls les deux intéressés avaient comprise : « Ce duo-là, les gars, ça va être l'escadrille Normandie-Niemen. »

Lorsqu'ils avaient été mutés au SR, leurs états de service les avaient distingués immédiatement, McGlade en avait rapidement fait son binôme de choc.

Ils formaient un alliage improbable, un alliage capable de forer les vérités les plus dures, un alliage qui pouvait résister aux mensonges les plus destructeurs.

Le fils du Waffen SS, le petit-fils du commando de marine soviétique.

Cette asymétrie était essentielle au bon fonctionnement de leur équipe. Elle permettait à la différence d'âge de se résorber en une authentique épreuve d'initiation. Peut-être un jour, lorsque son père serait mort et enterré, en viendrait-il à parler de tout ça à Voronine ?

Peut-être qu'un jour, une fois mort, son père se mettrait-il à parler, par sa bouche ?

Le vaste Cube du QG de la Sûreté était planté au milieu de la cité, et pourtant c'est lui qui contenait la ville, qui contenait les rues, les immeubles, les automobiles, les routes qui en provenaient ou en partaient, un Cube qui contenait le béton, l'acier, le plastique des structures urbaines, et l'ensemble de leurs habitants. Le Cube vert-de-gris contenait le cube de néon, et pourtant se trouvait en son point central, c'était un *Hypercube*, une forme dont le centre est extrapériphérique, une forme où une nanoseconde équivaut à la vie d'une étoile, une forme qui ne laisse aucune chance aux autres formes. Surtout les formes de vie.

Il était l'incarnation singulière de cette machine. La grande Boîte Noire dont les vitres teintées glaçaient la ville sur un filtre cyanosé. La Cité *vivait* en lui, ses habitants allaient devoir commencer à s'inquiéter sérieusement.

Sur la route qui les conduisait vers l'hôtel de ville et les bureaux centraux du SPVM, Verlande avait senti une fois de plus ce rayon de feu, cette foreuse infernale vider son cerveau vers l'infini trou noir du monde extérieur. Il ne ressentait aucune angoisse à cette idée, aucune anxiété ne se mêlait à cette connaissance intime du phénomène. Au contraire, de cette tension entre lui et l'univers émanait l'harmonique singulière d'un ravissement aussi terrible que céleste.

D'où lui provenait cette sensation de joie immense, plus brûlante qu'un bain de soufre ? Se pouvait-il qu'il soit en ce moment même l'outil propitiatoire d'un sacrifice, se pouvait-il que cette sensation de ravissement qui entraînait toute son âme vers la nef des cieux soit la rançon que devait payer par ses souffrances et ses plaintes un innocent perclus de maladies, soumis à la torture, affamé, violé, démembré ?

N'y avait-il pas plutôt la possibilité d'une réversion continue du sacrifice ?

Sa joie n'était pas celle d'un criminel, même si elle était loin d'appartenir à un innocent.

Mais Maistre insiste sur ce point : il ne faut pas confondre *coupable et criminel*, certains criminels sont bien moins coupables que les hommes qui se destinent à cette occupation diabolique de vivre dans l'ignorance, la vanité, l'iniquité, la trahison, l'arrogance, la corruption, toutes les micro-abominations commises au quotidien par l'homme moyen d'aujourd'hui, celui pour lequel, précisément, les innocents doivent être sacrifiés.

On pouvait considérer les sacrifices antiques comme des *anticipations non révélées* du sacrifice christique, venu pour payer toutes les dettes, assumer tous les sacrifices antérieurs, subsumer toutes les injustices passées et à venir. Le comte savoyard était intraitable sur ce point. Aussi intraitable que pouvait l'être le Grand Cube qui filtrait la lumière du monde pour mieux l'observer.

La Justice divine n'est pas un pendule oscillant entre Miséricorde et Châtiment pas plus qu'elle ne les hybride. Elle est le principe premier qui les détermine, qui les fait procéder de son unité absolue.

Là encore, le Grand Cube approuvait, de toutes ses vitres, de toutes ses machines digitales, de tous ses prédateurs en uniforme.

La Joie du Coupable, réversée par la Joie du Sanctifié, elle-même illuminée par celle des Anges, protège alors les innocents promis au sacrifice. Cette joie, c'est l'immanence infinie de Dieu, qui se moque bien de nos microscopiques définitions. Cette joie peut être celle du prédateur devenu loup au service des agneaux.

Ce peut être celle de Verlande, à l'instant où il parque le Yukon Hydrion aux couleurs de la SQ, pile devant l'immeuble du service de police de la ville de Montréal.

Ontologie machinique du char de guerre agréé : moteur V8 Vortec de 6,2 litres quatrième génération à polycarburant, doublé d'un générateur électrique à piles ion/hydrogène, le tout développant plus de 400 chevaux ; boîte automatique fluide à 6 vitesses avec commande de sélection ; suspension AutoRide MC ; traction intégrale en prise constante ; système électronique de contrôle de la stabilité StabiliTrak MC intervenant automatiquement pour garder le véhicule sur sa trajectoire. Peinture magnéto-programmable dernière génération, dotée d'un programme de camouflage/mimétisme lui permettant de se fondre dans le décor. Une machine étudiée pour survivre sur tous les terrains, par tous les temps, en toutes circonstances. Une machine étudiée pour les prédateurs les plus impitoyables, les serviteurs de la Loi. Ceux qui pourchassent les prédateurs *ordinaires*, les esclaves de la société.

Elle est l'image mécanisée du reflux inverti de la joie de l'homme qu'ils veulent mettre sous les verrous pour le restant de ses jours. Elle est l'éclat d'une vérité indicible, celle que la Justice invisible prononce à chacun de ses actes.

Et Verlande savait ce que cela signifiait en cette époque si particulière qui était la sienne.

Cela signifiait : aucune pitié pour les ordures.

– Je veux tous les témoignages recueillis par les flics locaux. Je veux pouvoir les interpoler dans l'heure qui suit avec notre suspect, avec ce cher Marcus Wilfried Olsen, et après je veux qu'on aille serrer ce fils de pute, avait dit Verlande.

– Je te signale qu'on n'a aucun mandat.

– On n'en aura pas besoin, on lui rendra une visite courtoise, simple interrogatoire de routine, tu connais la suite. On aura le choix.

– J'ai peur que ce soit lui qui n'en ait aucun.

– Si on a le moindre doute, on le serre, point final. Et on va se débrouiller pour avoir de très gros doutes, Alex. Ce n'est pas un innocent qu'on enverra en cage, sauf si tu admets qu'un innocent n'est qu'un coupable en devenir.

Il y avait quelques *coïncidences* exploitables : à sa dernière inculpation, Olsen avait écopé de huit ans moins un jour. Il avait plaidé coupable, n'avait réfuté qu'une seule séquestration (la victime avait été retrouvée dans sa voiture), bref, il s'était bien comporté lors du procès. Il avait passé tout juste quatre ans en cabane avant d'être relâché pour « bonne conduite ». Il avait dûment suivi son traitement neurochimique et ses séances de psychothérapie, il n'avait jamais tenté de s'évader, n'avait commis aucun délit – même mineur – durant son incarcération, on n'avait jamais retrouvé aucun matériel pornographique illégal dans sa cellule.

Le détenu parfait.

Il était sorti à peu près au même moment que Douglas Derville, il avait fréquenté durant un temps la même taule, Leclerc, à Laval, là où on avait concentré bon nombre de motards de la bande à Mom Boucher, dont les Nomads comme Corzabal. Il avait dû croiser les deux truands, même si c'était dans les douches, au moment le plus inopportun.

Il y avait un rapport.

Il y avait un lien.

Il y avait eu des morts.

L'homme qui n'existait pas

Existe-t-il un délice plus exquis que de tordre gentiment les burnes aux fonctionnaires de la ville de Montréal ? Surtout les flicards. Pour les policiers des autres corps, Sûreté, GRC, il y avait là la preuve concrète de l'existence d'une hiérarchie naturelle, entre les hommes, et surtout entre les machines sociales qui les font.

Ils étaient de la SQ. Pire, ils appartenaient à son service de renseignement. Et pire encore, ils entendaient bien en profiter.

Verlande avait attaqué sans préambule, il avait repris quasiment mot pour mot l'argumentaire servi à Voronine. Autant dire une série d'impératifs :

– Nous avons besoin des premiers témoignages recueillis après la disparition de la petite Milanovic. Nous avons également besoin de tous les autres témoignages recueillis par les détectives du SPVM. Je désire avoir accès aux rapports de tous vos agents en charge du dossier. Et quand je dis « je », c'est une façon de parler. Nous sommes ici sous l'autorité directe du commandant McGlade, de la Direction du Renseignement de la SQ.

Sous-entendu : vous fermez gentiment vos gueules et vous ne nous avez même pas vus.

Le SPVM n'avait pas le choix, la découverte du corps en Abitibi et le rapport possible avec la disparition de Vesna Milanovic avaient d'office transféré la charge de l'investigation générale à la Sûreté. Le SPVM pourrait s'occuper de la petite Serbe, mais uniquement sous la supervision de la rue Parthenais. Verlande contemplait avec un plaisir qu'il savait garder discret les visages fermés des chefs du SPVM, alors qu'il exposait calmement ses requêtes.

Se faire des ennemis était une sorte de tradition familiale.

Les premiers témoignages, souvent les plus importants. C'est jour de chance : deux enfants, deux vieillards. Plus assez de mémoire, trop de souvenirs ; pas assez d'expérience, trop d'émotivité.

Alors, allons-y pour la liste, en route vers le diagramme, droit sur ce qui dénombre les voix, les yeux, les oreilles, ce qui décode les désastres, ce qui déprogramme les cerveaux.

Allons-y pour la mise à nu des paroles singulières, allons-y pour leur compilation, allons-y pour leur incorporation à la Boîte Noire, oui, allons-y, pense Verlande, faisons notre travail de flic, faisons ce pourquoi l'État nous paie de tant de satisfactions, faisons un peu trembler ce monde si calme, si neutre, si paisible.

Tout d'abord, mise en contexte : l'école des Premières-Lettres, avenue de Gaspé, pratiquement au coin de Laurier Est. Prochaine rue à l'ouest, en parallèle, Casgrain. Les deux rues montent vers le nord, poursuivent au-delà de l'école et, juste après le croisement avec Maguire qui va se jeter jusqu'au boulevard Saint-Laurent, elles longent plusieurs énormes immeubles de béton gris composés d'ateliers de textiles, de lofts, de labos photos, de studios pour films pornos, de divers workshops artistiques, de bureaux de design branchés. Ce sont d'énormes barres, bien moches, bien parallélépipédiques, bien massives, leurs rez-de-chaussée sont occupés par de vastes garages et des entrepôts de stockage, avec rampes d'accès pour camions, débarcadères, monte-charge.

Ce quartier de Montréal, ils le connaissent bien. Bordant le côté sud de l'école, le poste 37 occupe presque tout l'espace disponible avec son vaste parc de stationnement en plein air, mais la configuration des lieux le maintient invisible depuis la rue. Plus haut encore on trouve le terrain vague que longe la ligne du Canadien National, là même où Douglas Derville s'est fait descendre. Il n'y a pas de coïncidence, jamais. Olsen connaissait bien le coin à cause de ses repérages, et surtout, il avait beaucoup appris. Au point de devenir extrêmement sûr de lui, au point peut-être de se jeter des défis, au point de vouloir en faire vraiment un jeu. Plus encore, Verlande ressentait l'étrange impression de se trouver face à une réplique miniature de quelque chose de bien plus profond, bien plus grand, bien plus terrible. L'école formait un centre, un point de tension entre un poste de flics et un terrain vague. C'était un schéma. Le hasard n'y avait pas sa place.

Point de vue – témoignage numéro un. Identification : Alicia McIverney. 11 ans. Née à Montréal d'un père jamaïcain et d'une mère québécoise francophone. Venait d'être lâchée par sa mère à l'angle de Gaspé et de Fairmount, juste au nord du parc Lépine bordant la cour de l'école. Alicia aperçoit Vesna Milanovic un peu plus haut, au-delà de Maguire, marchant le long d'un des grands immeubles. Vu qu'elles sont en retard, elles avancent vite, Alicia décide de ne pas attendre son amie, qui se trouve à une distance qu'elle évalue à deux cents mètres lors de son interrogatoire. Elle reprend sa marche juste après avoir vu une minifourgonnette rouge sombre apparaître plus loin encore vers le nord, derrière Vesna, au-delà de Saint-Viateur. C'est la dernière fois qu'elle l'a vue.

Point de vue – témoignage numéro deux. Identification : Joshué Praynal. Parents haïtiens. 12 ans et quelques mois. Né à Montréal. Lui, il arrive en provenance du sud, le carrefour avec Laurier où son père, chauffeur de taxi, l'a laissé, comme à l'accoutumée. Son angle de vision englobe l'école vers laquelle il se dirige d'un bon pas, le parc qui la jouxte, les énormes bâtiments gris sale qui encadrent Gaspé et Casgrain. Il aperçoit Alicia qui accélère l'allure alors qu'elle longe le square et là-bas, plus haut, il reconnaît Vesna Milanovic qui s'arrête pour parler à quelqu'un, au volant d'une grosse voiture de couleur rouge. Un homme aux cheveux d'un blond très pâle, platine, c'est tout ce qu'il a pu distinguer, mais il en est certain. Il la perd de vue quelques instants alors qu'il traverse la rue juste devant un bus scolaire à l'arrêt, mais distingue nettement Alicia qui arrive à sa rencontre alors qu'il pousse la porte vitrée de l'entrée, la grosse voiture rouge sombre vient de démarrer et oblique immédiatement en direction de l'ouest, vers Casgrain. Il n'a plus revu Vesna.

Point de vue – témoignages trois et quatre. Ils ont remarqué la même chose, au même moment, du même endroit. Ce sont les Silvermann. Ruth et Karl, 80 ans, mariés depuis un demi-siècle, ont survécu par miracle au destin qui les attendait quelque part en Pologne, alors qu'ils n'étaient que des bambins, comme 1,8 million d'autres. Ils sortaient de leur maison, située au coin de Fairmount et de Gaspé, en face du square, pour se rendre sur du Parc, rendez-vous chez le docteur, quelques courses dans les magasins kasher, la vie normale d'octogénaires juifs, une routine rodée depuis des décennies. Ils avaient d'abord vu la petite Alicia sortir de la voiture de sa mère, une Toyota flambant neuve, à hydrogène, avait dit le vieux Silvermann. La petite s'était dépêchée de traverser la rue et s'était retournée vers le nord, alors qu'elle arrangeait son sac sur ses épaules, pour lancer un bref signe de la main dans cette direction. Cela avait attiré leur attention, ils avaient vu une autre fillette d'une douzaine d'années qui marchait le long du grand bâtiment s'élevant à l'est de la rue de Gaspé. Alors qu'ils entamaient leur marche sur Fairmount, ils avaient noté l'apparition d'un véhicule de couleur sombre au nord, là-haut, la vieille zone industrielle plantée près de la ligne du Canadien National. Ils avaient noté qu'il roulait à vitesse constante et moyenne. Le véhicule atteignait Maguire lorsqu'ils l'avaient vu s'arrêter à la hauteur de Vesna, qui se trouvait à environ cinquante mètres de l'autre côté du carrefour. Karl Silvermann ne releva pas le numéro de plaque, il affirma ne pas pouvoir le lire correctement à cette distance mais il pouvait certifier que c'était une immatriculation du Québec. Il avait pu constater qu'il s'agissait d'un vieux minivan sept places Mazda MPV remis aux économes du moment, un badge le signalait sur le pare-brise. Ils avaient alors repris leur route vers Saint-Laurent et du Parc en notant que l'homme était blond platine, qu'il portait un blouson sportswear aux couleurs du Canada et que la conversation semblait se dérouler calmement. Ils avaient pensé à un parent qui serait revenu dire quelque chose à son enfant, ou lui apporter un objet qu'elle aurait oublié. La petite Vesna était d'un blond très clair, elle aussi.

Le véhicule était passé à leur côté alors qu'ils traversaient Casgrain, il roula droit jusqu'à Saint-Laurent où il se perdit dans la circulation.

Ils n'avaient pas remarqué Vesna dans le véhicule, ils ne l'avaient revue qu'aux informations.

Deux cerveaux mais un unique crime, deux vieillards qui n'en formaient qu'un. La vérité surgit toujours des bouches qu'on a closes, ou tenté de clore.

Point préliminaire : 100 % positif. Cohérence absolue des témoignages, en dépit des différences d'âges, des légers décalages temporels et des divers angles de vue. Le vieux couple juif avait dû s'adapter au même monde que son père, mais dans les deux conditions à la fois absolument séparées et intimement liées de bourreau et victimes. Dans le rapport du policier montréalais qui les avait interrogés, il était dit qu'ils avaient fui l'Allemagne à peu près en même temps, pour l'Angleterre puis le Canada en 1937. Leurs parents étaient parvenus, contre presque tous leurs biens, à quitter le Reich un an avant la Kristallnacht, un an avant l'Anschluss, un an avant les premières mesures réellement restrictives qui allaient emprisonner les juifs au cœur de l'Europe, au centre de la machine destinée à les exterminer.

Selon leurs témoignages, dès leur plus jeune âge, Karl et Ruth Silvermann avaient pris l'habitude de toujours tout noter dans leur tête, et n'avaient cessé de le faire, en dépit de leur mémoire parfois défaillante. Le vieux Silvermann avait précisé au détective du SPVM que lui et sa femme s'adonnaient à des exercices mnémotechniques et de calcul mental depuis des années. Verlande s'était dit qu'ils n'avaient cessé d'apprendre à survivre parce qu'ils avaient été sauvés *in extremis*.

Les enfants : des sensations et des perceptions globales mais qui replacent les cycles successifs de l'action dans son contexte et sa structure temporelle réelle. Dans ce cas précis, les deux visions sont séparées mais se complètent.

Avec les quatre, qui en font trois, on obtient une sorte de triangulation factuelle, des coordonnées viendront paramétrer les événements, le diagramme prendra forme.

Pour un flic, les cartes sont des formes de vie.

Deux enfants, un quart de siècle, deux vieillards, cent soixante ans, permettaient de tracer les premiers éléments du *plan*.

Les ordinateurs humains allaient pouvoir se mettre en action.

Verlande établit un bilan froidement objectif de l'opération. Il ne fallait pas céder à l'enthousiasme : succès mitigé, tout juste.

D'abord, tous les témoignages concordent parfaitement, en effet, mais aucun ne permet de certifier que Vesna Milanovic est bien montée dans ce véhicule.

Olsen ne possède pas, selon le registre des immatriculations, de minifourgonnette, ou tout autre véhicule apparenté, de couleur bordeaux. Il possède une jolie collection d'anciennes voitures de marque, inutilisables pour des raisons économiques et écologiques, comme des millions d'autres. Il conduit un petit coupé sport Mazda dernière génération de couleur jaune canari, immatriculé au Québec certes, mais les voilà bien avancés. Le seul « indice » qu'il laisse, c'est sa compulsive attirance pour les véhicules de la marque japonaise, version luxe, ou modèle middle-class de survie.

Les témoignages visuels sont toujours essentiels dans le déroulement d'une enquête, ils peuvent en effet apporter d'emblée la solution ou bien, au contraire, augmenter le nombre de questions à résoudre.

Un témoignage n'est pas la vérité. Il est le moment où celle-ci est confrontée à la réalité, c'est-à-dire à ce que les hommes croient être le monde dans lequel ils vivent.

Olsen est blond, mais sur les photos d'identification sa chevelure est une sorte de paille bien jaune, légèrement ambrée. Pas le platine argenté que le petit Haïtien et les Silvermann ont pu discerner chacun de leur point de vue. Certes, les centaines de marques de teintures capillaires présentes sur le marché ne sont pas faites pour les chiens. Non, pas pour les chiens. Mais pour les porcs, parfois.

Il y avait un blond trop blond. Une voiture trop grosse, et trop rouge. Il y avait une conversation trop calme. Il y avait une disparition trop parfaite.

Vesna Milanovic était en retard, pourtant l'homme était parvenu à l'arrêter dans sa course puis à maintenir durant une ou deux minutes une conversation sereine avec elle.

Juste avant de l'enlever. Il y avait la présence incontestable d'une parfaite illusion.

Il y avait la présence incontestable d'un homme sachant manipuler la réalité, c'est-à-dire capable de contrôler à la seconde la perception qu'on pouvait avoir de ses actions. Il y avait la présence incontestable d'un tueur d'enfants hors du commun, un homme *malin*, intelligent, rusé, et surtout extrêmement motivé.

Une sorte de prestidigitateur. Sauf qu'il faisait disparaître ses victimes pour de bon.

Et jusqu'au bout.

Le diagramme des témoignages n'est pas faux, au contraire il éclaire cette face du *modus operandi*.

Et Voronine et lui connaissent désormais suffisamment son dossier pour savoir qu'Olsen correspond parfaitement à ce portrait-robot psychologique. Lors de l'investigation ayant conduit à son arrestation, la GRC avait établi une liste de huit disparitions suspectes et de deux meurtres, à travers le Canada, qui semblaient pouvoir lui être imputés, mais la Couronne n'était pas parvenue à réunir des preuves irréfutables pour un jury et avait préféré se concentrer sur les cas qu'elle savait pouvoir gagner. Il allait bénéficier d'une certaine clémence de la part du juge puisqu'il s'agissait de sa première inculpation grave (son casier ne contenait que deux petits délits d'excès de vitesse, dont un en état de facultés affaiblies, datant de ses dix-huit et dix-neuf ans) mais l'équipe du procureur ne désirait en aucun cas prendre le moindre risque, ils le voulaient en cage, alors tant pis pour les cas non élucidés et l'éventuelle indulgence du juge.

Un fonctionnaire de justice cherche la sécurité, la certitude, *l'au-delà de tout doute raisonnable*, c'est ce pour quoi l'État le paie, il n'est pas un soldat, il n'est pas un loup au service des agneaux, il est le chien de garde de la maisonnée, pour lui, le risque est interdit, car pour lui, le risque, ce n'est pas tant de perdre une bataille juridique que d'innocenter un criminel.

Et quand un criminel est innocenté, là aussi, c'est pour la vie. C'est pour la vie, et c'est la loi.

Ce sont les salauds de flics – comme lui et Voronine – qui peuvent prendre, sans peur et surtout sans remords, à peu près tous les risques, calculés selon leurs abaques personnels, ce sont les flics qui peuvent se passer, momentanément du moins, des « preuves irréfutables » pour trouver des indices, confondre un enfant de putain, ou obtenir une confession. Pour eux, *seul le doute est raisonnable jusque dans l'au-delà*. Pas besoin d'être un « profileur » pour s'insérer dans les pensées des autres. Il suffit de considérer tout autre comme un ennemi potentiel.

Cela aussi, il le devait probablement à son père. Il avait hérité d'une mémoire plus que génétique, il avait sans doute hérité des gènes de tous les hommes morts aux côtés de son vieux, et de tous ceux qu'il avait tués. C'était le don terrible de son géniteur, une véritable chance si on y pensait bien : le XXe siècle en son entier.

Autant dire une réplication générale de la Chute.

Verlande savait ce qui le poussait à accomplir ce geste. Parfois, une pensée singulière, pas toujours la plus essentielle, décide de prendre en charge tout le train de la conscience, elle se place en tête du convoi neuronal, devient la locomotive de toute la mémoire, de toute l'action présente, de tous les choix futurs. Il prit droit en direction de Chapais et Saint-Joseph, là où Curtiss et Robitaille avaient rencontré le mur de feu et de métal.

Il achevait sa manœuvre lorsque le navigateur de bord reçut un message crypté de la SQ. Seul le logiciel agréé Sûreté pouvait le rendre lisible. C'était un message simple, bref, concis. Technique.

C'était un message de l'équipe des criminalistes.

Cela disait : *Identification ADN du corps de l'Abitibi confirmée – Lucie Lavallière, née à Fermont le 2 mai 2006, région où elle vivait avant sa disparition il y a trois semaines. Autopsie en cours. Rapport provisoire : viols avec violence à répétition. Ligatures. Coups. Sodomies par objet contondant. Brûlures à l'électricité sur les seins et les organes génitaux.*

Ça ressemblait bien au monde dans lequel ils vivaient. C'était cohérent, solide, net, c'était presque rassurant, une telle constance dans l'abjection.

Ni Voronine ni Verlande ne se souvenaient d'une alerte Amber lancée au nom de Lucie Lavallière à peu près au moment où les deux flics y passaient pour de bon, sur le Plateau Mont-Royal.

S'il n'y avait pas eu d'alerte Amber, pourquoi parlait-on de disparition ?

– Onze ans, c'est quand même un peu jeunot pour une fugue, et de toute façon les parents auraient certainement donné l'alerte. Il nous faut des infos supplémentaires, et vite.

– Je crois que c'est dans le fichier joint, regarde donc sur la boîte e-mail.

Il y avait bien une note de synthèse de l'enquête préliminaire conduite sur place par les différents corps de police. Le fichier joint provenait de la Direction du Renseignement, qui en avait établi la synthèse.

Premier point, toujours, les circonstances : les bûcherons abitibiens, accompagnés de leur équipe de castors transgéniques, avaient découvert le corps, emballé dans un sac-poubelle industriel, dans une petite fosse creusée à la va-vite, à peine recouverte de terre, mais ensevelie sous un énorme tas de branchages et de troncs d'arbres. C'est en transportant les souches, les rameaux et les grosses branches mortes dans leur pick-up pour débroussailler un peu le coin que leurs castors modifiés et un couple de labradors bioniques avaient commencé à s'exciter et à fouiller sous les lourds rondins empilés, les conduisant à découvrir Lucie Lavallière dans sa tombe improvisée.

Deuxième point, toujours, la victime, et les proches de la victime : Lucie Lavallière, ils ont déjà parcouru son dossier scolaire dans tous les sens des dizaines de fois. Ils ont compilé toutes les informations disponibles, services sociaux, commissions scolaires, paroisses, clubs de sport, amies ou amis d'école. Elle est un diagramme, le plus parfait de tous, en fait. Ils la connaissent bien, ils ont eu quelques heures pour ça, ils la connaissent peut-être mieux que ses propres parents.

Ceux-ci disaient avoir reçu un document émanant de l'école, vantant les mérites d'un camp pour enfants et jeunes adolescents dans la région frontalière du Labrador. Un second document provenait du camp de vacances lui-même.

Ils avaient inscrit leur enfant aux trois semaines du camp de printemps. Le départ, un peu improvisé pour des raisons techniques, spécifiait le document, était prévu trois jours plus tard. Une liste des affaites nécessaires était jointe, le tout signé de la secrétaire du directeur et tamponné aux armoiries de l'établissement scolaire.

Lucie Lavallière s'était rendue à l'école dans un minivan compact de couleur rouge bordeaux ou vermillon qui était passé la chercher très tôt le matin, afin, selon le document signé de la main de la secrétaire d'administration, de former un convoi de l'école jusqu'au camp.

Ils n'avaient plus jamais revu leur fille. Les trois semaines écoulées, ils avaient appelé l'école où la secrétaire, éberluée, leur annonça que ni elle ni personne d'autre n'avait entendu parler d'un tel programme. Les responsables du camp de jeunesse leur donnèrent la même réponse stupéfaite. Ils n'avaient su quoi faire durant près de vingt-quatre heures, le sommeil anéanti, la conscience en plein naufrage, lorsqu'ils téléphonèrent à la police de Fermont, c'était trop tard, et depuis bien longtemps.

Le même jour, quasiment à la même heure, le corps de leur fille était retrouvé à l'autre bout de la Province.

C'était vraiment très fort.

Les parents avaient été dans l'incapacité d'identifier le conducteur du véhicule, ils avaient même eu l'impression d'avoir affaire à une conductrice. Ils n'avaient pas appelé l'école ou le numéro inscrit sur le prospectus du camp de jeunesse, car ils avaient reçu deux cartes postales écrites de la main de leur fille, disant que tout allait bien. La dernière carte leur était parvenue l'avant-veille de la découverte du corps. Alors qu'elle était déjà morte.

Ils se rappelaient l'avoir accompagnée sur le petit chemin du jardinet qui conduisait à la route. Elle s'était engouffrée dans le véhicule et avait disparu dans la nuit.

Pour toujours.

Oh oui, vraiment très fort. Un tueur hors du commun. Capable de planifier un enlèvement des semaines, des mois à l'avance. Capable d'imiter des documents officiels, sachant élaborer des stratégies gagnantes, en jouant avec la psychologie humaine, individuelle ou collective. Un homme qui pouvait se faire passer pour une femme en profitant des ombres et de la lumière. Un maître de l'illusion, il fallait le reconnaître. Un homme qui prévoyait tout, même l'imprévisible, ou plutôt : qui savait se servir de l'imprévu, et le mettre de son côté dans la fraction de seconde.

Un tueur organisé, très méticuleux, et en même temps un tueur opportuniste intelligent.

Verlande comprenait que, si c'était bien Olsen, il avait tué avant son incarcération, il avait tué bien avant d'être soupçonné puis inculpé pour les quatre viols. Il faudrait étudier au plus près les rapports de la GRC concernant les disparitions suspectes et les deux meurtres disséminés à travers le pays, ceux qui n'avaient pas satisfait aux exigences de la Couronne.

L'autre certitude venait sceller le tout de la cire glauque de l'infamie. L'homme avait purgé sa peine, on lui avait ôté le bracelet magnétique, les huit années moins un jour s'étaient écoulées, il n'avait commis aucun délit durant sa mise à l'épreuve, *il avait payé sa dette envers la société*, c'était un homme libre.

Verlande faisait face à un maître de l'illusion, il n'était que le serf de la vérité. Mais il savait aussi qu'il était sur sa trace, il ne le lâcherait pas, il savait qu'il était le loup, et que le prédateur d'enfants ne serait un jour qu'un pauvre agneau entre ses crocs.

Olsen était parvenu à leurrer tout le monde. Verlande ignorait comment il s'y était pris exactement pour, par exemple, trafiquer son bracelet GPS, mais il existait des spécialistes et des méthodes illégales étaient disponibles sur Internet. L'homme était plein de ressources, et surtout avide de les mettre au plus vite en application.

Ce n'était même plus de l'ordre de la certitude rationnelle. Tout son être lui parlait comme dans le vacarme d'une guerre interminable. Durant les cinq ans et demi qui s'étaient écoulés depuis sa libération, Olsen avait rattrapé le temps perdu. Il avait tué.

Il avait tué sans discontinuer.

Code Rouge

Sur le chemin qui les ramenait au QG de la Sûreté, quelques minutes s'étaient d'abord égrenées lentement dans le silence et la nuit.

Ils avaient regardé sur l'écran plat les émeutes qui enflammaient la région des Grands Lacs : à Detroit, la Garde Nationale patrouillait de toutes parts en véhicules blindés, sous un ciel noir de fumées combustibles à Milwaukee et à Minneapolis, des camions-citernes étaient en flammes d'un bout à l'autre de la ville, les stations-service prises d'assaut par des foules armées de jerrycans, voire transformées en fiefs surveillés par des citoyens organisés en groupes de *vigilantes* militarisés. La révolte était en train de ravager Cleveland et Cincinnati, l'état d'urgence était renforcé « code rouge » à Chicago et dans tout le nord-ouest de l'Indiana, le circuit Indy-Car 500 d'Indianapolis était devenu la cible de plusieurs groupes rivaux qui y cherchaient refuge, les cadavres s'entassaient sur la piste de béton rougie par les flaques de sang et l'on pouvait voir les dizaines de squelettes noircis de voitures de police qui cernaient le stade géant comme autant de victimes sacrifiées sur les autels de la mécanique, du pétrole et de la poudre. Au nord de la frontière, cela s'étendait en Ontario et jusqu'en Colombie-Britannique. Partout la même scène se répétait, véhicules blindés patrouillant les rues dévastées, ouvrant le feu sur des pillards en train de ravager un supermarché ou une station-service, groupes de réfugiés s'en prenant aux forces de police, avec tout l'armement que permet le second amendement de la Constitution, mais plus souvent encore s'affrontant dans les rues désolées, bloc par bloc, maison par maison, appartement par appartement, *urban warfare* façon seconde guerre du Golfe transplanté-injection directe dans les buildings des centres financiers, les cabinets d'avocats et les agences de marketing, les parkings et les zones commerciales, l'émeute creuse sa niche au milieu des incendies repeignant les cieux de leurs crépuscules crépitants jour et nuit, partout la même scène, toujours le même scénario, le monde dont lui avait si souvent parlé son père, ce monde qu'il avait contribué à créer en assurant sa destruction, ce monde à peine pensable prenait forme devant ses yeux, un monde fractalisé, où chaque point reflétait sa totalité, c'est-à-dire la même chose, tout en donnant la parfaite illusion du contraire : une unité infinie pleine de variations et de différences, qui n'était au final qu'une fabrication du nerf optique, un *trucage*.

La révolte suivait sa propre logique contaminatrice, le chaos le plus pur, le chaos des médias, le chaos des armes à feu, le chaos du futur englouti, elle menaçait d'englober plusieurs cités de l'Iowa, Cedar Rapids, Des Moines, mais aussi, à l'autre bout du continent, de nombreux quartiers de Los Angeles, habitués depuis des décennies à ces éclats de violence sporadiques qui embrasaient régulièrement la Cité des Anges, déchus depuis les origines, pour la plupart. Les pillages s'étendaient aux supermarchés biologiques, aux fermes urbaines, à tous les types de magasins possibles. C'était la topologie de l'émeute postindustrielle, soit l'émeute comme ultime postindustrie en expansion : tout-doit-disparaître, solde général de la civilisation.

L'émeute était une forme de vie. Elle était même la forme de vie la mieux adaptée aux nouvelles configurations que prenait l'humanité sur cette Terre.

Verlande remarqua que l'évolution des guerres civiles urbaines à haute intensité ne cessait de surcouper les lignes de front idéologiques, ethniques, raciales, sociales, nationales, religieuses, le phénomène était chaque fois plus évident, plus visible, c'est-à-dire plus secret, plus proche de l'ombre de la Polis. Des ligues et des associations se formaient aussi vite qu'elles se défaisaient, les alliances n'étaient que les prolégomènes à des trahisons en série. Tous contre tous, chacun contre chacun, et surtout, tous contre un, si possible.

La chaîne d'information continue passa ensuite en revue l'évolution de la situation sur les autres continents. Buenos Aires dévastée, des gangs de centaines de personnes tenant des quartiers devenus autant de microféodalités urbaines, interviews des chefs de clans à la clé. Coups d'État au Venezuela et au Panama, guérillas d'écos-écos contre cartels de narcotrafiquants, militaires marxistes contre militaires nationalistes, terroristes pro-pétrole contre escadrons de la mort pronucléaire. Le Nigeria, plongé dans la guerre économico-religieuse comme à peu près tous les pays d'Afrique occidentale, est un vaste réseau de pipe-lines en flammes. Émeutes sans fin depuis des années en Afrique du Sud, mettant aux prises toutes les communautés : Noirs Xhosa contre Zoulous, Indiens, Chinois et Afrikaners blancs contre Indonésiens et Arabes, tandis qu'au Congo, comme dans l'ex-Zimbabwe, en Tanzanie, au Mali, au Sénégal, au Burkina Faso, au Tchad, au Kenya, les conflits nés de la crise alimentaire/énergétique se sont violemment superposés aux antiques conflits politiques et ethno-confessionnels, créant une vaste poudrière qui s'étend de la côte Atlantique jusqu'au Soudan et à la Somalie.

Et ce n'était que le début, le début de la grande métastase qui engloberait l'organisme du monde, le début des échouages géants de réfugiés, le début des hyper-flux migratoires comme économie générale, le début du monde comme forme suprême du chaos. Le phénomène se poursuivait au Moyen-Orient où la crise pétrolifère atteignait depuis peu la hauteur d'un tsunami économique, noir comme l'or venu du désert. Les mosquées servaient de bunkers, les bunkers servaient de cimetières, les tombes restaient les derniers lieux de prière. En mer de Chine et dans l'océan Indien, les pirates du détroit de Malacca avaient étendu leurs activités des Philippines à l'Indonésie, du Sri Lanka à Taïwan, rançonnant les tankers, désormais escortés par des flottilles de navires de combat ; en Chine continentale, des régions entières, grandes comme la France, étaient coupées du reste du monde, c'était le black-out général conçu comme mass media.

La fin des émissions humaines résumée en un quart d'heure. Il ne faudrait guère plus de temps pour en assurer la réalisation.

Il avait repris Saint-Laurent jusqu'à Fairmount avant d'obliquer vers l'est. C'est à cet instant qu'il se rendit compte qu'il était en train de programmer un trajet de retour qui passerait par les rues Casgrain et de Gaspé, puis probablement par Saint-Joseph, à un ou deux blocs de la rue où les flics du poste 37 s'étaient fait dézinguer. Il devenait lui-même un vecteur sur le diagramme, il devenait une extension prothétique de la Polis, il devenait l'hypercentre de la Cité.

Puis, afin de rompre le flux trop évident de leurs pensées qui traitaient toutes les informations accumulées ces derniers jours, Verlande avait allumé le lecteur MP3 du Yukon Hydrion, il sélectionna une de ses *playlists* et les premiers accords de *Love My Way* des Psychedelic Furs emplirent l'habitacle d'électricité comateuse.

Vous êtes des soldats au milieu de la cité. Nous sommes les flics lorsque la Cité a disparu, se surprit-il à penser.

Mais le monde avait changé depuis l'époque où son père avait participé à sa *destruction créative*. La dialectique de l'histoire était morte, les structures mêmes des territoires étaient altérées, la composition du temps et de l'espace était en train de changer.

Nous sommes destinés à être des soldats au moment où la Cité va disparaître, corrigea-t-il mentalement.

Le commandant McGlade avait terminé son préambule qui, comme toujours, faisait aussi office de conclusion.

Les informations étaient simplissimes. Les nouvelles n'étaient pas bonnes.

– John Terence Sloane est le plus pur *Mountie* que j'aie jamais connu. Vingt-deux années passées au service de la RCMP, dans plusieurs provinces, c'est une mine d'expérience, un type dur comme l'acier qui manie son personnel à la baguette, un vrai rotweiler bien teigneux qui plante ses crocs à fond et ne lâche jamais. Il vient d'être nommé coordinateur interprovincial, un nouveau poste, il va superviser Ferrier sur l'affaire de la Métropolitaine, avec son propre adjoint, un Colombien britannique du nom de Chandrakhi, Robert-Lewis.

– Pourquoi tous ces mouvements dans la GRC en si peu de temps ?

La question de Voronine semble presque innocente, Verlande devine que la réponse de McGlade sera incomplète, volontairement ou non. Si la hiérarchie opérationnelle de la GRC est sujette à ce jeu incessant de chaises musicales, c'est parce qu'elle est en train de subir une onde de choc en provenance de l'extérieur, en provenance du monde qui est en train de se désorbiter de sa propre existence.

– L'équipe de Sloane a envoyé au trou une cellule de radicaux chiites implantée dans l'ouest de l'Ontario, il avait fait de même avec des proches d'Al-Qaeda six mois plus tôt au Manitoba. Il connaît tous les plans, je suis sûr qu'il a fait créer le poste de coordinateur sur mesure rien que pour lui. C'est lui qui était derrière la mutation de Kirkwood sur la Côte-Nord au début de l'année, nous le savons d'une source haut placée à l'Agence de Sécurité Nationale. Il veut prendre le contrôle de toutes les enquêtes à caractère politique sur le territoire de la province, pour le compte de la GRC.

Verlande faisait son entrée sur le théâtre des opérations. Un ennemi plus dangereux que tous les truands, *dealers*, réfugiés, *vigilantes* et pédophiles réunis.

Un flic.

Un flic comme lui.

– Dites-vous bien pour commencer que Sloane déteste la SQ.

Toutes les polices provinciales en général, mais spécialement celle du Québec. Il y a un siècle et demi, il aurait été un bon vieil orangiste ultra, aujourd'hui, ce n'est plus qu'un libéral bien *straight*, mais qui fera tout pour protéger son corps de police. Tout. Et pour commencer, il va tout faire pour que James Ferrier ne puisse plus vous communiquer les éléments clés de l'investigation. Je le connais, si on l'a placé à ce poste, c'est que les services centraux de la GRC veulent reprendre le contrôle de cette enquête, à cent pour cent, et il est l'homme qu'il leur faut, puisqu'il partage la même ambition, pour lui-même. Il se servira de l'enquête pour asseoir sa position au sein de la GRC, sa position permettra à la GRC de faire de l'enquête une grande opération de relations publiques. Ils veulent montrer à l'Agence nationale qu'ils sont les seuls à même de conduire des investigations antiterroristes.

Verlande avait formulé intérieurement la conclusion que le commandant McGlade avait laissée dans les limbes des évidences : Sloane et la GRC ont prévu de retirer à la police provinciale ses prérogatives constitutionnelles, par n'importe quels moyens.

Pour le commandant McGlade, cela signifiait une seule et unique chose : l'affaire de la Métropolitaine reprenait la priorité. Ils devaient absolument être en mesure de connaître les avancées de l'enquête et, plus important encore, de rapporter les moindres faits et mouvements du nouveau superviseur de la GRC et de son adjoint.

Pour Verlande, cela ne signifiait aussi qu'une seule et unique chose : la GRC voulait resserrer les boulons sur l'attentat-accident de la 40 Ouest, or Ferrier avait conduit une enquête irréprochable. La venue de Sloane était donc bien en relation avec d'autres éléments.

Eux-mêmes, tout d'abord, cette saleté de Sûreté du Québec.

Mais, plus encore, il y avait l'ombre inquiétante de quelque chose qu'ils ne connaissaient pas, ni lui, ni Voronine, ni la hiérarchie de la Direction du Renseignement, ni personne de la Sûreté.

Quelque chose qu'ils ne connaissaient pas, mais que la GRC connaissait, elle. Ou tout du moins pressentait.

Ils avaient perdu leur longueur d'avance.

John T. Sloane ferait tout pour conserver la sienne, Verlande en était sûr, il savait qu'il agirait bien évidemment d'une manière analogue en de pareilles circonstances. Qu'il ferait tout le nécessaire et même plus pour baiser l'autre fils de pute, celui qui est en face, là, au mauvais endroit, au mauvais moment.

C'était d'ailleurs ce qu'il allait faire, sans plus tarder.

Verlande connaissait l'homme de réputation, cela suffisait amplement. Il savait que pour combattre un tel prédateur, il ne fallait pas l'approcher. Il fallait au contraire se tenir à distance, se la jouer Cassius Clay, rester hors de son champ de vision, le contourner sans cesse. Il fallait reprendre ce coup d'avance, et en tout cas ne pas en perdre d'autres. Il faudrait compter sur Ferrier, sans doute, mais pas seulement.

Il leur faudrait compter sur eux-mêmes. Il leur faudrait compter sur l'hypercentre de la Cité qu'ils étaient en train de devenir, il leur faudrait compter avec leur propre goût de la destruction. Il leur faudrait justement compter sur les autres enquêtes en cours.

Une stratégie de joueur d'échecs, attaquer deux pièces d'importance avec le même coup, un échec au roi à la clé étant toujours de bon aloi.

Verlande avait jeté un coup d'œil sur les journaux, dont certains dataient de plusieurs jours, qui traînaient sur les tables. *Le Journal de Montréal, La Presse, Le Devoir*, divers gratuits. Tous jouaient au yoyo médiatique avec les événements survenus en l'espace d'un petit mois. L'assassinat des policiers. Le naufrage des réfugiés africains. La disparition de Vesna Milanovic. Le corps tout juste identifié de la « fillette de l'Abitibi ».

L'explosion de la Métropolitaine était désormais reléguée dans les entrefilets des faits divers, cela ne tenait généralement plus que sur quelques lignes.

Cela voulait dire que plus la GRC se focaliserait sur le camion piégé, plus lui et Voronine auraient les mains libres pour le reste, cela voulait dire que les *Mounties* seraient salement occupés, à essayer d'éviter toute fuite en premier lieu.

De tout cela, on pouvait tirer une conclusion, une conclusion à laquelle Sloane n'aurait probablement pas le temps de penser, car Verlande s'efforcerait de ne pas le lui laisser.

Ils ne savaient peut-être pas se déguiser en femmes, mais eux aussi avaient appris à devenir des simulacres.

Nous sommes la Polis, pensait Verlande, nous allons nous efforcer de le rappeler à tous, et à chacun.

Numbers by killing

Ils décidèrent de se faire un vingt-quatre heures non stop, d'abord procéder à l'analyse la plus détaillée possible des rapports complets de l'équipe des « forensics ». Cela prendrait la journée. Ensuite, rouler toute la nuit jusqu'à la Côte-Nord, en repassant exactement par le même chemin qui les avait conduits jusqu'aux navires en feu, tout juste un mois auparavant.

Cette fois-ci, ils ne dépasseraient pas Baie-Comeau, ils n'allaient pas voir leur indic à la retraite, ils obliqueraient vers le nord par la 89, en direction du Labrador, en direction de Fermont. Là où la petite Lucie Lavallière avait vécu, durant onze ans et quelques mois.

Là où ses parents, trompés par un expert de la manipulation, avaient carrément livré leur enfant à celui qui la souillerait au dernier degré avant de la détruire.

Là où cet homme était donc forcément passé, ne serait-ce que quelques heures, et probablement deux ou trois jours.

Il pouvait se déguiser aux yeux des quidams, des gens normaux, des citoyens qui vivent au-dessous du ciel de la loi. Mais il ne pourrait se cacher du regard des prédateurs qui en sont les anges exterminateurs.

Il ne pouvait avoir effacé toute trace de son passage. Un homme laisse des traces, toujours, quoi qu'il fasse, où qu'il passe, ou trépasse.

On peut même se demander si ce n'est pas la fonction naturelle de base de tout être humain que de laisser une poignée de signatures qui attestent moins de sa fragile existence que de son inévitable passage vers la mort.

Rapport complet des légistes de la SQ sur l'écran de leurs ordinateurs. Des centaines de pages. Précision à l'échelle nanométrique. Décryptage moléculaire, voire atomique, du corps en question. Enchaînement des événements ayant entraîné la mort calculée à la microseconde près.

Premier constat : décès remontant à six jours, onze heures et une dizaine de minutes avant la découverte du corps. Celui-ci est totalement dénudé, aucun objet ou vêtement appartenant à la victime ne se trouve sur la scène de crime. En aucun cas le décès de la victime n'a pu survenir sur place ou dans les proches environs, à l'intérieur du périmètre de sécurité. Elle a été tuée avant d'être transportée ici.

Autopsie : viols à répétition durant les quinze jours qui ont précédé la mort. Au-delà, les « forensics » ne sont plus capables de reconstituer avec la précision suffisante ce type de traumas biologiques.

Décès causé par strangulation au moyen d'un cordage de nylon dont la composition spécifique, révélée grâce à quelques microscopiques fragments enfoncés dans l'épiderme, démontre son usage ordinaire dans les activités de camping, il a pu être acheté dans n'importe quelle boutique, du magasin spécialisé en sport extrême à la succursale d'une Canadian Tire. Il faudrait des semaines, peut-être plus, pour retrouver la caisse enregistreuse et la carte de crédit correspondante, si l'homme n'avait pas payé *cash*, or, précisément, il semblait ne rien laisser au hasard, rien qui puisse l'incriminer en tout cas.

Suite de la liste des atrocités : série de violences physiques, abrasions et traces de polymères démontrant qu'elle est restée longtemps bâillonnée et attachée avec du ruban adhésif, quelques cicatrices, une série de marques et de plaies indiquent aussi plusieurs blessures défensives du côté de Lucie, et l'usage d'une ceinture de cuir bouclée de laiton, par le fils de pute.

Aucune trace de vêtements ayant appartenu au tueur. Aucune trace de sang étranger. Aucune trace de sperme. Aucun ADN suspect. Aucune fibre. Dans tout le périmètre, et même au-delà.

Le corps a été nettoyé à l'eau javellisée, extérieur comme intérieur, à grands jets vraisemblablement, d'après les abrasions résilientes.

Et pourtant, des traces, il ne faisait qu'en laisser pour Verlande, dont c'était comme la nourriture de prédilection.

Le portrait du tueur ne cesse de s'affiner dans le laboratoire d'analyses de son cerveau. L'homme ne fait pas usage de la violence à cause d'une compulsion sadique incontrôlable. Certes, un minimum de cruauté est nécessaire pour pouvoir frapper une enfant de onze ans à coups de ceinturon parce qu'elle refuse que vous enfonciez votre pénis ou un morceau de métal dans son vagin, et nul doute que les punitions infligées à coups d'électricité dans les seins tout juste naissants ont dû lui apporter la satisfaction qu'il recherchait mais, en fait, Olsen se sert de la violence en pur *surveillant*, tel un vulgaire gardien de taule, une salope de *screw*, pour intimider, casser la volonté, intensifier la crainte, empêcher une escapade.

Son sadisme est contrôlé.

Sa violence est parfaitement *rationnelle*.

Il avait sûrement beaucoup appris de son séjour en prison.

Le Cube de la SQ est le lieu où les longitudes et les latitudes des désastres se concentrent, se compilent, s'agglomèrent, sans jamais perdre leur singularité, car tout y est formellement classifié. Ce dieu cubique et froid est le réfrigérateur des événements, la chambre froide des crimes, la morgue des actions humaines, il est leur domaine, et plus encore, il est la forteresse, celle qui s'est érigée en eux-mêmes.

– Nous n'avancerons pas beaucoup tant que nous ne serons pas allés sur place, avait fait remarquer Voronine. Il nous faut des témoignages directs.

– Nous les aurons, ce que nous devons faire, c'est connaître ce putain de dossier par cœur pour effectuer les bons rapprochements et poser les bonnes questions. Et surtout savoir si on nous a donné la bonne réponse.

La Polis invisible se camoufle sous la ville dite « réelle » mais qui n'est que l'illusion concrète, physique, causale, logique, qu'elle a fabriquée, cette ville n'est pas plus « réelle » – il suffit d'y vivre une heure à peine pour le comprendre –, que toutes les métropoles du globe. Ceux qui assimilent la Polis au réseau des rues et aux blocs d'immeubles entretiennent la confusion terrible entre le Réel, qui est caché, par définition, et la surface épidermique du Monde Créé, qui n'est rien d'autre que ce qui nous est *donné* à voir.

Pour le Grand Cube de la Polis, cette structure à la fois hyper-visible et située hors de tout contact sensoriel, pour le Grand Cube aux vitres d'un vert vénérien, pour la Structure-Machine qui s'infiltre sous les crânes, tout homme est un cube, puisqu'il est fait à son image. Certes, elle n'ignore pas que ce n'est pas elle qui l'a fait à l'origine, ni même ainsi *politisé*, mais elle ne sait absolument pas qui cela peut être. Et ce n'est pas son problème ; son problème est de donner cette forme à chacun d'eux, une forme par laquelle elle va être ce qui les contient tous, en étant aussi ce qui est contenu en chacun d'eux.

Plus tard, l'après-midi touche à sa fin. Le Cube filtre l'intensité lumineuse en provenance de l'extérieur comme il filtre les informations qu'il consomme chaque jour. Pour lui tout n'est que nombres, digits, arbres booléens se ramifiant vers tous les cerveaux de la planète, après tout, un crime est un paramétrage singulier de situations objectives et de psychismes humains, rien d'autre.

– Si la Justice est une machine, comme tu le prétends, et même une « machine divine », comment concilier cela avec notre humanité ?

– C'est justement ce qu'elle fait, la Polis est faite à son image, rappelle-toi Athéna, protectrice de la Cité *et* gardienne de la Justice.

– Athéna avait au moins une forme humaine, pas comme ton espèce d'*Hypercube*...

– L'homme est toujours fait à Son image, quelle que soit celle qu'Il prenne, et la Polis est faite à l'image de la Justice de la même façon, elle se concilie l'homme, pour le foutre à sa place quand il a accompli ses abominations. Dans une cage.

– Mais cela voudrait dire qu'elle n'est qu'un vulgaire robot, sans la moindre émotion ni sensibilité, or nous devons quand même éprouver un minimum de compassion pour les victimes pour être vraiment motivés à trouver les coupables. Cela, tu le sais aussi bien que moi, puisque c'est toi qui me l'as appris.

– Robot divin, ce n'est déjà pas si mal, ce n'est pas à moi de te rappeler qu'en russe « robot » signifie *travail* et, par extension, « travailleur », crois-moi, ce n'est pas une machine à laver programmable. Comprends juste que la Justice est émue avant même que le crime soit perpétré, elle saigne avant même que le couteau s'enfonce dans les chairs, elle pleure alors que le père ouvre la porte de sa chambre pour violer sa propre fille, elle hurle bien longtemps avant que le fer à souder s'approche des organes génitaux de l'homme attaché sur une chaise. C'est pour cela qu'elle ne laisse pas la moindre chance à ceux qui lui ont ainsi fait vivre le sort de chacune de leurs victimes. Sa divinité la rendra bien plus glaciale encore que celle dont les enfants de putains auront fait preuve, c'est cela la réversibilité infinie de Dieu.

La Justice, comme le disait Nietzsche, est une arme civilisatrice : *elle est faite pour protéger le fort du faible.*

L'aphorisme resta suspendu entre eux l'espace d'un instant, l'instant qui précède tout événement absolument imprévisible.

– Comprends bien les conséquences de cet état de fait,

poursuivit-il. Ne sont pas « forts ou faibles » ceux qu'on croit tels communément parmi le troupeau hominidé, le darwinisme humain, socialisé, instruit de lui-même, intégré comme composante essentielle de la Polis, s'est inversé par rapport à celui du règne animal. Qui crois-tu vraiment être le plus fort, entre une vulgaire saloperie comme Olsen et la petite Milanovic ? Compare juste leurs dossiers scolaires.

– Le plus fort, Verlande, c'est celui qui gagne, tu le sais aussi bien que moi. C'est celui qui n'est pas mort à la fin de la partie. Dans ce cas précis, on dirait qu'Olsen a toutes ses chances. Et les dossiers scolaires fort peu.

– Exactement, c'est pour cette raison que la Machine-Justice engage des hommes comme nous. Parce que nous sommes ses mercenaires. Parce que nous avançons droit contre la chance, nous piétinons le « hasard », nous allons à rebours de la fatalité, nous nous nous dressons contre les lois des hommes quand ils ne les respectent plus, nous sommes au service de cette justice invisible, pas des procédures légales, nous sommes tenus par un serment secret plus rigide que celui d'Hippocrate pour un médecin, parce que justement nous sommes des médecins et si la mort marche avec nous, comme on dit dans la Légion, c'est parce que nous en avons fait notre animal domestique, elle est l'ombre portée par la lumière de nos enquêtes. Nous sommes les agents de la Réversibilité. Nous sommes l'absolue rectitude de cette règle. Aux dépens du véritable « faible », aux dépens de la véritable « proie ».

– Ce n'est malheureusement pas ainsi que les lois humaines entendent la définition du mot « justice », elles ne font justement qu'appliquer leurs procédures.

– Ne t'inquiète pas trop pour ça. La Justice divine suit les siennes propres. Et crois-moi, elles ne peuvent faire l'objet d'aucune intercession particulière, sinon de Dieu lui-même.

– Ils n'auront donc droit à aucune « seconde chance », même si on les serre ici-bas, si je te suis bien.

– Je n'ai pas dit ça. Mais ce sera à elle, la Couronne céleste, de définir cette « seconde chance ». Le Fils est venu en sacrifice pour payer les dettes des coupables, acte de réversibilité infinie. Mais cela n'empêche pas le Père de rester créancier des intérêts, et d'après moi ils sont tout aussi infinis.

– Dieu n'est pas un comptable. Il est encore moins un prêteur sur gages.

– Tu as raison, c'est un Législateur. Mieux, *il est la Loi, et Elle s'est accomplie* : Il ordonne la Justice qui est ce qu'Il est. Et puisque par leurs actes ignobles les hommes perpétuent, à l'échelle purement terrestre, la crucifixion du Christ, tu admettras que les dettes s'accumulent sur cette face sombre du monde. Et que donc, chaque seconde, un acte de la justice invisible est prononcé au cœur des ténèbres. C'est précisément notre rôle que de porter ce feu dans ces ténèbres, c'est la raison pour laquelle nous pourrions abusivement être comparés à Lucifer. Et même... Lucifer n'est pas Satan, au contraire serais-je tenté de dire. Nous, nous devons simplement nous battre jusqu'à la mort pour sauver quelques vies.

Il n'était pas inutile de faire un détour par l'histoire du XXe siècle pour appuyer ses dires. Le XXe siècle, son père le lui avait transmis comme une mère transmet une maladie prénatale à son embryon.

Et l'embryon avait parfaitement su s'y adapter, comme à son propre environnement.

Le rapport prédateur/proie s'est déjà retourné. La réversibilité s'est mise en marche. Rien, sinon elle, ne pourra l'arrêter.

Rien ne peut échapper à la Justice, quand elle devient Léviathan.

Oui, car tout homme laisse des traces, tout homme imprime de son action, de sa simple existence, des millions de lignes de code dans le monde qui l'entoure, aucun homme n'est invisible, aucun homme ne voit ce qu'il fait, aucun homme n'est éthérique, aucun homme ne ressent la douleur de l'autre, à la différence du Grand Cube qui sait lire dans les interfaces secrètes que la Polis a mises en place entre les cerveaux de ceux qui l'habitent, ainsi aucun homme ne peut échapper aux innombrables sens et à la mémoire infaillible dont la machine policière est pourvue. Surtout lorsqu'elle se nomme Paul Verlande et Alexis Voronine.

Pas plus un roi de l'illusion qu'un autre.

Dernier domicile connu, rue Querbes : vide. Pas besoin d'entrer, ils n'en avaient d'ailleurs pas le droit, mais l'évidence leur avait sauté au visage de l'extérieur, quelques coups d'œil jetés à travers les fenêtres grises de crasse et le problème « domicile » était plié. Abandonné depuis des jours, sinon plus. La Mazda jaune vif ? Après requête à la SAAQ, bradée près de six mois auparavant à un vendeur d'occasions de l'avenue Papineau. Pour le restant de sa collection, encore mieux : il l'a revendue à un richissime amateur californien qui les transbahute dans des foires-exhibitions d'un bout à l'autre des États-Unis. Ils ne possèdent pas l'identification du véhicule que conduit Olsen pour le moment. Une mini-fourgonnette d'un modèle assez courant, c'est bien plus pratique et moins voyant que n'importe quelle voiture de sport.

C'est l'idéal pour accomplir des enlèvements d'enfants. Olsen est un vrai prédateur, aucun doute n'est plus permis : il sait s'adapter aux situations, même les plus inconvenantes pour lui, et grâce à elles il apprend, il progresse, il devient meilleur.

Plus problématique encore : c'est sûrement un véhicule volé depuis longtemps, dont les plaques ont été changées et avec lequel Olsen n'a évidemment aucune relation officielle de quelque ordre que ce soit.

Voronine finit par poser la question à un million de dollars : *Et si ce n'était pas lui ?*

Verlande a parfaitement entendu l'interrogation de son collègue, il sait qu'elle est fondée sur l'analyse rationnelle des rapports médico-légaux, sur un doute légitime, il sait aussi que, généralement, on ne doit la vie sauve qu'à une réaction physico-chimique globale du métabolisme, qu'on appelle instinct, ou intuition.

Il ne saurait dire pourquoi, mais dès que la fiche d'Olsen était sortie de sa longue et pénible investigation dans les dossiers pénitentiaires, un bref éclat de lumière s'était aussitôt allumé dans les ténèbres.

Les ténèbres étaient leur meilleure alliée. Car c'est là que s'enfouissent les secrets abominables de cette humanité, c'est là qu'ils peuvent découvrir ce qui fait que des hommes vont tirer plus de soixante coups de feu sur des policiers isolés, c'est là qu'ils peuvent découvrir comment et pourquoi un camion a explosé sur la Métropolitaine, c'est là, dans les ténèbres, en leur cœur noir et souverain, qu'ils peuvent éclairer le visage d'un homme qui tue des enfants depuis sûrement plus de quinze ans.

Il est bien plus aisé de trouver la lumière dans l'obscurité la plus totale qu'au milieu d'une batterie de projecteurs.

La légion

Durant l'été 1943, l'été de la grande débâcle, les troupes allemandes qui résistaient encore sur le front de Russie occidentale furent vite confrontées à la réalité *raciale* des peuples que le Führer pensait pouvoir anéantir par simple décret. Les nazis furent englués durant toute la guerre dans leur contradiction fatale : créer un immense empire paneuropéen de l'Atlantique au Pacifique, ou bien détruire l'Union soviétique selon le principe des « nationalités ». En cela, et en dépit du fait qu'il l'ait quittée, le Reich hitlérien n'était rien d'autre que le perfectionnement ultime de la SDN et le précurseur accompli de ce qui lui succéderait, *grâce à lui*, l'ONU. Une Société des Nations sans peuples. Un consortium de peuples sans nations. Racialisme ethnique et impérialisme politique peuvent se combiner un temps, juste avant l'inéluctable désintégration de l'un par l'autre. Les fascistes impériaux grand-russes et les racialistes germaniques, ou les nationalistes ukrainiens, ne pouvaient s'entendre sur ce point, deux visions du monde inconciliables et pourtant nées de la même matrice, ils avaient à la fois un ennemi commun, le bolchevisme, et un ami bien plus dangereux encore, l'hitlérisme.

Voerlandt ne le comprendrait vraiment que plus tard, mais les clous de la vérité eurent le temps de forer son petit cerveau germano-français, en deux ans et demi de guerre totale. Cette guerre semblait avoir été faite pour enseigner une connaissance presque absolue aux hommes, il se rendrait vite compte que les hommes n'apprennent jamais rien, surtout du pire.

L'éclatement ethnique de l'ancien Empire tsariste était une des principales visées d'Hitler et des SS, mais le million de volontaires russes et cosaques ne l'entendaient pas de cette oreille, un conflit plus ou moins ouvert entre Vlassov, la SS et la Wehrmacht éclata dès l'intégration des fascistes russes dans l'armée du Reich.

Les SS surent encadrer et former un corps de volontaires ukrainiens, l'UVV[1], à partir d'un mouvement nationaliste antisoviétique local, et utilisèrent également les formations paramilitaires d'un autre parti anticommuniste implanté en Ukraine occidentale, l'UPA – armée insurrectionnelle ukrainienne –, mais ces unités ne furent intégrées que très tardivement, et sans réelle vision stratégique, en tant que groupes de combat structurés au sein de la SS, elles servirent surtout à de nombreux commandants allemands comme contrepoids à la puissante armée de libération russe[2] du général Vlassov. Pareillement, le sentiment antirusse était confronté à la nécessité stratégique d'aider les forces anticommunistes réunies dans cette armée, formée par celui que Staline avait surnommé « le Sauveur de Moscou » pour son rôle joué durant l'hiver 1941 en défendant la capitale, avant qu'il ne passe, avec des centaines de milliers d'hommes, du côté adverse. Les nazis jouèrent donc un jeu plus trouble encore en soutenant parallèlement une autre organisation antibolchevique russe, la RONA[3], dirigée par un certain Kaminski, qui connut très exactement le même sort funeste que son rival.

---

1. Ukrainskie Vyzvolve Vlysko, armée de libération ukrainienne.
2. Russkaïa Osvoboditelnaïa Armiia.
3. Russkaïa Osvoboditelnaïa Narodnaïa Armiia, armée de libération nationale russe.

Aucune de ces forces ne fut jamais réellement incorporée sur le plan organisationnel aux Waffen SS et elles combattirent constamment de façon dispersée contre les partisans ou les unités de l'Armée Rouge, sur toute la longueur du front oriental.

Bref, les nazis allaient perdre la guerre qu'ils n'auraient jamais dû perdre, uniquement parce qu'ils ne parvenaient pas vraiment à produire une pensée géopolitique digne de ce nom, son père avait toujours été formel là-dessus. Nous aurions pu créer une authentique Europe fédérale, eurasienne, faite de l'union de plus de cinquante peuples et nations, qui se serait alliée avec les Nord-Américains pour fonder un immense empire hémisphérique, boréal, et au-delà, jusqu'en Australie, mais ces pauvres cons méprisaient tout ce qui n'était pas de sang « germanique ». Ils ont commencé à faire confiance aux autres peuples européens alors qu'il était déjà bien trop tard.

Et surtout, ajoutait toujours Voerlandt, avec sa schizoïdie coutumière : ils ont sous-estimé gravement *leur* ennemi. *Notre* ennemi, c'était plus la Russie elle-même que ses habitants, même armés et vêtus d'un uniforme de l'Armée Rouge. *Nous, les Allemands*, nous faisions une pause stratégique tous les hivers. Nous l'avions faite en 41 devant Moscou, et l'avons refaite après Stalingrad en 42-43, mais les Russes, eux, n'agissent pas ainsi. La Russie était avec eux, l'hiver était avec eux, le froid était avec eux. Une fois lancés vers l'ouest, après Stalingrad, puis Koursk, ils ne s'arrêtèrent plus, dans toutes les conditions, sur tous les types de terrains, par toutes les températures.

Au cours du printemps 1943, après l'écrasement de la 6e armée à Stalingrad, les forces du Reich furent malmenées sur toute la longueur du front, et après des combats acharnés, elles durent finalement se regrouper en toute hâte dans les régions les plus occidentales de la Fédération de Russie, en s'appuyant sur les frontières biélorusses et ukrainiennes, toutes proches, pour leur ravitaillement. La 5e Panzer SS Wiking se trouvait dans le sud-est du secteur, à essayer de ralentir l'avancée soviétique, lorsque différents signaux s'allumèrent depuis le haut-commandement d'Himmler, ainsi que dans la hiérarchie de la Wehrmacht.

Les services de renseignement SS, le SD, tout comme l'Abwehr, le département militaire de l'espionnage et du contre-espionnage, compilaient des données inquiétantes en provenance d'un peu partout en Pologne, où des foyers de résistance antinazis se constituaient aux quatre coins du pays, mais surtout à Varsovie, la capitale, centre stratégique entre tous sur la route de l'Allemagne, des informations concordantes faisaient état d'une intensification substantielle des trafics d'armes en direction du ghetto juif et d'un accroissement incessant des cellules clandestines prosoviétiques, ou royalistes.

Bref, Varsovie allait poser un problème.

Et quand il y avait un problème sur le front de l'Est, bien souvent c'est la Wiking qu'on envoyait au feu, pour l'éteindre, par le feu.

L'insurrection débuta le 19 avril 1943. Le ghetto juif avait compris que les nazis ne laisseraient strictement rien derrière eux, et que les habitants qui restaient encore sur place rejoindraient probablement ces destinations qu'on savait désormais fatales, à moins qu'ils ne soient tous massacrés sur place. Le jeune Victor Voerlandt du printemps 43, tout juste arrivé en transit avec quelques autres nouvelles unités destinées à la division Wiking, ignorait encore à quel point il s'agit de mobiles largement suffisants pour faire d'un jeune homme une arme de destruction massive, pour faire d'un enfant un loup plus dangereux que des adultes casqués, pour faire d'un vieillard une bombe humaine.

Il n'allait pas tarder à comprendre les tout premiers effets de la réversibilité.

L'insurrection débuta le 19 avril 1943. Les nazis avaient compris que les Juifs avaient compris. Les Juifs savaient que les nazis savaient. L'insurrection n'a jamais été une « révolte spontanée des masses prolétaires » ou autres foutaises propagandistes de l'armée

Rouge, au contraire, elle avait été préparée de longue date, depuis une précédente révolte en 1942, par l'ensemble de la résistance juive. Des abris et des tunnels couraient en tous sens sous cette partie de la ville.

Dans le camp allemand, tout le monde disait qu'ils en auraient pour trois ou quatre jours, grand maximum.

À l'époque, Voerlandt n'avait ressenti qu'un vague malaise, lié à l'intuition naturelle de la machine de guerre qu'il était en train de devenir, ce n'est que plus tard, bien après la fin du conflit, qu'il apprit comment plus de 7 000 hommes perdirent la vie, pendant près d'un mois, en défendant jusqu'à la mort des quartiers entiers de la cité systématiquement détruits par les troupes du Reich.

Par des hommes comme lui.

L'insurrection commença le 19 avril 1943. Elle se termina le 16 mai. Les Allemands amassaient des troupes dans la ville même, où ils procédaient à des rafles quotidiennes. On disait que des unités SS étaient rapatriées du front pour fournir la main-d'œuvre nécessaire. On disait qu'Himmler voulait en avoir fini dans les vingt-quatre heures. On disait que cette fois, c'était la fin.

L'insurrection fut donc déclenchée par une contre-insurrection préventive, qui fut au final légèrement prise de vitesse par les insurgés. C'était bien la boucle démoniaque de l'histoire épuisée, achevant de s'avaler elle-même, là où après elle il n'y aurait plus rien, sinon le simulacre d'un monde, une copie dont l'original aurait été à jamais réduit à néant. Les ordres d'Himmler concernant le ghetto étaient en revanche d'une clarté absolue dans cet univers de limbes. Destruction totale, et au plus vite.

La haute hiérarchie SS était une bureaucratie administrative confinant à la perfection. Tout ordre parfaitement exécuté était la norme attendue. Tout ordre non parfaitement exécuté valait un châtiment quelconque, en fonction des dégâts occasionnés. Seul le comportement exceptionnel valait l'attention du Reichsführer.

L'officier supérieur en charge de l'opération, le général SS Jürgen Stroop, rassembla donc plusieurs unités d'élite des Waffen SS pour servir de troupes de choc aux soldats de la Wehrmacht.

Parmi ces unités choisies pour anéantir le ghetto de Varsovie, la *Sturmbrigade* à laquelle Voerlandt avait été affecté fut sélectionnée pour ses capacités remarquables, et remarquées, dans le combat urbain. La plupart de ses hommes ne se gênaient pas pour dire ouvertement que si la Wiking avait été envoyée au turbin dans Stalingrad au lieu de rester cantonnée à protéger le flanc sud de Von Paulus, le sort de la bataille en aurait été profondément changé.

Lorsqu'il arriva avec sa compagnie d'assaut aux limites de la ville, des mitraillades et quelques canonnades espacées se faisaient entendre depuis la zone que les officiers montraient du doigt en disant : *Juden.*

L'aube se levait sur Varsovie, l'aube se levait sur la Pologne, l'aube se levait sur l'Europe. C'était la dernière percée de lumière que verrait le continent avant longtemps, s'était dit Victor Voerlandt en ajustant son MP43 *Sturmgewehr* sur son épaule.

Nous allons l'obscurcir pour quelques siècles, mille ans, au moins.

Le diable gît dans les détails

Le ciel était couleur neige carbonique venant d'éteindre les braises d'un incendie. Une coupole d'acier gazeux gris sale, veinée sur toute sa surface du rose sanguin du crépuscule, dont les infrarouges se diffusaient à travers la vapeur d'eau en y traçant de vacillantes structures pointillistes. Verlande vérifia d'un coup d'œil réflexe le niveau de charge électrolytique positive et le taux d'hydrogénisation des piles à fuel-cells du véhicule, tout fonctionnait, il lança néanmoins le programme d'auto-inspection mécanique de la voiture pour satisfaire l'appétit insatiable de sa paranoïa qui ne pouvait considérer le monde autrement que comme un piège potentiel ; le logiciel testa tous les contacts électriques, toutes les valves, le train, les transmissions, les freins, la conduite assistée, la circulation d'huile, la pression des pneumatiques, le taux de consommation des cellules à hydrogène. Tout.

Pas de mouchards intempestifs, pas de traqueurs GPS, pas de sabotage, pas de bombe. Les véhicules, tout particulièrement ceux de la police, avaient une fâcheuse tendance à exploser, ces derniers temps.

Ils roulèrent des heures durant dans le GMC Yukon XL Hydrion aux couleurs de la SQ, l'anonymat des voitures banalisées ne leur serait d'aucune utilité pour ce voyage, Olsen se trouvait déjà quelque part à l'autre bout de la Province, voire du Canada, peut-être même aux États-Unis. En revanche, l'emblème reconnaissable entre tous de la police provinciale impressionnerait les témoins dès la première seconde, avant même qu'ils n'aient à sortir leurs badges. C'était l'équivalent des Citroën traction-avant noires de la Gestapo française, des Moskovich noires du KGB, des Cadillac ou des Ford noires de la CIA.

C'était leur équivalent antinomique, celui d'après le Monde moderne, c'était leur reflet chromatiquement inverse : leurs automobiles étaient blanches, virginales comme des glaciers métalliques, cette coloration exprimait la paix civile, la justice compassionnelle et *the rule of law* mais, paradoxalement, elle indiquait aussi la présence d'une constante menace potentielle, toujours prête à s'extraire violemment de cette douce et lactescente apparition.

Le *noir* des voitures de la SQ, tout le monde savait qu'il se trouvait à l'intérieur non pas des véhicules, mais des hommes qui les conduisaient. La peur, la crainte, l'inquiétude, l'angoisse doivent impérativement être déjà logées, telles des munitions de bon calibre, dans la tête de l'homme qu'on va interroger, avant que la toute première question lui soit posée.

Ce doit être une règle flicarde valable depuis un million d'années, s'était dit Verlande. Et pour le million d'années à venir.

Les parents. Sont-ils encore de ce monde ? Les voient-ils, seulement ? Entendent-ils ce qu'ils leur disent ?

Oui, ils voient, ils entendent, ils répondent.

Comme des robots dont le câblage a été mis à nu, auxquels on a enlevé leur propre chair, dérobé leur propre sang, détruit ce qui avait à leurs yeux bien plus de valeur qu'eux-mêmes. Cette petite chose de onze ans qu'ils avaient faite par amour.

Verlande a déjà annoncé à de multiples reprises la mort violente de proches à des familles folles d'angoisse. Aujourd'hui, il ne regrette pas que les gars de la SQ de Fermont s'en soient occupés dès le premier jour. Il va lui falloir rester de marbre, un bloc de glace qui empêche le feu de l'enfer de se déchaîner autour de lui. Il va falloir interroger les parents de la petite Lucie comme tous les autres témoins de l'affaire, la froideur analytique serait compensée par le fait qu'ils formeraient, par leur lien de parenté, des diagrammes un peu plus importants que les autres dans le plan d'ensemble.

Ils vont devoir les considérer comme des réservoirs d'informations, des banques de données et eux, ils seront là pour en aspirer tout le contenu.

– Nous savons que vous avez déjà dû répondre aux questions des officiers de la SQ, mais nous appartenons à un service… disons, *plus spécialisé*, et nous aimerions pouvoir conduire une entrevue avec vous.

Les badges bien en vue, le GMC Yukon Hydrion militarisé garé juste devant le jardinet et sa petite allée centrale en dalles de terre cuite, et eux deux, juste devant les parents qui viennent d'ouvrir la porte, le père au premier plan, la mère juste derrière lui, assez menue, les yeux rougis par les pleurs et l'épuisement nerveux.

L'expression de Verlande et de Voronine traduit en fait le fond de leur pensée, le meilleur moyen de camoufler la vérité, avait coutume de dire le Français, c'est de la poser bien en évidence aux yeux de tout le monde.

Nous sommes des flics. Nous faisons juste notre boulot. Nous voulons retrouver l'enfant de putain qui a fait ça à votre fille.

Généralement, Verlande l'avait appris dès les premiers mois de son affectation, le message passait plutôt bien.

Il faut dire qu'il était étudié pour ça.

Parmi les questions en suspens, il existait peut-être un détail négligé du tueur. C'était la seule erreur qu'il semblait avoir commise.

– Mais votre fille, elle en a tout de même bien entendu parler à l'école, de cette sortie de trois semaines ? Quelqu'un, ne serait-ce qu'un prof, a bien dû y faire allusion, et elle vous en a donc inévitablement fait part, que ce soit avant ou après votre réception du faux document scolaire.

Les parents plongent dans leurs pensées, c'est-à-dire les abysses, à la recherche d'un souvenir, d'un grain de sable perdu dans les ténèbres.

– C'est elle qui nous apporté le premier document, un second est venu par la poste, mais plus tard, juste avant le… *départ*. Elle nous a dit qu'un surveillant du collège le lui avait apporté à la sortie des cours, en disant qu'on avait oublié de le lui distribuer, ça je m'en souviens, dit le père.

– Comment était ce surveillant ? Elle vous en a donné une description ?

– Non, répondit le père, elle ne nous a rien dit à ce sujet, sauf que le surveillant lui avait apporté le document alors qu'elle allait sortir de l'école.

– Il venait donc de l'intérieur ?

– Oui, je suppose.

– Mais elle a bien dû en parler à des camarades de classe, tout de même ?

– Lucie communiquait peu, elle n'avait pas beaucoup d'amies à l'école, avoua la mère à contrecœur.

– OK. Essayez de vous souvenir, un mot, un seul… Ce surveillant : cheveux blonds platine, ou jaune paille ? Un blouson rouge et blanc aux couleurs du Canada ?

– Je n'en sais rien, et en tout cas ça ne correspond pas à la description de la personne qui est venue l'emmener.

L'homme n'avait commis aucune erreur, au contraire, il avait su profiter de chaque possibilité que l'une d'entre elles soit commise pour inventer un nouveau piège.

C'était le roi de l'improvisation, c'était un prédateur très intelligent, c'était une proie idéale pour Verlande.

L'école. L'école de la petite Lucie. L'entrevue avec les parents s'est bien déroulée mais ils n'ont rien appris de nouveau. Il leur a montré une photo d'Olsen pour déterminer s'il s'agissait du conducteur/trice du minivan Mazda MPV. Ils ne sont pas parvenus à le reconnaître formellement et Verlande sait que la SQ locale a fait défiler devant eux les portraits d'à peu près tous les pédophiles du Québec. Ce sont juste deux êtres rongés à jamais de l'intérieur. Pas de détail supplémentaire, pas d'éléments nouveaux, pas de chance.

Restait donc l'école primaire communale, *l'École des Découvertes*, et sa secrétaire, celle dont on imitait si bien la signature.

L'école, qui avait servi de piège au tueur, l'école qui avait servi de leurre, d'illusion mortelle. L'école : non seulement le terrain de chasse mais l'instrument même du crime.

L'homme, à n'en pas douter, était vraiment d'un calibre supérieur. C'était étrange cette sensation qui s'affermissait en lui, Verlande ne pouvait s'empêcher d'en noter la résilience, *le tueur agissait en professionnel.* Ce n'était pourtant pas un tueur à gages, ni un membre de commando paramilitaire, il n'était qu'un sale porc se roulant dans son ordure, pourtant c'était comme s'il avait acquis un certain nombre de techniques, propres aux flics et aux espions, comme s'il avait réellement suivi une sorte d'*entraînement.*

Pourtant rien dans sa fiche n'évoquait le moindre lien avec des forces de police, sinon pour son arrestation, ni avec l'armée canadienne, il ne s'était jamais engagé nulle part, pas même dans des stands de tir, préférant de loin les parcs pour enfants. Il n'avait jamais travaillé dans la sécurité privée, ni pour des agences de détectives ou de *repossession*.

Néanmoins, bien au-delà de ces données rationnelles compilées par la Machine-Cube, la sensation subsistait, s'obstinait à le tarauder en douceur, accrochée à ses pensées comme un feu follet dansant parmi les ombres sauvages d'une nuit de pleine lune.

L'homme savait violer, certes, il savait tuer, évidemment, mais il savait aussi plein d'autres choses. Des choses qu'il ne suffit pas de lire dans des livres ou sur Internet pour savoir les pratiquer.

Car pour savoir les pratiquer, il faut d'abord apprendre à le faire.

Il faut s'entraîner. Il avait appris.

Cela voulait dire :

On lui avait appris.

On l'avait entraîné.

Chez les hommes comme Verlande, les intuitions sont des circuits. Ils se connectent les uns aux autres en variant d'impédance, en passant sur un plus haut voltage si le Cube et sa sémiotique secrète l'exigent, en accumulant les watts supplémentaires pour fournir à la Polis son énergie vitale au moment crucial.

Son geste fut simple, mécanique, tout juste conscient. Connexion du système local wi-fi du GMC Yukon Hydrion au réseau Internet, log-in sur le site de l'École des Découvertes, liée à la Commission Scolaire du Fer. Il clique sur un lien. Ville de Fermont. Un programme intitulé « Place aux jeunes ».

Il lit.

Et il comprend.

Voici ce qui figure sur la page d'accueil du site municipal :

Habiter à Fermont, c'est avoir les avantages des grandes villes sans en connaître les inconvénients.

Les Fermontois ne connaissent pas les embouteillages, ni le stress qui s'y rattache, permettant ainsi que la rentrée au travail (ou à l'école) de même que le retour à la maison soient agréables.

Le taux de criminalité de Fermont est à un niveau très bas, parmi les plus bas au Canada. Pas d'inquiétude de se faire voler un véhicule, de se faire vandaliser nos installations ou de laisser les enfants jouer à l'extérieur même la nuit tombée.

Une introduction en bonne et due forme, avec d'entrée de jeu l'argument majeur.

Plus loin, le complément d'informations qu'il fallait :

L'éducation, la santé et les services à la population

Sur le territoire de Fermont, les services éducatifs se dénombrent comme suit :

- *École des Découvertes – primaire francophone*
- *Polyvalente Horizon blanc – secondaire francophone*
- *Éducation des adultes – adultes francophones*
- *Fermont School – primaire anglophone*
- *Centre de la petite enfance le Mur-Mûr*

Le Centre de la petite enfance le Mur-Mûr offre des services de garde en installation pour les enfants de 3 mois à 4 ans ainsi que dans plusieurs milieux familiaux, pour les enfants de 0 à 12 ans.

Et pour finir, la pastorale enchantée soudain ouverte en toute saisons :

Malgré l'isolement qui caractérise Fermont et le froid intense qui y sévit plusieurs mois par année, les Fermontois ont apprivoisé un environnement où la qualité de vie est un privilège que nous chérissons.

Il n'a nul besoin de poursuivre sa recherche. Tout est dit. Tout est là. En toutes lettres.

WELCOME, MISTER OLSEN.

L'homme a su sélectionner la bonne ville sur la carte. Ici, les enfants jouent jusqu'à la nuit tombée. Ici, il n'y a pas de cambriolages, ici, on se fait confiance, ici, la police n'a pas à être sur les dents. *Malgré l'isolement.*

Ne reste plus qu'à faire reculer les limites de son audace en exploitant tous les avantages, si naïvement publicisés, qu'offre cette ville pour lui arracher son innocence. En commençant par cette idée de « programme jeunesse » qui a inspiré son imagination, Verlande le savait.

Encore une fois, pas besoin d'être un « profileur » professionnel bardé de diplômes de psychologie et d'un stage à Quantico pour comprendre comment parlent les morts, grâce au silence, et pourquoi les vivants se taisent, par leur incessant bavardage.

La ville de Fermont avait connu son apogée au milieu du siècle précédent, grâce aux montagnes de fer dont on extrayait un minerai de haute qualité. Elle avait lentement périclité à partir des années 1980-1990, on était parvenu in extremis à juguler l'exode post-industriel mais on n'y comptait plus que quelques milliers d'habitants, dont de nombreux nomades, un centre-ville en fonction et le célèbre « Mur » qui cernait la cité pour y créer un microclimat plus doux. Tout cela datait d'une autre époque, les mines de fer étaient abandonnées depuis un quart de siècle, le Mur servait d'abri de fortune aux divers groupes de migrants, c'était l'âge de Monsieur Olsen.

La secrétaire du directeur était une femme d'une cinquantaine d'années, l'air sec et revêche, habillée comme à la fin des années 80, robe pourpre cintrée aux épaulettes renforcées, bijoux métalliques, un chignon sophistiqué relevant sa masse de cheveux noirs en une couronne d'ébène.

Identification : Louise Ferghini. Née le 20 juillet 1966 à Trois-Rivières. Employée par l'École des Découvertes depuis sept ans. Habite Fermont, à quelques rues de l'établissement scolaire. Divorcée depuis l'an dernier. Deux enfants, des garçons de dix et treize ans.

Elle aussi a déjà répondu aux questions de la SQ dès le premier jour de l'enquête, ils ont lu attentivement sa déposition. Ils ont compris que le tueur avait eu un rapport quelconque, ne serait-ce qu'une seule et unique fois, avec un membre du personnel de l'école.

– Quelqu'un aurait-il pu établir une copie d'un de vos documents administratifs pour le donner à une personne de l'extérieur ?

Le visage sec et fermé, les petits yeux noirs qui fulgurent d'un million de colères rentrées, la secrétaire n'aime pas l'idée d'être suspectée, ne serait-ce que d'une erreur minime, quoiqu'aux conséquences fatales.

– Pratiquement n'importe qui. Y compris les élèves. Y compris ceux du cycle secondaire. Y compris tout le personnel de l'école, nous ne fermons jamais les portes, sauf après les cours, évidemment.

– On peut donc rentrer dans votre bureau, prendre un document, faire une photocopie, revenir poser l'original et partir, aussi simple que ça ?

Les yeux noirs sont des brandons ardents.

– Oui, c'est possible, mais personne ne l'a fait.

– Pourquoi êtes-vous si sûre de vous ?

– Parce que je m'en serais rendu compte, je peux repérer un trombone de trop dans une boîte de cent, je peux remarquer qu'une feuille de papier a été déplacée d'un demi-centimètre, je peux deviner qu'on s'est servi d'un de mes stylos-billes, personne ne peut utiliser mon ordinateur sans que je le sache.

Elle aurait fait une bonne recrue pour la Direction du Renseignement.

Sa mémoire était probablement le meilleur atout qu'ils avaient en main pour l'instant. C'était la mémoire d'une maniaque de l'ordre. C'était la mémoire d'une spécialiste du classement. C'était la mémoire d'une femme qui connaissait chaque enfant de l'école, chaque membre du personnel, et sans doute la plupart des habitants à la ronde. C'était la mémoire qui leur manquait.

Il avait posé le cliché sur la table, l'avait délicatement poussé dans la direction de la femme-mémoire et avait ouvert ce qu'il surnommait lui-même « le sourire du Cube ».

– Auriez-vous aperçu cet homme dans les parages de l'école, aux alentours de la date de l'enlèvement de Lucie Lavallière ?

Ce fut comme si le cosmos en son entier implosait, il n'y eut pourtant aucun bruit, la secrétaire n'émit aucun son, ne prononça aucune parole durant de longues secondes.

C'est le silence, justement, qui se mettait enfin à parler. La voix des morts.

La voix de Lucie Lavallière.

La secrétaire fut formelle : l'homme était venu environ trois semaines avant le kidnapping. Il n'avait pas les cheveux blond paille, ni platine, mais roux, encore plus roux que ceux de votre collègue, oui, avait-elle ajouté. Et des yeux verts, très verts. Il portait un costume gris perle, une chemise blanche, une gabardine bleu pâle. Ah, et il avait des gants de cuir noir.

Teinture capillaire, lentilles colorées, un costume différent pour chaque apparition, des gants pour ne laisser aucune empreinte, c'était encore à la portée du premier venu.

L'homme avait prétendu se renseigner pour l'inscription de sa fille à la rentrée suivante. Elle lui avait fourni de la documentation et le catalogue publicitaire de l'école, il n'était pas resté plus de cinq minutes.

Oui, c'était vrai, le soir, lors de la fermeture des bureaux, elle avait procédé au classement et à la vérification de tous les dossiers en cours et s'était rendu compte qu'il manquait un document destiné à la Commission Scolaire du Fer, de cela elle était certaine puisqu'elle avait réimprimé la lettre le lendemain. De plus, le prospectus commercial se trouvait à la place du document disparu, dans cette corbeille, ce qui effectivement, *vu la somme de travail quotidien à effectuer*, avait dû faire illusion jusqu'au soir. Non, elle n'avait pas conservé le prospectus de l'École, elle l'avait jeté plus tard avec d'autres paperasses à la corbeille. Et non, rien ne permettait d'affirmer que c'était bien cet homme qui avait dérobé la feuille de papier avec sa signature.

Talents de pickpocket, l'illusion encore une fois… Et si l'homme était une sorte de magicien amateur ?

– Vous a-t-il demandé quelque chose de particulier ? Je ne parle pas de renseignements, mais vous a-t-il demandé de *faire* quelque chose de précis, ne serait-ce que quelques secondes ?

Et la femme-mémoire sut retrouver la bonne case-souvenir, bien rangée dans ses registres : oui, en effet, elle n'y avait pas repensé lors du premier interrogatoire, mais l'homme avait montré du doigt la fenêtre située derrière elle, qui donnait sur la cour de récréation, et il avait posé une question anodine concernant les entrées et les sorties, ou la surveillance de l'établissement, elle s'était retournée machinalement quelques instants pour lui répondre.

Le roi de l'illusion. Le maître du leurre. Glaner quelques informations capitales sous le couvert de la banalité et simultanément détourner l'attention deux ou trois secondes, largement le temps pour quelqu'un d'expérimenté, quelqu'un d'*entraîné*, quelqu'un d'absolument sûr de lui, de dérober un document signé traînant sur un coin du bureau et d'opérer une substitution dans la foulée. Simple *prestidigitation*.

Verlande nota l'information désormais circonscrite, calée sur sa fréquence, dans un coin de sa mémoire à lui, la mémoire du Cube.

Rechercher les connivences d'Olsen avec les milieux du cirque, du music-hall, magiciens, prestidigitateurs, illusionnistes. Peut-être qu'avec les nouveaux programmes d'« insertion sociétale par le jeu », il avait suivi des stages de ce genre en prison ? Ce serait facile à vérifier.

Il venait de buter sur une saillie capitale, dans la tourbe de ces meurtres d'enfants, mais il devinait en plus que cette saillie conduisait autre part, plus profond, comme vers un gouffre camouflé sous une pierre de fortune.

Magie. Illusion. Prestidigitation, c'était la base, c'était le « bedrock ».

Mais la circuiterie de son intuition s'était connectée au Cube présent en lui : ce secret cachait un secret bien plus terrible encore, tout son être était imprégné de cette certitude, comme un enfant baignant dans son sang.

Sous l'illusion se cache bien pire. Ce qui échappe à toute vision, à toute pensée, à toute manipulation.

Il y a l'épouvantable vérité.

Sur la route du retour vers la grande métropole, Verlande avait rallumé le terminal wi-fi de bord, avait déplié son ordinateur portable à mémoire de forme et s'était branché sur la base de données du labo de criminalistique.

Des dizaines de clichés de la petite Lucie Lavallière défilèrent en de longues boucles bleutées ou verdâtres, son visage frigide décoloré par la *rigor mortis* se teintait des éclairs de sodium orange des projecteurs suspendus en grappes sphériques au-dessus de l'autoroute. Lucie Lavallière était morte, certes, mais l'Hypercube de la *Polis secrète* pouvait créer un spectre digital à partir du stock de ses données biologiques.

Son tueur était vivant, certes, mais il n'était qu'un robot en sursis, dont le circuit principal alimentait sa propre érosion, fatale. Plus fantomatique que la petite qu'il avait tuée, il errait entre deux mondes, vivait dans les limbes glacés de son ego solitaire, isolé, atomisé, il était bien plus proche du *mécanisme* que l'ordinateur dans lequel le visage de la fillette s'illuminait devant le ruban noir de la 40 Ouest.

Puis vint le moment de la séquence des photos ante mortem, recueillies chez les parents, des copines de classe, des proches. Lucie Lavallière à l'âge de six mois, barbotant dans sa combinaison hivernale, Lucie Lavallière à l'âge de cinq ans, sur un tricycle, dans le jardinet bordant sa maison, Lucie Lavallière à sept ans en compagnie de son petit chien, Lucie Lavallière à huit, dix, onze ans. Le dernier cliché remontait à moins d'une semaine avant son enlèvement.

C'est ainsi qu'elle avait été tuée. C'est ainsi qu'elle resterait à jamais gravée dans la tête de ses parents, et c'est ainsi qu'elle ne pourrait pas quitter celle du tueur.

Ce n'est pas tant qu'ils laissent des traces qui les compromettent, mais les tueurs sont très souvent esclaves de cette manie obsessionnelle d'emporter des « trophées », des objets symboliques de leur acte, ayant appartenu à la victime. Ils ne connaissent rien de la réversibilité des actes de justice, et ignorent tout des vrais pouvoirs du vaudou. Ils croient posséder ces trophées comme ils ont pris le contrôle absolu de leur victime.

En ce moment même, Olsen ignore que la petite Lucie Lavallière est en lui, et qu'elle nous parle, qu'elle nous envoie des messages, qu'elle nous relie à lui, qu'ellc va le piéger, comme il l'a piégée, elle.

Le retournement du rapport proie/prédateur peut survenir longtemps après la mort de l'un d'eux.

Il suffit de s'entendre sur les termes « mort » et « vivant ».

Régulièrement, la voiture croisait un panneau à feuille-écran ACL planté sur le bord de la chaussée sur lequel défilaient en boucle slogans et avertissements gouvernementaux. Parfois, en dépit des composites ultra-résistants, le mobilier urbain avait été saccagé par des accès de violences locales. Le code charnel de la Cité en état d'urgence répondait à l'image digitale de la petite fille massacrée. C'était aussi précis et répétitif que des mantras dévolus à une divinité d'autant plus invisible qu'elle se faisait voir de toutes les manières possibles :

> SI VOUS SUSPECTEZ UN ACTE DE TERRORISME
> Appelez le 1-800-911-2001
> *Cellule spéciale de sécurité – Sûreté du Québec / Gendarmerie Royale du Canada*

> VOUS ÊTES TÉMOIN D'UN ACTE CRIMINEL ?
> NE PAS DÉNONCER UN CRIME EST UN DÉLIT.
> Appelez immédiatement le 1-800-911-2001
> *Cellule spéciale de sécurité – Sûreté du Québec / Gendarmerie Royale du Canada*

> L'IMMIGRATION ILLÉGALE EST UN CRIME CONTRE L'HUMANITÉ.
> ÊTES-VOUS PRÊT À AIDER LES NÉGRIERS DES TEMPS MODERNES ?

Aidez les services de police à mieux vous protéger.
Agence Canadienne de Sécurité Nationale.

CONNAISSEZ-VOUS LA LISTE DES PRINCIPALES SUBSTANCES DANGEREUSES ?
CONNAISSEZ-VOUS LEURS EFFETS IMMÉDIATS ET À LONG TERME ?
Terrorwarfareindex.com

APPRENEZ À RECONNAÎTRE LES COMPORTEMENTS SUSPECTS.
Terrorwarfareindex.com

APPRENEZ À VIVRE EN SÉCURITÉ.
SACHEZ PROTÉGER VOTRE COMMUNAUTÉ ET VOS PROCHES.
SOYEZ VIGILANT. RESTEZ CALME. SUIVEZ LES PROCÉDURES.
northamericansolidarityact.com
En cas de menace terroriste, appelez immédiatement le 1-800-911-2001
Cellule spéciale de sécurité - Sûreté du Québec / Gendarmerie Royale du Canada.

Plus loin, ce fut le canal communautaire qui diffusa un message de la mairie de Huntingdon qui souhaitait à l'avance un bon ramadan à ses ouailles, un an tout juste après avoir promulgué l'interdiction des sapins de Noël et l'usage des lettres de vœux traditionnelles, sous la pression de la colonie du Hamas qui s'était installée en ville dans le cadre du programme de jumelage avec Gaza.

SOYEZ TOLÉRANT. RESPECTEZ LES AUTRES CULTURES. APPRENONS À VIVRE ENSEMBLE.

Soyez tolérant. Acceptez l'intolérable. Apprenons à nous détruire nous-mêmes, corrigea Verlande, presque machinalement.

Il capta un flash d'informations au passage, une chaîne australienne retransmettait les images d'un convoi de supertankers d'éthanol partis du Sud-Est asiatique pour les Émirats arabes unis et qui se voyaient pris en chasse par une robuste armada de pirates nautiques venus probablement du détroit de Malacca. La petite marine du Sri Lanka se trouvait dans la plus totale incapacité d'intervenir. Les compagnies de mercenaires étaient depuis longtemps débordées dans le coin. Au même moment, à l'autre bout de l'océan Indien, une flottille de *hijackers* somaliens puissamment armée, qui tenait en otage plusieurs villes côtières de Tanzanie et du Mozambique, appareillait en masse pour – selon toute probabilité – attaquer un grand convoi de méthaniers achevant ses préparatifs au large des côtes sud-africaines, protégé par des vedettes du département naval de la Blackwater Corporation.

Parfois, les visages d'activistes dûment identifiés et recherchés s'interposaient entre les publicités policières, les flashes d'informations, les rappels des procédures d'urgence, et venaient s'hybrider dans la lumière électrique avec les traits de la petite Lavallière.

Le monde ressemblait de plus en plus à lui-même.

Les tueurs. L'agneau. Tout devenait si cohérent en roulant sur la route électrique.

Leurs figures figées dans l'anthropométrie sécuritaire tournoyaient sur leur axe, se présentant sous tous les angles, dans le scintillement des pixels 3-D. Des informations s'affichaient au-dessous, en listes de diodes fluorescentes :

État civil, alias, date et lieu de naissance.
Dernier domicile connu.
Immatriculation du dernier véhicule.
Régions ou quartiers de prédilection.
Vu la dernière fois : quand, où, comment.
Récompense pour la capture ou pour la communication d'informations capitales.

Rien d'autre que des affiches pour chasseurs de primes de l'Ouest digital. Rien d'autre que l'Amérique stratifiée dans l'expérience de la guerre civile mondiale. Rien d'autre que l'histoire de l'Homme, et de sa Chute, qui se perpétuait. L'urbanisme autoroutier et les fichiers de la mort numérique se superposaient au paysage piégé dans la lumière sanguine du crépuscule. La chaussée comme les abords de la voie express étaient constellés de groupes de réfugiés, ou de hordes de nomades à deux roues. Les automobiles de toutes origines, aux carburateurs trafiqués de diverses manières, se traînaient au milieu des bicyclettes à piles, des mobylettes à éthanol, des scooters électriques qui se croisaient et se dépassaient sans fin, et sans but.

À l'horizon, au milieu des boisés en friches, il pouvait discerner les amas d'ordures qui dessinaient une chaîne de collines noires aux reflets mordorés.

C'était le monde tel qu'il était fait, c'est-à-dire tel qu'il était en train de se défaire. Et ils étaient en charge de l'opération, car cette destruction était la condition nécessaire à la création du suivant. Ce monde dont ils étaient déjà les gardiens.

L'autoroute formait l'architrave externe du Grand Cube, elle en était l'exosquelette, elle incarnait le réseau électromagnétique qui les connectait à la Polis… Les flics comme nous sont faits pour rouler sur la route des jours durant, de même qu'ils sont faits pour s'enfermer des nuits entières dans un microscopique bureau carré. Pour nous, la liberté commence précisément là où se termine celle des autres, elle se trouve donc dans chaque instrument chargé d'éclairer le mystère du crime, autant dire de l'homme, autoroute ou ordinateur peu importe, pour nous l'univers reste un cryptogramme à décoder tout autant que la machine qui, justement, va servir à le déchiffrer.

Nous sommes les agents de la Boîte Noire.

Franchement, ce monde n'est pas encore assez dur pour nous.

Vivid Underground

Bienvenue dans le sous-sol. Bienvenue dans la chambre froide. La morgue de la SQ. Casiers métalliques gris terne, éclairage bleu-vert frigide, coffres-forts refermés sur le prix d'une vie, stock de corps, réserve d'organes, banque de la mort.

Bienvenue dans le sous-sol du vrai monde. Celui où le silence règne sans partage. Celui où les cadavres parlent au cœur du silence.

Bienvenue à Paul Verlande et Alexis Voronine. La petite Lucie Lavallière les attend.

Avec l'impatience singulière des enfants assassinés. Ici, les mineurs ne sont admis qu'allongés dans un casier de métal.

Bienvenue aux flicards de la nuit souterraine. Le sous-sol médico-légal est leur inconscient collectif, un réseau de tunnels met en correspondance les bas-fonds de la cité et les cavernes de leur mémoire au cœur de la nécropole policière. Ici, la lumière elle-même est faite pour renforcer l'obscurité. Et dans l'obscurité des casiers de métal, dans la ténèbre glacée de la conservation organique, la mort a beaucoup à leur apprendre.

Oui, bienvenue à Verlande et Voronine, ils connaissent bien l'endroit, et l'endroit les connaît bien. Avec eux, pour les accompagner pendant le voyage, deux membres de la criminalistique, Rodney Lalonde et Anne Guérin, ils seront leurs guides dans l'exploration de ce petit morceau de réel fossilisé qui les attend dans sa boîte.

Verlande tient en main un « e-paper », une feuille de cellulose composite à électrophorèse, capable de recevoir et d'émettre des informations sur Internet, pouvant télécharger livres, journaux, rapports, images. Le transcodeur vocal implanté dans son pavillon acoustique enregistrera tout ce que les criminalistes diront, la microcaméra incorporée à ses lentilles oculaires filmera la scène, le logiciel tactile lui offrira de multiples options pour faire défiler les pages et cliquer sur les hyperliens, le traitement de texte polyglotte à reconnaissance syntaxique lui permettra de consigner le tout par écrit.

Quand le corps de la petite Lucie va se mettre à parler, il pourra communiquer dans toutes les langues du monde.

Rodney Lalonde se dirige vers le casier 102. Il actionne le levier et tire la porte d'acier.

– Vous arrivez vraiment au dernier moment, dit Lalonde, on vous attendait bien avant, demain le corps part pour le salon funéraire.

– On a été un peu occupés ces derniers jours.

Il n'ose ajouter : On a pensé qu'elle pouvait attendre un petit peu.

– Vous ne verrez rien de plus que ce que vous savez, elle est au frigo depuis soixante-douze heures maintenant.

– Ne t'inquiète pas de ça, Rodney, on verra ce qu'il y a à voir. Et on écoutera ce qu'elle a à nous dire. On est fin prêts.

Oh oui, ils sont prêts. Ils n'ont jamais été aussi prêts. Ils sont prêts à entamer le dialogue avec la petite Lucie Lavallière. Ce corps gisant devant eux, allongé sur l'acier froid de la tablette rétractable, ce corps qui a tant de choses à leur raconter. Plus encore qu'ils ne peuvent l'imaginer. Car c'est comme si on avait voulu le faire taire à jamais, ce corps. C'est comme si on l'avait tué pour le renvoyer au silence, mais plus encore, c'est comme si on avait fait en sorte de continuer de le tuer après sa mort. Comme si on avait voulu le rendre incapable de prononcer la moindre parole, même inaudible.

– Vous voulez dire que le corps a été entièrement nettoyé *avant* qu'on le jette dans la nature ?

C'est Voronine qui vient d'interrompre Anne Guérin alors qu'elle commence tout juste son exposé.

– Nettoyé, complètement, jusqu'au bout des ongles, jusqu'aux cavités vaginale et anale. Avec une méticulosité chirurgicale. C'est la raison pour laquelle nous n'avons retrouvé aucune trace organique étrangère sur le corps de la petite. Ni organiques ni minérales, d'ailleurs. Rien. Le sac-poubelle lui-même avait été entièrement décapé, et il s'agit d'un modèle standard vendu dans toute l'Amérique du Nord pour les entreprises de construction.

– Post mortem, le lavage, je présume ? demande Verlande.

– Absolument. Avec de très grandes quantités d'eau javellisée. Peut-être un bain, et à coup sûr l'utilisation d'un pommeau de douche à forte puissance, sans doute à l'aide d'une pompe hydropneumatique.

– Une sorte de jacuzzi avec jets de massage ?

– Oui, quelque chose comme ça, et durant plusieurs heures vu l'état de l'épiderme… Cela a rendu très difficile l'étude des abrasions et des cicatrices, et évidemment nous n'avons ni ADN, ni sang, ni sperme, rien, comme je vous disais, sinon les traces rémanentes de détergents et d'eau de Javel qui ont servi à laver et désinfecter le corps.

Mais Verlande sait que le corps va lui parler, ne serait-ce que quelques mots, même dans une langue étrangère, même dans la plus étrangère de toutes. Il regarde l'enfant qui fut un jour vivante, son visage décoloré, cireux, ses yeux sont clos mais lui paraissent grands ouverts, comme si Lucie Lavallière le fixait sans ciller, et c'est ainsi qu'elle lui parle, c'est ainsi qu'elle se fait entendre, c'est ainsi qu'elle veut se battre contre la mort, surtout cette mort qu'on a voulu perpétuer après son assassinat.

Le corps allongé. Le drap blanc qui le recouvre. La main d'Anne Guérin qui le repousse avec attention jusqu'aux pieds de la victime. Le corps, exposé. Bleu-vert sous l'éclairage des plafonniers. Bien droit sur le métal.

La chair froide. Des plaies, des contusions, gommées par le lavage intensif, des cicatrices un peu plus anciennes, en traces violines, des ecchymoses, pétales livides éparpillés sur le visage, les marques carrées laissées par une boucle de métal, la trace rougeâtre qui s'étire autour du cou, l'empreinte plus appuyée à l'emplacement de la glotte et de la trachée artère, un système d'étranglement à double nœud, coulant à l'avant, marin à l'arrière. Plusieurs vertèbres ont craqué sous la pression, la trachée artère a même été endommagée. Une arme blanche comme la mort qu'elle donne, en silence, et à la perfection.

Une pratique. Une technique. Une mise au point.

Sur ce point aussi, il avait été entraîné… Oh oui, il sait déjà tout cela.

On lui a coupé les cheveux, à la va-vite, à ras, cette fois-ci, il apparaît qu'il s'agit d'une opération qui a précédé la mort de Lucie. De la technique, encore et toujours, du savoir-faire, du savoir pur : une connaissance globale. Une connaissance du meurtre comme système ludique et comme mode de vie. Le moins de fibres et de traces possible, le moins de chances de laisser un indice corporel derrière lui, la plus petite probabilité que le prédateur soit un jour mis en leur présence, à eux, les chasseurs de proies inverties.

Mais tout ce silence forcé est en train de produire une phrase, en tout cas un sens, des mots encore épars, certes, mais qui indiquent néanmoins l'existence d'un secret que le tueur n'est pas parvenu à escamoter.

Au contraire, c'est comme si toute cette mise en scène post mortem indiquait une zone de lumière dans les ténèbres du casier 102. Cette lumière, ces mots, ce sens, c'est le corps de Lucie Lavallière qui est en train de l'inscrire dans le cerveau de Verlande.

Le corps muet, le corps qu'on a voulu faire taire jusqu'après sa mort, le corps de l'enfant assassinée est en train de lui hurler l'évidence.

La ville plus hypercube que jamais. C'est elle le système de navigation. C'est elle l'ordinateur de bord. C'est elle le réseau intégré de communications militaires. C'est elle la clé de cryptage.

C'est elle le code.

Luminescences en rayons, flèches, pointillés, globes, éclats, étoiles, éclairs, feux, dessinant la structure du territoire, produisant le squelette même de la Polis, l'assemblage osseux de la ville, les immeubles et les monuments musclant de pierre et de béton la nef de lumière, les rues et les avenues quadrillant toute la carte de leur réseau artériel. La ville est un code. La ville est chair et sang.

Elle est le code génétique secret de tous ses habitants.

– Je comprends le fond de ta théorie, Verlande, mais je ne vois pas comment tu peux faire cadrer ça avec Olsen, ou même les autres de la liste. Aucun n'a le niveau d'intelligence requis…

– Ça n'a rien à voir avec l'intelligence, pas au sens où tu l'entends, en tout cas. Ça a à voir avec la prédation, avec l'apprentissage. C'est une technique, une *pratique* pure. C'est pour cette raison qu'Olsen l'a apprise. On la lui a enseignée. *Il a été entraîné.*

Et s'il avait été entraîné, cela voulait dire qu'il existait un *entraîneur*. Ça ne pouvait plus faire aucun doute. Cette injection de certitude était bien plus puissante que l'éclat intuitif qui l'avait consumé de l'intérieur après leur visite à Fermont.

La ville est le code génétique secret de ses habitants, leur génome collectif, extrojeté dans le complexe lumières/immeubles/rues. Les experts en criminalistique peuvent aller se rhabiller, ils ne voient pas l'invisible, ils ne perçoivent que le microscopique.

L'invisible, en vérité, c'est précisément l'inverse, c'est ce qui est encore plus grand que l'infiniment grand, c'est cette dimension où le centre englobe la périphérie, c'est justement l'hypercube de la cité.

Mais eux, ils ne sont pas de simples habitants de la cité.

Ils sont les Gardiens de la Polis, ils sont les hommes en *dark blue shirts*, ils sont des dispositifs très spéciaux, les systèmes secrets de la ville. Ils sont ses rêves les plus inavouables.

Ils sont la zone où la terreur convole avec l'inconnu.

– Des techniques de flic ? Tu ne crois pas que tu pousses un peu ? Comment il aurait pu faire ça ? Ce ne sont pas des manuels en vente libre…

– Je pensais que tu savais qu'on trouve de quoi fabriquer une bombinette au plutonium dans tous les coins de l'Internet.

– Internet, merde, tu déconnes.

– C'était un exemple. Mais c'est fou le nombre de choses qu'on peut apprendre en taule, tu sais ? Il suffit de se faire bien voir de la hiérarchie sans trop se faire mal voir des codétenus…

– Une sinécure pour un pédo, c'est bien connu.

– Olsen est un type plutôt costaud, rusé et volontaire, en plus ils l'ont vite envoyé à la *protect*. À mon avis, cela lui a permis de nouer des relations privilégiées. Et d'apprendre un tas de trucs utiles.

– Avec de vulgaires *screws* ?

– Il y a parfois des flics qui se retrouvent derrière les barreaux, eux aussi doivent souvent être placés en protection, et il y en a d'autres qui se retrouvent en face, dans l'administration pénitentiaire, pour une raison ou pour une autre.

– Tu proposes un nouvel axe de recherche, à ce que je vois.

– Oui, des flics, des gardiens de taule, détenus ou opérant comme surveillants, ayant été en contact étroit avec Olsen.

La ville était le système de navigation, elle était l'ordinateur de bord, le système de communications militaires crypté.

Le code secret.

Elle était le sphinx qui interrogeait l'homme, sauf qu'elle tenait un pistolet braqué sur sa tempe en attendant que vienne la réponse.

Retour dans le building de la SQ, ils sont au cœur de l'Hypercube, leur pensée s'est déployée sur toute l'étendue de la cité.

Paramétrage du logiciel de recherches : tous les ex-flics emprisonnés, tous les *screws* présents, tous les ex-gardiens détenus au moment des incarcérations d'Olsen.

Liste. Multiples entrées. Tri. Fiches. Sélection finale.

Une douzaine d'identités exploitables.

Des types au passé assez lourd. Des types qui avaient parfois récidivé. Des types qui avaient su survivre en prison, puis après. Certains vivaient libres comme l'air, d'autres sous liberté conditionnelle. Quelques-uns avaient fréquenté Corzabal lors de leurs passages derrière les barreaux. D'autres y avaient croisé Derville, certains y avaient rencontré Olsen. *La plupart s'y étaient plus ou moins croisés.*

Avec les deux flics du poste 37, Verlande voyait se dessiner un diagramme encore illisible, mais dont il devinait que le décryptage conduirait à quelque chose ressemblant à un abîme. Des gangsters, des gardiens de taule ou des flics lambdas, des pédophiles « normaux », rien d'exceptionnel en soi.

C'était ce qui attisait son intuition, c'était ce qui lui faisait deviner que cela ne pouvait camoufler que la pire chose en ce monde.

Sept noms attirèrent particulièrement son attention.

Kevin Ouellette.

Stanley « Silver » Lapointe.

Vincent Scotfield.

Orlando Valdez.

Lucas Archambault.

Gilles Couture.

Théodore Manzini.

Kevin Ouellette présentait quelques particularités dignes d'attention. C'était un ancien gardien de prison et agent de sécurité qui avait fini par se mettre au service de ceux dont il avait la garde, soit les Rock Machines de Montréal. Il avait travaillé dans de nombreuses taules, dont celles où les membres du gang ennemi des Angels étaient regroupés. Il avait fini par se lier d'amitié avec certains d'entre eux, puis il avait été initié, une nuit, en secret, dans la prison même où il officiait. Il avait accompli plusieurs braquages et quelques agressions avant de se retrouver en compagnie de ses anciens détenus. Il était sorti de prison six ans auparavant, pour bonne conduite, depuis il était tombé deux ou trois fois pour des délits mineurs, possession de stupéfiants, excès de vitesse avec facultés affaiblies, recel d'objets volés, rien de bien terrible. D'une certaine façon, l'homme s'était rangé, la taule l'avait calmé pour un moment. Un avis de recherche était pourtant lancé contre lui comme suspect dans le « carjacking » d'un véhicule de luxe, mû entièrement à l'hydrogène, dans la région de Val-d'Or, en Abitibi. L'avis de recherche remontait à près de deux ans. Depuis, Kevin Ouellette n'avait plus donné signe de vie. Mais par ses liens taulards, ou son compagnonnage professionnel avec certains gardiens de prison, il formait comme la clé de voûte invisible, au sens strict, de toute la liste. En tout cas, c'est son nom qui l'avait initiée.

Stanley Lapointe présentait aussi un certain nombre de singularités troublantes. Un simple taulard. Homme de main à louer, cassages de têtes ou de rotules à la demande, quelques vols de voitures, le braquage d'une station-service, une tentative de meurtre. Il agissait seul, parfois avec un ou deux complices, jamais plus. Il était réputé pour son efficacité et sa brutalité. Il avait officié comme détective privé dans sa jeunesse, il savait pister et retrouver les cibles qu'on lui donnait à punir. Il s'était tapé divers séjours dans les prisons du Québec, dont Cowansville, et Leclerc, à Laval, on disait qu'il y connaissait absolument tout le monde. Il mesurait un mètre quatre-vingt-dix pour cent bons kilos, personne ne l'avait jamais fait chier lors de ses incarcérations. Il avait disparu de la circulation depuis pratiquement cinq ans, des bruits couraient selon lesquels il se serait fait dessouder par une ancienne victime désireuse de se venger, d'autres affirmaient qu'il vivait en solitaire quelque part dans le nord de l'Ontario, proche de sa communauté francophone d'origine, et d'autres encore qu'il officiait à nouveau comme casseur de gueule professionnel en Colombie-Britannique. Sauf qu'il n'était nulle part.

Vincent Scotfield était un cas très intéressant. Les dates correspondaient et on le croisait dans les parages de Derville et de Corzabal. Ex-gardien au centre pénitentiaire Leclerc, il était fiché comme proche des milieux néo-nazis proarabes, avait été viré de l'institution pénitentiaire sept ans auparavant et condamné à un peu de prison ferme pour organisation de trafic de stupéfiants et de littérature haineuse dans l'enceinte de la prison. En téléphonant à quelques surveillants chefs de l'époque, ils obtinrent confirmation qu'il avait fréquenté Olsen. Plus intéressant encore, ils apprirent qu'il avait été particulièrement attentif à ce que le pédophile soit toujours en sécurité et il semblait bien qu'une sorte de lien amical s'était noué entre les deux hommes.

Mais quel rapport exact avec Corzabal et les deux flics assassinés ? Quel rapport avec Derville, assassiné lui aussi ? Pourquoi les flics du poste 37 s'étaient-ils intéressés à lui ? Pourquoi s'étaient-ils fait descendre, comme par voie de conséquence, par les paramilitaires ?

Poursuivre. Ne pas relâcher l'étau des mâchoires dans la chair. Laisser les crocs plantés. Ne pas céder au doute.

Suivant : Orlando Valdez est un beau petit numéro lui aussi. Ex-policier militaire des Forces canadiennes, il a été renvoyé de l'armée assez vite, des bruits d'abus sexuels sur de jeunes prisonniers afghans circulaient, il est parvenu à se trouver un boulot dans la sécurité, mais il a replongé très vite, pour une série de petits braquages en Montérégie, alors que les soupçons se concentraient sur lui lors d'une enquête concernant la disparition suspecte d'un jeune adolescent dans la région de Sherbrooke, il s'est tapé Leclerc à peu près en même temps qu'Olsen, il est peut-être son âme damnée flicarde. Il a disparu de la circulation depuis des mois, tous les rapports d'indic le confirment.

Maintenant, Archambault : rien qu'un petit pédophile récidiviste. 34 ans ce mois-ci, joyeux anniversaire. Pas de crimes de sang, pas de viols, des attouchements, des masturbations réciproques, des condamnations mineures en série. Il a croisé Olsen à Bordeaux, puis lors de sa dernière incarcération à Leclerc, leurs contacts chez les gardiens confirment qu'ils se fréquentaient régulièrement peu de temps avant la sortie d'Olsen. Ancien agent de sécurité, lui aussi, il était pour l'heure en liberté conditionnelle, il portait toujours son bracelet de contrôle GPS. Il n'avait pas été interrogé par le SPVM parce qu'il se trouvait en Ontario au moment des enlèvements d'enfants que Verlande attribuait à Olsen. Mais il avait fréquenté les mêmes taules que celui-ci, sécurité minimale, ou renforcée. Il était à sa place sur la liste.

Monsieur numéro six est un joli condensé de saloperie humaine lui aussi, ils sont sur la bonne piste, c'est sûr. Voici un ancien flic, Gilles Couture, de la GRC, en poste au Québec, condamné au début du siècle pour voies de fait, interrogatoires trop poussés, extorsions diverses, entraves à la justice. Au total, trois ans et demi de réclusion. A commencé sa vie professionnelle dans l'armée, à l'âge de dix-huit ans, comme mécanicien spécialiste dans l'artillerie mobile. À priori ce n'est pas un *sniper*, ni un spécialiste de l'assassinat, mais il a pu être amené à en connaître. Il a été accusé de chantages sexuels exercés en échange de divers services, par des lots entiers de putains de la rue Sainte-Catherine. Des rumeurs font état d'un possible viol, peut-être collectif, d'une jeune prostituée venue d'Europe de l'Est dans un motel de Laval, lors d'une descente bien organisée, mais rien de notifié comme tel dans les rapports judiciaires et disciplinaires, l'homme a su passer entre les gouttes. Il a rencontré Corzabal à Leclerc, il a été en contact avec Scotfield, ainsi qu'avec Olsen, selon les témoignages de plusieurs gardiens. Personne ne sait ce qu'il est devenu depuis sa sortie de prison il y a près de huit ans, il s'est comme évanoui dans l'atmosphère. Quelques renseignements un peu hasardeux leur permettent de penser qu'il est en Floride. Il semblerait qu'il ait changé au moins une fois d'identité.

Verlande s'était tourné vers Voronine : *cette histoire de Floride pue la couverture, je suis sûr qu'il est ici.*

– Où ici, à Montréal ?

Tout n'était pas encore circonscrit dans l'Hypercube, des zones d'ombre subsistaient. Mais le système secret de la Cité en viendrait à bout, inévitablement.

– En tout cas au Québec, ou disons même au Canada. Ces types ont tous un rapport entre eux, et ce n'est pas en Floride qu'il se trouve.

Et maintenant, regardez-moi ça, pense Verlande, regardez-moi cette vieille ordure, un autre flicard pourri qui semble une proche connaissance de Couture et de Scotfield d'après quelques rapports internes, Théodore Manzini, ancien flic du Service de Police de Hull/Gatineau, soixante ans tout ronds, gros porc tout rond sorti de prison il y a six ans tout ronds après une peine de six ans tout ronds pour abus sexuels répétés sur mineures, réduite à quatre, bien arrondis par les juges là encore, via la probation, il a probablement su poursuivre ses activités sans se faire coincer. Lui aussi il a travaillé de-ci de-là pour de petites agences de sécurité ou de détectives. Lui aussi il connaît des trucs, lui aussi il a appris, et lui aussi il a probablement *enseigné*.

Verlande savait qu'ils étaient enfin en possession des informations de base indispensables pour commencer une enquête digne de ce nom, mais il fallait maintenant en faire un piège, un piège grand comme la ville, ces hommes devaient être interrogés au plus vite, la Cité saurait les faire parler.

Le dernier domicile connu de Scotfield se trouvait dans les Laurentides, Morin-Heights, près de Saint-Sauveur. Ce serait pour plus tard.

Orlando Valdez semblait résider en Alberta, dans les environs de Calgary, tout autant qu'au Québec, à Montréal, le Vieux Saint-Laurent, plutôt chic pour un ex-flic devenu taulard, ils avaient une chance sur deux, cela pouvait attendre demain.

Couture était censé vivre en Floride, il n'avait plus de domicile légal au Québec, quant à ses adresses dans l'État américain, elles ressemblaient toutes à des couvertures telles qu'on les apprend dans les écoles de flics.

Derrière ces leurres, ces illusions, ces diversions, Verlande reconnaissait une certaine patte, une marque, une griffe, un entraînement spécifique. Un entraînement de flic. L'entraînement qu'Olsen avait reçu.

Il y avait bien une configuration particulière entre tous ces individus. Une configuration opaque, dure, une muraille donnant à pic sur le grand vide, le grand vide que l'Hypercube n'a pas encore circonscrit.

Il était impératif de trouver une faille dans la roche, un orifice où pointer ne serait-ce que le rayon d'une torche électrique. La Cité saurait s'en contenter.

Restait donc le dénommé Archambault. Le petit pédophile récidiviste.

Dans le cerveau nocturne de Verlande, une image avait pris

forme. C'était la réplique invertie de sa certitude. Sur cette icône démoniaque, c'était Olsen l'entraîneur, et c'était Archambault qui recevait l'instruction. Cela dénotait comme la présence d'un chaînage initiatique, d'une succession d'apprentissages, de maîtres à disciples, devenant maîtres enseignant à leurs disciples, et ainsi de suite. Comme dans les loges maçonniques, ou toutes les organisations occultes.

Olsen avait été entraîné. Puis il était devenu entraîneur.

Un organigramme parfaitement diabolique prenait possession de son esprit.

Archambault représentait un cas d'espèce. Son dernier domicile connu, sur la rue Ontario, au nord d'Hochelaga-Maisonneuve, était parfaitement corroboré par la localisation GPS de son bracelet magnétique. Verlande et Voronine se préparèrent à une visite sans complication notable.

Arrivés vers le 4000 Ontario Est, presque au coin de Pie-IX, ils furent dans l'obligation de constater que le petit immeuble de deux étages était en complète désaffectation, comme plusieurs autres alentours plus aucun appartement n'était habité depuis des semaines, c'était l'évidence, hormis par quelques squatters que les flics du SPVM faisaient dégager au cœur de la nuit.

Un amas de petits cottages éventrés – leur destruction n'avait même pas pu être menée à terme par la municipalité – servait de réservoirs à ordures aux résidents du quartier, s'y accumulait tout ce qui ne tenait plus dans les appartements et les garages, et tout ce que les décharges sauvages de la ville ne parvenaient plus à contenir. En contrepartie, canalisations, tuyauteries, circuiteries électriques avaient été systématiquement démontées. La Cité produisait une forme de bestialité qui lui était spécifique.

Là-bas, au sud, vers la frontière américaine, le ciel se gorgeait d'électricité, un voile bleu-violet recouvrait la nuit, bien avant l'aube les tornades s'abattraient comme des aspirateurs géants pour nettoyer cette terre qui en avait rudement besoin.

Dans l'attente de l'eau qui tomberait du ciel, c'était l'acier rampant sur la terre qui prenait peu à peu possession des lieux. Il ajusta ses optiques en position zoom maximum et put discerner un groupe de bulldozers et de camions-recycleurs appartenant à diverses entreprises, dont certaines parfaitement illégales, qui commençaient à s'attaquer à plusieurs monticules d'ordures, protégés par des hommes de main circulant en side-cars de confection artisanale autour des lourds véhicules, tandis que des commandos de choc armés de battes de base-ball et de fusils de chasse faisaient fuir les résidents hors du périmètre.

La mairie laissait faire, évidemment, un signal d'alerte serait bientôt lancé au SPVM, ils mettraient une bonne heure pour arriver et constateraient l'étendue des dégâts, avant de distribuer quelques contraventions. Le travail serait vite fait, bien fait.

Verlande envoya quelques brefs signes amicaux aux flicards de passage, il fallait se fondre dans le paysage en voie de démolition, il fallait être cette putain de ville, il fallait être le ciel électrique et les monuments d'ordures, il fallait être plus noir encore que les ténèbres, si l'on voulait conserver une chance de coincer ce fils de pute.

Les squatters formaient de petits groupes qui retournaient d'un pas lent vers leur point d'origine : l'ancien Parc olympique, ainsi que le stade Saputo et les installations voisines du Jardin botanique, qui formaient un secteur sécurisé où se trouvait concentrée une population de migrants venus de tout le Canada et du Nord-Est américain. La zone du stade était en quarantaine épidémiologique depuis que des cas de choléra et de grippe aviaire y avaient été détectés, Verlande se demanda comment les squatters avaient pu s'extraire du périmètre sanitaire et, plus encore, comment ils allaient faire pour y entrer de nouveau.

Il jeta machinalement un coup l'œil à l'implant de détection greffé sous la peau de son avant-bras, tel un matricule géométrique. La diode bioluminescente restait au stade neutre, aucun signal de couleur ne s'était allumé dans sa chair. Pas de radioactivité, pas d'activités virales ou microbiennes, pas de chimie dangereuse. La présence du Stade olympique saturé de ses *éco-éco-réfugiés* produisait paradoxalement une zone d'extrême sécurité dans la ville. La Polis finirait peut-être par avoir un réel besoin de sa propre destruction.

Il nota au passage la présence d'une affichette du procureur de la Couronne sur le mur de l'entrée, prévenant la population du quartier qu'un ancien pédophile en liberté conditionnelle vivait dans cette maison. Y étaient notifiés sa condamnation et les attendus du tribunal, ainsi que le numéro de téléphone de son contrôleur. C'était une obligation légale depuis des années. Visiblement Archambault n'avait pas posé de problèmes, et on ne lui en avait pas posé. Il avait bien choisi son lieu d'atterrissage, un quartier à l'abandon, à proximité d'une grosse colonie de réfugiés, ici les gens s'occupaient de leurs affaires, c'est-à-dire d'eux-mêmes, et le reste du monde pouvait bien sombrer… Ce qu'il faisait d'ailleurs. Ils avaient lu quelque part qu'une patrouille de flics se tapait régulièrement une ronde dans le quartier mais il ne s'agissait pas de Robitaille et Curtiss, et les rapports ne faisaient état que d'un rien-à-signaler continu.

Il s'était donc produit quelque chose, un événement précis qui avait provoqué la fuite d'Archambault. La désaffectation de l'immeuble était simplement arrivée à point nommé pour masquer le sens de cette brusque escapade.

Et s'il était parvenu à disparaître, alors qu'il portait un bracelet magnétique, là encore cela voulait dire qu'*il avait appris*.

Appris de quelqu'un comment se débarrasser du pointeur GPS.

Comment se débarrasser des chiens de chasse de la Polis.

Revenus bredouilles à la SQ, ils firent turbiner leurs ordinateurs comme si le sort du monde en dépendait, d'ailleurs n'était-ce pas le cas ? Cela commençait à faire beaucoup, tous ces types introuvables.

Alors *let's go*, chacun des domiciles où il avait résidé, les adresses de ses proches, sa famille, ses amis connus, compilation générale. Établissement d'un itinéraire optimal sur le plan de la ville. Dates, lieux, personnes, événements, interpolations en série.

On n'était plus très loin de minuit. Cela faisait des jours qu'ils ne dormaient que par à-coups dans les voitures de patrouille ou sur un coin de bureau. Ils avaient étiré l'élastique de leurs métabolismes jusqu'au point limite.

Minuit, ce n'était pas une si mauvaise heure pour coucher les chiens de chasse de la Polis. Minuit, c'était même une bonne heure pour se préparer à combattre le crime. Minuit, c'était l'heure idéale pour se remettre en forme avant d'aller serrer ce petit merdaillon.

Archambault ne vivait pas là où il disait vivre. Mieux, il aggravait son cas en ne s'étant pas rendu, la veille, à son contrôle trimestriel. Il était en bris de condition. Demain matin, ils auraient un mandat. Demain matin, ils allaient se lancer à sa poursuite. Demain matin, ce serait leur jour, ce serait leur minuit à eux. Le minuit de l'Hypercube, illuminé vingt-quatre heures sur vingt-quatre.

Le petit prédateur leur facilitait la tâche. Il n'avait probablement pas eu le temps de tout bien apprendre. Il devenait proie avec une innocence presque attendrissante.

Le monde comme désintégration et convivialité

Dans la matinée qui suivit, un indic de Verlande leur communiqua une adresse possible pour Archambault. C'était dans le West Island, tout au bout de l'île, à Roxboro.

Verlande nota ce point commun avec Corzabal.

– On a une info. On a une adresse. On a un mandat, avait dit Verlande à Voronine. Maintenant, ne reste plus qu'à le cueillir.

– Tu es sûr de ton indic ?

– Comme on peut être sûr d'un indic. Généralement ses tuyaux sont bons. Il a des yeux un peu partout sur l'île. Et on n'a pas mieux pour l'instant. On va donc se payer une virée dans le West Island.

– Tu es sûr de ton coup, tu veux vraiment qu'on l'embarque ?

Verlande avait regardé le jeune Russe avec un pétillement amusé dans le regard.

– L'embarquer ? Je verrai comment ça se déroule… Je veux juste l'interroger. On sera bien plus tranquilles chez lui que dans les locaux de la SQ, non ?

Voronine s'était contenté de planter son regard cyanure dans le sien, bien profondément.

– Je te promets que je ne dépasserai pas les limites qui ont été édictées par la CIA elle-même, tu connais mon sens des valeurs civiques.

Voronine continuait, imperturbable, de le fixer de ses yeux vert-de-gris. Ni rejet, ni assentiment fanatique, ni fascination, ni répulsion. Voronine était un vrai flic, la structure même de la Polis l'habitait en entier. Verlande ressentait une certaine fierté à l'idée d'avoir su modeler en partie cet esprit brillant. Il ne pouvait se targuer d'avoir reproduit quelque chose d'analogue à ce linéage si singulier dont il était issu, mais il pouvait considérer sans trembler que Voronine avait pris la place du frère qu'il n'avait jamais eu, et qu'il était probablement en train de devenir une des plus efficaces machines policières de la planète.

– Il ignore sa chance d'être tombé sur des gars comme nous, avait lâché Verlande.

Il pensait aux commandos paramilitaires, qui ne faisaient pas de quartier, eux, avec personne.

Deux heures plus tard, ils étaient de retour à la même place. Bredouilles. Sonnés par l'échec, mais glacés par leur propre capacité à s'adapter à la situation.

Verlande avait eu raison de réserver son jugement sur la valeur de l'info en provenance de son indic. Cette fois la maison n'était pas vide, elle était occupée par un groupe d'immigrants asiatiques en train d'emménager dans la plus grande confusion. Quand Verlande parvint à leur demander s'ils avaient rencontré le locataire précédent en leur présentant la photo d'Archambault, une femme d'origine indienne le reconnut sur-le-champ. Ils avaient pris possession de l'appartement deux jours auparavant, elle se souvenait très bien de l'homme.

Plié. Deux jours. quarante-huit heures.

Le temps qu'il faut pour que les chances de retrouver un coupable soient divisées par deux. Et la moitié d'une chance, pour un flic, c'est l'équivalent de tout un univers. Ils l'avaient manqué de peu mais, à la chasse, « de peu » ça ne veut rien dire, ou plutôt, ça veut juste dire : *manqué.*

L'homme vivait rarement plus de deux ou trois jours à la même place. Comme un type pourchassé par une police politique. Certes, ils étaient la police politique des temps présents, mais Archambault n'était pas censé connaître leur existence.

Quelque chose résistait à l'Hypercube, quelque chose résistait à la Polis, quelque chose entendait se soustraire au Glaive.

Quelque chose, comme une ombre d'une profondeur abyssale, s'étendait sur cette affaire, cette ombre recouvrait la ville et ses habitants, elle recouvrait les victimes et les coupables, mais ce qu'elle ne pouvait vraiment plonger dans l'obscurité, c'était justement les cyborgs de la Loi et de l'Ordre, les gardiens de l'Hypercube. Pour les flics lancés à sa poursuite, à la différence du reste de la Cité et de ses habitants, c'est en eux, désormais, que la ténèbre était plongée.

– La Couronne a bien fait d'abandonner les poursuites sur les autres cas, avait dit Voronine, les flicards locaux ont fait du boulot de sagouins. D'après nos dernières analyses, un des deux meurtres a en fait été perpétré alors qu'Olsen était en taule. À l'époque comme aujourd'hui, ça n'aurait pas tenu une demi-seconde.

– Huit disparitions, deux meurtres, il n'y a vraiment rien ? Les rapports établis par la GRC sur la base de ceux des flics locaux faisaient état de modes opératoires similaires. Il doit bien y avoir quelque chose de tangible, tout de même.

– En fait, si on s'en tient à ça et qu'on oublie un peu Olsen, je dirais que les meurtres ne font pas partie du diagramme, ce doit être deux tueurs différents, à deux ans d'intervalle, et mille kilomètres de distance.

– Tu sais comme moi que ni le temps ni l'espace n'arrêtent un tueur motivé.

– Je suis d'accord, mais là, ça ne tient pas, tu verras par toi-même. Le seul point commun vraiment notable rapproche *six* des disparitions qui sont survenues durant les deux-trois années qui ont succédé la libération d'Olsen, à la différence des deux autres, survenues à peu près à l'époque des crimes pour lesquels il a été condamné, mais sur ces cas-là comme sur le reste, la Couronne n'a jamais rien pu réunir de bien concluant, il faut que ce soit clair.

– Prépare tout de suite une fiche de synthèse sur ces six disparitions suspectes, avec les annotations les plus récentes de la SQ. Olsen était en relation avec beaucoup de monde, si ce n'est pas lui, quand on l'aura serré, cet enculé, on pourra remonter jusqu'au fils de pute responsable de ces enlèvements.

– Justement, avait dit Voronine, il connaissait beaucoup de monde, tu devrais peut-être envisager que le mot « fils de pute » est à prononcer au pluriel.

Dans l'Hypercube interne de Verlande, là où s'élabore la machine pensante destinée à encager les coupables et à donner une sépulture aux victimes, le brasier vieux de presque un siècle se consume dans les ténèbres qu'il a englouties.

Une nouvelle forme de combustion chimique se produit. Quelque chose comme l'obtention d'un gaz extrêmement volatil, une poudre hyper-explosive, une charge incendiaire capable de faire fondre n'importe quel alliage.

Surtout celui dont sont faits ceux qui se nomment êtres humains.

Dans le milieu de la nuit, ils avaient dormi à la va-vite sur les banquettes d'un bureau adjacent au leur et avaient repris le travail dès l'aube, synchrones avec la lueur blême qui se diffusait à l'horizon. Il fallait revoir le diagramme. Il leur manquait des informations essentielles. Il fallait chercher plus loin, plus profond, plus fort.

Recouper les éléments criminalistiques avec les données de leur investigation, interpoler les indices matériels avec ce qu'ils savaient, ou devinaient. Devancer les intelligences au silicium ne signifie pas calculer plus vite, mais savoir court-circuiter le processus du calcul pour obtenir directement une certitude à toute épreuve, même celle des nombres.

Il leur fallait une machine à tuer les doutes, il leur fallait l'aide de tout l'Hypercube de la Polis. Il leur faudrait retrouver Olsen, Archambault, comprendre les relations exactes entre Derville et les flics du poste 37, il fallait déterminer les rôles de Couture et de Manzini, de Scotfield et des autres, il leur faudrait circonscrire le rôle de Corzabal dans la machine, il leur faudrait identifier les membres de ce commando paramilitaire, et ses commanditaires.

Il leur faudrait lâcher l'Hypercube de la Polis sur la Cité, il leur faudrait lancer les loups au service des agneaux contre les pitbulls de la métropole dissociée, il leur faudrait cramer toute cette société si c'était nécessaire.

Verlande était habitué aux collisions frontales entre les bolides de son esprit et les murailles que dressait le monde autour de lui, mais cette fois-ci, il fut tout de même surpris. Voronine releva les yeux de son écran plasma et le fixa de ses yeux vert-de-gris comme s'il allait annoncer l'imminence d'une catastrophe.

Ce qu'il fit.

– Tu as vu les nouvelles ? avait demandé Voronine.

– Les nouvelles ? Quelles nouvelles ? Le monde va mal ? Je suis au courant depuis un moment.

– Arrête tes conneries. Je te parle de ce qui est en train de se produire sur le Saint-Laurent. Ça vient de m'arriver sur le canal sécurisé. Tu n'es pas branché ?

Verlande s'était contenté de lire le rapport dans les yeux de Voronine.

– La marine canadienne a dénombré une bonne soixantaine de navires, de toutes tailles, et tous armés jusqu'aux dents, protégeant une favela nautique construite sur un groupe de plates-formes offshore, en prévision des actes de piraterie, je présume, sauf que ça vient de mal tourner, il paraît. Le QG nous demande de nous rendre sur les lieux immédiatement.

Soixante navires, avait pensé Verlande. Trente fois plus que le mois dernier. Cela donnait une idée des nombres en jeu, cela donnait une idée des forces de destruction lâchées sur le monde, cela donnait une idée de ce qui très bientôt allait survenir, de ce qui était déjà en train de survenir, ce qui était déjà survenu. Il allait vivre la grande époque du « c'est-bien-trop-tard ».

Les « favelas nautiques » avaient fait leur apparition depuis peu, et elles étaient jusque-là restées concentrées dans l'océan Indien, la mer de Chine et la Méditerranée, villes flottantes en formation, sur toute la surface du globe, le phénomène ne cessait de s'amplifier... Ce n'était plus des convois, même de soixante navires, mais de véritables bidonvilles à étages, avec des structures de récupération, de vieilles coques rafistolées qui flottaient on ne savait comment sur des maillages de radeaux. On parlait de dizaines de milliers, peut-être cent ou deux cent mille personnes entassées dans ces favelas aquatiques. Elles s'agloméraient à une vitesse phénoménale. Comme des maisons préfabriquées. Elles arrivaient par blocs déjà préconstitués vers un lieu de rendez-vous, souvent un de ces micro-États indépendants installés sur une plate-forme off-shore plantée dans les eaux internationales ou au large de pays dépourvus d'une marine adéquate, ensuite il ne leur fallait que quelques jours pour atteindre leur taille maximale.

Verlande se surprit à penser, en un éclair : *Des plates-formes off-shore sont devenues des États indépendants. Des bidonvilles géants s'y agglomèrent dans les eaux internationales. Et maintenant les États eux-mêmes deviennent nomades.*

– Mal tourner ? Avec les Forces canadiennes ?

– Oui, la situation était très tendue dans la nuit, un cargo de réfugiés a éperonné une petite corvette de la marine, ça a dégénéré, il paraît qu'une véritable bataille navale se déroule au large de Terre-Neuve. L'ONU prépare une réunion d'urgence pour condamner l'attitude du Canada.

– Cela fait longtemps que défendre ses frontières est devenu un crime pour les fonctionnaires de la nouvelle SDN, rien de neuf sous le soleil.

– Ils disent aussi que les Forces canadiennes sont aux prises avec un autre convoi, au large d'Anticosti, on parle d'une bonne vingtaine de navires de haute mer et d'une soixantaine d'embarcations plus modestes, attachées les unes aux autres, le tout centré autour d'une antique plate-forme off-shore devenu micro-État indépendant il y a une demi-douzaine d'années, *Neo-Angola*. Je ne comprendrai jamais comment ces espèces de casseroles flottantes ont pu traverser l'Atlantique, et encore moins comment elles pourront y parvenir dans le Pacifique.

– Détrompe-toi, les Vikings sont venus de Scandinavie jusqu'à Terre-Neuve avec des drakkars de vingt mètres de long, et le *Kon-Tiki* a prouvé qu'on pouvait se farcir le Pacifique sur des radeaux de bambou et de papyrus.

Voronine avait l'air de plus en plus soucieux, son regard brillait de toute son intelligence des désastres.

– À cela il faut ajouter les mouvements de masse dans le golfe de Gascogne, qui réunissent des convois plus traditionnels, principalement venus de France, d'Espagne, de Hollande et d'Angleterre.

– Si les Européens se mettent à fuir en nombre, Alex, crois-moi, c'est le monde qui est en train de sombrer. Et quelque chose de terrible s'apprête à prendre sa place.

Verlande vit un éclair vaciller dans le regard du Russe.

– J'ai entendu des scientifiques comparer ça à des mégaformes de vie, autonomes. Tu devrais te brancher sur le réseau NavStar. Ce sont les satellites qui font le gros du boulot.

– Je crois que j'aimerais beaucoup être une machine en orbite. Les satellites font le même travail que nous. Sauf que nous, c'est l'intérieur des cerveaux humains qu'on doit scruter. Et ce n'est pas plus joli à voir que toutes ces saloperies de guerres civiles, de génocides, de fanatiques terroristes… et de bidonvilles flottants.

Il ajouta, plus pour lui-même que pour quiconque :

– C'est même pire, car c'est l'endroit où tout commence.

Il se connecta sans attendre au réseau venu du ciel et il prit quelques minutes pour contempler la forme monumentale qu'allaient prendre les Léviathans du futur, les Léviathans du chaos planétaire, les Léviathans sans plus aucune forme.

Sinon celle du monde.

Si la pensée est l'endroit où tout commence, c'est parce que le monde physique est celui où tout se termine. Les voici maintenant face à l'endroit où ça se termine, ils peuvent distinguer avec netteté la nature du monde en train de se défaire.

L'échouage du mois de mars n'était qu'une maquette, un prototype à échelle réduite, un simple signal symptomatique. La métastase se montrait désormais dans toute sa vérité, sa virémie, sa virulence. Sur la base de ce qu'il avait examiné dans la matinée, depuis les satellites d'observation américains et chinois, Verlande devinait la forme qu'elle prendrait ensuite. Elle prendrait la forme du monde entier.

Devant eux, à une demi-douzaine de kilomètres vers le nord-est, le ciel matinal n'était plus qu'une longue traînée de sodium enflammé sur l'horizon, et une cavalcade fuligineuse de nuées ardentes s'élevait de toutes parts, tels les altocumulus atomiques du Dernier Jour.

Ce n'était peut-être pas le Dernier Jour, s'était dit Verlande, mais ça ressemble énormément à sa répétition générale. C'était le chaos absolu, là-bas, au sud d'Anticosti.

Il avait activé ses lentilles sur le programme ultra-longue focale et demandé au logiciel l'ouverture d'une fenêtre d'affichage en vision latérale, avec les diverses images en provenance du ciel. Voronine l'imita. Ils se tenaient côte à côte sur une dune qui dominait le rivage en s'élevant au-dessus des roseaux dressés de toutes parts entre terre et fleuve. Ils avaient l'air de touristes admirant les beautés du paysage.

Verlande devait le reconnaître, ce qui s'imprimait dans son cristallin augmenté tel un événement naturel était furieusement beau, même si ce n'était pas un paysage, mais plutôt ce qui participait de sa destruction pleine et entière.

C'était la guerre, là-bas.

La guerre totale.

Comment rendre compte de ces millions de tonnes d'acier se pourchassant sur les eaux du fleuve ? Comment rendre compte de toutes ces salves d'obus ou de roquettes tirées de part et d'autre ? Comment rendre compte du chaos laissé par l'ordre quand il combat le chaos ? Comment rendre compte de tout ce feu, de toutes ces cendres en poudre aérosol, de tous ces métaux en fusion ? Il faut laisser le *nanonetwork* tout convertir en nombres.

Des navires de réfugiés tentent d'accoster, des salves d'obus explosifs et incendiaires les déchiquettent tandis qu'ils foncent s'échouer sur la rocaille des rives, autour d'eux flottent des dizaines de petites embarcations surpeuplées qui zigzaguent entre les geysers soulevés par les tirs de la marine canadienne. Une boule orange surgit des flots, elle vient d'éventrer un navire d'immigrants, il voit les débris pulvérulents flotter dans les airs autour d'objets cruciformes qui ressemblent à des êtres humains, un immense ferry de croisière s'attaque à une corvette, c'est le vaisseau amiral du convoi, ses occupants l'ont transformé en une sorte de cuirassé à étages doté d'un armement hétéroclite remontant parfois à plus d'un siècle, mitrailleuses lourdes, mortiers, obusiers de campagne, Katioushas, RPG-7, lance-grenades, plus tous les types de fusils et d'armes de poing disponibles. C'est le XXe siècle en son entier qui est en train d'être vomi sur le suivant.

Les explosions se succèdent, les détonations, les mitraillades, les boules de feu. Abordages, torpillages, bombardements, mitraillages, éperonnages, le catalogue complet de la guerre navale défile devant leurs yeux, ces yeux connectés à leur système d'information portatif, ces yeux qui enregistrent le moindre détail des événements en cours, c'est-à-dire le début de la fin du monde. Le monde dont ils sont les gardiens. Le monde où ils sont les loups au service des agneaux.

Le monde où ils sont les agents du sacrifice.

Et le sacrifice, c'est cette teinte rougeâtre que prend le fleuve peu à peu, ce sont tous ces corps blêmes qui flottent, éparpillés sur des kilomètres carrés autour d'embarcations en flammes ou en train de sombrer, ou les deux. Certaines sont touchées avant de s'éventrer sur le rivage, réservoirs en feu, des trous noircis béants dans leurs coques, les ponts éventrés, les gouvernails brisés, les cabines de pilotage et les salles des machines pulvérisées, elles se renversent en dégageant des tornades de flammes et d'étincelles qui courent sur le sable en serpents de gaz chauds et de pétrole vaporisé.

La première favela nautique, protégée par son escadre, a été mise à mal par plusieurs missiles mer-mer de la Marine, elle s'effondre par morceaux dans les eaux de l'océan, sur la ligne d'horizon ils ont aperçu plusieurs explosions rapprochées et désormais une longue torchère pointe vers le ciel enfumé, elle ne parviendra jamais à destination, quelle qu'elle fût.

Un cargo battant pavillon turc est en train de sombrer en plein milieu du fleuve, auréolé d'un halo noir et feu ; un autre bâtiment, un yacht de luxe britannique probablement détourné en mer d'Irlande, n'est plus qu'une torche titanesque, haute de cinquante mètres au moins, dérivant au gré des courants entre les myriades de petites embarcations qui tentent d'éviter les hors-bords d'interception. Sur les rives, des milliers d'hommes, de femmes, d'enfants, de vieillards courent en tous sens afin d'échapper aux forces policières qui font de leur mieux pour boucler la zone. On tire des deux côtés, on tue des deux côtés, on essaie de survivre des deux côtés. Entre un bourreau et une victime, il n'y a rien d'autre qu'un agencement légèrement différent de quelques paramètres, statistiquement vérifiables. Verlande aperçoit un camion de pompiers en flammes, ainsi qu'une patrouilleuse dc la SQ, un groupe de véhicules de la GRC est pris pour cible à coups de cocktails Molotov et de fusils de chasse.

Des corps, il y en a de toutes parts, sur les eaux, sur terre, dans l'acier des navires ou des automobiles. Le monde se transforme, s'hybride, se fabrique une nouvelle forme : feu, métal, chair. Ce sera son héraldique pour les temps qui viennent.

L'agglomérat naval s'éparpille sur les eaux du fleuve, le convoi s'est atomisé en autant de cellules individuelles, oncogènes, qui percutent le corps historique et géographique du continent.

Verlande et Voronine ont mis une partie de la journée pour parvenir à leur point d'observation. Ils font donc leur boulot de flicards-espions, ils interrogent tout le monde, les autres flics, y compris ceux de la GRC, les militaires, marins, soldats, aviateurs, et pour finir un échantillon représentatif des réfugiés mis en détention spéciale. Ils prennent des téraoctets de photos numériques, ils scannent les différentes scènes de crime des deux côtés du fleuve avec le photo-laser Leica, ils enregistrent des conversations sur leurs disques durs portables, ils téléchargent les rapports des autres escouades de la SQ ou des services municipaux présents sur place dans leurs propres ordinateurs. Personne n'échappe à l'échange sacrificiel. Du sang contre des nombres. Cela a toujours été ainsi.

Pourtant ils étaient là les premiers, avant même les réfugiés et les bâtiments de la marine. Ils étaient là les premiers, parce que leur esprit était capable d'enregistrer les événements avant que leurs structures corporelles ne les voient.

Ils sont des Agents de la Boîte Noire, celle qui décode le désastre avant même qu'il survienne, ils sont les soldats de la Polis, ceux dont la mémoire est emplie de tous les crimes que le futur réserve, ils sont là avant, pendant, après, les crimes ne sont que des paramètres de leur métabolisme.

Faire du renseignement, c'est obtenir l'information avant que l'événement en rapport se soit produit.

Faire du renseignement, c'est observer à la jumelle les prodromes d'une guerre mondiale se dérouler comme un banal accident de la route.

Faire du renseignement, c'est obtenir d'un homme qu'il dise même ce qu'il ne sait pas.

Voilà. Problème traité. La première grande journée de la pandémie humaine s'est terminée sur la fondation d'un monde nouveau. Un monde où, désormais, c'est l'homme qui est un virus pour l'homme.

Au moins dix mille morts. Peut-être le double. Peut-être plus encore. Pratiquement dix fois le chiffre du mois précédent. Un nombre qui en appelle d'autres, avec encore plus de zéros. L'âge de la multiplication des zéros, l'âge de la multiplication des humains en voie de disparition, l'âge de la multiplication des désastres.

Comeback dans l'Hypercube, retour dans la forteresse de cristal, retour à la nuit mégapolitaine, la nuit ultra-blanche, la nuit qui consume les regards. Quarante jours se sont écoulés entre les deux catastrophes navales, mais Verlande sait très bien que quarante jours c'est juste le temps qu'a pris Dieu pour reformater le monde avec son Déluge, et en quarante jours, sur les eaux du Saint-Laurent, on est passé de l'orage passager à l'avant-garde de la submersion cyclonique.

Verlande se souvient de cette promesse faite aux hommes par le Dieu des Saintes Écritures : *Il n'y aura pas de Second Déluge.* C'est en effet inutile, désormais les hommes sont submergés par eux-mêmes. Ils sont submergés par leurs propres corps embrasés.

Ce qu'ils ont pu observer longuement au large d'Anticosti, en ce jour, c'est l'irruption d'un événement qui fait monde, et qui détruit donc le précédent sur lequel il se fonde.

Cet événement est un phénomène *cosmopolitique*, la société terrienne dans son ensemble fait jaillir le chaos pour établir un nouvel ordre. Pour Verlande, le seul problème, c'est que, quel que soit cet ordre, et le chaos d'où il a surgi, ce ne sont pas les siens.

Voronine l'avait froidement fixé de son regard repeint aux couleurs militaires du monde.

– Tout ça n'est plus de notre ressort, Ottawa décrétera un état d'urgence limité à la région pour deux ou trois jours et c'est l'Armée qui va devoir se débrouiller avec tout ce bordel.

– Tu te trompes, Alex, c'est justement parce que ce n'est plus de notre ressort que ça va très vite devenir notre problème numéro un. On a intérêt à mettre le turbo sur les affaires en cours si on ne veut pas que les événements géopolitiques ne les envoient direct aux « cold case files ».

– Tu crois que ça risque d'empirer, il peut y avoir *pire* que ça ?

Voronine était un Russe sans Russie, il y avait des pans entiers de l'histoire qui n'étaient pour lui que de la géographie. Verlande avait repensé un instant à la guerre qu'avait faite son père, au moment de la destruction du monde.

– N'oublie jamais la loi de Murphy : si le pire a des chances de survenir, il surviendra. Et comme tu le vois, non seulement il est survenu, mais il ne va pas s'arrêter de le faire.

Nul besoin de mots pour faire comprendre à Voronine que la suite était déjà en cours de programmation, qu'il avait même été le premier à lui en parler. Nul besoin de mots pour lui faire comprendre que les prochaines collisions compacteraient les mégabidonvilles flottants avec ce qui resterait de la civilisation. Et ce qui en resterait, ce serait eux, et eux seuls.

Le dernier jour d'avril tirait sur sa fin, la lumière crépusculaire éclatait sur les vitres de l'immeuble en millions de shrapnels sans la moindre masse, mais porteurs de toutes les fréquences du spectre, le monde caché à l'intérieur de la façade illuminée vibrait sur une longueur d'onde émeraude, c'était comme un feu vert donné à tous les flics présents, c'était le *green code* de leurs quadrillages policiers, c'était le signe que l'Hypercube tournait à plein régime, tel un arbre usinant la photosynthèse printanière à même les rayons du soleil.

Et eux, les ordinateurs humains de la SQ, ils tournaient à sa vitesse, elle était le microprocesseur qui cadençait leurs pensées et leurs actions, elle était le battement digital de leurs palpitants branchés sur le « nanonetwork centric command » de la Sûreté, sur ce système intégré de toutes les surveillances et de toutes les investigations, sur le catalogue des désastres et des hommes qui les provoquent.

Les injections de certitudes se succédaient, perfusion glacée au cœur de son système nerveux. Tous ses hommes étaient reliés.

Tous ses hommes formaient une sorte de réseau. Tous ses hommes se connaissaient.

Et l'Hypercube de la Polis était une machine éminemment sociale, elle avait une soif inextinguible de connaissances.

Dans tous les sens du terme, abstractions ou chair humaine.

Ils avaient épuisé leurs cerveaux durant encore une nuit entière, suivie d'une autre journée. Verlande sentait son cortex atteindre un état de surfusion, une information d'importance supplémentaire et il se mettrait à bouillir sur place.

Aucune machine n'est parfaite, pas plus les humains que les autres. Il faut parfois éteindre le système, et tout « rebooter ». Il faut calmer les ardeurs du silicium organique, il faut surveiller l'augmentation de l'énergie thermique près des régions vitales de la mémoire et du processeur.

À un moment donné, il faut dormir.

Depuis quand n'était-il pas rentré chez lui ? Il ne pouvait même pas répondre à cette question avec précision. Deux jours ? Trois ? Une semaine ? Plus ?

C'était d'une importance relative, sauf pour le retard qui s'accumulait dans le long processus de classement et de rangement de la bibliothèque paternelle. Un peu plus de huit mille ouvrages avaient pris place dans les rayonnages, il en restait deux bons milliers qui attendaient encore dans leurs boîtes. Et c'était sans compter tous ceux que son père conservait dans sa maison du Mile End, et qu'il empaquetait régulièrement dans de gros cartons beiges avant de les lui transmettre.

Verlande avait pu en transférer un gros tiers, il lui avait fallu quelques années pour y parvenir. Il n'était pas au bout de ses peines. Non seulement il devait compter avec le rythme paternel, mais élaborer une authentique bibliothèque – il s'en rendait compte à chaque opération de classement – tenait de la stratégie militaire. Chaque livre était en guerre contre le monde, chaque livre était en guerre contre les faux livres, chaque livre était en guerre contre les cerveaux humains. Chaque livre était en guerre contre les autres. Il fallait à tout prix savoir les organiser afin d'optimiser leur force de frappe. Il fallait être sûr que chaque ouvrage soit en mesure d'ouvrir un crâne à l'autre bout du globe.

Il se fit un Nescafé, avala quelques biscuits au gingembre, alluma la télé sur The Fight Channel et se fit couler un bain bouillant.

Il regarda la rediffusion de vieux combats du *Pride*, avec le champion toutes catégories Fedor Emilianenko, ce soldat de l'Armée rouge, maître du sambo et du jiu-jitsu, qui avait dominé la discipline tel un tsar pendant plus d'une décennie. Il allait défoncer un Américain plutôt balèze, en le soumettant au sol par les coups puis par une clé kimura exécutée à la perfection, avant d'envoyer au tapis un Japonais qui ne tiendrait pas trente secondes contre ses terribles combinaisons de frappes pieds-poings.

Le bain chaud liquéfia lentement l'élixir de violence brute dans l'ensemble de son organisme, son sang lui semblait rempli d'une substance qui n'attendait que le matériau chimiquement complémentaire pour provoquer une réaction extrêmement destructrice.

Plusieurs décennies auparavant, sous le ciel printanier de Varsovie, son père allait connaître très exactement les mêmes sensations.

David et Goliath revisited

L'Obersturmbannfürher SS s'appelait Fritz Baumann, il appartenait à la division Totenkopf et il s'était dirigé d'un pas ferme en direction de sa compagnie dès son regroupement à la sortie du train.

Il tenait une liste en main, Voerlandt avait pu apercevoir les armoiries officielles de la SS. Il avait lâché quelques mots d'un ton cassant au Hauptsturmführer de son bataillon.

L'officier avait demandé que les hommes dont les noms seraient appelés fassent trois pas en avant et demi-tour droite. Il ne donna aucune autre explication et commença son énumération, par ordre alphabétique. Entouré de deux Scharführer SS qui les observaient d'un air goguenard, l'air de dire : vous allez voir, la bleusaille, on va vous balancer directement dans le bain bouillant sans attendre, il se contentait de jeter un bref coup d'œil identificatoire à chacun des hommes qui se voyaient ainsi dans l'obligation de se préparer plus vite que prévu à l'inconnu.

Son nom avait été prononcé parmi les derniers, l'ordre alphabétique de toutes les bureaucraties ; en sortant des rangs et en s'alignant dans la file, Voerlandt avait pu constater que le même cirque était en train de se répéter pour les autres bataillons et plus loin, pour les autres compagnies de sa *Sturmbrigade*, et sur les autres quais, à la descente des autres trains, dans les autres unités de la Wiking envoyées à Varsovie.

L'officier Totenkopf sélectionna une douzaine d'hommes, l'équivalent d'une petite escouade, Voerlandt constata que c'était très exactement le même nombre d'hommes que l'on choisissait dans chaque compagnie. La SS était une bureaucratie qui ne rigolait pas avec les mathématiques.

On les fit marcher à bon pas en dehors de la gare puis vers le sud de la ville, un faubourg nommé Motokow, où il aperçut une file d'une quinzaine de camions de transport militaires parfaitement rangés le long d'une avenue et jusqu'à une petite place dont ils faisaient le tour.

On les sépara et on les regroupa, une cinquantaine de soldats par camion, Voerlandt estima qu'ils étaient environ huit cents rassemblés ici.

Il y avait des types de la division Wiking, comme lui, des membres de la division Totenkopf, quelques supplétifs ukrainiens et plusieurs commandos de la 4e SS Panzergrenadier *Polizei-1*, une de ces unités venues de l'OrPo[1] spécialisées dans le maintien de l'ordre musclé sur les arrières du front.

1. Police d'ordre, branche policière de la SS chargée du maintien de l'ordre et de la sécurité publique.

Voerlandt ne comprenait pas le but de la manœuvre, les camions ne servaient pas à transporter des soldats, ils étaient remplis de caisses de bois ou de métal. Allaient-ils devoir décharger ces tonnes de matériel militaire, n'y avait-il pas des prisonniers de guerre ou des déportés disponibles pour exécuter ce travail à leur place, tandis qu'ils accompliraient ce pourquoi ils étaient venus : détruire le ghetto juif ?

Ils n'eurent pas à débarquer les piles de caisses, ce fut le lot des Ukrainiens, sous les ordres des officiers Totenkopf, dont Fritz Baumann, qui leur expliqua qu'ils n'auraient pas à débarquer ces caisses, mais qu'ils auraient à en porter le contenu jusqu'à la fin de la guerre :

– Soldats du Reich, légionnaires SS, le génie allemand sera la clé de notre victoire sur les hordes asiates et les sous-hommes slaves. Vous avez été sélectionnés d'après vos états de service, vétérans ou non, afin d'être dotés dès aujourd'hui des tout premiers lots d'une arme révolutionnaire qui va changer le cours de la guerre, sur le champ de bataille, dans les mains de l'infanterie. Vous avez été choisis pour vos aptitudes au combat et votre habileté au tir de précision, ces armes sont les premières sorties des chaînes d'usinage, ce sont des prototypes avancés, votre rôle sera de les tester sur le terrain, en vue de la production en série qui va commencer dès la fin du printemps. Vous êtes l'élite de la nation allemande. Faites honneur au *Maschinen Pistole 43*.

Ce fut sans doute la première fois que Voerlandt ressentit cette illumination noire au plus profond de lui-même. Quelle que soit l'issue de cette guerre, elle façonnerait complètement le monde d'après, comme aucune ne l'avait fait avant elle. Les Allemands, les Américains, et sans doute les Russes de leur côté, fabriquaient les composants essentiels de toutes les guerres de l'avenir, donc de la paix universelle dont le régime serait celui de cette innovation technique permanente, cette guerre incessante que se livraient les machines entre elles, et dont les humains n'étaient au final que les cobayes. Dans l'aube blême qui se levait sur les ruines de l'Europe, une intuition s'était logée en lui comme une munition fatale : ce n'était plus les hommes qui testaient les machines pour les améliorer en vue d'augmenter leurs facultés de compétition contre les autres hommes, mais les machines qui étaient en train de former un monde autonome en se servant des êtres humains pour éprouver leur compétitivité avec eux.

Et c'est ce qu'il vit ce jour-là. C'est ce qu'il vécut à partir de ce jour-là. À partir de ce moment où l'officier SS exhiba le contenu des caisses débarquées par les Ukrainiens.

Ce moment où il vit le MP43, le premier véritable fusil d'assaut automatique de l'histoire.

C'est avec une fierté éclatante de fanatisme que l'officier SS avait levé l'arme vers le ciel en disant : *Le Führer a surnommé ce fusil automatique « Sturmgewehr », c'est ainsi que nous le dénommerons. Sturmgewehr.* En langue germanique « fusil-ouragan », mais aussi « fusil d'assaut », c'est ce nom qu'il laisserait à l'histoire des hommes futurs, ces hommes dont il était en train de voler l'avenir.

Il ne savait pas encore que cette innovation allemande ne serait pas suffisante pour changer le cours de la guerre, comme l'espérait vainement l'Obersturmbannführer Fritz Baumann, et il ne pouvait se douter que les Soviétiques, qui en découvriraient de nombreux exemplaires près des corps momifiés dans les neiges de Russie occidentale, allaient en faire le symbole même du XXe siècle, sous le nom de Kalachnikov AK-47.

Cette arme à la forme un peu étrange allait remplacer son bon vieux Mauser 98, le fusil standard de l'infanterie allemande, avec lequel Voerlandt s'était fait remarquer lors des séances de tir dans les camps d'entraînement qu'il avait traversés, ce « Sturmgewehr » était, selon l'officier SS qui en vantait les incomparables mérites, quasiment aussi précis à longue portée qu'un fusil à répétition manuelle, à moyenne distance ses performances étaient strictement analogues, sa puissance de feu surclassait celle d'une *Maschinen Pistole* traditionnelle, grâce à des munitions plus lourdes et plus rapides, des balles de fusil de calibre 7,92 mm à l'impact dévastateur, une cadence de tir supérieure et la possibilité de tirer par rafales ou au coup par coup, avec un chargeur à forme recourbée pouvant contenir trente balles et un canon plus court que la norme, offrant au fantassin plus de manœuvrabilité opérationnelle et moins d'encombrement. Il disposait d'un système de rails métalliques permettant l'adaptation d'une lunette de visée. C'était un fusil-mitrailleur réellement portatif tout autant qu'une carabine de précision.

C'était l'arme qu'il fallait pour cette guerre. C'était l'arme qu'il fallait pour la gagner. C'était l'arme que seuls les Waffen SS recevraient. C'était l'arme avec laquelle ils allaient tuer beaucoup de Russes. Mais tuer beaucoup de Russes ne serait pas suffisant, Voerlandt allait bientôt comprendre que pour vaincre ces hommes unifiés sous leurs drapeaux rouges, il faudrait les tuer tous, jusqu'au dernier.

Or, en dépit des *Sturmgewehr*, des V-2 et des chars Tiger, les nombres, ces nombres dont la SS s'était cru la maîtresse absolue, étaient déjà coalisés contre eux.

Le dernier Russe serait toujours vivant alors que le dernier Allemand serait tombé depuis longtemps.

Il avait saisi le *Sturmgewehr*, ce « fusil d'assaut » que lui tendait le supplétif ukrainien. Il fut surpris de constater avec quelle facilité l'arme se greffait à son corps, à son cerveau, à ses sens, à tout ce qu'il était, comme une simple extension prothétique. Il avait été créé pour cette arme, il avait été créé pour ce siècle, il avait été créé pour le produire.

Ils allaient détruire le monde, mais ils faisaient accoucher le suivant aux forceps.

Il apparaissait que la première bataille qu'il aurait à livrer lors de cette guerre ne se déroulerait pas contre les soldats d'une armée régulière ennemie, mais contre des civils. Des civils tout juste armés.

Le constat lui parut d'emblée plein d'enseignements pour un avenir très proche, les événements qui allaient se produire ici, dans le centre de cette ville située au centre de l'Europe, donneraient un avant-goût des destructions à venir, et en quelques jours elles allaient imprimer en lui son modèle indélébile.

Victor Voerlandt avait arpenté les rues dévastées du ghetto, le *Sturmgewehr* au poing, il avait tué beaucoup d'hommes, mais beaucoup d'hommes avaient été tués à ses côtés, en quelques heures il avait compris ce qui pouvait rendre des adolescents à peine armés aussi dangereux pour des soldats d'élite tels que lui.

Non seulement ils ne ressentaient aucune peur de la mort, mais ils agissaient comme s'ils étaient déjà trépassés. Voerlandt apprit à la fois le sens du mot « guérilla » et celui du mot « golem » dès les premiers jours de l'offensive.

Au bout d'une semaine, le commandement général SS en charge de l'opération « nettoyage du ghetto » fut dans l'obligation d'admettre que l'affaire ne serait pas réglée dans les délais imposés par Himmler, la limite était largement dépassée, et il faudrait encore beaucoup de temps pour venir à bout de tous ces Juifs.

La Bataille du Ghetto fut pour Voerlandt l'occasion d'apprendre tout, en une seule fois, de la guerre, et de celle-ci en particulier, avec le monde qu'elle était en train de créer. Il y avait bien la peur, l'excitation du combat, la concentration martiale, les courses sous les balles, les assauts donnés aux maisons d'où tiraient quelques groupes clairsemés de résistants, ses mitraillages de précision dans les fenêtres tandis qu'une escouade forçait une porte, il y avait les exécutions sommaires dans les cages d'escaliers, les appartements, sur les trottoirs, au beau milieu des rues, il y avait la lente et systématique avancée des troupes nazies et la résistance acharnée des combattants juifs.

Il n'y avait donc rien, sinon la mécanique répétition d'événements qui finalement ne formaient qu'une masse phénoménale indistincte, où seule la mort régnait, la mort, et sa paix.

La mort pouvait prendre plusieurs visages, au final elle n'en composait qu'un. Le sien. Celui du néant. Ce néant dont il était le fer de lance. Ce néant qui progressait avec lui, à chaque pas qu'il faisait vers le cœur du Ghetto.

Mais, parfois, un événement singulier parvenait à produire un brutal changement d'intensité dans ce long processus routinier qu'est une tuerie de masse. C'était quelque chose d'imprévu, d'imprévisible, quelque chose qu'aucune bureaucratie ne pouvait prévoir, parce que justement il parvenait à s'exorbiter, selon un parcours déviant, et pour une poignée de secondes éternelles, de l'omniprésence de la mort. Il n'y échappait pas, certes non, mais il en renversait les termes, il inversait sa polarité, il s'imprimait dans la masse indistincte des événements, il forait un trou noir dans la mémoire. Il prenait la place d'un morceau de cerveau. Il devenait immortel, il devenait une photographie prise simultanément depuis plusieurs systèmes nerveux centraux, il pouvait même devenir une légende.

La deuxième semaine de l'assaut permit au général Stroop de comprendre à quel point les états-majors en charge de la bataille avaient été trompés par leur propre arrogance. Même en inversant la stratégie initiale, et en envoyant sans cesse plus de Waffen SS sur les lignes avant pour engager et maintenir les assauts, cantonnant la Wehrmacht à un rôle de soutien, la progression générale était lente, et il arrivait que des blocs d'immeubles voire des quartiers entiers soient repris durant la nuit par les groupes juifs. Le général SS n'était même plus en mesure de promettre une victoire avant la fin du mois.

On fit tonner l'artillerie des jours entiers sur les immeubles du Ghetto, mais c'est dans les caves que se réorganisaient sans cesse les cellules combattantes juives, les nazis l'apprirent trop tard, mais ils sauraient s'en souvenir. Les pertes du côté allemand ne cessaient d'augmenter, on retrouvait sur les combattants juifs des pistolets et des revolvers de toutes sortes, de toutes provenances, des Tokarev russes, des Browning britanniques, des Colt .45, et même des Luger ! Ils disposaient de grenades de la défunte armée polonaise, de fusils anglais Enfield, voire de Mauser volés aux troupes du Reich, de fusils de l'armée française, de mitraillettes Sten anglaises, sans compter tous les types d'arsenaux improvisés.

Parfois, ils avaient encore mieux.

Ce jour-là, appelés en renfort par une section de la Wehrmacht, Voerlandt et son escouade furent à peine surpris de tomber face à un môme de quatorze-quinze ans qui courait sur les toits avec l'agilité d'un chat de gouttière, savait disparaître par la fenêtre d'un immeuble pour réapparaître sur le balcon d'un autre, avant de s'évanouir de nouveau, en ayant au passage tiré avec une grande précision sur quelques soldats en *feldgrau*.

Ils finirent par le surnommer « David », Voerlandt ne sut jamais l'origine exacte de cette dénomination mais il ne faisait aucun doute pour personne que l'armée hautement mécanisée du Reich tenait ici le rôle du géant philistin, et qu'elle ferait très vite mentir l'histoire biblique, il ne faisait aucun doute pour personne que l'on était bien face à une sorte de distorsion temporelle, où les temps les plus antiques convolaient avec l'âge des machines, le jeune garçon semblait tout droit sorti d'un autre âge, un âge très ancien.

Il n'en était que plus dangereux.

Il s'était visiblement préparé des caches d'armes, et il avait parfaitement planifié son ordre de bataille. Il disposait de deux pistolets automatiques et d'un fusil de chasse, de peu de munitions mais d'une quantité de cocktails Molotov et de grenades qui semblait inépuisable. À lui seul, durant toute une journée, il tint un bout de quartier formé de plusieurs blocs d'immeubles. Ses cocktails Molotov étaient fabriqués selon ce qu'on appellerait plus tard la « recette Joliot-Curie », utilisée durant la libération de Paris. Peu de gens savent que ce sont des étudiants en chimie juifs polonais qui mirent au point le dispositif : un récipient où l'essence était mélangée à de l'acide sulfurique, dont les gaz avaient été extraits en agitant violemment le contenant, avant que celui-ci soit encollé dans un sac de papier recouvert de chlorate de potassium ; la réunion mécanique de tous les éléments produisait une explosion d'une intensité deux à trois fois supérieure à celle des cocktails Molotov classiques, et plus aucune mèche n'était nécessaire.

« David » avait donc fabriqué des dizaines de cocktails Joliot-Curie et en avait fait autant de « flèches javanaises », une corde solide, un morceau de métal stabilisateur, la bouteille de verre remplie du mélange super-détonant, le sac de papier encollé, recouvert de chlorate de potassium, on fait tournoyer et, au sommet de la vitesse giratoire, on lâche sur l'ennemi. Lorsque tous les composants chimiques sont brutalement réunis, ils explosent.

Les objets fusaient vers eux dans un silence un peu chuintant, puis venaient percuter un side-car, un groupe serré de jeunes bidasses de la Wehrmacht, une porte cochère, où un SS et son servant mettaient en place leur mitrailleuse MG42. À chaque fois : explosion, onde de choc, boule de feu, éclats en projections lumineuses, hurlements des hommes en flammes.

Le garçon était particulièrement doué, il avait dû s'entraîner avec des bouteilles vides ou d'autres objets de récupération des semaines durant.

Voerlandt fut reconnaissant au jeune adolescent juif d'avoir ainsi su faire dévier la mécanique trop prévisible de la bataille.

Il ne regretta même pas que les meilleurs *snipers* de la Wiking, dont lui-même, n'aient pu en venir à bout avant que la nuit tombe.

Ni jamais, par ailleurs.

À la fin de la première semaine de mai, le sort de la bataille commença à pencher pour de bon du côté des assaillants. Ils avaient mené une guerre d'attrition, y avaient laissé des plumes, mais, totalement cerné, soumis à une pression toujours plus intense, le Ghetto juif vivait désormais ses dernières heures.

Qui seraient autant de jours, évidemment.

Vers le 10, le cœur du Ghetto n'était plus qu'à cent ou deux cents mètres des positions avancées de la SS. C'était devenu une forteresse, une sorte de Massada à l'architecture slave, ce serait le tombeau de tous ces Juifs, mais aussi de beaucoup d'Allemands. Ce serait le tombeau de l'Europe, avait pensé Voerlandt.

Les combats redoublaient d'intensité à chaque carrefour franchi, les poches de résistance se faisaient toujours plus concentrées, et plus virulentes. Voerlandt opérait avec son escouade dans une rue pilonnée par des stukas au début de l'offensive, seuls quelques immeubles aux vitres soufflées avaient résisté aux bombardements. Le reste : grandes structures évidées, parfois effondrées en partie, façades ouvertes à toutes les poussières en suspension, débris amassés au coin des ruines.

Voerlandt et toute sa compagnie venaient assister un groupe de combat de la Wehrmacht aux prises avec les noyaux les plus actifs de la résistance juive depuis des heures. Ils y avaient laissé beaucoup d'hommes, les SS partis en reconnaissance armée n'étaient pas revenus, les Juifs se battraient jusqu'au dernier, il ne fallait pas se bercer d'illusions.

Il vit passer sur la chaussée un camion militaire de l'Armée rempli de jeunes fantassins, qui se dirigeait vers la ligne de front, là-bas, à quelques rues de distance. Le camion se planta sur un trottoir défoncé, un sous-officier vint abaisser la rampe d'accès à l'arrière. Un ordre guttural retentit à l'intérieur du véhicule. Voerlandt, qui marchait un peu en avant de son escouade, entendit distinctement le bruit des fusils et des paquetages qu'on réajustait.

Puis il y eut un autre bruit.

Un bruit qui venait du ciel.

Les Allemands, qui maîtrisaient l'espace aérien au-dessus de la Pologne, n'avaient probablement jamais levé les yeux plus haut que les toits où se postaient les tireurs juifs. Les soldats entassés dans le camion, tout comme ceux qui se regroupaient autour du commandant qui descendait de la cabine, dans l'attente des ordres, n'auraient jamais pu imaginer la cause exacte de ce bruit, ce bruit qui venait du ciel, comme le son d'une bombe, ou la sirène d'un stuka.

Car ils auraient dû imaginer un homme.

Voerlandt se trouvait à une soixantaine de mètres du camion, là-bas, en arrière-plan, il discernait les ombres vert-de-gris des soldats qui combattaient un ennemi enterré dans les murs, sous les murs, sous le Ghetto, sous le monde même.

Ce qu'il vit c'était un homme, et pourtant ce n'en était plus un. C'était quelque chose d'*autre*, c'était un homme, certes, mais c'était aussi une *chose*, c'était un homme qui s'était transformé en bombe volante.

Tout comme les ingénieurs de Von Braun assemblaient les éléments de leurs V-1 à Peenemünde, ici, dessinant une trajectoire parfaite dans le ciel si bleu du printemps polonais, un homme seul avait décidé de devenir une bombe. Et il en était devenu une.

Lorsque Voerlandt vit la chose apparaître dans son champ de vision, il comprit instantanément de quoi il s'agissait, mais en même temps un registre rationnel de son cerveau refusa d'admettre la singularité du fait.

Ce fut la toute première fois qu'il fit cette expérience de distorsion du temps qui lui permit de saisir et de mémoriser chaque détail comme une caméra vivante, alors que l'événement dura objectivement à peine quelques secondes et qu'il échappa à la plupart des soldats présents sur place.

C'était un homme assis dans une chaise roulante et encore habillé de son pyjama, à motifs écossais. Sur ses genoux se profilait la forme oblongue d'un réservoir de propane. L'homme semblait âgé, Voerlandt distingua de fines lunettes d'acier, une barbe blonde, des cheveux gris. Autour de sa taille et de sa poitrine, des bouteilles remplies d'essence miroitaient au soleil, la chaise elle-même était lestée de quelques bâtons de dynamite industrielle et surtout de lourds sacs de toile où l'on pouvait discerner des clous, de la ferraille, des tranchants de métal par de multiples déchirures dans le tissu écru.

L'homme hurlait quelque chose que Voerlandt ne comprit pas, c'était de l'hébreu probablement, mais on aurait dit une langue qui n'appartenait pas vraiment à cette terre.

Enfin, pour parfaire l'efficacité de son geste, l'homme avait recouvert le dossier de sa chaise roulante d'un produit inflammable qu'il avait allumé probablement juste avant de sauter, c'était donc comme une sorte d'avion sans ailes, un missile sans ogive ni réacteurs, une torpille sans ailerons, mais c'était en feu, et c'était un homme.

Voerlandt suivit des yeux la silhouette qui venait de se défenestrer du dernier étage de cet immeuble encore en relatif bon état, il n'eut pas le réflexe de se jeter à terre tant son regard était devenu la proie fascinée de ce spectacle hors du monde réel, sauf que c'était le seul monde réel.

Il fut donc soufflé par la violente explosion qui détruisit d'une seule détonation le camion de la Wehrmacht, tous ses occupants et plusieurs hommes situés à proximité. Il fut violemment projeté au sol, basculant en arrière, il sentit passer l'air brûlant sur son corps et sur son visage comme un baiser sorti de l'enfer, il eut beaucoup de chance de n'être touché par aucun éclat.

Pour les autres, ce fut la mort instantanée, ou pire, la survie, c'est-à-dire l'amputation à vif par l'acier ardent qui cautérise tout sur son passage, membres arrachés, décapitations, énucléations, éventrations, les clous rouillés et les éclats métalliques constellant l'organisme d'étoiles de fer, le feu de l'essence enflammée, l'onde thermique du propane, son souffle incandescent, ses vapeurs toxiques, les brûlures au troisième degré.

L'homme dans la chaise roulante venait de détruire l'équivalent d'une section entière. D'un seul coup. D'un seul sacrifice.

Ce jour-là, Voerlandt comprit que les Allemands ne pourraient jamais gagner cette guerre.

Il n'y en aurait jamais assez de disponibles pour les sacrifices demandés.

Synthèses disjonctives

Un matin, il s'était juste produit le phénomène encore irrégulier de cet éclair qui traversait sa conscience, cette munition supersonique qui traçait d'un seul jet de lumière les configurations de la vérité dans son esprit, au prix de lésions invisibles, et insoupçonnables. La bataille navale du Saint-Laurent, encore fraîchement imprimée dans son esprit, ne devait pas y être complètement étrangère.

Ils s'étaient peut-être trop concentrés sur une seule dimension, l'espace urbain. Ils avaient peut-être négligé l'autre dimension de la Cité, son histoire, son inscription dans le temps. Il avait demandé à Voronine de pister d'autres meurtres de flics ou d'ex-gangsters, opérés selon le *modus operandi* du commando paramilitaire.

La lumière de jade créait un filtre transparent sur le visage du jeune Russe. La translucidité spectrale donnait à son sourire l'apparence d'une arme étrange.

Verlande avait su se laisser guider par cet éclair jaillissant de tous les brasiers de sa conscience. En écoutant son collègue lui faire son rapport, il comprit même à quel point il avait tardé à se mettre vraiment en action, à quel point il avait retardé la blitzkrieg nécessaire pour percer le front du crime et du mensonge, à quel point ils avaient perdu du temps en négligeant de fouiller dans le passé.

Dans la luminosité lunaire, Voronine semble une extension prothétique du Cube, Verlande sait que pour lui c'est différent, c'est même l'inverse, c'est le Cube qui est en train de venir une extension de lui-même.

Les deux ordinateurs se font face.

Voronine parle. Il imprime une liste sur l'univers acoustique. Il fait défiler des noms sur l'écran des identités. Il fait défiler des nombres dans l'espace de leurs pensées.

L'analyse tient en quelques mots. Si on suit la procédure telle qu'engagée depuis le début de l'investigation, on obtient une série de meurtres et/ou de disparitions suspectes dans l'univers des extaulards, des ex-flics, des ex-gardiens de prison et des pédophiles dangereux depuis environ quatre ans, avec montée en puissance progressive dans le choix des cibles : gangsters en cavale, pédérastes violents en bris de condition, truands de haut vol, membres de gangs organisés, et au final des flics. Si on analyse attentivement la liste, on constate que toutes les combinaisons sont possibles : on trouve des ex-taulards ex-flics, des ex-taulards ex-gardiens de prison, des pédophiles ex-flics ex-taulards, ou ex-gardiens de prison, sans compter ceux qui ne sont pas des « ex-quelque chose » mais des gars en activité régulière, comme gardien, comme flic, comme truand ou comme prisonnier. Voire comme pédophile. Tous ces hommes correspondent au profil, mais tous les meurtres ne correspondent pas au *modus operandi* du « commando » : plusieurs pédophiles récemment assassinés, ou ayant mystérieusement disparu, au Québec, en Ontario et en Colombie-Britannique, par exemple, ne semblent pas rentrer dans la grille de sélection, pas de lourdes condamnations, pas de surveillance policière, aucun n'est en cavale. Tout comme les anciens taulards, parfois anciens flics, parfois anciens gardiens de prison, surtout au Québec et en Ontario, aucun d'entre eux n'a été un truand d'importance, lié à une branche quelconque des grandes organisations criminelles canadiennes. Des bandits ordinaires d'un côté, des cibles de choix de l'autre.

La liste est secrètement formée de *deux listes*, leur disjonction se situe aux limites de l'invisible : détails dans l'organisation et l'exécution des assassinats, choix des cibles, types d'armements utilisés. Des munitions de pointe et une préparation militaire, jusqu'à l'*overkill*, pour les paramilis. Les méthodes mafieuses des tueurs à gage traditionnels, tout aussi efficaces, pour la seconde organisation.

Convergence et divergence. Parallélisme déviant. Miroirs obliques.

C'est le moment de la bifurcation des doutes, densité métrique maximum : deux équipes aux méthodes un peu différentes mais travaillant en collaboration ? Ou bien la physique de la Polis à l'œuvre, son anthropologie terminale, l'engrenage fatal des destins humains, une autre machine, radicalement étrangère, à l'œuvre ? Une autre machine qui calcule les paramètres des désastres, une machine qui fait semblant d'invoquer le hasard pour occulter sa soif de sacrifices ?

L'Hypercube est une machine politique, elle doit donc identifier immédiatement *l'ami de l'ennemi*, comme le savait le philosophe Carl Schmitt. La Cité est un organisme physique, fait de matériaux naturels et artificiels, parmi lesquels il faut compter les humains, à mi-chemin entre les deux catégories. Une Cité n'est pas un « pays », une « nation », ni un « peuple ». Elle n'est pas une idée, même incarnée dans le sacrifice des hommes mourant pour elle, elle n'est pas une abstraction, même réalisée, elle est bien pire : elle est un authentique *momentum* anthropologique, elle est le continuum où la horde se met à circuler au sein d'un espace à la fois délimité et infini, sans vraiment s'arrêter, mais en donnant un sens radicalement différent à son mouvement incessant. La Cité est bien plus qu'un territoire, elle est sa propre topographie.

Elle est à la fois le secret et ce qui le camoufle. Elle est le mystère et ce qui vient le révéler.

Elle est la forme de vie des hommes comme eux.

Alors les journées dans le rayonnement émeraude se succédèrent à nouveau. Écrans plasma, ordinateurs souples, e-paper, lentilles branchées sur le *network centric command* de la SQ, leurs organismes devenus plus artificiels que la nature elle-même, plus proches d'un véritable écosystème que l'Hypercube urbanistique qui les contenait.

Verlande avait compris qu'à suivre une piste à la fois, ils passaient à côté de la véritable configuration du territoire à explorer.

Il fallait l'épouser ce réseau, il fallait étoiler l'investigation, tout reprendre à partir du point zéro, le point de destruction initial : tout croiser, le meurtre des deux flics, les pédos comme les paramilis, les morts, les vivants, les disparus, les ex-flics, les *screws*, les terroristes, les ex-taulards, et même les réfugiés de la crise énergétique/alimentaire globale.

Tout le monde. Tout le monde dans la grande broyeuse.

La grande broyeuse digitale qui fait de chaque morceau de chair, d'os, de nerf, une série de nombres, celle qui boit le sang des hommes pour en tirer des équations.

Celle qui est faite à leur image.

L'investigation se déroule désormais selon la dynamique extra-orbitale d'un satellite d'observation qui ne serait plus tributaire de la gravité terrestre. Ils ne partent plus d'un « centre » quelconque, le meurtre des deux flics, ou les enlèvements d'enfants, mais ils recombinent tous les points d'entrée pour voir où ils conduisent, en dérivant sans cesse, de toutes les ellipses possibles, autour du *métacentre*, qui est la ville elle-même, sa géographie, son historicité, sa *motricité*, autant dire sa face cachée. Cela devient un véritable réseau, une carte, un *topos*. C'est une fractale de la Cité. Le plan des meurtres et des coupables, le plan des victimes et des assassins, le plan des flics et des indices, le plan des certitudes et des doutes. Interpolation générale. Au chaos de la ténèbre opposons celui du feu. Faisons cramer toutes ces infos, allez dans la broyeuse puis dans le four solaire, combustion des datas dans leurs cerveaux contaminés au silicium.

Quelque chose commence à prendre forme, quelque chose veut prendre forme, quelque chose veut leur parler, Verlande le sait de tout son être. La ténèbre est encore en lui, mais le brasier de l'illumination saura en surgir.

Tous ces petits valets de la mort sociale ne savent pas ce dont un homme comme lui est capable, lui qui a hérité de la Seconde Guerre mondiale dans ses veines.

Ce qui ne nous tue pas nous rend plus forts, disait Nietzsche.

Oui, mais ce qui nous rend plus forts finit inévitablement par nous tuer.

Tout crime est un plan. Le plan de l'homme qui l'a commis. Ce qui cache le plan aux yeux du monde, c'est précisément le territoire dont il est le diagramme. Le crime est l'inversion totale de l'acte envisagé comme parole, c'est-à-dire comme acte psychique et verbal qui dévoile le réel. Le crime, c'est le moment où l'acte est tu, où il fait silence, où il n'est plus que grammaire vide de sens, où il se tapit sous les multiples apparences du réel.

Contre ce plan, il faut un autre plan. Celui du cerveau flicard, celui du Cube, celui qui décode les désastres.

Le diagramme « Olsen » présentait des singularités troublantes, Verlande savait que cela dessinait les contours périphériques de la forme de vie qu'il traquait, il devinait qu'il y avait là l'ombre de la structure cachée derrière les simulacres dont Olsen paraissait le spécialiste.

Mais tout homme est un plan. Il suffit de le décrypter, s'il le faut en lui ouvrant le crâne.

Montre-moi ton crâne, fils de pute, pensait Verlande, montre-moi ton crâne que j'aille fouiller dans la masse de ton cerveau.

Olsen avait écopé de huit ans de prison, en avait purgé la moitié, plus ses années de mise à l'épreuve avec contrôle GPS. Après sa sortie : rien. Nada. Pas une faute, pas un délit, pas même avoir traversé en dehors des clous. Avant son incarcération : étrange. Durant les trois années qui l'ont immédiatement précédée, rien du tout.

Les quatre viols sur mineures remontaient tous à plus de trois ans avant son emprisonnement, mais les cas suspects que la GRC avait tenté de lui coller sur le dos sans succès étaient tous survenus après cette date, qui formait comme une sorte de point limite, un clivage digital avant/après. Mais avant quoi ? Après quoi ?

Le diagramme semblait montrer l'existence d'une forme bizarre, non linéaire, faite de coupures et de déviations inexplicables.

1) Première période : Olsen se livre à des attouchements sur mineures, puis à des viols, puis à des viols avec agression caractérisée, mais rien ne permet de supposer qu'il a tué, puis fait disparaître ces victimes.

2) Deuxième période : il est toujours en liberté mais son activité de prédateur semble s'arrêter.

3) Première coupure : il est condamné pour ses premiers méfaits, quatre années de taule. Détenu sans problème notable.

4) Sortie conditionnelle, respect de la procédure, contrôle par bracelet électronique, puis retour à la vie civile normale.

5) Pendant environ cinq ans, rien du tout. Puis brusquement en l'espace de quelques semaines, le prédateur est de retour.

Il y avait bien un plan caché sous les apparences du réel, Verlande ne pouvait en douter, puisqu'il était en train de le mettre au jour.

Mais dans le même temps il comprenait sans savoir pourquoi, son intuition de machine humanisée encore une fois, que le plan en question cachait un autre plan.

Un plan bien plus secret. Un plan bien plus vaste. Un plan qui dessinait tout un monde.

La sonnerie du cellulaire de Voronine fit entendre les premières mesures du *Chant des partisans soviétiques*.

Verlande planta son regard dans l'acier froid des yeux de son compagnon de chasse.

Il y vit la lumière enténébrante de la vérité.

Celle du monde, qui dessinait tous les plans.

Thermodynamique des petites filles

L'expérience historique des sacrifices nous apprend que la chair humaine est l'un des produits de la nature les plus difficiles à consumer.

Dans leurs camps d'extermination, les nazis avaient dû redoubler d'efforts logistiques pour maintenir le rythme de combustion au sortir des chambres à gaz. Soufre, mazout, kérosène, matériaux plastiques divers, gaz propane, poudre de sodium, tout avait été utilisé, ou presque, comme combustible d'appoint dans les fours crématoires, les fosses ou les bûchers.

Composé à 90 % d'eau, le corps humain est en fait une structure métastable quasi liquide qui requiert une température minimale d'environ 1 000 degrés Celsius pour commencer sa calcination.

L'eau corporelle doit avoir été évaporée au maximum avant que la combustion puisse s'initier par les graisses, le plus facile. Les matières analogues, comme celle du système nerveux central et de la moelle épinière, se sont déjà mises à bouillir, puis à se dissoudre. L'ensemble de la structure musculaire suit rapidement, ainsi que les surfaces cartilagineuses, à condition que la température minimale d'un millier de degrés centigrades soit maintenue suffisamment longtemps.

Le plus dur, bien sûr, est composé de la structure osseuse et de la dentition, c'est ce qui généralement subsiste du corps sacrifié par le feu, c'est ce qui compose souvent les seuls indices substantiels permettant une analyse criminalistique, même partielle, c'est ce qui permet parfois aux flics de reconstituer ce qui s'est produit avant, pendant et après la carbonisation des chairs.

Les os sont noircis, mais à cette température, seule la moelle osseuse s'est consumée et la surface brûlée est très mince, souvent c'est par cette calcination superficielle que le squelette est protégé des attaques du feu, comme par un bouclier de carbone. Pour détruire ces sédiments, le crâne et les ossements des membres tout particulièrement, il faut élever la température jusqu'à 1 200 degrés Celsius et s'assurer d'au moins trois heures de combustion ininterrompue, l'organisme est alors entièrement réduit à l'état de cendres, sans plus la moindre structure dentaire ni osseuse. Donc sans plus le moindre ADN, même mitochondrial.

C'est ce que nous enseignent les sacrifices. C'est ce que nous enseignent le feu et les lois physiques afférentes. C'est ce que nous enseigne le corps humain.

Tout corps humain.

Comme celui de la petite Vesna Milanovic.

La benne à ordures industrielles était utilisée par des travailleurs de la voirie, sur le site d'un lotissement abandonné, en contrebas de la face nord du mont Tremblant, au cœur des Laurentides. L'ensemble de la région avait été soumis à une urbanisation aux évidentes visées touristiques pendant plus de dix ans, jusqu'au choc éco-énergétique global des années 2010. Tout ou presque s'était arrêté, d'un coup d'un seul. Tout ce qui un jour avait été dressé par la sauvagerie de la nature se voyait maintenant cultivé par l'infernale désindustrialisation de la société humaine.

Et la benne à ordures était partie intégrante de cet ordre néonaturel qui démontrait ici le fonctionnement véritable de ces machines pensantes nommées « humains ». Les criminalistes de la Sûreté prenaient des photos, filmaient les environs, pistaient les traces et les indices autour de la benne, et s'affairaient à en sonder les profondeurs avec une méticulosité toute maternelle.

C'était une ancienne benne de la mairie de Saint-Sauveur, elle n'était plus aux normes, n'étant pas dotée d'un système quelconque d'écorecyclage intégré. Elle avait été remisée en lisière de la forêt et ne servait plus qu'occasionnellement, en dépit des législations environnementales.

Mais ni Verlande, ni Voronine, ni les autres escadrons de la SQ présents sur les lieux n'étaient venus pour établir un constat d'infraction aux lois écologiques par les ouvriers du site.

Ils étaient venus pour la benne à ordures. Ils étaient venus pour son contenu.

Ils étaient venus pour Vesna Milanovic.

Elle est bien le contenu de la benne. Le seul contenu qui dans sa terrifiante absurdité révèle la nature du crime, cet acte qui fait taire la parole.

Il y a des gravats de toutes sortes dans la benne, des morceaux de béton, de ciment, des planches, de la ferraille, des branchages d'épinettes, des bouteilles de bière, des détritus divers.

Ce n'est qu'un agrégat de matériaux. Ce n'est encore qu'une partie légèrement séparée du *contenant*.

Car le contenu, le voici, il s'agit d'un corps humain, le corps humain d'une fillette de douze ans. Il est disposé dans un grand sac-poubelle de polyuréthane qui s'est déchiré en de multiples endroits au moment de la chute, ce qui avait attiré l'attention de l'ouvrier venu y déposer quelques ordures. Ce n'est pas un agrégat de matériau, c'est encore la trace cohérente d'un organisme qui fut vivant. Il s'agit du *contenu* sémantique de la benne, celui qui redonne un sens à la parole morte.

Pour un flic, la parole commence au moment où le criminel croit l'avoir éteinte.

Pour un flic, comme Verlande, ou comme Voronine, un corps est un plan. Le plan de l'homme qui a interrompu la parole que la forme de vie sacrifiée portait en elle. Une impression en creux, une photographie en négatif.

Et dans le cas du contenu de la benne à ordures, dans le cas de la petite Vesna Milanovic, voici ce que le corps a à leur dire :

J'ai été brûlée bien au-delà du troisième degré.

Je ne suis plus qu'une structure osseuse noircie sur laquelle se sont agglomérées des couches de graisse et de muscles fondus.

Regardez mes membres, leur position, on m'a attachée avant de me tuer. Puis on a installé mon corps dans un dispositif capable de fournir des températures de 800 degrés Celsius, ce sont des connaissances que vous maîtrisez.

Observez-moi de plus près, les « forensics » ont établi que j'ai été carbonisée post mortem, on m'a badigeonnée d'essence et trempée dans un produit chimique servant à fabriquer de puissants solvants, on a introduit diverses matières combustibles par mes orifices naturels, au moyen d'un tuyau, probablement, j'ai donc été consumée de l'intérieur en même temps que de l'extérieur.

Sachez distinguer dans mes chairs brûlées, calcinées, celles qui se sont calcifiées avec la couche externe de mes os de celles qui se sont consumées en se liquéfiant, avec mes tendons, mes ligatures, mes nerfs, ma moelle épinière. Essayez de deviner à quelle température le sang contenu dans une fibre cardiaque se met à bouillir, à quel moment mon cerveau s'est mis à fondre.

Voyez chaque détail de mon squelette, radius, cubitus, fémur, tibia, clavicule, phalanges, les côtes de mon thorax, mon bassin, ma colonne vertébrale, mon crâne, fendillés, craquelés, bosselés par les variations de température, je n'ai plus d'yeux, ils se sont évaporés, je n'ai plus de bouche, sinon mes mâchoires ouvertes sur la parole qu'on a exterminée, je n'ai plus de sexe, je n'ai plus de cheveux, je ne suis plus un être humain : je ne suis plus un « être », et je suis désormais très loin de l'« humain ». Je suis une trace, je suis un ensemble d'échantillons, je ne suis déjà plus qu'un matricule, je suis un dossier, une suite de rapports médico-légaux, je ne suis plus un mystère, je suis juste l'ombre qui le recouvre.

Oui, je ne suis presque plus rien, je n'ai plus de visage, mes parents ne pourront me reconnaître, seules vos machines vont être capables de déterminer formellement mon identité.

J'ai été sacrifiée par trois fois : par le clou de son sexe qui a paradoxalement obturé avant l'heure ce qui de moi aurait pu faire une femme si j'avais vécu. Par le cordage constricteur qui a fermé le conduit de la parole à tout jamais. Et enfin par le feu, qui n'a conservé de moi que ce que même des millénaires ne peuvent effacer de la Terre.

J'ai été sacrifiée. Grâce à moi, un coupable connaît la joie, sans se douter que sa joie n'est qu'un appendice du tombeau où il vit déjà, depuis bien plus longtemps que moi.

J'ai été sacrifiée.

Je me suis appelée Vesna Milanovic.

Je ne suis plus qu'un squelette d'os noircis et de chair fondue.

Je suis le plan de l'homme que vous recherchez.

Sous le ciel bleu nuit, le ciel des tueurs silencieux, le ciel des flics qui font parler les morts, la ville a pris ses dispositions pour le crime. Et ici, ils sont non pas au *cœur* de la Cité, mais au plus profond de son cortex préfrontal, ils sont dans le centre de cognition du Grand Cube, là où la seule compassion est celle qu'on peut ressentir pour une équation non résolue. Ils sont de retour chez eux, derrière les murailles translucides de l'immeuble de la SQ.

Dans ce coin de forêt au bas du mont Tremblant, Voronine et

Verlande avaient pris leurs propres clichés, ils avaient filmé leurs vidéos, ils avaient prélevé quelques échantillons dans la benne, procédé à des analyses express, enregistré une poignée de témoignages des ouvriers du site, et étaient revenus aussitôt à Montréal. C'était la façon de faire des agents de renseignement de la Sûreté, c'était surtout la méthode personnelle de Verlande. Peu de contacts humains avec les criminalistes, leur laisser le domaine de la technique pure.

Le seul véritable « contact humain » à envisager avec sérénité, ce serait avec le tueur.

Avec l'homme qui avait carbonisé la petite Vesna Milanovic.

L'homme dont elle était le plan.

– Il y a quelque chose de bizarre, avait dit Voronine.

Verlande n'avait rien répondu. Il savait fort bien que c'était encore pire que ça.

– Ce n'est pas le même *modus operandi*. Rien à voir entre la petite Lavallière et la petite Milanovic, tu l'admettras.

– D'après ce qu'on sait, il est probable que Vesna ait été étranglée, il y a ces marques profondes sur la colonne vertébrale, et ces morceaux de chair enfoncés préalablement à la combustion qui présentent des caractéristiques assez proches. Il y a aussi ces restes microscopiques de fibres carbonisées, mais partiellement seulement, nos analyses préliminaires laissent penser qu'il s'agit d'un matériau proche de celui qui a servi à tuer la petite Lavallière.

La technique pure est aussi l'arme du tueur. C'est pour cela qu'elle est du coup l'arme dirigée contre lui. La technique du crime est sujette à la réversion la plus démoniaque, celle où le démon se retourne contre son sujet, ce qui est précisément sa spécialité.

– Très bien, elles sont mortes de la même façon, admettons. Mais pourquoi l'une est nettoyée au karcher avant d'être enterrée dans une petite fosse plus ou moins bien camouflée au milieu d'une forêt, et l'autre carbonisée avant d'être jetée dans une benne à ordures ? Ça ne colle pas.

Verlande avait levé les yeux vers le bureau de Voronine. La vérité n'est pas ce que l'on sait, elle est le processus permettant d'accéder à la connaissance.

– Ça ne colle pas pour l'instant. Ça ne colle pas parce qu'il existe un tas de choses que nous ignorons encore.

Verlande se savait planer au-dessus d'un abysse sans fond. La sensation se renforçait chaque jour, chaque heure, chaque minute, chaque microseconde.

Il était en train de devenir une sorte de minuteur prêt à déclencher la charge explosive.

Cela le fit songer à un des détails étranges entourant ce dernier meurtre d'enfant. L'usage intensif du feu, la volonté de détruire un maximum d'indices, l'usage de produits chimiques complexes, la combustion externe et interne. Comme une troublante similitude avec les méthodes des paramilis tueurs de flics, mais quoi ? Un leurre, une imitation ? Il fallait noter, malgré tout, une différence notable dans la sophistication des moyens employés, mais dans le même temps, l'analogie ne pouvait faire de doute.

C'était encore une ligne convergente et divergente à la fois.

Il savait que cela ressemblait de plus en plus au plan de l'homme inscrit en creux dans la mort de la petite Milanovic.

Verlande sentait le feu intérieur se consumer dans la ténèbre et produire le prodrome d'une violence insensée, il lui fallait Olsen, tout de suite, à tout prix.

N'importe quel prix.

Le prix d'un homme.

Le prix, ce fut Voronine qui le lui fournit. Il avait relevé les yeux de son ordinateur, ils scintillaient de pixels de contentement. Verlande nota l'éclat émeraude qui se mettait à vibrer dans le cristallin du jeune flic.

Il commence à se fondre dans le Cube, pensa-t-il. *Il commence à devenir le Cube.*

– Tu sais comment fonctionnent exactement les nouveaux bracelets de contrôle GPS ?

– Évidemment, répondit Verlande, ils émettent constamment la localisation de…

– Ce n'est pas de ça dont je parle. Je te parle de leur codage, et de la clé de décryptage qui permet leur désactivation et leur ouverture conséquente.

Un détail technique. C'est-à-dire le contraire d'un détail.

– Tu sais très bien que pour moi tout mécanisme est une forme de vie.

Le nouveau type de bracelet de contrôle ne contient aucun code en mémoire. C'est le gouvernement qui conserve les deux programmes, un : la clé qui permet d'encoder le bracelet, et deux : la clé qui permet de le décoder. Jusque-là, le nano-ordinateur du bracelet est vide, en position « neutre », ni actif, ni inactif, en « stand by ». Le jour venu, un premier opérateur implante le code dans la case mémoire adéquate puis un second opérateur envoie la clé de décryptage, ils ne se connaissent pas, ils ne connaissent rien des logiciels qu'ils vont implanter, chacun leur tour, séparément. C'est de la double redondance sécuritaire. Donc, durant tout le temps où le bracelet est en fonction, *on ne peut pas le décoder puisqu'il ne contient aucun code.*

L'alliage intelligent dont sont constitués ces bracelets dernière génération envoie illico un signal d'alarme fédéral si on tente de le briser d'une manière ou d'une autre, la moindre rupture du réseau supramoléculaire et l'alerte est donnée dans la fraction de seconde. Conclusion : la seule chose qu'on puisse faire, c'est de bricoler le pointeur GPS. Faire croire à des déplacements fictifs, laisser penser qu'on est ici alors qu'on est ailleurs, à une autre heure, etc.

Le regard de Voronine s'éclaira d'une lueur prédatrice.

– Il existe un marché noir pour ce type d'opérations. Des *hackers* qui peuvent pénétrer dans l'ordinateur de bord du bracelet sans se faire repérer et installer un logiciel pirate qui déroute le GPS.

– Les bons vieux plans de l'Internet, je suis au courant de ces semi-légendes urbaines.

– Je viens d'appeler un de nos contacts dans le milieu des légendes urbaines, Verlande. Vlasseïev, tu le connais. Il nous attend dans le centre-ville.

– Qu'est-ce qu'il attend de nous, exactement ?

– Il nous attend pour prendre les 500 dollars que je lui ai promis s'il parvenait à repister le GPS d'Archambault, je lui ai donné les coordonnées judiciaires. Et il vient de le localiser.

500 dollars. Pour pogner le fils de pute. La caisse noire de la Direction ne serait pas à ça près. Et lui encore moins, il les aurait payés de sa poche.

Verlande offrit un large sourire à son collègue, le sourire de compassion du Grand Cube, lorsqu'une équation va bientôt résoudre l'inconnue d'un être humain.

Polis Secrète

Ils avaient un mandat. Un vrai gros putain de mandat d'arrêt, avec perquisition possible quel que soit l'endroit où ils mettraient la main sur le fugitif, et dans tous les lieux où il était passé. Maintenant ils avaient un *spot*. Ils pourraient aller placer le document sous le nez du petit merdaillon.

Ce con était en bris de condition et c'était un pédophile, il avait eu une chance folle de ne pas s'être fait dénoncer avant. Mais ce n'était peut-être pas de la chance. Peut-être lui avait-on appris, à lui aussi, certaines techniques de camouflage et de diversion ? Il était bien parvenu à faire dérouter son pointeur GPS…

Ils avaient un mandat, dûment signé et tamponné. Et ils avaient une info sûre à 100 %. Il n'y avait donc aucune raison de faire dans la dentelle. *Code rouge,* par rapport à ce qui va se passer, je te préviens, c'est un euphémisme, avait-il dit à Voronine alors qu'ils garaient la voiture banalisée à une petite trentaine de mètres de la maison de brique familiale, typique du coin, un secteur encore relativement prolétaire d'Hochelaga-Maisonneuve.

Alors, ils ont un mandat. Et les voilà devant la maison.

SLAM.

C'est la serrure de la porte d'entrée qui vient d'exploser sous l'impact de la masse d'intrusion que Verlande a balancée d'un seul coup. Il n'a même pas attendu une demi-seconde.

Il devient une extension biologique de son arme alors qu'il pénètre dans le vestibule en armant son Glock-35 chambré en calibre .40 Smith & Wesson, la cartouche typique *law enforcement*, la cartouche des SWAT et des groupes tactiques, la cartouche de ceux qui tirent pour tuer. En une fraction de seconde, le programme vision nocturne active la microlunette à infrarouge, le projecteur M3 et le laser incorporé au canon de l'automatique. La position d'un simple cliquet lui permettra de choisir la meilleure option.

Ça va être Noël chez l'amateur des petits enfants.

Ils pénètrent de concert dans un salon jonché de bouteilles de bière vides, la télévision y est restée allumée, branchée sur un canal de musique gueularde, les murs sont décrépits, parcourus de taches d'humidité, souvent écrus, parfois enduits d'une vague couche de peinture acrylique ou d'un papier peint jauni par le temps et la fumée du graillon, rien d'autre qu'un meublé cradingue de troisième catégorie ou une merdique sous-loc clandestine, puis ils déboulent dans la chambre attenante, où un homme est en train de se redresser dans son lit, les yeux gonflés d'alcool, complètement affolé par l'intrusion.

Il a tort d'être affolé maintenant, se dit Verlande, c'est tout à l'heure qu'il en aura vraiment besoin.

La panique est le seul exutoire vraiment efficace à la terreur.

Verlande avait observé l'homme bredouiller : *Qui... qui... êtes-vous ?* en essayant de ne pas trop montrer à quel point la frayeur humaine était un sentiment qui l'avait toujours intrigué.

C'était comme une console, un panneau de contrôle, un tableau de bord. Il suffisait de connaître l'action des boutons et des manettes, et la signification des compteurs, comme dans un hydravion soviétique datant de la guerre froide.

Il s'était contenté de répondre, sans aucune agressivité inutile :

– Si je te parle de la Très Sainte Inquisition, je ne suis pas sûr de me faire comprendre. Nous sommes ceux qui vont poser des questions. Et nous sommes ceux qui vont obtenir des réponses.

Il avait tranquillement extirpé son Taser dernière génération de son étui costal.

– Vous êtes du SPVM ?

Les yeux embués de sommeil éthylique oscillaient entre plusieurs fréquences contradictoires, Verlande pouvait distinguer la longueur d'onde spécifique de la peur mais aussi celle du soulagement, lorsque le regard flou parvenait à se fixer quelques instants aux badges accrochés à leur ceinturon, il était pourtant en bris de condition, il risquait un bon séjour derrière les barreaux, et il avait affaire à eux, les « deux V » de la SQ, c'était anormal.

Verlande s'était dit qu'il allait *illuminer* cet homme, s'il le fallait il le ferait briller de l'intérieur, et tout deviendrait plus clair, oh oui.

– Tu te plantes, ma grande, avait-il lâché très gentiment, on n'est pas du SPVM.

– Mais vous avez gueulé « police » tout à l'heure en entrant, et vos plaques…

– Je n'ai jamais dit qu'on n'était pas de la police.

– Ah, vous êtes pas du SPVM, alors ?

– C'est ce que je viens de te dire, pauvre con.

– Vous êtes de… la Sûreté ? La GRC ? C'est donc remonté aussi haut, rien que pour un GPS trafiqué ? *Criss'*, j'ai rien fait, je le jure.

Il tendait l'anneau de métal anodisé à son poignet gauche comme preuve de son innocence. Mais l'innocence, c'était les menottes magnétiques de Verlande qui en décidaient.

– C'est la spécialité des coupables, n'avoir rien-fait-je-le-jure, avait répondu Verlande en mettant en action le microgénérateur du Taser, un léger bourdonnement se fit entendre. Et c'est remonté bien plus haut que tu ne pourrais l'imaginer, ajouta-t-il en guise de conclusion.

Une conclusion qui allait ouvrir les débats. La Très Sainte Inquisition avait su se moderniser en un millénaire. Et elle avait su attirer des hommes comme Verlande et Voronine.

Il fallait donc employer le langage des hommes, le langage de la nuit, le langage de la nuit *dark blue*. Le langage de la peur. Un jour, après le passage à tabac en règle d'une crapule dans une ruelle du Plateau, il avait lancé à Voronine qui avait assisté à la scène de défonçage systématique en pur observateur : La menace physique ne doit jamais être dite, elle doit toujours être *présente*.

– On est de la police, pauvre fif, mais on est ni du SPVM, ni de la GRC, ni de quoi que ce soit d'autre que tu connaisses.

– Vous êtes qui, alors ?

Cette fois, c'est la longueur d'onde de la peur qui reprend le dessus. La panique naît de l'inconnu. La terreur naît au contraire de la connaissance exacte de ce qui va vous arriver. Il était temps d'informer ce brave violeur de mineures.

Verlande avait ouvert son sourire de gentil-méchant. Son sourire d'Agent de la Boîte Noire, son sourire de réparateur des fuites de la société, son sourire d'instructeur des âmes.

Des âmes, et des corps.

– Nous ? Tu vas vite saisir la différence. On vient d'une autre époque. On est de la Gestapo. Et du KGB aussi, pour faire bonne mesure.

C'était des mots qui résonnaient encore aujourd'hui. C'était des mots qui pouvaient servir de console de bord, c'était des mots qui injectaient directement une dose d'adrénaline dans le cerveau de ceux qui les entendaient.

Cette fois, la terreur fut comme le signe annonciateur de la douleur qui allait frapper.

Froidement. *Très* froidement.

Les Tasers dernière génération sont à l'image des hommes qui les servent, plutôt qu'ils ne les utilisent. Ils sont à l'image du Grand Cube. C'est leur silence qui fait sens, c'est parce que les décharges électriques qu'ils projettent sont froides, *hyperfroides* même, qu'elles sont si douloureuses et si tétanisantes, c'est aussi la raison pour laquelle leur usage ne laisse pratiquement aucune trace.

C'était l'arme préférée de Verlande, qui le surnommait son « confessionnal portatif ».

Il régla tout d'abord le variateur sur la position « onde de choc », force médiane. Un faisceau dirigé d'infrasons à haute intensité. La concussion fut immédiate, Archambault tomba à terre comme un sac de linge sale, les yeux révulsés. Verlande compta jusqu'à 10 à voix haute, changea la position du variateur sur *force faible*, et appuya sur la détente.

La décharge fut sciemment dirigée vers le bas-ventre, organes génitaux compris.

Archambault, amateur de chair prépubère, allait vite connaître les sévères procédures de la réversibilité mises en action, là, tout de suite, dans la nuit couleur bleu police.

Il allait connaître Paul Verlande.

Il allait connaître un siècle de terreur-machine concentré en un seul homme.

Il aurait tout avoué bien avant d'émettre une vraie supplique et d'avoir pleuré maman.

C'était ça, l'avantage du mandat.

La *légitime attaque*.

Plus tard, de retour dans le Grand Cube, ils avaient de nouveau établi une liste. C'était leur métier après tout, entre deux interrogatoires, la liste de tous les aveux que Archambault leur avait livrés, dans l'éclat blanc-bleu des décharges, sous le ciel bleu-noir des flics.

Bris de condition multiple, recel massif de matériel pornographique illicite, plus un ou deux autres délits connexes, il s'en tirerait sûrement pour trois ou quatre ans maximum dans une taule comme Leclerc, le genre de séjours dont il avait l'habitude. Mais ils avaient ses disques durs. De quoi, peut-être, aller voir un peu plus profondément sous les décombres des vérités assassinées, jusqu'à la tanière d'Olsen. Et trois ou quatre années de taule pour un « pointeur », Verlande le savait, c'était toujours trois ou quatre années de trop, des années à côtoyer la mort pouvant surgir de n'importe où.

Ils avaient un moyen de pression. Verlande saurait en user à souhait. Presser les cerveaux, par tous les moyens possibles, était une de ses méthodes de relaxation favorites.

Ils avaient laissé le SPVM local prendre en charge le pédo. Ils embarquèrent l'ordinateur juste avant d'appeler leurs « collègues » de la police municipale ; Voronine et les spécialistes de la SQ établiraient plus tard une copie de sûreté de la mémoire. Ils eurent le temps de repérer un catalogue de photos pédophiles explicites, à peine caché dans un dossier système d'apparence anodine, le pauvre Archambault allait bientôt connaître le prix d'un bris multiple de condition en plein état d'urgence.

Ils avaient les datas, les enregistrements, les coordonnées, ils avaient le diagramme entier exposé comme un cadavre sur la table de dissection, ils avaient la bouche d'Archambault qui s'ouvrait en tremblant à chaque assaut de la lumière froide, ils avaient ses mots trempés dans la glace de la peur, ils avaient ce qu'il savait, ils avaient son disque dur saturé d'images pornographiques, ils avaient son cerveau, ouvert comme un livre de chair devant eux, grâce aux miracles de la technologie électrique.

Archambault leur avait avoué avoir rencontré Corzabal en taule, une autre fulgurance bleue et il avait admis connaître Olsen, Verlande avait remis ça, droit sur les parties génitales, et il avait reconnu qu'ils conversaient souvent ensemble à Leclerc. Verlande avait gentiment poussé l'interrogatoire, violence physique contrôlée grâce au courant alternatif et aux vertus incomparables de l'électromagnétisme sur un organisme humain. L'homme avait fini par cracher qu'il se planquait, comme Olsen, parce qu'il était persuadé que des hommes voulaient le tuer, qu'ils avaient déjà essayé. Verlande avait tout de suite pensé au commando paramili. Ils avaient commencé leur carrière en descendant des ex-taulards ou des gangsters de haute volée, mais aussi de petits braqueurs de banques comme quelques pédophiles avérés. Ça pouvait entrer dans le diagramme.

Sauf qu'eux, *ils n'essaient pas*, ils réussissent du premier coup. C'était donc probablement autre chose. Une vengeance entre taulards ? Un règlement de comptes pour une quelconque affaire illégale ?

Il avait poursuivi l'interrogatoire, on baisse un peu l'intensité du voltage, il ne faut pas risquer l'accident cardiaque, c'est beaucoup de paperasse à remplir, donc le jet d'éclairs devance de peu la question centrale : Où se planque Olsen, où cachait-il la petite Milanovic et la petite Lavallière ? Travaillent-ils de concert pour les enlèvements ? Méthode du mandat légitime défense, le *Mandat de Fer*, l'idée c'est de fournir à celui qu'on interroge la possibilité effective de résister à l'arrestation, et même de tenter de s'en prendre à vous, en vue de vous tuer, si possible. Un objet contondant. Un marteau, une batte de base-ball, une bouteille. Une lame quelconque, un simple couteau de cuisine peut suffire. En l'occurrence, *lucky day* : un petit pistolet automatique italien de calibre .25, illégal, planqué dans sa table de nuit. Amplement suffisant pour donner au Taser la chance de devenir un instrument au service de la Parole.

Alors voici ce qu'Archambault leur dit en échange des décharges électriques qui *illuminent* successivement les organes génitaux et le visage, la plante des pieds et le bas de la colonne vertébrale. Oui, Olsen et lui travaillaient parfois ensemble, ils se refilaient des plans, des adresses, des repérages photos, ou s'échangeaient des services, éclair bleu, oui, ils travaillaient aussi parfois avec Douglas Derville, un complice habituel de Corzabal, éclair bleu, éclair bleu, mais c'était pour de petits coups permettant de ramasser de l'argent vite fait, et c'est depuis son assassinat que lui, Olsen et Corzabal se cachent, chacun de leur côté, sans plus le moindre contact.

Plus de contacts ? Cela signifiait que ces contacts avaient eu lieu dans un passé récent, cela signifiait qu'ils avaient partagé bien plus qu'Archambault ne le pensait, cela signifiait qu'il fallait passer la vitesse supérieure.

Verlande et Voronine avaient alors procédé à une fouille blitzkrieg de l'appartement d'Archambault, version FBI époque J.E. Hoover. Tout avait volé à travers la pièce, les tiroirs, le linge, la literie, les objets décoratifs, les instruments de cuisine.

Verlande était tombé sur une boîte de fer-blanc posée sur un guéridon, dans le salon, de petites répliques de voitures automobiles y étaient rangées. Le genre de collet à bambins dont tous les pédos savent user pour parvenir à leurs fins. Sauf que les voitures, c'est plutôt destiné aux garçons, or Archambault n'était pas connu pour ses penchants homosexuels, il aimait la chair fraîche, mais de genre exclusivement féminin, c'était expressément noté dans son dossier.

Verlande avait vidé le contenu de la boîte sur le guéridon sans la moindre délicatesse. Les petits objets avaient roulé en tous sens sur le plexiglas teinté de la table IKEA, comme des jouets découverts par un enfant trop vif. Des modèles réduits de voitures de sport. Une Lamborghini bleu cobalt, une Ferrari rouge, une Corvette pourpre, un spider BMW bleu nuit, une AC Cobra écarlate, une Ford Mustang blanche ornée de flammes, une Lotus formule 1 de couleur turquoise datant des années 70, la belle maquette d'une Chrysler Viper dont le vert émeraude brillait de tous ses feux, une Camaro noire striée de quelques bandes orange, et une petite voiture jaune.

Un coupé sporster Mazda à moteur rotatif *Renesis* ™ dernière génération.

Pourchassé par la police et par une organisation criminelle qui en voulait à sa vie, Olsen avait été forcé de s'enfoncer dans l'obscurité de la vie clandestine. Voyantes, repérables, lourdement consommatrices de carburant, mais toutefois recherchées par quelques amateurs, ses précieuses voitures de sport, qu'il collectionnait depuis des années, lui avaient permis de s'offrir des planques sûres, de faux papiers d'identité, du cash, de quoi huiler quelques rouages, de quoi clore quelques bouches, quelques yeux, quelques oreilles, et s'acheter une nouvelle voiture. Olsen avait probablement dû fourguer sa collection au plus bas prix en pleine ascension orbitale des cours du pétrole, il avait dû en retirer juste de quoi s'acheter un vieux van japonais hybride, Verlande comprit avec une once de pitié pourquoi il avait tenu à conserver les répliques miniatures de cet âge définitivement révolu.

Un pédophile peut très bien ressentir des émotions, comme la nostalgie, devant une voiture, sa réplique, ou un petit enfant.

Verlande avait balancé une violente claque en travers de la gueule d'Archambault.

– Me fais pas croire que tu collectionnes des Dinky Toys... C'est Olsen qui t'a refilé ça ?

Archambault avait baissé la tête, la soumission, dans ce type de rapport de force, signifie l'admission.

– Pourquoi ?

– Je sais pas, il m'a dit qu'il déménageait et qu'il voulait que je lui garde quelques *bébelles* en attendant qu'il revienne les chercher, puis Derville s'est fait plomber. Il n'est jamais revenu.

Une autre baffe, dans l'autre sens, il faut respecter les lois de l'équilibre universel si l'on veut parvenir à quelque résultat en ce monde. Même un interrogatoire de police se doit de respecter les règles du feng shui.

– Très bien, on avance, qu'est-ce qu'il t'a laissé d'autre ?

Dans le Grand Cube de la SQ, Verlande et Voronine avaient parfaitement listé toutes les informations en leur possession, parmi ces éléments figurait la liste des objets qu'Olsen avait laissés en dépôt chez Archambault.

Rien de bien particulier, pas même de matériel pornographique illicite, d'armes à feu, de drogues, de documents compromettants, d'indices éventuels. Rien que de très normal. Trop, sans doute. Des vêtements, dont des bleus de travail, des accessoires de chasse. Des livres techniques, mécanique auto surtout, géographie du Nord-Canada, des cartes. Des outils de précision. Une batterie de voiture, vieux modèle à anode-cathode, avec les pinces et les câbles encore attachés aux deux pôles. On y trouverait probablement les traces ADN des petits tétons de la première victime.

Verlande avait fini par comprendre que si on connectait cette liste avec celle des voitures miniatures, une image apparaitrait, inévitablement.

Et l'image était apparue, juste devant le visage livide et couvert de sueur d'Archambault. Elle était apparue et elle ne l'avait pas quitté depuis, elle était apparue et elle ne s'évanouirait que lorsqu'il se trouverait devant la chose concrète qu'elle représentait.

Une autre claque, plus douce, Verlande sait doser la violence en fonction des mérites oratoires de l'homme qu'il interroge. Il doit reconnaître qu'Archambault a parfaitement compris les règles de la procédure du Mandat de Fer. Il est on ne peut plus coopératif, il faut l'encourager dans cette voie.

– Olsen possédait sûrement un garage pour ses voitures de sport, non ? Sous une fausse identité, on n'a rien trouvé dans les registres de la ville. Je suis sûr que tu vas pouvoir nous en dire quelques mots. Je parierais bien trois mille pédérastes dans ton genre que c'est toi qui lui sous-louais l'endroit, pas vrai ?

Et Archambault avait vu le Taser dans la main de Verlande, ce gros tube noir qui semblait impatient d'émettre à nouveau sa belle et frigide lumière bleue. Il avait vu la microcaméra plaquée devant l'œil de Voronine. Il avait regardé toute la scène comme s'il s'agissait d'un mauvais rêve. Ce que ressentent toutes les victimes.

Surtout si elles sont aussi des coupables.

– Dis-toi que tu vas agrandir notre collection de *snuff-movies* personnelle, et dis-toi qu'on se contrefiche de ce que tu pourras raconter aux flicards de la ville. On est du Service de Renseignement de la SQ, essaie juste de jouer au plus malin avec nous et je peux te garantir que des tueurs à gages, des massacreurs de pédos, tu en auras des dizaines aux fesses dans l'heure qui suivra. Enfonce-toi bien dans le crâne qu'on connaît beaucoup plus de détenus que tu n'en connaîtras jamais, même si tu passes le restant de tes jours au *zonzon*, comme on dit en France, Pays des Droits de l'Homme comme tu le sais, parce que, par définition, nous, les prisonniers, on les connaît *tous*. Bien capté ?

Il tapote la joue du pédophile, même les humains ont droit à un peu d'affection, comme un chien qui a bien docilement ramené son bâton.

– Tu es évidemment en état d'arrestation, bris de condition, port d'arme prohibée, recel de matériel pornographique infantile, recel de matériel pour organisation de kidnapping d'enfants et pour finir rébellion à agent dans l'exercice de...

– Mais... je n'ai pas résisté... je vous ai tout dit! Tout ce que je savais!

Archambault avait poussé un véritable cri de détresse et d'indignation, alors que Voronine lui passait les menottes. Verlande s'était dit qu'il aurait dû lui expliquer ce que pensait Joseph de Maistre de la Sainte Réversibilité. Avec l'appui de la théologie électrique du Taser, il serait peut-être parvenu à lui faire comprendre pourquoi il était nécessaire qu'il soit trahi, tout autant qu'il avait fallu qu'il connaisse l'injection salvatrice de la douleur.

– Je sais, avait répondu Verlande, c'est pour ça qu'au final je laisserai tomber l'inculpation pour rébellion. Mais tu auras vraiment intérêt à fermer ta gueule et à faire tout ce qu'on te dira. Si des types veulent votre peau, et qu'ils ont essayé pendant que vous étiez à l'air libre, ils essaieront tout aussi bien pendant que vous serez *en dedans*, t'as donc intérêt à y rester le moins longtemps possible, et avec des protections, et pour ça il faudra que tu passes un accord avec nous, autant dire avec le Diable, le vrai. Tu as bien compris *tous tes droits* ?

L'homme avait de nouveau baissé la tête, le « oui » des esclaves.

Verlande avait regardé avec une certaine fierté l'instrument qu'il venait de fabriquer.

Ils avaient obtenu les confessions « volontaires » d'un suspect, ils recherchaient un autre suspect, pour kidnappings et meurtres d'enfants, c'était « code rouge ». Le mandat n'était pas nécessaire pour cet enculé d'Olsen. En cas contraire, Verlande aurait joué comme d'habitude de la ruse du *plain sight*, en faisant croire à la détection d'une activité suspecte dans l'endroit qu'ils allaient forcer au cœur de la nuit. La nuit bleu flic… jamais sans doute n'avait-elle atteint un tel degré d'intensité, toutes les étoiles semblaient chuter sur la Terre comme autant de météores chargés chacun d'un fragment des commandements de la Loi.

Ils ne savent pas ce qu'ils vont trouver derrière cette lourde porte de garage en tôle ondulée, dans ce faubourg oriental de la ville, au niveau du 8000/8500 Métropolitaine, une zone semi-résidentielle, semi-commerciale, située entre Notre-Dame et Sherbrooke, faite de cottages traditionnels mélangés aux blocs de béton de la fin du XXe siècle, d'entrepôts et de magasins de voitures à essence d'occasion, d'ateliers d'outillage mécanique, de friches cernant quelques bâtisses abandonnées où circulent des bandes nomades, de vieux bâtiments industriels convertis en centres d'agriculture urbaine ou en squats de réfugiés, et de vastes parkings, ces *rust cities*, où s'entassent d'antiques automobiles inutilisables, transformées en autant de micro-appartements. Le futur de la Polis concentré sur quelques hectares. Ils sont aux limites de Ville d'Anjou et de Montréal-Est, à quelques blocs des grandes raffineries d'Ultramar, de Parachem et de PetroCanada, ils se tiennent là où la ville a édifié sa richesse, ils se tiennent à l'endroit où elle est en train de la sacrifier afin de survivre, ils se tiennent là où les réservoirs géants commencent à rouiller. Ils se tiennent devant la porte du box comme s'ils venaient d'atterrir sur cette Terre, en uniforme d'ange exterminateur. Dans la nuit, vers les étoiles qui indiquent le sens de la Chute, les hautes tubulures d'acier se confondent avec le ciel bouleversé de tous ces crimes, les panaches de feu qui s'extraient des torchères créent un opéra d'ombres et de lumière dédié aux dieux telluriques de la sidérurgie.

Olsen a probablement habité dans son garage, peut-être y vit-il encore, peut-être est-ce l'endroit où il encageait ses petites victimes ?

C'est derrière la porte. C'est derrière cette porte qu'ils vont savoir. Cette porte, de plusieurs centimètres d'épaisseur. Cette porte qui les sépare encore de la vérité.

Alors :

CRASH.

Verlande n'y est pas allé de main morte, il a fait exploser simultanément tous les gonds grâce à la corde détonante à *tamping effect*, ce qu'on appelle une « Alford Strip » : une fine bande explosive retenue dans un microtuyau rempli d'eau pressurisée.

Mode opératoire : la bande « Alford », avec son mélange détonant chimique/eau sous pression, sert de cisailles explosives, elle va découper très précisément et très violemment une fine mais très profonde ouverture dans la muraille avec une exactitude micronique. L'effet de souffle est limité et non létal, avantage précieux en cas de prise d'otage. Le mur tombe de lui-même sans être pulvérisé, aucun débris de pierre ou de béton, aucun morceau de shrapnel n'est projeté à l'intérieur de la pièce à prendre d'assaut. La projection à très haute vitesse de la masse liquide crée un effet cisaillant d'une puissance phénoménale et d'une précision millimétrique.

On dessine une porte, et on l'ouvre, c'est tout.

Le rectangle d'acier gît sur le béton, à plusieurs mètres, dans une nuée de métal pulvérisé, de poussière et de vapeur d'eau qui s'évanouit en lambeaux évanescents.

Verlande jette un coup d'œil à Voronine. On entre, on regarde, on enregistre.

C'est grand ici. C'est bien plus vaste qu'il n'y paraît de l'extérieur en tout cas. On pouvait facilement y parquer quatre ou cinq voitures de sport, plus tout l'atelier mécanique nécessaire à leur entretien. On enregistre, on regarde, on entre.

Les flingues : quelques années auparavant, la SQ a finalement opté pour les Glock 35 dernière génération destinés aux unités spéciales. Les Beretta M92 de l'*US Army* restaient des armes très fiables mais limitées en puissance de feu, et ils commençaient à dater. Les Sig-Sauer, qui s'étaient mis sur les rangs, présentaient encore trop de petits défauts en dépit de leurs dernières améliorations : pièces mobiles fragiles, position pour gaucher pas très bien conçue, système de percussion et d'éjection des munitions pas toujours très fiable, pouvant provoquer l'enrayement de l'arme aux moments les moins opportuns. Bonne puissance de feu, mécanique de précision germano-suisse, arme de luxe. Mais ici on est dans le territoire sauvage de l'extrême Ouest, il faut l'équivalent des colts .45 de la Conquête.

Car c'est chaque jour, chaque nuit, chaque heure, qu'il faut conquérir.

Les Glock 35 étaient pourvus d'un canon légèrement plus long que les autres modèles de la marque, la vitesse d'éjection et la précision en étaient substantiellement accrues, sans que la maniabilité en espace confiné soit affectée, et leur structure de composite particulièrement réfractaire aux variations de température et d'hygrométrie avait aisément emporté l'adhésion des officiels canadiens. Chargeurs en quinconce *extended.* 20 + 1 coups. Calibre .40. Optiques de nuit *Metrolight night-sight* remplaçant les vieux viseurs ajustables en polymère, souvent instables.

Schlac-schlac, les gants de latex chirurgicaux ont épousé la forme de leurs mains comme une seconde peau. Les lentilles oculaires en action. Les implants audio à l'écoute de la moindre onde sonore. Les Glock bien en pogne. Microprojecteurs intégrés sous le canon mis en action, l'éclairage électrique circonscrit un monde cubique, carré et froid.

Ils sont les agents du Grand Cube, que personne ne s'avise de vouloir les empêcher d'entrer.

Premier constat : il n'y a aucune voiture ici.

Mais il y a tout ce qu'il faut pour se planquer. Une sorte de kitchenette dotée d'un frigo, un placard de métal style casier de vestiaire sportif, une table de cuisine, quelques chaises pliantes, un antique fauteuil rapiécé, un futon prêt à l'emploi, plusieurs réchauds à gaz, un ordinateur portable, qu'on a complètement détruit.

Et il y a tout ce qu'il faut pour faire mumuse avec des fillettes d'une dizaine d'années. Un jeu de couvertures recouvertes de diverses fibres et liquides séchés, des sous-vêtements et vêtements pour enfants sales et usagés, plusieurs paquets de vêtements pour adultes, neufs, encore sous cellophane, du ruban adhésif, des menottes à mémoire de forme, des poupées Barbie entassées dans une caisse. Les faisceaux de luminol tracent leurs rayons bleus dans l'espace, traquant le rouge incarnat masqué par la poussière du temps, ils fusent sur les parois et les objets, révèlent des traces de sang sur des matelas crasseux, arabesques à peine visibles entrelacées, superposées, mélangées, incrustées à même les matériaux, les rayons de la *CrimeLite* sont l'œil de la Polis, l'œil qui voit ce qui ne peut être vu, ils sont le nombre fait lumière, aucune noirceur ne peut leur échapper, ils éclairent les projections d'hémoglobine un peu partout alentour, les comptabilisent, les analysent, les compilent, alors que les biotraqueurs détectent la présence de fibres naturelles de diverses origines, cheveux, poils pubiens, microparcelles de peau. La présence de plusieurs ADN humains dans l'atmosphère et sur les objets de la pièce fait clignoter des séries de diodes sur leurs petits tubes noirs. La vie et la mort ne font qu'un pour un décrypteur génétique, pour lui le code reste identique, c'est l'unique chose qui compte. Il est un pur flicard cybernétique, il analyse les millions de lignes de code dont un crime est constitué, un homme mort lui dira bien plus qu'un vivant, il voit le monde comme une convergence d'accidents programmés. Alors le catalogue des petites atrocités domestiques se dévoile à leurs yeux : des baignoires remplies de matières fécales. Des chalumeaux. Des scies. Des tournevis, des pinces, des tenailles, des clous, des marteaux, des étaux, des menottes traditionnelles, des cordes, du ruban adhésif, des produits chimiques, des détergents, de l'eau de Javel, de l'acide, de l'essence de basse qualité, le kit complet de l'enculé de pédophile sadique, tout se dénude sous le parcours luminescent de leurs torches électriques.

Oui, c'était sûrement ici qu'il les avait violées. C'était ici qu'il les avait suppliciées. C'était ici qu'il les avait assassinées.

Mais c'était ici qu'il avait rencontré la réversibilité.

C'était ici qu'on l'avait tué.

Son corps était allongé contre le fronton de ciment, au fond du garage, dos contre terre, selon un angle un peu bizarre entre le sol et le mur. La paillasse jaune de sa chevelure créait une gerbe dorée sous le faisceau des torches.

Constat de base : plusieurs balles dans le corps, peut-être de deux armes différentes, ils trouvent des douilles de .380 auto et de .22 magnum qui confirment les premiers soupçons. Ils enregistrent tout, évidemment. Le corps baigne dans une flaque de sang assez large, au niveau du thorax et de l'abdomen, là où les impacts ont été concentrés. Vu la quantité et la configuration du liquide sanguin répandu, Verlande comprend qu'Olsen n'est pas mort tout de suite, mais qu'il ne s'est pas traîné à terre, il a crevé inconscient sur place, cette ordure. On ne l'a pas torturé pour lui faire avouer quelque chose, ou pour assouvir une vengeance. On n'a pas voulu que le cadavre soit découvert trop vite, mais on n'a pas pris le soin de nettoyer sa cache, ni de la détruire. On est venu, on l'a tué, on est reparti, en refermant soigneusement la porte derrière soi. On a juste détruit son ordinateur avec un chalumeau trouvé sur place. C'est tout. C'est comme si on s'en foutait, une sorte de tâche obligée mais sans intérêt particulier. Un simple règlement de comptes ?

L'heure n'est pas aux questions mais à ce qui va permettre de les poser.

Mode *record, on* : les matelas couverts de sang séché, les outils d'acier qui ont découpé ou consumé les chairs, les baignoires remplies de matières organiques et de fibres diverses, les couvertures entassées sur les lits de fortune crasseux, les liens divers, les entraves, les chaînes, les bracelets d'acier, toute cette ténébreuse concrétude qui sert d'écrin réel aux images mentales des deux fillettes assassinées est désormais imprimée en format digital dans leurs disques durs portatifs.

Poursuite de la collecte des données :

Olsen avait en sa possession un fusil de chasse Ithaca calibre douze à canon scié, il n'a pas eu le temps de s'en servir. Il n'y a aucune trace d'effraction ou de signes de violence à l'entrée, il a accueilli ses visiteurs volontairement. On a refermé la porte. Puis on lui a logé une dizaine de balles dans la carcasse.

Rien de spécialement raffiné. Des munitions classiques. Des douilles même pas récupérées, sûrement des modèles tout ce qu'il y a de plus standard, volées on ne sait où depuis des lustres. Pas de sophistication superflue, pas de commando surentraîné, pas de bombe thermobarique pour faire disparaître toute trace de l'opération, il n'était même pas certain que les tueurs aient eu à se servir de silencieux, le garage se trouvant dans une zone parfaitement désolée dès la nuit tombée.

Verlande établit rapidement, par comparaison de la *rigor mortis* et de la température ambiante, que le décès remonte à la nuit précédente, vingt-quatre heures, à tout casser.

Ils ne trouvent rien sur Olsen qui permette d'identifier ses assaillants, pas plus qu'ils ne repèrent sur les lieux un quelconque indice le joignant aux autres membres de la liste, mais ils savent que les signes et les traces se nichent désormais dans l'univers microscopique des molécules et des radiations.

Les *forensics* vont s'occuper de tout ça. Eux, ce qu'ils ont identifié, c'est que des tueurs tuent d'autres tueurs, que des flics tuent d'autres flics, et que tous ces événements entretiennent un rapport secret, et terrible.

Un secret dont Olsen connaissait l'essentiel. Un secret qui l'avait tué.

Ils l'ont traqué pendant plus d'un mois.

Ils l'ont pisté, ils l'ont repéré, ils l'ont trouvé.

Mais on l'a traqué, comme eux. On l'a pisté, comme eux. On l'a repéré, comme eux.

On l'a retrouvé, avant eux.

L'ordinateur d'Olsen avait été sciemment détruit par ses assassins. Il fallait se concentrer sur les données contenues dans les disques durs d'Archambault.

Le pédophile était né avec Internet – sa version grand public –, autant dire avec ce qui allait devenir l'outil de prédilection de sa corporation. Son PC était doté des systèmes de protection et de cryptage les plus sophistiqués qu'ils aient jamais vus. Ils passèrent des heures à essayer d'entrer ne serait-ce que le tout premier mot de passe. Ils accédèrent à quelques fichiers résidents, même pas cachés, vidéos et photos pornographiques infantiles, parfois dans un état à peine consultable, le reste de la mémoire avait été effacé de fond en comble. Les spécialistes de la SQ se cassèrent les neurones une journée pleine avant de rendre les armes. *C'est un encodage de l'armée israélienne, il faudrait être du Mossad rien que pour décrypter le premier signe*, avait dit l'un d'eux.

Des pédophiles assassinés par des spécialistes mafieux, des paramilitaires qui se farcissaient des flics, des gardiens de prison et d'ex-flics qui avaient l'air de jouer les entremetteurs entre toutes ces cliques. Des pédophiles dotés du nec plus ultra en matière de code militaire. Plus il leur semblait deviner la structure du diagramme, plus celui-ci s'assombrissait, se confondant avec les ténèbres humaines.

Un matin, Voronine avait juste dit : Je sais que ce n'est pas vraiment légal, mais il ne nous reste plus que Vlasseïev et ses *hackers*.

Verlande avait regardé le jeune flic sans que la moindre émotion altère son regard, ni les traits de son visage. Méplats recevant la lumière du Cube comme au travers d'un vitrail, lèvres découpées au laser, les yeux fixés au télescope du réel.

– Ne t'occupe pas de ce qui est légal ou pas, la Loi c'est nous. Il faut casser le code de ce putain d'ordinateur, et on dira que nous l'avons fait nous-mêmes.

– Personne ne nous croira.

– C'est la beauté de la Loi : que l'on nous croie ou pas, on s'en contrefout. Ils n'auront jamais la moindre preuve… Fais bosser tes Russkovs au plus vite. Nous aussi, il nous reste plein de codes à déchiffrer.

Ce fut un mot. Ce fut une case mémoire datant de plus de vingt ans qui s'ouvrait, découvrant un cadavre décomposé par la pourriture des vérités cachées.

Verlande avait planté son regard électrique dans la prise de courant formée par les yeux de son collègue. Le courant passa à la vitesse de la lumière, ce furent les mots qui arrivèrent avec un léger retard.

– Wolverine, avait dit Verlande.

Voronine l'avait regardé sans comprendre. Il était trop jeune, bien sûr. Verlande se faisait l'effet d'un vieil agent des Narcotiques racontant les années de la Prohibition à un jeune flic né durant la Grande Dépression, c'est-à-dire juste après, juste trop tard.

– Wolverine, avait répété Verlande. Le squad *anti-biker* de la Sûreté. C'était des tueurs de motards, ils pourraient fort bien avoir changé d'option.

Toutes les options étaient possibles sur la Planète des Hommes. Verlande avait simplement murmuré le mot, à voix très basse, comme le nom d'un secret mortel. Wolverine, c'était le combat des créatures de la nuit, la nuit bleu flic, contre les soldats de l'ombre, celle qui apparaît dans le plein soleil du meurtre.

À la fin des années 1990, et jusqu'aux premières années du nouveau siècle, face à l'extrême violence de la guerre des motards à Montréal, la Sûreté, avec l'appui de la GRC et du SPVM, avait monté une authentique organisation de type militaire nommée Wolverine Squad, qui, en l'espace d'une demi-douzaine d'années, avait proprement décapité l'organisation des Hell's Angels, puis ce qui restait des Rock Machines, avant de démanteler les plus puissants gangs de la mafia italienne locale. En 2000-2001, l'opération *Springtime* permit l'arrestation de plus de cent vingt *bikers*, dont les Nomads de Mom Boucher, qui écopa d'une peine de prison à vie pour conspiration et organisation d'assassinats, probablement plus de cent cinquante. Cela avait été suivi de la méga-opération SHARCQ du printemps 2009, près de deux cents arrestations, tous les repaires et bunkers saisis, tous les chapitres québécois démantelés, des interpellations dans plusieurs pays étrangers, tous les survivants en fuite, ça avait été la fin, la fin d'une époque. La fin de l'époque où si la vie n'avait guère de sens, la mort, elle, au moins, en avait un.

Verlande avait été admis à la Sûreté en juin 1997, au début des opérations, un an après l'assassinat du chef du chapitre des Hell's Angels de Trois-Rivières, Richard *Crow* Émond, en plein centre commercial Le Boulevard, à Montréal, à l'angle de Pie-IX et Jean-Talon, et six mois après celui du chef des Rock Machines, Renaud *Reno* Jomphe, dans un restaurant chinois de Verdun. Ses compétences militaires acquises dans les unités d'élite de l'armée française l'avaient aussitôt désigné pour le Wolverine Squad. Les opérations venaient de commencer. Chez les flics comme chez les *bikers*.

L'investigation permit très vite de découvrir un trait particulier à Mom Boucher et à sa garde rapprochée. Alors que Wolverine tapait à coups de marteau sur son organisation, le chef des Hell's Angels avait développé une méfiance accrue envers à peu près tous les membres de son propre gang, la paranoïa est l'arme préférée des flics, elle est la réponse glaciale aux explosifs, aux armes à feu et aux incendies criminels.

Afin de contrôler au maximum la chaîne de commandement dont il était la tête, Mom Boucher développa une stratégie très simple : tout *prospect*, toute nouvelle recrue, venue d'un club affilié ou non, devait exécuter un contrat en bonne et due forme avant d'être admis. La bonne vieille méthode des familles de New York.

Mais Mom Boucher n'était pas un Sicilien de New York, il voulut montrer à toute la ville, à tous les flics, au pays tout entier, qu'il contrôlait parfaitement la situation, réflexe paranoïde classique, il décréta alors que les victimes de ces initiations se devaient d'être des policiers en activité, ou à la retraite, ou des gardiens de prison. Objectif : déconsidérer à jamais les tueurs aux yeux des flics, les empêcher, dès leur admission dans le clan, de devenir des informateurs crédibles, pour la flicaille, certes, mais surtout pour la justice.

Ce fut en fait la goutte d'acide sulfurique qui déclencha la détonation politico-policière générale et l'inculpation conséquente des gangs de motards durant le « mégaprocès » à la sicilienne qui dura jusqu'en 2003.

Wolverine Squad. Il en avait été, c'est avec eux qu'il avait fait ses toutes premières armes de flic. Wolverine, c'était son baptême du feu, comme Varsovie avait été celui de son père.

Wolverine. Il fallait mobiliser toute l'escouade du Renseignement. Il fallait revoir Ryan Fortin au plus vite, quelque chose s'inversait, quelque chose prenait le sang et la chair de l'histoire pour en faire une créature à son service. Des flics, des motards criminalisés, des tueurs à gages. Des flics décidés, prêts à tout, des hommes qui avaient combattu tous les gangs de motards de la ville. Des types sans doute proches de la retraite, avec pour compagnons quelques petits jeunes pour appuyer sur les détentes.

Wolverine. C'était comme si la créature flicarde s'était mise à imiter son ancien ennemi. Wolverine, une créature de la nuit. La nuit *dark blue*. Une créature comme celle-là pouvait fort bien ne pas mourir.

Il était même probable qu'elle ne le veuille pour rien au monde.

Wolverine

Les quatre hommes de l'escouade avaient regardé Verlande, puis Voronine, puis Verlande, sans prononcer un mot. Le silence s'emparait du Cube comme un voleur remplit sa besace du produit de sa rapine.

C'est Forestier qui se risqua le premier :

– Des ex-flics qui tueraient d'autres *polices* ? Pourquoi ?

– Si on le savait, on les aurait déjà tous encagés. Ce ne sont peut-être pas d'ex-flics, disons pas tous, il y a probablement des militaires, des types des services secrets, d'anciens bandits, peut-être des Angels, on ne sait pas trop. Ce qu'il y a d'étrange, c'est la multiplicité de leurs cibles : des flics, certes, mais aussi d'anciens *screws*, et quelques gros gangsters italos. Des magistrats, peut-être pourris, peut-être activistes, certains appartenant à des Commissions des Droits de l'Homme. Plus des extrémistes islamiques. Et pour finir quelques pédophiles, visiblement.

– Des pédophiles ? lâcha Reznik. Quel rapport ?

– On n'en sait rien, il y a un plan derrière tout ça, ce ne sont pas des actions improvisées. Et ce plan, comme d'habitude, il est étalé devant nos yeux, sauf qu'il se confond avec cette putain de ville. On va vous fournir une liste de noms, si la moindre de ces identités croise l'une de vos enquêtes en cours, alerte rouge. On *updatera* la liste au fur et à mesure de notre investigation. Pour le moment, ce ne sont que les premières pistes.

– Ces types tueraient des flics, feraient exploser des véhicules sur la Métropolitaine, tueraient d'anciens *screws*, des taulards, des gangsters en activité, des magistrats et élimineraient des pédos. *Crisse*, Verlande, ce n'est même plus des *vigilantes*, ce sont des exterminateurs multicartes, avait dit Forestier.

Verlande avait juste répondu :

– Ce sont des professionnels.

Il se doutait que coexistaient deux pôles singuliers, mais il tenait pour l'instant à conserver cette intuition dans l'ombre, les hommes de l'escouade devraient parvenir par eux-mêmes à cette conclusion, c'était la seule solution pour qu'ils découvrent quelque chose de neuf.

Deux formes de ténèbres qui parvenaient à se recouvrir l'une l'autre, s'utilisant comme camouflage mutuel. Le pire, il le pressentait, c'est que ce n'était même pas planifié comme tel, c'était la pure physique des événements qui était à l'œuvre, c'était ce qui se trouvait aux limites même de l'Hypercube. Ce que les hommes appellent le « hasard ». Mais il n'y a pas de hasard dans un diagramme.

Tous ces hommes avaient une place dans le plan, tous ces hommes faisaient partie du réseau. Seulement, les liens n'étaient jamais complets, Verlande discernait de tout le combustible de son intuition ces deux attractions différentes, vectoriellement opposées, se repoussant comme deux pôles magnétiques. Oui, deux pôles aux charges identiques, et donc contraints par les lois physiques de l'électromagnétisme de s'éloigner l'un de l'autre. Les deux ténèbres ne sont pas reliées par une relation causale, cela va rendre leur éclaircissement plus problématique, elles se sont simplement croisées sur la carte de la Polis avant de poursuivre leurs destinées propres, quoique certains individus semblent se maintenir très précisément entre elles.

Les paramilitaires d'un côté, tueurs de flics, ou d'anciens *bikers* haut de gamme, d'ex-taulards durs à cuire, mais aussi de ces quelques magistrats et avocats, sur tout le territoire canadien, attribués jusque-là à des *vigilantes* d'extrême droite, ou à des militants d'extrême gauche, selon les cas, sans compter les activistes musulmans reconnus ou inconnus, dont les conducteurs du Ford E-450 sur la Métropolitaine. Montée en puissance : début des opérations environ cinq ans auparavant sur des cibles de seconde catégorie, repérages, mise en place de l'organisation générale, planification des opérations, amélioration constante des performances, méthodes militaires ultra-modernes.

De l'autre côté, ce groupe d'assassins qui s'en prenait depuis deux ou trois ans à des pédophiles confirmés ainsi qu'à quelques petits truands ou à des gardiens de prison probablement pervertis à un degré ou un autre. Connaissance initiale de la cible, rapidité, brutalité, efficacité, simplicité, pas de fioritures, règlement de comptes classique version gangster. D'un côté, la ténèbre propre au cercle secret de la politique, celle que son père avait connue et qu'il lui avait transmise, jusque dans les gènes probablement. De l'autre, la ténèbre de la « culture », celle que toute la société diffusait en continu, comme une pandémie prionique qui rongeait les cerveaux.

Pas exactement le même genre de cibles, pas tout à fait le même timing, pas vraiment les mêmes méthodes, mais c'était comme si toutes ces différences masquaient de terribles analogies. Toujours le schéma récurrent : proximité/divergence. Cela indiquait l'existence d'un point nodal, un point à partir duquel les courbes se séparaient. Et si elles se séparaient, c'est qu'elles s'étaient entrecoupées.

Tous ces gens s'étaient un jour croisés en taule, là où le crime se purge, là où il est parfaitement visible, là où il est la loi. Certains étaient morts assassinés, d'autres avaient disparu sans laisser de traces, d'autres encore s'étaient évanouis volontairement dans la nature, ou ne leur étaient même pas connus.

Le diagramme était complet, y compris avec ses zones d'ombre, en quelques jours à peine ils étaient parvenus à dessiner la configuration de ténèbres formée par tous ces crimes, y compris les plus mystérieux. Lorsqu'un crime n'est pas résolu, c'est qu'un autre est en train de l'être. Lorsqu'un crime n'est pas encore commis, c'est qu'un autre l'a déjà été.

Il ne leur restait plus désormais qu'à lancer leur boule de feu dans le Grand Cube du permafrost social. Le brasier était en train de dissoudre les derniers centimètres de glace, Verlande eut la vision d'un geyser de flammes qui allait fondre sur le monde.

Il comprenait à quel point son cerveau n'était pas vraiment constitué comme celui des autres, les derniers événements, guerres navales, émeutes urbaines, décisions fatidiques, venaient d'en apporter la confirmation : son cerveau n'était pas fait comme ceux des autres, parce que son cerveau n'était pas le sien. Disons, pas uniquement. Il n'était pas qu'un morceau de chair cérébrale logée dans sa boîte crânienne, il était un monde qui s'élaborait en parallèle de la réalité vécue par les habitants de la Cité, il était une forme de vie prédatrice qui se nourrissait des autres cerveaux, il épousait la forme du Grand Cube et plus encore, il semblait bien à Verlande que c'était lui qui donnait sa forme au territoire de la Polis.

Cette nuit-là, de retour chez lui, il s'enferma dans son bunker-labo, se déconnecta de tout réseau extérieur, y compris celui de la Sûreté, et passa au crible de ses propres analyses toutes les données en sa possession. Recoupements, doubles entrées, comparaisons croisées, tests aléatoires, radiographie, spectrographie, psychogéographie. S'il avait pu utiliser les théories physiques de la turbulence des fluides, il n'aurait pas hésité une seconde.

Tout, absolument tout, devait être mis au service de la nuit en uniforme, tout, absolument tout, devait être mis en œuvre pour encager ces chacals. Quels qu'ils soient. D'où qu'ils viennent. Où qu'ils aillent.

Verlande était de tendance très égalitaire dans ce domaine.

Il y resta des heures, comme à la recherche de la pierre philosophale. Il ne cherchait pourtant qu'à compléter un diagramme.

Alors que l'aube pointait son éclat d'arme blanche par les fenêtres, il s'assoupit à moitié. Les images des corps disséqués par les nombres dansèrent dans son crâne épuisé. Des diagrammes naissaient en explosant telles des étoiles, s'engendrant les uns les autres dans une sorte de pornographie géométrique et sacrée.

Des soldats d'élite, cyborgs moitié ombres moitié machines, exécutant des hommes en uniforme de terroriste arabe et des policiers du SPVM dans leurs voitures de patrouille, Montréal transformé en désert, seules quelques ruines éparses et désolées, plus aucun urbanisme, plus aucune Polis, rien que le béton concassé en dunes de sable, au loin des torchères orange et des panaches de fumée noire qui se vissent dans le ciel, sur l'asphalte pulvérisé de ce qui fut une ville, une seule avenue tracée en son centre où se consument des centaines de véhicules analogues à celui de la 40 Ouest. *Destruction Highway*.

Des gangsters déviants, truands, mafieux, ex-flics, sans visage, sans identité, sans singularité, pas d'uniformes, pas de loi, pas de complot politique, simple arithmétique du mal, hommes de main interchangeables traquant des hommes comme eux au milieu d'une forêt nordique où la seule lumière provient d'un quartier de lune et peine à se diffracter dans les nappes de brume qui baignent les frondaisons et le sous-bois. *Nacht und Nebel*.

Des enfants violés, suppliciés, tués, carbonisés. Sacrifiés. *Les innocents paient pour les coupables*.

Des trous dans la nuit.

Des trous plus noirs que la nuit.

Le diagramme

Incendies, explosions, foules hurlantes, balles traçantes, bombardiers dans le ciel, navires de guerre crachant leurs missiles de croisière dans le ciel infrarouge, nimbes noires, grises, pourpres, feu, chenilles des chars d'assaut crevassant l'asphalte des avenues désolées, engins amphibies s'étoilant sur une plage, arrière-plan : les silhouettes tubulaires des champs pétrolifères enflammés projetant leurs torchères dans le midi enténébré, ailerons des drones découpant la nuit au micron près, cadavres noircis, déchiquetés, irradiés, empilés, fondus comme des coulées de métal, troupes de soldats menant l'assaut dans une nuée spectrale cisaillée par les faisceaux des projecteurs, commandos de choc dévastant une zone civile, détonations en longues séquences d'éclats métalliques, salves d'armes automatiques se répondant d'une rue à l'autre, d'une maison à l'autre, d'un appartement à un autre, hélicoptères brassant l'air ardent de leurs rotors, visages de petites filles défigurées par les éclats d'obus, rictus d'un officier s'apprêtant à exécuter sommairement un prisonnier de guerre, regard vide d'une mère venant de tout perdre, c'est-à-dire son enfant. Verlande avait observé un bon moment les images en provenance de l'écran de télévision. Tout était orange et beau, comme durant l'échouage de masse sur le Saint-Laurent, tout promettait de l'être, très bientôt, sur l'étendue du globe entier.

Il avait fini par détacher son regard du vieux Sony Vega pour jeter un coup d'œil à son paternel, le regard perdu dans l'autre écran, celui de la fenêtre qui donnait sur Saint-Viateur, et dans le même temps sur la guerre dont il avait connu le début, et dont son fils allait connaître le dénouement. Verlande s'était dit que son père ne regardait pas ce groupe de jeunes Juifs hassidiques qui traversaient vers la rue Clark mais probablement ceux qu'il avait tués durant cet Armageddon initial, ou ceux avec lesquels il s'était battu, plus tard, sur leur terre ancestrale, ou ni l'un ni l'autre, juste le vol en piqué de stukas au-dessus d'une ville biélorusse ou l'attaque éclair de sa Panzergrenadier Division sur Kharkov.

Des heures s'écoulèrent, il s'était rendu compte qu'il regardait toujours la télévision en écoutant en boucle le *Nothing's Impossible* de Depeche Mode. Il était parti de chez son vieux en fin de journée avec quelques caisses de livres, puis, arrivé chez lui, il avait mangé sans réel appétit un plat préparé au micro-ondes devant l'écran plasma accroché au mur du salon.

Even the stars look brighter tonight, nothing's impossible.

Non seulement les étoiles semblaient plus brillantes, mais rien ne paraissait à priori impossible, en effet, et surtout pas le pire.

Vers 5 heures du matin, alors que l'écran continuait de diffuser les images de la guerre civile qui s'étendait sur le monde, il décida de se retrancher dans son atelier. Le Labo. Le fruit de tant d'efforts secrets.

En fait, il y avait investi la moitié de sa vie, ou presque.

Récupérations, achats divers, parfois illicites, peu importait. L'idée c'était de finir par disposer du complément instrumental de la bibliothèque, d'être en mesure d'élaborer sa face obscure, sa boîte noire, son système d'intrusion dans le réel. Logos/Technès.

Son laboratoire de criminalistique privé se trouvait dans le même état d'inachèvement que la bibliothèque, les deux entités étaient connexes, corrélées comme deux particules quantiques. Elles se nourrissaient mutuellement tout autant de leurs pleins que de leurs vides, en ce sens elles indiquaient le point d'intersection de leurs infinis respectifs.

Inachevé ou non, le couple formé par les « engins de cognition extrême » restait parfaitement opérationnel. Les livres, *le logos*, tout comme les expériences conduites sur la *phusys*, ne s'accumulent pas de façon associative, numérique, ils forment des « touts » supérieurs à la somme de leurs parties, quelles que soient les parties ; que la bibliothèque soit complétée ou non, elle ouvrait sur un infini spécifique, un univers parallèle au microcosme de son cerveau, que le laboratoire manque de tel ou tel instrument n'empêchait nullement ce cerveau de s'y connecter et de s'en servir comme d'une plate-forme de simulation, capable de faire resurgir des événements à partir d'une série de traces microscopiques, une machine qui pouvait fabriquer du faux plus vrai que le vrai, le but de toute *technès*, un dispositif infini en dépit de ses insuffisances, car il permettait au cortex qui le connaissait bien de devenir comme lui, mieux, d'*être ce qu'il devenait*, sans cesse.

Il veilla au milieu des machines jusqu'au matin, relisant pour la énième fois les *Éclaircissements sur les sacrifices*, le jour succéda à la nuit comme une simple variation d'intensité dans les ténèbres qui recouvraient le monde.

Le laboratoire secret connaissait bien Paul Verlande. C'était un humain attentionné, qui appréciait la délicatesse des machines et savait rester impitoyable avec ses congénères. Il était clairement *the right man at the right place. With the right book.*

Alors, *let's roll*, retour à la liste, retour à la compilation, retour à la loi des nombres, retour dans le Grand Cube de la Polis.

Retour aux fichiers, aux identités, retour au *multiracial profiling*.

Ces toutes dernières années, on n'avait cessé de constater la progression du nombre des « micro-attentats », comme les appelaient les experts assis derrière leurs bureaux, incendies de forêts, sabotages de voies de transport, ferroviaires, routières, fluviales, actes de malveillance tous azimuts, sur les lieux de travail, dans les espaces publics, les résidences privées, les hôpitaux, les usines, les centres commerciaux, piratages informatiques, explosions artisanales, petits assassinats discrets, la guérilla au quotidien, le terrorisme microlocal, le jihad à basse intensité. Mais plus Verlande observait les faits, plus il devinait l'émergence d'une nouvelle vague, une vague dont l'intensité était bien plus élevée, une vague dont la longueur d'onde s'étirait entre les deux affaires dont ils avaient la charge, une onde qui reliait l'attentat de la Métropolitaine et le meurtre des deux flics montréalais. Une onde qui s'étendait sur le monde, transmettant partout l'écho des catastrophes en cours, une onde faite de convois de réfugiés en feu et de pédophiles professionnalisés. Les deux polarités ténébreuses avaient appris à se servir de l'arrière-plan politico-criminel comme écran de fumée pouvant dissimuler leurs actions, mais mieux encore elles semblaient pouvoir profiter pleinement de l'existence l'une de l'autre, sans même avoir à se concerter. Leur déterminisme était d'autant plus rigoureux qu'il s'appuyait sur le hasard, c'est-à-dire quelque chose qui n'existait pas vraiment, qui n'était qu'un effet de distorsion dû à des causalités invisibles.

Tous ces crimes étaient rarement en lien direct, mis à part quelques cas de représailles et contre-représailles entre bandes ethniques et/ou organisations politiques de choc. Quelques procès avaient abouti à des condamnations, voire à des expulsions hors du territoire. Verlande devinait que cette situation endémique servait de toile de fond. Au sens strict. Elle servait aux tueurs paramilitaires et à l'autre groupe criminel de système général de dissimulation, leur méthode, aguerrie probablement par des années de service : utiliser l'environnement extérieur comme tenue de camouflage.

Les diverses listes qu'il avait établies au fil du temps avec Voronine ressemblaient à des formes métastables, elles se recoupaient sans jamais se croiser vraiment, c'était comme une suite d'agglomérats éphémères d'où, parfois, surgissaient les vecteurs conduisant à ce qui pouvait ressembler à un diagramme. Il existait bien un réseau de connivences, mais il paraissait échapper à tout cadre rationnel.

Une corrélation secrète s'établissait pourtant entre plusieurs de ces attentats, Verlande le devinait. Cet imam iranien, retrouvé mort chez lui, d'une balle de .40 dans la tête tirée à bout touchant, Verlande sait très bien qu'il ne s'agit pas d'un suicide en dépit du rapport du SPVM. Il y a cette dissidente somalienne, qui a apostasié l'Islam, avant de subir le couperet d'une fatwa qui s'est abattue sur elle quelques mois plus tard, en dépit de la protection policière, puisque sa voiture a explosé en rase campagne, à dix kilomètres de l'ancien aéroport de Mirabel, la tuant sur le coup avec son garde du corps, méthode de l'IED, testée avec tant de succès en Irak. Il y a ces militants syriens proches du Hezbollah criblés de balles à impulsion électrique, au coin de Masson et de la 3e Avenue. Les attentats sont sophistiqués, s'inspirent de la longue guerre dans le Golfe, personne dans le civil n'a accès à des armes à impulsion. Ils font face à une force secrète, une force d'élite, une force plus forte que les pouvoirs en place.

Plus ils remontaient dans le temps, plus ils élargissaient le cercle des recherches, plus ils mettaient au point leurs instruments d'analyse et de discrimination scientifique, plus la liste s'allongeait, s'étendait, grossissait, jusqu'à emplir tout le champ de vision, tout le temps de pensée, plus ils comprenaient qu'une bonne partie des attentats compilés servirait de leurre, de camouflage, de diversion, pour les autres, ceux qui comptaient vraiment.

Verlande commençait à se dire qu'une troisième entité, inconnue, en particulier des deux autres, sans doute liée à des services de police et de sécurité, se servait ouvertement du jihad mondial pour dissimuler ses propres activités terroristes, ou « contre-terroristes », illégales dans tous les cas. Plus encore, les deux polarités initialement perçues comme différentes ne formaient-elles pas un seul et unique noumène ? Tels deux services qui agiraient en étroite collaboration pour le compte d'une même organisation, cette troisième force dont il lui semblait percevoir les contours, cette force plus secrète encore que les secrets qu'elle était censée garder ? Cette force bien plus efficiente que tous les services de police.

Se servir du meurtre et du sabotage généralisés pour cacher ses meurtres et ses sabotages bien particuliers.

La fragrance spécifique des services secrets emplissait maintenant toute l'atmosphère. Un parfum que Verlande connaissait au plus près, celui qu'il portait chaque jour, chaque nuit, chaque seconde. C'était à se demander si l'organisation paramilitaire clandestine n'avait pas embauché ses spécialistes dans le monde entier.

Une internationale de *vigilantes* ?

En approfondissant leur enquête, en recoupant toutes les informations en leur possession, en recherchant des indices dans tous les fichiers qui leur étaient accessibles, autant dire tous, bref en faisant leur travail de machines au service de la forme de vie nommée *Cité*, ils comprirent très vite qu'en plus des quelques truands et pédophiles assassinés dans des conditions mystérieuses ces quatre ou cinq dernières années, les « paramilis » s'en prenaient à une multitude de cibles, aussi bien criminelles que politiques, jusqu'à deux ou trois juges, plusieurs avocats, un procureur à la retraite, une autre en activité. C'était curieux. Aucun attentat n'était revendiqué. Tous les attentats avaient réussi. Chacun d'entre eux avait été conduit avec les mêmes méthodes de soldatesque d'élite. Techniques israéliennes, britanniques, américaines, colombiennes, russes.

Victimes de choix : des chefs ou des sous-chefs de gang, des trafiquants de dope, d'armes, de filles, d'organes. Ils avaient vraisemblablement tué l'ancien bras droit de « Mom » Boucher, qui dirigeait un chapitre de Hell's Angels en Ontario. Ils avaient fait exploser la Cadillac Bel Air d'origine de Jack Redburn, un des boss de la mafia des Grands Lacs lors d'une visite à son chef de district québécois, à Westmount.

Pourtant, cette toute première vague d'attentats ressemble à une simple mise en jambes. Le groupe paramilitaire suit la méthode du *test and trial*, ses membres progressent comme une unité lancée derrière les lignes ennemies, ils apprennent, s'adaptent, ils circonscrivent leurs cibles avec de plus en plus de précision, les exécutent avec de plus en plus d'efficacité, les meurtres des « droits-communs » leur avaient servi de tests, à tous niveaux, avant de passer à la vitesse supérieure, soit l'assassinat politique et la conspiration.

Verlande circonscrit le diagramme technique/militaire : l'usage d'armes automatiques de pointe, les balles dans la nuque, les chevrotines grain 4. Certaines des victimes étaient fliquées, ou protégées par la police. C'est donc du travail de corps d'élite. Mieux, c'est du travail exécuté par les membres d'un corps d'élite qui possèdent de nombreux contacts dans les forces de police et de sécurité.

C'était du travail d'hommes remarquablement informés, à chaque occasion.

Il ne s'agissait pas d'un simple commando de tueurs à gages composé d'ex-flics devenus exterminateurs de flics.

Verlande devinait une forme à peine distincte de l'obscurité où elle se tapissait. Cette forme, c'était celle de l'Hypercube mais comme retourné de l'intérieur, tel un gant, son centre extra-orbital ramené de force au point de convergence.

Tous ces crimes semblaient utiliser la brutale turgescence génocidaire du monde pour mieux s'accomplir. Tous ces crimes traçaient des diagrammes particuliers au milieu de la masse statistique amorphe, tous ces crimes ne formaient même pas de schémas à proprement parler, ils créaient le plan vectoriel sur lequel tout venait se disposer, ils semblaient faits de la substance même de tous les crimes, ils semblaient former le crime quintessentiel caché au cœur de la chute générale de l'humanité, ils semblaient indiquer l'existence d'un secret plus terrible encore que le monde qui s'autodétruisait sous leurs yeux.

Les évidences : il ne s'agissait pas d'*ex*-flics, ou d'*ex*-militaires. On avait affaire à des types encore en activité, en tout cas pour la plupart, c'était ce qu'indiquait la forme dans les ténèbres. Et cela signifiait que Curtiss et Robitaille, avec l'aide probable de Derville, avaient découvert leur existence, et s'apprêtaient à la révéler, preuves à l'appui. Cela signifiait que la vague d'attentats et de contre-attentats des mois précédents, tout comme les meurtres de gangsters, plus anciens, ne faisaient qu'un avec l'assassinat des deux flics du poste 37.

Verlande sentait son réacteur à fusion personnel se mettre en marche.

Les paramilitaires. Les pédophiles. Quelques hommes semblent naviguer en eaux troubles entre les deux mondes. Oui, tout est relié. Tout est toujours relié sous l'ombre portée de la lumière de la Loi invisible.

Tout se relie toujours, dans la mort.

Aucun attentat suicide, aucun kamikaze impliqué dans ces crimes. Aucun indice révélateur d'un groupe d'action clandestin.

Pas de communiqué revendicatif. Pas de signature emblématique. Aucune déclamation spectaculaire.

Rien que le silence du tonnerre mécanique qui vient de s'éteindre. Rien que la mort laissée derrière leur passage. Rien d'autre que leur apparition mortelle, et leur disparition dans les angles morts de la Cité.

C'est parce qu'il s'agit d'une force bien plus dangereuse, bien plus secrète que toutes les cellules dormantes d'Al-Qaeda réunies.

Et cette force, il commence à comprendre d'où elle provient vraiment.

Et d'où elle provient vraiment, elle est pleine des foudres de la Justice divine.

LES NUITS DE CRISTAL

Il te faudra te consumer à ta propre flamme ;
comment naîtras-tu de nouveau, si tu ne t'étais d'abord consumé ?

Nietzsche

Le programme

Ce soir-là, lors de sa visite hebdomadaire chez son père, le ciel avait pris une teinte violine qui laquait les hautes nuées d'altocirrus, Verlande s'était dit de façon machinale que le mélange du rouge et du bleu donnait la couleur violette, la teinte mystagogique par excellencc, le monde était plein de secrets qui ne se révélaient que si l'être était capable d'investir l'intelligence cognitive. *L'être*, disait saint Thomas, *est l'acte d'être*. Sans quoi, l'être est incapable de saisir ce qui fait sa nature, car en tant qu'*indivis* singulier, il est forcément fini. Sauf que la compréhension de l'être comme un acte lié au Logos l'ouvre directement sur l'infini, et sur l'invisible.

Une fois que le processus a été mis en route, rien, pas même la mort, évidemment, n'est en mesure de l'arrêter. Pourchasser des tueurs de flics et des pédophiles était une des seules tâches nobles qui subsistaient dans le cloaque où le XXe siècle avait plongé le suivant. Ce soir-là, ce soir de pleine lune et de nuages violets, son père lui avait fait la remarque :

– Observe attentivement comment une force mal utilisée est bien pire qu'une faiblesse même tout juste contrôlée. Les guerres ethniques et interconfessionnelles qui ravagent tous les continents s'appuient sur une réversion des fondements mêmes de l'économie mondiale, qui a commencé au début du siècle, et cette réversion modèle déjà les conditions futures du monde considéré comme sélection par le désastre.

Le chaos comme mode d'organisation optimal, quel autre événement crucial que la guerre que son père avait faite pouvait prodiguer un tel enseignement élémentaire ?

– La *destruction créative* comme élément fondamental de toute industrie capitalistique, avait répondu Verlande. Avec sa mise en boucle mécanique. Le meilleur des mondes possible.

– C'est le monde dans lequel nous *survivons*, mon très cher fils, c'est ainsi que nous l'avons planifié. C'est le monde que vous allez détruire, donc créer.

Au-dessus de la plaine russe, une escadrille d'avions d'assaut soviétiques venait de surgir de nulle part et transformait une colonne de panzers en une longue suite de boules de feu, Voerlandt vit plusieurs hommes de sa compagnie fauchés net par les éclats de shrapnels et les balles de mitrailleuses, alors qu'ils traversaient la rue Saint-Viateur. Les avions russes étaient noirs. La neige était noire de pétrole et de chairs carbonisées, la neige était noire de fragments de métal consumé, la neige était tout ce qui leur restait.

– Vous irez aux forceps, comme nous l'avons fait. Après des années de variations incessantes, le prix du baril de Brent a atteint puis franchi le seuil maximal qui a de fait *tué le marché*, et provoqué conséquemment la chute finale des cours. Même lâchée sur cette Terre, la Réversibilité n'obéit pas à la prétendue « logique » de ses résidents : *ce sont les trusts pétrolifères eux-mêmes qui vont tuer l'industrie du pétrole*. La technique a toujours été la forme pensée de la guerre. Et la guerre est désormais pleinement devenue une forme spécifique de la pensée, et on peut même dire qu'elle est devenue la seule forme de pensée envisageable, je suis sûr que tu l'as remarqué.

Verlande avait vaguement souri, il était difficile de ne pas remarquer l'implosion de toute une humanité. Il savait que son père ne prononçait jamais ces mots à la légère, il portait tout le poids d'une guerre mondiale avec eux.

Lorsque l'aube s'était levée sur le champ de bataille de Koursk, au matin de la troisième journée de combats, Voerlandt avait compris qu'il vivait probablement une époque terminale de l'histoire de la guerre. Deux millions d'hommes s'affrontant dans la grande plaine eurasienne, c'était encore digne du temps des Grandes Invasions. Seule la technique avait changé. Mais en changeant, elle tuait le monde d'où elle provenait. Plus aucune guerre ne ressemblerait à celle qu'il était en train de vivre, celle qu'il avait vécue pour le restant de ses jours. Aucune guerre ne serait sans doute si semblable au monde qu'elle allait engendrer.

– Voici ce qui advient lorsqu'une guerre échappe à ses propres règles. Aucun nombre n'est anodin. C'est ce qui explique pourquoi le pétrole perd de sa valeur alors qu'il se raréfie. C'est aussi ce qui explique pourquoi les riches, qui peuvent désormais s'en passer grâce à leurs technologies de substitution, creusent sans cesse l'écart avec les pauvres, dont la demande en pétrole, contingenté par les lois environnementales, ne peut plus être satisfaite, sinon sur les marchés noirs. Il doit bien exister une équation pour mettre en rapport tous ces facteurs déterminants.

– Ton goût pour les nombres ne te quittera jamais. Il faut dire qu'ils sont faits pour décrire parfaitement la destruction du monde.

– Tradition germanique, mon enfant, et justement, le monde que nous avons créé en 1945 a su quoi faire de cet héritage.

Oui, avait pensé Verlande, l'héritage que tu m'as légué. La guerre mondiale comme forme de développement humain planétaire. La convergence paradoxale de tous les conflits pensables, et pensés.

Victor Voerlandt regarda le monde par la fenêtre. Il était resté tel qu'il l'avait laissé, soixante-quinze ans plus tôt. Son groupe de Nachtjagers avançait en avant-garde dans cette forêt des environs de Kharkov, lorsqu'ils étaient tombés sur une patrouille de reconnaissance soviétique. Grâce à leurs fusils d'assaut automatiques et à leurs lunettes à vision nocturne, le combat ne fut qu'un jet de flammes qui éclaira la nuit de sa beauté orange, ce fut aussi concentré qu'une seule et unique déflagration, un bruit étourdissant, une poignée de secondes, quelques dizaines de morts. Puis le silence qui retombait comme un drapé de mousseline sur le Mile End.

– La loi d'airain de la réversion, la voici : le pétrole devient un produit de plus en plus rare, dont la demande est en chute libre et dont la cherté initiale est désormais anéantie par son extinction comme forme d'énergie essentielle, crois-moi, la chute ne fait que commencer.

– Jusqu'où ira-t-elle, selon toi ?

Verlande savait depuis longtemps que son père avait conservé toute sa vie durant une connaissance instinctive des chutes. Ces chutes qui sont la marque de l'homme.

– Jusqu'à la fin de ce monde, car elle en est le marqueur originel comme terminal. Son Alpha et son Oméga. Ce sont les industries les plus fragiles et les plus dépendantes des carburants traditionnels qui ont disparu les premières, donc dans les pays les plus pauvres. C'est dans les nations émergentes que la casse a été la plus rude, elles n'ont pas eu le temps de s'adapter, telle une espèce animale arrivée trop tard pour avoir l'occasion de muter… Ce ne sont pas les plus forts qui s'adaptent, ce sont les *meilleurs*.

– Biologie industrielle… la technique comme forme de vie… c'est presque trop beau pour être vrai.

– Admire le processus de la réversion à l'œuvre dans sa globalité : *c'est la transformation écologique de nos industries qui provoque les pires crises environnementales et économiques jamais vues, dans le reste du monde.*

– Le darwinisne sous sa forme la plus pure, je dois le reconnaître.

– Le règne de l'*Homo sapiens sapiens*, mon cher fils. Précisons même : l'*Homo faber*, cet être délicieux qui crée en détruisant. C'est le boom écologique qui provoque la crise alimentaire mondiale liée aux diverses explosions des prix de l'énergie et à la conversion massive de l'agriculture vers les biocarburants, en particulier dans les pays du tiers monde. Et les perturbations cycliques des marchés financiers font osciller le pendule beaucoup trop vite pour toutes ces nations déjà hautement fragilisées. Ce n'est pas une crise économique, même générale. *C'est l'économie comme poursuite de la crise générale par d'autres moyens.*

Lors de l'attaque russe sur Berlin, le 19 avril 1945, il se trouvait avec les quelques rescapés de sa compagnie sur les lignes orientales du front. La ville était déjà encerclée, 40 000 pièces d'artillerie, une par mètre en moyenne, avaient été soigneusement disposées par l'Armée Rouge tout le long de sa périphérie, sans compter les batteries de *Katioushas*. Lorsque l'ordre de feu fut donné, le ciel tout entier s'illumina d'un seul coup, comme si une supernova venait d'exploser à proximité.

D'ailleurs, c'était une supernova.

Puis ce furent la terre, les maisons, l'asphalte, les immeubles qui devinrent des crabes ardents en l'espace de quelques secondes. Il ne comprit jamais comment il avait pu survivre à ce cyclone de feu et d'acier.

Verlande songeait aux hommes qui s'entre-tuaient pour un jerrycan d'essence, alors qu'en termes de valeur pure, cela égalait tout juste son équivalent en eau potable, comme une mauvaise drogue bon marché et dangereuse à laquelle des pans entiers de la civilisation s'étaient accoutumés. Il songeait aux nécessités toxiques de la

Technique. Il songeait aussi aux assassinats interreligieux, aux complots qui s'agitaient dans l'ombre, aux actes de microterrorisme en constante augmentation, à toutes ces pandémies virales aux mutations incessantes qui se succédaient voire s'hybridaient, et à la dénatalité en cours de globalisation, qui créait paradoxalement les flux migratoires les plus violents de l'histoire de l'humanité, il pensait aux convois de réfugiés, aux pirates des mers, aux bidonvilles flottants, aux tueurs de flics, aux tueurs de truands, aux tueurs d'enfants, aux tueurs de pédophiles, le mot « guerre » ne lui semblait plus du tout adéquat. Une guerre nécessite des adversaires ligués les uns contre les autres sur des champs de bataille. Il n'existait plus vraiment de solidarités ni de destins collectifs, et par conséquent plus aucune ligne de fracture stable, chaque microparcelle du monde était devenue un champ de bataille, ou plutôt : une bataille sans plus le moindre territoire délimité. La guerre s'exorbitait de sa propre origine, l'homme, pour lui revenir en pleine face, habillée comme un robot humanitaire, c'est-à-dire en uniforme de gardien de camp de concentration. Le monde que son père avait détruit trois quarts de siècle auparavant s'était subtilement transmuté en suivant les plans conçus par ceux qui, justement, avaient procédé à son anéantissement. Le monde de la soi-disant après-guerre était celui de la guerre totale, c'est-à-dire le moment de la guerre *invisible*, parce que inséparable de la moindre pensée, de la moindre action, de la moindre cellule vivante, de la moindre image de l'homme. Et dans cette guerre, les machines se combattaient sans pitié en utilisant les masses humaines comme chair à canon. Le progrès, par définition, ne pouvait être arrêté, puisqu'il était la forme planétaire de la Chute.

Son père l'avait compris dès les premiers jours de son incorporation. Qu'ils perdent cette guerre ou qu'ils la gagnent, les nazis, les Russes et les Américains allaient créer tous ensemble le monde à venir, pour des siècles. L'essentiel ne tenait pas dans le fait que leurs techniques agglomérées par la guerre allaient façonner le monde qui surgirait des ruines, mais dans la *perspective eschatologique* – comme disait son paternel – où le monde lui-même serait inconcevable sans cette convergence absolue de la science et de la destruction : la technique ne serait plus un facteur, même *surdéterminant*, dans cette formation de l'humanité posthistorique, c'est la technique elle-même qui deviendrait le monde, du plus petit composant organique à la plus immense des machineries. C'est ce qui expliquait en quoi le nazisme n'était pas une idéologie politique, ni même un mode de vie, ou une « religion » ou toute autre forme de système socio-culturel, *le nazisme représentait l'état psychique du monde du XXe siècle*, et ainsi il conditionnait la direction que la technique-monde allait emprunter : Von Braun enverrait des hommes sur la Lune pour la Nasa, en ayant au préalable fait mourir à la tâche plus de trente mille déportés du camp de Dora pour construire ses V-2, dont le nom allemand signifie « arme de représailles ». Telle une image invertie du génial ingénieur allemand, Korolev, le père des fusées soviétiques qui enverraient le Spoutnik et Gagarine en orbite, fut extirpé de son Goulag sur ordre de Staline, dès que les Russes furent parvenus à Peenemünde, afin qu'il reproduise et améliore au plus vite ce que Von Braun avait dû abandonner dans ses hangars et que les Américains n'avaient pas eu le temps d'emporter avec eux. Korolev avait été le premier homme à concevoir et réaliser une minifusée à propergol liquide avant-guerre, au moment où l'Américain Goddard produisait les premiers carburants solides et des vecteurs de taille vraiment fiables. C'était donc ici, dans les ruines de l'Allemagne nazie, que le futur s'était triangulé. Les deux vainqueurs, bientôt rivaux, édifiaient leur puissance sur les ruines de leur ancien ennemi commun, devenu en quelques jours le socle de la survie de chacun d'eux, grâce aux missiles de « représailles » qui avaient détruit tant de villes britanniques. Plus encore, l'invention décisive des alliés elle-même, *l'ordinateur*, qui avait décodé la machine de cryptage de l'armée allemande et résolu les équations liées à la réalisation de la bombe atomique, n'avait pu être fabriquée sans la participation massive de savants juifs qui avaient fui le Reich hitlérien, et sans l'incessante sophistication technique que les crypteurs nazis opposaient aux tout premiers informaticiens de l'histoire, réunis à Bleachley Park.

Ainsi la défaite du nazisme avait-elle contribué pleinement, en tant que *force positive*, à l'édification du monde des vainqueurs, dont ces derniers étaient en fait tributaires. Verlande ne pouvait s'empêcher de trouver une forme de beauté, diabolique certes, mais inestimable, dans ce phénomène historique qui s'était tenu dans l'invisible, l'indicible, le non-factuel. Son père lui en avait enseigné toutes les nuances durant sa jeunesse, il lui avait apporté maintes fois la démonstration que le mouvement amorcé à l'époque n'avait fait que s'amplifier, jusqu'à ce moment terminal qu'ils vivaient tous deux : on ne jouait pas avec la technique-monde sans prendre de très gros risques, l'Allemagne nazie, l'Union soviétique, et désormais les États-Unis d'Amérique en avaient payé le prix. Mais le grand jeu de la domination planétaire n'arrêtait pas d'invertir et d'amplifier les processus à l'œuvre.

Les trois idéologies fondamentales du XXe siècle, nazisme, communisme et libéralisme démocratique, ne pouvaient que finir par s'hybrider au cours du suivant. Il subsistait néanmoins comme une ligne de divergence, mais qui semblait en mesure de rendre l'ensemble plus cohérent encore : le nazisme et le communisme avaient péri parce que leur vision de l'État reposait sur un simulacre de transcendance, sans la moindre liberté. Les démocraties libérales, elles, étaient en train de sombrer parce qu'elles s'étaient obstinées à ne proposer comme vision de la société qu'une somme de libertés sans authentique transcendance.

Victor Voerlandt était beaucoup trop vieux pour ignorer la figure que prendrait le prochain millénaire. Il l'avait déjà vécu, en deux ans et demi passés au cœur de l'Apocalypse. Il était aussi trop jeune pour s'en inquiéter. Sa jeunesse avait été congelée à jamais dans les neiges de l'hiver russe.

– Je reconnais là ce que tu m'as enseigné depuis ma plus tendre enfance : la guerre n'est pas un appendice de la technique, elle est sa matrice fondamentale.

– Tu ne crois pas si bien dire. Le XXIe siècle vient tout juste de commencer. Et il commence par une mutation technologique générale qui élève d'un cran la compétition évolutionniste entre les hommes.

Verlande s'était fait la remarque que ce dialogue sur les causes et les conséquences de la crise énergétique internationale servait en fait de prétexte à une conversation dont le sujet était la destinée du monde, c'est-à-dire la destinée de la technique. Son père collectionnait les listes, les nombres, les nomenclatures, les machines, en retour elles se laissaient connaître de lui, elles ouvraient le monde à ses yeux, elles lui faisaient connaître sa fin, c'est-à-dire son aboutissement.

Et son aboutissement c'était son fils, cet homme qui lui aussi se faisait connaître des listes, des nombres, des nomenclatures et des machines, cet homme pour lequel elles ne cessaient en retour d'excaver l'univers à mesure qu'elles prenaient corps en lui.

La filiation était bien plus que génétique, psychologique et culturelle. Ils étaient reliés par le plus profond des abîmes, ils étaient reliés par la Création du Monde, et sa Chute.

Victor Voerlandt avait connu l'époque où les Allemands devaient remplir une brouette de Reichsmarks pour acheter un morceau de pain à la boulangerie. Il avait déjà connu une fin du monde, il pouvait décrypter celle-là rien qu'en humant l'air ambiant, rien qu'en écoutant ce qui était tu, rien qu'en fermant les yeux une seconde.

Il poursuivait calmement son exposé, devant la carte d'un monde qui n'existait plus, déployé en transparence spectrale devant les rues du Mile End, où les soldats soviétiques et les Waffen SS se livraient un combat de fantômes sans pitié. Ce monde disparu avait pourtant préséance sur le décor des humains s'agitant en arrière-plan. La poussière soulevée par les colonnes de panzers de la division Wiking nimbait les rues du quartier juif. Il connaissait cette face cachée de la vérité, et l'avait transmise à son fils.

– C'est exactement le monde que nous avons inventé en 1945. Un monde où paradoxalement la Réversibilité ne cesse d'agir dans l'invisible comme dans le visible. J'ai juste vécu le début de ce monde dont tu vas connaître la fin. Mais il ne vole pas en éclats, mon fils, il change juste de structure, de forme, de *sens*.

Un jour de 1943, en pleine retraite après la débâcle de Koursk, il avait assisté à une exécution de masse, sur la route de la frontière russo-ukrainienne. Son bataillon entier était hissé sur ce qui restait de chars de la *Sturmbrigade*, la chaussée était passablement défoncée, l'aube javellisait le paysage, il pouvait voir de vastes champs de terre noire là-bas, au loin, jusqu'à l'horizon. Du haut de son Panther Mark IV, il discerna une bonne centaine de personnes alignées en une longue file immobile, il distingua hommes, femmes, enfants, vieillards, ils se tenaient sur un tumulus de terre en contrebas duquel une grande fosse venait d'être creusée. Puis il aperçut les uniformes gris ou noirs des SS qui prenaient position derrière la longue cohorte de civils, ou de partisans. Ce fut très rapide, là encore. Fusils, pistolets, mitraillettes, tout l'armement disponible sur place fut utilisé par le peloton de cette division SS de police. La disparition de la masse humaine dans la fosse, comme si elle n'avait jamais existé, lui parut en mesure de faire disparaître l'événement entier de sa mémoire. Ce ne fut pas le cas. Mais il disparut à tout jamais de sa parole.

Victor Voerlandt jouait depuis très longtemps aux échecs avec le monde, c'est la raison pour laquelle il avait survécu près d'un siècle.

– Appelle ça un embargo inverti : *on ne fait plus la guerre pour le pétrole, en la menant contre ceux qui le possèdent, on fait la guerre à ceux qui le possèdent, non pas en essayant de se l'approprier, mais au contraire en le leur laissant.*

– L'Or noir. Le cadeau empoisonné. Un Midas qui transforme tout en désert.

– Tout. Et tant pis pour les dégâts collatéraux, même s'il s'agit du monde en son entier, il se trouve au mauvais moment à la mauvaise place. N'oublie pas que ce sont les moteurs à eau qui vont tuer cet or noir, venu des entrailles souterraines de la Terre, j'espère que tu as saisi mon allusion.

Verlande avait fait mieux que ça, il l'avait laissée le saisir. L'Eau Céleste catalysée depuis le premier élément de l'univers viendrait à bout de l'héroïne noire planétaire, cette fois-ci, nul doute n'était permis, la Création tout entière craquerait.

– Mon cher fils, n'oublie jamais que si la planète est l'enjeu de cette guerre, elle sera surtout *une arme stratégique* pour ceux qui sauront l'utiliser.

– L'écologie comme « arme de représailles », les concepteurs des V-2 eux-mêmes n'y auraient pas pensé, père.

– L'écologie est à peu près tout sauf ce que les écologistes croient qu'elle est. Je pense qu'ils commencent tout juste à se rendre compte de quelle arme de destruction massive il peut s'agir, une fois placée dans les mains des maîtres du monde.

Son père avait jeté un coup d'œil par la fenêtre, vers le ciel où des Stormoviks russes piquaient sur une autre colonne de panzers. Non seulement la guerre qu'il avait faite ne s'était jamais arrêtée, mais c'est elle qui maintenait le mouvement du monde.

Verlande avait parfaitement compris ce que son père lui avait dit à mots couverts, comme tout homme né à l'époque des codes secrets et des machines à décrypter :

Les pauvres peuvent fuir vers des eldorados souvent imaginaires.

Mais où peuvent fuir les riches, et tous les autres, quand le monde entier est repeuplé à la façon d'une zone de guerre ?

Kosmopolitika

À partir de cet instant il ne faudrait à Voronine et Verlande que quelques signaux tout juste perceptibles pour comprendre à quel point la SQ, et surtout sa Direction du Renseignement, était en train de devenir une authentique Police politique.

Police, Politique, *Polis*. Même étymologie, même vérité indicible, même tradition millénaire. Le fouet, le sabre, le feu. Le flicard est la vestale armée qui garde les morts pour mieux prévenir les vivants que leur existence n'est qu'un vague sursis. Il est l'œil du *Great Father* qui le charge de surveiller au plus près tous ses petits frères qui pullulent dans les cloaques du social, il est le bras du Léviathan qui empêche la foule massifiée de reprendre le contrôle de la Cité. Il est donc l'œil du cyclone de la horde primitive, là où se tient l'axe de sa furie giratoire, il est le seul maître à bord, il est celui pour qui l'émeute est une variation d'intensité dans l'organisation politique, dans la structure vivante même de la Polis.

Ce jour-là, ce fut le matin du 8 mai. Un jour pris dans la banquise éternelle de tous ceux qui se succédaient dans le Grand Cube. Un jour indifférençiable de tous ceux qui voyaient le monde se détruire peu à peu. Mais pour Verlande, cette date marquait un anniversaire plein de toutes les expériences paternelles, et donc de tous les paradoxes du siècle qui les avait vus naître, à quarante-six ans d'intervalle.

Ce 8 mai marquait l'anniversaire de la fin de la Seconde Guerre mondiale, il indiquait donc le jour et l'heure de la naissance du monde que cette guerre avait élaboré, sur les cendres du précédent. En même temps, il survenait l'année du centenaire de la fin du premier conflit mondial, qui n'avait été rien d'autre que l'interlude matriciel qui allait donner naissance à la destruction de plus de deux mille ans d'histoire humaine.

On était le 8 mai, et c'était un jour décrété Journée mondiale de la paix universelle par l'ONU. On était le 8 mai, le printemps était particulièrement précoce, tout bourgeonnait, tout fleurissait, le ciel claquait bleu azur acrylique, le soleil irradiait chaque élément de son intense lumière dorée. Le monde était redoutablement beau, il n'avait peut-être jamais été aussi beau, alors même qu'il s'effondrait.

On était le 8 mai, le printemps était arrivé. Les catastrophes d'origine humaine aussi. Sur la route du QG de Parthenais, Verlande s'était dit que le hasard ne pouvait avoir présidé à ce que tout cela survienne en ce jour. Le hasard n'était jamais qu'une illusion d'optique du cosmos. Une force motrice inconnue donnait au monde un mouvement circulaire absolument imprévisible, imprévu, incalculable, le mouvement à partir duquel tout, justement, peut être calculé.

Code rouge, immédiatement.

Guérilla isotopique : la chaîne d'alimentation Provigo vient de découvrir qu'un lot important d'eau minérale et de sodas de survie hypercaloriques a été sciemment contaminé par de fortes quantités d'iode 131, de polonium 210 et de cobalt 60. Bombe au radium version supérette, les mots « conflit asymétrique » eux-mêmes n'ont plus de sens, il n'y a pas de conflit, sinon la paix globale de la destruction du monde. Il n'y a plus ni symétrie ni asymétrie, nous sommes dans l'abysse du trou noir, toutes les tables de toutes les lois, physiques comme sociales, ont été anéanties. Méthode artisanale : seringues jetables à microcatheter pour l'injection des produits mortels à l'intérieur des bouteilles en écoplastique, quelques hommes motivés ont suffi. Armement classifié : substances radioactives utilisées dans la médecine de pointe, quelques milligrammes ont suffi. Déviation, détournement de la technique par elle-même, opération génocidaire micronisée, des dizaines de personnes contaminées au moins, peut-être quelques centaines selon les dernières estimations, déjà huit morts express, trois enfants, dont deux en bas âge, un vieillard, quelques malades, une nuit et une matinée ont suffi. C'est le premier code rouge, celui qui initie la série, celui qui donne le ton à la mélodie, celui qui va assurer le tempo.

Rien d'autre que le microterrorisme quotidien qui continue de peindre son arrière-plan sociologique fondamental : la guerre est une variation d'intensité dans le chaos auto-organisé de la Polis, c'est-à-dire son devenir-ordre métastable. Mais désormais il n'y a plus de variation d'intensité, il n'y a plus de devenir, ni d'ordre métastable, il n'y a même plus de guerre à proprement parler, il y a un état psychique général du monde humain. Tout est équivalent dans la destruction totale, les destructeurs comme ceux qui sont détruits.

Circonvolution suivante du cerveau-monde : à la différence des pédophiles ou des terroristes, eux, les flics, les hommes en *dark blue shirt,* ne sont pas au service du crime. C'est le crime qui est à leur service. Le crime en son entier. C'est-à-dire la cage grande ouverte de la Sainte Réversion.

La cage s'est ouverte pour Archambault, la fosse a accueilli Olsen, mais c'est le feu qui a attendu l'autre homme. L'autre homme de leur liste.

Le feu très temporel, et si dévastateur, des explosifs et des produits inflammables nés de l'inventivité humaine.

La vie d'un homme vaut à peine le prix d'un réfrigérateur, mais on peut dépenser des milliers de dollars, et même beaucoup plus, pour s'assurer de sa mort.

Le chemin Jackson est une piste forestière qui s'ouvre au nord de la route principale, quelques kilomètres après la petite ville de Morin-Heights, dans le sud des Laurentides. Verlande et Voronine avaient immédiatement noté sa relative proximité, une quarantaine de kilomètres, avec l'endroit où l'on avait retrouvé la petite Milanovic dans la benne à ordures du mont Tremblant. Ici, c'est la nature à l'état sauvage, des forêts, des lacs, quelques pistes de ski de fond, des sentiers pédestres, un terrain vallonné et fortement boisé, souvent accidenté. Les maisons, cossues, sont entourées de plusieurs acres de terrain, au milieu d'un vaste conglomérat de Domaines de la Couronne, elles sont espacées par des rangs serrés d'épinettes et d'érables, elles forment de petites féodalités séparées parfois de plusieurs kilomètres.

Ici, en plein milieu de la piste, il y a les vestiges carbonisés d'une automobile. Les criminalistes de la SQ et du coroner sont une fois de plus au travail. Une autre voiture calcinée. Un autre attentat, une autre destruction systématique des indices. Cela devient plus que la signature d'un crime, c'est l'empreinte de tout un monde.

On a détruit une voiture, ici. Mais, à la différence des deux véhicules retrouvés près de la baie James, celui-ci n'est pas vide.

Il contient, ou plutôt *il a contenu*, un occupant.

L'occupant n'est désormais plus qu'un amas organique à peine différenciable du métal qui a fondu autour de lui. Il n'est plus identifiable en tant que tel. C'est par la reconnaissance d'un numéro de série sur le moteur que l'on est parvenu à savoir qui était assis sur le siège conducteur la nuit précédente, juste avant d'être pulvérisé par la bombe. L'identification ADN est venue confirmer ce premier constat, avec la précision de trois milliards de gènes.

C'est encore un homme de leur liste. C'est encore un de leurs suspects. C'est encore un de ces hommes qu'ils ne parviennent pas à localiser.

Quelqu'un le fait pour eux.

Quelqu'un les tue pour qu'ils ne parlent pas.

Quelqu'un les carbonise pour que leurs corps en disent le moins possible.

Victime : Stanley Lapointe. Témoignage : vers 4 h 30 du matin, un couple habitant près du lac Saint-Georges a entendu une violente détonation. L'homme s'est rendu sur le chemin Jackson en direction de la lumière d'un incendie. Il a trouvé la voiture en feu, il a appelé le 911, la chaîne de commandement est remontée jusqu'à la SQ, puis le Grand Cube de la Polis a dépêché Verlande et Voronine sur les lieux, vite, avant que la GRC ne se mette à fouiner dans le coin et à vouloir s'accaparer l'affaire.

Méthode : microterrorisme *made in Iraq*. Un IED a détoné au passage de la Mercury Milan Hybrid modèle 2012 de Lapointe. *Roadside bomb* version iranienne, celle-là même utilisée par les milices chiites. L'explosion est focalisée de façon précise sur la cible grâce au bon vieux système du cône de charge creuse. Le filament de feu traverse le métal en une fraction de seconde, accompagné par l'effet de souffle et l'onde de choc qui font éclater les vitres, les pneumatiques, toutes les structures de maintien de l'habitacle, et commotionnent sérieusement ce qui se trouve à l'intérieur, particulièrement ce qui ressemble à un organe biologique. Au même instant ou presque, le filament de feu se diffuse naturellement, simple loi physique de la variation de pression, à travers l'espace de l'habitacle et incendie tout à l'intérieur de la carlingue.

Tout.

Une opération militaire. Un savoir-faire venu d'Irak. Le dispositif à l'iranienne, dont se servaient les insurgés chiites contre les soldats américains, est juste un leurre cherchant à orienter le regard vers un groupe particulier de militants islamistes. Il s'agit de types qui ont été en contact régulier avec ce genre d'engins explosifs, des professionnels. Des démineurs ? Des experts en sabotage ? Forces spéciales ? Une nouvelle liste va bientôt venir s'additionner à toutes celles qu'ils ne cessent de compiler. Des noms, des hommes morts, vivants, disparus. Des adresses, authentiques, factices, inexistantes. Des questions, pertinentes, inoffensives, mortelles. Des rapports d'autopsie, des milliers de paramètres, des millions de combinaisons possibles, une seule vérité.

C'est sans doute pour cette raison que Scotfield vient d'être assassiné, à son tour.

L'information vient juste d'être diffusée sur le canal crypté de la Direction du Renseignement. Au cœur des Laurentides, en bordure du lac Malbée, des pêcheurs ont retrouvé il y a moins d'une heure un corps flottant à la dérive, à environ cinquante mètres du rivage. Scotfield avait été exécuté très proprement, vingt-quatre heures auparavant selon les légistes, toujours la même méthode, une balle de .22 magnum dans la nuque et, comme lors du meurtre d'Olsen, la police découvrit aussi des douilles de .380 auto, des munitions dont on n'avait pas retrouvé trace dans le cadavre, tirées à bout portant elles avaient traversé le corps de part en part avant de se perdre dans les eaux du lac. On n'avait pas cherché à détruire les indices physiques, dont le corps, pas d'incendie, pas d'IED, pas de fuel-air explosive, rien, exactement comme avec Olsen. C'était bien la « seconde » entité. Verlande détectait un changement forcé dans leurs méthodes, leur timing, leur agenda, ils doublaient les précautions, ils doublaient leur rythme, mais ils doublaient aussi les indices laissés derrière eux. Ils doublaient leurs chances d'être repérés par le prédateur nocturne.

Cette vérité est ensevelie sous le volume des informations, elle est perdue au milieu du monde, elle est le secret de la Polis, elle est ce qui légitime l'existence du Grand Cube, du Grand Cube et de ses soldats.

Alors, avec la fluidité propre aux catastrophes, survient le troisième paramétrage du réel, en cette journée anniversaire du 8 mai, en cette journée commémorative de la paix mondiale : celui de la circonvolution bureaucratique, celui du Grand Calculateur, celui du chaos laissé par l'ordre. Celui de la guerre comptable, celle qui par définition ne peut être nommée, sinon par des chiffres.

John T. Sloane vient d'être promu « superviseur-contrôleur des opérations spéciales » au Québec. Un poste clairement créé sur mesure pour sa carrière. Il a désormais la haute main sur toutes les enquêtes d'importance de la GRC dans la province. Il ne cesse d'avancer ses pions, il accumule le pouvoir comme une pile emmagasine de l'énergie.

Cela veut dire qu'il chapeaute non seulement Ferrier et Vartanian pour l'enquête sur la Métropolitaine, mais aussi Kirkwood et son équipe pour les événements de la Côte-Nord, et pratiquement tout le reste. En fait, Sloane est devenu le responsable de toutes les investigations fédérales concernant les actes de « terrorisme » au Québec. Cela va de l'attentat de l'autoroute 40 aux échouages en série de réfugiés en passant par la contamination aux isotopes des magasins Provigo et aux assassinats des flics du poste 37, plus tout le reste, tout ce qu'il désirera se mettre sous la dent, il y a ainsi toutes les chances pour que les dernières morts suspectes se retrouvent incessamment sous sa juridiction.

Sa juridiction, désormais c'est partout, et surtout où il le veut.

Guerres féodales-machiniques dans un monde où les substances radioactives servent de nouvelles formes de peste noire. Préhistoires en collision dans les hauteurs de verre des grands buildings institutionnels. *La politique, c'est définir l'ami de l'ennemi.*

Certes, mais comment faire quand les amis sont en fait les ennemis les plus redoutables de tous ?

Ce troisième étage du réel soudainement condensé devant leurs yeux n'est rien d'autre que le déplacement apparemment anodin d'un rouage au sein du dispositif étatico-policier, mais ce déplacement hiérarchique est la conséquence d'un mouvement souterrain bien plus important, quelque chose qui gonfle comme une onde de choc prête à soulever un tsunami.

Pour le moment, ils sont juste deux hommes les pieds nus dans le sable, contemplant la mer qui se retire au loin, jusqu'à l'horizon, bien au-delà des limites habituelles de la marée basse, là où un abysse accidentel va faire se dresser un mur liquide.

Le pire, pour eux, c'est qu'ils savent à la perfection tout ce qui va advenir, ils sont des sismographes vivants, ils perçoivent le mouvement tectonique qui va emporter la Cité, toute leur civilisation. Il ne leur manque que la connaissance de la localisation exacte de la fissure, elle est leur mystère, elle est ce qui fait d'eux les hommes d'un point Oméga forclos et indiquant la fin de toute permanence, elle est ce qui fait d'eux ces chercheurs forcenés du point Alpha des origines enfoui dans la fosse où se consument des milliards de cadavres.

Ils sont les agents de la Polis.

Ils sont déjà dans la quatrième circonvolution du cerveau-monde en train de naître.

Ils sont là où la Polis montre son visage originel, celui du dispositif militaire.

Celui de la guerre de mouvement.

Verlande quitta l'entresol en vacillant un peu.

Les « entités tueuses » avaient pris corps dans sa tête-machine. Elles s'étaient manifestées comme des organismes vivants, singuliers. Son cerveau leur avait même donné un nom propre, à chacune : *Alley of Destruction. Nacht und Nebel.* Les deux formations clandestines dont les activités se superposaient parfois, ou plutôt se réverbéraient l'une l'autre, comme deux miroirs placés face à face.

Le jour se levait, blanc-bleu comme un diamant. Ce serait une magnifique journée.

Une magnifique journée sûrement porteuse de très mauvaises nouvelles.

Une magnifique journée pour les hommes comme eux.

La horde civile

Il suffit d'un point d'appui et d'un solide levier pour soulever le monde. Il suffit d'un faisceau initial de quelques neutrons pour rayer une ville d'une carte. Il suffit de rien, au sens propre, pour qu'éclate une émeute urbaine.

Il suffit que la Horde rencontre la Forteresse.

Une forteresse n'est pas isolée du monde, au contraire, elle en est comme le point de concentration ultime. Elle n'est pas située en marge, en périphérie du monde, elle se place au croisement des routes stratégiques, au nexus des possibles, là où l'histoire devient une géographie, une inscription dans le réel, un événement dont les traces restent visibles pour des siècles.

Une forteresse est une machine, donc un piège, elle détecte, attire, et elle tue, elle est une cité réduite à son état le plus pur, son état de *technologie militaire.*

Mais la forteresse en question ne possédait pas de mur pour la protéger du reste du monde, il y avait au contraire un *plan* analogue à une carte, non pas un « territoire » homogène, mais *un réseau de lignes de communication*, un espace métalocal, nommé océan, et il y en avait deux. Il n'y avait pas de mur, et il n'y avait plus de frontières, d'autant plus qu'on s'employait toujours à en abattre jusqu'aux derniers vestiges. L'espace océanique du futur promettait le vertige des abysses circumterrestres, une thalassocratie de pirates et de microdictateurs nomades finirait par imposer sa loi sur toutes les mers du globe. Ils domineraient les grands fleuves transcontinentaux et les cités littorales, il n'y aurait plus assez d'États constitués pour tracer des frontières et les maintenir en fonction, il n'y aurait que des réseaux, des norias, des flux, sous l'œil comptable des agences humanitaires de l'ONU.

Neurochimie élémentaire de l'émeute : adrénaline à bloc.

Cerveau en mode *urban warfare*.

La Cité ne peut se concevoir sans ce chaos initial vers lequel parfois, de sa seule initiative, elle retourne. L'émeute, c'est le surgissement inattendu de la horde pré-urbaine au cœur même de la Polis, donc rien d'autre que son point d'*origine*.

Typologie du conflit : guerre des misérables contre les pauvres, guerre des réfugiés contre les survivants. Guerre des perdants contre les perdus.

Plan de bataille : cultivateurs de biocarburants alliés aux syndicats d'ouvriers et de truckers contre colonnes d'éco-éco-réfugiés de toutes provenances, Québec, Ontario, Nouveau-Brunswick, New Hampshire, Vermont, Maine, État de New York, cela se passe près des réservoirs de Pétro-Canada édifiés dans le sud-est de Montréal, où des plantations d'éthanol ont été cultivées dans les friches avoisinantes.

Nous nous trouvons aux alentours du 10 000 Notre-Dame Est, sur le quai 103, les réservoirs Shell attendent les approvisionnements pétroliers venus du fleuve qui scintille en arrière-plan, mousse de verre brisé et de mercure. Un peu plus loin, le terminal Canterm déploie ses containers géants le long des rives bétonnées, de l'autre côté de la route, derrière les installations ESSO et les bâtiments d'Ashland Distribution, les raffineries Interquisa-Canada dressent leurs antiques cheminées désaffectées vers le ciel couleur kevlar, plus au nord, sur Broadway, les Pipe-Lines Montréal sont gardés par des patrouilles de soldats en armes, et vers le 11 000 Sherbrooke Est, l'usine d'asphalte Bitumar ouvre la grande zone pétrolifère proprement dite : voici le territoire qui est en jeu, le territoire de toutes les convoitises, le territoire de la haine et des flammes, le territoire des sacrifices.

Les bandes de Zécos-Zécos nomades ont attaqué les champs de biocarburants et ont affronté les agriculteurs pétrolifères avec l'aide de militants écologistes radicaux néo-luddites, puis les ouvriers du site industriel voisin et les syndicats de camionneurs s'en sont mêlés.

Verlande laisse se dérouler la pensée dans son crâne-processeur, *le monde est en train de partir en lambeaux, nous ne protégeons plus que le cadavre d'une société. Mais nous devons protéger ce cadavre des bêtes de proie qui veulent le dévorer.*

Les charognards. Verlande les considérait comme ses proies de prédilection. Il était de ceux qui veillaient sur le Corps de la Polis. Il interdirait à quiconque de le profaner en toute impunité.

Ensuite, c'est la force inertielle du centre secret de la Cité qui prend les commandes : hommes armés en mouvement, contrôle flicard du chaos, démantèlement émeutier de l'ordre. Comme pour toutes les grandes infrastructures énergétiques du pays, à l'intérieur même du site, l'armée protège les immenses bassins remplis des précieux hydrocarbures, la surveillance des abords immédiats est généralement confiée à des patrouilles mixtes de la police provinciale et des services de police municipaux, parfois, sur certains sites particulièrement sensibles, la GRC vient leur prêter main-forte. Les réserves pétrolifères sont désormais mieux protégées que les banques fédérales.

Hommes en armes sans plus rien à perdre. Sécurité et source de prospérité en vue. Survie en mode motorisation absolue. L'émeute se nourrit de ces forces centrifuges. Le pétrole est ainsi ce carburant qui anime la rébellion néo-luddite tout comme il est l'or noir qui fait avancer le monde vers sa destruction postindustrielle. On se bat pour le pétrole, on le défend, mais on vise aussi à le détruire, à en effacer jusqu'au moindre souvenir. Et c'est parfois en le protégeant qu'on assure sa destruction, à l'inverse c'est en cherchant à le détruire qu'on garantit sa survie.

Des hommes armés, donc. Des hordes. Des meutes. Des hommes seuls. Des multitudes d'hommes seuls. Des hommes prêts à tuer pour un gallon d'essence. Pour le *consumer*, dans tous les cas de figure.

Désagrégation postindustrielle de toute dialectique, *polemos* en divergence continue, l'économie invertie du monde ne permet plus de lignes de front stables mais elle engendre la réplication des mêmes phénomènes sous toutes les latitudes. Son père lui en avait détaillé l'origine.

– Tu as pris tes antihistaminiques ? demande Verlande.

– Oui, je suis *patché* depuis le début.

– Ton alerte bio est bien sur *code rouge* ?

– Arrête de jouer la nounou, j'ai branché tous les systèmes antibactérios et antichimios.

– Tu portes bien la *dragon skin*, on est d'accord ?

– Paul, j'ai installé la combinaison pare-balles dès mon réveil. Bon, on installe nos masques ?

– Dans cinq-dix minutes, profitons encore au maximum de ce que l'on peut voir avec les lentilles.

Les masques à gaz dernière génération épousent l'épiderme au millimètre près, mais ils diminuent tout de même les performances du *nanonetwork-centric biogram* intégré à leur organisme et à leurs uniformes. L'efficience de ces protections contre à peu près tous les gaz de combat répertoriés n'est toutefois plus à prouver : elles sont pourvues d'un filtre bucco-nasal à réseau de carbone nanoporeux, d'un film dermique ultra-filtrant et de lunettes antibuée parfaitement étanches dont les branches élastiques viennent plaquer un écouteur sur chaque oreille, chargé d'établir un relais avec leurs implants auditifs. S'ils ne sont pas des machines, qu'est-ce qui peut l'être ?

Il faut interrompre le flux originel et nomade venu du cœur caché de la Cité, en devenant son centre gyroscopique, il faut épier, repérer, calculer, planifier, exécuter.

Il faut tous les encager.

Le monde est gris, il est nuit et brouillard, limbes recouvrant la ville, il est un simulacre grandeur nature.

La chimie du combat urbain consume le béton comme les êtres humains, elle n'épargne ni la chair ni le métal, elle délite tout dans son environnement de nimbes, gaz et feu mêlés, eau et électricité en danses telluriques, nébuleuses au souffle chaud et à l'odeur de pétrole, brasiers ardents excavant les réservoirs de leurs torchères sauvages. Une fois de plus le ciel est orange, un énorme bassin hémisphérique vient d'exploser et menace les réservoirs voisins d'Ultramar, les pompiers accomplissent leur boulot comme s'ils devaient aider une ville en totale perdition, comme s'ils devaient sauver New York le 11-Septembre 2001, comme s'ils devaient sauver Berlin le 30 avril 1945.

Verlande et Voronine sont au centre du nuage, avec toute leur escouade et l'ensemble des flics disponibles. Les cibles ont été identifiées, elles sont suivies au plus près par les drones de surveillance, images directement envoyées sur leurs lentilles optiques, guérilla des hautes technologies contre les machines de guerre postindustrielles.

Ils sont au centre de l'émeute, au centre originel de la Polis, ils sont là où ils ne peuvent être vus et où ils peuvent voir tout le monde. Ils sont les hommes du renseignement de la SQ, personne ne peut rester très longtemps à l'abri des yeux et des oreilles du Grand Cube. Pas plus les leaders syndicaux des compagnies pétrolières que les militants écologistes, pas plus les chefs de bande des réfugiés que les organisateurs des mouvements de camionneurs.

Il ne fallait pas mettre le feu à la Polis.

N'oubliez pas que son extincteur pourrait mettre fin au soleil lui-même.

On avait tiré sur la brigade anti-émeute, des cartouches de douze. Personne ne sut d'où vinrent les coups de feu, ni par qui ils furent tirés, ni dans quel ordre. C'était une série d'incertitudes tout à fait annexes pour l'escouade de la SQ. Et sans le moindre intérêt pour Verlande et Voronine.

Ce fut le moment des sacrifices. Ce fut le moment où Verlande et Voronine engagèrent pleinement leur existence au service de la nuit.

– On y va avec l'artillerie lourde, avait dit Verlande. Les AA-12. Et tu ne te contentes pas des balles en caoutchouc, tu nous prends tout le stock de double zéro *buckshot*.

Les types voulaient faire mumuse avec du gros calibre de chasse, ils allaient faire l'expérience de la réversion proie/prédateur, Verlande ressentait une excitation particulière à l'idée de devenir ainsi leur pédagogue.

Le AA-12 est un fusil de *gauge* 12 ultra-moderne, *automatique* et pratiquement sans recul, alimenté par un magasin-tambour contenant trente cartouches, et dont la cadence de tir est de quatre cents coups par minute. Le mode de tir peut être « semi-auto », un tir à chaque pression de la détente, ou « full-auto » et les projectiles volent en un essaim serré jusqu'à leur cible. Les cartouches peuvent être chargées avec divers types de munitions : chevrotines, têtes perforantes, explosives, incendiaires, balles en caoutchouc, *sabot-slugs*, minigrenades.

C'est une arme faite pour causer le maximum de dégâts en un minimum de temps, une arme faite pour tout pulvériser à courte portée, et créer de gros dommages un peu plus loin. Ils avaient chargé les fusils avec de simples munitions de chasse, qu'on ne pourrait donc identifier, leur présence même se perdrait dans la masse des cartouches analogues échangées dans le brouillard chimique de l'émeute.

La ville est le plan prospectif de la guerre civile, la Polis est le contingentement final de la horde nomade, de la machine de guerre à son état le plus pur.

Quand une ville fait ainsi l'expérience de revenir à son point disjonctif d'origine, l'émeute, il ne faut pas croire qu'elle retourne de quelque manière que ce soit à *l'état de nature*, ce qui lui est de fait impossible. Au contraire, ce retour vers le point d'origine est aussi, et surtout, un saut quantique vers son futur immédiat, vers son présent permanent, vers son état le plus artificiel, qui est *son* état de nature.

Ici, au milieu des rues embrumées par les gaz, sous un ciel noirci de fumée où les jets d'eau pressurisée créent des fontaines de cristal accompagnées de la balistique implacable des grenades incapacitantes tirées en salves continues, ici, dans la ville revenue à son dispositif sacrificiel initial, ici se configure l'endroit fait pour des hommes comme Verlande et Voronine, ici, c'est le moment où ils sont parfaitement intégrés à l'espace urbain, nébuleux, mobile, tout juste visible, à peine existant, un espace où le rapport social est devenu une extension de l'urbanisme conçu comme piège. La ville n'est plus identifiable selon la topologie civile habituelle, plus de numéros, plus de noms de rues, tous les marqueurs sémantiques ont disparu dans la nuée chimique. Tout est indifférencié, donc la moindre différence revêt l'apparence d'un cataclysme cosmique.

La Cité était une forme de vie, elle semblait se faire à l'idée que l'émeute lui était constitutive, les nimbes glacés des lacrymogènes, le brouillard chimique qui avait envahi chaque portion d'espace, cette nuit et ce brouillard tombés sur les petits cottages unipersonnels comme sur les hauts buildings commerciaux, tout cela la rendait plus belle et plus dangereuse encore.

C'était à croire que la Cité apparaissait dans toute sa splendeur au moment de son extinction.

Alors voici le plan-séquence qui va configurer l'impact de leur cerveau dans le noyau même de la Polis, cet axe giratoire, cette masse liquide de métal tournoyant qui la fait se mouvoir, tel le cœur de fer de la planète, telle la planète contenue dans la planète, le monde caché par le monde, sous le ciel gris tacheté de noir des violences « urbaines », c'est-à-dire des violences nées de la *désurbanisation sauvage*.

Voici le plan-séquence qui va venir structurer toute leur vie à venir, prophétie révélée dans le bain argentique des destins foudroyés, Verlande va comprendre très vite en quoi son rôle sur cette Terre est de terminer la guerre que son père a initiée, trois quarts de siècle auparavant.

Alors, oui, allons-y, action :

Blitzkrieg posturbaine. Agir vite, frapper fort, tirer les premiers.

Quand elle prend le contrôle de la Cité, l'émeute en défait les fonctions de contrôle, la ville perd immédiatement sa singularité urbanistique, non pas à cause des immeubles en proie aux flammes ou aux routes défoncées par le tir des grenades, mais parce qu'elle modifie en profondeur la structure même du *cerveau politique*, sa furie giratoire et le ciel de gaz chimique fabriquent d'eux-mêmes une sorte d'anté-cité qui vient littéralement vampiriser la ville quadrillée par les cartes.

L'émeute, c'est la vengeance du territoire sur la carte, c'est la rotation nomade qui éparpille la ville vers son point d'origine, là où nulle inscription n'est encore gravée.

Il n'y a plus de points de repère, et il n'y a plus d'individus, il y a des apparitions de groupes humains, et la disparition des murs et des frontières. Il y a Verlande et Voronine qui viennent de détecter des mouvements suspects dans un centre commercial nimbé de gaz et de fumées, le Centre Domaine, planté à l'est de Ville-d'Anjou, district où tous les commerces ont été pillés depuis longtemps, dont le grand *mall* de la Place Versailles, entièrement détruit l'année précédente, et qui n'est plus qu'un amas de ruines à moitié calcinées qui se déversent sur le parking troué de cratères, le goudron cisaillé, fondu, émietté sur de vastes surfaces huileuses. L'émeute se polarise, elle suit ses forces d'attraction naturelle, elle se meut vraiment comme une forme de vie.

Ils se tiennent au bord d'une avenue sans plus le moindre nom, ni le moindre nombre, entre les stations de métro Cadillac et Langelier, là où la foule s'est déplacée sous la pression policière, mais aussi de son propre chef, rapidement rejointe par des groupes épars échappés de la zone du Stade olympique : ici, il n'y a pas de réservoirs pétrolifères à piller, mais un nombre encore conséquent de magasins, gardés par quelques vigiles armés postés sur les toits, derrière des sacs de sable et des écheveaux de fil de fer barbelé.

Quelques hommes sont encore prêts à mourir pour des marchandises, sous le ciel de graphite.

L'atmosphère commence à devenir vraiment irrespirable. Masques à gaz en action. Basculement des optiques en mode téléobjectif : toute perspective abolie. Plus d'avant-plan, d'arrière-plan, plus de plan du tout : l'émeute, c'est la ville devenue machinerie sauvage, écologie industrielle, friche antinaturelle. Les lentilles oculaires sont la pointe de la technique, elles permettent de voir là où plus rien n'existe.

Ici, il y a ces hommes qui font irruption dans le centre commercial, sous le feu nourri des vigiles. Détection, repérage, analyse. Les fichiers en vol continu s'affichent dans un coin de leur nerf optique. Il s'agit bien de la garde rapprochée des principaux chefs des réfugiés économiques et des groupuscules néo-luddites. Ils sont suivis par une troupe d'hommes qui forment leur corps d'élite.

Il n'y a plus d'immeubles, il y a des cubes flous qui surgissent des nimbes, il n'y a plus de fenêtres, il y a des trop-pleins dans les murs, il n'y a plus de portes, il y a des formes obscures qui résistent.

À environ deux cents mètres de l'entrée principale du *mall* où se sont rassemblés les réfugiés, Verlande note l'intrusion d'un groupe massif d'ouvriers pétroliers, de fermiers agro-énergétiques et de camionneurs par les portes de service disposées sur la face ouest du bâtiment, il s'agit d'un commando d'authentiques casseurs de tête, membres des divers syndicats qui protègent le site, la guerre va venir se transplanter à l'intérieur des murs, la ville va devenir une dimension singulière de la ville : la cité comme structure gigogne, cubique, la cité en mode reprographie, la cité-magasin comme fractale de la cité-émeute. Tous ces hommes sont armés. Mais tous ces hommes sont codifiés, ils sont matriculés-fichés par la machine de la Polis. Aucun d'eux n'est inconnu, aucun d'eux n'est libre, aucun d'eux ne pourra leur échapper.

Flash vision infrarouge à travers les nimbes/cognition troublée/ la ville depuis longtemps disparue derrière le nuage nomade :

Il y a d'autres hommes. Mais plus aucune fiche.

Ces hommes-là, comprend Verlande, ne font pas vraiment partie de l'émeute. Mais ils font partie de son territoire. On dirait même que c'est un territoire qu'ils connaissent à la perfection. Eux, pense Verlande, ils sont la revanche *cachée* de la carte sur le territoire.

Ils sont deux. Rien que deux.

Mais il n'y a rien de plus efficace contre une foule – d'émeutiers comme de flics – qu'un petit binôme humain sachant ce qu'il doit faire à la seconde et au centimètre près.

La troisième force, pense Verlande. La troisième force venue des ténèbres, cette tension infinie entre l'escadron de la mort paramilitaire et les mafieux réglant leurs comptes. Elle est bien plus que ça. Elle assure la transition, elle est le futur, c'est-à-dire la destruction mutuelle assurée, à basse intensité mais au voltage continu. Elle est en fait l'absorption de l'antique loi clanique mafieuse, avec ses méthodes singulières, ses industries de prédilection, sa logique territoriale, par la nouvelle entité paramilitaire, sans frontière, sans territoire spécifique, sans autre industrie que la mort, avec des méthodes de troupes d'élite. Elle est une synthèse. Une synthèse qui fait disjonction.

Cette « troisième force », c'est l'assimilation de l'une par l'autre, c'est leur multiplication, mieux c'est l'élévation au carré de l'une par l'autre. C'est une puissance qui se considère déjà comme pleinement souveraine. Elle est là. Au milieu de l'implosion urbaine. Et elle est là pour une seule et unique raison. Elle est là pour accroître le chaos, elle est là pour attiser l'incendie, elle est là pour que chacun tire sur son voisin, elle est là pour que tous en viennent à se battre contre tous.

Deux hommes. Agencement typique *forces spéciales*. Un « spotter », un « shooter ». Ils sont placés au dernier étage d'un immeuble qui en compte une douzaine, ils dominent de fait toute la zone d'impact, le centre commercial, les rues et les avenues avoisinantes, les points d'accès, les voies de dégagement et les divers emplacements où les forces de police se sont déployées. Ils portent des uniformes sombres. Des cagoules. Non. Ce ne sont pas des émeutiers.

Et ce qu'ils font, avec un très grand calme, un très grand professionnalisme, une très sereine motivation, c'est tirer sur absolument tout le monde.

Ils sont là pour que tout s'embrase, ils sont là pour que l'incendie dévore l'émeute elle-même, ils sont là pour que le point d'origine de la Cité devienne un authentique trou noir dans lequel tout, et tous, seront avalés. Ils ne sont certes pas des émeutiers, ni même des agents provocateurs de la police.

Ils sont le feu, ils sont le brasier secret qui se tapit sous la ville, ils ne sont pas des terroristes, ils ne sont pas des kamikazes. Ils sont l'explosif. Mieux encore, ils sont la détonation.

Vite : identification. Lentilles oculaires à fond.

L'arme, d'abord. L'arme, toujours. L'arme est à la fois signature sémantique et figure opérationnelle, elle est le premier signal interprétatif lors d'un conflit, elle est ce qui permet de comprendre l'homme qui la tient, sans même le voir.

Et cette arme, c'est tout juste s'il la connaît. Il n'en a vu qu'une poignée d'exemplaires dans sa vie de flic : c'est un Chey-Tac M200 *Long Range Rifle System*, une arme encore classifiée, *special forces only*, qui tire une muniton de .408, conservant sa vitesse supersonique à plus de 2 000 *yards*, et dont la force d'impact est supérieure, à 500 mètres, à une balle de 12.7 mm. C'est l'armement d'un *sniper* d'élite. Verlande se contenta de poser un constat : ce genre de fusil est réservé aux forces d'intervention militaires. S'il n'a rien à faire dans les mains d'émeutiers, c'est vraiment qu'il ne s'agit pas d'émeutiers.

C'est bien cette force obscure, cette force qui tue des flics, des truands, des terroristes, et maintenant des ouvriers et des réfugiés, des militants écolo-luddites et des conducteurs d'engins. Cette force qui se sert du désordre général pour mieux imposer sa présence, cette force qui organise le désordre général pour mieux désorganiser l'ordre qu'elle désire remplacer.

Ces deux types. Il faut les serrer.

Il faut les serrer tout de suite, avant tout le monde. C'est-à-dire avant les Fédéraux.

Sauf qu'ils ne sont plus là. Verlande vient de se caler contre ce muret qui lui sert de poste d'observation et, que ce soit avec les lentilles en mode amplifié ou avec les binoculaires de l'armée, ce qu'il voit, c'est un immeuble tremblotant derrière le voile des nuées toxiques. Mais d'hommes, il n'y a plus. Ils ont disparu. Ils n'apparaissent plus au dernier étage du building. Ils se sont confondus avec la ville, avec les limbes dont elle est formée. Ils sont les limbes qui la forment.

Ce n'est pas parce qu'il ne les voit plus que les gaillards ont quitté les lieux, peut-être sont-ils simplement en train de changer de position, de trouver un autre étage, un autre appartement d'où ils pourront poursuivre leur mission ? Mais l'intuition martiale qui structure tout son être lui souffle déjà que ces hommes n'étaient pas venus pour rester et combattre, pour quelque camp que ce soit. Aucune des « causes » en jeu n'était la leur, ils ne risqueraient leur vie pour aucune d'elles, au contraire ils étaient venus pour que les autres risquent leurs vies pour une cause ou pour une autre, peu importait. Tels des zombies venus de la guerre que son père avait faite, au siècle précédent. Ils étaient là pour accroître l'intensité du chaos, ils étaient là pour faire de l'émeute un authentique désastre urbain, ils étaient venus pour tuer, et pour que les autres s'entretuent par voie de conséquence. Ils n'avaient besoin que de quelques minutes. Pour tuer quelqu'un, le temps d'une respiration est amplement suffisant.

Les vigiles postés sur les toits du centre commercial ont disparu, abattus sur place ou en fuite. À l'intérieur des galeries marchandes, toutes les variétés d'armes à feu coexistent avec les armes blanches disponibles depuis l'aube des temps, couteaux, poignards, machettes, battes de base-ball, haches de pompier ou de bûcheron, matraques, marteaux, masses, fléaux de fortune, assommoirs cloutés, sans compter les cocktails Molotov « écologiques », à 70 % d'éthanol au moins, et les grenades improvisées. C'est comme si des millénaires d'histoire militaire étaient brutalement condensés sur un champ de bataille urbain, un peu moins grand qu'un stade de football. Il fallait pénétrer dans la nuée, là où le feu ne cessait de vrombir comme un moteur. Il fallait attaquer le centre commercial, il fallait attaquer ces stocks de marchandises, et les hommes qui désiraient les piller.

Il faut les stopper, tous ces fils de putes. Il faut les stopper, sans attendre, il faut éteindre le feu par le feu, c'est ainsi que la Polis maîtrise les incendies : en faisant régner la cendre.

Moteur : alors c'est parti, traverser l'avenue enfumée, entendre les balles fuser autour d'eux, voir surgir du ciel une ultime volée de grenades lacrymogènes sur le bâtiment qu'ils vont prendre d'assaut, les projectiles auréolés de fumées tourbillonnantes traversent les baies vitrées éclatées et roulent dans toutes les directions en atterrissant comme des démons rotatifs entre les rayonnages du magasin. Chaque groupe a son plan, chaque plan a ses hommes, chaque homme est une arme, chaque plan est un homme.

C'est pour cela que toute opération de police est une machine, pense Verlande, c'est parce qu'elle est une machine qu'elle est toujours, de fait, éminemment *politique*, c'est parce qu'elle est absolument politique qu'elle est une combinaison de dispositifs techniques, soit un *piège*, soit le corps fonctionnel de toute guerre.

Lentilles en mode imagerie thermique : le monde peroxydé d'artifices optiques, filtré, décomposé, recomposé, recréé par le démiurge des rayonnements invisibles.

Plan du théâtre des opérations : un *mall* commercial typique, parfaitement aux normes nord-américaines, d'une banalité effrayante. L'émeute est en train d'en faire une déviance impromptue, à la beauté plus effrayante encore.

Séquence un : les *warbots*. Les robots d'intervention. Tous les genres. Il y a les escadrilles de cyberdrones qui survolent la zone, il y a les essaims de *microbots* qui s'éparpillent telle une colonie de fourmis métalliques à travers le magasin, chacun d'entre eux est autonome, mais fait pourtant partie intégrante de cette intelligence artificielle, collective et mobile. Il y a les différentes variantes de *combatbots*, tels le « Talon » ou le « Gladiator », qui patrouillent en reconnaissance armée tout autour du périmètre. Il y a les *spybots* et les divers *micro-air/land vehicles*, de petits engins aéromobiles furtifs, chargés d'établir tout de suite la nature et la configuration du théâtre des opérations, ils disposent aussi d'une panoplie de *raidbots*, des machines assez légères pour être lancées par-dessus un mur ou une clôture, ou à travers une fenêtre, et assez robustes pour retomber sans dommage sur n'importe quelle face et se mettre à fonctionner illico : recherche, identification, élimination.

C'est l'infanterie mutante, la phalange électronique, c'est ce qui ne connaît pas la peur, ni même l'excitation du combat. Lorsque les émeutes postindustrielles retournent aux méthodes médiévales, c'est le moment qu'a choisi l'histoire pour que les êtres cybernétiques deviennent l'avant-garde de toute opération militaire. Nous sommes dans ce qui succède au chaos, si cela a un nom, et un sens, se dit Verlande, comme si cela pouvait être d'un quelconque réconfort.

Séquence deux : insertion. Armes en joue, vision : supermarché ravagé par les hordes pillardes, vitrines anéanties, caisses enregistreuses brisées balancées au milieu des allées où traînent des stocks de boîtes déchiquetées, des aliments pour animaux, des détritus, des bouteilles vides, des vêtements déchirés ou calcinés, des caddies renversés.

Verlande établit aussitôt le constat que cela va être plus difficile que prévu. Il est devenu impossible de discerner les camps en présence, qui se sont éparpillés par petits groupes autonomes sur toute la surface du centre commercial, sinon à quelques détails près : casques de chantier, bottes de sécurité, combinaisons de travail, chemises à carreaux d'un côté ; de l'autre, vêtements en provenance de surplus militaires, chaussures de sport déglinguées, bandanas de diverses couleurs enroulés autour du front.

Il comprend que tous ces gens vivent selon un mode clanique défiguré par la modernité en perdition : certains enfants, beaucoup de femmes, et tous les hommes sont armés. Comment différencier l'ami de l'ennemi, le coupable de l'innocent, alors qu'ils sont tous à la fois bourreaux et victimes ?

La lutte à mort dans le temple de la marchandise va s'engager d'un instant à l'autre, les allées, les contre-allées, les présentoirs, les caisses, les têtes de gondoles, autant de pièges, autant de caches, autant de positions de tir, autant d'occasions de tuer, ou d'être tué, c'est le quadrillage urbain concentré dans le cube marchand, cela signifie supériorité du dispositif tactique et de la puissance de feu, ou la mort.

Séquence trois : déploiement. Synchronisme. Furtivité. Rapidité. Contrôle des risques. Tuer avant d'être vu, voir avant d'être tué. Chaque groupe fait irruption à une extrémité. Échange de signes, *situational awareness* de tous et chacun en mode distribution instantanée au travers du réseau nano-optique : c'est comme s'ils étaient connectés à la fois à une version militaire de *Google Cosmos* – la carte – et à la réalité « augmentée » par leurs dispositifs sensoriels – le territoire –, dans les deux cas, il s'agit d'un *plan*, il s'agit d'un moment plus vrai que le vrai. L'équipe anti-émeute en avant-garde, les flicards de la Sûreté en Gestapo démocratique, prêts pour la grande rafle. La bataille de rue s'intensifie au fur et à mesure de son déploiement dans le centre commercial. *La marchandise est du capital qui se diffuse au point de former une émeute*, pensa-t-il en paraphrasant Guy Debord, ce gentil farceur. La fusillade couvre toute autre source sonore de son tonnerre continuel. Par une fenêtre explosée, Verlande se rend compte que plusieurs immeubles alentour sont partiellement en flammes. Triangulation de la guerre civile : deux groupes rivaux confrontés à une troisième force, une troisième force qui se divise en deux entités, chaque entité faisant la guerre sur deux fronts et depuis deux lignes d'attaque : à l'intérieur du *mall*, et à partir des immeubles voisins d'où fusent les munitions de gros calibre.

Les voilà tous pris entre *trois* feux, la situation rêvée pour les *friendly fires*, la situation où tout le monde va se mettre à tirer sur tout le monde.

Sur le sol, les essaims de *warbots* miniatures courent en tous sens, perçoivent, émettent, reçoivent les images de la guerre en cours, ils font partie du *nanonetwork*, ils font partie du Cube, ils sont comme eux tous, ils sont dans le Cube-dans-le-Cube, ils sont tous des parties intégrantes de la machine. Eux, les hommes en *dark blue shirt*, les hommes qui n'ont pour seule alliée que la Loi qu'ils protègent contre la société, eux qui viennent ici pour briser la colonne vertébrale de la gorgone rebelle, ils sont un métaorganisme à la fois unitaire et multiple, ils sont chair et silicium, ils sont esprit et logiciel, ils sont signaux et métabolisme. Le *nanonetwork* est l'interface biocybernétique du réseau de combat, il est plus qu'un dispositif branché sur leurs organismes, il réunit un ensemble d'organes artificiels qui *font corps* avec l'original.

Séquence quatre : intervention. Fusillade incessante, tonnerre mécanique en roulements sans fin se superposant les uns aux autres, opéra pour tous calibres, symphonie des balistiques fatales dans l'odeur de poudre et de métal chaud, état des non-lieux du désastre en imagerie thermique, mouvement brownien des dispositifs humains courant dans l'espace cubique envahi par les gaz de combat : le chaos échappe à toute description parce qu'il n'apparaît qu'en négatif. Il est ce qu'il n'est pas, il n'est jamais ce qu'il semble être, il n'est qu'un éternel devenir fixé dans l'éternel présent du néant. C'est la zone interdite de la perception : hommes armés – coups de feu – crânes fissurés sous l'impact des munitions – du sang sur la marchandise-reine – des corps allongés entre les rayonnages, les caddies renversés et les boîtes de nourriture éventrées, comme fauchés par une ypérite invisible – des cris, des ordres, des plaintes, des hurlements – des coups, des éclairs, des détonations, des nuages asphyxiants. Dans un premier temps on reconnaît les visages, on identifie les corps, on se souvient des noms. Ensuite tout devient abstrait, purement mécanique.

Séquence cinq : extermination. Il reprend sa marche dans les limbes, il abat un homme, puis un autre, un autre encore, et encore un autre, il vide son magasin, le recharge patiemment derrière un rayonnage renversé, reprend sa marche, tue d'autres hommes.

Puis, imperceptiblement, le chaos indifférencie tout, plonge le monde dans l'anonymat collectif de la foule-chose, transforme toute singularité en un dispositif à peine distinct de la masse dont il fait partie.

Le Cube de la Polis concentrée dans le temple cubique de la marchandise, le temple cubique de la marchandise contenant un monde bien plus grand que lui-même.

Il n'y a plus de noms, plus d'identités, plus de visages, plus de corps. Il y a des codes chiffrés, des vivants et des morts, des portraits-robots, des ombres en mouvement.

Il y a la guerre, lorsqu'elle commence et prend fin au cœur même de la Cité.

Il y a la Nuit.

Celle dans laquelle Verlande et Voronine vont s'engouffrer. Ils ne le savent pas encore, mais quelque chose d'indistinct leur hurle que leur vie va changer, qu'ils vont basculer du côté de cette Nuit qui est leur plus belle ennemie, qu'ils vont devenir l'ombre protectrice de la Polis, c'est-à-dire son plus redoutable allié.

S'ils disposaient d'un compte à rebours, ils se rendraient compte, effarés, qu'il ne leur reste plus que dix minutes à peine avant que l'événement ne survienne.

Au rythme où les choses vont se dérouler, ces dix minutes vont durer un bon siècle.

Non, ce n'est pas une émeute, se dit Verlande, c'est une déclaration de guerre en bonne et due forme. Une déclaration de guerre contre la Polis. Et dans ce cas, tout le monde est l'ennemi de la Polis.

Tout le monde est l'ennemi de Paul Verlande.

Séquence six : *nuit noire*. Il n'y a plus de noms ici, c'est l'image fractale de toute l'émeute condensée dans le cube de la marchandise. Tout est indifférencié. Tout est indifférenciable.

Verlande commence à comprendre la forme de vie qui a pris possession du territoire, il peut la suivre sur la carte, et donc deviner ses prochains mouvements. Il ressent une impression étrange. Il ne lui semble pas être vraiment là, en ce moment précis. Il lui semble s'être déplacé vers une autre époque, un autre endroit, dans un autre corps, dans une autre guerre, ou plutôt la même, mais à son point d'origine. Il lui semble qu'il est son propre père, quelque part dans le Ghetto de Varsovie, ou dans les ruines de Berlin. Et rien n'y fait : une voix hypnotique lui susurre que c'est la réalité, qu'il est bien en 1944 ou 1945 en plein centre de l'Europe détruite, mais la voix insiste aussitôt : C'est pour cette raison que tu es aussi en ce lieu, dans l'aire de propagation de la désintégration civile mondiale, tu es à une extrémité de la corde que tient ton père, à l'autre bout de cet univers.

Verlande comprend – une sorte de joie extatique finit par l'envahir – que tout est parfaitement à sa place. Ce monde est en fait d'une perfection absolue.

Déjà, sa tête-machine est en train de concevoir le plan, le plan du sacrifice, déjà il sait ce qu'il va faire, comment, et surtout pourquoi.

Il va le faire parce que la Justice le lui demande instamment.

Il sait déjà que cette Justice, c'est celle de la Nuit la plus profonde.

Verlande s'est réservé la tête. La tête qu'il doit chasser. La tête qu'il doit ramener à la Direction de la SQ.

Verlande regarde Voronine, l'œil nourri d'un cristal très métallique. Voronine observe Verlande fixement.

Oui, se dit celui-ci. Il a compris. Maintenant, la Nuit, elle est à leurs côtés, elle a pris le contrôle du *nanonetwork* en son entier, elle est en eux. C'est elle qui les guide dans la lumière aveuglante de l'émeute, c'est elle qui les guide droit vers leurs victimes.

Séquence sept : prédation. Ils n'appartiennent pas au SR de la Sûreté pour rien. Tous les autres policiers présents sur place portent leurs uniformes distinctifs. Eux, ils sont les flicards-espions. Ils sont le NKVD des démocraties en ruines. Leur uniforme, c'est celui de la Nuit. Le seul *dark blue shirt* qu'ils portent, c'est le gilet pare-balles de kevlar à nanocomposants, leur *dragon skin*, là où quelques munitions de divers calibres sont venues s'incruster durant cette heure fatidique qu'ils viennent de passer sur Terre.

Alors cette fois, la tactique est on ne peut plus simple. Il n'y en a pas, pour ainsi dire. Il s'agit d'être un piège direct et froid, comme la morsure d'un serpent venimeux. Se fondre dans la masse. Et jaillir.

L'essaim des *microbots* a désormais pris possession de tout l'espace terrestre, de petits engins noirs pas plus gros que des paquets de cigarettes, et parfaitement légaux, eux. Entre eux, l'émission constante de rayonnements, visibles ou invisibles, ionise l'air saturé de fumée et de poudre, les faisceaux lasers dessinent de fulgurants réseaux rouge rubis, aux structures géométriques, arachnéennes et changeantes, les machines se parlent, elles se parlent avec les longueurs d'onde de la lumière, elles se parlent avec ce qui peut être vu, et ce qui ne l'est pas.

Cela veut dire qu'il reste à Verlande et à Voronine quelques minutes, maximum, pour trouver la tête de la gorgone.

La trouver, et la couper.

Séquence huit : acquisition des cibles. Nuées lumineuses de la guerre menée dans le centre vide de la marchandise. Désormais, les séquences sont des distributions conflictuelles d'informations digitales et d'effets spéciaux bien réels. Il n'y a plus aucun doute, ils pénètrent dans un autre monde. Toutes les informations récoltées par l'essaim des *microbots* sont synthétisées, vectorisées, reformulées, mises en perspective, un seul but : trouver le dispositif ennemi. C'est-à-dire comprendre les lignes de forces stratégiques et tactiques qui dessinent le diagramme de la guerre en cours, ce diagramme qui indique la présence et la localisation de ceux qu'on doit protéger à tout prix, parce qu'ils coordonnent et dirigent la bataille, parce que ce sont eux le diagramme.

Il n'y a plus de détails lorsque toute cohérence a disparu. Il n'y a plus que le bulldozer du temps qui écrase tout sur son passage, il n'y a plus que l'espace devenu machinerie à mémoire, il n'y a plus que les corps, les corps et les armes.

Les voilà. Ils sont là.

Un million d'images par seconde. Une seconde pour toute une vie.

Comme leurs rivaux, les chefs des pétroliers et des camionneurs sont protégés par un petit groupe de gardes du corps qui les préservent du mieux qu'ils peuvent des différents tirs croisés qui fusent dans leur direction.

C'est en effet leur toute dernière chance, pense Verlande.

Car c'est sur eux qu'ils vont tomber.

– Une fois à l'extérieur, les infos en provenance des essaims de *warbots* ne nous seront guère utiles. On connaît la topographie du coin par cœur maintenant.

Il regarde Voronine et lui envoie un signe simple, clair et net mais silencieux, invisible pour les scanners de la SQ et qui n'est pas autre chose que le Langage de la Nuit :

Dès qu'on sera sortis du mall, *on se déconnecte du nanonet.*

Voronine acquiesce en silence. Il sait que cela veut dire : *dès qu'on sera sortis du* mall, *on entrera de nouveau dans la Nuit.*

Séquence neuf : ils sont en position. La nuit est en train de tomber, elle tombe pour tous les hommes. Vision périmétrique : le *mall*, les avenues gazées adjacentes, la porte de sortie latérale, quelques amas de *microbots* qui glissent sur l'asphalte.

Il leur reste peu de temps.

Les voilà. Les ouvriers pétroliers et les camionneurs sont vêtus de combinaisons de travail et de gros blousons de chasse, sauf leurs chefs, en vêtements civils si l'on peut dire : blouson à capuche et pantalon de Gore-Tex pour les hommes du site industriel et les agropétroliers, long manteau de cuir pour les commandants des camionneurs. Jusqu'à cet instant, tout est logique. Verlande et Voronine observent le groupe qui s'assemble au sommet des escaliers, l'un des hommes tient un téléphone portable et communique vivement avec quelqu'un, un autre tient une petite paire de jumelles et tente de comprendre les mouvements de l'unité tactique qui se met en place à l'autre bout du *mall*.

Ils encadrent fermement leurs leaders, cinq hommes, le *nanonetwork* est déconnecté mais cela fait longtemps que la liste s'est imprimée dans la tête-machine :

Clyde Bourgeron, patron du syndicat des camionneurs de l'île de Montréal ; Pierre-Eliot Delarivière, chef du service d'ordre des ouvriers du site pétrolier ; Miroslav Denevic, chef des commandos de protection des agropétroliers ; Mike Montrose, chef des *vigilantes* antiréfugiés de l'île de Montréal, et enfin Jacques-Laurent Dupuis, censé coordonner le travail de tout ce joli monde avec les forces de sécurité.

Ce n'est qu'une liste de noms. Ce ne sont que des paramètres dans la tête-machine. Ce ne sont que des hommes.

Mais ceux-là, qui sont-ils ?

Vision focale : Verlande et Voronine dominent nettement l'escalier de béton qui descend de la porte latérale via une balconnade bétonnée cernée d'une rambarde métallique qui protège ensuite les marches de chaque côté jusqu'au sol. Verlande comprend la situation comme dans un flash de données en provenance du *nanonetwork*, sauf que c'est son cerveau qui a pris le commandement des opérations, un cerveau bien plus machinique que tous les essaims de *microbots* de la Polis.

Ces deux hommes, là, un peu à part, ils portent ces costumes bleus si distinctifs, ces uniformes déstockés de la Marine dont se servent les chefs de l'armée des écoloréfugiés. Ils sont des prisonniers. On les fait se mettre à genoux, les mains croisées sur le sommet du crâne. Là encore, la tête-machine s'est autonomisée du réseau cybernétique, la liste défile comme sur un téléscripteur cérébral : Dennis Johnson-Forget, qui dirige la coalition des réfugiés des Provinces de l'Atlantique, Glen Monroe, qui occupe le même poste pour ceux venus du Nord-Est américain. Des prisonniers de choix.

Ou plus exactement : des otages.

Verlande le sait, l'homme au cellulaire négocie la vie de ces deux hommes contre quelque chose, que ce soit avec les flics, ou avec les réfugiés. Et ce quelque chose, ce n'est rien d'autre que la garantie de partir sans encombre, un sauf-conduit vers la liberté.

Et ça a l'air de marcher, dans la loupe des binoculaires il voit l'homme éclater d'un rire bref avant de s'entretenir avec ses chefs.

C'est Clyde Bergeron qui intervient. Verlande n'entend pas vraiment les mots qu'il prononce, en dépit de son senseur audio poussé au maximum, trop de bruit ambiant et d'interférences électriques. Cela n'a de toute façon que peu d'importance. Une phrase très courte. Une phrase si courte qu'elle ne souffre aucune contradiction.

De personne. On appelle ça un ordre.

Les deux détonations sont simultanées au point de n'en faire qu'une. Les deux tireurs ont fait feu d'un geste très simple, bras tendu, mais décontracté, le pistolet tenu latéralement, façon *gangsta'*, une variation un peu impromptue dans le scénario de la guerre en cours. Les victimes n'ont rien vu ni entendu venir, ils sont morts en contemplant un morceau de béton dans le clair-obscur de la journée qui s'éteint. Une balle dans la nuque pour chacun, une projection conique de sang à haute vélocité dessine un nuage pointilliste devant leur visage, la percussion fait éclater le crâne à la sortie de la munition, les deux hommes à genoux s'abattent d'un seul coup, totalement immobiles, sur les marches de l'escalier déjà repeintes d'un beau pourpre électrique dans la lumière des projecteurs qui viennent de s'allumer. La nuit tombe pour les hommes. Pour eux, elle est tombée pour toujours.

Alors ce sont mille programmes qui se mettent en route dans le cerveau de Verlande, tous parfaitement agencés en un plan qui épouse le monde.

Ils ont leurs masques faciaux de protection, ils ne seront donc pas identifiables formellement. En tant que flics, peut-être, pas en tant qu'individus répertoriés dans la foule. Mais ce risque ne doit pas faire partie du programme, le calcul doit l'éliminer. Il tourne la tête vers Voronine et d'un geste de la main lui envoie un signe codé depuis longtemps, entre eux, exclusivement. *Situational awareness* à l'ancienne, version *old school*, quand on pouvait fracasser la mâchoire d'un enculé durant l'interrogatoire : observation méthodique du champ visuel. Seul un petit *surveyor* leur tourne le dos en bas de la cage d'escalier et observe avec son attention à microquartz le groupe d'hommes au-dessus de lui. Verlande et Voronine le voient, mais lui ne les voit pas. Leurs uniformes de combat sont recouverts de cette fibre mimétique polychromatique qui s'adapte en continu aux couleurs de leur environnement proche. Ils sont des créatures de la nuit, mieux encore, ils sont la Nuit elle-même.

Un deuxième signe codé.

Il faudra d'abord se payer le robot. Verlande sait que ces machines mobiles sont dotes de réflexes ultra-rapides et d'une extrême précision, sa caméra pourrait tout de même les surprendre. Désormais, dans une guerre, ce sont les êtres cybernétiques que l'on sacrifie en première ligne.

L'escalier est long et étroit, bordé de cette rambarde d'acier qui protège la sortie de secours, c'est un goulet d'étranglement absolument parfait, pense la tête-machine, cette tête qui fabrique sans cesse des pièges avec le monde créé.

Verlande est en 1944-1945, ailleurs, dans une autre guerre, dans un autre corps, ce qu'il vient de voir, cette exécution sommaire, c'est le prélude à ce qui va venir, dans le monde entier, le monde qu'il connaîtra un jour, ce *crime de guerre civile* est l'image réversée de l'assaut fatal qu'ils ont mené contre les chefs des écolo-réfugiés, or ils sont là pour rétablir les équilibres fondamentaux, ils sont là pour assurer l'équité de la Loi pour tous, et la Justice dispense le Châtiment comme la Miséricorde, il sait que ces hommes ne se rendront pas sans combattre, qu'ils vont riposter et qu'ils tireront pour tuer, il tient son fusil AA-12 bien en main, il est quelque part dans l'Europe détruite, il épaule, stabilise le canon, vise, et il s'entend dire à Voronine : *Les règles d'engagement sont claires, on est en légitime défense, tovaritch,* juste avant de suspendre son souffle.

Cela voulait simplement dire : *On les tue, tous.*

Séquence dix, post-traumatique : c'est le moment du trait plat, le moment du grand calme noir, noir comme la Nuit, qui ne pourra plus jamais les quitter.

Il avait vu des fantômes dans cette nuit pyrique, au milieu des nuées nimbées de phosphore, il avait reconnu les silhouettes qui le hantaient depuis l'enfance, ces ombres plus noires que les ténèbres et dont son père avait fait partie, un monde auparavant.

Il n'avait fait que les entrevoir, une pure hallucination, il le savait, liée aux divers produits toxiques inhalés au cours de la journée, mais une voix métallique, comme en provenance d'une étoile très lointaine, lui affirmait au contraire que ce qui s'était produit aujourd'hui, dans les immeubles de l'enfer, au cœur du vortex émeutier, oui, ce qui s'était produit durant toutes ces heures où il avait tué tant d'hommes avait créé un fil conducteur jamais éprouvé auparavant entre lui et son père, entre les deux extrémités de la guerre civile mondiale.

Les Waffen SS semblaient en mesure de parfaitement s'adapter à cette époque.

D-Days, on the beach

Il fallut le reste de la nuit pour définitivement étouffer l'émeute qui s'était éparpillée dans l'est de la ville en métastases de furie, l'armée avait fini par envoyer des renforts conséquents, les batailles de rue s'étaient poursuivies jusqu'aux premières lueurs de l'aube, entre les réservoirs et les champs d'éthanol en feu, les zones de quarantaine cernées de barbelés, et les masses d'ordures qui s'élevaient en montagnes enveloppées de vapeurs de méthane.

Ils avaient encagé ou éliminé les leaders. Et ils avaient fait pire encore. Ils avaient mis la Loi au service de la Nuit. Ils avaient juste fait ce qui devait être fait. Il était hors de question de laisser impunément la société tout entière devenir le sanctuaire des méthodes terroristes. Ces hommes avaient voulu jouer avec le Léviathan. Ces hommes avaient voulu défier la Loi, qui est l'ombre de la Justice. Cette ombre planait sur eux pour toujours, désormais. Lui et Voronine n'avaient jamais été que les agents du sacrifice, les facteurs propitiatoires de l'équilibre dynamique entre Châtiment et Miséricorde.

À y regarder de près, Verlande s'était dit qu'ils avaient fait preuve de l'amour du prochain nécessaire à sa mise à mort.

Il ne restait plus qu'à se remettre au travail. Il ne restait plus qu'à redevenir les Anges de la Boîte Noire. Il ne restait plus qu'à poursuivre la recherche des diagrammes humains.

La ville revenue à l'ordre secret de la Polis, ils allaient se remettre de l'intervention anti-émeute en reprenant illico le cours de l'enquête.

C'était un mécanisme immunitaire qu'ils avaient élaboré ensemble, lorsqu'ils avaient fait équipe la première fois, aux Homicides, trois ans avant leur incorporation quasi simultanée à la Direction du Renseignement.

Leurs cerveaux semblaient avides d'autres morts, d'autres spectres, d'autres noms, toujours plus.

Qui étaient ces hommes qu'ils avaient aperçus au début de l'émeute, ouvrant le feu sur tous les belligérants, avec une arme d'élite ?

Qui d'autre ? Sinon cette force qui surgissait de la tension entre le passé mafieux et le présent de la crise mondiale, cette force seconde qui en formait une troisième, terminatrice, *ready for the future*. Cette force qui tuait des flics comme de vulgaires bandits, cette force qui éliminait sans distinction des activistes politiques et des pédophiles en cavale. Où se trouvait le lien, de quelle nature était-il ?

Cette force, il l'avait approchée et, pour la première fois, il comprit que de toutes les bandes armées qui s'étaient affrontées en ce jour, elle était de loin la plus dangereuse. De très loin.

Pour la première fois de sa vie, il ressentit quelque chose qui s'apparentait à la peur.

Sur l'écran de leur ordinateur de bord s'affichaient les données d'un nouvel assassinat survenu le matin même, un rapport net et concis en provenance de l'équipe Forestier/Reznik : un ancien Hell's Angel, chapitre des Nomads, condamné à de multiples reprises, dont une accusation pour viol et de nombreuses autres pour agressions, voies de fait, attaques à main armée, il avait même été suspecté de plusieurs meurtres à l'époque de la guerre des motards, mais il était devenu informateur pour les flics probablement dès sa première incarcération. Nommé Clarke Blanchard, on disait qu'il préparait calmement sa retraite dans son chalet en Montérégie. Sa retraite était arrivée plus vite que prévu : il venait d'être assassiné sur une aire de stationnement de l'autoroute 40, en direction d'Ottawa, à quelques kilomètres de la frontière ontarienne, deux balles de .22 pleine tête, tirées à bout portant, destruction partielle de l'automobile et du cadavre avec une bombe incendiaire classique, un routier qui venait faire une pause avait vu l'incendie et une grosse voiture sombre, modèle 4x4, s'engager à toute vitesse sur la route, droit sur l'Ontario ; on avait identifié le corps grâce à un morceau de main sectionné net, retrouvé intact à plusieurs mètres du véhicule calciné ; la signature formait le monogramme fatal et caractéristique des règlements de comptes mafieux.

L'homme faisait partie de leur « liste », de ce diagramme plutôt, ce réseau en extension continue qui ne cessait d'étoiler des individus autour du centre de gravité du crime : *la prison*. Ce tableau aux entrées multiples mettait en rapport violeurs et assassins d'enfants, gardiens de taule, ex-taulards, flics pourris, anciens truands, anciens *bikers*, anciens mafiosi, cette matrice interpolait des Derville et des Corzabal, des Lapointe et des Scotfield avec des Curtiss et des

Robitaille, des Couture, des Manzini et des Olsen, et maintenant des Blanchard, cette figure en constante métamorphose, cette gorgone dont les têtes se multipliaient d'autant plus qu'elles étaient mortes, cette chose faite de mots et de nombres, cette chose qui dessinait les plans de tous ces hommes, cette chose, cette machine, était leur seule amie en ce monde.

Grâce à elle, s'ils ne pouvaient tout voir, ils parvenaient à tracer des diagrammes dans la nuit et le brouillard, ils pouvaient commencer à discerner une structure singulière se former, ils pouvaient deviner l'existence d'un monstre, juste là, tout près, derrière la porte.

C'était l'autre extrémité du câble surtendu entre les deux entités tueuses dont Verlande devinait la présence. Clarke Blanchard et Scotfield avaient été exécutés d'une façon analogue à Olsen, à Derville, et à quelques autres pédos ou ex-*screws* inscrits sur leur liste. Lapointe, lui, s'était fait dessouder comme les flics du poste 37, un bon paquet d'activistes politiques et quelques gros poissons du gangstérisme local.

Mais Scotfield n'était pas vraiment un activiste politique, en dépit de ses quelques contacts avec les groupes néo-nazis proarabes, et il n'avait rien d'un gros baron du royaume des truands montréalais. Lapointe et Blanchard entraient tout juste dans la grille de sélection, seul Derville, peut-être, pouvait y trouver sa place.

Comment s'établissait la connexion ? Où se trouvaient les *inputs* et les *outputs* ? Quelle était la circuiterie à l'œuvre ? Une fois encore, il semblait bien qu'il leur faudrait s'approcher au plus près de la source, et pour s'approcher de la source en milieu criminel haut de gamme, ils ne connaissaient qu'une seule solution.

Cette solution vendait du *pot* sur la Côte-Nord, cette solution avait connu tous les gangs de *bikers* du Québec au tournant du siècle, cette solution s'appelait Ryan Fortin.

Quelque chose était en train de lentement dissoudre les pylônes sur lesquels la Polis était construite. Quelque chose gonflait en silence sous leurs pieds, comme une masse magmatique éruptive qui bientôt, en un seul instant, pulvériserait la montagne. Rien de concret, sinon les deux assassinats successifs. Rien de neuf sous le soleil, sinon la disparition du soleil. Rien de tangible, sinon les calculs irrationnels de sa tête-machine.

Quelque chose voulait voir le jour, s'extraire des ténèbres, naître aux yeux des hommes. Cette chose était probablement abominable, elle portait à coup sûr le visage terrible de la vérité. Cette vérité ne leur serait lisible que s'ils pouvaient voir, ne fût-ce qu'une seconde, le visage qu'elle portait dans les ténèbres, avant qu'elle ne soit pleinement exposée aux projecteurs du monde.

La tête-machine de Verlande connaissait tous les termes de l'équation. Crimes, corps, paroles, secrets. Et il connaissait la personne qui pouvait établir un lien factuel entre toutes ces variables.

Elle était la clé, la solution, la lumière éclairant le quadrant crimes-corps-paroles-secrets, une partie de son cerveau était assignée à chaque mystère, et chaque partie de ce cerveau émettait une faible mais constante luminosité. Mais cette solution, cette lumière, lui parut porteuse d'un danger plus grand encore, le risque d'être définitivement aveuglé par le projecteur de la vérité retourné contre le monde.

Puis la tête-machine reprit le contrôle de sa pensée, ordinateur humain, verrouillant tous les affects, les remplaçant par des dispositifs de calcul et de prévision : ce n'était qu'une impression anxiogène liée à la parano ambiante. Il appela Fortin, cala un rendez-vous pour la fin de semaine suivante, il lui demanda de fouiner partout, dans tous les cercles criminels avec lesquels il était encore en contact. Ce qui signifiait presque tous.

Il fallait le début d'une lueur, une direction, un horizon, un terrain vague d'informations suffirait.

Verlande était passé de l'autre côté de la barrière la veille, Voronine aussi, ils étaient liés à jamais par le pacte de la poudre et du sang, désormais plus aucune limite ne serait en mesure de les arrêter. C'était probablement l'origine de cette sensation étrange qu'il avait, il ne savait pourquoi, de la nécessité tragique, dangereuse, peut-être mortelle, de recontacter Fortin. Fortin était leur contact avec les ténèbres, il se pouvait fort bien que les ténèbres soient en train d'essayer d'entrer en contact avec eux.

Durant les journées qui suivirent, Verlande discerna comme un glissement presque insensible du monde vers son centre, son trou noir originel. La Cité avait orbité autour du pivot proto-historique de la horde nomade lors de la grande émeute. Sur l'île de Montréal, les montagnes d'ordures s'accumulaient à une vitesse invariable, chaque matinée se levait sur de nouvelles décharges sauvages plantées au milieu de la ville, les micro-attentats se multipliaient au rythme biologique d'une colonie d'insectes, on voyait un peu plus d'incendies, on entendait un peu plus de sirènes, des canalisations étaient détruites, des voies de chemin de fer mises en pièces, des réseaux électriques locaux déconnectés, des ponts et des tronçons de routes hors d'usage, des chaînes de production industrielle bloquées, les feux de signalisation du trafic urbain sabotés, les collines de déchets elles-mêmes servaient parfois de stocks de combustibles immédiatement disponibles, au grand dam des populations qui s'y installaient avec leurs micro-industries à éthanol ou à écorecyclage.

La guerre des pauvres contre les misérables, la guerre de ceux qui pouvaient réclamer quelque chose contre ceux qui n'auraient jamais rien.

Verlande s'était levé ce matin-là avec un soleil ardent logé en pleine tête.

Tout lui semblait intensément lumineux. Il n'avait pas encore pleinement réalisé que c'était le signe le plus sûr qu'il était en train de se diriger droit vers l'obscurité la plus totale.

Peut-être certains jours sont-ils faits pour que les atrocités du monde humain puissent être confinées à seulement vingt-quatre heures d'affilée ?

C'est une question que Verlande ne manquerait pas de se poser plus tard, une fois que ces vingt-quatre heures se seraient précisément écoulées.

Ce serait la journée des morts. La grande journée des morts. Et ce n'était que la stricte continuité de la rupture générale en cours. Depuis le jour de l'émeute, ce n'était pas le monde qui était entré dans une nouvelle phase, c'était une nouvelle phase qui était entrée dans leur monde, avec la force d'une collision frontale à haute vitesse.

Tout fut donc enregistré par le *network-centric warfare system* de la SQ en même temps que par son cerveau, ce cerveau qui surclassait au moins sur un point crucial les performances de l'intelligence logicielle à laquelle il était connecté.

Car lui, il savait faire la différence entre le bien et le mal. Il pouvait donc choisir, il pouvait mettre l'un au service de l'autre et réciproquement, il pouvait réverser l'intolérable, par l'intolérance la plus totale.

Ce serait le jour des morts, les assassinats des derniers temps n'avaient fait qu'indiquer la tendance : il y aurait toujours plus d'attentats, plus de sabotages, plus de crimes, il y aurait sans cesse plus de morts.

Ce serait le jour des morts, le D-Day terminal, celui de la plage qui conduisait au monde enfoui au plus profond de son cerveau. Ce serait le jour des morts, ces êtres avec lesquels il ne cessait de dialoguer, dans le silence des rêves numériques. Et ce jour ne connaîtrait pas de fin, comme il se devait. Ce serait leur D-Day, eux dont les plages étaient faites de béton. On n'était même pas le 6 juin, remarquerait-il plus tard. Et encore moins le 1er novembre. Rien, décidément, ne conservait plus aucune forme stable, tout, pourtant, paraissait terriblement à sa place.

Cela se déroula avec la fluidité paradoxale des séquences numériques, rêve éveillé d'une conscience en reconstruction.

D'abord : Matin. Réveil. Alarme.

Code crypté alerte rouge en injection directe dans son réseau cybersensoriel, optiques, implants auditifs : homicide, découverte d'un corps, identification finalisée, rapport possible avec investigation en cours.

Le réel en flux digital implanté dans sa mémoire encore pleine des rêves de la nuit.

Les nombres font et défont les mondes.

Aussitôt : connexion avec Voronine, puis avec la Direction, il tombe sur Sherville qui lui explique froidement qu'un autre homme de leur liste de personnes à rechercher vient d'être retrouvé dans le conduit d'une canalisation souterraine par des ouvriers de la voirie de Beaconsfield, loin dans le West Island.

Le SPVM est arrivé sur place en premier, mais désormais la SQ a la haute main sur l'enquête. L'homme est décédé il y a au moins six semaines, d'une balle en pleine tête, une munition de tireur d'élite dernière génération.

Cet homme s'appelait Orlando Valdez.

Lui aussi on l'a pisté, on l'a trouvé, puis on l'a fait taire pour toujours.

Mais qu'avaient-ils donc tous de si important à dire ?

Cela semblait si important que l'on faisait tout, à chaque occasion, pour empêcher que le mort lui-même puisse parler. Pour Orlando Valdez : six semaines au moins de décomposition dans une canalisation souterraine, enveloppé dans plusieurs couches de sacs-poubelles et de tubes de plastique recyclo imprégnés de diverses substances dissolvantes, le corps avait été identifiable, certes, mais les conditions exactes de son assassinat resteraient très probablement dans les limbes pour toujours.

La seule certitude ne fait que recouvrir un trucage, une manipulation du réel, un trou cognitif.

La munition qui l'a abattu provient du même genre d'arme classifiée que celle aperçue le jour de l'émeute, cette fois du .416 Barrett, le projectile le plus puissant et le plus précis à longue distance à ce jour, la conclusion s'impose : le commando paramili est passé à l'action, la signature reste invariable, mais ne donne strictement aucun indice autre que sa présence ; les balisticiens évaluent la distance du tir mortel à au moins mille mètres, peut-être douze cents. Mais le projectile mortel ne peut être corrélé à aucun canon spécifique : on l'a glissé dans un cône de papier en cellulose composite particulièrement résistante, ce qui a empêché les stries singulières du canon de marquer la balle, le cône de papier n'a été désintégré que lors de l'expulsion des gaz hors de la bouche à feu, il ne reste donc sur la munition que quelques traces partielles, non identifiables, on n'a retrouvé aucune douille, mais un Barrett peut facilement aligner une cible à plus de deux kilomètres, et il est très aisé de disposer un sachet de plastique sur la culasse pour récupérer la chemise d'acier lors de son éjection et ne laisser strictement aucune trace derrière soi. C'est du grand art.

Verlande et Voronine croisèrent quelques types des Homicides, section Crimes violents, qu'ils avaient connus une petite dizaine d'années auparavant, cela avait été la première affectation de Voronine, au sortir de l'École de Police, grâce à ses résultats largement au-dessus de la moyenne. Ils savaient tous qu'il avait été considéré comme le plus brillant enquêteur de sa promotion, et que son recrutement par le Renseignement de la SQ signifiait qu'il avait été choisi parmi les meilleurs.

Les meilleurs, comme Paul Verlande.

Et ils avaient su rester à la hauteur de cette réputation.

D-Days. Maydays. Deathdays. Séquence en enchaînement digital. *Network centric.* Communication cryptée SQ. Code rouge. Homicide en rapport avec investigation en cours. Le flot d'informations les surprend alors qu'ils établissent les copies des rapports d'autopsies effectués sur place par l'unité des criminalistes.

Le nom qui s'affiche sur leurs lentilles oculaires ne les surprend même pas. Verlande est comme immergé dans la banquise de ce pressentiment qui l'obsède depuis des jours et qui lui fait juste prononcer quelques mots : *grand nettoyage de printemps.*

Appelons-la l'entité tueuse numéro deux, le numéro un étant

attribué à l'organisation paramilitaire clandestine. Appelons-la « la seconde grande nettoyeuse », celle qui extermine les pédophiles et quelques anciens gardiens de prison. Que fait-elle ? Pourquoi ?

Elle tue.

Elle tue des hommes comme celui dont le nom clignote à la périphérie de leur champ de vision. Elle tue des hommes sans grand intérêt, mais elle les tue comme si c'était de la plus haute importance.

Par exemple, elle vient de tuer Lucas Archambault. Et elle ne lui a laissé strictement aucune chance.

Pour parvenir à éliminer un homme aux mains de la police, il faut être de la police. Pour tuer un homme en prison, il faut être en prison.

Les deux propositions ne sont pas du tout incompatibles.

Verlande avait désormais assimilé pleinement le diagramme logique qui présidait aux événements en cours.

Archambault avait été « suicidé » dans sa cellule de la prison de Leclerc, à Laval. Les premiers constats médico-légaux avaient mis en évidence des détails plus que suspects, mais les caméras de surveillance n'avaient rien détecté d'anormal, il ne s'était tout simplement pas présenté à l'appel. Il était mort dans son lit.

Dans son lit, au cœur de son sommeil, son organisme saturé d'une mixtion de produits radioactifs particulièrement virulents. Sa literie était couverte de sang, de liquide lymphatique, d'excréments et de vomi, il s'était étouffé dans les déjections extraites de son corps par toutes les voies disponibles, dans le chaos organisé de la radioactivité. Un expert en criminalistique avait fait la remarque : « Tous les tuyaux ont servi, pour à peu près tout, je n'avais encore jamais vu ça. Il aurait fait exploser un compteur Geiger tenu à proximité. » Les analyses démontrèrent que la plupart des produits radioactifs avaient été ingérés par la victime à l'heure du dîner. On découvrit aussi des traces rémanentes d'iode 131, ressemblant à de la cocaïne, sur ses parois nasales, il avait sniffé le poison hors de portée des caméras de surveillance, sous ses draps, peut-être…

Archambault n'avait pas eu le temps de procéder à des aveux complets, sa confession se serait manifestée peu à peu, au fil des interrogatoires et au cours du procès, en échange d'indulgences judiciaires d'une nature ou d'une autre.

Archambault avait été en contact avec quasiment tous les morts précédents. Lui aussi avait quelque chose à dire qu'il n'avait pas encore dit. Lui aussi, on l'avait fait taire, d'urgence. Avec les puissants isotopes présents dans son organisme, une autopsie complète se révélerait probablement impossible, ou très difficile à effectuer. Encore une fois, non seulement on cherchait à faire taire définitivement un vivant, mais on voulait s'assurer que, même mort, il ne puisse dire un seul mot.

– Archambault était plus important qu'on ne le pensait, avait dit Verlande. Pour tuer un type en prison avec des isotopes radioactifs, il faut être sacrément motivé, et sacrément bien branché. Mais on a son PC, je veux qu'on relise tout jusqu'à la moindre ligne de code.

– Les spécialistes de la Sûreté s'y sont cassé les dents, à part les fichiers d'images ou de vidéos pédomaniaques, il n'y a rien. Je veux dire rien d'exploitable, rien qui nous conduise plus loin. C'était des pièces à charge pour son procès, mais maintenant…

– Je me contrefiche de son procès, il y a quelque chose sur son ordinateur, et si les experts de la SQ s'y sont cassé les dents, nous connaissons quelqu'un qui va en faire son petit déjeuner.

Verlande savait fort bien qu'il pointait directement sur la seule solution possible.

Une solution dénommée Vlasseïev.

Vlasseïev était le troisième « V » de leur trinôme infernal, il en formait l'angle mort, la face souterraine et clandestine. Il était russe, comme Voronine. Il considérait le monde telle une machine à décoder, comme Verlande.

Il haïssait les faibles, méprisait les forts, dédaignait les hommes moyens et, à l'instar de ses deux acolytes flics, il considérait qu'un homme « bon » était quelqu'un capable de retourner le mal contre le mal. Au centuple.

Il n'existait rien de plus excitant à ses yeux que de briser une clé de cryptage ou de découvrir une couche résiliente cachée sur un disque dur magnétisé, de la même façon que rien ne trouvait plus de grâce aux yeux de Verlande et Voronine que de déverrouiller bien à fond la mémoire d'un suspect.

Ils prirent la route de l'ancien aéroport de Mirabel, 15 Nord, par la Métropolitaine, là où le camion chargé d'explosifs avait sauté sept mois plus tôt. Une bretelle de déviation permettait de rejoindre l'autoroute un peu au-delà des usines General Motors abandonnées, à Boisbriand. Peu à peu, le décor de décharges sauvages se mua en un paysage aux teintes métalliques, le changement s'établissait telle une variation de l'ordre naturel, comme si on passait des montagnes à la toundra, de la forêt au désert, de la banquise à l'océan.

Les pyramides d'ordures s'espaçaient pour laisser place à de vastes zones couleur rouille, où des milliers de voitures à essence désormais inutilisables formaient de hautes piles de métal qui se succédaient sur des kilomètres carrés, atteignant parfois plus de vingt mètres de hauteur. Au fil des ans, la zone était devenue une suite de microvilles à peine séparées et distinguables les unes des autres. OldZ-Mobile, Caterpillar-Pile, Chevy-Chevy, General Motown, quelques panneaux métalliques donnaient une identité aux entassements de véhicules.

Des concasseurs mobiles traversaient les avenues ainsi tracées, se saisissaient des véhicules à leur portée et les avalaient en quelques tractions pneumatiques, avant de recracher par l'arrière une poudre de copeaux et de lanières de métal, aussitôt récupérés par de petits véhicules automatiques qui les comprimaient dans des bennes à vérin.

Plus loin devant eux, sur l'autoroute, Verlande aperçut une longue colonne de véhicules bariolés, de toutes espèces, camions, voitures, motocyclettes, vélos électriques.

Un énorme ballon à hélium surplombait le convoi, ogive gris argent se confondant avec le ciel martelé de nuages. Le minizeppelin n'était pas à sa place ici, sous les nuées chargées d'électricité, Verlande comprenait pourquoi le convoi semblait essayer de s'éloigner au plus vite de la zone.

– C'est un cirque de transgénistes, des néo-humains. Ils exhibent leurs mutations, corporelles ou mentales, leurs nouvelles facultés motrices, sensorielles. C'est de plus en plus recherché, ce genre de shows. Ils vont de ville en ville et retransmettent leurs spectacles sur Internet, Vlasseïev leur louait une partie du terrain qui borde l'aéroport.

Voronine avait lâché son explication d'un ton monocorde, purement flicard, exposé des faits, contexte, synthèse, sans que Verlande ait eu à ouvrir la bouche pour amorcer une question. Il se fit la remarque que la crise générale n'avait mis que quelques années pour changer non seulement la forme, mais le *sens* même du monde. Désormais, les néo-humains, cette aristocratie du post-modernisme, devenaient de simples prolétaires de l'*entertainment de masse*, des cliniques ultra-spécialisées de la côte Ouest au nomadisme de saltimbanques, ils passaient ainsi de l'individualisme transformiste haut de gamme à l'exhibitionnisme médiatisé, de l'autocontrôle biopolitique au Moyen Âge post-technologique qui s'annonçait, qu'ils annonçaient. Ils étaient en tous points similaires aux animaux modifiés génétiquement, revenus à l'état de nature après s'être échappés de leurs laboratoires délabrés, ou de quelque atelier clandestin.

Autour d'eux, sur la route, les masses de bicyclettes électriques et de motos à éthanol artisanal produisaient leur cinétique particulière, quasi organique, troupeaux de carbone composite dans lesquels tous les types d'automobiles ou de camions finissaient par se fondre, Verlande se fit la réflexion qu'on se trouvait face à un être métapolitique hybride jamais vu auparavant. La Chine des années 2000, l'Europe des années 30 et de la Seconde Guerre mondiale et la Californie du Flower Power en pleine collision transtemporelle, engendrant une créature dont le nom resterait pour longtemps introuvable. La paix devenait la pire de toutes les guerres que l'humanité eût connues. Cela marchait tout seul, c'était un écosystème, un écosystème fonctionnel, sans doute un des tout derniers de la planète.

L'unique salut, vraisemblablement, résidait dans sa destruction totale.

Avion City

La nature faisait ce qu'elle pouvait pour suivre le rythme. Le ciel avait viré couleur gris-argent au moment de leur départ, il était désormais recouvert d'un blindage obscur aux irisations bleu néon froid, pleine charge, Verlande se fit la remarque que les orages et leur électricité serviraient bientôt de source d'énergie renouvelable, tout comme les cyclones et leur force cinétique. Le monde de l'industrie et celui de la Terre sauvage n'étaient au bout du compte que des variations d'intensité du même diagramme cosmique, tout comme les assassinats qui ne cessaient de se succéder à la surface de la Cité faisaient partie du même univers souterrain, infra-urbain.

Industrie, anthropogenèse, crime, nature, tels étaient les composants du monde qui entamait sa disparition, ce monde qui rejoignait ses origines, ce monde dont le futur commençait en l'an 1945.

Il aperçut une meute de loups qui traversait la route, à environ trois cents mètres devant lui, leurs ombres grises et noires se confondant telles des tenues camouflage avec l'asphalte, la forêt boréale et les nuages qui enveloppaient le ciel. L'Ère du Loup, selon les antiques légendes indo-aryennes. Le Kali-Yuga, l'Âge du Fer des Hindous, la Grande Tribulation des Chrétiens. Tout montrait que cela ne faisait que commencer.

Les loups étaient les meilleurs amis de l'homme, les loups sont des hommes pour les loups.

Un peu plus loin, le passage d'un groupe de cervidés fut survolé par plusieurs escadrilles d'outardes mutantes, au plumage orange, qui venaient du nord et s'enfuyaient vers le sud-ouest, jusqu'aux Grands Lacs probablement. Il discerna sur le bord de la chaussée de petits groupes de rats transgéniques revenus à l'état sauvage qui avaient élu domicile dans une canalisation inachevée dont ils transformaient la structure en un domaine habitable et protégé, à la manière des castors, et de leurs chromosomes.

La nature sauvage devenait double : la nature naturelle et la naturelle artificielle se mélangeaient dans les mêmes niches écologiques, il ne s'écoulerait pas longtemps avant que des hybrides apparaissent, ni naturels, ni artificiels, ils procéderaient d'une Création de troisième espèce.

Un corbeau dont le plumage pourpre indiquait une variation génétique d'importance plana en quelques cercles au-dessus d'eux, il semblait vouloir annoncer quelque chose.

La pluie inonda le paysage d'un coup d'un seul, sans même un roulement de tonnerre en guise d'avertissement. Les paquets d'eau explosèrent en lourdes gerbes sur le pare-brise, le monde devint liquide, une Atlantide en voie d'engloutissement qui vibrait derrière le plexiglas. Sur le navigateur de bord, la case météo affichait une alerte orange, avec prévision à court terme d'un facteur éolien de plus de 160 kilomètres-heure. Ils feraient mieux d'arriver chez Vlasseïev avant le gros de la dépression.

Ce serait une de ces *flash storms* typiquement boréales, la mousson subarctique dans toute sa splendeur, baisse violente de la température au sol, ouragans et tornades en rafales, pluie diluvienne, éclairs par myriades.

Une heure à tout casser. Le temps d'une émission de télévision.

Le temps qu'il fallait pour tuer un homme et s'assurer de sa disparition.

Le temps qu'il fallait pour assassiner un enfant et s'assurer de sa disparition.

Le temps qu'il faudrait à Vlasseïev pour casser les codes qui feraient tout apparaître.

Mirabel. Désormais « Avion City ». L'ancien grand aéroport de Montréal, construit dans les années 70 à un peu moins de cinquante kilomètres de l'île, en prévision d'un boom urbain qui n'était jamais survenu. Au fil des années, l'aéroport avait vu sa vocation changer plusieurs fois, destinations sélectionnées, autres destinations, conversion en terminal de fret, puis, dès les premières faillites de compagnies aériennes, les avions gros porteurs étaient restés cloués au sol, se décomposant lentement dans la rouille, sur les tarmacs désolés, sous les tours de contrôle muettes, on l'avait même momentanément transformé en parc d'amusement, jusqu'à ce que plusieurs communautés d'Éco-Écos s'emparent du site, y installent des fermes urbaines, des plants de production d'éthanol, des industries de récupération et de recyclage en tous genres. L'aéroport était devenu une ville ou plus précisément ce qui était en train de succéder aux villes telles qu'on les avait connues à ce jour. Une immense antenne se dressait au-dessus de l'ancienne tour de contrôle, Verlande savait que c'était avec cette antenne d'origine militaire que Vlasseïev avait englobé la zone dans une bulle de protection analogue au *nanocentric network* des agences flicardes.

Ce n'était plus une ville, se disait Verlande, mais cela reste une Cité. Il existe un Cube au cœur de cette micropolis.

Un Cube invisible chargé de rendre visibles les menaces, de les lire, de les calculer, de les anéantir s'il le fallait.

La Polis de l'aéroport.

Leurs confrères de la face cachée de la Terre.

Un jour, Vlasseïev lui avait dit : « Nous sommes la flibuste du cybernet. Ne croyez pas que nous sommes des "gangsters", nous sommes les gardiens de l'ordre quand l'ordre n'a plus de gardiens, et surtout quand les gardiens n'ont plus d'ordre à servir. Nous protégeons la communauté d'Avion City de toutes les intrusions possibles en nous introduisant dans les systèmes ennemis les premiers, c'est tout. »

Vlasseïev, Dimitri, était un jeune homme un peu corpulent âgé d'une trentaine d'années, un bon mètre quatre-vingts, sûrement pas loin de deux cents livres, une bouille ronde presque enfantine, des lèvres très fines, des yeux bien bleus, des cheveux bien blonds, un vrai cosaque, une espèce en voie de disparition.

Il n'en était que plus dangereux, évidemment. Il dirigeait un groupe d'une quinzaine de pirates informatiques qui se chargeaient aussi de la surveillance armée des lieux avec l'aide de quelques hommes venus des autres coins de l'aéroport. Des AK-101 russes dernier modèle, beaucoup. Des Beretta de l'armée canadienne. En quantité. Des ordinateurs fonctionnant vingt-quatre heures sur vingt-quatre, innombrables.

– Vous dites que les types de la SQ et de la GRC n'ont absolument rien trouvé ?

Vlasseïev n'était aucunement surpris, il voulait s'assurer de tous les points factuels, à son habitude.

– Ils n'ont trouvé que ce qui était encore actif, des images pornos, des mômes qui sucent des bites, le kit habituel, avait répondu Verlande.

– Et vous cherchez quelque chose d'inhabituel, c'est ça ?

Le regard de Vlasseïev passait de l'un à l'autre, calmement, cette même lueur d'intelligence branchée survie que dans celui de son compatriote, ils pourraient être frères, s'était dit Verlande.

Nous pourrions tous être frères.

Et en fait, nous le sommes. Sauf que notre vrai père est un siècle en son entier.

– Nous recherchons quelque chose qui a coûté la vie à une dizaine d'individus, et nous savons que ce n'est que la partie émergée de l'iceberg. La partie immergée, nous pensons qu'elle se trouve quelque part dans les putains de lignes de code de cet ordinateur.

– Comment vous l'êtes-vous procuré ?

– C'est nous qui avons effectué l'arrestation d'Archambault, on avait fait une copie de tout son système, vu sa disparition subite, la SQ a récupéré l'ordinateur original auprès de la Couronne en échange de la copie, afin de pouvoir ranger le dossier, avec toutes les pièces à conviction, dans les *affaires classées*. Et ceux qui classent les affaires, c'est nous.

Vlasseïev avait amorcé un sourire, derrière la vitre de plexiglas teinté de son bureau, Verlande discernait la forme circulaire de la tour de contrôle, transformée en une forteresse électronique où des dizaines d'écrans fourmillaient de pixels, de vecteurs, de formes et de nombres.

– C'est pourtant une mort plus que suspecte, pourquoi la Couronne veut-elle classer le dossier ?

– C'est la mort d'Archambault qui est désormais l'objet de l'enquête, et non plus ces éventuelles victimes, et ce n'est pas la Couronne qui veut classer le dossier. D'ailleurs, personne ne le veut. On se ment tous les uns aux autres, c'est tout. C'est ce qui fonde les relations entre justice et police, Dimitri.

– Si ce que vous cherchez est quelque part, comme vous dites, dans les *putains de lignes de code de cet ordinateur*, rien n'existe qui puisse nous empêcher de le trouver.

– Je sais, avait répondu Verlande, c'est pour cette raison que Voronine a fait appel à vos services.

L'orage atteignait sa puissance maximale, aucun écran ne flanchait, les hommes aux commandes des machines ne semblaient pas au courant qu'il existât un monde extérieur au symbiote qu'ils formaient avec leurs microprocesseurs, on se serait cru dans une sorte de base militaire.

Verlande se fit la remarque que c'était bien le modèle des bases militaires du futur. Des forteresses construites contre le monde entier.

Il faut moins d'une heure pour tuer un enfant, et le faire disparaître à tout jamais. Il fallut à Vlasseïev et son équipe bien plus de temps et de travail pour en faire réapparaître les premières traces. C'est l'ouragan qui servit d'horloge atomique pour calculer les secondes, les minutes, les heures qui s'écoulaient. La pluie diminua d'intensité progressivement, le ciel devint moins noir et moins chargé de pourpre électrique, les roulements de tonnerre et les éclairs s'espacèrent, s'éloignèrent, les rafales de vent baissèrent d'intensité, les tornades se firent plus faibles, incapables de venir établir le contact avec le sol, elles flottaient dans l'air comme des aspirateurs volatils qui ne trouvaient pas la moquette terrestre à nettoyer. Au bout d'un moment, Verlande sut que la tempête était passée de l'autre côté de l'horizon, seuls quelques nuages de traîne vaporisaient encore un gaz bleuté chargé d'eau ionisée dans l'atmosphère.

Faire apparaître les codes, c'était le temps qu'il fallait à un orage boréal pour venir et s'en aller, s'était-il dit. C'était une donnée à ne pas oublier.

– Il y a quelque chose d'anormal.

Vlasseïev se tenait devant eux, seul. Dans la tour de contrôle, derrière la vitre teintée de son bureau, sa meilleure équipe était encore en train de faire défiler des millions de lignes de code sur les écrans de leurs machines.

Cela commence mal, s'était dit Verlande. Il laissa le *hacker* poursuivre.

– Il subsiste un bloc sur un disque dur où se trouvent concentrés l'ensemble des fichiers pornos. Bien protégés par un logiciel de cryptage performant, mais rien qui puisse nous empêcher d'y accéder, tout comme vos gars de la Sûreté.

– Où est le problème alors ?

– Le problème, c'est que le reste des infos stockées, comme les *drivers*, les historiques, les fichiers temporaires, le système d'exploitation dans son intégralité et l'ensemble des programmes, avec toutes leurs données, ont été complètement effacés.

– Ça on le savait, c'est justement pour ça qu'on est venus jusqu'ici.

– Je me suis mal fait comprendre : tout a été effacé par un surmagnétiseur multi-couches, le genre d'engin dont nous nous servons abondamment ici, il avait ça en sa possession quand vous l'avez pogné, cet Archambault ?

Verlande ne se souvenait de rien de tel. Il lâcha un simple signe de dénégation, son cerveau commençait à se mettre au diapason de celui de Vlasseïev. Oui, quelque chose d'anormal.

Par les baies vitrées de la tour de contrôle, au-delà des murs d'écrans et de leurs codes cybernétiques, il pouvait voir les flottes d'avions cloués au sol depuis des années et sur certains desquels la rouille avait fait son apparition cancéreuse. La plupart servaient depuis longtemps à la communauté de l'aéroport comme mine de matières premières essentielles : en plus des hectolitres de carburant, tous les aciers, plastiques, matériaux composites, câblages, portes, échelles d'accès, systèmes d'évacuation d'urgence, ordinateurs et instruments de vol, composants électroniques, systèmes électriques, hublots, sièges, roues, pneumatiques, casiers de cuisine, mécanismes de toutes sortes, sans compter les métaux rares et les alliages sophistiqués qu'on pouvait revendre au kilo à des contrebandiers chinois ou indonésiens, pratiquement au prix de l'or. Ne restaient des avions que leurs carcasses, exposées aux quatre vents, telles d'immenses baleines de métal échouées sur une plage sans retour. Il se surprit à détailler les modèles, les séries, les compagnies aériennes, Boeing 757, 767, 777, Airbus A310, A320, Embraer, Bombardier CRJ-700 ou Q-40, British Airways, Air Canada, United, Air India, Virgin, American Airlines, Easy Jet, Corsair. Les tarmacs disparaissaient derrière les dernières ondées de l'orage, c'était ce monde qui était déjà en train de disparaître en son entier.

L'image miroir de cette technique démachinisée, c'était la nature dénaturée qui s'y infiltrait et y accommodait ses niches écologiques. Espèces végétales OGM, graminées à haut rendement, conifères à bioluminescence, champignons thérapeutiques, érables bleus, chênes pourpres, cactus boréaux, myriades de plantes sauvages mutantes, hybrides, transformées par le monde et transformant le monde. Hordes d'animaux en tous genres, transgéniques revenus à l'état primitif, animaux « naturels » métissés d'espèces mutagènes, combinés cyborgs errant à la recherche de leurs programmeurs, ours noirs ou polaires, renards, zibelines, loups, chiens, chats sauvages, mouettes, goélands, corbeaux, busards, mulots, rats, musaraignes, orignaux, cerfs, caribous, mais aussi tout ce qui avait pu s'exfiltrer des laboratoires de recherche : souris de laboratoire, singes, insectes, oiseaux tropicaux, serpents du désert ou de la jungle. C'était le néo-zoo qui venait s'impacter dans la technologie régressive. C'était le monde tel qu'il était devenu.

Quelques secondes pour qu'un monde s'engloutisse dans votre tête, cela avait été le temps qu'avait mis Verlande pour comprendre la *nature* cachée de l'aéroport et celui qu'il avait fallu à Vlasseïev pour éclaircir tout à fait les données en sa possession. Deux machines. Deux programmes. Deux processus.

Un seul temps, une seule dynamique, une seule collision.

– C'est donc bien ce que nous pensions. Il a utilisé ce programme militaire dernière génération dont vos gars n'ont fait que repérer vaguement le passage, mais que nous avons identifié. C'est effectivement un projet encore classifié, il a suffi qu'un de vos gars de la SQ mette cet ordi sous tension et appuie sur une touche pour que le programme déclenche aussitôt une super-magnétisation express. Statistiquement vos spécialistes n'avaient pas la moindre chance d'éviter le *booby-trap*. On connaît bien ce type de protection, mais ce logiciel militaire, c'est du tout nouveau pour nous. Il s'est parfaitement autodétruit dès la fin de l'opération. Plus une seule trace. Mais alors plus une seule.

– Vous n'avez rien pu faire alors ?

– Si. D'abord on a pu récupérer une couche profondément cachée sous les images pornos. Un cryptage par entrelacement de pixels avec un algorithme très complexe que vos gars de la Sûreté n'ont pas su détecter. Il s'agit d'une liste très détaillée de sites web éparpillés de par le monde, Thaïlande, Philippines, Vietnam, Laos, Afrique du Sud, Madagascar, Timor, Nouvelle-Guinée, Amérique centrale. Ce sont des sites « touristiques » qui proposent ouvertement des séjours sexuels à volonté. Mes gars y ont découvert des fichiers entiers d'adresses Internet qui pointent sur des sites de tourisme sexuels parfaitement légaux dans leurs pays d'hébergement.

On y vante des collections de « vierges » ou de « garçons prépubères », photos ou vidéos à l'appui.

– On connaît déjà ce genre de saloperies, probable qu'Archambault se préparait des vacances, mais ce qui nous intéresse c'est ce qu'on ne voit pas, Dimitri, des photos et des vidéos pornos, des sites de tourisme sexuel, c'est bon, on nage en eaux bien connues, crois-moi.

– Alors je dois vous montrer quelque chose.

L'écran portable wi-fi apparut dans sa main. Une image haute résolution s'afficha entre ses doigts. Un court segment vidéo montrant des enfants filmés de loin, à la sortie de leur école. Ils ne furent pas le moins du monde étonnés d'y voir la petite Vesna. Un dernier fichier Quicktime montrait Olsen lui-même filmant avec une Mini-DV une scène hors cadre, à partir de son sportser Mazda jaune vif. Ils avaient opéré ensemble, au moins une fois, et Archambault s'était offert une petite carte postale, qui pouvait s'avérer utile en cas de besoin.

– Je dois dire que ce n'est pas si mal, fit Verlande, mais il n'y a rien qu'on ne connaisse déjà, à savoir que les deux gus ont partie liée.

– Je sais, vous cherchez quelque chose d'inhabituel.

– Voilà.

– Eh bien, c'est ce que je vous disais tout à l'heure, il y a un truc d'anormal, et ce qu'il y a d'anormal, justement, c'est ce qui saute aux yeux.

– Fais-le bien sauter pour les nôtres, Dimitri.

– Très simple : le gars possède un logiciel de l'armée ultra-pointu qui lui permet de baiser les informaticiens de la SQ et pourtant il subsiste plusieurs secteurs d'un disque dur qui sont restés en place. Et avec des images compromettantes.

– Le logiciel n'était peut-être pas si au point que ça.

– Cela m'étonnerait, vu comment il s'est occupé du reste.

– On t'écoute.

– Première solution : on travaille toujours dessus. Ce bloc sectoriel cacherait un portail d'accès à un autre ordinateur, où des informations beaucoup plus importantes, et vraiment criminelles, pourraient être planquées.

– Pas mal. Mais pourquoi attirer l'attention dessus en le laissant isolé, et surtout avec des images parfaitement illégales ?

– C'est justement la seconde solution : quitte à être condamné pour bris de condition multiples, autant focaliser l'attention des flics sur ce à quoi ils s'attendent. L'ordinateur d'un pédo, c'est toujours plus ou moins la même chose.

Verlande lui avait souri.

– C'est-à-dire rien d'inhabituel, c'est ça ?

– Exactement. Je ne sais pas si on va pouvoir en retrouver des traces, mais ce que le logiciel militaire a détruit est d'autant plus invisible que ce fichier d'images pornos, lui, se trouve bien en vue en première ligne, dès qu'on fouille un peu derrière le cryptage, comme l'ont fait vos collègues.

– Un leurre, avait dit Verlande.

– C'est ça. Pour dissuader les flics de chercher plus loin, là où le programme militaire est passé. Là où il y avait quelque chose de vraiment *inhabituel.*

Verlande avait pensé : Un leurre. Un piège. Un trucage. Une illusion. Une machine de guerre. Archambault n'avait pas conçu ça tout seul. Il avait appris, cela ne faisait aucun doute. Il avait eu un bon professeur. Et on avait tué le maître comme le disciple.

– Faites pour le mieux, avait dit Verlande, je veux dire : faites encore mieux que les enculés qui ont écrit ce logiciel.

Le visage de Vlasseïev s'était empli de cette gravité que Verlande avait appris à connaître aux côtés de Voronine.

– Nous ne pourrons pas faire mieux. Car nous ne savons pas vraiment ce que c'est. Mais je pense qu'on peut faire aussi bien.

– Personnellement, je suis preneur. Combien de temps ?

– Impossible à dire, il ne faut pas pousser tout de même.

– Le salaire ?

– La prorogation de notre contrat, la SQ nous laisse tranquilles, quand vous le pouvez vous nous branchez sur une affaire juteuse, et vous nous tenez informés des éventuelles menaces. On n'a jamais rien demandé d'autre.

– Je peux t'assurer une tranquillité de tous les instants, Dimitri. C'est tout juste si vous existez officiellement. Cassez-moi ce putain de code source, et vous serez plus virtuels qu'un jeu vidéo.

Vlasseïev lui avait offert ce sourire d'enfant capable de détruire un char d'assaut.

– Nous sommes des jeux vidéo, Verlande. Nous sommes les pires de tous.

Sur la route du retour, le jour déclinait, le ciel s'éclaircissait, comme deux processus à la fois opposés et complémentaires, Verlande laissa les éléments naturels prendre gentiment possession de lui. À l'ouest, derrière eux, le soleil entamait sa chute sur l'horizon, les nuages abandonnés par l'ouragan se teintaient de rose, de violine et d'orange. Les projecteurs au sodium de l'autoroute mêlaient leur éclairage artificiel à la lumière des éléments terrestres et célestes, créant un filtre aérien indécelable et qui pourtant transfigurait chaque détail de l'univers.

Ici, où la « paix » et la « démocratie » régnaient, semblait-il, au milieu du chaos mondial, Verlande savait que la guerre se déroulait selon d'autres modalités. Ce n'était que deux degrés d'intensité sur l'échelle de la perversion politique, il se demandait souvent laquelle était la pire.

Ici, c'était par capillarité, par homéopathie, par un processus de *contamination* sociétale que la destruction se préparait. Le monde était devenu la machinerie servant à former les microvérités illusoires avec lesquelles s'était agglomérée cette société, cette société dont ils essayaient de protéger tant de victimes innocentes.

Voronine lui avait dit un jour : « Même Béria n'aurait pas songé à cela : faire de la vérité un argument à charge, lui, il cherchait à prouver que les dissidents étaient des menteurs. »

Verlande lui avait simplement répondu : « Ce n'est pas sous un régime totalitaire que la vérité est dangereuse, puisqu'elle n'existe pas. C'est dans les démocraties finissantes comme les nôtres qu'elle se transforme en poison, puisqu'elle devient relative. »

Plus tard, dans un souffle exaspéré, Voronine lui avait dit :

– Pourquoi est-ce qu'on s'épuise à défendre une société comme celle-là, dis-moi ? Bientôt la pédophilie sera considérée comme un droit humain, et le cannibalisme une habitude culinaire comme les autres.

Verlande avait contemplé la route qui s'ouvrait devant eux, pleine de tous les rayons de lumière venus du ciel et de la terre, de la nature comme de l'artifice.

– Commence par te dire que nous ne défendons pas cette société, en dépit des apparences. Nous protégeons les victimes *de* cette société, je veux dire que nous protégeons les personnes *de* cette société. *Contre* cette société. C'est elle notre ennemi. Elle l'a toujours été. Elle le sera toujours.

Nous protégeons le fort du faible, pensait-il en se remémorant le mot de Nietzsche.

Au large de la Malaisie, le titanesque bidonville nautique constitué autour du micro-État sur plate-forme off-shore d'Oceanika avait semble-t-il appareillé pour une destination inconnue, plusieurs appareils militaires appointés par l'ONU ne cessaient de le survoler et d'en retransmettre les images, mais la favela flottante se trouvait dans les eaux internationales, elle contrevenait sûrement à plusieurs réglementations du trafic naval, mais personne n'était vraiment en droit de l'arraisonner.

En tout cas, personne ne semblait pressé d'en user.

C'était une haute montagne de structures composites qui s'étageaient en forme de pyramide sur une constellation de navires de diverses tailles, entremaillés de centaines de radeaux eux-mêmes reliés les uns aux autres par une myriade de cordages ; des bungalows, des trailers, des remorques de camion, des maisons de carton, des abris de placoplâtre, des tentes, des cabines d'ascenseurs, des épaves d'automobiles, des morceaux de wagons s'amoncelaient sur des échafaudages de fortune ainsi superposés jusqu'à une centaine de mètres de hauteur, tout était maintenu ensemble par un appareillage invraisemblable de câbles de toutes sortes, y compris des kilomètres de rouleaux de fil de fer barbelé dont les épines noires s'accrochaient naturellement aux matériaux souvent ramollis par l'humidité et la pourriture.

C'est bien ça, se disait Verlande. Eux aussi ils croient trouver la liberté, ou ne serait-ce que la survie. La seule différence avec les camps de concentration de l'époque de son père, c'était qu'aujourd'hui les prisonniers eux-mêmes géraient la *totalité* du processus de leur propre extermination. On gagnait du temps.

Ce fut le moment où le message code rouge de la Sûreté s'afficha sur l'écran en même temps que sur leurs optiques. L'alarme se surimposa au paysage réel comme aux images télé, le code rouge avait préemption sur tout.

C'était le code rouge qu'ils attendaient.

Ou plutôt celui qu'ils n'attendaient plus.

Celui auquel ils ne pouvaient s'attendre.

D-Days, à l'est de l'Enfer

Cette nuit-là, comme à son habitude, Victor Voerlandt s'éveilla peu après 3 heures, l'heure du diable, telle qu'elle est consacrée dans les Écritures. C'était son heure depuis tant d'années qu'elle était devenue son point du jour, sa lueur, sa renaissance quotidienne.

Il avait vu et entendu les furies de l'émeute s'éparpiller dans l'est de la ville, il avait pensé quelques instants à son fils, probablement envoyé en mission sur place, il avait observé un bataillon de chasseurs de chars finlandais et quelques *snipers* et mitrailleurs lettons de la division Wiking prendre position un peu plus au nord, sur Clark, alors que les nuées de gaz incapacitants s'élevaient dans l'atmosphère, illuminées par les rayons vif-argent de la pleine lune. La ville n'était qu'un décor. Ce qui se passait en cette nuit de combat urbain, il l'avait vécu des milliers de fois dans les neiges russes ou ukrainiennes. Ce n'était qu'un simple écho, une réverbération de la secousse sismique qui avait fait se rompre le siècle en son entier, une résonance tardive et fluette de la catastrophe, celle qu'il avait vécue en l'initiant, celle que son fils vivrait en la terminant.

Ce jour-là, la réplique de la secousse primordiale ferait trembler le monde une nouvelle fois, il ne s'agirait plus d'une onde lointaine mais du fracas de millions d'années pulvérisées en quelques instants.

Il connaissait bien ce fracas, il avait été gravé en lui comme de la musique sur un disque.

Cela faisait longtemps que Victor Voerlandt ne s'étonnait plus de ce type d'éclairs intuitifs lorsqu'ils venaient irradier sa conscience, mais il fut tout de même surpris par l'intensité de celui-ci. Alors qu'il buvait son café en observant le mouvement réglé comme un ballet nautique des SS de la Wiking au milieu des nuées et des ombres mobiles de l'émeute, il fut saisi par l'évidence, tous les signes étaient présents, ce jour amorçait l'émergence d'une nouvelle phase de la Révélation, c'est-à-dire de l'apparition de l'Invisible, qui avait commencé avec cette guerre civile urbaine, simple miniature des cauchemars mécaniques qu'il avait vécus, mais cette nouvelle phase était celle de la Grande Nuit, un jour noir comme vu dans l'optique d'un fusil à lunette, cette nouvelle phase serait celle des morts, de leurs secrets, de leurs paroles enfouies, ce serait le jour de l'Heure du Diable, l'aiguille de l'horloge bloquée à jamais sur le chiffre fatidique, et ce Jour des Morts serait surtout l'épreuve qui attendait son fils. L'épreuve qui consisterait à venir à bout de ce monde, dont la destruction était le point central et préliminaire, ce monde que lui, son père, avait produit et qu'il fallait sans doute détruire avec la Création comme point central et préliminaire. C'était l'épreuve que son fils devrait franchir s'il voulait demeurer un être humain, et surtout s'il voulait rester un flic.

C'est-à-dire un homme qui fait parler les morts et réduit au silence ceux qui les ont fait taire. Un homme pour qui l'Heure du Diable finit par devenir la meilleure des alliées.

Les intuitions de Victor Voerlandt n'étaient jamais que des constats établis à l'avance.

L'Heure du Diable était la seule que connaissaient les hommes de la division Wiking, elle était là pour eux, de façon constante, elle était l'heure que les morts-vivants préfèrent.

Au tout début de l'année 1944, des dizaines de milliers de soldats de la Wehrmacht et de volontaires germaniques de la division Wiking se retrouvèrent pris au piège dans ce qui allait très vite être surnommé le « Kessel de Tcherkassy ».

Un chaudron qui allait s'avérer aussi brûlant que celui qui avait ébouillanté les hommes de la 6e armée à Stalingrad.

C'était l'extrême pointe du front ukrainien, c'était un des tout derniers verrous stratégiques situés en territoire soviétique que les armées du Reich tenaient encore.

Elles le tenaient, mais sans pouvoir en ouvrir la porte. Elles le tenaient, mais sans pouvoir en sortir. Elles le tenaient, et elles allaient en mourir.

Le 1er février, l'Armée Rouge lança son attaque. Elle cernait pratiquement tout le périmètre. Au bout de quelques jours, il fut décidé que le plus gros de la division Wiking, soit la *Sturmbrigade* Wallonie, accompagnée de la plupart des unités flamandes, hollandaises, finnoises, danoises, norvégiennes et baltes, servirait, avec l'appui de plusieurs bataillons d'élite de la Wehrmacht, à protéger la retraite vers l'ouest des autres formations, qu'il fallait sauver de l'anéantissement imminent. À la mi-février, après deux semaines pleines de combats d'une violence telle que son cerveau n'en avait conservé qu'un long flux d'éclairs tombant du ciel en hurlant et deux ou trois images de neige rougie de sang sur des hectares entiers, l'ensemble des troupes de choc fut rassemblé au sud-ouest de Chanderovka, au fond d'une large ravine longue de deux kilomètres environ. Des myriades d'hommes, plus de dix mille. Serrés les uns contre les autres. Des myriades de fusils, plus de dix mille, parfois à court de munitions. Des myriades de morts, près de dix mille, bientôt, ce jour même.

À l'aube du 17 février, l'ordre fut donné. L'ordre de s'extraire de la ravine en une seule vague déferlante pour foncer à travers les lignes russes, droit vers le sud-ouest, quel qu'en puisse être le prix.

Il était hors de question de tomber aux mains des Sibériens de Joukov.

Ils coururent toute la journée dans la steppe glacée. Ils coururent toute la journée recouverts de sueur en dépit du froid hivernal. Ils coururent toute la journée sous l'orage de feu.

Toute la journée, ils tuèrent des Russes. Toute la journée, des Russes les tuèrent.

Les tankistes de sa *Sturmbrigade* wallonne se sacrifièrent jusqu'au dernier pour contrer les hordes roulantes de T-34 qui fonçaient sur eux de tous les côtés à la fois. Les chars des autres corps y passèrent tous aussi, les Flamands, les Néerlandais, les Nordiques, les uns après les autres. Pour finir, les derniers groupes de panzers qui subsistaient dans la division furent tous mis à contribution. D'après les statistiques de la SS, toujours très pointilleuse à l'égard des chiffres, aucun tank allemand n'avait pu sortir indemne du Kessel.

La statistique corrélaire, c'était que dix mille hommes étaient tombés, en un seul jour, plus que pour toute la Campagne de Pologne, mais que près de cinquante mille, au total, et en moins de deux semaines, s'en étaient sortis.

Ils se battirent à un contre dix, un contre vingt, un contre cinquante, peut-être même à un contre cent, comme les Spartiates aux Thermopyles. Sauf que leur sacrifice n'empêcherait pas le destin désormais scellé du Reich.

Tandis qu'il arrosait une position russe avec son *Sturmgewehr*, aidé par un mitrailleur estonien haut de près de deux mètres qui se servait de sa MG42 comme d'une simple carabine, il avait vu, plus loin, une pluie serrée de flèches ardentes s'abattre sur un bataillon de reconnaissance avancée de sa *Sturmbrigade*. Les geysers de feu soulevèrent la terre gelée d'Ukraine en de hautes fontaines noires et blanches, lorsque les cendres furent retombées et la fumée dissipée, Voerlandt put constater que plus un seul homme ne se tenait debout sur la neige. Aucun, d'ailleurs, ne s'y trouvait allongé non plus. Ils avaient été tout bonnement rayés de la carte. Ils n'avaient jamais existé. Voerlandt n'ignorait pas que c'était le principe fondamental de toute cette guerre. Cette guerre dont les seuls vrais maîtres étaient les Nombres.

Il ne faut pas croire que les Waffen SS formaient une organisation à part du reste de la SS, et en particulier des Totenkopf chargés de la surveillance et du fonctionnement des camps d'extermination. Au cours de la guerre, plus de cinquante mille Waffen SS furent affectés à la tâche, à Auschwitz, Treblinka, Bergen-Belsen, Dachau, Buchenwald, et ailleurs. Les unités islamiques, en premier lieu, fort enthousiastes à l'idée d'envoyer à la mort tant de Juifs et de Slaves, mais aussi une bonne partie des soldats blessés, malades ou inaptes au combat.

Certains revenaient sur le front après de longs mois d'absence. Ils ne parlaient généralement pas, ou fort peu, de leur expérience passée à l'arrière, et les quelques confessions que Voerlandt avait pu glaner parmi eux ne lui avaient donné qu'un très faible aperçu de la catastrophe totale qui avait submergé l'Europe, donc le monde, et dont il était un des artisans.

Mais leur mutisme même lui avait été néanmoins suffisant pour comprendre que rien ne serait jamais plus comme avant, et qu'il leur fallait absolument tuer tous ces Russes, là, devant eux, dans ce bosquet, qui leur barraient le passage.

La nuit était tombée lorsque son groupe disparate rejoignit plusieurs unités wallonnes et nordiques qui s'étaient arrêtées devant une rivière à demi gelée, dont la lueur blême traçait une courbe fantomatique sous le ciel étoilé, plus brillant que la terre. Ce n'était qu'un cours d'eau de moins de trente mètres de large, mais il était profond, agité de tourbillons, et des plaques de glace y dérivaient en vastes couperets flottants. Pour cette horde d'hommes épuisés qui avaient couru tout le jour, la sueur brûlante se transformant peu à peu en couche de gel qui fondait en imprégnant les vêtements avant de geler de nouveau, et ainsi de suite, alors que de toutes parts jaillissaient des fantassins ou des chars soviétiques, en tourbillons de neige, de feu et d'acier, pour tous ces hommes qui venaient de survivre au Kessel de Tcherkassy, trente mètres d'eau glaciale c'était comme une muraille de béton armé haute d'un Everest.

Ce n'était qu'une rivière de seconde catégorie dans cet État-continent où les fleuves sont des amazones boréales. Mais elle les menaçait d'être engloutis tous et à jamais par le raz de marée humain qui s'apprêtait à se lever derrière eux, gros de plusieurs centaines de milliers d'hommes, de milliers de chars, et de tous les avions d'assaut disponibles.

Guiloï Tikitch, apprend-il de la bouche d'un volontaire ukrainien, c'est le nom de l'obstacle liquide et partiellement gelé devant lequel ce qui reste de la division Wiking est désormais en train de se regrouper. On ne doit plus s'attendre à ce que beaucoup d'hommes soient encore en état de les rejoindre. Ici, les Nombres favorisent toujours la mort. Voerlandt sait désormais à quel point les Nombres sont les maîtres de cette guerre. Il pressent qu'ils sont la manifestation exécutive de la Faucheuse mécanisée, mais qu'ils ne lui doivent rien en retour. Ils ne sont que des Nombres. Ils sont des déterminants. Ils ne sont déterminés que par eux-mêmes. En fait, ils sont libres. Ils sont sans doute les seuls à l'être, dans cette guerre.

Les unités de la Wehrmacht se sont positionnées un peu plus au nord, elles tentent elles aussi de reconstituer des formations opérationnelles avec une bonne moitié des effectifs manquants et les neuf dixièmes du matériel lourd anéanti.

Voilà, ils sont sortis du Kessel, ils sont arrivés jusqu'ici, jusqu'à cette rivière. Guiloï Tikitch. C'est un beau nom ukrainien. C'est le nom de leur Berezina.

Ils ont perdu dix mille hommes. Ils en ont sauvé cinquante mille. Les unités stratégiques, SS ou Wehrmacht, avec tout ce qu'elles étaient en mesure de rescaper du désastre, les réserves, les engins mécanisés, l'artillerie mobile, les stocks de munitions et les unités du génie capables de monter en moins d'une nuit les pontons permettant le passage des engins lourds et des colonnes incessantes de fantassins.

Mais eux, oui, eux qui viennent de courir tout le jour, eux qui viennent de s'extraire, ils ne savent trop comment, de ce chaudron infernal dont le couvercle ardent avait fini par se refermer complètement sur les morts comme sur les vivants, eux qui viennent de s'arrêter devant cette rivière, eux qui se tiennent encore debout dans la nuit, eux, ils n'ont rien pour la franchir.

Il avait vu des Danois et des Wallons tenter l'opération à l'aide des quelques chevaux qui subsistaient dans la division. Le fiasco fut terrible, les animaux surchargés s'épuisèrent vite et ne purent supporter l'hypothermie foudroyante, ils se noyèrent tous à mi-gué en emportant avec eux dans la mort les hommes qui avaient tenté la traversée en s'accrochant aux selleries et aux paquetages entassés sur le dos des bêtes de trait.

Plusieurs groupes de Baltes et de Finnois essayèrent à leur tour, à l'aide de fagots de bois assemblés en espèces de radeaux improvisés dont aucun n'atteignit l'autre rive.

En amont, un groupe hétéroclite de Suisses, de Slovaques et de Scandinaves essayait de s'ouvrir un passage sur un appontement de fortune dont la structure lui parut juste un peu bizarre sur l'instant, lorsque inévitablement le système se disloqua, Voerlandt constata, un peu surpris tout de même, qu'on venait d'essayer de fabriquer une passerelle artificielle avec des cadavres.

Les divers systèmes de passage à gué qui furent expérimentés échouèrent tous lamentablement les uns après les autres.

Voerlandt avait fait le tour de la question dans sa tête, et il avait très vite compris en quoi consistait l'unique solution qui s'offrait à eux.

Elle demandait de l'obstination, de l'endurance et de la méthode.

Elle demandait un calcul intégral.

Elle demandait l'aide des Nombres.

Il parvint à convaincre et à rassembler un groupe substantiel d'hommes motivés à franchir le passage au plus vite et déterminés à suivre son plan, il avait acquis ses galons de *Scharführer SS* – sergent-chef – au cours de l'année tout juste écoulée, il les avait obtenus à la dure, par la sanction du feu et de l'acier, qu'une Croix de fer première classe était venue récompenser, cela lui donnait le droit de prendre des initiatives, et cela lui en donnait surtout la légitimité. Il avait pu rapidement mobiliser ses derniers camarades alsaciens survivants, Ernst Brecker, un capitaine flamand et ce qu'il subsistait de son régiment pratiquement annihilé, le sous-lieutenant Georges Vergheens et les rescapés d'un bataillon de la brigade Wallonie isolé de son unité régimentale, le caporal-chef Alexandre Tanzberg et sa compagnie de grenadiers suisses spécialistes du combat arctique, s'y ajoutaient Johannes Van der Loew, le tireur d'élite néerlandais et son groupe de *Nachtjagers*, son compatriote, le sergent Henryk De Jong et les survivants de son peloton de chasseurs de chars du régiment Westland, un des meilleurs de la division, il y avait aussi le lieutenant Korvas, avec l'adjudant Stilvenger, le sergent-chef Varkandris et leurs escouades décimées de Lettons et d'Estoniens, des sections disparates de Norvégiens et de Finnois en provenance d'unités quasiment anéanties, quelques volontaires ukrainiens et une poignée de Hongrois germanophones.

La Légion étrangère SS, dans toute sa vérité.

Tous parviendraient à franchir la rivière. Aucun ne survivrait à cette guerre.

Il était parvenu à clouer les évidences dans leurs têtes. Il n'y avait pas d'autre solution. Un ensemble de contingences absolues. L'Ukraine de 1944. Le général Hiver. La rivière et ses îlots de glace, la rivière et son eau à tout juste un ou deux degrés centigrades au-dessus du point de congélation, la rivière Guiloï Tikitch – il lui faut bien retenir son nom – est là pour lui prodiguer un enseignement qui va lui permettre de survivre à cette guerre, en tuant, à l'âge de dix-huit ans à peine, l'homme qui était en lui, la nuit qui camoufle pour quelques heures l'état du monde tel qu'ils vont le laisser, l'Armée Rouge qui se regroupe à moins de vingt kilomètres derrière eux – et qui fondra sur leurs positions dès le matin venu.

Cette rivière, c'est la porte, justement. Et le verrou, ils viennent de le tirer. Il faut la pousser, cette putain de porte, et tout de suite, si on ne veut pas finir cloué sur elle, comme un oiseau de nuit porteur de malchance. Eux, ce qu'ils portent n'a rien à voir avec la chance, ou son contraire, notions qui n'ont pas cours en enfer, ce qu'ils portent c'est le poids du monde qu'ils sont en train de fabriquer, ce qu'ils portent, c'est le poids de dizaines de millions de morts.

Obstination, endurance, méthode. Voilà la leçon que cette rivière lui enseigne. Elle lui enseigne à penser le monde comme une machine, et plus précisément encore comme une *machine à calculer*, c'est-à-dire tel qu'il est lui-même devenu, et il comprend très clairement en quoi cela va le sauver, tout en détruisant pour toujours et à l'avance le restant de ses jours à passer sur cette Terre.

Si le monde était une machine à calculer, il fallait sans attendre l'utiliser comme telle.

Et qu'y avait-il à calculer sinon le monde lui-même ?

Son cerveau fit pour la première fois l'expérience de la boucle rétroactive infinie. Un ordre à la stabilité étrange, déviante, mutante, paradoxalement dynamique semblait pouvoir surgir des cendres du chaos. Calculer le monde avant qu'il ne vous calcule. En se servant de lui pour y parvenir.

C'était cela, survivre. C'était maîtriser la Loi des Nombres plus vite que la machine du monde, c'était décrypter son code secret avant même que le message soit émis. C'était penser plus vite, plus précis, plus loin. Comme avec un fusil à lunette. C'était donc surtout penser le premier.

Obstination, endurance, méthode. La trinité fondatrice des soldats qui survivent, c'est-à-dire non pas des héros, mais des tueurs. En clair : un vrai plan. Un plan dans lequel chaque homme allait devoir faire preuve des trois qualités intrinsèques pour qu'il réussisse.

L'obstination : peu importe les conditions de la survie, il faut survivre, peu importe les paramètres du passage, il faut passer.

L'endurance : cela sera très dur, mais cela sera possible. Cela sera possible, mais cela sera très dur.

La méthode : celle des moments vraiment cruciaux, lorsque vous devez vous fondre dans la nature pour espérer y survivre.

Tout le monde à poil.

Vingt-cinq mètres, peut-être trente. La moitié d'un bassin olympique. C'est possible, à condition d'avoir la méthode, c'est possible, mais cela sera très dur, même avec l'obstination et l'endurance.

Tout le monde à poil. Pourquoi ? Parce que mouiller ses vêtements d'eau glacée les rend bien plus lourds lors de la traversée, accroissant le risque d'être entraîné par les courants, l'attraction continuelle vers le bas dû au poids excédentaire rendant la nage inopérante, donc multipliant d'autant la dépense d'énergie *et* le temps du passage, avec comme conséquence fatale que les uniformes d'hiver censés vous protéger du froid sont devenus de véritables combinaisons de mort par hypothermie une fois que vous êtes sortis de l'eau, si vous y parvenez.

C'est sur ce point précis que Voerlandt avait élaboré la méthode : placer ses vêtements dans les sacs de paquetage qui ne devaient contenir que le strict nécessaire, les surprotéger à l'intérieur par tout ce qu'on avait sous la main, y compris l'uniforme d'un camarade mort. Si possible, car ce serait très dur, envelopper le sac lui-même, d'une couverture, d'un drap, d'un morceau de bâche, de tente, d'un filet camouflage, de n'importe quoi, puis accrocher du mieux que l'on pouvait le paquetage ainsi ficelé à un petit radeau confectionné avec des branchages. Faire en sorte que le moins d'humidité possible pénètre à l'intérieur du sac jusqu'à votre uniforme et vos vêtements de corps. Pousser le petit radeau devant soi, avec assez de délicatesse pour ne pas le faire se renverser ou se disloquer au contact de l'eau.

Penser chaque détail, chaque dispositif, la méthode, le calcul, cette guerre était la première du genre dans laquelle les nombres décideraient de tout.

Même la nature pouvait être calculée. Même l'homme pouvait être calculé. La pensée qui calculait pouvait elle-même être calculée.

C'est en ce jour, en cette occasion, à ce moment précis que Victor Voerlandt est devenu ce qu'il est. Une machine à penser.

Penser à tout.

Puis plonger.

Plonger nu dans l'eau à peine au-dessus du point de congélation.

Attraper le radeau-paquetage au passage, le pousser devant soi, en actionnant ses jambes façon crawl, ou le garder à ses côtés en fusant brasse indienne, ou bien parvenir à l'attacher à sa taille ou à une cheville par un moyen quelconque, tout était possible, car tout serait terriblement dur, nager rapidement, avec constance et ténacité, sans jamais aller au-delà de ses possibilités, le système cardiaque peut ne pas résister à de trop violents efforts fournis à une température très basse pour une hygrométrie maximale.

Le système cardiaque peut-être, se dirait-il un peu plus tard, mais le système humain fabriqué par l'entraînement de la Légion étrangère SS, non, pas du tout.

Traverser cette putain de rivière. Ne pas penser au froid, ne pas penser à l'eau, ne pas penser à la glace, ne pas penser à l'effort. Penser au plan. Nager. Ne pas penser. Penser au plan. Penser au corps. Penser au corps comme plan. Nager. Ne pas penser à l'effort, ne pas penser à la glace, ne pas penser à l'eau, ne pas penser au froid.

Penser au plan. Le corps comme plan. Nager, toujours nager. Tout corps est un plan. L'effort, l'endurance, la méthode, tout plan est un corps. Nager, encore nager. Accoster sur l'autre rive, enfin. S'extraire de l'eau, se redresser. Ne pas penser, ne pas penser au froid, ne pas avoir froid. Penser au plan, poursuivre le plan, être le plan. Rester sur le mode calcul opératoire, votre organisme n'est qu'un ensemble tout juste particulier de cellules vivantes, votre conscience est un dispositif intégré dans ce monde devenu machine de guerre. Ne pas penser, le corps est le plan, ouvrir le paquetage, tout plan est un corps, se sécher vigoureusement avec les couvertures ou les uniformes qui ont servi à protéger le vôtre, tout corps est un plan. Se rhabiller au plus vite, couper court à l'hypothermie : si vous le pouvez, extrayez des allumettes fonctionnelles ou un briquet d'une des poches de votre tenue camouflage et faites un feu, chauffez au fur et à mesure vos sous-vêtements, vos chaussettes, votre chemise, vos chaussures et votre uniforme, reprenez des calories, soyez parfaitement sec.

On dit que la route de la Roumanie est encore ouverte.

Vérifiez votre arme, l'état de vos munitions, avalez une bonne rasade d'eau et la moitié de ce qui vous reste de nourriture. Réhydratation, alimentation. Le corps est le plan.

Puis partez, très vite.

Droit vers l'Ouest.

Droit vers la fin.

Précisément là où elle avait commencé.

D-Days, around the bunker

– Des tombes ?

Les mots de Verlande s'étaient engouffrés dans un trou noir.

McGlade l'observait de son œil de cristal, Sherville passait de lui à Voronine comme un simple robot chargé de bien analyser leurs réactions. Le Cube luisait de sa lumière bleu turquoise, le monde extérieur scintillait de toutes les nuits accumulées, comme une vieille putain.

Le grand jour des morts semblait ne pas vouloir s'arrêter.

Sans doute ne s'arrêtera-t-il plus jamais, pensa-t-il.

– C'est ce que j'ai dit, Verlande. Avec une localisation GPS très précise. Et un indice fort nous permettant de croire ce que le message dit.

– Un *indice fort* ?

– Il nous a aussi indiqué l'emplacement du MPV d'Olsen. Quelque part vers la baie des Escoumins, des patrouilles ont déjà vérifié. Entièrement détruit par le feu, évidemment. Mais le pointage GPS était précis.

– Très bien. Où ça ? Les tombes, je veux dire...

McGlade émet un vague sourire, comme le signal venu d'une étoile déjà morte au moment où il est perçu.

– Dans la région de Fermont. Un peu au nord du lac Daigle, en contrebas du mont Wright. Cinq ou six kilomètres à l'ouest de la piste forestière principale, après ce ne sont que des *rows* clairsemés, à peine indiqués sur les cartes, mais on a les photos satellite.

Verlande aurait voulu fermer les yeux ne serait-ce qu'un instant. Le diagramme prenait forme au point de l'envahir, un *nanonetwork* qui s'emparait de son âme tout entière. Une lumière était en train de percer l'écran du monde, il était le seul, avec Voronine, à être en mesure de la percevoir, et il était le seul, en tout cas, à en percevoir le terrible et magnifique danger. La vérité viendrait tout consumer, et elle laisserait apparaître au « grand jour » les ténèbres infâmes qui régnaient sous la réalité.

Ces tombes n'arrivaient évidemment pas dans le diagramme par « hasard ».

Le cosmos ne cessait de réunir les signes et le chaos des hommes se chargeait de les rendre visibles. Quelqu'un leur envoyait des messages, quelqu'un voulait les aider à approcher de la lumière, quitte à ce qu'ils s'y brûlent pour de bon. Quelqu'un avait sûrement très peur pour sa vie.

Alors il révélait à la Polis la présence réelle des morts.

On ne pouvait s'attendre à plus de cohérence, plus de perfection, en un sens.

– Très bien. Combien ? Combien de tombes ?

– Deux, selon le message, mais plusieurs cadavres. Il a l'air d'en connaître long puisqu'il nous a même transmis leur identité ! On vérifiera évidemment sur les fichiers ADN, mais certains de ces noms correspondent à vos listes, des types disparus, des pédophiles, des truands… C'est pour ça que vous allez partir tout de suite, vous y serez à l'aube. Nous vous laisserons quelques heures d'avance avant de diffuser l'info au district de la Côte-Nord.

Verlande avait noté l'éclat de fer qui était apparu dans l'œil vert de McGlade. McGlade qui ne voulait pas seulement devancer ses rivaux de la GRC, mais la SQ locale elle-même. McGlade dont le regard étincelant indiquait le haut intérêt qu'il portait à cette affaire particulière.

Verlande parvenait à lire dans le cerveau de l'officier comme sur un écran d'ordinateur. Pédophiles. Disparitions suspectes. Tombes clandestines. Des signaux qui se répétaient en émettant un seul et unique message : *corrélation probable avec investigations classées. Possibilité de rouvrir les dossiers.*

Il était temps, sans aucun doute, de renverser les rôles. Il était temps de faire parler McGlade, il était temps de le libérer du sacrifice qu'il n'avait pu accomplir.

Cela faisait des années que McGlade soupçonnait l'existence d'un réseau organisé de pédophiles responsables selon lui de multiples disparitions d'enfants et d'adolescents depuis la fin du siècle précédent. Avec un microgroupe informel de flics à la retraite, c'était devenu son obsession, les blaireaux des services administratifs disaient souvent « la marotte de McGlade » pour parler de ce travail obscur qui lui prenait le peu de temps que sa carrière de flic lui laissait. Pour faire un travail de flic.

Cette « obsession » et cette ténacité aveugle et sourde à la commisération hypocrite de ses contemporains avaient toujours fasciné Verlande, même s'il n'avait jamais rien su, comme tous les autres, des méthodes et des objectifs particuliers du commandant en ce domaine. C'était peut-être bien une « marotte », après tout, une obsession, une paranoïa active. Mais Verlande préférait de loin les hommes ayant des obsessions aux légumes hominiens dont rien ne fait changer le cycle de floraison et de mort.

Il n'avait jamais vraiment pu déterminer à quel point McGlade était dans le vrai, mais il s'en contrefichait complètement. McGlade était un flic. Il avait des cibles. Il avait des projets pour elles. Les encager à vie s'il le pouvait. Pour Verlande, c'était amplement suffisant. McGlade n'était jamais parvenu à étayer ses suspicions de preuves solides, plusieurs escouades de la Direction avaient été mises à contribution au fil du temps, sans le moindre succès, mais le commandant de la Sûreté n'avait jamais lâché prise.

– Nous y serons à l'aube, commandant, croyez-moi sur parole. Mais je pense qu'il va être nécessaire de prendre un peu de temps pour que vous nous disiez tout ce sur quoi vous avez enquêté depuis vingt ans. Ne vous faites pas d'illusions, nous arrivons au point crucial où tout est relié, aucune des affaires que nous traitons n'est indépendante des autres. Elles forment une structure, dont la cohérence nous échappe encore, mais on avance. Et si elles forment une structure cohérente, vos indices, vos faits, vos hypothèses, vos recherches, vos suspicions sont reliés aux nôtres, au-delà du temps et de l'espace, qui ne sont que des contingences secondaires.

McGlade avait jeté un bref coup d'œil à son adjoint.

– On ne s'est pas trompé, avec Sherville, quand on a appuyé ton affectation ici, je savais que tu serais capable de tenir tête non seulement aux truands, mais aux flics eux-mêmes, aux avocats, et aussi aux procureurs de la Couronne.

Je suis chargé de tenir tête à toute cette putain de société, je ne défends plus que des lambeaux de lois et un ordre qui accélère la désagrégation générale, je pourrais tenir tête à dix mille Unions soviétiques, pensa Verlande en un seul jet électrique.

– Nous ne produirons aucun rapport écrit et nous fermerons les enregistreurs de nos *nanonetwork centric biograms*. Mais c'est le jour, commandant. Le jour où vous devez faire parler vos morts, cela fait trop longtemps qu'ils attendent, et les nôtres sont impatients de les entendre.

McGlade avait regardé Sherville, Verlande, Voronine.

Le silence qui s'abattait sur le Cube entrait en contraste avec le bruit nocturne de la ville. Le Cube de la Polis était silence. Lorsqu'il ouvrait la bouche, c'était pour laisser passer une tornade de feu. La ville était bavarde, elle ne la fermait que lorsqu'on la couchait définitivement, une balle dans la nuque.

Sherville avait fini par dire :

– Je crois que Verlande a raison, comme toujours. Ils ont besoin d'un contexte général.

Le silence avait bourdonné quelques instants encore.

– Raconte-leur, avait conclu Sherville.

L'œil vert de McGlade avait pris une teinte indéfinissable, comme plongé dans un bain chimique aux propriétés inconnues. Il l'avait planté bien profond dans le regard de Verlande, puis de Voronine, puis de Verlande à nouveau.

– La plupart des dossiers sont classés depuis des années. Les indices existent, les faits sont reliés, les hypothèses sont plausibles, mais nous n'avons pourtant qu'une théorie.

Verlande avait calmement soutenu le regard vert chimique de McGlade. Un vague sourire s'esquissa malgré lui au coin de ses lèvres.

– Les théories font et défont le monde, commandant. Nous vous écoutons très attentivement.

Alors, ils avaient appris.

Et ce qu'ils avaient appris de la bouche de leur supérieur n'était que la formule de base pour apprendre encore plus, plus vite, plus précisément.

La « théorie » de McGlade donnait un nouvel environnement au diagramme. Elle permettait de le percevoir enfin comme la forme de vie qu'il était.

Fermont : les coïncidences sont de vulgaires illusions d'optique. Il y avait un lien entre Olsen et cette région, et il y avait donc un lien entre Olsen et ces cadavres retrouvés par l'intermédiaire d'un e-mail anonyme et gracieux.

Le monde est ainsi *usiné*. Un jour une ville s'embrase, des hommes meurent, des hommes tuent, le ciel bascule, les destinées deviennent des trains lancés vers une collision inévitable. Cette guerre visible, même souterraine, celle des hommes qui tuent, celle des hommes qui meurent, allait, en cette belle matinée de la mi-mai, se translater vers l'ombre même de l'ombre.

Là où les hommes qui tuent sont déjà morts, là où les hommes qui meurent ont souvent tué d'autres hommes, là où de toute façon ils ne sont plus que poussière.

Dans des tombes.

Ces tombes secrètes, ces fosses disséminées dans tout le pays, depuis des décennies. Ces trous qui ne font qu'un avec le corps-plein de la terre. Et en cette époque où la Loi pouvait se camoufler derrière ses propres apparences, comme quelques coups de fusil dans le vacarme et les nuées de gaz, les tombes secrètes se cachaient derrière des meurtres qui n'avaient pas été reconnus comme tels, des meurtres sans cadavres, des meurtres qui n'existaient pas.

C'est pour cette raison sans doute que ce fut par la Loi des Nombres, lorsque le jugement est dénudé jusqu'à la corde ontique la plus sèche, que l'information leur parvint. Elle leur parvint par la Loi des Nombres, mais par la Loi des Nombres secrets, la Loi des Nombres cachés, comme les tombes, dont ils indiquaient justement l'existence et la localisation précise. Ainsi que le nom d'état civil dont les restes humains enterrés avaient été un jour porteurs.

C'était encore des noms qui faisaient partie de leur liste, cette liste qui d'un côté ne cessait de s'allonger, d'hommes souvent introuvables, et de l'autre ne cessait de rétrécir, au rythme de ceux qu'on retrouvait, morts.

Voronine sut très vite par Vlasseïev et sa bande de *hackers* que quelqu'un était parvenu à pénétrer directement l'anneau de sécurité ultime du *network-centric warfare system* de la SQ. Mieux encore, il avait réussi à loger son message sur le réseau personnel de McGlade et de Sherville. Il n'avait laissé aucune trace, absolument rien, le message était apparu, s'était enregistré de lui-même en un code chiffré SQ sur le disque dur de la Direction du Renseignement, s'était affiché en rouge sur les ordinateurs de McGlade et de Sherville puis, au bout de neuf minutes montre en main, s'était effacé de lui-même du disque dur et de tous les périphériques, mémoires, registres, *drivers*, par lesquels il avait transité. Vlasseïev avait dit à Voronine : « Le même genre de *soft* que pour le disque d'Archambault, mais probablement *fait maison*. Le type est drôlement fort, c'est clair, mais il a forcément eu accès à des informations confidentielles. »

Cela voulait dire qu'il y avait d'autres pirates informatiques dans le coup. Cela voulait dire qu'il y avait probablement un espion dans la place.

Un homme qui savait beaucoup de choses, beaucoup trop, beaucoup trop de choses qu'il n'aurait pas dû savoir.

Dont ces tombes. Ces tombes situées dans la région de Fermont, localisation GPS :

52e 41' 33. 06" N / 67e 18' 28. 02" O.

Nous sommes dans les contreforts sud du mont Wright, de hautes collines de ferrite peuplées de forêts de conifères, espacées de vallons où la végétation rabougrie est courbée par les couloirs de vent naturels, et de vastes étendues de toundra à peine recouvertes de genièvre et de petites épinettes blanches.

Verlande et Voronine contemplent les deux fosses creusées à quelques mètres d'intervalle, et auxquelles ils font face, alors que s'anime, avec sa méticulosité d'androïdes, le premier groupe de *forensics* arrivé sur place. Les chiens renifleurs spécialisés, les *cadaver dogs*, tournent autour des fosses ouvertes par les microrobots excavateurs et les grappes d'insectes artificiels, tamis cybernétique pseudo-animal qui creuse avec précision et patience jusqu'au niveau où sont disposés les restes humains, dont Verlande perçoit la présence bleuâtre dans l'écran d'un scanner à spectrographie de masse.

Il se passe quelque chose ici, dans la lumière de cette matinée toute jeune, prête à être sacrifiée. Le gaz solaire semble se diffuser de manière étrange dans le sous-bois sauvage, les arbres eux-mêmes ont l'air illuminés de l'intérieur.

Il se passe quelque chose ici. Disons qu'il s'est passé quelque chose. Quelque chose qui semble ne pas pouvoir s'arrêter. Quelque chose de si terrible, de si inconcevable que la pensée elle-même ne peut y mettre un terme.

Ces deux tombes sont comme l'ouverture jumelle qui donne sur un monde plus souterrain que tous les mondes infernaux.

Précisément parce qu'il se trouve à la surface.

Ici.

Il y avait deux fosses.

Il y avait quatre corps.

Les tombes étaient relativement anciennes, leur expliquait calmement une fliquesse de l'unité criminalistique.

– Deux ans, deux ans et demi. Nous allons tout dater au radiocarbone, mais certains indices nous permettent de penser que la tombe numéro un est la plus vieille, l'autre pourrait être plus récente de quelques mois.

– Vous avez des identifications formelles ?

– Rien pour l'instant, nous comparerons avec les noms qu'a donnés la source anonyme, ils sont sous cartographie ADN express, on en saura plus dans une ou deux heures.

Verlande observa le camion blanc marqué des armoiries de la Sûreté et de l'insigne des unités criminalistiques mobiles. L'extraction des restes humains se pratiquait désormais avec des méthodes d'archéologue cybernétique, ossement par ossement, avec numérotation digitale immédiate, codage, photonumérisation, chaque indice était enfermé à part dans un sachet à l'immatriculation spécifique, une fois qu'ils étaient entrés dans la machine de traitement, on pouvait procéder en toute sécurité à leur analyse. Ce à quoi servait le camion-labo mobile. Établir dès les premières investigations un certain nombre de données de base, si cela était possible.

Une ou deux heures, c'était le temps qu'il faudrait au robot extracteur et aux équipes de criminalistes pour prélever, trier, identifier, classer, numériser puis analyser tous les échantillons nécessaires.

Une ou deux heures, c'était le temps qu'il fallait aux nombres pour dévorer une vie. Pour la rendre digeste au cerveau. Pour la rendre connaissable. Les nombres sont les formes de vie dont l'écosystème naturel est la mort elle-même.

Une ou deux heures. Trois milliards de gènes.

Ils allaient encore plus vite que les larves nécrophages.

Voronine revint de sa tournée d'inspection dans les boisés environnants en tenant sa caméra digitale comme une arme prête à faire feu.

– Des barbelés, avait-il dit. Sur trente mètres environ, à moitié enterrés et visiblement sectionnés net de chaque côté... J'en ai trouvé d'autres un peu plus loin, des morceaux plus courts, des copeaux de métal, on dirait que ça a été tronçonné et nettoyé, mais pas complètement.

Verlande pensa : On ne peut jamais *tout* nettoyer.

Même une machine peut commettre des erreurs.

Une ou deux heures, c'était aussi le temps qu'il fallait pour que le *nano-centric network* cérébral de Verlande puisse dessiner un nouveau diagramme du monde.

Donc du crime.

Il était inutile d'espérer comprendre tous ces meurtres, toutes ces disparitions, tous ces cadavres retrouvés, avec les grilles d'analyse habituelles de la Flicaille du Jour. Il fallait les ressources spéciales de la Police de la Nuit. Il fallait les ressources des têtes-machines comme la sienne. Il aurait pu depuis succomber à la première évidence venue, l'évidence faite exprès pour un bon flic pépère bien syndiqué : les paramilitaires « putschistes » conduisaient une vaste opération de nettoyage dans tous les milieux criminels du Canada, politiques ou de droit commun, en tant que *vigilantes* clandestins, prêts à tout pour défendre leurs intérêts et assurer leur expansion secrète à travers le système et le pouvoir exécutif supérieur qui restait à prendre, mais cette option avait été désintégrée en plein vol par la roquette de la vérité.

Il y avait bien deux entités distinctes à l'œuvre, elles ne se croisaient que dans le chaos des ténèbres mêmes du crime, c'est-à-dire dans les prisons fédérales, les pénitenciers supermax, voire les simples établissements correctionnels pour premiers délits. L'une était visiblement centrée à Montréal et sa région métropolitaine, si l'on s'en tenait au Québec, l'autre semblait plus floue sur le plan territorial, plus diversifiée, mais une sorte de pôle d'attraction cristallisait sa présence à la frontière du Labrador, dans les hautes collines boisées et les montagnes de ferrite de la région de Fermont.

Ici.

Verlande sentait leurs formes de vie spécifiques, il pouvait calculer les vecteurs tendanciels de leur évolutionnisme respectif, leurs structures internes ne changeaient pas et pourtant elles se mouvaient constamment dans l'histoire dont elles étaient les moteurs. De ce paradoxe apparent naissait ce que Maistre appelait le *dogme évolutif*. Maistre, comme quelques autres lectures authentiquement *stratégiques*, s'avérait une arme très efficace en cette époque où les sacrifices se déroulaient à l'échelle du globe tout entier.

Ceux-là, se demandait Verlande en regardant les fosses en cours d'exhumation, à quelle entité tueuse doivent-ils leur sort ? Qui sont-ils ?

Pourquoi cette proximité dans l'espace, moins de vingt mètres, et cette distance dans le temps, plus de huit mois, peut-être un an ? Le labo-mobile. Les nombres.

Les nombres en auraient pour une centaine de minutes.

Son cerveau aussi.

Le dogme évolutif. C'était ce qui différenciait une fiction « policière » dans laquelle tout, bien sûr, est pré-écrit (le fameux *whodunit*) de l'authentique vie avec les ombres, la vie souterraine, la vie des rats cosmopolitiques, la vie des flics. Cette vie où la réponse à la question « qui l'a fait ? » ne termine en aucun cas leur action dans le monde, mais l'initie, tout au contraire. Car le seul problème qui vaille la peine d'être résolu, c'est : comment enfermer au plus vite le fils de pute, et comment s'assurer qu'il écopera de la peine maximale.

Il n'y a pas de plan pré-établi qui tienne, dans la vie comme dans l'écriture, car la vie s'écrit, *s'inscrit* en creux sur le livre du monde. C'est l'écriture qui dessine le plan. C'est l'inscription de sa tête-machine sur le plan du monde qui produit sa singularité, sa liberté, donc son déterminisme absolu.

Dans un tel *processus*, les mutations renforcent par la sélection la conservation des traits principaux, en retour la conservation des « codes » essentiels préconditionne les modalités d'apparition des mutations. Toute identité est *métastable*, toute identité se construit sur un *dogme évolutif*, elle contient son principe actif *et* son principe contraire, sans la moindre médiation, elle peut englober à sa mesure l'Être et le Néant, le Vrai et le Faux, le Bien et le Mal, le Monde Créé et l'esprit déchu qui s'en est emparé, soit *le Oui ET le Non*, elle est un processus cognitif, un processus qui cherche la vérité à n'importe quel prix, en tout cas au prix de milliards de cellules nerveuses.

Chacune des entités tueuses suivait son processus, son agenda, subissait ses propres imprévus, et en retour engageait ses réactions spécifiques. Elles étaient des formes de vie, elles interagissaient constamment avec leur environnement afin de mieux tuer.

C'est peut-être parce qu'elles n'étaient nullement destinées à se croiser que tous ces carnages avaient lieu. Quelqu'un n'aurait pas dû rencontrer quelqu'un. Quelqu'un n'aurait pas dû entendre quelque chose, quelqu'un n'aurait pas dû dire quelque chose à quelqu'un. Et où ça, sinon dans une des prisons fréquentées par ce diagramme formé d'humains décédés de mort violente aux quatre coins du pays ?

Certes, Verlande ne devait pas perdre de vue qu'aucune relation objective, étayée par des faits, ne pouvait être posée entre les meurtres de la première force et ceux de la seconde. C'était bien plus subtil, parce que non planifié, par aucune des parties. En fait, elles se frôlaient sans jamais se toucher. Elles vivaient côte à côte, le temps du transfert d'un ou deux hommes en prison, puis elles disparaissaient aussitôt aux yeux de l'autre. Elles ne tenaient pas à savoir. Elles ne tenaient pas à se connaître, même de loin. Chacune désirait peut-être la réussite de l'autre, qui la cachait d'autant mieux.

Le diagramme s'était encore éclairci. Aucun nouveau nom pour l'instant, mais ce n'était plus qu'une question de minutes.

Ce n'était plus qu'une question de nombres.

Il avait été encore plus vite que les nombres.

La première identification ADN à tomber fut celle d'un des occupants de la double fosse initiale. Elle correspondait bien à l'un des noms qu'avait livrés la source anonyme. C'était de bon augure pour la suite.

Georges Henry McKendricks, un richissime zoophile de l'État de New York qui avait été jusqu'en Cour suprême américaine pour pouvoir épouser une chimpanzée domestique, arguant de la directive ONU donnant des droits égaux à tous les « êtres vivants de la planète », et d'une loi britannique, donc pratiquement *de facto* européenne, qui venait d'autoriser le mariage inter-espèce, législation qui serait d'ailleurs entrée en conflit avec la loi islamique dont l'adoption était initialement prévue, avant l'explosion de la guerre civile, pour l'automne suivant. L'homme avait élu domicile au Canada alors que le verdict était encore pendant. Sa demande fut repoussée *in extremis* aux USA mais une Commission des Droits de l'Homme de Colombie-Britannique y avait accédé alors qu'il se faisait naturaliser. Il avait été le tout premier être humain à sc marier légalement avec un animal. On disait qu'il avait depuis vécu très tranquillement à Vancouver, puis au Québec, puis on ne savait où, plus personne n'avait entendu parler de lui depuis pratiquement une demi-douzaine d'années.

– Lui, il a gagné son procès, mais il est mort.

– Qu'est-ce que tu veux dire par là ? avait demandé Voronine.

– Il n'a pas été le seul à s'engager sur cette voie, rappelle-toi le nécrophile californien qui diffusait ses vidéos sur le net, et le couple pédophile homo de l'Illinois et leurs multiples demandes d'adoption. Eux aussi ils sont allés jusqu'en Cour Suprême. Eux aussi ils ont perdu de justesse. Mais ils ne sont pas venus au Canada. Et ils ne sont pas morts.

La présence de McKendricks produisait une distorsion dans le diagramme, mais Verlande devinait qu'en réalité, cette déviance était partie intégrante du schéma global.

Simplement, il ne savait pas encore comment placer son vecteur sur le plan, les seules coordonnées en leur possession étaient celles de la localisation GPS des tombes.

Il n'avait pas les coordonnées des cerveaux qui traçaient le diagramme en question dans le monde. Et qui finissaient dévorés par leur création.

L'homme qui a accompagné McKendricks dans l'Hadès est un pédophile venu de l'Ontario, Davis Walker Giovanelli, il n'a été condamné que deux ou trois fois, mais a fait l'objet de plusieurs enquêtes qui n'ont rien donné, il a disparu de la circulation depuis quelque temps déjà. Derniers domiciles connus : ville de Québec, puis a vécu quelques années dans la région de Fermont, côté Labrador. Il fait partie de leur liste, petit numéro, queue de peloton, rien de spécial, ils l'avaient gardé au frais pour plus tard. Mais c'était déjà trop tard.

Un pixel lumineux s'éveilla sur l'écran de son cerveau, c'était sa façon personnelle de subir une légère accélération cardiaque. Fermont. C'était comme un point d'orgue. Désormais plus rien de ce qui touchait cette région n'échappait à la cristallisation du diagramme. Elle en semblait même le cœur territorial, et peut-être plus encore.

Ce nom lui disait quelque chose en tout cas, il était sûr qu'il appartenait à une de leurs listes, simplement il n'était jamais sorti des diverses sélections opérationnelles. Il n'était jamais passé par une prison supermax, il n'avait commis que des délits somme toute mineurs, quoique en cascades, et avait su éviter les grosses condamnations, il était resté plus ou moins sous la loupe des unités spécialisées jusqu'à ce qu'il vienne vivre de l'autre côté de la frontière provinciale, au plus profond du bois, et qu'on n'entende plus jamais parler de lui. Ce n'était pas du gros gibier, mais il n'avait pas été enterré ici pour rien, il était évidemment relié aux deux autres, qui étaient reliés à tous les autres, oh oui, lui aussi, il faisait partie intégrante du diagramme.

Les corps enterrés dans la seconde fosse se révèlent être celui de Kevin Ouellette, un des tout premiers hommes de leur liste, qu'ils n'avaient pas vraiment eu le temps de traquer, et d'un certain Gérard Dorcelier, qui a suivi à peu de chose près le même cursus. Tous deux semblent reliés de près à cette région nordique du Québec, ils ont vécu un temps à Sept-Îles, alors qu'ils officiaient dans la prison à sécurité maximum de Port-Cartier, sur la Côte-Nord, avant de disparaître des écrans radar ; eux aussi, comme Scotfield, ils ont été surveillants pénitenciaires, indics et agents de sécurité plus ou moins pourris, eux aussi, comme Derville, ont été abattus de deux balles de .22 dans la nuque, alors que les deux autres victimes ont été tuées avec du calibre 12 de chasse.

Giovanelli n'était qu'un petit pédophile multirécidiviste, comme Archambault, mais il avait vécu des années dans la région. Ouellette et Dorcelier avaient passé du temps sur la Côte-Nord. Le lien avec Olsen s'était encore resserré. Il se passait quelque chose ici, il s'était passé quelque chose.

Il se passerait assurément quelque chose.

Il suffisait d'attendre un peu. Et de faire confiance à l'ordre du monde.

Les identifications ADN étaient en train d'être compilées par l'équipe criminalistique, Verlande et Voronine attendaient une copie des premiers rapports, le soleil rougeoyait doucement sur l'horizon, des flèches aurifères se réfractaient en milliers de rayons à travers les frondaisons des arbres. Le jour des morts était d'une beauté incontestable.

Le message radio parvint à tous les hommes sur place par le *nanonetwork*. Il provenait d'une patrouille de recherches qui s'était égarée sur le chemin forestier et que les *cadaver dogs* avaient conduite à quelques kilomètres à l'est du lieu où on venait d'exhumer les premiers corps, à mi-chemin de la piste. Localisation GPS :

52e 41' 34. 91" N / 67e 16' 30. 47" O.

Les chiens étaient très excités, ils avaient tourné une heure durant autour d'un secteur qu'ils circonscrivaient peu à peu par cercles concentriques. Ils avaient signalé un emplacement. Puis un second, à une vingtaine de mètres de distance. Même schéma que sur la première scène de crime. Et un troisième, enfin, à un quart de kilomètre environ. Le scanner portatif des patrouilleurs avait cartographié le terrain et décelé la présence des fosses, avec des restes humains enterrés à environ un mètre soixante de profondeur.

Verlande avait regardé Voronine.

C'était bien ici.

C'était bien l'endroit.

C'était bien l'endroit où il ne cessait de se passer quelque chose.

– McKendricks, voilà, j'ai sa fiche, avait dit Voronine.

Verlande conduisait le Yukon Hydrion sur le sentier tout juste praticable qui menait vers le lieu où les chiens avaient découvert les autres fosses, c'était vraiment le jour des morts, c'était le jour de leur débarquement en masse, c'était leur D-Day, le Deadmen-Day, c'était aussi le jour qui leur redonnait la parole.

– Alors, condamné pour zoophilie active dans plusieurs États américains, là où c'est encore banni, le *Deep South*, l'Ouest… jusqu'à sa poursuite au civil contre l'État fédéral pour sa demande de mariage « inter-spécique ». Il s'était offert un véritable zoo privé dans sa propriété californienne… Je me souviens de cette affaire, c'était l'héritier d'une grande fortune, parents décédés dans un accident d'avion en Oregon, entreprises de software en sous-traitance pour Microsoft…

– Un zoophile… Putain, je ne pige pas.

– Attends, condamnation pour possession de matériel pornographique infantile, mais… ça remonte au milieu des années 90, il avait vingt-cinq ans à l'époque !

– Il en a le double aujourd'hui, les pervers ne changent pas, ils deviennent pires, c'est tout. De leur point de vue, ils *s'améliorent*. Du nôtre aussi, il faut bien le dire. C'est grâce à eux que nous devenons meilleurs, c'est-à-dire plus *prédateurs* qu'ils ne le seront jamais.

– J'ai les détails recueillis par la Couronne : un PC dont tous les disques étaient remplis de matériel explicite, des photos de bébés surtout, sinon des enfants en très bas âge, deux, trois ans maximum, au-dessus, pour ce porc, ça devait être des vieillards. Mais on n'a plus jamais entendu parler de lui dans ce domaine. Il a changé de phantasme ?

– Il s'est branché sur les toutous et les nounours, les vrais, pas les peluches, ça remplace très bien les enfants, il paraît. Beaucoup s'en contentent en tout cas. Et rien ne t'interdit de penser qu'il a pu passer et repasser d'un phantasme à un autre, et qu'il les a assouvis parfois en même temps. Tu ne dois plus rien t'interdire d'imaginer, Alex, plus aujourd'hui.

– Pédophile *et* zoophile, tu ne trouves pas que ça fait beaucoup ?

– Pour eux, animaux et enfants sont interchangeables, comme des pièces de mobilier, je ne vois pas où est le problème, Alex.

Non, pensait-il, *je ne vois vraiment pas où est le problème. Ils sont l'esprit du Monde. Ils sont l'Ennemi.*

Nous sommes les meilleurs, nous ne devons pas perdre de vue notre singularité, Voronine et moi. Aucune de ces salopes ne nous échappera, mort ou vif. Aucun autre flic n'est vraiment en mesure de le faire. Nous allons les traquer comme des têtes chercheuses, en à peine trois mois nous avons découvert l'existence de deux conspirations parallèles, peut-être reliées par certains points de convergence ou certains individus. Nous trouvons et identifions des cadavres. Nous établissons un diagramme de cette ville secrète dont les habitants dorment sous terre. Nous sommes les meilleurs, parce que nous restons libres, c'est-à-dire les *serviteurs absolus* de notre discipline.

Les meilleurs agissaient comme ces *cadaver dogs* de la seconde patrouille qui, mus par leur instinct chasseur venu des profondeurs de l'animalité, s'étaient éloignés de la piste d'accès et, dirigés par le gyroscope du crime, avaient fini par repérer trois autres tombes, à proximité, mais pas trop, éloignées du site original, mais pas tant que ça.

La semaine qui venait de s'écouler conduisait à cette journée, comme un missile à localisation GPS se dirige immanquablement sur sa cible. Toutes ces journées n'en formaient qu'une, le D-Day se devait d'être accordé au pluriel, c'est la grande semaine des morts, les Sept Jours de l'anti-création. Ils entraient dans les Jours-J agglomérés en une nuit totale et sans fin, ce serait la leur, à n'en pas douter.

C'était bien le Deadmen-Day, le grand jour de tous les morts. Ils formaient comme une famille, un gang, un complot souterrain. Ils produisaient un diagramme singulier qui venait s'inclure tel un dispositif spécial dans le diagramme plus général de tous les crimes, un dispositif qui semblait pouvoir en révéler le sens secret, ils commençaient à y apporter la lumière terriblement artificielle de la vérité, ils commençaient à dire l'espace, et le temps, ils commençaient à parler. Ils avaient plein de choses à dire.

Le nouvel emplacement comprend bien trois fosses, précisément localisées, mais beaucoup plus encore de restes humains, parfaitement repérés, d'après le rapport de circonstance envoyé par les patrouilleurs de la seconde équipe.

Aussitôt la tête-machine de Verlande comprend que le diagramme principal est là pour produire un modèle de base, un *pattern,* mais que chaque diagramme local y apporte sa singularité, sa déviance propre, sa petite divergence.

Parce que les plans du monde ne surgissent complétés qu'après la combustion de la pensée, parce qu'ils ne peuvent être établis que par la vie consciente, en état de survie, tout véritable *acte humain* est l'impression directe de la pensée dans le monde créé, cela doit être compris comme l'étape initiale de l'intégration organique de la pensée au cosmos, cela signifiant que le *momentum* précis où la pensée devient acte est aussi celui où le monde devient pensé, c'est-à-dire le moment où plus rien n'est déterminé, et où tout devient déterminant.

Comme ces tombes. Ces restes humains. *Ces narrations qui se superposent et s'entremêlent pour former le plan qui les structure.*

Il y avait trois fosses, au lieu de deux. Il y avait sûrement plein d'hommes couchés dedans. Et debout au bord des tombes, il y avait trois hommes, au lieu de deux.

Pour être précis : deux hommes, une femme. Verlande reconnut instantanément le duo d'uniformes des patrouilleurs de la Sûreté mais la femme était en civil.

Il la paramétra sur-le-champ : fliquesse d'un service spécial. Pas une criminaliste : pas de kits d'analyses, même miniaturisés, pas de labo mobile à son service, aucun équipier en blouse blanche, une Lexus LX hybride dernier modèle, *all-wheel-drive*, moteur *advanced aqua-flexfuel magnet-injection*, carrosserie banalisée couleur gris granit métallique, option : visibilité neutre aussi bien en milieu urbain que dans le bush canadien, immatriculée en Ontario, un véhicule bien adapté au terrain de la région, une voiture dont les lignes fluides et élégantes pouvaient néanmoins s'aventurer sur des sentiers tout juste praticables. Ni un roadster pour autoroute ni non plus un engin *off-road*. Une machine androgyne. Une machine faite à l'image de la femme-flic. Anonymat, flexibilité, versatilité. Une automobile est comme une arme, ce qu'elle vous dit de la personne est de l'ordre de la technique pure, ou plutôt du mode d'arraisonnement que la technique opère sur cette personne, c'est la raison pour laquelle elle est en mesure de vous éclairer sur son état psychique singulier : elle ne vous dira rien de « lui », mais tout du rapport qu'il entretient avec les machines, c'est-à-dire avec son propre cerveau.

Leur puissant Yukon XL Hydrion militarisé était probablement d'une lecture tout aussi aisée pour la fliquesse. C'est comme s'ils s'échangeaient en quelques secondes des millions de lignes de code d'information.

C'est à cela qu'elles servent avant tout, comme toute machine. Elles sont des signes. Il n'y a rien de plus concret qu'un signe.

Maintenant, l'être humain chargé d'être analysé par la tête-machine de Verlande, ce n'est pas un signe, au contraire, c'est une machinerie biologique tout entière prédisposée à les cacher, les manipuler, les utiliser, les effacer, c'est un *Homo sapiens*, et c'est un flic : cheveux blonds très clairs parsemés de mèches un peu cuivrées. Yeux fauve traversés d'un éclat d'or pur, peau ivoirine légèrement hâlée par le soleil et l'air nordique, quelques taches de rousseur tout juste visibles, nez fin, bien dessiné, un peu retroussé, lèvres pâles, elle est plutôt jolie, habillée pour le climat et la géologie de la région, mais sans ostentation, du simple sportswear bien adapté, elle se tient droite sans raideur, solidement calée sur la terre, son maintien reste néanmoins élégant, féminin, et très décontracté, son corps se meut avec naturel au milieu de la nature, elle deviendrait aussitôt une forme urbaine si on la plaçait sur la grande avenue d'une métropole, se dit Verlande, c'est un authentique agent de renseignement, comme nous, un caméléon humain, une machine de cognition pure, elle semble étrangement connaître chaque pouce de ce bout de planète, ses yeux sont vifs, pleins d'éclat, mais de cette lumière que Verlande connaît au plus près, cette lumière glacée, électrique, investigatrice du Cube-Polis, elle porte des gants à enregistrement tactile digital, des lentilles optiques à nanovision, elle sait l'usage des technologies de pointe mais reste une femme d'action, une enquêtrice de terrain, c'est une prédatrice, c'est une solitaire, c'est une super-professionnelle.

C'est une rivale.

Il opta pour la GRC, c'était le jour des morts, ce ne pouvait pas être en plus son jour de chance.

Il avait oublié que la chance est réservée à ceux qui ne risquent rien, et parfois à ceux qui survivent, c'est-à-dire aux tueurs. Si la chance souriait aux héros, son père le lui avait répété jusqu'à plus soif, les champs d'honneur seraient couverts de stèles à la mémoire de joueurs de loterie.

C'était le jour des morts. C'était le jour des tueurs. C'était son jour de chance.

Elle s'appelait Ariane McDowell, elle travaillait pour le Service Central de Renseignement Criminel, l'équivalent fédéral de la Direction du Renseignement de la SQ, elle était née et avait vécu en Alberta avant son affectation dans la capitale fédérale. Son service était chargé de collecter et centraliser les informations pour l'ensemble des services de police du Canada sur toute affaire susceptible de les intéresser. Ils n'avaient pas de préférence, Gendarmerie Royale, polices provinciales, municipales, voire services de renseignement et de contre-espionnage, ils travaillaient pour tout le monde et ne devaient allégeance à personne. Verlande savait que c'était à peu près le seul organe flicard qui échappait un tant soit peu aux pressions politiques, ainsi qu'aux tensions et aux conflits inter-policiers.

En tout cas, elle était hors des pattes de Sloane et de ses combines. On pouvait envisager, avec prudence, quelque chose qui s'apparenterait à une confiance minimale.

C'était de l'ordre du possible, en effet, affirma la tête-machine de Verlande.

Mais il fallait d'abord en savoir plus à son sujet.
C'est-à-dire savoir tout.

– Qu'est-ce qui nous vaut la présence d'un agent du SCRC au fin fond du bois ? avait demandé Verlande sans préavis, dès les présentations d'usage rapidement éliminées.

– Qu'est-ce qui nous vaut la présence de tous ces agents de la Sûreté, dites-moi ? Ces quelques tombes, peut-être ?

Ses lèvres avaient dessiné un très léger arc rieur. La flexion d'un muscle facial ne risquait pas de le faire sortir des rails.

Certes, il était bien d'accord avec elle, ils se trouvaient tous face aux mêmes fosses clandestines, le problème c'est que l'indic avait communiqué sur le canal Intranet ultra-crypté de la Direction du Renseignement, le problème c'est qu'elle n'aurait pas dû être là, le problème c'est qu'elle n'aurait pas dû être au courant.

Évidemment, on ne devait lui dire que le strict minimum et par contre en tirer le maximum. C'est la Loi.

Il ne fallait pas parler du message crypté, et il ne fallait pas parler de leur enquête, ou plutôt il fallait en parler, comme d'une simple enquête. En tant qu'agent du SCRC elle était plus ou moins tenue de leur apporter son aide et ses informations, eux, en revanche, étaient libres d'agir comme ils l'entendaient. Il fallait simplement éviter les fatidiques erreurs de débutant, excès de confiance en soi, isolation-paranoïa, manipulation-compulsion, en bref : calcul de l'autre basé sur des paramètres primaires. Pour Verlande, calculer quelqu'un, c'était le décrypter comme un code secret, et c'était une authentique preuve d'amour et d'engagement, en tout cas l'indice d'un certain respect, voire d'une haute estime. On ne met pas en service un ordinateur mental tel que le sien pour des énigmes de seconde catégorie.

Verlande regardait la fille du SCRC en procédant à la première étape du calcul.

Il fallait lui faire confiance un minimum pour qu'elle vous fasse confiance un maximum en retour.

La Justice dispense Châtiment et Miséricorde. Elle dispense tout le reste à cette aune.

– Je suis branchée sur toutes les fréquences policières du pays. Ce matin, à l'aube, j'ai été réveillée par mon système d'alarme personnel. Une petite intelligence artificielle qui est capable de distinguer l'important de l'anodin.

Elle avait répondu à sa question un peu abrupte sans hésitation. Elle ignorait à l'évidence l'existence du message crypté et de l'indicateur anonyme. Les flics de la Côte-Nord avaient reçu leur ordre de mission par le canal hiérarchique normal, puis ils avaient communiqué les uns avec les autres par leurs radios de bord. Ça tenait, c'était simple, c'était la vérité.

Très bien, s'était dit Verlande, jouons-la franc-jeu à ce stade de l'engagement. L'authenticité, après tout, est un moment de l'artifice.

– Vous êtes donc au courant pour l'autre emplacement, à cinq kilomètres d'ici ?

– Oui, les patrouilleurs m'en ont informée, et puis j'ai capté la communication d'un autre camion-labo des criminalistes de la Sûreté, ils seront ici dans moins d'une demi-heure maintenant, avec l'équipe du coroner.

Très bien, quelques informations secondaires, on ouvre de petites portes pour commencer. Après, il faut oser attaquer le portail principal.

Franc-jeu, avait-on dit.

– En quoi des tombes clandestines datant de plusieurs années vous intéressent-elles ?

Éclat fauve, éclat or feu, éclat de lumière électrifié par le Cube, la fille le sonde en même temps qu'il la sonde, elle aussi est une prédatrice accomplie. Elle est beaucoup plus dangereuse qu'il n'y paraît au premier abord, et cela risque de s'aggraver avec le temps, plus il apprendra à la connaître.

Plus elle apprendra à le connaître.

– Les tombes en elles-mêmes ne m'intéressent pas, c'est leur contenu qui attire mon attention.

Verlande laissa passer un petit hoquet de rire sarcastique.

– *Jolie tentative d'humour.* Qu'est-ce vous croyez, que nous sommes des géologues patentés ? Nous aussi c'est leur *contenu* qui nous intéresse, nous nous sommes tapé près de mille kilomètres en douze heures non stop rien que pour ça. Comprenez bien : nous sommes officiellement en charge de cette investigation. Sur quoi enquêtez-vous exactement ?

Ne plus lâcher prise maintenant. Les mâchoires du pit-bull. Simple loi mécanique.

La loi du monde tel qu'il est, et ne devrait probablement pas être.

Le soleil était une boule d'or en fusion qui lévitait derrière le mur végétal, dispersant des jets de lumière filtrés par les filigranes de chlorophylle, teintés de mille nuances d'émeraude, de jade, d'ambre, d'eaux mortes.

La nature est un moment du monde humain. Sans humains, l'état de nature ne peut exister, sans humains c'est *la machine à produire de la nature*, l'artifice planétaire, écosystémique, qui domine unilatéralement. La nature est le nécessaire moment d'inhumanité qui fonde l'humanité. Cette non-humanité est pure, pour ce moment du monde humain, il ne s'agit que de l'application rigoureuse, équilibrée et *juste* de ses lois, et donc de la préservation de son innocence absolue.

Ariane McDowell travaillait sur plus d'une centaine de disparitions suspectes d'enfants et d'adolescents, mais aussi de pédophiles avérés soupçonnés pour ces crimes, survenues dans les provinces de l'Alberta, du Manitoba, de l'Ontario, du Québec, du Labrador, de la Colombie-Britannique, et jusque dans les États américains frontaliers. Elle était affectée à cette mission depuis près de trois ans. De nombreux cas remontaient à la fin des années 90 et au tout début du siècle. D'autres dataient de la première décennie, et un peu plus tard. D'autres étaient encore plus récents. Comme ceux-là.

– J'ai compilé exactement cent quatre-vingt-treize cas en relation les uns avec les autres, lui avait-elle dit.

Pour elle aussi, le diagramme ne cessait de s'étendre. Pour elle aussi, les Nombres étaient les acteurs principaux du jeu.

Ne rien dire, ne rien penser, ne rien laisser paraître.

Fermer le barrage cognitif.

Elle ne doit pas se douter.

Elle ne doit pas connaître la théorie de McGlade.

En revanche, toutes les informations qu'elle peut nous balancer sont bonnes à prendre.

Ne pas tressaillir lors de l'évocation de certains noms, *modus operandi*, dates, circonstances, lieux. Ne rien laisser paraître, ne rien dire, ne rien penser.

Ne pas lui laisser la chance de comprendre que son enquête se loge comme une pièce usinée à la perfection dans le diagramme qu'ils sont en train d'établir.

L'écouter avec attention, tout en préparant sa propre version des faits. En préparant silencieusement la banalisation de leur enquête, la banalisation de la *théorie*, la banalisation du mal.

Tout pour cacher la malignité du banal.

– Et vous ? Sur quels cas opérez-vous ?

– Une série de meurtres. Qui s'échelonnent sur les deux ou trois dernières années. Des pédophiles. Quelques anciens gardiens de prison. Nous sommes également sur les kidnappings et les assassinats des petites Lavallière et Milanovic. Ils ne sont sans doute pas isolés.

Ça correspondait aux découvertes faites ici même, il lui présentait un diagramme plausible, un diagramme gentiment illusoire, une simple manœuvre de prestidigitation psychique. Une *vérité relative.*

– Vous pensez à un rapport entre tous ces crimes ?

Verlande ne peut s'empêcher de sourire, on sourit toujours à la grâce quand elle se manifeste par l'intelligence.

– Écoutez, nous travaillons pour la Direction du Renseignement, nos investigations sont couvertes par le sceau de la plus stricte confidentialité. Je ne peux pas vraiment vous donner les éléments clés de notre enquête, je ne suis pas chargé de coordonner les diverses investigations conduites par différents services.

En clair : on fait presque le même boulot que vous, la seule différence réside dans le fait que nos renseignements, nous, on les garde pour nous seuls.

L'éclair de cognition prédatrice dans la lumière orange au fond de l'œil.

– Je ne vous demande aucun élément clé, juste une impression. Votre instinct de flic. Vous pensez à un rapport possible, y compris entre vos cas et les miens ?

Oh, la fine mouche, elle veut savoir, elle veut savoir si nous suivons la même piste, ou en tout cas si nous errons dans ses environs, elle veut savoir ce que nous savons, et elle a deviné que nous avons une théorie.

– Eh bien, comme vous, avec les vôtres. Il y a forcément un ou des rapports, des liens, ces hommes devaient se connaître, tout du moins une partie d'entre eux, certains avaient fait de la prison, ou commis des crimes ensemble. Enfin, c'est ce que nous pensons.

Il savait qu'il pointait l'émission lumineuse droit sur le point pivotal de l'enquête conduite par la fille du SCRC, mais c'était pour mieux l'aveugler.

Elle aussi, elle sait qu'il y a un lien. Certains des noms qu'elle a cités appartiennent à leurs propres listes de disparitions ou de meurtres non résolus, d'autres ne leur disent rien, mais Verlande se doute qu'ils auraient probablement résonné comme autant de coups de feu dans la tête de McGlade.

Elle sait beaucoup de choses, elle a appris beaucoup de choses, elle a deviné beaucoup de choses. C'est une investigatrice douée et tenace. Elle aussi est en mesure de dessiner son diagramme particulier sur la carte de la mort.

Mais elle ne possède pas la théorie. La théorie qui n'est pas la vérité en elle-même, mais l'instrument permettant d'aller la débusquer au cœur des ténèbres.

Et la théorie prenait à chaque minute une forme de plus en plus spécifique dans la tête-machine de Verlande, il se l'appropriait, il la cannibalisait, il la métabolisait. McGlade avait établi le système de base. Il n'avait pu aller plus loin. Mais ici, en plein milieu de la forêt québécoise, ici, dans les montagnes de ferrite de la frontière du Labrador, il y avait un laboratoire d'expérimentations grandeur nature. Il y avait l'accélérateur de particules qui permettrait de vérifier la validité de la théorie en brisant le noyau nucléaire du crime.

McGlade n'avait jamais pu user d'un tel instrument.

Mais il était désormais à leur entière disposition.

Il suffisait d'appuyer sur le bon bouton.

La première fosse du nouvel emplacement venait d'être excavée lorsque le second camion-labo mobile arriva sur les lieux. Les insectes cyborgs et les robots spécialisés étaient déjà au travail sur la tombe voisine. Les chiens renifleurs s'étaient posés sur la dernière, à deux cent cinquante mètres de là, tels deux sphinx veillant sur une petite clairière où une terrible question avait été enterrée.

Deux cent cinquante mètres d'écart. Là aussi, on note une distorsion dans l'espace, pensait Verlande, il y aura sûrement une distorsion dans le temps, et une divergence notable dans les plans vectoriels du diagramme.

Ce fut de nouveau le ballet des blouses blanches, des sachets en plastique immatriculés, des spectrographes de masse, des scanners, des numériseurs. Ce fut l'ère des nombres, encore une fois.

Les nombres seuls, probablement, leur permettraient de défier la mort.

Le diagramme se fit jour en synchronisation parfaite avec l'évolution de la journée.

Il était un peu plus de midi lorsqu'ils purent compléter le plan, lorsqu'ils purent commencer à tracer la topologie du crime et faire du territoire qui s'étendait devant leurs yeux une carte qui allait envahir leur esprit.

Rapport subvocal du lieutenant Verlande, Paul, Jérémie, matricule 80121 :

Second emplacement, première fosse excavée : plusieurs restes humains, quatre squelettes d'enfants âgés de dix à quatorze ans, deux de sexe masculin, deux de sexe féminin. Un premier couple d'enfants, les plus âgés, a été tué à coups de calibre 12, l'autre duo est très probablement mort par strangulation. L'analyse ADN confirme que les squelettes tués par armes à feu ont des liens de parenté frère/sœur. Les squelettes sont incomplets, des os manquent, constat légiste préliminaire : les corps ont été démembrés par divers instruments d'une précision chirurgicale, seule une analyse plus poussée permettra de déterminer si les mutilations ont été infligées post ou antemortem. Première estimation datation : deux ans maximum.

Second emplacement, deuxième fosse excavée : deux corps en état avancé de décomposition. Datation estimée : deux ans et quelques mois. Identification ADN : deux pédophiles majeurs ayant totalement disparu de la circulation depuis des années. William Guilbert, de l'Ontario. Jackson Santorio, de Colombie-Britannique. Condamnés depuis le début du siècle à des peines somme toute similaires, petites condamnations en série, exhibitions sexuelles et attouchements répétés sur mineurs, possession de matériel porno illicite, bris de condition multiples, pas de quoi fouetter un chat de nos jours. Une balle de .22 magnum dans la nuque tirée à bout portant pour chacun.

Eux aussi font partie de leur liste. Eux aussi en queue de peloton, derniers numéros, rien de spécial, à mettre au frais dans le frigo de l'enquête.

Mais ils sont au frais sous cent cinquante centimètres de terre.

Les *cadaver dogs* observèrent l'arrivée des insectoïdes et des robots excavateurs avec le manque d'intérêt désabusé de vieux routards apercevant la bleusaille s'éparpiller sur leur bout de trottoir. Ils quittèrent l'emplacement avec nonchalance, laissant les machines/organes de la Polis commencer à creuser, les faisceaux lasers dessinant un réseau couleur rubis entre leurs structures arachnéennes, alors que les criminalistes de la seconde équipe disposaient toutes les machines de traçage et de localisation nanométrique autour de la fosse.

Des images apparurent sur les écrans. Un peu comme des échographies de femme enceinte. Mais terriblement fixes.

Il y avait beaucoup de restes humains dans cette tombe. Au moins autant que dans les deux précédemment excavées. C'était une authentique fosse commune. Un joli petit charnier version bonsaï. Il indiquait une perturbation numérique, il indiquait la présence cachée d'un événement spécifique, il indiquait la forme réelle du plan. Il indiquait le corps même du plan. Les distorsions spatiales et temporelles, et maintenant la divergence au cœur même du diagramme. C'était ça, précisément, *le plan*. Cette structure spécifique de différences. Cette historicité particulière, synchronique et diachronique.

Des enfants, des deux sexes, des hommes, tueurs, ou exécuteurs exécutés, de toutes provenances, de toutes origines, de toutes natures.

C'était ça, le mystère qui révélerait tout le reste.

C'était ça qu'il fallait traquer dans le territoire artificiel de la nature, sur les schémas terriblement naturels des cartes.

Au cœur des nombres.

Enregistrement subvocal de l'agent Verlande, Paul, Jérémie, matricule 80121 :

Second emplacement, troisième fosse. Située à un quart de kilomètre au nord-est de la localisation GPS initiale donnée par les patrouilleurs de la Sûreté ayant fait la découverte. Plus profonde et plus large que les autres. Au moment où j'enregistre ce rapport, sept corps différents ont pu être repérés et sont en cours d'identification. On constate la présence de deux corps d'enfants âgés d'une douzaine d'années maximum, avec toujours ces indices de démembrements partiels, et de cinq individus adultes, dont les restes ont été retrouvés intacts, toutes les victimes ont été exécutées, sans ordre précis, par des cartouches de douze et des balles de .22 magnum, à des dates très proches, si ce n'est au même moment. Certains des individus ont été entravés, ceintures de cuir, ruban adhésif, cordages, chaînes, menottes, liens divers, à la différence des autres tombes, ils ont été exécutés sur place sans le moindre doute, des plombs de chasse ont été retrouvés dans la terre, ce qui signifie qu'on les a achevés au fond des tombes. Datation estimée : environ vingt mois. C'est la fosse la plus récente, celle où les restes humains sont les mieux conservés. Celle que l'indic ne connaissait peut-être pas.

Ou celle qu'il ne connaissait peut-être que trop.

Le soleil déclinait lentement sur un ciel bleu électrique tout juste éperonné par quelques rasoirs floconneux planant à haute altitude, la forêt boréale diffusait une infinité de nuances lumineuses entrelacées en écrans aériens, surfaces de gaz pur sur lesquelles les photons glissaient en millions de longueurs d'ondes différentes pour se perdre dans un poudroiement d'or, c'était presque grisant, Verlande se demanda un instant si tout événement authentiquement esthétique ne provoquait pas un état altéré de la perception, voire de la conscience, telles certaines formes d'hallucinations.

La journée suivait son cours. Pendant que les criminalistes de la seconde équipe poursuivaient leurs investigations sur les restes humains et les indices de la « grande fosse », Verlande demanda à tous les agents disponibles – deux nouvelles voitures de patrouille de la SQ venaient d'arriver, chacune pour un emplacement spécifique – de l'aider à placer le périmètre d'interdiction selon ses instructions. De la première fosse découverte et de la dernière, monter droit vers le nord, sur trois kilomètres, boucler le carré, puis y lâcher les chiens, les insectoïdes, les robots de détection, et tous les détectives présents, avec leurs scanners portatifs, dans l'enceinte ainsi sécurisée.

Il devait y avoir d'autres tombes.

C'était pire qu'une évidence, plus dur qu'une certitude absolue.

C'était tout bonnement *la seule chose possible.*

Les premières identifications ADN à tomber furent celles des enfants. Les nombres dévorent toujours l'innocence en premier. Ensuite le reste est plus aisé.

Communication cryptée des criminalistes du labo-mobile, *nano-network* en action, les nombres, toujours les nombres, ce sont eux qui gardent l'entrée du monde des morts, ils sont le code, la serrure, et la clé. Ils sont non seulement la seule chose vérifiable, mais l'unique moyen de vérification.

Dans la fosse aux quatre cadavres, même les deux frères et sœurs n'avaient pu être pistés, ils étaient jumeaux, hétérozygotes, mais leur ADN n'était enregistré nulle part, leurs fichiers dentaires étaient inexistants. On ne savait d'où ils venaient, comment ils avaient disparu, comment ils étaient arrivés ici. Aucun témoin. Aucun suspect. Aucun indice. Rien.

Cela lui rappelait quelque chose, cela lui rappelait une méthode, un apprentissage, cela lui rappelait un plan. Un plan qui tuait, même ceux qui l'utilisaient.

Les deux autres restes humains reconstitués n'étaient présents dans aucune banque de données ADN. Mais on avait pu finalement retracer les deux fichiers dentaires en Floride. Ne restaient que les deux préadolescents de la tombe principale, dont on ne trouvait trace dans aucune banque de données médicales nord-américaine. Cela signifiait qu'il s'agissait de ressortissants étrangers, probablement clandestins. Des migrants ?

Les nombres leur seraient certes d'un grand secours, à condition qu'ils n'aient pas été effacés, eux aussi.

Verlande marchait dans le sous-bois, sa bande de polymère jaune fluo « crime scene investigation/investigation scène de crime » se déroulant au bout de sa main et s'accrochant par contact électrostatique aux troncs d'arbres, branches, buissons qui parvenaient à sa portée. Voronine bouclait la zone sur la ligne nord, en partant de l'est, un agent criminaliste du premier site faisait de même en partant de l'ouest, deux patrouilleurs étaient partis de l'emplacement numéro un. Les autres montaient en parallèle, scanners portatifs déjà en action, au milieu de grappes mouvantes d'insectes artificiels, suivis de robots de détection spécialisés, et devancés par les ombres furtives des *cadavers dogs* qui zigzaguaient en tous sens.

Voilà les flics cyborgs lancés au milieu de la forêt sauvage subarctique. Ils communiquent tous via le système d'interfaces biologiques du *nanonetwork*, ils savent tous où chacun se trouve au centimètre près, ils ne se servent pas de la technologie, ils ne sont pas non plus au service des machines.

Ils sont une machine.

Verlande accéléra le rythme sans s'en apercevoir. Adrénaline cognitive. La zone serait bientôt un territoire sur lequel il pourrait imprimer sa carte. Un morceau du monde réel qui se mettrait alors à devenir *vrai*.

Ariane McDowell l'avait accompagné. Elle prenait des photos en série avec son petit ultra-plat digital, elle vérifiait régulièrement leur localisation GPS et celle des autres, elle ne soufflait mot, sauf pour indiquer la présence d'une clairière, d'une zone de coupe de bois, d'une voie de tourisme pédestre, d'un sentier recouvert de broussailles, qu'elle photographiait aussitôt, elle se concentrait sur sa tâche, sur la nature, et ses artifices, elle était extrêmement supportable, se surprit-il à penser.

Passée la première moitié du chemin, Verlande changea de rouleau de bande fluo et fut saisi d'un mauvais pressentiment.

La végétation s'épaississait. Sortis du boisé d'épinettes et de buissons de plantes vivaces, ils s'engageaient désormais dans une vraie forêt boréale peuplée de grands conifères et de feuillus robustes. Les espaces à découvert, les sentiers d'accès, les pistes animales mêmes se raréfiaient, et finalement disparurent pour laisser place à une muraille végétale quasiment impénétrable, ils purent boucler le périmètre de justesse, Verlande comprenait déjà qu'une divergence supplémentaire existait dans le diagramme, une déviance qu'il n'avait pas prévue, une différence qui changeait encore la structure du plan, une différence qui changeait donc ce qui était *absolument possible*, il lui manquait un éclair, il lui manquait un réacteur nucléaire à la place du cerveau, il lui manquait de quoi complètement consumer ce monde.

Il se fit la promesse de l'acquérir au plus vite.

Si l'on avait trouvé cinq tombes, et une quinzaine de corps, il devait obligatoirement y en avoir d'autres. C'était bien *la seule chose possible*.

Le soleil était en train d'ensanglanter l'horizon lorsque Verlande se rendit à l'évidence, les mains sur la tête. Ils avaient écumé le périmètre, dont un tiers excluait la présence d'une fosse, la concentration végétale étant telle qu'elle y créait des obstacles infranchissables.

Cette série de tombes formait en elle-même une distorsion dans le diagramme. Ces fosses ne correspondaient pas au *pattern* principal. Elles étaient circonscrites sur elles-mêmes, n'ouvraient sur aucune continuité, elles semblaient exorbitées d'un pôle d'attraction plus secret encore.

Ce fut l'instant de la carte. L'instant où la carte dévora le territoire, l'instant où le plan, la théorie de McGlade, les faits reconstitués ici même s'agglomérèrent pour former le début d'une structure lisible, décodable, cohérente.

Les fosses mises à jour aujourd'hui étaient *excentrées*.

Les autres tombes existaient, ailleurs, sans doute pas très loin, mais bien au-delà du périmètre. Leur présence n'attendait que l'éclat de lumière susceptible de la révéler.

Les fosses étaient excentrées.

Cela signifiait qu'il existait un centre.

Ce n'était pas un échec. C'était une expérience dont les résultats étaient tangibles. Vérifiables. Les nombres, finalement, se servaient de la mort bien plus qu'ils ne la servaient. Même avec elle, ils restaient immuables, d'une distance absolue, glacée, abyssale. Le diagramme se structurait, une cohérence commençait à émerger. Des emplacements excentrés, hors norme. Un centre. Un centre secret.

Une logique singulière tapie sous l'ordre apparent de la nature.

Lorsqu'il revint au camion mobile, la nuit était tombée, les criminalistes s'apprêtaient à quitter les lieux. Il prit à part leur chef d'équipe et lui demanda de lui exposer un résumé précis des derniers développements.

– Sur les cinq adultes de la grande fosse, nous n'avons pu en identifier que trois avec leur ADN, les deux autres ont pu l'être grâce à leurs dossiers dentaires.

– Ils sont donc tous parfaitement identifiés, c'est ce qui compte…

– Oui. Il existe un détail un peu bizarre concernant deux des hommes qu'on a pu identifier grâce à une banque de données génétiques américaine.

– Américaine ?

– Ils venaient du New Hampshire et du Michigan. C'était ce qu'on appelle des néo-humains. Ils se font manipuler génétiquement et opérer chirurgicalement afin de devenir multisexués.

– Multisexués, vous voulez dire hermaphrodites, androgynes ?

– Toutes les possibilités sont disponibles sur le marché. Aujourd'hui, vous pouvez même demander à devenir une « chimère », avec des yeux de lynx, un pelage de loup, et pourquoi pas, des oreilles d'écureuil…

– Et une bite d'ours, j'imagine, avait lâché Verlande.

– Et même deux s'ils le veulent, avait surenchéri Voronine.

Le criminaliste poursuivit, imperturbable :

– Ces deux-là étaient des hermaphrodites « classiques ». Le premier que nous avons identifié, Mark Wilson Harris, du Michigan, s'est fait poser une matrice à l'état embryonnaire qui a peu à peu pris place dans son organisme grâce aux manipulations génétiques et quelques opérations. Après quoi, il a voulu avoir un enfant avec son conjoint, ils l'ont eu, ou plutôt, ils l'ont fait, puis au bout du compte Mark Wilson Harris s'est séparé et s'est fait avorter, c'était il y a six ans, tout juste. On en a un peu parlé dans la région des Grands Lacs, mais c'était durant les élections présidentielles... L'autre, Christopher Montesinos, a suivi un cursus analogue, sans l'épisode abortif. Il s'est fait poser une matrice mais il a opté très vite pour la stérilisation, la reproduction ne semblait pas son motif, il a déménagé peu après au Québec... Quant aux deux que nous avons identifiés grâce aux fichiers dentaires des prisons, ce sont des pédophiles récidivistes sans grand intérêt, bon, des violeurs tout de même, agressions caractérisées et actes de violence, mais bon, des salopards dans la moyenne... Ils avaient disparu de la circulation depuis environ quatre-cinq ans.

– Vous avez pu détecter quelque chose de suspect chez les transgénistes ? Taule ? Pédophilie ? Agressions sexuelles diverses ?

– Pour Mark Harris, à part un délit de possession de méta-amphétamines, rien d'après les renseignements en ma possession, pour Montesinos il y a deux cas recensés ici, au Canada, où il a été pris en possession de matériel pornographique illicite.

– Pas mal. Mais je cherche quelque chose qui ressemblerait à des crimes violents.

– Je comprends, je peux faire une demande au fichier des crimes sexuels du FBI.

– Oui. Faites ça. Nous ne devons rien laisser au hasard.

Pour Verlande, cela signifiait : nous devons tout lui prendre, mort ou vif.

– Le cas le plus intéressant est notre cinquième homme, avait repris Ariane McDowell.

– Intéressant comment ?

– Intéressant au-delà de ce que vous pouvez imaginer.

– Vous ne devriez pas sous-estimer mes possibilités en matière d'imagination.

– Je pense que je pourrais vous surprendre : John Harlan Carver. Né à Phoenix, Arizona, le 15 mars 1970. A été arrêté pour meurtres d'enfants et actes de cannibalisme dans le Nevada, en septembre 2001, son histoire est vite passée au second plan… suspecté officiellement d'une dizaine de kidnappings et de meurtres, officieusement les flics estiment qu'il en a commis au moins le double. A été condamné en novembre 2002 à huit peines d'emprisonnement à vie.

– Oui, je me souviens du cas, maintenant, « Carver le Cannibale », et toutes les conneries sur Hannibal Lecter de Thomas Harris… Mais, attendez…

– Oui, c'est ça, il est parvenu à s'évader avec trois autres codétenus lors d'un transfert, il y a six ans. Le camion pénitentiaire a été attaqué par les complices de trois tueurs à gages que Carver accompagnait par l'effet des procédures bureaucratiques, croit-on. Les truands ont été pistés jusqu'au Mexique, l'un d'entre eux s'est rendu aux autorités fédérales locales, un autre a été découvert mort à la frontière du Belize, le dernier a disparu il y a plus de trois mois au Costa-Rica, mais Carver, lui, s'est envolé.

Et il a atterri ici, dans cette fosse commune. Verlande devinait une fois encore la présence de cette déviance, toujours opérative, dans le diagramme.

Carver n'avait rien à foutre dans cette tombe. Il était en cavale depuis plus de six ans, il était toujours en très bonne place sur la liste des « Most Wanted », sur tout le territoire nord-américain, mais personne n'avait jamais plus entendu parler de lui, et on l'avait exécuté avec une demi-douzaine d'autres personnes une vingtaine de mois auparavant. Que signifiait ce trou de plusieurs années ? Que cachait-il ? Quelle autre fosse ? Quel autre emplacement ?

La tête-machine en action. Intuition à multi-injection. Peut-être les flics américains avaient-ils commis une erreur en pensant que l'évasion avait pour objectif les trois mafieux mexicains. Peut-être avait-on au contraire attaqué le fourgon pour délivrer Carver, et les trois Chicanos s'étaient rapidement fait la malle vers le Sud, tandis que Carver, lui, empruntait la route du Nord.

Jusqu'ici.

Mais pourquoi prendre tant de risques pour délivrer un tueur en série ? Pourquoi l'avait-on fait venir jusqu'ici, puis pourquoi l'avait-on tué, comme les autres ? Pourquoi chaque découverte épaississait-elle le mystère plus qu'elle ne l'éclairait ?

Il y eut cette ultime intuition de la tête-machine : la lumière peut être un obstacle à la vue, la lumière visible occulte autant qu'elle révèle, un balayage au luminol en apporte une preuve éclatante, couleur bleu cobalt.

Ils devaient travailler au plus près avec la Nuit. Ils devaient devenir des *chimères* eux aussi, des animaux nyctalopes, des cyborgs constamment branchés sur les radiations invisibles. Sur les longueurs d'ondes inaudibles.

Là où les morts se font entendre.

Il eut du mal à trouver le sommeil. Le diagramme avait pris forme, et sa triangulation brillait au centre de son cerveau comme le cœur en fusion d'un soleil.

Il y avait un apparent désordre entre ces cadavres d'enfants, de pédophiles, de tueurs, de transsexuels et de truands ex-gardiens de prison regroupés dans des fosses communes clandestines. Ici, ils n'étaient plus séparés par le temps et l'espace, et même à ce titre les divergences étaient porteuses d'un signe.

Ces fosses racontaient une histoire, c'est pourquoi elles ne pouvaient être seules, elles se rattachaient à quelque chose d'immense, elles faisaient partie d'une narration plus vaste, une narration souterraine, dont Verlande devinait qu'elle ne cesserait de descendre vers les enfers les plus inhumains.

Le diagramme, dans toute sa simplicité : les victimes, les abuseurs, les éliminateurs. Puis les terminateurs.

Comment et pourquoi se retrouvaient-ils ainsi reliés dans le même plan ?

Comment et pourquoi se retrouvaient-ils dans les mêmes tombes ?

C'était le diagramme qu'il fallait pour comprendre que les deux entités tueuses ne se fréquentaient pas, mais qu'elles accomplissaient en gros le même travail en parallèle : elles éliminaient leurs victimes, puis d'anciens complices ou commanditaires, puis elles faisaient éliminer les éliminateurs. Cela pouvait sans doute aller jusqu'à l'étape naturelle suivante. Ce qui restait dans l'ombre, c'était leur *interrelation dans la mort*. Mais le diagramme était sûr. Il ne permettait peut-être pas de circonscrire le centre, mais il délimitait l'horizon.

Le diagramme de base. Dans toute son infernale simplicité. Le diagramme qu'il fallait traquer désormais dans le moindre événement, le moindre indice, le moindre être humain.

Il eut l'impression d'avoir mis le pied sur un autre monde.

Il ne savait pas à quel point c'était vrai.

Carcrash Baby

L'événement les surprend dès l'aube. Alerte code orange, signal injecté droit sur les centres de contrôle du sommeil.

L'événement est aussitôt traité par leurs systèmes cognitifs mis en activité à coups de noradrénaline et de molécules de synthèse. Pour Verlande cela va encore plus vite, cela va à la vitesse de la lumière. À la vitesse de la pensée.

L'événement en lui-même semble insensé, pourtant il imprime une forme particulière à leur environnement perceptif.

Cela vient de se produire, sur la 138 Est, au nord de Québec, vers les chutes Montmorency. Un accident de la route. Un pick-up Dodge Ramcharger 1500 est sorti de la chaussée glissante et a percuté une Infiniti qui roulait en sens inverse. Le Dodge n'a subi que des dommages mineurs, mais l'arrière et l'aile gauche de la japonaise ont littéralement volé en éclats.

Un accident de voiture, qu'est-ce qu'il leur prend au Central Command?

Mais l'événement n'est pas l'accident en lui-même. S'il s'agit d'un véritable *événement*, l'accident n'est qu'un phénomène, et c'est bien là le rôle du *crash*: nourrir la Boîte Noire. Et la Boîte Noire raconte ceci: le conducteur du pick-up, sonné par l'impact, a essayé de rejoindre l'Infiniti mais, blessé, il a mis un certain temps, qu'il ne peut estimer, pour rejoindre l'automobile accidentée, c'est à ce moment précis qu'il a vu le conducteur de la voiture s'extirper du métal froissé et des airbags pour se poster devant lui, en titubant légèrement, mais en tenant un revolver .357 magnum bien en main braqué sur lui, une cagoule de laine brune lui masquant le visage. Un homme solide, 6 pieds au moins, costaud, pas loin de 180 livres. Il lui a ordonné de lui lancer les clés de son Dodge et s'est enfui dans la minute.

Durant la même minute, Roland Valcartier s'approchait prudemment de la voiture accidentée et remarquait quelque chose de bizarre dans le coffre arrière sévèrement abîmé.

C'était en effet *bizarre*. C'était la rencontre entre deux formes de vie. C'était quelque chose qu'il n'avait encore jamais vu. Le métal automobile, la chair crucifiée: ce qu'il découvrit dans l'amas de métal, c'est un corps. Un corps humain.

Le corps d'une fillette de dix ans environ. Ligotée, le visage entouré de *duct tape* couleur métal, avec quelques trous percés sous le nez et à hauteur de la bouche pour permettre l'alimentation en oxygène.

Les analyses criminalistiques confirmèrent qu'elle était bien morte suite à l'accident.

À part Valcartier, aucun témoin, et pas plus dans la petite banlieue de Trois-Rivières où le kidnappeur avait opéré.

L'Infiniti : couleur bronze, berline à la fois élégante, compacte et discrète, volée à Québec la veille au soir.

Verlande ressentit la présence d'un engin monstrueux qui voulait lui forer un silo à missiles dans le cerveau.

La fillette fut identifiée plus tard, d'une façon tout aussi *bizarre*. Alors que les flics de Québec tentaient de retracer son identité, un couple de Trois-Rivières, John et Johanne Lavigne, signala aux services de police municipaux la disparition extrêmement suspecte de leur fille, Laura, durant la nuit, à l'intérieur même de sa chambre.

Ils n'avaient rien vu, rien entendu, le système d'alarme n'avait pas fonctionné.

Les photographies médico-légales défilèrent dans son afficheur optique, carré translucide qui recouvrait partiellement la « réalité » extérieure. C'était la petite sœur de Vesna Milanovic et de Lucie Lavallière, c'était la petite sœur de l'enfer *made in Terra*, c'était la petite sœur de tous ces enfants qui disparaissaient et qu'on ne retrouvait jamais.

Et quand on les retrouvait, leurs cadavres s'avéraient encore plus proches du néant que s'ils n'avaient jamais été découverts.

Elle était sa petite sœur. La petite sœur du néant, la petite sœur des Ténèbres auxquelles il fallait donner un corps.

L'homme avait pénétré dans le domicile parental en désactivant un système d'alarme assez rudimentaire mais qui demandait néanmoins quelques compétences en électronique, il était entré directement dans la chambrette de l'enfant, l'investigation criminalistique était formelle, les analyses toxicologiques indiquaient un mélange de chloroforme et de GHB en solution volatile dans le sang de la victime.

Il l'avait extraite inconsciente de la maison, l'avait enfermée dans le coffre de sa voiture et avait foncé sur la 40 Est pour sortir au plus vite de Trois-Rivières et rejoindre son repaire.

Le Dodge de Roland Valcartier avait percuté son projet de plein fouet.

Et la petite Laura Lavigne.

Une fillette aux cheveux noirs, un pyjama d'enfant à motifs animaux déchiqueté autour des membres ensanglantés, le corps brisé en de multiples points vitaux par le choc de l'acier contre l'acier. Autant d'efforts économisés pour le kidnappeur, qui se trouvait déjà loin. Dans l'après-midi, on découvrit les restes du Dodge carbonisé en retrait d'une route forestière, sur les berges sud du lac Mistassini, un petit rang fortement boisé à l'abri des regards indiscrets et des passages intempestifs, méthode classique *améliorée* : accélérant à base hydrogénique, essence illégale gélifiée par un composé chimique à prise rapide, poudre d'aluminium. Le témoin qui avait retrouvé les restes carbonisés de l'automobile n'avait rien signalé d'anormal dans les alentours, sinon le rassemblement d'un immense convoi de semi-remorques transformés en maisons roulantes, à une vingtaine de kilomètres plus au sud, sur une portion inachevée de la 167, à la sortie de Chibougamau. Les flics avaient stoppé le convoi sur la route, avaient tout fouillé, il n'y avait rien. Ce n'était pas anormal, c'est le monde qui ne connaissait plus aucune norme.

Verlande ressentit de nouveau l'intuition foreuse de neurones, mais bien plus forte, plus nette, plus précise ; il établit aussitôt la connexion avec le reste du diagramme : si l'on faisait abstraction de l'accident de la route, qui n'était pas sa faute, l'homme avait agi avec un grand sang-froid et un professionnalisme avisé.

Lui aussi, très probablement, *il avait appris*.

Sous les pavés, la guerre

Cette nuit-là, dans ce motel de Fermont, Verlande avait fini par s'endormir vers 3 heures du matin et il avait fait un rêve d'une troublante netteté cinématographique. Les images étaient la plupart du temps en noir et blanc, comme le cinéma du milieu du XXe siècle, elles provenaient d'images d'archives ou de films de guerre de l'époque qu'il avait vus et revus depuis son enfance.

Le « film » reprenait les épisodes saillants d'une des nombreuses histoires que son vieux lui avait narrées, certains soirs, lorsque, très calmement, il allumait sa pipe et se mettait à parler comme s'il reprenait le cours d'une conservation interrompue quelques secondes auparavant.

Après sa percée tragico-héroïque de Tcherkassy, la 5e Wiking fut réorganisée avant d'être affectée sur le triangle formé par les frontières de l'Ukraine, de la Biélorussie et de la Pologne, afin de barrer, avec d'autres unités aguerries comme la division Nordland, la route de la Vistule aux Soviétiques le plus longtemps possible. Lors des très durs combats qui s'y déroulèrent presque aussitôt, dès le printemps arrivé, les unités d'élite de la SS se battirent comme si leurs effectifs étaient au moins dix fois plus nombreux que ceux de la Wehrmacht, les Soviétiques finirent par les reconnaître de très loin : il n'y avait que des morts devant elles.

Puis, en plein milieu de l'été, l'ordre arriva. Il venait d'être nommé sous-lieutenant, il savait fort bien qu'il ne fallait pas compter sur une permission avant la fin de leur règne, soit celui de la guerre, autant dire un millier d'années.

Alors pourquoi Varsovie ?

Pourquoi une seconde fois à une année d'intervalle ?

Pourquoi ce train s'enfonçait-il dans la nuit européenne, comme une réplique du premier qui l'avait conduit dans cette ville aux premiers jours de son incorporation ?

Parce que ce n'était plus le Ghetto juif, détruit, qui posait désormais problème.

Mais la ville tout entière.

Ce fut la première fois dans son existence qu'il fit cette expérience onirique de devenir son père, trois quarts de siècle auparavant, au milieu du désastre qui allait forger le monde dans lequel un jour il naîtrait.

Dans ce rêve plus vrai que le vrai, ce simulacre mental né de plusieurs décennies de maturation secrète, il entrevit un signe, au cœur du processus. C'était une impression très vague mais qui emplissait l'univers. Le rêve était un signe. Un signe venu du monde d'avant, un signe venu du cerveau de son père, un signe venu de la guerre qui avait enfanté le monde.

Il venait du monde d'avant, et il venait du monde des morts. Il était destiné au monde d'après, au monde des survivants.

Le rêve ne plongeait dans les abysses du passé que pour mieux éclairer le futur.

Et il ne faisait aucun doute que la figure qu'il illuminait était celle de la mort.

Dès les premiers jours de cette campagne visant à réduire au silence la résistance polonaise, les rapports des services de renseignement de la Wehrmacht comme de la SS s'empilèrent sur les bureaux du Commandement Général en charge de l'opération. Les difficultés rencontrées dès le départ étaient dues à un nouveau type de configuration militaire. À la bidimensionnalité horizontale des guerres classiques, l'espace aérien avait ajouté une troisième entité, la profondeur, vers le haut. Les Allemands, avec leur blitzkrieg, avaient su s'en assurer la maîtrise totale au début de la guerre.

Les combattants polonais s'étaient servis, quant à eux, des catacombes et des corridors cachés du ghetto juif détruit l'année précédente tout autant que du vaste réseau d'égouts et de canalisations urbaines pour élaborer tout un système de tunnels et de caches souterraines, s'étoilant à partir de quelques centres stratégiques sous toute la ville.

La profondeur, mais *vers le bas*, dans l'espace subterranéen.

Ils pouvaient faire transiter des armes, des munitions, des ordres, des documents, des hommes. Ils pouvaient prendre à revers un groupe d'assaut un peu trop avancé, ils pouvaient surgir au beau milieu d'un dispositif défensif, ils pouvaient isoler des unités de leurs chaînes de commandement, ils pouvaient fragmenter des sections entières en petits groupes isolés, et les exterminer. Durant les deux ou trois premières semaines de la bataille, ils parvinrent à prendre et à tenir de nombreux points stratégiques, tout particulièrement la Poste centrale, et la quasi-totalité de la vieille ville, plus quelques quartiers excentrés. Ils se servaient de tout, égouts, canalisations diverses, caves, conduits, accès aux catacombes, tombeaux, souterrains, cavités naturelles, plus toutes les galeries creusées à la force du poignet.

Très vite les officiers supérieurs allemands, dont ceux de la Waffen SS, comprirent que pour gagner la bataille de Varsovie, il leur faudrait gagner la guerre des sous-sols.

Or l'ingénierie allemande venait justement de mettre au point l'arme qu'il fallait pour espérer gagner une guerre dans l'obscurité des souterrains.

Cette arme s'appelait « Vampyr ».

Elle portait son nom à merveille.

Ce fut comme une réplique exacte de l'arrivée en gare, l'année précédente.

On fit descendre les compagnies d'assaut des trains bondés, on les aligna sur les quais, et on les fit attendre des heures, le temps que des officiers Totenkopf, accompagnés parfois d'hommes de l'Armée régulière, les sélectionnent attentivement, en compulsant de petites fiches reliées par quelques anneaux d'acier. Chaque carnet ainsi constitué représentait un bataillon. Sur chaque fiche, des noms correspondant à une initiale particulière, et le numéro de leur compagnie.

Sur chaque fiche, pour chaque train, chaque quai, chaque wagon, il y avait un destin.

Voerlandt/Verlande ignorait tout à ce moment-là de l'étrange correspondance entre leur sort, à cet instant précis du tri sur le quai, et celui de ceux qui arrivaient dans les camps. Pour une machine, la vie et la mort ne sont que des variations d'intensité dans le flux des informations et le fonctionnement des dispositifs.

Évidemment, son nom se trouvait sur une des fiches. On le fit sortir du rang, comme les autres, sans lui dire quoi que ce soit, comme à l'accoutumée. Puis on les mit tous en formation et on les fit s'extraire de la gare au pas de gymnastique.

Visiblement, quelque chose demandait à être réglé au plus vite.

C'est ainsi que, pour la première fois de sa vie, il eut à s'enfoncer au cœur même des ténèbres. Pour la première fois, il fut confronté à une bataille sans front, une bataille non linéaire, qui s'étoilait en un réseau labyrinthique à travers l'obscurité souterraine. Dans l'obscurité, toute notion de territoire disparaît, vous vous déplacez sur une carte logée dans votre cerveau.

Ici, la lumière était un danger mortel pour celui qui la portait. Il devenait presque aussitôt une cible pour un franc-tireur polonais planqué dans l'ombre depuis des heures. Les premiers jours de la bataille, les pertes subies par la Wehrmacht comme par la SS stupéfièrent les officiers supérieurs en charge de l'opération.

Voerlandt avait pourtant croisé de nombreuses unités Waffen SS connues pour leur brutalité et leur opiniâtreté. Il avait aperçu plusieurs bataillons de la 4e SS Polizei, spécialisée dans le nettoyage de civils à grande échelle. Des groupes venus de la RONA de Kaminsky ou de la ROA de Vlassov, ainsi que quelques éléments ukrainiens, accompagnaient la 36e SS Grenadier division Dirlewanger, célèbre pour ses multiples atrocités commises en Biélorussie et qui avait été affectée à l'opération au grand complet ou presque. C'était une unité spéciale, formée pour combattre les partisans russes qui œuvraient sur les lignes arrière de l'armée allemande. La division s'était constituée autour d'une brigade composée de gardes-chasses, de braconniers, de gardes forestiers et de chasseurs émérites, détectés dans les rangs de la SS. Habitués à la vie en forêt dans les conditions les plus rudes, et à la traque d'êtres vivants, animaux comme humains, ils avaient très vite démontré leurs capacités en ce domaine et s'étaient vus rejoints par plusieurs milliers d'hommes, sélectionnés dans les bataillons disciplinaires, les prisons militaires, voire les pénitenciers de droit commun. Des assassins. Des violeurs. Des psychopathes.

Extraits des ténèbres pour y être aussitôt jetés de nouveau, ces hommes, envoyés en première ligne, exécutèrent sans peine des dizaines de milliers de civils, particulièrement dans le quartier de Motokow, la vieille ville et les faubourgs Ouest, mais ils démontrèrent leur incapacité à s'adapter à la nuit qui protégeait les sous-sols de Varsovie. Ils moururent sans même voir la silhouette de l'homme qui les enterrait ainsi au moment même de leur trépas.

Voerlandt participa à deux tentatives successives de pénétration des réseaux souterrains avec plusieurs compagnies de la Wiking. Les deux opérations échouèrent tout aussi lamentablement.

Ils ne connaissaient pas la topographie de ce champ de bataille qu'ils ne pouvaient même pas voir. En face, les résistants polonais n'y voyaient rien non plus, mais eux, ils connaissaient parfaitement la topologie de cet inframonde, puisqu'ils en étaient les architectes.

Dans une guerre, ne pas voir est un sérieux handicap. Ne rien savoir est pire encore.

On ne pouvait pas faire grand-chose contre l'évidence de la seconde proposition. Mais on pouvait peut-être changer la donne, si on modifiait la première. Ce qu'il fallait, c'était voir dans la nuit, sans être vu par ceux qui savent.

Ce qu'il fallait, c'était cette chose qu'exhibait le *Sturmbannführer* SS Totenkopf en leur expliquant de quoi il s'agissait, tout comme un an auparavant, un officier en tout point similaire leur avait montré le *Sturmgewehr* MP 43.

Et, comme l'année précédente, l'officier chargé de l'armurerie leur avait fait comprendre l'importance stratégique de cette innovation née du génie germanique, ce n'était plus un prototype, c'était la première grande série usinée pour être aussitôt testée grandeur nature, en terrain réel, par de vrais soldats, dans d'authentiques combats, avec de vrais morts. C'était la méthode *test and trial* version teutonique, et elle avait fait ses preuves, jusque-là.

Voerlandt nota qu'entre les deux « Batailles de Varsovie » il s'était écoulé à peine plus d'un an, et que les deux insurrections se succédaient donc dans le temps à quelques semaines d'intervalle, si l'on considérait que l'année qui les séparait avait été oblitérée. Et Voerlandt/Verlande, père et fils mêlés dans cette transmigration onirique, avaient fini par se demander si ce n'était pas ce qui s'était produit. Cette guerre pouvait assurément avoir créé un trou dans le temps, un espace de dépressurisation par lequel Varsovie rejoignait Varsovie par-dessus l'histoire même des hommes qui y mouraient.

L'objet en question avait été conçu pour être monté sur le *Sturmgewehr*, ensemble ils formaient un continuum technique, Voerlandt/Verlande devinait, troublé, que les nazis, même s'ils allaient perdre cette guerre, en projetaient déjà toutes les ramifications dans le futur.

L'objet permettait de voir dans l'obscurité sans être vu.

On l'avait surnommé « Vampyr » en hommage aux chauves-souris, capables de s'orienter sans difficulté dans les ténèbres les plus denses, et à cause du mythe transsylvanien du comte Dracula qui, durant la nuit, reprenait vie et pouvait voir sans être vu, afin de mieux choisir ses proies.

Techniquement c'est une structure tubulaire-conique, bombée en son centre, et évasée à une extrémité.

C'était tout simplement la première lunette de visée à infrarouge de l'histoire.

Tout était noir. Tout était silencieux. Il entendit vaguement le souffle d'Ernst Spitzner derrière lui. Depuis la fin du mois d'août, ils travaillaient en binôme. Ils avaient peu à peu appris à se battre dans les sous-sols. Les grosses concentrations de troupes étaient à proscrire. Aisément repérables, difficilement manœuvrables dans l'exiguïté des souterrains, et formant des cibles compactes faciles à atteindre, ne pouvant riposter, et laissant à chaque fois beaucoup de morts derrière elles.

Deux hommes. Deux hommes étaient suffisants.

La guerre des sous-sols serait une guérilla. Une guérilla éclairée par la lumière verdâtre du projecteur infrarouge. La lumière du siècle qu'ils créaient en le détruisant.

Ils rampaient dans une série de canalisations soudées les unes aux autres qui servaient de longs passages d'accès vers une des galeries principales de leur district. Ils se trouvaient à l'est de la capitale polonaise, sous une rue dont ils avaient oublié le nom, mais sous les rues, les noms n'ont plus cours, seuls les nombres comptent : 3ᵉ corridor à gauche après le 2ᵉ carrefour de la galerie numéro 4, à partir du puits d'accès 18, district 9.

Ils rampaient dans un tube d'acier humide, absolument obscur, sinon au travers de leur lunette de visée, un sphincter vert électrique qui ne cessait d'obliquer vers le bas, vers les profondeurs, vers la résistance polonaise qui les attendait, camouflée dans les ténèbres souterraines.

Voerlandt entendit de nouveau le souffle de Spitzner derrière lui. Ils rampaient comme des insectes dans des flaques d'eau huileuses, l'inframonde se révélait à eux, de sa radiance verdâtre, et Voerlandt savait qu'il leur souhaitait la bienvenue, qu'il les accueillait amicalement en son sein parce que c'était ici que le test se déroulerait. Ce ne sont pas les plus forts qui survivent, ce sont les meilleurs.

Comme lors de la bataille du Ghetto, la guerre d'attrition menée par les combattants polonais, et leur organisation souterraine, avait tout d'abord pris les états-majors nazis au dépourvu. Puis, au fil des jours, des semaines, durant tout le mois d'août, la sélection naturelle, ou plutôt le darwinisme humain dans sa nudité la plus crue, avait apporté la solution. Les soldats allemands apprenaient, progressaient, devenaient meilleurs.

Du moins ceux qui survivaient. Comme Spitzner et Voerlandt.

À partir de début septembre, la situation se mit à s'inverser en faveur des troupes nazies. Ce serait sans doute long, le Ghetto juif avait laissé de cuisants souvenirs durablement imprimés dans le cerveau des officiers généraux, mais l'issue ne pouvait faire de doute. Il ne fallait certes pas sous-estimer les « sous-hommes slaves », les

Russes leur en avaient apporté la preuve durant les trois dernières années écoulées, il fallait au contraire les tuer avec le plus de sérieux et d'efficience possible.

Les Russes.

Durant tout le mois d'août, le commandement général de Varsovie envoya de nombreuses unités à l'est de la ville, pour des opérations de reconnaissance armée visant à débusquer les troupes soviétiques qui avaient sûrement planifié une attaque massive, alors que les Allemands étaient aux prises avec l'insurrection. Les Allemands avaient raison : les Russes avaient effectivement planifié une opération, dénommée « Tempête », qui par deux fois, début août, début septembre, devait se déchaîner contre les armées nazies.

Mais la « Tempête » ne souffla sur Varsovie que des mois plus tard, en plein hiver, alors que les troupes allemandes quittaient le territoire polonais pour défendre les frontières du Reich, et que la ville de Varsovie, sa population, sa résistance, avait été proprement anéantie.

Tandis que l'offensive allemande, dès la mi-août, était en pleine réorganisation, les Russes ne bougèrent pas de leurs positions, à moins de quarante kilomètres de la ville pour les plus avancées.

Cela semblait une erreur stratégique majeure, sauf pour ceux qui, comme quelques officiers généraux et une poignée d'hommes du rang, savaient de quoi il retournait.

Les Russes, Voerlandt avait appris à les connaître. De la manière la plus sûre qui soit. Un PPKsh1 braqué sur lui.

Les Russes n'interviendraient pas pour sauver Varsovie. Ils laisseraient les Polonais tuer un maximum d'Allemands, et les Allemands tuer tous les Polonais. Deux tâches difficiles en moins, exécutées par les premiers concernés eux-mêmes, en lieu et place des soldats de l'Armée Rouge.

Certains, plus tard, hurlèrent au cynisme. Comme si la guerre, la sélection humano-naturelle de la civilisation en armes, était autre chose qu'une longue suite de nombres et d'équations. Être, c'est arraisonner sa propre pensée par l'acte de cognition absolu, cet acte, c'est inventer quelque chose de toujours neuf et pourtant immuable tel un éblouissement répété à l'infini. En ce cas, le corps et l'esprit ne sont pas des dispositifs séparés, même complémentaires, mais une *masse critique réunie*. C'est pour cela que la *survie* n'appartient pas à ce mode d'être, elle se tient même en dehors de toute emprise de la pensée, elle est un acte technique parfaitement autonome ; pour elle, corps et esprit sont des mécanismes dont il faut parfaire les réglages spécifiques, en ce sens elle ne pense pas, elle ne peut penser, car ses modalités d'existence dans et contre le monde ne lui permettent pas cette liberté. Elle ne peut penser, alors elle calcule.

En cette première semaine de septembre, le bataillon de Voerlandt avait su renverser la tendance, dans les souterrains de Varsovie. Ils avaient tué beaucoup de Polonais, plus que pendant tout le mois écoulé.

Lui et Spitzner vivaient des journées d'affilée dans les tunnels, à la recherche de francs-tireurs, de caches d'armes, d'accès secrets, de documents, de cartes. Ce que la 4e Polizei et la Dirlewanger n'avaient pu accomplir au début de l'offensive, les hommes de la Wiking semblaient désormais en mesure d'y parvenir. La division était probablement l'unité qu'il fallait pour ce combat d'ombres au milieu des ombres, cet *urban warfare* des sous-sols, cette guérilla des profondeurs que les soldats allemands surnommèrent très vite la « Rattenkrieg », la guerre des rats.

Sauf qu'eux, avec leur machine à voir dans la nuit, ils n'avaient plus besoin de *savoir* précisément où ils se trouvaient, il leur suffisait de se repérer visuellement, le territoire supplantant alors la carte mentale et ses topologies, ils voyaient ceux qui savaient, mais ceux qui savaient ne les voyaient pas.

Alors ils mouraient.

Dès que les unités de *snipers* nocturnes commencèrent à se déployer dans l'infraville de la résistance polonaise, elles transformèrent les données du combat, désormais une stratégie offensive cohérente pouvait se superposer à la carte de l'obscurité : un étoilement de petits groupes mobiles, toujours plus nombreux, autonomes, nettoyant la Varsovie troglodyte de tous ses défenseurs en se répandant dans le réseau telle une forme de vie contaminatrice et ouvrant la voie à des forces plus compactes, fusiliers, grenadiers, démolisseurs, démineurs, etc.

Ils seraient des prédateurs lâchés dans la « nature » de la Polis secrète. Ce serait la guerre des rats contre les vampires.

Les officiers SS les plus intelligents avaient su apprendre de leur terrible défaite à Stalingrad. Ils avaient vu à l'œuvre les tireurs d'élite russes dans les décombres de la cité. Ils avaient bien l'intention de leur rendre la pareille.

Certains d'entre eux croyaient encore en une victoire possible du Reich.

Ils n'avaient pas compris que le régime qu'ils servaient était condamné dès sa conception, mais que ce serait par sa défaite militaire qu'il parviendrait à gagner le monde.

La ville arachnéenne que la résistance polonaise avait creusée sous la ville apparente était bien un secret en elle-même. Elle tuait, plus sûrement encore que les hommes qui se battaient pour elle.

Les ingénieurs de la résistance avaient fait de ce labyrinthe plongé dans l'obscurité un immense piège, lui-même constitué de myriades de pièges plus petits, eux-mêmes formés de micro-appareillages tueurs, telle une immense structure gigogne. L'infraville était une véritable machine à tuer.

Une machine à tuer aveuglément, une machine qui n'avait pas besoin de voir pour savoir, une machine qui n'avait pas besoin de voir pour tuer.

Les Polonais avaient truffé les corridors, les tunnels, les voies d'accès, les passages, les caches, chaque coin du labyrinthe, de *booby-traps*, comme les appelleraient plus tard les soldats américains dans la jungle sud-asiatique.

Tout était bon à l'usage. Tout était bon pour tuer. Tout était bon pour que les Allemands paient chèrement la victoire qui leur était assurée, grâce à la complicité des Soviétiques qui observaient à la jumelle la ville sous les bombes, sans savoir que la véritable guerre se déroulait hors de leur vue.

Dans les ténèbres de l'Unter-Warschau, tout était bon pour détruire, corps et âmes, chair et acier. Des câbles reliés à des détonateurs et de petites quantités d'explosif placées à l'intérieur de sacs de sable remplis de clous et de morceaux de verre, des nappes de pétrole munies de dispositifs d'allumage, du sodium se déversant de boyaux truqués, des tessons de bouteilles, des copeaux de métal, des vis rouillées créant de vastes espaces impénétrables pour les hommes obligés de ramper dans les conduits, des canalisations rendues instables et finissant par s'effondrer sous le poids des soldats qui les empruntaient, tout était possible.

Voerlandt et Spitzner avaient appris à survivre dans cet environnement, ils avaient appris la survie dans les ténèbres, c'est-à-dire le calcul intégral. Ils avaient appris à redevenir des mammifères.

Voerlandt et Spitzner pourchassaient depuis des jours un groupe de combattants polonais particulièrement habiles et dangereux. Au même moment une circonvolution du rêve mit en activité un autre plan de cognition, autrement dit un autre plan du réel.

La Nuit.

Les créatures de la nuit.

Eux et leurs lunettes infrarouges. Eux et la machine vampire.

Ligués contre l'armée souterraine de la résistance nationale polonaise, sur le sort de laquelle Russes et Allemands semblaient s'accorder d'un bel ensemble.

La nuit sous Varsovie, la nuit sous le monde. La nuit comme point initial.

La Nuit des créatures.

Voerlandt/Verlande, synthétiques et disjoints, unifiés par leurs différences, séparés par tout ce qu'ils avaient en commun, cette ligne de tension entre deux époques qui n'en formaient qu'une seule.

Ils apprenaient à redevenir des mammifères des origines, ils apprenaient à redevenir des créatures de la nuit, ils réapprenaient à calculer le monde, à défaut de pouvoir le penser.

Les mammifères sont dès l'origine des créatures de la nuit. Leur régulation endothermique leur permettait de rester actifs quelles que soient les variations de température. Leur système cardio-vasculaire particulièrement développé offrait ainsi à leur métabolisme général des variations rythmiques d'amplitude, ralentissement léthargique en cas de danger immédiat, de phase de sommeil ou d'hibernation, accélération foudroyante si la fuite ou le combat restaient les seules solutions. Le contrôle endotherme régulait les flux d'énergie internes. Grâce à cette adaptation évolutionniste singulière, ils surent très vite optimiser leurs points forts et transformer leurs faiblesses en avantages stratégiques. Ils développèrent le système vivipare placentaire, par lequel le bébé naît formé, tout en restant ouvert par la néoténie à une rapide évolution ultérieure, grâce à cette invention cruciale : *l'apprentissage*. Les reptiles ne lèguent que de vulgaires rudiments comportementaux à leur descendance, elle survit, ou non. Les mammifères enseignent dès leur plus jeune âge à leur progéniture les méthodes de survie acquises par *leur* connaissance.

Les mammifères vécurent aux côtés des dinosaures durant tout le mésozoïque, chacune des espèces suivant sa ligne évolutionniste : endothermie par la production du plumage chez les sauriens, fourrure à poil et système cardio-vasculaire de plus en plus sophistiqué chez les mammifères. À force de dominer le territoire de la nuit, les mammifères commencèrent à développer des variations de plus en plus agressives, simples herbivores puis insectivores à l'origine, de véritables prédateurs de dinosaures virent le jour au Crétacé, vers – 90 millions d'années.

Les mammifères optimisèrent sans cesse le couple œil-oreille comme système sensoriel. C'est ce binôme audio/visuel qui permit probablement l'apparition des premières formes de *cognition calculée et calculatrice*, de pensée « technique » dans leur cerveau, dont le volume proportionnel était largement supérieur à celui des sauriens et qui développait à toute vitesse de nouvelles circonvolutions qui aboutiraient à la structure finale du cortex préfrontal. Le sensorium spécialisé ouïe/vision circonscrivait le monde dans une opération de captation et d'enregistrement des rayonnements (donc sous la forme quantique métastable ondes/corpuscules) en provenance du réel. La vision, tout comme les sons, s'inscrivait durablement dans la mémoire, sous une forme analogique, dans l'organisation même des cellules nerveuses. L'odorat resta un dispositif privilégié pour les espèces chasseresses, ancêtres primordiaux des canidés et félidés, et les mammifères inventèrent d'autres technologies biologiques que les hommes imiteraient des millions d'années plus tard, comme le sonar. Toutes ces particularités allaient faire, en quelques millions d'années, de ces petites créatures de la Nuit les maîtres du monde du cénozoïque et des âges ultérieurs.

Ils voyaient la nuit, sur le territoire que les grands reptiles connaissaient fort bien le jour, mais qui se métamorphosait complètement dès que le soleil disparaissait. Ils voyaient dans la lumière d'un quartier de lune comme en plein jour, les photons venus des astres leur suffisaient amplement, certains d'entre eux percevaient même la signature infrarouge spécifique que dégage la chaleur endotherme d'un être vivant.

Leur biologie contenait déjà tout ce que les machines du dernier mammifère créé chercheraient à copier.

La nature pensée est un livre.

La nature calculée est une arme.

Ce savoir s'infiltra dans le rêve sans la moindre forme apparente, il faisait partie des données immédiates de la conscience, dans ce monde qui n'existait que comme activité secrète du cerveau.

Il s'intégra parfaitement à la nuit des sous-sols.

Spitzner rampait à ses côtés. Il lui souffla : Je n'ai rien dans le viseur mais j'ai entendu du bruit, plus loin, et plus bas.

Devant eux, le monde irradiait d'un vert-jaune fluorescent électrique, et parfaitement circulaire.

Voerlandt décida de couper le projecteur infrarouge durant un petit moment. La batterie se devait d'être pleinement opérationnelle lors de l'attaque. Il vérifia d'instinct les réglages de sa lunette ZF4.

Les « Vampyrs » allemands, à la différence de leurs successeurs américains ou russes des années 50, ne fonctionnaient pas vraiment par la captation de l'énergie endotherme, visible par l'émission de radiations infrarouges.

Les ingénieurs allemands n'avaient pu venir à bout des problèmes techniques posés par un tel processus, ils avaient donc inventé autre chose : un projecteur, puissant et miniaturisé, dont le rayonnement dirigé offrait une très bonne efficacité jusqu'à une centaine de mètres, diffusait un faisceau concentré de radiations infrarouges, invisibles à l'œil nu, évidemment, mais qu'un viseur spécialisé était en mesure de capter. On éclairait la cible, mais la lumière n'éclairait pas la nuit dans laquelle elle restait plongée.

Il attendit une trentaine de secondes, son oreille épousait chaque respiration métallique des canalisations souterraines, son cerveau détaillait et analysait chaque son, puis sa mémoire les plaçait sur sa carte mentale. Les combattants polonais connaissaient chaque pouce de leur inframonde, mais ils ignoraient que les Rattenkriegen SS avaient appris à deviner ce qu'ils connaissaient, qu'ils avaient appris à imaginer le territoire ennemi, qu'ils avaient appris à en faire une carte.

Il remit en route la machine. Sa douce vibration évoquait une mélopée faite pour la nuit, la nuit pour laquelle elle travaillait.

– Il doit y avoir une canalisation jumelle en dessous, et il doit y avoir un accès de l'une à l'autre, comme souvent.

– Alors le bruit, il viendrait d'un autre conduit ?

– Non, répondit Voerlandt, il vient du puits d'accès, je pense qu'ils sont en train de monter, je pense qu'ils veulent en finir.

Le conduit était obscur, humide, froid et dégageait une violente odeur de moisissure. C'était une des anciennes canalisations d'eau potable de la capitale polonaise, mise hors service dès le début de la guerre, des années auparavant. Elle était large et solide, elle permettait aisément à deux hommes de passer côte à côte.

Voerlandt avait depuis un certain temps compris comment la vie dans le noir s'organisait autour de l'audition, en premier lieu, et de la vision si c'était possible.

Il fallait entendre et ne pas être entendu, écouter et ne pas être écouté.

Il fallait voir pour ne pas être vu.

En rampant parallèlement et de façon synchrone, ils mêlaient leurs deux bruits singuliers en une seule source sonore. On pouvait éventuellement percevoir le déplacement d'un être vivant mais pas de deux, cela paraissait un peu moins suspect, c'était un peu moins détectable, un peu moins identifiable, c'est le peu dont ils avaient besoin, c'était un des multiples pis-aller qui permettaient d'assurer leur survie quotidienne, cela faisait partie des techniques de « camouflage » visuel ou auditif que les *snipers* SS des catacombes apprirent sur le tas.

Quand ils ne mouraient pas tout de suite.

Dans son viseur, Voerlandt voyait le tube vert de la canalisation et les miroitements provoqués par les flaques d'eau sale qui s'étalaient jusqu'au-delà de son champ de perception électronique. Toute la surface du conduit était recouverte de moisissures diverses, lichens livides, petits champignons blancs en grappes serrées, mycoses en lacis bleu turquoise, viscosités verdâtres et gluantes, taches brunes s'étoilant dans un mouchetage cyanosé.

Juste à la limite de la portée de son viseur infrarouge, Voerlandt pouvait discerner l'angle brutal que le boyau dessinait vers le bas, en direction de la canalisation primaire à laquelle il se raccordait. Là où les résistants avaient élaboré un sas d'accès par lequel ils s'apprêtaient à sortir, pour combattre dans la nuit.

Sauf que la nuit SS était un jour artificiel, électrochimique, le jour créé pour et par les machines, et les humains qui les servaient.

Ils connaissaient cette partie du conduit. Le territoire qu'ils voyaient dans la lumière invisible se superposait aux cartes visuelles désormais imprimées par dizaines dans leur mémoire. Ils étaient redevenus des prédateurs nocturnes, ils étaient redevenus des mammifères primitifs, ils chassaient, ils observaient, ils topographiaient, ils reconnaissaient, ils tendaient des pièges.

Chaque jour ils tuaient plus de Polonais.

Ils veulent en finir, pensa Voerlandt en ajustant convenablement son *Sturmgewehr* contre son épaule, le disque vert électrique créait un halo de cyanure autour de la croix de visée. Un crucifix transposé dans le monde des morts et de la technique, un crucifix taillé sur mesure pour les sacrifices qui s'en venaient.

Ils voulaient en finir. Leur souhait serait exaucé. Lui et Spitzner s'en chargeraient avec toute l'efficience requise.

Les têtes apparurent les premières. Voerlandt et Spitzner se tenaient côte à côte dans l'obscurité, à un peu moins de cinquante mètres, leurs vêtements humides et gras pataugeant dans une mare d'eau croupie, devant eux, le coude vertical qui menait au puits d'accès vers la canalisation principale, devant eux, les visages des hommes qui s'extirpent du conduit, devant eux, le faisceau du projecteur infrarouge éclaire la scène de son aube vénérienne.

Maintenant, les corps qui s'extraient de la déviation de la canalisation. Les Polonais ont sûrement planté quelques barreaux d'échelle ou n'importe quel type d'objets saillants pour faciliter l'ascension du tube oblique et gras, et accélérer leurs déplacements. Il faut donc attendre très exactement le temps nécessaire, afin d'atteindre un ratio numériquc minimal, mais sécuritaire, dès les premières secondes de l'engagement. Il faut attendre le temps qu'ils se remettent sur leurs jambes, ajustent leurs armes et amorcent un premier geste dans la direction où eux, les mammifères prédateurs des sous-sols, se terrent et attendent.

Ils attendent que le territoire devienne une carte truquée, soit un piège. Ils attendent. Et ils voient. Il y a déjà une bonne demi-douzaine d'hommes qui se tiennent plus ou moins agrippés les uns aux autres autour du boyau en pente dont ils viennent de s'extraire.

D'autres têtes apparaissent, le ballet blanchâtre des torches électriques projette des flaques de mercure mouvantes sur la convexité grisâtre de la canalisation.

Voilà. C'est maintenant.

C'est le moment de la mort, en tant que principe actif de la Technique des sous-sols.

Dans la belle perspective sphérique du viseur infrarouge, tout est lumière. Le jet de flammes qui accompagne le métal à haute vitesse au sortir de la bouche à feu devient un éclat diamantifère, un éclair très blanc, très pur, une foudre de cristal dans la nuit cachée sous Varsovie.

Une foudre ultra-blanche, qui dévaste tout à sa portée.

Une foudre au service de la nuit, une foudre au service des Nombres.

7,92 mm, les plus lourdes munitions pour armes individuelles automatiques de cette guerre.

Dix ans morts, pas un de moins. Un chargeur entier pour lui comme pour Spitzner, pas un de moins. Cinq à six balles par individu, pas une de moins. Efficience, rapidité, économie. Les hommes atteints par ce feu venu de nulle part, mais encore vivants, sont rapatriés d'urgence vers le conduit principal par ce qui reste du groupe de combattants polonais. Environ une douzaine d'hommes, plus les blessés.

Il y a du bruit, des cris, des plaintes, il y a du chaos. Voerlandt le sait de tout son être, désormais, la nuit est faite pour eux, les vampires du crépuscule de l'Europe. Maintenant, il faut profiter du choc traumatique provoqué par leur intervention invisible, et terriblement efficace, maintenant il faut les traquer, sans relâche, maintenant il faut les exterminer. Tous.

Ils avaient beaucoup appris en l'espace de quelques semaines.

Chaque jour, ils ne cessaient d'apprendre.

Apprendre à mieux tuer.

Ils les tuèrent tous, les uns après les autres.

Ils voyaient, et ne pouvaient être vus. Ils les chassèrent durant des jours, ou des nuits, nul ne s'en préoccupait plus à la longue, dans le vaste réseau des sous-sols des quartiers orientaux et d'une partie du centre-ville. La nuit était jour vert électrique. L'obscurité dévoilait la présence humaine par sa signature électromagnétique. Voerlandt eut l'intuition qu'ils n'appartenaient plus tout à fait à l'espèce humaine, qu'ils étaient comme ces créatures de science-fiction, moitié hommes moitié machines, qu'on voyait au cinéma ou dans les bandes dessinées d'avant-guerre. Ils étaient les prédateurs nocturnes, ils battaient les résistants polonais sur leur propre terrain. Ils s'enfonçaient dans la nuit, précédés de leur lumière luciférienne, celle qui permettait de voir dans les ténèbres sans pour autant les éclairer.

Ils finissaient toujours par les rattraper, et par en abattre quelques-uns. Ils achevèrent sur place les blessés intransportables. Ils rencontrèrent deux autres petits groupes de résistants varsoviens qu'ils décimèrent et mirent en fuite. Ce fut mécanique et froid comme l'enfer, ils les traquaient, les repéraient, les observaient, calculaient le territoire et la carte, tendaient leur piège ou planifiaient leur assaut. Ils les tuèrent tous, les uns après les autres, les uns *avec* les autres. Trois occurrences suffirent, en comptant la première. Une trentaine d'hommes, anéantis par un duo de prédateurs nocturnes.

Pour une fois, à l'Est, les Nombres étaient du côté des Allemands, les Soviétiques n'intervenant toujours pas, ils finiraient par détruire toute forme de résistance armée et organisée à Varsovie.

Voerlandt et Spitzner formaient un des binômes de Rattenkriegen les plus performants de leur compagnie. En ces journées de septembre, ils allaient accéder au titre de héros du Reich nazi, avec la Croix de fer qui allait de pair.

Puis, un jour, ils firent face au dernier survivant.

Les nombres auraient raison de Varsovie, comme ils auraient raison de Berlin.

C'est Spitzner qui le vit le premier, il tira une rafale mais trop vite, et manqua la cible.

Voerlandt mit en joue, la lumière verte inonda le monde, il aperçut un mouvement qui s'enfonçait dans l'obscurité hors de portée du viseur, il fit feu, par rafales de trois coups.

Le silence retomba. Puis le bruit d'un objet lourd qu'on dévissait se fit entendre, au loin, se réverbérant dans un écho spectral.

Il y avait un autre accès quelque part, là-bas, un accès dont la carte mentale lui disait qu'il conduisait directement aux égouts de la ville.

Les égouts formaient le dernier point de résistance que les Polonais tenaient encore dans les souterrains de la Varsovie catacryptique. À la surface ils s'accrochaient désespérément à leurs fortifications du centre-ville, la Grande Poste surtout, mais sous terre, les hommes vampires de la SS dominaient désormais le terrain, ils contrôlaient quasiment toute la ville souterraine que la résistance avait construite en secret durant des mois. Sauf une partie encore substantielle des égouts principaux.

Ils le rattrapèrent alors que l'homme, un jeune type du même âge qu'eux, venait de sauter sur le large quai qui bordait le canal charriant une matière brunâtre et visqueuse, dont l'odeur excrémentielle s'infiltrait, semblait-il, jusque sous l'épiderme.

Ils étaient juste derrière lui, ils sautèrent, Voerlandt d'abord, Spitzner à sa suite.

Ce fut leur unique erreur.

Ils voyaient dans la nuit, mais l'homme entendait, tout comme eux.

Il lui avait suffi de se poster tout près du sas vertical, d'attendre le bruit du premier saut, de définir la position, de régler son tir, d'attendre le second saut, d'actionner sa lampe électrique, de neutraliser d'un seul coup leur supériorité technique et de faire feu. Plusieurs fois de suite. Le plus vite possible.

Leur unique erreur, se dirait-il plus tard, c'était l'absolue confiance qu'ils avaient accordée à leur miraculeuse technologie visuelle. Ils n'avaient pas pensé à écouter dans les ténèbres, juste avant de sauter. Ils avaient oublié qu'on pouvait viser, toucher, et faire taire un simple bruit.

Il ne faut jamais s'appuyer sur la technique, dans une guerre. Il faut *appuyer la technique*. La leçon fut payée par le prix de la vie de Spitzner, fauché net alors que ses bottes venaient tout juste de toucher terre, pour la dernière fois.

Quatre balles. Trois en plein thorax, une autre dans la tête.

Voerlandt épaula et mit en joue pour tirer en un acte purement réflexe qui défiait les lois de la biologie animale.

La lumière infrarouge éclaira l'homme qui braquait sa lampe électrique et son pistolet automatique dans sa direction, deux gestes parfaitement synchrones. Lumière verdâtre invisible sauf pour celui qui l'émet, lumière blanche qui rend visible celui qui en est l'émetteur. Il eut le temps infinitésimal de noter que l'homme portait un fusil Mosin-Nagant russe en bandoulière, doté de la lunette de visée traditionnelle des *snipers* russes, sa mémoire de prédateur eut le temps d'enregistrer le fait et d'établir que l'homme agissait probablement dans les endroits mal éclairés des souterrains, tout autant qu'à l'extérieur, en surface, pour défendre les quartiers encore aux mains de la résistance. Son cerveau inscrivit tout cela sur sa carte mentale au moment même où le centre de la croix de visée se stabilisait entre les deux poumons ennemis.

L'homme fit feu, mais l'arme n'émit qu'un cliquetis vide.

C'était sa fin. Voerlandt le savait, son regard ne cessait d'aller du jeune combattant varsovien, le pistolet percutant à vide devant lui, au corps de Spitzner, le thorax et l'abdomen recouverts de sang, l'œil gauche, vitreux, indiquant comme la lueur éteinte d'une ultime surprise, la tempe et l'œil droits arrachés par la munition du Luger P08 dont s'était servi le Polonais.

Il ne lui restait plus qu'à appuyer sur la détente. Il ne lui restait plus que l'acte ultime du sacrifice à accomplir. Il ne lui restait plus qu'à obéir aux seules vraies lois de la guerre.

Ce fut la première fois qu'il commit un acte insensé, insensé selon la logique des machines qu'ils étaient tous devenus.

Il n'y eut de sa part aucune once de pitié, ou de compassion, il n'y avait pas vraiment d'admiration non plus et le mot respect serait sans doute encore trop fort, ou plutôt *inadéquat*. Les machines ne connaissent ni respect ni admiration, ni peur, ni haine, ni pitié, ni volonté de vengeance, ni la moindre empathie. Elles apprennent. Elles calculent. Elles survivent. Elles reconnaissent le danger. Elles savent tuer. Elles peuvent à l'occasion rencontrer un problème mécanique.

Il y avait un constat. L'homme avait son âge, il s'était bien battu, contre un ennemi sans conteste supérieur, il s'était battu pour son pays, il avait risqué sa vie pour les siens, et pour d'autres, il avait été trahi par ces fils de putes de communistes, et lui, il avait le pouvoir d'anéantir cette vie d'un seul coup, tout comme cette vie avait tranché net celle de Spitzner.

Spitzner ne pourrait rien y faire, il faisait partie des Nombres, il était libre, et déjà très loin d'ici.

La lumière invisible qui traversait les ténèbres sans les éclairer lui donnait à voir un visage aux formes mouvantes, comme si toute son existence, du fœtus au vieillard, se reconstituait sans cesse, identité faciale sans plus de structure stable et sans même la moindre chronologie.

Ni vengeance, ni haine, ni pitié, ni empathie.

Juste le moment où, toute supériorité technique abolie, il ne reste plus que l'inéquité foncière de la vie sur terre. Tu as tué Spitzner, mais tu as vidé ton chargeur pour ce faire. Je ne t'ai pas encore tiré dessus, et mon chargeur est plein.

Ni vengeance, ni haine, ni pitié, ni empathie.

Rien qu'une évidence. Le jeune combattant polonais tuerait sans doute encore pas mal d'Allemands au cours de ce qui restait de cette guerre. Mais il ne l'avait pas tué, lui, le SS alsacien, tout au contraire, c'était lui qui le tenait à sa merci. Il voulait qu'il s'en imprègne bien. Tu tueras d'autres Spitzner, sans doute, mais un jour, tu tomberas sur un type comme moi.

C'est pour lui, pensa-t-il, que je te laisse.

Et il le laissa partir avec l'impression d'avoir accompli un geste machinal, parfaitement banalisé par les règles impénétrables de la survie dans les profondeurs de la ville souterraine.

Plus tard, il s'éveilla dans cet hôtel de Fermont, Canada.

Rapport sur les activités secrètes du cerveau

Lorsqu'il s'éveilla, juste après le point du jour, Verlande ressentit instantanément cette relation d'intense proximité avec l'expérience onirique qu'il venait de vivre. Jamais il ne s'était retrouvé dans une telle simulation du réel, un réel passé de plusieurs décennies, un réel qu'il n'avait jamais connu sinon par les narrations de son père. Le rêve indiquait une terrifiante interrelation entre lui et son géniteur, c'était comme si son père, ou plutôt le fantôme du jeune garçon qu'il avait été un jour, avait permis à son fils de vivre, à plusieurs années de distance, cette fin/début du monde, dans cette vision de nuit infrarouge qui allait devenir la couleur emblématique du siècle, et du suivant. D'y survivre. Et d'en apprendre quelque chose de primordial.

La tension induite par les deux époques ne se produisait pas entre deux points séparés par une succession d'années, de mois, de jours, mais le long d'un vecteur qui traversait le temps et qui démontrait comment la guerre que son père avait livrée trois quarts de siècle auparavant ne s'était jamais arrêtée.

Et la preuve, c'était cette expérience que le rêve lui avait livrée : cette guerre souterraine, cette guerre métastable, cette guerre conduite dans les ténèbres du rhizome posturbain, *ce réseau conçu comme forme de guerre, cette guerre conçue comme forme de réseau*, son père l'avait vécue, dans sa chair, bien avant que les ingénieurs militaires américains n'inventent sa reproduction topographique à l'échelle du globe par cet instrument redoutable dénommé Internet. Cela s'était imprimé dans sa mémoire globale, corporelle comme mentale, tel un phénomène ontologique radical qui non seulement l'avait modifié en profondeur mais qu'il avait transmis, comme tous les hommes dans son cas, à tous ceux qui viendraient après lui.

Internet était un trou noir, il avalait tout ; en l'espace d'une quinzaine d'années, parallèlement aux crises financières, écologiques, énergétiques et géopolitiques qui avaient commencé avec le siècle, le réseau digital était parvenu à étendre pleinement son offensive contre le réel. Il avait déjà détruit quasiment toutes les industries de communication mondiales : télévision, presse, radio, édition.

Mais les fortunes express que son industrie engendrait se voyaient aussitôt battues en brèche par l'apparition d'un nouveau compétiteur, d'une nouvelle technologie ou, comme cela devenait maintenant envisageable, par l'arrêt progressif, voire brutal, de tout progrès technologique. Pour que des millions de personnes continuent de surfer sur le réseau, elles avaient besoin d'ordinateurs, il fallait des réseaux de fibre optique, des routeurs, des serveurs pour faire tourner le système. Pour que ce monde virtuel où la carte ne faisait qu'un avec le territoire puisse poursuivre son existence, il fallait justement tout un *monde*, invisible la plupart du temps, même les composants les plus essentiels d'un PC sont cachés à l'intérieur, dans sa *black box*.

Mais si le monde réel était avalé par le réseau souterrain devenu simulacre planétaire, avec quoi ce réseau-monde fabriquerait-il son apparence d'existence ?

Si brutalement le cours de l'électricité se mettait à suivre celui du pétrole ces quinze dernières années, les richesses engendrées par les médias cybernétiques disparaîtraient aussi vite que le courant lorsqu'on ferme un interrupteur.

Le réseau ne proposait aucune sortie, sinon des accès truqués. Il démontrait en cela comment il était une *société conçue comme forme de guerre.*

Le rêve n'appartenait donc pas uniquement au domaine des « signes ».

C'était un *signal.* Un signal d'alarme. Un signal code rouge. Quelque chose allait survenir, sous peu, quelque chose était probablement en train de survenir, quelque chose était déjà survenu. L'alerte était valable pour tous les points du temps et de l'espace. L'alerte signifiait qu'il était en train d'approcher du réacteur en fusion, de son cœur immensément radioactif. L'alerte lui indiquait à quel point elle était une onde de choc en provenance de son propre cerveau.

Ce signal vraiment opératif était avant tout un rayonnement sémantique en provenance de la Création : il était un symbole, il était donc un signe qui dévoile la présence manifeste d'une réalité invisible, comme disait Maistre.

Les radiations allaient le tuer.

Ou bien il tuerait les radiations.

Il suffisait, au fond, d'irradier encore plus.

Il suffisait de devenir plus dangereux encore que le monde.

Sur son afficheur oculaire droit, une petite icône caractéristique vient d'apparaître. Alerte météo. Code jaune. Formation de cyclones boréaux entre le sud du Groenland et l'ouest des Açores. La saison commence. Dans quelques jours, une semaine maximum, ils aborderont les rivages de la Nouvelle-Écosse, ils auront triplé de volume, quintuplé de puissance, décuplé leur vitesse. Comme toujours ils viendront à plusieurs, les uns derrière les autres, semblables à une colonne de chars liquides désireux d'en découdre avec l'homme, et ses matériaux, ou telles ces flottilles de réfugiés qui s'amassent en haute mer pour venir s'échouer sur les côtes de ce qu'il reste de civilisation, comme ces escadres de pirates nautiques armés de stocks militaires clandestins ou du produit de leurs rapines, qui attaquent désormais les ports isolés et ravagent les villes côtières ou les bourgades fluviales situées à proximité du littoral.

L'écologie terrestre savait faire la guerre. Il était même certain qu'elle en avait été le modèle fondateur.

Vortex subarctiques, les cyclones de l'hémisphère Nord iraient se superposer aux territoires de la civilisation comme une carte sauvage qui transmuterait toute sa topologie en une vaste opération d'*engineering* climatique, dont la nature dénaturée seule possède le secret.

D'après les prédictions des agences météo, il fallait s'attendre à une série de typhons particulièrement violents. Lorsqu'ils viendraient crever sur le Bouclier canadien, certains d'entre eux auraient atteint la taille de la moitié du Québec. Il était demandé à tous les résidents des provinces maritimes de trouver un refuge à l'intérieur des terres.

Verlande eut le pressentiment que, dans le meilleur des cas, ces cyclones nordiques seraient les derniers contre lesquels on pourrait trouver refuge.

Aucun monde ne peut exister sans sa théorie. Un monde sans théorie est un monde qui n'existe pas encore, puisqu'il n'a pas été pensé. C'est par son arraisonnement, par la *connaissance immédiate*, que le monde advient comme *vérité*. Verlande la concevait comme une modalité particulière de l'acte d'être, *elle était le mode d'arraisonnement technique du monde par l'être*, en conséquence de quoi la technique était le mode d'arraisonnement de l'être par le monde, conçu précisément par la pensée comme dispositif techno/logique, avec sujet pensant et objets pensés. La pensée est donc déjà le moment critique, inférent du principe premier, où la cognition immédiate se doit de produire une *technologie*, l'Être est Logos, et le Logos c'est l'Être, comme le savait Héraclite. Et si la pensée est la technologie psychique du Logos, cela veut dire qu'elle est son moment *stratégique*, en tant que telle on ne peut la définir autrement que comme une *arme*.

Si l'être était fondamentalement libre, il se devait d'être armé. Verlande ne parvenait pas à en douter. Le crime, qui est en quelque sorte l'âme damnée de ce monde, n'échappe pas à la règle. Elle vaut même d'autant plus pour lui.

Si la Chute de l'Homme avait pu entraîner la dégradation de toute la Création, c'était pour une raison toute simple : le monde est foncièrement dépendant de l'Homme, ce *microcosme hypercentre*, parce qu'il le contient et que dans le même temps il est saisi par lui, c'est ainsi que l'univers, dans sa structure la plus intime, dépendait de son salut, ou de sa perdition.

Pour les hommes du Moyen Âge, la seule époque qui comptait vraiment dans le cœur de Verlande, « microcosme » ne signifiait nullement le monde de l'infiniment petit, tel que la modernité l'a finalement conçu. Le *microcosme* de la conception antique et médiévale, le « petit cosmos », le « petit Monde Créé », *c'est l'homme lui-même*, non seulement *reflet* de la création, mais son *entéléchie*, ce par quoi l'univers venait à prendre forme et sens, de son principe premier à sa cause finale.

La théorie du commandant McGlade tenait en quelques mots, il l'avait en tout cas exprimée ainsi :

– Je crois que depuis le début du siècle les pédophiles et les tueurs d'enfants ont appris à agir différemment. Je parle des plus intelligents, des plus organisés, des plus dangereux.

Coupure dans l'espace-temps du Cube, qui devient la seule Présence tangible.

– Nous les avons pistés pendant des années sur les *chats* pour ados, dans un premier temps ils ont pu s'en sortir, puis nous avons appris à les traquer et nous leur avons interdit cette porte d'accès par l'électronique. Mais j'ai des indices qui corroborent une autre utilisation des réseaux informatiques par des pédophiles d'élite, c'est pour cela que nous n'arrivons plus à les coincer, depuis des années maintenant.

Verlande et Voronine ne disaient rien, ils laissaient le Cube dialoguer en silence avec le commandant McGlade, c'était le seul interlocuteur véritablement à sa place, en ce jour.

– Ils ne vont plus sur les *chats pour jeunes*, ultra-surveillés par les cyberbrigades et les logiciels de détection. Pour appâter leurs victimes, *ils se servent d'Internet pour se repérer les uns les autres*, en utilisant des méthodes de flics, je pense qu'ils se servent aussi des sites de petites annonces, puis ils utilisent des blogs d'apparence anodine, avec des fenêtres cachées, non plus pour s'échanger de lourds fichiers photos ou vidéos pornographiques mais pour diffuser des informations concises, précises et concrètes sur des cibles potentielles.

Il n'y avait qu'un mot pour définir une telle entreprise : bourse d'échanges.

Verlande se contenta d'émettre le constat.

– Exactement. Ils se refilent les plans qu'ils ne peuvent ou ne veulent pas utiliser, ils ont déjà engrangé des tonnes d'infos qui ne prennent pas beaucoup d'espace sur les bandes passantes et sont donc moins contrôlables par les netdrones de surveillance, plus facilement séparables en microfichiers, juste des photos, des vidéos basse définition, des documents, ils communiquent par e-mails cryptés, accèdent à des pages cachées sur des sites web personnels genre MySpace, Facebook, etc., utilisent sûrement un langage codé venu des prisons, en plus du brouillage logiciel, bref, *ils communiquent* et agissent sans doute parfois de concert, nous ne devons plus les voir comme des psychopathes solitaires mais comme des criminels organisés en gangs plus ou moins virtuels.

La théorie semblait probante, avec les découvertes du mont Wright, en remontant jusqu'à l'étrange fraternité qui unissait Olsen et Archambault. Et sans doute d'autres. Cet entremêlement des corps, ce mélange insensé de victimes et de bourreaux, tous égalisés dans les mêmes tombes, ce chaos apparent qui ne pouvait que masquer la présence d'un ordre encore inconnu.

Pourtant, Verlande ne parvenait à faire taire sa voix intérieure, la voix de sa tête-machine qui lui disait : la théorie de McGlade est bonne.

Dans la théorie du monde telle qu'elle se constituait, cette absence des tombes-qui-auraient-dû-se-trouver-là, cette « ex-centricité », cette divergence toujours présente dans le diagramme, cette dialectique proximité/distance, ce néant paradoxalement actif par la béance qu'il laissait deviner, tout cela prenait un sens, à défaut d'une forme. *La science n'indique pas la direction, mais elle montre le sens du courant*, disait Nietzsche.

Le sens du courant, ici-bas, c'était celui qui conduisait à l'Hadès.

Verlande savait qu'il se trouvait sur le territoire de la théorie, le territoire où la carte devenait vivante, le territoire où la terre recouvrait la mort et ses secrets.

Sur ce territoire, qui n'était au bout du compte qu'une variante fractale de la planète, la météorologie jouait son rôle. Si la Création avait chuté avec l'Homme, alors les cyclones en formation dans l'Atlantique Nord ne représentaient qu'une forme amoindrie de leurs lointains générateurs.

Les cyclones terrestres ou maritimes sont des vortex verticaux où les vents tourbillonnent vers le bas. Il était aisé d'imaginer des typhons transcendantaux dont la dynamique spiroïdale fuserait vers le ciel, accompagnés de la musique des sphères, dans une lumière étourdissante.

Mais ce qui se préparait ici, son afficheur oculaire était formel, c'était rafales force 5, pluies diluviennes, tornades en série, orages géants, la climatisation céleste se rabattant sur la terre, le territoire des hommes, le territoire des morts et des survivants, ce qui se préparait ici, dans le Monde de la Chute, c'était un million de kilomètres carrés soumis à la loi des éléments de ce cosmos inverti, ce qui se préparait sur terre c'était la violence si pure de la nature, la nature dénaturée par sa Chute, et par le propagateur de celle-ci, ce qui se préparait dans l'Océan c'était la version météorologique de la catastrophe humaine générale.

Toutes les conditions requises pour un événement magnifique et terrible semblaient sur le point d'être réunies.

– J'ai commis quelques erreurs, je le reconnais, avait dit Verlande.

– Il faut un début à tout, avait calmement répondu Ariane McDowell.

– Je me suis concentré sur le nord, parce que au sud c'est le mont Wright et sa roche de ferrite, difficile à creuser, j'aurais probablement dû étendre le périmètre jusque-là. Quoique cela aurait doublé la superficie à explorer.

– Ce n'est pas une question de direction, avait fait remarquer Voronine.

– Et c'est une question de quoi ?

– Tu l'as dit toi-même hier soir. Les tombes découvertes sont *excentrées*. Elles font partie du diagramme mais comme exceptions.

– Ce qui signifie ?

– Ce qui signifie qu'il faut chercher ailleurs. Pas à des centaines de kilomètres, évidemment dans la région de Fermont, mais pas là où nous avons excavé les fosses.

– Je crois que votre collègue a raison sur ce point, avait dit Ariane McDowell.

Ça l'avait un peu énervé, ce semblant de complicité, ou d'accord, entre son coéquipier et la fille du SCRC.

– Je maintiens ce que j'ai dit : je me suis planté, mais si les tombes font partie du diagramme, quoique excentrées, elles indiquent aussi sa proximité. Il faut essayer de comprendre ce que les tombes nous disent à ce sujet.

Et ce qu'elles ont à nous révéler, seuls les nombres seront en mesure de nous le traduire, pensa-t-il aussitôt.

Son père et les Waffen SS du rêve de la nuit lui avaient transmis un signal net : la carte n'est pas le territoire. La Ville n'est pas la Polis. Sous Varsovie, il y avait une autre Cité, invisible, secrète, obscure, troglodyte. C'était la seule vraie ville en cet instant, car c'était elle qui était en charge de la défense de la Polis.

C'était identique ici. Il y avait la nature sauvage, il y avait les fosses.

Et il y avait autre chose. Dessous, à côté, voire au-dessus, en oblique. Quelque part.

Au centre.

Les cartes sont doubles, par nature. Elles forment une structure duale qui, d'une part, se superpose au territoire afin que l'on puisse lire ce qui est visible, et d'autre part se réfracte en sa version réversible *sous* le territoire, tel un code qu'il faut déchiffrer, afin de donner à voir ce que l'on ne peut lire.

La nature étant l'extension prothétique de la Polis, il fallait comprendre ce territoire singulier, ce plan du monde, ce fragment de planète localisé vers le 50ᵉ parallèle, par les relations qu'entretenaient les deux hémisphères cartographiques.

Les nombres.

La topologie des profondeurs.

Il y avait un centre.

Il fallait le trouver.

Il y avait un centre invisible.

Cela signifiait qu'il était inscrit quelque part, sur la carte subterranéenne.

En lettres de sang, enluminant un parchemin de chair humaine.

Dans un premier temps, Verlande s'était demandé s'ils pourraient relier ces tombes à des noms inscrits sur leurs listes, à des suspects, à des morts.

Olsen par exemple. Il faisait partie du diagramme, il aurait pu se retrouver dans une des fosses, mais si victimes et bourreaux se retrouvaient dans les mêmes fosses, pourquoi avait-on laissé son cadavre moisir au fond de son garage ?

Les questions dessinaient en creux la configuration de la carte. Les réponses apporteraient les tableaux d'échelle et les repères nécessaires pour éclairer ces abysses et les faire saillir jusqu'au niveau du territoire même.

Ils passèrent deux journées pleines à explorer l'ensemble du terrain environnant. Lui, Voronine, les gars de la SQ du district, quelques policiers municipaux de Fermont dépêchés en renforts, les *cadaver dogs*, les robots fouineurs, Ariane McDowell.

Il essayait de placer le diagramme qui prenait forme dans son esprit sur la géologie qui se déployait autour d'eux. Il faisait déplacer le périmètre vers le nord, l'ouest, l'est, en oblique, en suivant un cercle dont l'arc était indiqué par l'emplacement des tombes découvertes, il usa de la méthode aléatoire et faillit bien passer à la géomancie.

Plus tard, au cours de la seconde journée, il fut placé bien net devant l'étrangeté dont le lieu tout entier semblait le gardien. Ce n'était presque rien. Une impression. Une vision qui avait eu à peine le temps de se former et d'imprimer sa rétine. C'était quoi ce groupe d'ombres qu'il avait aperçu en plusieurs endroits en même temps, l'espace de quelques dixièmes de seconde à chaque fois, à peine plus, comme des apparitions filtrées par une *camera obscura* cachée au cœur du monde ? Ces ombres revêtues d'uniformes militaires camouflage, ces hommes parmi lesquels il avait cru reconnaître son père ? Était-ce un signal postonirique ? Y avait-il un moyen de relier l'expérience européenne de 1945 à ce qui s'était produit ici, aux frontières du Québec et du Labrador ? Cela n'avait été qu'une sorte d'hallucination *signalétique,* finirait-il par se dire, le rêve, c'est-à-dire mon cerveau, cherche juste à m'indiquer quelque chose.

Mais le territoire s'obstinait à rester muet.

Les tombes n'étaient pas excentrées uniquement sur le strict plan spatial, elles se situaient sur un plan marginal de la *narration principale*, elles ne pouvaient rien indiquer d'autre qu'elles-mêmes.

Ils avaient passé des hectares entiers de sous-bois sous tous les types de scanners, les chiens pisteurs avaient patrouillé dans tous les sens, les robots de recherche avaient quadrillé chaque zone.

Partout autour d'eux, s'étendaient les lignes jaune fluo des bandes d'interdiction dont l'utilité dérisoire scintillait sous le soleil printanier pour lui rappeler que se battre contre le réel, c'est se battre contre un secret, et que pour se battre contre un secret, marcher des heures durant dans un paysage de ferrite n'est pas toujours la plus adéquate des solutions.

Ce qu'il faut trouver ici, c'est une forme de pensée.

Ce qu'il faut trouver, c'est une technique particulière.

Ce qu'il faut trouver, seule une carte peut éventuellement l'indiquer.

Car ce qu'il faut trouver, c'est un sens, même *insensé*, ce qu'il faut trouver, c'est une sémantique, même démoniaque, ce qu'il faut trouver, c'est la Parole qui, inévitablement, surgira de la vérité et illuminera sa présence.

Les cartes. Les cartes contre le territoire.

Le diagramme du crime, contre le monde entier, s'il le fallait.

Neuroprogrammation des arsenaux de pointe

Verlande avait noté une modification dans le paysage depuis leur dernière visite chez Ryan Fortin.

Un hangar en composite surpliable, légèrement translucide, abritait désormais l'hydravion. Les affaires semblaient rouler rondement.

Et c'est généralement quand ses affaires tournaient bien que l'ancien *biker* les invitait à écouter ses histoires, à faire le plein d'infos, à remplir leur réservoir de trahisons, potentielles ou avérées. C'est l'octane dont se nourrissent les hommes comme Verlande et Voronine, et Fortin le savait mieux que quiconque, lui qui avait passé la moitié de sa vie en maître du double jeu.

C'était toujours des journées délicieuses.

Des journées qui se terminaient par un nom coché sur une liste, par des nombres, des codes, des plans, des cartes.

– Commençons par le motif officiel de notre visite, si tu veux bien.

– Les assassinats de truands ? Les pédophiles ? Les ex-flics, les *screws* ?

– Oui, tout ce bordel, Ryan.

– J'ai pu réunir quelques informations concordantes, mais on dirait qu'un gros voile de brume entoure tout ça. J'ai plusieurs fils à pêche dans le trou, ce que j'ai remonté jusqu'ici provient de mes contacts avec les anciens Bandidos, donc la mafia italo-canadienne.

– Généralement de bons pourvoyeurs d'informations confidentielles.

– On peut même dire les meilleurs, avec mes amis de New York, il semblerait qu'il y ait en effet une augmentation de la demande en tueurs à gages ces derniers temps, disons depuis deux, trois ans. Il se dit qu'on fait buter d'ex-flicards pourris, des *screws* et aussi des pédophiles.

– Ce que nous savons déjà, Ryan.

– C'est ce que je te disais, Verlande, je ne peux que confirmer tes impressions. Quelqu'un, ou peut-être un gang quelconque, ou un groupe de *vigilantes* armés s'en prend à des types du milieu, ainsi qu'à des pédos. Pourquoi ? Si quelqu'un le sait, il se la boucle. Et vu les niveaux auxquels je suis intervenu, si on continue de se la boucler, c'est qu'on a vraiment intérêt à le faire, tu peux me croire. Mais en fait pratiquement tout le monde s'accorde pour dire qu'il s'agit d'actes plus ou moins isolés, personne n'a envie de refaire les mêmes erreurs que Mom Boucher il y a vingt ans… Moi, je me dis juste que ça *ressemble* justement à la perfection aux crimes qu'on a commis à la fin des années 90.

Verlande enregistra l'information. Amplification notable du nombre de contrats sur la tête d'anciens flics, ou gardiens de prison, et de pédophiles. Imitation en règle des crimes commis par les Hell's Angels deux décennies auparavant. Confirmation : le lien entre tous ces meurtres reste une énigme, ce qui démontre son existence.

– Très bien. Continuons par le motif *officieux* de notre visite, si tu veux bien.

– Le *Mountie* ?

– Oui, Sloane.

– Ne pas oublier son adjoint, Chandrakhi, ils travaillent en duo depuis dix ans. C'est un animal à deux têtes.

– Plus il y a de têtes, mieux notre guillotine se porte. Tu as bien reçu tous nos rapports ? Toutes ces listes de terroristes, d'anciens flics, *screws* ou *bikers*, sans compter les pédophiles ? Tu as pu déceler quelque chose de spécial, hors norme, qui ne cadre pas avec l'ordinaire des opérations criminelles ? Bref, est-ce qu'il existe un quelconque rapport avec les *Mounties* ?

Le sourire de Ryan Fortin est vitrifié par l'herbe hydroponique dont il vient d'allumer un joint pur, finement roulé, façon thaï-stick.

– Il y a beaucoup de choses spéciales au sujet de ce Sloane. Mais le truc essentiel au sujet de vos petits amis, c'est que depuis près de vingt ans leurs trajectoires n'arrêtent pas de se croiser. En prison, surtout. Derville, Corzabal, Scotfield, Lapointe, Blanchard, Olsen, Archambault, Ouellette, et les dénommés Guilbert et Santorio, tous...

– Oui, on sait, c'est en taule qu'ils se sont tous rencontrés, c'est par la taule qu'ils ont établi des projets communs, et par conséquent c'est aussi en taule qu'ils ont signé leur arrêt de mort.

– Tu commets une inexactitude. Certains ont signé leur arrêt de mort. D'autres étaient là pour honorer le contrat.

Verlande fut traversé d'une idée aussi soudaine qu'angoissante. Un bon nombre des types de leur liste avaient travaillé pour les bandes de motards à la fin du siècle dernier, mais ils avaient tous, peu ou prou, échappé aux grandes opérations anti-*bikers* ou anti-mafia des années 2000, Wolverine, bien sûr, puis Éclipse, Carcajou, auxquelles il avait participé durant trois années pleines... Tous ces lascars s'étaient fait arrêter pour des délits annexes, ou postérieurs. La plupart d'entre eux avaient purgé des peines somme toute minimes, eu égard à leur réelle culpabilité.

Eux aussi, visiblement, ils avaient *appris*.

– On t'écoute. Et on enregistre. En crypté, évidemment.

Cela signifiait : les oreilles du Cube sont grandes ouvertes. Mais notre *nanonetwork* est désactivé. Le Cube, c'est nous.

– Très bien, on va commencer par prendre un détour du côté d'un de nos vieux amis.

– Oppenheimer, peut-être, avait suggéré Verlande.

– Oppenheimer n'était ami qu'avec sa bombe, ce en quoi il avait foutrement raison. Non, je vous parle de ce type, Corzabal, que vos flicards montréalais semblaient pister.

Verlande n'avait pas mis Ryan Fortin aux trousses de l'ancien *biker* sans une solide intuition : pour retrouver un ancien motard, rien ne valait un ancien motard.

– On enregistre, Ryan.

– Je l'ai connu au tournant du siècle, puis après le mégaprocès, mais pas plus que ça. On s'est un peu fréquentés en taule, avant qu'on me transfère.

– Tout ça c'est dans nos rapports Ryan, tu as un scoop ?

– Le scoop, mon petit père, c'est que des rumeurs font état d'un ancien motard qui aurait travaillé avec quelques complices pour on ne sait trop quelle organisation criminelle et aurait depuis offert ses services à une cellule secrète d'une agence gouvernementale, ou non gouvernementale, personne ne sait vraiment, bref, tout porte à croire que notre cher Corzabal s'est fait plein de nouveaux amis, et vous allez voir que tout ça forme une grande confrérie, prête à tout pour défendre ses intérêts. J'en saurai plus bientôt.

L'ordinateur mental de Verlande avait d'un seul jet synthétisé l'information. Il y avait un rapport entre Corzabal et Sloane. Un rapport secret, très secret. Un rapport qui pouvait faire mourir des flics en plein milieu de la ville.

– Très bien, essayons de bien tout comprendre de notre *Mountie* préféré.

– Correct. On suit la procédure. Premier point, le *background* : Police militaire canadienne.

– Un militaire ?

– Oui, spécialiste du contre-espionnage, il traquait les militants islamistes infiltrés au sein de l'armée.

– Pourquoi est-il parti pour la GRC ?

– Rien de bien particulier. Pas d'affaires suspectes durant son passage à la Police militaire, il n'a pas été viré, il a attendu la fin de son contrat et a postulé pour la GRC, il a dû comprendre que pour un type comme lui une carrière dans la Police montée serait plus profitable, à tous points de vue.

L'ordinateur mental de Verlande avait aussitôt classé l'information dans un registre spécial. Police militaire. Armée canadienne. Des mots qui coïncidaient avec le plan vectoriel de toute l'affaire, des mots qui permettaient à l'esprit d'entrevoir d'autres connexions, d'autres diagrammes, d'autres possibles, des mots qui créaient aussitôt d'autres vérités.

Des vérités qui explosent comme des bombes sur une autoroute.

Il fallait revenir aux origines. Il fallait revenir à l'époque où il n'était encore qu'un jeune prédateur s'adaptant tout juste à la vie nocturne. Il fallait revenir à l'époque où il était entré dans la police, ou plus exactement, l'époque où la police était entrée en lui.

– Wolverine, Ryan, ça doit te dire quelque chose ?

L'ancien Hell's Angel éclata d'un rire sonore.

– Pour ça… Vous êtes les seuls à avoir eu les couilles pour foutre en l'air toute notre organisation, et Mom derrière les barreaux d'une cellule ! Et moi avec, comme les cent vingt autres, dont le dénommé Derville ! À part ça, cela ne me dit absolument rien, tu t'en doutes.

– Écoute, Ryan, on n'en est pas sûrs, juste notre instinct de flic, j'ai fait partie de l'escouade entre 1998 et 2003, on commence à sérieusement se demander si nos « paramilis » ne seraient pas des anciens Wolverine qui chercheraient à finir le boulot.

– Vingt ans après, comme dirait Alexandre Dumas ? Ça ne tient pas, ton histoire. Si les types de Wolverine sont impliqués là-dedans, ils sont quasiment tous à l'âge de la retraite, et je les vois pas vraiment descendre des *bœufs* juste avant de partir se payer leurs vacances prolongées en Floride.

– Il n'y a pas que le fric. D'anciennes solidarités. Des contrats à tenir. Ils agiraient pour quelqu'un d'autre ?

Cette « troisième » entité dont il sentait la présence impalpable derrière les crimes commis par les deux groupes d'assassins ? Mais n'en était-elle pas que l'ombre projetée ? Deux silhouettes à peine décalées, donnant à la fois l'impression d'unité et de dualité.

Un piège. Un piège de la Cité.

– Des *cops* à deux doigts de la retraite qui risqueraient tout pour une prime de tueur à gages, tu oublies ça, Verlande, on vit encore sous la loi du capitalisme, je te l'ai dit, ça ne tient pas la route, ton affaire.

Verlande sentit dans l'intonation de sa voix que Ryan Fortin avait quelque chose à leur dire, quelque chose de bien plus important que ses spéculations sur l'escouade des années 90.

– Écoutez, les gars… Je crois que je suis en train d'assembler les pièces de votre foutu puzzle. Depuis que vous m'avez branché sur cette affaire de commando, je collectionne les infos. Et je suis un excellent collectionneur.

Verlande avait juste pensé : bonne pioche.

– On t'écoute très attentivement, tu t'en doutes.

– Bon, primo, il y a un bruit qui court, cela vient de certains Hell's Angels qui se sont engagés dans l'armée US ou les Forces canadiennes après leur temps de détention, ils opèrent souvent dans des unités spéciales, j'en fréquente encore quelques-uns, ils sont *clean*. Je ne vous dirai pas leurs noms. Il semblerait qu'il y ait une sorte d'organisation clandestine au sein des forces de sécurité. Elle est transfrontalière, Canada, USA. C'est sans doute la même « cellule secrète » dont on me parle sur un autre canal, et à laquelle Corzabal est probablement mêlé.

Wolverine n'était qu'une vague esquisse, avait pensé Verlande, quelque chose de vraiment énorme est en train de prendre place.

– Ce n'est qu'une rumeur mais on dit qu'ils ont décidé de faire justice eux-mêmes en attendant d'aider l'armée à prendre le pouvoir, sur un plan continental dans les deux pays en même temps.

Verlande corrigea aussitôt, mentalement : ils ne veulent pas faire justice, ils veulent propager le chaos pour que leur ordre devienne nécessaire. Et que l'armée prenne le pouvoir. Mais pour eux. Sur tout le continent.

– Tous les corps policiers ? demanda-t-il.

– On ne sait pas trop, ce n'est qu'une rumeur, les versions diffèrent.

– Très bien, admettons l'existence d'un complot au sein des forces de police et de sécurité du Canada, ça ne fait qu'une seule pièce du puzzle, quel rapport avec ton trafic d'armes ? Des armes, ce n'est pas ce qu'il leur manque.

– Je sais, va falloir que vous vous branchiez à fond sur tous les assassinats politiques commis récemment, comme cet attentat de la Métropolitaine.

Du concret. De quoi contrer Sloane et son équipe de la GRC. Il y avait un lien. Un lien entre toutes ces affaires, ce lien dont il avait toujours deviné l'existence, ce lien, maintenant, il se tenait sous la lampe électrique du Bureau des Sacrifices.

– Pourquoi ?

– Parce que ce trafic d'explosifs qui a mal tourné n'est que la pointe d'un gros iceberg, Verlande. Vous finirez par comprendre qu'ils veulent passer la vitesse supérieure. Comme tu dis, des armes, ils en possèdent, le problème c'est que toutes les factions terroristes aussi, sans compter leurs bombes au radium, comme à Vancouver. D'après ce que je sais, depuis environ trois ans il y a un approvisionnement continu en armements de pointe *classifiés* venus des États-Unis, pour ici, quelque part au Canada, la rumeur prétend que c'est pour les organisateurs du complot, évidemment, or il est plus que probable que le jour venu il n'y aura pas que des militaires et des flics impliqués dans le putsch, mais aussi des organisations civiles.

– Tu veux dire qu'ils veulent armer les *vigilantes* et les groupes nationalistes ? En faire des formations paramilitaires organisées sur tout le territoire ?

– Évidemment, bien plus simple pour le contrôle effectif de la rue et la lutte contre les opposants politiques. Mais l'accident de la 40 nous montre que ça s'en vient de tous bords, et pour absolument tout le monde. Il y a au moins une autre ligne de contrebande très bien organisée d'après ce que je sais.

Verlande avait retenu l'information *capitale*. Comme *capital murder*.

– Tu disais des trafics d'*armes de pointe* ? Et toutes en provenance des USA ?

– J'ai la liste au complet, Verlande, toute la panoplie, tu connais ma passion des catalogues, regarde comme c'est beau : AS-50, XM-110, Chey-Tac, SR-25 – le « best of » des *snipers* –, le lance-grenades portatif « six-packs », le M249 SAW, le Criss, le lance-roquettes e-SMAW – haute destruction, grande portabilité –, le HK416 ou le G11, le FN-2000 et le P-90, le Sig-Sauer 552, le M468/Rec7, le Tavor et le CornerShot israéliens, le Grendel 6.5 mm, le Robinson XCR modèle M6A2 chambré en 6,8 mm à haute vélocité, les Steyr-Aug « bullpup » derniers modèles à canons interchangeables – tout pour une puissance de feu optimale et une excellente manœuvrabilité en *urban warfare* – ils disposent aussi du XM-307, lanceur de miniroquettes automatique, 400 coups-minute, convertible en mitrailleuse 12.7 mm, le WAVE à senseurs optiques, bref tout le matériel avancé des Forces spéciales, jusqu'aux armes à impulsion électromagnétique, *Metal Storm* et autres, j'adore les noms qu'ils donnent à leurs engins de mort ! On dirait de vieux titres de *Heavy Metal*…

– C'est parce que le rock'n'roll est une arme de guerre, tu ne le savais pas ? Bon, maintenant, les détails où gît le Diable : configuration exacte de la marchandise. Je veux dire sur le plan qui nous intéresse en tant que flics : le plan *criminel*.

– Toutes les armes sont *clean*, Verlande, aucun fichier balistique dans aucune force de police. Pour identifier leurs munitions il faut remonter à des bases militaires, donc au secret-défense, voire à l'usine elle-même, elles sortent parfois tout droit de la chaîne de production. *Highway to Hell, man*…

Verlande s'était une nouvelle fois fait la remarque que les analogies entre l'ex-Hell's Angel et lui-même ne tenaient pas de la simple connivence, mais d'un processus bien plus dangereux, comme le rapprochement des deux parties de la masse critique.

Cette manie perfectionniste dans la nomenclature technique, cette mémorisation immédiate de l'identité particulière de tout objet manufacturé, sa capacité instinctive à la contextualiser selon l'angle de vue le plus approprié, la fascination pour l'esthétique naturelle de l'objet mécanique manufacturé, cette reconnaissance intuitive du rapport *musique électrique/bande-son de la Polis*, cette évidente complicité avec le monde des machines, le monde des machines à tuer, tout particulièrement. Ryan Fortin ne possédait pas de listes, il était possédé par elles. Il est comme moi, se disait Verlande, seuls les nombres ont désormais pour lui une existence réelle.

Et comme d'habitude, Ryan Fortin venait de leur livrer une information capitale en ayant l'air de fournir le mode d'emploi d'un tournevis électrique.

Un seul mot peut suffire.

– *Électromagnétique*, tu es sûr ?

– Qu'est-ce qui pourrait m'empêcher d'en être sûr, hein, dis-moi ?

– Nous avons un attentat sur notre liste, plusieurs hommes, des musulmans activistes, le rapport légiste pointe assez précisément dans cette direction, pourquoi tant de sophistication pour bousiller une petite demi-douzaine de barbus ? C'est le marteau-pilon qui sert à tuer une mouche.

– Il n'y a rien de mieux qu'un marteau-pilon pour tuer une mouche, ou *une couple de chevaux*, comme leur *metal-storm* dont je t'ai parlé tout à l'heure, capable d'envoyer un million de coups à la minute avec tous ses tubes automatisés à propulsion électrique, sans parler des bio-armements à impact neurologique, tous bien testés-et-approuvés en Irak et en Afghanistan, et ailleurs, tous parfaitement létaux. Vous ne pouvez imaginer ce que ces guerres auront permis comme progrès dans le domaine des machines à tuer des gens. Beaucoup de gens. Très vite. Très précisément. Définitivement. Les techniques progressent, se complexifient, mais uniquement pour rendre plus simple la manière de tuer, on dirait.

– C'est la définition même du progrès, Ryan. Tu as des infos précises au sujet de l'organisation qui s'en charge ?

– C'est cette filière américano-canadienne qui approvisionne vos tueurs de flics avec les armes classifiées US Army, des flics qui ne voulaient pas marcher dans la combine, je suppose. Ma théorie est que Corzabal et sans doute quelques anciens Angels s'occupent du passage transfrontalier, les autres organisent le départ et l'arrivée.

– Les autres ? Tu parles de ce groupe secret au sein des forces canadiennes et américaines ? demanda Voronine.

– Oui. C'est organisé méthode militaire. Ce sont donc des militaires, et des flics. Certitude : 100 %.

– Très bien, tu faisais allusion à cette autre ligne d'approvisionnement ? reprit Verlande.

– Elle arrive parfois d'Europe de l'Est, de Russie et d'Amérique centrale, mais surtout des pays arabes, ou de n'importe où en Afrique et autour de la Méditerranée, tu y achètes un AK-47 pour le prix d'une bouteille de Pepsi, il s'agit d'armes classiques, fusils d'assaut, pistolets-mitrailleurs, RPG 7 ou RPG 9, Skorpios, Krinkov, Kalachnikov, évidemment, plus tout un tas d'explosifs divers, en quantité, mais aussi, plus rarement, du bactériologique, du chimique, du radioactif, ou de quoi les confectionner, cette filière-là approvisionne les radicaux islamistes, sunnites ou chiites, leurs alliés gauchistes comme le Front de libération nationale du Québec, les Cellules sociales révolutionnaires, les Forces armées révolutionnaires canadiennes, le groupe « Red Dawn », la Brigade Bakounine, les unités de guérilleros du Mouvement de l'action sociale populaire, cela dépend de la source, mais aussi d'autres formations d'activistes, les néo-fascistes de la milice de l'Union des forces canadiennes, l'Armée des combattants chrétiens, le groupe Unité-Solidarité nord-américaine, les paramilitaires boréalistes du Yukon, les Noyaux armés nationalistes, les Canadian Freedom Fighters, les néo-suprématistes de la Christus Rex Division, quoique ces factions-là soient plutôt approvisionnées par nos amis du sud de la frontière. J'ai la liste complète, là encore. Bien sûr, je ne parle pas des trafics d'armes « traditionnels », de droit commun, comme ceux des cartels colombiens, du MS13, ou de la Mala Noche. Là, c'est clairement politique.

Verlande ferma les yeux un instant. Quand un ancien Hell's Angel disait que c'était *politique*, on pouvait le croire sur parole. Les gangsters sont les mieux placés pour en connaître la véritable configuration, cachée, obscure, plus secrète que tous les « secrets » qui paraissent dans la presse. Tout ça, cette sorte de microconflit multiplex sans territoire stable, cet affrontement se déroulant dans les ténèbres de l'infrapolitique, dans les souterrains invisibles de la Polis, tout ça n'était que la conséquence logique, et logistique, de la guerre universelle qui venait de commencer. Des masses nomades d'êtres humains transitaient de par le monde. Des masses équivalentes d'armes, de stupéfiants, de putains les suivraient, où qu'ils aillent. Ce n'était plus du « droit commun », en effet, mais était-ce encore du « terrorisme », sinon à considérer l'humanité dans son intégralité comme l'instrument et la victime de cette terreur générale ?

Ce qui après tout n'était pas complètement absurde.

Verlande. Tête-machine en action. Il existe des zones d'ombre, dans l'ombre.

– Je ne m'explique pas un truc. Leurs armements sont si sophistiqués que tout le monde peut deviner d'où ils viennent... Par exemple, lors de l'émeute du 8 mai, ils ont organisé une petite fusillade avec du .408 Chey-Tac, les flics ont retrouvé les balles dans le corps de plusieurs types. C'est une signature. Ça les distingue du militant islamiste de base auquel ils veulent faire porter le chapeau.

– Pas exactement, Verlande, pas exactement. C'est plus subtil. Ils jouent sur les deux tableaux : d'une part, ils constituent et testent leur arsenal, en conditions réelles. D'autre part, certains types d'armes sont également acheminés par la filière d'Europe du Sud et d'Afrique, ils parviennent ainsi à mêler leur piste avec la seconde ligne d'approvisionnement, ils revendent aussi une petite partie, bien choisie, de leur arsenal, à diverses factions, selon leur tactique du moment, et ainsi ils font croire que plusieurs réseaux clandestins sont en mesure de faire passer des stocks d'armes des USA jusqu'au Canada, et réciproquement. Ce qui noie leur propre trafic dans un flux indiscernable. Et ce qui aura pour conséquence d'augmenter l'insécurité générale, donc leurs chances.

– Ils sont réguliers, ces transferts ?

– C'est là que ça devient intéressant, du côté américano-canadien ça m'a tout l'air d'être réglé comme un microprocesseur. Un vrai travail de bureaucrate du FBI. Tout est planifié à la seconde près, au mètre près, on dirait qu'ils font ça avec un satellite GPS greffé dans le cerveau. Les autres, c'est plus chaotique, il y a cette filière euro-africaine, tenue par je ne sais trop quelle mafia ou mouvement politique, ou les deux, mais il y a de nombreux expéditeurs, et autant de destinataires différents.

Les deux machines ne fonctionnaient pas avec les mêmes processus, mais comme deux unités de production radicalement différentes, basées sur des technologies et des méthodes d'organisation qui n'avaient strictement rien à voir.

La première semblait « traditionnelle », sauf qu'elle se mettait au service de tout le monde et de n'importe qui, moyennant paiement comptant. Elle formait l'aboutissement du mode de production capital-mafieux, capable de renverser des régimes un peu partout dans le monde, pour des diamants, des émeraudes, du pétrole, des armes. Elle avait imposé son monopole dans l'import-export entre les deux continents, elle agissait comme un consortium d'intérêts privés, financiers, commerciaux, elle appartenait encore à la logique du monde.

La seconde opérait sur le même « marché », trafic d'armes, sous la forme d'arsenaux de pointe, mais à une échelle plus importante, c'est elle qui usait directement pour son compte de ces stocks de technologies destinées à donner la mort. C'est elle qui contrôlait le transfert, le recel et la distribution des cargaisons d'armes en provenance des États-Unis, voire des Forces canadiennes elles-mêmes, et c'est elle qui s'en servait au cœur des tueries organisées par les divers clients de la première filière. Afin d'éliminer leurs ennemis, réels ou potentiels, tout en amplifiant la tension criminogène entre les parties et de faire vaciller la société et l'État sur leurs bases, avant de proposer ses services pour réinstaurer *the law and order*.

Ce n'était plus vraiment de ce monde. C'était beau et parfait comme une horloge atomique.

Oui, et c'est pour cette raison qu'il y a une faiblesse dans leur dispositif, se dit Verlande, ils sont trop sûrs d'eux, *ils s'appuient sur la technologie alors que l'on se doit de l'appuyer*, ils se sont installés dans une routine, il est probable que leur vigilance se soit émoussée, avec le temps. C'était ce qui était arrivé aux transporteurs d'explosifs de la 40 Ouest, eux aussi avaient dû se croire les plus forts et les plus malins, alors qu'ils n'étaient que des forts et des malins parmi tant d'autres. Il se pourrait bien que les membres et les complices du commando paramili connaissent un jour le même sort.

Verlande se dirait plus tard : mon cerveau fabrique les situations dont il a besoin, et il les intègre dans son diagramme.

Car au moment où il reformulait le plan de cette guerre dans sa tête-machine, Fortin leur fit comprendre pourquoi il y avait les motifs officiels, les motifs officieux, et les motifs qui n'existent pas.

Et ce fut comme si le monde était venu s'installer dans sa boîte crânienne. Tout allait tenir ensemble, dans la cohérence absolue des lois physiques, parce que enfin ils allaient passer à l'action. L'action souterraine. Comme la « guerre des rats » qu'avait connue son paternel à Varsovie.

L'unique différence résidait dans le fait que la guerre ne servait plus à vendre des armes. C'était les armes qui servaient à vendre la guerre.

– Il y a un transfert en provenance des États. Après-demain. Provenance : sud-ouest, Nevada, Utah, Arizona, Nouveau-

Mexique, Colorado, ça on ne le sait jamais avec précision, c'est juste un code. Les transferts sont toujours autorisés au dernier moment, vingt-quatre heures à l'avance grand maximum pour déjouer les éventuels espions. Mais je sais où, au numéro de porte près. Je sais quand, à la minute près.

Verlande s'était fait la remarque que Fortin avait vraiment dépensé beaucoup d'énergie, et sans doute pas mal de fric, pour parvenir à de tels résultats en aussi peu de temps. Il avait tiré sur toutes ses ficelles, il avait appuyé sur tous les boutons, il avait fait mieux en deux semaines qu'ils n'avaient pu accomplir en deux mois. Il avait un intérêt dans l'affaire, quel qu'il soit.

– D'après nos rapports météo, après-demain les cyclones atlantiques auront atteint les côtes du Canada, les conditions ne seront pas optimales, je parle de visibilité, d'interférences électromagnétiques, de conduite rapide sur chaussée détrempée.

– Au contraire. Toutes les unités de sécurité seront en alerte, y compris au Québec, on se tapera très vite les avant-gardes de la tempête, les orages…

– C'est ce que je disais…

– C'est ce que je disais moi aussi : le manque de visibilité, pour vous c'est un plus. La chaussée glissante rendra à la fois le camion plus instable et la tâche de vos confrères un peu plus difficile. Les coupures de communication ? Un parfait alibi pour leurrer votre direction si jamais ils vous posent des questions trop précises sur l'organisation de vos forces au moment de l'intervention. Les cyclones boréaux sont une bénédiction pour les hommes comme vous, dans des conditions comme celles-là.

Verlande ressentait une impression étrange. Cette « bénédiction » pour les hommes comme eux représentait de fait le pire des désastres pour tous les autres. Ils allaient franchir la ligne rouge. Ils allaient se servir d'une opération de police pour camoufler un acte parfaitement illégal.

Cette « troisième force », qu'il devinait comme l'ombre portée des deux entités criminelles, cette troisième force qu'il sentait s'agiter au confluent des deux autres, il venait de comprendre ce que c'était.

C'était eux-mêmes.

Lui et Voronine, et peut-être le Cube en tant que tel.

C'était eux qui se situaient au nexus.

C'était eux qui pensaient le crime que d'autres commettaient.

C'était eux qui militarisaient la pensée, qui la « criminalisaient », parce que en face c'est le crime qui devenait la forme même de la pensée, et la guerre, la pensée de toute forme.

– Quel est le contenu exact du « transfert » ? On doit le savoir pour bien préparer l'intervention.

Ryan Fortin ouvrit son large sourire d'animal civilisé.

– Tu te souviens de la liste que je vous ai fournie tout à l'heure ? Eh bien, c'est la liste standard d'à peu près tous les transferts à ce jour. Ils privilégient la qualité et la suprématie individuelle aux grandes quantités et aux foules. Ils ont une stratégie. Ils veulent frapper vite, fort, et très précisément. Ils ne veulent pas d'une guerre civile à grande échelle. Ils prendront le contrôle des points stratégiques, tueront tous les chefs du camp ennemi, je devrais dire *des camps ennemis*, et tous ceux qui s'opposeront à leur plan, puis ils établiront leur État nord-américain unifié.

Des militaires, s'était dit Verlande avec la force éruptive de l'instinct chauffé à blanc, la connaissance des militaires et des flicards d'élite, cela ne pouvait plus faire le moindre doute. Ce n'était pas « un commando paramilitaire », ni même un groupuscule incrusté dans l'appareil de sécurité et de renseignement, c'était une méta-organisation transnationale, aux hommes rompus à toutes les techniques d'espionnage, de contre-guérilla, d'intoxication, manipulation, trahisons, assassinats, dont les cellules autonomes fonctionnaient comme celles des terroristes qu'ils combattaient, reliées par des liens fluctuants, des flux, des *links*, aussi fantomatiques et pleins de danger que ceux qui connectent les grandes places boursières du globe, une sorte d'antimonde souterrain qui étendait ses pseudopodes jusqu'à des groupes d'intérêts particuliers très discrets, et parvenait à se ramifier jusqu'aux plus hauts arcanes des puissances politiques en lice, ils pouvaient corrompre n'importe qui, du premier douanier venu jusqu'au gouverneur d'un État américain limitrophe, ou un membre éminent du Parlement d'Ottawa.

– Comment sera organisé le transport ?

– En convoi, évidemment, le véhicule principal et une escorte, deux SUV, un devant, l'autre derrière.

– Et le véhicule de transfert, à quoi il ressemblera ?

Le grand rire clair du vieux Hell's Angel, aussi clair qu'une détonation en pleine nature.

– Il ressemblera à tout ce dont un douanier ne veut s'approcher pour rien au monde.

– Des touristes français en liberté ?

– Non, Verlande, pire encore. Un GM TopKick 8500 flambant neuf, remorque UniCell carénée avec grand empattement et toit surélevé, plus de vingt tonnes de fret.

– Rien que du très banal, pour l'instant, tu l'admettras. Ce n'est pas avec vingt tonnes de matériel, même de pointe, qu'ils pourraient renverser le gouvernement du Lichtenstein.

– Détrompe-toi, leurs transports sont souvent encore plus discrets. C'est leur tactique, de multiples transferts tout le long de la frontière, jamais de grosses quantités, jamais les mêmes dates, jamais les mêmes intervalles, jamais les mêmes hommes, et toujours la même méthode. Véhicule blanc hôpital, avec l'emblème « Biohazard » et des documents indiquant le transport d'une cargaison de matériel virologique ou bactériologique. Le tout avec les tampons officiels de l'hôpital de Bethesda, Maryland, pour ce coup-ci. Tous les transferts ont lieu ainsi, avec des véhicules agréés et des documents authentiques. Le matériel virologique, ou microbiologique, ne peut être soumis à des rayons X ou à des impulsions magnétiques sans être détérioré voire détruit, le véhicule est donc doté d'un authentique laissez-passer des douanes américaines l'autorisant à franchir la frontière sans se taper les scanners. Et comme je vous le disais, aucun douanier sain d'esprit ne va aller mettre son nez dans un nid de microbes ou de virus, parfois ils utilisent le matériel radioactif comme leurre, ça marche bien aussi.

– La remorque… blindée ? Encagement anti-explosif ? Un système d'accès secret ?

– Rien de tout ça. Une simple serrure magnétique. J'ai une copie de la carte avec le code, mais vous ne vous en servirez pas, ou disons : uniquement en cas d'échec de la première tentative.

– Ah ? C'est pourtant le moyen le plus sûr d'ouvrir ce type de porte.

– On vous posera des questions embarrassantes sur l'origine de la carte, il vaut donc mieux s'assurer de la parfaite réussite du plan A.

– Plan A ? J'imagine le pire, j'ai raison ?

– Oui. Méthode Renseignement de la SQ, vous pulvériserez la serrure magnétique avec une ou deux microgrenades à explosion dirigée, vous en êtes dotés. Vous commotionnerez le gardien et peut-être les deux conducteurs, vous briserez quelques vitres, le système de verrouillage arrière sera un simple souvenir, la porte sera un peu abîmée, mais la cargaison restera intacte.

– Parfait, avait dit Voronine, crois-moi on aura un putain de mandat *code rouge*, avec certificats de sécurité, c'est une saloperie d'acte terroriste.

– Oui, vous aurez un mandat antiterroriste. Et vous allez tomber sur du matériel *high-tech*. Mais il va falloir que l'on passe un accord. C'est un transfert spécial.

On y est, avait pensé Verlande, *voilà son intérêt dans l'affaire.*

Fortin les observait très calmement, des situations comme celle-là, l'ancien *biker* en avait connu un certain nombre au long de sa vie, mais en ce jour il savait que cela ne se terminerait pas par une balle logée dans une tête ou dans une autre, dont la sienne. Verlande, lui, avait toujours deviné que ce moment viendrait, il s'y était préparé durant des années, Fortin le savait et il savait aussi que le flic de la SQ intégrerait cette donnée avec les autres dans cet ordinateur qui lui faisait office de cerveau.

C'était juste maintenant. Et personne ne pouvait rien y faire.

Verlande avait laissé son regard balayer le paysage encadré par la vaste baie vitrée. C'était l'heure des accords, des contrats, des *deals*. C'était l'heure des espions. C'était l'heure des trahisons mises au service de la Loi, c'était l'heure des guerres invisibles, l'heure des actions nocturnes, même celles, *surtout* celles menées en plein jour.

C'était l'heure que la mort préfère.

– Il y aura deux valises spéciales. Très spéciales. L'une d'elles est une petite boîte à clé surcodée, de couleur gris métallisé, d'après ce que je sais elle contient les nanocomposants et les logiciels opératifs d'un ordinateur de poche militaire dernière génération spécialisé dans le décryptage et l'intrusion furtive.

– Joli joujou, d'après le descriptif. Tu travailles pour leur département publicité ?

– Mieux encore, je travaille pour mon compte, mais en fait je m'en *câlisse*, je n'ai pas les connexions, je sais que vous vous les avez, prenez-la, c'est un placement d'au moins un quart de million de dollars, d'après moi. US évidemment. Peut-être même le double… Peut-être plus.

Si Fortin faisait l'impasse sur une telle somme, ce n'était pas seulement parce qu'« il n'avait pas les connexions », car on trouve toujours quelqu'un avec une connexion pour deux cent cinquante mille dollars. Cela donnait une idée de la valeur de l'autre valise. Cela signifiait qu'il s'agissait d'une opération à très haut risque, et que Fortin n'entendait pas les prendre seuls.

– Et toi ? Car j'imagine que tu ne te lances pas dans une opération humanitaire ?

– Je suis un philanthrope, Verlande, j'aime les hommes quand ils sont loin et qu'ils ne risquent rien de moi. Il y a une autre mallette. Différente. Une micromallette à mémoire de forme, de couleur noire, elle sera planquée en forme surpliée à l'arrière du camion, dans un compartiment caché dans le double battant arrière. C'est elle que je veux. C'est pour cette raison que vous ne ferez exploser que le système de verrouillage, les cachettes sont excentrées mais je ne veux prendre aucun risque.

– Donc notre salaire, si je te suis, c'est la première valise ?

– Oui, vous devrez les subtiliser *pendant* l'opération, avant qu'elles n'aient été vues par vos collègues, ce sont de petits objets, ce sera jouable, placez vos hommes de façon à rester une petite minute complètement isolés à l'arrière du camion, débrouillez-vous pour qu'ils soient occupés à effectuer les arrestations, prenez les micromallettes sur vous, personne ne songera à vous fouiller ou à vous scanner, tout le monde n'aura d'yeux que pour les tonnes d'armes ultramodernes et leurs munitions… puis fourguez au plus vite la valise grise, et je vous dirai quand me rapporter l'autre.

Verlande avait jeté un coup d'œil vers son acolyte, ils avaient échangé un rapide regard. S'il fallait mettre un pied dans la zone rouge située au-delà de la Loi pour sauver l'ordre qui maintient la Justice, aucun des deux ne faillirait. Verlande savait que ce n'était ni une question de courage, ni d'instinct suicidaire, ni même de sens du sacrifice.

C'était juste une évidence. Une évidence imprimée dans leurs systèmes nerveux comme le programme de fertilisation des abeilles cyborgs du dôme hydroponique, là où la nature renaturée se mettait délibérément hors la loi.

Forward to the past

Le pare-brise craquelé par les chocs de la chair, écran cinémascope ayant mémorisé la mort dans sa structure de plexiglas, l'autoroute nocturne comme une ligne droite tracée net entre deux points de l'espace-temps, la nuit et la lumière électrique, deux éléments qui ne font qu'un sur le territoire de la Polis. Entre Ryan Fortin et eux, il n'existe pas qu'une distance spatiale, ni même un différentiel ontologique, Ryan Fortin appartient à une autre époque, celle du tournant du siècle, celle de la guerre des motards, celle des mégaprocès, celle des trahisons et des doubles jeux, celle des informateurs, des indics, des tueurs, et des tués.

Mais dans le même temps il appartient aussi à l'époque qui s'en vient, celle qui bientôt va avaler le monde au complet, il se situe aux deux extrémités en même temps, il est une tension qui s'exerce entre deux mondes, et eux, les Anges de la Boîte Noire, ils circulent sur cette ligne invisible qui les relie en secret, tout comme Verlande est à jamais joint à son père, aux deux terminaisons de la guerre qui ne s'est jamais arrêtée.

Et la preuve, c'est que cette guerre, désormais non seulement il la vit, comme si c'était la sienne, dans des rêves en provenance directe de l'expérience paternelle, mais plus encore, *il la voit*, il perçoit désormais sa présence réelle au cœur du simulacre qui se fait appeler réalité.

Elle est là.

Elle est là, aux abords de l'autoroute qui définit cette ligne à travers le siècle, elle est là, parce qu'ils sont là.

Ils sont là, les hommes de la Nuit SS.

Ils sont tous là, les hommes de l'unité commandée par son père.

Ils sont vraiment là, vaguement éclairés par la brume lumineuse spectrale qui tombe des projecteurs.

Ils sont donc là, avec la guerre qu'ils portent, comme une ténèbre invertie susceptible d'éclairer les fausses « lumières » de la société qui s'est édifiée sur elle.

Elle est là, cette guerre, non seulement elle ne s'est jamais arrêtée, mais il est douteux qu'elle le fasse un jour.

Le message digital du *network centric biogram* apparut dans le coin supérieur droit de son champ de vision. Tous les codes d'alerte météo étaient passés au rouge, le premier des cyclones boréaux venait de frapper l'île du Prince-Édouard et fonçait sur la Nouvelle-Écosse, les autres suivaient à environ quarante-huit heures d'intervalle chacun, bien rangés sur le planisphère, bien en ordre pour l'assaut des vents et des flots sur la terre où les hommes survivent.

Le digital aime imiter le réel, mais il arrive que le réel se surprenne à établir une copie *plus vraie que nature*, plus digitale encore que les nombres et les codes.

La pluie tomba sur eux comme un paquet liquide brutalement délivré du ciel. Il n'y eut aucun avertissement. Pas même un coup de tonnerre. C'était l'extrémité d'un bras du cyclone qui crevait sur le Québec, dans vingt-quatre heures l'œil du monstre traverserait le Saint-Laurent.

La voûte céleste n'était plus parée du bleu flic de la Polis, elle était revêtue de l'uniforme de la Nuit SS, la nuit électrique de la vision vampire, la nuit des longs éclairs.

Derrière le filtre frémissant de la pluie sur les vitres, Verlande continuait de les voir, éparpillés sur des hectares, de part et d'autre de l'autoroute, avançant en voltigeurs, l'arme braquée en avant, en direction de l'Occident.

Montréal ? Berlin ? Cela revêtait-il la moindre importance ? L'Occident restait l'Occident, la guerre qui ne s'était jamais arrêtée n'avait fait que translater son méridien de Greenwich, la ligne du changement de date avait glissé, l'ordonnancement des heures aussi, mais elle avait conservé sa caractéristique fondamentale, qui était justement sa configuration planétaire, circumterrestre, *cosmopolitique*.

Il distinguait plusieurs centaines d'hommes, ce qui restait du bataillon de son paternel, qu'il ne cessait d'apercevoir, en tout point de l'espace et du temps au milieu des autres soldats, au milieu des friches postindustrielles et des *rust cities*, au milieu des stations-service désaffectées et des îlots de forêt qui reprenaient racine dans les failles du béton, au travers des espaces urbains désolés.

Ils étaient tous là. Il les reconnaissait, parce qu'il avait partagé ce moment avec eux, à travers la mémoire de son père, à travers toutes les narrations qu'il en avait faites.

Il comprit, stupéfait, que le rêve de la nuit précédente ne formait pas un événement isolé.

Il avait servi de modèle à un processus qui désormais s'activait dans le réel, le rêve avait servi de simulateur. Il avait simulé cette interaction du présent, du futur et du passé, il avait permis à son cerveau de s'habituer à la collision des mondes, il avait permis à son esprit de se préparer à leur disjonction synthétique, dans un univers métastable qui connecterait le début de cette guerre à sa fin qui ne s'arrêtait jamais.

Il avait permis à son corps de voyager avec les morts et les survivants de cette longue nuit, dans laquelle tous, en fin de compte, subirent le même sort.

Leur pensée avait beau calculer sans cesse leur survie, la mystérieuse équation du sacrifice semblait avoir été conçue pour eux.

C'était une nuit très froide de la fin février, Voerlandt n'aurait su dire la date avec exactitude, depuis les débâcles successives de Budapest et de Tchécoslovaquie le temps s'était évanoui du monde, nuits, jours, heures, minutes avaient tout bonnement disparu de la réalité, c'est-à-dire de leurs préoccupations d'hommes calculant leur survie sans la moindre interruption, sans la moindre coupure. Un flux, un flux chimique à l'intérieur du corps et de l'esprit. Un flux qui ne s'arrête jamais, un flux aussi rectiligne que cette grande route bordée de peupliers qui dessine une ligne anthracite dans la blancheur virginale de la neige.

C'est l'hiver, les Russes ont atteint l'Oder sans coup férir, ils les talonnent dans les vastes plaines noires de l'Europe orientale. Quand ils décideront de franchir la rivière-frontière, rien ne pourra les arrêter, alors, lui et les autres comme lui, ils sombreront tous, ils sombreront tous avec le IIIe Reich, ils sombreront tous avec ce qui reste de l'Europe. On ne trouvera plus qu'un cadavre, raidi dans la neige, le cadavre congelé de toute une civilisation, dont il se demande même si on pourra la redécouvrir un jour.

Les trois fronts d'armées principaux coalisés pour leur destruction. Celui de Joukov, celui de Rokossovsky, celui de Konev, on disait que Staline les avait mis en compétition pour savoir qui aurait l'honneur de prendre Berlin le premier.

La capitale d'Adolf Hitler.

Ils détruiraient absolument tout sur leur passage pour y parvenir.

Une pluie glaciale, verglaçante, accompagnée de lentes giboulées de neige à demi fondue, rayait l'univers et s'infiltrait partout, sous les uniformes, dans les bottes, sous la terre, transformant les étendues de glèbe noire en vastes flaques de boue gelée, aussi dures que du permafrost, plus cristallines que du quartz.

Les débris hétéroclites des survivants de la division Wiking avaient fini par se reconstituer en petites unités éparses et mobiles, au milieu de la division Nordland qui regroupait ses forces avec un seul objectif: rejoindre Berlin au plus vite, élever la dernière ligne de défense du Reich, et mourir pour lui. Elles avançaient à bon rythme sur la terre noire et blanche, neige et boue, gel et pierraille, bichromie glaciale faite de deux variations de la même valeur fondamentale. Ici, lumière et ténèbres étaient contiguës, elles ne formaient qu'une seule entité.

Là-bas, loin vers le nord, Voerlandt et les hommes de sa compagnie aperçurent la lumière caractéristique d'un violent incendie. Ils n'avaient pas entendu de lourdes canonnades, il s'agissait peut-être d'une unité soviétique de reconnaissance armée qui avait détruit une position retranchée allemande en l'espace de quelques minutes. Un test.

Cela voulait dire que l'offensive russe était déjà prête sur les plans d'état-major, ils attendraient sans doute le début du dégel printanier, puis ils passeraient en force la frontière polonaise, ils traverseraient le fleuve, ils inonderaient toute l'Allemagne du Nord de la plus grande armada terrestre jamais constituée lors de cette guerre. Même *Barbarossa* ne faisait pas le poids en comparaison.

La route était noire dans la nuit, la neige était blanc-bleu cristal dans le viseur de leurs lunettes Vampyr. La route était une voie de pénétration directe depuis la frontière polonaise. Si des unités de reconnaissance soviétiques étaient parvenues à peu près à leur niveau, à quelques kilomètres au nord, par une voie secondaire ou de simples pistes forestières, ils considéreraient sûrement cette grande voie rectiligne comme un accès privilégié au cœur des forces nazies en déroute.

C'est-à-dire eux.

Il fallait donc équilibrer les risques, calculer le monde au micron et à la milliseconde près. Se tenir assez éloignés de la route pour éviter toute mauvaise surprise. Rester groupés par petites unités, avancer camouflés, trouver l'équation parfaite entre célérité et discrétion, distribuer les formations d'avant-garde en voltigeurs pour étirer au maximum le champ de vision et le contrôle opérationnel du terrain, rester compacts à l'arrière pour assurer illico des positions d'appui feu et de protection.

Il ne faut pas non plus trop s'éloigner de la route, elle doit rester en vue, *car il faut voir pour savoir*. Il faut pouvoir la surveiller, contrôler ce qui s'y passe, *prévoir* l'arrivée éventuelle d'une unité soviétique.

Il faut voir pour savoir. Il possédait la lumière qui permettait de voir dans la nuit en restant elle-même invisible. Et c'est précisément parce que cette lumière était invisible qu'elle pouvait voir ce qui était invisible. Qu'elle pouvait traverser les ténèbres en restant dans les ténèbres.

Il n'allait pas tarder à voir au plus profond de la nuit pour savoir *absolument tout sur cette guerre, tout, c'est-à-dire son secret.*

Lui et sa petite compagnie de survivants se trouvaient les plus proches de la route, sur son côté nord, à droite selon leur direction. Comme toutes les unités de son bataillon de choc, elle était composée principalement d'un groupe spécialisé pour le combat de nuit, une petite escouade de huit *Nachtjagers* divisés en quatre binômes, dont le sien, tous armés de *Sturmgewehr* MP44, de Mauser M98 ou de fusils de chasse à longue portée pourvus de la lunette infrarouge Vampyr, soutenus par un demi-peloton de *Sturmtroopen* et de mitrailleurs munis de MG42. Leur mission était de détecter au plus vite, et de supprimer tout aussi vite, dès la première apparition, tout danger provenant de la route, quelles qu'en soient son origine et sa direction. Ils servaient d'avant-garde à une soixantaine de *Panzergrenadiers* formés à la dure au combat antichars. Les Russes étaient amateurs des grands mouvements de tenaille, il était tout à fait plausible que des unités soviétiques surgissent en face d'eux, comme depuis Berlin, leur destination !

Selon l'usage en vigueur dans toutes les unités de *snipers* SS, Voerlandt œuvrait soit en solitaire, soit en binôme avec un *marksman*, un *spotter*, qui aide le tireur à trouver sa cible, se positionne pour un éventuel second tir d'efficacité, s'occupe des menaces à courte distance et surveille l'ensemble de la zone d'opérations. Le *marksman* n'était pas qu'un observateur passif, les SS avaient très vite compris qu'il se devait aussi de tuer.

Depuis la mort de Spitzner dans les souterrains de Varsovie, Voerlandt faisait équipe avec un autre Alsacien, Christian Metzger, né pratiquement le même jour que lui, et qui faisait partie de son bataillon depuis le tout début. Voerlandt partageait la tâche du commandement opérationnel de cette compagnie de fortune avec l'Obersturmführer Philippe de Neubourg, un autre Alsacien qu'il connaissait depuis son incorporation et un des rares officiers subalternes de la *Sturmbrigade* à avoir survécu à tout cela. De Neubourg dirigeait le gros des troupes, soit le groupe de Panzergrenadiers, Voerlandt en tant que sous-lieutenant, Untersturmführer, s'occupait de l'unité de reconnaissance, dont les *Nachtjagers* néerlandais.

Vampyrs en action, braqués droits devant eux, projetant la lumière invisible qui rendait la nuit visible. Périodiquement, Metzger faisait un demi-tour sur lui-même sans ralentir sa marche et dirigeait le faisceau infrarouge vers leurs arrières. L'ennemi pouvait surgir de partout, il arrivait encore que des avions rescapés de la défunte Luftwaffe tentent quelques sorties pour contrer, sans le moindre espoir, les armadas volantes portant l'étoile rouge qui foraient leurs cratères dans les villes du Reich, labouraient de leurs bombes la terre allemande, sans discontinuer, de jour comme de nuit.

D'après ses calculs, d'après son cerveau de mammifère nocturne, ils avaient accompli un peu moins de la moitié du chemin entre l'Oder et Berlin. Fin 1944, juste avant Budapest, ils avaient donné du fil à retordre aux unités d'avant-garde soviétiques, en tenant les berges orientales du fleuve avec la Nordland le plus longtemps possible et en empêchant coûte que coûte les Russes d'établir la moindre tête de pont sur l'autre rive, en préparation de leur grande offensive de printemps. Puis ils avaient été balayés de la Tchécoslovaquie occidentale.

Il ne restait au Reich que Berlin, Berlin pour laquelle ils allaient tous mourir.

Ou pire encore, y survivre.

Le son provint de l'ouest, devant eux. Au-delà de la portée de leurs lunettes Vampyr. Voerlandt leva le poing pour donner l'ordre au groupe armé de s'arrêter et de se camoufler au mieux. Les Russes seraient déjà capables de conduire des opérations de reconnaissance et de destruction jusqu'ici ?

Mais ce n'était pas le bruit reconnaissable entre tous des chenilles Christies du T-34, ou celui des longues files de pneumatiques indiquant l'imminence d'un convoi, ça ne ressemblait même pas vraiment au martèlement rythmique des bottes d'infanterie.

Pourtant ce n'était pas sans similitude. Un battement régulier, une sonorité qui claquait dans la nuit, comme des tambours frappés avec de lourdes baguettes de bois.

Ça ne correspondait à rien de connu. Il fallait voir pour savoir.

Il abaissa le poing pour ordonner une progression prudente. Il se rendit compte aussitôt que le bruit avait tendance à s'éloigner, puis périodiquement s'arrêtait net alors que résonnaient des aboiements de chiens et des voix humaines qui ressemblaient à des meuglements de bêtes sauvages.

Il ne voyait toujours pas, il ne savait toujours pas.

Alors un coup de feu déchira le silence qui venait de retomber sur la route.

Le silence et les ténèbres.

Ce coup de feu solitaire, sans aucun bruit d'armada mécanique pour l'accompagner, ne pouvait être attribué logiquement à aucune force ennemie.

Dans les minutes qui suivirent il put voir, et savoir, qu'on est toujours le meilleur ennemi de soi-même.

Ils reprirent leur avance, plus rapide, plus déterminée. Ce n'était pas une formation soviétique. Si c'était des Allemands, il ignorait tout de leur provenance et même de leur destination, ils ne faisaient partie d'aucune unité comptabilisée dans ce secteur du front.

Des pillards ?

Ils franchirent deux ou trois cents mètres avant d'apercevoir les premiers mouvements, encore indistincts, sur la route. Des ombres. Elles bougeaient, elles avançaient à un rythme soutenu, c'était de ces fluctuations de ténèbres dans les ténèbres que provenaient le martèlement de tambours et les aboiements des chiens, et des hommes.

Il mit le Vampyr en action, désormais, il pourrait voir, il pourrait savoir.

Alors, il vit.

Il sut.

Il devint un pur processus de calcul. Il devint à nouveau, et pour toujours, le mammifère de la nuit qu'il n'aurait jamais dû cesser d'être.

Cette guerre lui avait tout fait connaître en matière d'abominations et d'étrangetés indéchiffrables. Mais c'est parce qu'il ignorait encore qu'il y existait des étrangetés abominables qui précisément étaient *chiffrées*.

Ils continuaient d'avancer, le rayon infrarouge braqué dans la nuit allemande. Il fit un geste pour imposer un ralentissement de la marche, option camouflage.

Les ténèbres dans les ténèbres se dévoilaient peu à peu.

D'abord il y eut la carte.

Logique. Dans la nuit le territoire devient sa carte, ils étaient les hommes de la nuit, plongés dans la nuit, ils étaient les hommes qui voyaient pour savoir ce qui se tramait au cœur des ténèbres. La carte était fort simple : à environ un quart de kilomètre, la route principale croisait une voie secondaire, qui provenait du sud-est, de la frontière tchéco-polonaise. Et c'était entre ces deux routes que s'agitaient les ténèbres dans les ténèbres.

Plus ils avançaient, plus le monde électrique et verdâtre circonscrivait le réel dans son faisceau circulaire.

Plus ils avançaient, plus ils voyaient.

Plus ils voyaient, plus ils savaient.

Mais plus ils savaient, moins ils comprenaient.

Du noir, du blanc, du gris. Comme la route et les arbres qui la bordent, comme l'immense horizontalité neigeuse parsemée de bosquets de sapins touffus, comme la boue gris-brun recouverte de gel cristallin. Sauf que ce n'est pas au sol, ce n'est pas la terre allemande, c'est quelque chose qui se tient dessus.

Ce sont des hommes.

C'est parce que des hommes s'y activent que la carte rejoint tout d'un coup le territoire et qu'elle en éclaire le dispositif, tout comme la lunette Vampyr commence à le faire, au fur et à mesure de leur approche.

Leur approche de ce qui ne peut être vu, et ne peut être su.

Les ténèbres dans les ténèbres forment une circonvolution complexe de la trichromie nocturne, le noir, le gris, le blanc se meuvent à leur rythme, possèdent leurs configurations propres, se situent à des endroits précis, et généralement intangibles. Voerlandt fit un geste vif, ils se remirent en marche, les ténèbres trichromiques s'éloignaient désormais à un pas soutenu, elles disparurent du champ d'action des Vampyrs, mais alors qu'il ordonnait d'accélérer le rythme, une cavalcade de nuages orageux se scinda brusquement en plusieurs parties et la lumière de la pleine lune vint enfin se déposer sur la terre plongée dans l'obscurité.

Elle valait mieux que n'importe quelle lunette de visée infrarouge, non seulement elle traversait la nuit, mais elle la rendait visible.

Ils rattrapèrent les ténèbres qui se mouvaient dans les ténèbres, et la lumière artificielle se combina à celle de l'astre nocturne pour totalement illuminer ce qui ne pouvait être vu, ni su.

La lumière invisible qui traversait les ténèbres sans les éclairer dévoila le monde qui se nommait Nuit et Brouillard.

C'était bien des hommes. Des milliers.

Du noir et blanc tournant grisâtre avec la distance.

C'était bien des hommes. Et pourtant ça n'en était plus.

Voerlandt avait continué de progresser seul, en avant-garde de sa section de reconnaissance. Il avançait parallèlement à la route, à environ une centaine de mètres de la rangée de peupliers décharnés. Il finit par longer les derniers rangs des hommes qui se tenaient de nouveau immobiles, droits comme des piquets, sur la route.

Et tout lui apparut en un seul bloc de perception, la carte de ce territoire singulier s'imprima en lui, dans la luminescence électrique du viseur infrarouge.

Il y avait des hommes qui n'étaient plus des hommes.

Il y avait des chiens, qui étaient des loups à peine domestiqués.

Et il y avait des hommes-chiens, qui étaient des loups devenus plus sauvages encore.

Du noir et blanc. Du gris. Du noir.

Toute la scène en une seule injection, toute la scène dans l'œil électronique et la lumière lunaire : un homme en noir et blanc gît à terre. L'homme en gris et noir qui vient de le tuer marche à bons pas vers l'avant de la colonne. Son chien, tache blême un peu fauve, se tient docilement à ses côtés.

Ici, la route secondaire vient croiser celle qu'il braque de son viseur infrarouge. D'autres milliers d'hommes en noir et blanc, qui n'en sont plus, d'autres chiens, d'autres hommes en gris et noir, qui n'en sont plus non plus. D'autres SS. D'autres hommes comme lui. Des Totenkopf, et quelques membres d'une division de police. Les hommes en noir et blanc forment un ordonnancement machinique de chairs faméliques, de regards hagards, d'yeux vitreux, de plaies, de cicatrices. Les SS qui surveillent la bonne marche des opérations frappent tout ce qui dépasse et régulent sans ménagement la fusion des deux colonnes, ils sont armés de cravaches et de fouets, désormais il reconnaît la langue dans laquelle ils hurlent leurs ordres, brefs comme des coups de couteau.

C'est la sienne.

On rangeait les hommes qui n'étaient plus des hommes à coups de schlague, accompagnés d'injures et d'ordres hurlés en série, Voerlandt reconnut du dialecte ukrainien occidental, en plus de l'allemand.

Les hommes qui n'en étaient plus ressemblaient à un alignement de bandes blanches et noires dans la lunette du Vampyr et en se servant de la lumière intermittente de la lune, il comprit que les uniformes rayés formaient la continuité parfaite de leurs corps, comme s'ils étaient nés avec. Comme s'ils n'en étaient plus que les extensions.

Des prisonniers ?

Cela y ressemblait fortement. Mais tout au fond de lui il savait désormais ce qu'il avait vu. Il en avait vaguement entendu parler sur le front. Des Juifs. On disait que les Totenkopf les dirigeaient vers des camps de travail forcé et des centres de massacres. On disait que ces bagnes étaient pour la plupart situés en Pologne et en Allemagne orientale.

L'avancée fulgurante des Russes les avait obligés à vider les camps et à transférer d'urgence leur population au-delà de la frontière.

Les éclats de compréhension se suivaient comme les jets continus d'un shrapnel mental : c'était des hommes. Oui. Mais c'était aussi *des femmes*. Les groupes n'étaient pas mélangés mais formaient des blocs séparés par un garde avec son chien, et on emboîtait le tout dans cette grande colonne sur la route. Hommes et femmes présentaient cette particularité d'être tout juste discernables les uns des autres. Ils formaient une population monosexuée, asexuée, antisexuée.

Au bout d'un moment la colonne principale se remit en marche, ceux qui venaient du sud-est attendaient désormais leur tour au carrefour, quadrillé par les chiens et un groupe de SS-Polizei. Voerlandt fit un signe à sa section afin qu'elle se mette en mouvement, prudemment, derrière lui.

L'inexplicable malaise qu'il ressentait depuis le départ se trouvait désormais pleinement éclairé, comme sous l'œil du viseur infrarouge : il ne tenait absolument pas à ce que son groupe de combat soit mêlé de près ou de loin à ce qu'il pressentait comme un secret capable de conduire directement au peloton d'exécution, dès que la guerre serait finie.

Disons dès qu'elle serait définitivement *perdue*. Car finie, elle l'était déjà.

Le disque vert illuminait les hommes-et-femmes en noir et blanc, les hommes-loups, les chiens de garde. Son collimateur passait d'un gardien SS à un homme, ou une femme, au crâne rasé, leurs tuniques bicolores flottant autour d'eux, il aurait pu tuer ce doberman, ce Totenkopf, ce kapo, ce déporté, il aurait pu tuer un à un tous ces « hommes » que le viseur crucifiait dans le silence infrarouge. En donnant un simple ordre à sa section, sans parler de toute la compagnie, il aurait pu tous les tuer, *tous*, la certitude était vissée en lui avec le métal le plus dur. Ils n'étaient ni amis ni ennemis. Ils se situaient sur une troisième ligne de collision. Celle avec le néant. Il stabilisa sa vitesse sur celle de la queue de la colonne, il fallait trouver une solution pour parvenir à suivre la route de Berlin sans se mêler à cet amas de non-hommes revenus de l'enfer, victimes comme bourreaux.

Alors que Voerlandt continuait d'avancer parallèlement à la route, une autre détonation retentit. Il ne sursauta même pas. Elle venait d'un peu plus loin en avant, la lumière invisible troua la trichromie de la nuit.

Elle s'arrêta sur un homme en gris et noir, un de ses collègues de la nuit SS, qui surplombait un corps inerte, allongé devant lui, dans le disque vert électrique une viscosité brunâtre s'élargissait autour du crâne de l'homme qui n'en était plus un, avant même d'être mort. Le Totenkopf tenait encore son Luger braqué vers le sol, il tourna les talons sans plus la moindre considération pour le cadavre, l'arme au bout de son poing oscillant le long de sa cuisse, il fit quelques pas et Voerlandt le vit braquer son arme contre un homme qui ne parvenait plus à suivre le rythme soutenu de la marche, il hurla un ordre, puis un autre, l'homme ne réagissait déjà plus, le Totenkopf lui logea direct une balle en pleine tête et cria aux autres de maintenir la cadence.

En suivant sa course, il le vit croiser un autre gardien de camp, sanglé dans son uniforme et tenant un long fouet à chevaux enroulé dans sa main. Le SS lui lança quelques mots auquel l'autre répondit avec un bref éclat de rire. La lumière verte trouait les ténèbres mais c'est au son désormais qu'il pouvait percevoir le sens de ce qu'il voyait. *L'homme venait de croiser une femme.* Une femme SS, ou auxiliaire. Ici, hommes et femmes étaient à jamais égalisés, victimes comme bourreaux, tueurs ou tués. Le sexe ne revêt plus aucune importance pour quelque chose qui n'a plus rien d'humain.

Le territoire continua de se dévoiler, sa carte emplissait désormais son espace mental : le convoi sur la route principale était composé d'hommes, le transfert en provenance de la frontière tchéco-polonaise était composé de femmes.

Les SS tronçonnaient les masses de déportés en longues colonnes, intercalant de vastes groupes d'hommes et de femmes, absolument indiscernables les uns des autres, même crânes rasés, mêmes visages décharnés, mêmes structures squelettiques, mêmes uniformes rayés noir et blanc et, de plus en plus souvent, Voerlandt entendait le son mat d'un coup de feu, avant que la lumière vampire ne lui dévoile un corps, masculin ou féminin, peu importait en vérité, écrasé contre l'asphalte dans lequel sa trichromie noir-blanc-gris, aux couleurs de la nuit lunaire, se fondait.

Désormais il avait vu, il savait. Il recommençait à vivre, c'est-à-dire à calculer. Le prédateur nocturne qu'il était reprenait le contrôle de son enveloppe charnelle, il avança assez vite pour dépasser les derniers rangs de la colonne en marche, il la remonta, le viseur braqué de côté. Désormais, il avait vu, il savait. Plus rien ne restait dans l'obscurité du mystère primitif. Même le lourd martèlement à peu près régulier avait une provenance précise, circonscrite dans le viseur infrarouge et la lumière de la lune : les lourds sabots de bois dans lesquels les pieds de ces milliers d'hommes et de femmes qui n'en étaient plus faisaient avancer leurs carcasses squelettiques et grelottantes sous les coups répétés des gardiens SS.

La nuit était remplie de sonorités diverses mais aucune ne semblait venir de cette planète. Elles appartenaient définitivement à un autre monde, un monde que lui-même, aux frontières de l'enfer, n'avait pas connu.

Mais il avait vu, il savait.

Dans le vacarme terriblement uniforme des aboiements des chiens, des hurlements des gardiens, du bruit des sabots qui claquaient sur le sol, de temps à autre, le son d'une détonation résonnait comme une percussion dans une symphonie écrite par le diable lui-même. Il lui arrivait parfois de saisir la scène dans le disque vert électrique. C'était toujours la même. Un corps à terre, un Totenkopf ou un SS-Polizei quittant déjà le lieu de l'exécution, à la recherche d'un autre homme-qui-n'en-était-pas-un ne parvenant à suivre le rythme imposé à coups de schlague.

Puis survint l'événement.

L'événement qui lui ferait prendre conscience que voir, et même savoir, ne sont pas suffisants pour *connaître*.

Pour connaître, il faut *vivre* ce qui va se produire dans quelques instants.

Ce fut une voix humaine. Une voix vraiment humaine qui s'élevait de cette symphonie du diable. Une voix si frêle, si pauvrement humaine, si nue, si dépourvue de tout qu'elle perça en fait le bruit ambiant comme la lumière de son viseur traversait les ténèbres.

Il entendit parfaitement ce qu'elle disait, cette voix, dans sa langue paternelle. Elle cria : « Papa », « Père » – « Vater », ou « Vati » – dans la lumière hybride de l'astre lunaire et du viseur infrarouge, il put suivre la scène, il parvint à repérer d'où la voix avait surgi, une colonne de femmes qui venait d'être intégrée au convoi général.

Il vit un homme, plus loin, dans un autre groupe, se retourner vers l'arrière alors que la voix résonnait de nouveau par-dessus le bruit venu d'un autre monde.

Il vit un sous-officier Totenkopf se rapprocher de l'endroit d'où la voix avait retenti, il l'entendit hurler un ou deux ordres, dont l'arrêt des deux groupes en question. Puis il fit sortir une jeune femme de son rang et lui posa une ou deux questions en montrant la longue nuée d'hommes qui n'en étaient plus, arrêtée plus loin. Le sous-officier s'éloigna d'elle pour faire sortir un matricule de la colonne masculine. Il n'eut aucun geste de brutalité envers lui, il lui ordonna de le suivre jusqu'à la jeune femme qui stationnait en grelottant au milieu de la route.

Il parla de nouveau, à la jeune femme, puis à l'homme.

Voerlandt ne comprenait pas le sens de tout cela. Le sous-officier Totenkopf avait presque l'air affable, il posait quelques questions, très calmement, c'était tout.

Pourquoi ?

Pourquoi avoir fait arrêter tout un tronçon du convoi ?

Voerlandt avait vu, il savait.

Il ne connaissait pas encore. Il lui manquait le sens. Ou son absence.

Le sous-officier souriait calmement à la jeune fille et à l'homme. C'est tout aussi calmement qu'il dégaina son Luger et ordonna à l'homme de se mettre à genoux immédiatement. Il y eut un cri de désespoir de la part de la jeune femme mais le SS aboya un ordre qui ne souffrait aucune désobéissance. Le SS prit son temps, mais sans véritable ostentation, il était juste très calme.

C'est donc très calmement qu'il appuya le canon du Luger contre le front de l'homme, prononça encore quelques mots à destination de la jeune femme debout sur la route et appuya sur la détente. L'homme bascula de trois quarts arrière et resta prostré, statique, sur la bande plus noire que l'obscurité dans laquelle elle s'enfonçait.

Le son humain se fit alors entendre de nouveau. Ce ne fut ni un cri, ni un hurlement, rien qu'une longue plainte, pleine de toute la nuit du monde, une plainte qui, Voerlandt le discerna assez aisément, prononçait un *Nein* sans la moindre concession à toute l'humanité. Un *Nein* qui n'était pas destiné qu'au gardien Totenkopf qui remontait déjà la colonne comme si rien ne s'était passé. D'ailleurs, de son point de vue, s'était-il seulement passé quelque chose ?

Le *Nein* lancé à l'Homme décréé, à toute l'espèce, lui était aussi destiné, à lui, Victor Voerlandt, il lui était destiné personnellement, comme à toutes les machines humaines qui l'accompagnaient, ce *Nein* faisait d'eux des hommes, des hommes perdus.

La plainte qui niait le monde s'était éteinte, le vacarme de la symphonie du diable reprenait son tempo allegro.

Il avait vu, il savait.

Maintenant, il *connaissait.*

Ce qu'il avait cru voir se dévoiler comme vérité factuelle n'était qu'un leurre. Il apprendrait plus tard le nom de la jeune femme, Kaddoch, le hasard n'existe pas, il apprendrait plus tard l'existence et le mode de fonctionnement des endroits innommables dont venaient tous ces hommes-qui-n'en-étaient-plus, mais il ne parvenait pas à en comprendre la raison, cette seule scène, au milieu de toutes les autres, fut une saillie plus dure qu'une pointe de granit dans la cognition de tout ce qu'il avait vécu ces dernières années. Un sentiment d'une infinie tristesse, tel qu'il n'en avait jamais ressenti, l'envahit au fur et à mesure qu'il saisissait pleinement tout ce qui venait de se produire. Cette tristesse, c'était l'écho du désespoir infini de la jeune femme obligée de reprendre la marche avec le reste de la colonne en passant par-dessus le cadavre de l'homme qu'elle avait appelé quelques minutes auparavant.

Son père.

Vater.

Elle l'avait reconnu, nul ne saurait comment, dans le groupe d'hommes qui la précédait.

Elle avait commis l'erreur fatale de l'appeler, alors qu'elle le croyait mort ou à des milliers de kilomètres.

Le SS s'était chargé de transformer la chance en agente de la mort.

La tristesse de Voerlandt n'avait pas de nom. Il savait désormais qu'il était damné. Il appartenait aux hommes de la Nuit SS. Certes, son groupe de combat n'avait pas participé aux opérations d'extermination conduites lors de la Campagne de Russie, mais, qu'il le veuille ou non, il portait les mêmes insignes, le même poignard rituel, le même pistolet automatique. Il portait le même svastika. Il portait le même ciel de nuit recouvrant l'Europe. Et le Monde entier.

Le panneau indiquant la direction du pont Victoria prit possession de l'univers visuel, le bruit du GMC Yukon s'imposa dans l'espace auditif, l'odeur de la poudre et des cigarettes de contrebande emplissait l'habitacle.

Il ne s'était produit aucune séparation, aucune transition, pas même cette sensation un peu floue qui accompagne le réveil. Entre ce qu'avait vécu son père en ce début 1945 dans les plaines d'Allemagne de l'Est et ce qu'il vivait présentement, sur la route 132 en direction de Montréal, aucune coupure, pas même « digitale », rien que la procession du même flux. En cela, l'expérience qu'il venait de vivre indiquait comme une amplification notable de son rêve varsovien et des apparitions qui avaient suivi.

Son cerveau lui envoyait un signal. Un signal code rouge. Dans la campagne environnante, les fantômes SS conduits par l'image ubique de son père avaient disparu, ils étaient repartis vers une autre disjonction temporelle, il savait qu'il les reverrait bientôt.

Il aurait pu se dire que son système nerveux subissait les effets du stress, de la fatigue, de toutes ces enquêtes, de tous ces meurtres atroces, de tous ces enfants assassinés, de toutes ces fosses communes, de sa bibliothèque en expansion dardée contre le monde moderne, mais surtout contre lui-même, cela pouvait provenir du Labo clandestin qui forait le réel grâce aux nombres et imprimait ses cartographies machiniques dans son cerveau, voire de la folie que lui aurait transmise son propre père. Mais il ne ressentait aucun stress, au contraire, jamais il n'avait été empli d'une telle sérénité, il ne connaissait aucune fatigue, une adrénaline céleste irriguait son corps et son esprit de sa chimie suractive. La bibliothèque lui paraissait aussi naturelle que la présence de son nerf optique, le Labo lui semblait aussi naturel qu'un viseur infrarouge dévoilant l'invisible. Quant à la folie de son père, elle n'était qu'un indicateur. L'indicateur fléchant les nombres fatidiques sur le compte-tours du cosmos humain.

C'est pour cette raison qu'il admit avec un grand détachement que son cerveau était simplement à l'écoute du monde tel qu'il se défaisait, c'est-à-dire tel que son père, et tous les hommes comme lui, l'avaient fabriqué trois quarts de siècle auparavant.

Voronine avait juste dit : *On est arrivés,* en allumant une Player's de contrebande mohawk.

Verlande avait laissé son regard se perdre dans la nuit qui s'étendait au-delà de la lumière électrique de l'autoroute.

– En fait, nous ne sommes jamais vraiment partis, avait-il répondu.

Trans-Europe Express

Les nouvelles défilaient en mode d'urgence sur son afficheur oculaire. Des nouvelles calibrées pour son cerveau-Polis.

Nouvelles. Autant dire la poursuite intensifiée de tous les âges passés. Le monde est rempli de *nouvelles*.

Il avait pressenti qu'il ne s'agissait pas d'une quelconque « famine du désert », d'un autre acte de piraterie maritime, ni même d'un attentat d'importance commis ici même, dans la *forteresse*, mais qu'au contraire c'était le désert de toutes les famines qui était en train de converger vers une sorte de *Ground Zero* métapolitique, absolument globalisé, présent partout, visible nulle part. Masse critique dévolutive enfin obtenue : les conflits ethnico-religieux « intérieurs » ont fusionné avec les tensions grandissantes entre « États », le modèle du futur à courte portée.

– *État de guerre civile multinationale officiellement déclaré en Europe*, répétait le message d'alerte, de tout son calme digital, comme si on venait de découvrir un autre corps dans la nature.

La nature ne saura bientôt plus quoi faire de tous ces corps, s'était dit Verlande.

Et la nature, c'est nous.

Verlande avait coutume de dire que, dans un jeu d'échecs, le seul véritable joueur était le jeu lui-même. Les joueurs humains (ou cybernétiques) n'étaient au fond que des dispositifs particuliers qui aiguillaient par leurs choix certains chemins contenus dans l'espace potentiel du jeu. Ils ne servaient qu'à les actualiser, mais c'était le jeu et la forme qu'il prenait, au fil de ces aiguillages multiples, qui finissaient par imposer leurs lois, leurs contraintes, leurs libertés.

Ici, c'était la Maison de l'Échiquier. Ici, le joueur était le jeu. Ici, les dispositifs n'avaient rien d'humain.

Le jeu d'échecs était profondément tapi au cœur de la Maison de l'Échiquier, c'est-à-dire son cerveau. Le jeu d'échecs neuronal établissait le territoire où la dialectique s'évanouissait dans une danse de tactiques entrecroisées, constamment renouvelées, où chaque pièce était d'une importance cruciale pour sa rivale.

Ici, la Maison de l'Échiquier s'ouvrait à deux mondes aux stratégies hautement différentielles et terriblement complémentaires. Ici, la Bibliothèque en construction venait se confronter avec le Labo inachevé. Deux incomplétudes pour un infini tiers. Aucune dualité. La chimie du cerveau lorsqu'il est conçu comme une arme secrète.

Paradoxalement, du moins à première vue, ce n'était pas la bibliothèque qui était porteuse des signes. Les livres y créaient des machines formant des réseaux, parfois immuables, parfois changeants, parfois un peu des deux, c'est par leurs connexions sans cesse renouvelées que *le sens prenait forme* et qu'il pouvait venir s'imprimer sur le Jeu d'Échecs.

Le Labo jouait, lui, le rôle de catalyseur sémantique. Une unique machine en fait, composée de multiples dispositifs qui ne donnaient voix qu'à une seule parole : celle du paramétrage scientifique de la vérité, et c'est ce dispositif où *les formes prenaient sens* qui venait s'imprimer sur le jeu d'échecs.

Ce jeu d'échecs qui quadrillait la totalité de son cerveau.

Les Blancs, les Noirs. Son cortex en processeur central, prêt à disséquer la vie, prêt à faire revivre les morts, son cerveau en machine algorithmique, là où les codes convolent avec la chair, là où les avions du crime percutent les tours du rêve éveillé nommé existence, là où le monde n'est plus qu'un vaste cratère, un *Ground Zero* planétaire, là où toutes les guerres coexistent.

Verlande et Voronine, comme tous les derniers flics, étaient les Anges de la Boîte Noire, et il semblait que l'époque de leur crépuscule était annoncée. Ce serait le moment où, paradoxalement, leur lumière atteindrait sa magnitude suprême. Cette extinction de tout ce qu'ils étaient, avaient été, auraient pu devenir, prendrait la forme d'un trou noir ontologique qui se rendrait visible par les radiations qui viendraient s'y perdre, il était temps de voir l'axe du monde s'effondrer sur lui-même.

Durant toutes les journées précédentes, il s'était volontairement coupé du monde extérieur, il entendait par là le simulacre dans lequel les gens se plaisaient à vivre. Rien que l'enquête. Rien que les paramètres de la mort. Rien que les petites filles encodées sur mémoire digitale. Rien que l'essentiel.

Le Labo. La Bibli. Les livres qui éclairent les ténèbres. Les nombres qui font tomber la nuit sur les évidences.

Et en arrière-plan, la Polis, c'est-à-dire le chaos urbain et l'ordre qu'il sert, les entités tueuses, la guerre inter-islamique, les groupes de *vigilantes*, les armées de réfugiés venues de l'intérieur comme de l'extérieur de ce qui restait des frontières nationales, le microterrorisme quotidien.

Alors ce fut le train. Le train de tous les fantômes du siècle. Le train chargé à bloc de la nuit tombant sur la planète en son entier. Le train de tous les brouillards dispersés de par le globe. Le train de l'humanité qui allait se fracasser contre l'Axis Mundi, et faire chuter toute la Création avec elle, une seconde fois.

Son système d'alerte personnel s'était déclenché, ce n'était pas exactement des « nouvelles », de l'« actualité ». Cela ne souffrait aucun commentaire.

C'était la fin du monde. En tout cas la fin d'*un* monde, celui d'où venait son père, celui où Verlande était né, celui où ni l'un ni l'autre ne mourrait. Le *nanonetwork* avait fait fi de ses divers pare-feu et avait déchargé d'un seul coup toute la masse d'information qu'il retenait depuis vingt-quatre heures.

Vingt-quatre heures. En quelques minutes.

La fin du monde se signalait par sa brutale accélération.

Nous venons d'entrer dans la guerre en trois dimensions, non pas en terme de spatialisation, mais en termes de cartographie temporelle : la guerre reformate le monde, un Cube dans lequel la contamination est à la fois horizontale et verticale, avec tous les vecteurs médians imaginables, c'est la guerre virale, métalocale, transnationale, intranationale, postnationale. Comment éclairer le néant quand il se fait action, ou plutôt anti-action, dé-création, re-Chute ?

Simplement laisser se déployer le Jeu, avec ses deux joueurs tenaces et attentifs, les Nombres, et les Livres.

Laisser son cerveau-maison-échiquier déployer ses stratégies secrètes et faire s'animer ceux qui mouvaient les pièces, selon leur mathématique propre.

Laisser le monde l'envahir, c'était le moyen le plus sûr de ne pas être contaminé par lui.

L'Europe, que son père avait détruite, pour la créer, en Dominion de la Chute, se dirigeait vers la fin de cet *intermezzo* de trois quarts de siècle durant lequel la guerre mondiale s'était gentiment capillarisée en se déguisant en Paix Universelle dans toutes les structures les plus cachées de cette société, tel un virus attendant les conditions exogènes nécessaires à son réveil et à son expansion.

Et les conditions avaient été réunies.

L'Axe du Monde est un réacteur nucléaire, pense-t-il. Attendez-vous à des radiations.

Maintenant, un soleil mégatonnique avait pris possession de l'Histoire du Vieux Continent. Il éclairerait le monde entier. L'Europe allait s'y consumer, certes, mais Verlande savait mieux que quiconque que les vrais problèmes commenceraient lorsque les cendres seraient retombées, et refroidies.

Lorsque l'Europe serait définitivement morte, il ne donnerait pas cher de la survie du reste de l'humanité.

La maladie exterminée, y compris par elle-même, on s'empêchait toute découverte d'un vaccin possible.

Tout est donc interconnecté, plus encore, c'est au moment où elle se délite tout à fait que la société européenne se constitue enfin en organisme. Un organisme voué à la mort dès sa conception, comme n'importe quel fœtus avorté à la chaîne, mais un organisme tout de même, c'est-à-dire un corps, des cellules qui produisent une forme, un métabolisme, une circulation de molécules en vue d'un dessein très précis.

Pas de chance, cette fois, le but c'est l'autodestruction générale, mais en regard de ce que le continent a connu en l'espace d'un siècle, cela ressemble à une conclusion fatale et logique, dont la signification reste encore obscure mais qu'une certaine expertise du mal peut parvenir à éclairer.

Et ce qu'elle éclaire, c'est ça :

Le chaos n'a pas de sens, mais l'ordre qu'il engendre par sa mise en action dans le monde en a un, car ce chaos n'est que la trace laissée par l'*acte d'être*, au moment où l'être est submergé par la Chute dont il est le vecteur, le virus, l'*ordinateur*.

L'anarchie accouchait de la tyrannie, la tyrannie engendrait l'anarchie ; un double serpent redoutable, venimeux, létal, ondulait de l'Atlantique à l'est de l'Oural, tout l'Ancien Monde se désorbitait autour du Nouveau qui venait à peine de naître, en suivant une balistique analogue à celle de l'astéroïde dévastateur du Crétacé.

La Chute ne cessait de se perpétuer.

Il faisait plus que pressentir l'imminence d'une catastrophe historique, c'était de l'ordre de la cognition la plus pure, du savoir le plus profondément implanté, c'était d'une concrétude terrifiante : s'ouvrait l'époque de la Seconde Chute. L'homme avait été chassé du Jardin d'Éden pour avoir séparé sans connaître le pouvoir de séparer, et encore moins celui de réunir. Désormais, il serait éjecté de son propre monde séparé par lui-même et réuni aux autres par sa fausse indivisibilité. Désormais, il ne serait plus qu'un pseudo-organisme entièrement déterminé par lui-même, et ne déterminant plus rien.

Voici le Flux, voici le Cube de la post-histoire en pleine action, voici l'Organisme qui naît au moment où il meurt : crises politico-ethniques, énergétiques, alimentaires et sanitaires, groupes de réfugiés contre travailleurs intérimaires, bio-ouvriers des énergies alternatives contre agriculteurs traditionnels, prolétaires des antiques industries contre employés des firmes d'écocarburants, chômeurs contre précaires, Européens chrétiens contre radicaux musulmans, néo-bolcheviques contre métafascistes ; très vite la réaction en chaîne a commencé, les territoires sécessionnistes se sont mis à fermer leurs « frontières » et à déclarer leur indépendance, partout des hommes ont pris les armes pour une cause ou une autre, derrière un groupuscule ou un autre, pour une mort inutile ou une autre, le rhizome de la catastrophe générale se configure, s'étend, se ramifie corrélativement à la convergence des événements vers un unique point nodal du temps historique, image digitale de la férocité comme processus moteur de toute technicité, le rhizome se configure, s'étend, se ramifie dans tout l'espace du Cube antipolitique qui a pris possession du continent, destructions en série, condensation de tout le XXe siècle en quelques journées fatidiques, catalyse d'un modèle mondial, le rhizome s'est configuré, il s'est étendu, il s'est ramifié, une vague d'attentats meurtriers a été commise dans la matinée dans une dizaine de pays, des villes entières sont passées aux mains de diverses factions ennemies qui s'entre-tuent pour un bidon d'essence ou une seringue de vaccin. Nouveaux misérables contre nouveaux pauvres, nouveaux ouvriers contre nouveaux luddites, la lutte sans classes, l'anarchie directement mise au service de la tyrannie généralisée et micronisée sans autre médiation que la vitesse de la lumière, seuil quantique de la destruction franchi au-delà de toute mesure : on ne peut lire le mouvement *et* la localisation exacte d'une particule élémentaire, c'est ce qui se produit dans ce processus de désintégration avancée, l'entropie à son stade le plus pur, le plus efficient, le plus mortel.

Verlande sait parfaitement que *l'Europe va enfin s'unir, en piles de décombres et de cadavres.* Verlande sait que la fatalité n'existe pas. Les nations ont des *destins.* Ou elles n'en ont plus, ce qui semble être le cas.

Le rhizome s'est configuré, il s'est étendu, il s'est ramifié, puis il s'est bouclé, sur la répétition de sa différence, il a formellement circonscrit tout un monde, dont les lois épousent étrangement celles de la division cellulaire.

Verlande se demanda un instant, avec une pointe d'ironie, pourquoi les pays qui s'étaient délivrés de la bureaucratie communiste soviétique s'étaient jetés avec tant d'enthousiasme dans les bras de la bureaucratie libérale bruxelloise. Sa froide observation des événements en cours ne cachait aucun sarcasme, qui n'est jamais que la forme cristalline du ressentiment, elle exprimait une vérité extraite du monde par la meule de l'histoire, mais surtout elle éclairait tout ce qui avait été manqué, tout ce qui n'avait pas été accompli, tout ce qui n'était même pas né, et les ténèbres qui de fait allaient en découler. Il avait regardé son Laboratoire inabouti avec l'éclair de la vérité qui consumait ses rétines, parce que son cerveau venait de se prendre la boule de feu de l'intérieur, et le *nerf* optique, comme son nom l'indique, n'est qu'un appendice du système nerveux central.

Tout ce qu'il avait vu ces dernières semaines s'intégrait enfin dans le diagramme général, dans le plan structurel du Grand Cube, dans sa tête-machine.

La catastrophe qui venait d'éclater en Europe n'était au final que le désastre à la fois liminaire et conclusif de la guerre universelle, la guerre de tous contre tous, et chacun.

Le nouvel ordre mondial serait à la fois celui des exodes planétaires, par centaines de millions d'hommes, et celui des exterminations de masse, en volumes analogues.

Il vit le monstre, il vit les lignes de fracture du XXe siècle s'entrelacer comme un nid de serpents dans le désert du suivant, il vit des massacres de civils par des militaires, il vit des massacres de civils par des civils, et même des massacres de militaires par des civils. Il vit le monstre, il vit tous ces hommes en armes, toutes ces femmes en pleurs, tous ces enfants hagards. Ce n'était pas une simple « guerre civile » comme le lui avait annoncé le *nanonetwork*. Cela n'avait pas encore de nom. C'était le monstre, c'était l'état de barbarie qui venait juste *après* la guerre. C'était une réaction en chaîne, c'était une structure fractale, c'était bien la fin d'un monde.

I've seen the future, baby, disait Leonard Cohen, *it is murder.*

Une boucle. Rétro-action historique. Larsen planétaire. Les Bêtes étaient de nouveau à l'œuvre. Les sacrifices ne faisaient que commencer.

Cela s'étendrait vite. L'Europe était en feu, une fois de plus. Tout commençait et finissait là-bas, même si tout se produisait ailleurs. Cela ne faisait que poursuivre, à un degré d'intensité supérieur, la guerre qui n'avait jamais cessé un seul instant, ce brasier qui couvait depuis trois quarts de siècle sous les cendres de son propre monde.

Le plan

Dans le Cube, la lumière matinale de cet été précoce diffuse un nuage jaune orange, comme une poudre de sodium en combustion suspendue dans l'air. Le soleil filtre à travers les nuages qui tournoient en lourds zeppelins vert-de-gris et les rideaux de pluie qui s'abattent sur la ville, de loin en loin. De vastes colonnes obliques rayées gris-bleu-noir descendent du ciel et diffractent la lumière en étoiles de mercure. Les ondées matinales seront suivies des premiers orages vers midi, selon les rapports météo. Puis la situation ne cessera d'empirer.

Verlande sourit à l'écoute du commentaire de l'animateur radio. *La situation ne cessera d'empirer.* La météorologie n'est que l'image céleste de notre Chute, les cyclones boréaux sont à la fois les annonciateurs et les conséquences de la catastrophe générale que nous produisons. Cela fait longtemps que la situation ne cesse d'empirer, la Chute a précisément été programmée pour ça.

Verlande et Voronine viennent d'arriver. Ils se tiennent bien raides face à Forestier et Reznik auxquels ils ont demandé ce rendez-vous express.

Il faut tout verrouiller, et au plus vite. Ils ont à peine vingt-quatre heures pour planifier et réussir une opération de police particulièrement complexe, doublée d'une action parfaitement illégale qui devra fonctionner comme une horloge atomique.

Premier temps : la vérité est un instrument de camouflage. En fait : *une vérité peut en cacher une autre*, c'est même généralement ce qu'elle fait.

Verlande raconte donc la version officielle de l'histoire : un de leurs meilleurs indics leur a fait part d'un transport d'armes illégales depuis l'est du Québec, le colis arrivera à Montréal tel jour, telle heure, tel endroit. Nous l'intercepterons. C'est simple, clair, net, sans bavures. Maintenant, laisser le virus contaminer les autres cerveaux, tous les cerveaux qui participeront à l'opération, dont ceux de la haute hiérarchie de la Direction du Renseignement, c'est-à-dire McGlade et Sherville.

Forestier et Reznik ont des nouvelles, eux aussi. Tout d'abord, le sort des deux blessés de leur escouade lors de la grande émeute du mois dernier. Le verdict définitif est tombé pour Davidson. Il ne pourra plus marcher de toute sa vie, l'hémiplégie est incurable, non seulement la moelle épinière a été sectionnée en de multiples endroits, mais une partie du cerveau commandant la motricité des membres inférieurs a été détruite par un plomb solitaire de calibre 12. Même avec une opération transgénique via clonage de ses propres tissus, les dégâts sont irréparables. Quant à Larouche, son sort n'est guère plus enviable, il est toujours plongé dans un coma stationnaire, guère encourageant.

C'est la partie la plus humaine de notre travail, quand toute humanité a disparu.

Il repensa aux instants où lui et Voronine avaient arrosé de cartouches de 12 l'escalier par lequel tous ces fils de putes avaient voulu s'échapper du *mall*.

Ils n'en avaient manqué aucun. Il faut dire que Verlande avait tout calculé, au moindre centimètre près, en l'espace de moins d'une minute, sans même avoir à fournir un quelconque effort. Il avait *computé* toute la situation sans l'aide des logiciels du *nanonetwork* dont ils s'étaient volontairement coupés. Il avait tout calculé. Il *était* le *nanonetwork*. Il savait que c'était cette faculté, rapidement détectée, qui lui avait permis de rejoindre le service de renseignement, et il savait que c'était pour cette même raison que Ryan Fortin lui avait confié la mission de doubler la Sûreté.

Le Cube était jaune comme la ville, le soleil se levait sur la ville, les rafales de vent et de pluie venues du cyclone tombaient sur la ville, la ville accueillait les éléments comme toute *nature*, en les obligeant à se dévoiler en tant qu'artifices de la météorologie. Verlande allait bientôt se projeter dans un territoire limbique où la loi et l'ordre convoleraient avec le chaos et le crime, il ne cessait de franchir la limite, qui toujours reculait à chacun de ses actes, en attente du prochain.

Forestier lui tendit une clé USB.

– Un des noms de votre liste a croisé une de nos enquêtes, hier, nous avons tout compilé là-dessus.

– Un nom ? Quel nom ?

– Celui qui s'est fait trucider dans sa cellule. Lucas Archambault.

– Et qu'est-ce qu'il a donc croisé, notre mort radioactif ?

– Il a croisé un de nos indics qui nous a raconté une jolie histoire.

– C'est le rôle des indics, tu l'admettras.

– Celle-là est vraiment bien, tu vas voir. Pendant les deux années qui viennent de s'écouler, et c'est un minimum, Archambault a utilisé les réseaux d'un ami très proche de notre indic pour se procurer de la chair fraîche.

– Par quels moyens ?

– Location.

– Location ? Comme chez Hertz ?

– Du service sur mesure. Une de ses sources d'approvisionnement les plus fréquentes était une junkie, accro à la crystal meth, qui louait régulièrement ses deux fillettes en échange de sa dose. C'est l'ami de notre indic qui a monté ce business-là. Une nouvelle forme de proxénétisme. On recueille le plus de preuves possible pour l'expédier en sécurité maximum, cet enculé. C'est notre indic qui a lâché le nom de votre pédophile lors d'une simple conversation.

– Pourquoi vous pistiez cette fille en particulier ? Il y en a eu d'autres, d'après vous ?

– Très peu. Votre petit pédo avait ses habitudes, et l'ami de notre indic, le *pimp*, savait arranger les agendas de toutes ses travailleuses.

Forestier avait éludé la question principale, on est du Renseignement ou on ne l'est pas, c'est une question ontologique, en fait.

– Très bien, et la fille, la junkie ?

– Elle était en bris de condition, pour usage de stupéfiants, mais on cherchait à accumuler le plus de preuves contre le merdaillon de Montréal-Nord qui lui fournissait la dope en échange de la location de ses filles.

– Un Haïtien ?

– Un Jamaïcain d'origine. Lewis « Texaco » Turner, il s'appelle. Donc la fille était en bris de condition mais on fermait notre gueule. Et puis un jour elle a déménagé sans prévenir son contrôleur judiciaire, ça a chauffé dur, mais on est arrivés à l'amadouer et il l'a laissée en liberté à condition que ça ne se reproduise plus, avec des contrôles et des statuts de résidence plus sévères. Évidemment, ça s'est quand même reproduit. Sauf que cette fois on n'a pas pu la retracer avec son bracelet GPS, on ne reçoit plus aucun signal depuis plus de deux semaines maintenant. Et c'est en parlant de ça avec notre indic que le nom « Archambault » est sorti.

Verlande retint un sourire trop machinique. Il existait un nombre incroyable de « coïncidences » entre la vie et la mort du prédateur d'une part, et celle d'une de ses victimes d'autre part.

Mais bien sûr, il ne s'agissait en aucune façon de coïncidences. Cela formait un diagramme. Cela ne cessait de former un diagramme. Il y avait un sens à tout cela.

Ainsi, pendant deux ans, voire plus, non seulement Archambault avait-il probablement opéré de concert avec Olsen, mais il s'était monté sa propre petite combine, se croyant à l'abri des regards indiscrets.

Or des « regards indiscrets », il y en a partout. Certains travaillent pour la police, d'autres œuvrent pour le milieu. Quelques-uns officient pour les deux. Certains travaillent pour des intérêts légaux et privés, d'autres ne travaillent que pour eux-mêmes. Dans tous les cas, ils sont payés pour savoir, et pour dire ce qu'ils savent.

Plus tard, dans la solitude jaune sodium de leur bureau, Verlande avait de nouveau tout recompilé. Sa tête machine devenait le processeur central de tous les ordinateurs du Cube. Les intuitions se transmutaient en évidences, les certitudes devenaient des vérités, les simulacres, peu à peu, apparaissaient tels qu'ils étaient, des mensonges qui ne cachaient qu'eux-mêmes.

Ce ne pouvait être une vengeance personnelle, opération trop chère et complexe à mettre en œuvre dans l'aile protégée d'une prison comme Leclerc. Ce ne pouvait être l'œuvre que de personnes que ces crimes dérangeaient au plus haut point, car Archambault allait très probablement écoper d'une peine sévère, bien plus sévère qu'à son habitude, il serait donc emprisonné plus longtemps. Très longtemps.

Et cela gênait quelqu'un. Pourquoi ?

Ce n'était pas de la compassion. C'était purement technique.

Parce que plus le temps passe, en prison, plus les langues se délient.

Et Archambault avait connu Olsen, qui avait connu plein de monde. Il avait sûrement son lot d'histoires à raconter. Et quelqu'un avait tenu à ce que ses talents de conteur soient proprement tués dans l'œuf.

Maintenant, la méthode : l'assassinat radioactif dans sa cellule nécessite les compétences nécessaires et l'opportunité de faire pénétrer des produits hautement dangereux dans l'enceinte de la prison. Protégé de l'ensemble des prisonniers dans son aile réservée, Archambault constituait une cible assez difficile à atteindre : il était particulièrement complexe de planifier un assassinat commis à l'intérieur de la taule par un des résidents sur place. Ce ne pouvait être que quelqu'un de l'extérieur muni d'un gros mandat, d'un gros badge, d'un gros pouvoir. Peut-être via l'infirmerie, un hôpital mobile, avec ses produits radioactifs pour les scanners et autres tomographes. Un docteur ?

Cela lui rappela instantanément le plan qui se mettait en place avec la camionnette « *Biohazard* » pour le trafic d'armes, Fortin lui-même avait fait allusion à de faux transferts de produits radioactifs.

Et si certains de ces faux transferts en cachaient de véritables ?

L'entité « paramilitaire » pouvait non seulement stocker ce type de matériel en prévision d'une opération d'envergure, mais elle pouvait tout aussi bien chercher à augmenter la magnitude du chaos en distribuant aux islamistes, aux néo-nationalistes, ou même à l'autre entité tueuse, des produits hautement toxiques, en échange d'argent, de quelques services, ou plus simplement, en échange de rien du tout, sinon la mort.

Verlande n'eut aucun mal à convaincre McGlade et Sherville de laisser à la Direction du Renseignement le commandement tactique de l'intervention conduite contre le convoi des trafiquants d'armes. Certes, ce serait une opération mixte, avec les gars des escouades antigang, mais ce serait le groupe *numero uno* du Renseignement qui planifierait et dirigerait tout le processus.

Et le groupe en question, bien sûr, c'était le sien.

– C'est nous qui mettrons au point les détails minutés de l'opération, c'est nous qui affecterons chaque homme, chaque groupe, chaque voiture, à sa place, selon son timing. Et c'est moi et Voronine qui effectuerons la « forced entry » du trailer. Tous les autres devront au même instant plaquer les transporteurs à terre et leur flanquer les menottes aux poignets, ou leur loger une balle dans la tête s'ils font du grabuge.

Tout avait été étudié depuis des semaines par Ryan Fortin. Il avait élaboré le plan dans ses moindres détails, recueilli toutes les informations, compilé tous les paramètres. Il avait conçu le plan dans son intégralité.

Leur plan.

Ils passèrent le reste de la journée à mettre au point le scénario préliminaire de l'attaque du fourgon, c'est-à-dire le plan caché derrière le plan, le plan qui consistait à s'accaparer le contenu secret de la cargaison, elle-même clandestine. Le plan sans gyrophare.

Puis, la nuit tombée, ils réunirent toute l'équipe sélectionnée durant les heures précédentes et ils commencèrent à exposer le plan situé au-dessus du plan secret, le plan visible, le plan des flics.

Planning, minutage, partage des tâches, positions, mouvements, organisation, opérations, communications, contrôle, commandement, renseignement, synchronisation.

C'est la guerre, avait fait remarquer un agent détective de l'antigang.

Seuls Verlande et Voronine savaient à quel point c'était vrai.

Le plan, leur plan qui n'était pas le leur, était extrêmement simple.

Simple comme un raid de Hell's Angels.

Tout d'abord, Verlande avait conçu toute l'opération à partir de l'impérative nécessité d'être les seuls à intervenir à l'arrière de la remorque. Il fallait trouver des arguments valides, et donc une stratégie d'ensemble qui les soutienne. Ryan Fortin avait élaboré son plan comme un Hell's Angel. Mais il l'avait élaboré pour des flics. Il savait naviguer entre les deux mondes, il savait deviner les questions des uns et des autres, il avait des réponses pour les uns comme pour les autres.

Le chef de l'escouade antigang affectée à l'opération s'appelait Gruber, d'origine germano-québécoise, Verlande le connaissait un peu, ils avaient déjà échangé quelques mots dans leur langue paternelle commune.

Julien Gruber avait des années d'expérience en matière de poursuites et d'arrestations violentes, il connaissait son affaire, Verlande l'avait sélectionné parce que lui aussi avait déjà tué un homme lors d'une intervention de choc, dans l'ouest de la ville.

– On nous affecte deux hommes d'une autre escouade du Renseignement pour remplacer les pertes subies par notre groupe, avait dit Verlande. Cumberland et Charlebois. Vous les connaissez, eux aussi sont des anciens de l'antigang. On sera donc seize, dans huit voitures, plus vous, Gruber. J'ai demandé le maximum, je ne veux prendre aucun risque avec ces fils de putes. J'ai maintenu les gars du SPVM dans un rôle de cercle de sécurité, ils serviront uniquement en cas de fuite, ils boucleront tout le secteur. Je ne veux pas les avoir dans les pattes au moment crucial.

– J'aimerais bien que tu nous en parles un peu, de ce moment crucial, Verlande, avait dit Gruber.

– Je commence toujours par les détails, Gruber, comme tu le sais je dis souvent que c'est là où se planque le Diable, et chez nous le Diable c'est l'échec.

Il avait laissé les mots s'imprimer bien net dans les consciences.

– Neuf véhicules contre trois. On jouera la supériorité numérique immédiate. De plus, on n'utilise que du militarisé, et les plus lourds véhicules à notre disposition. Un des trois engins du convoi est un gros Topkick, si on veut le coincer il faudra trois *chars* : un de chaque côté, avec collisions et tirs sur les roues, et un qui le bloquera par l'avant, on prendra deux Escalade pour l'attaque latérale, et une de nos équipes pilotera un gros pick-up Dodge Ramcharger pour lui couper la route. Chacun des deux Tahoe de l'escorte sera pris en charge par deux Avalanche blindées, queue de poisson par-devant, collision latérale classique par l'arrière, intervention immédiate, arrestations opérationnelles au plus vite. Les gars seront armés et dangereux, si vous apercevez le moindre geste suspect, ou qui pourrait l'être, vous faites cracher l'artillerie. On a un code rouge antiterroriste, et ils trimbalent vingt tonnes d'armement ultramoderne.

– Et vous ? J'ai fait les comptes, il manque une voiture.

– Nous, notre job ce sera de prendre d'assaut le camion par l'arrière. Cumberland et Charlebois s'occuperont de la porte latérale côté route, Forestier et Reznik les coinceront par le trottoir, il est large sur ce secteur de René-Lévesque. Le groupe formé par Patrick Montclair et Georges Haddad les arrête pile devant. Guerlain et Vincennes s'occupent de l'escorte arrière avec Larivière et

Gregorsky, quatre de tes hommes, Deverdier et Hamelin, avec Harper et Klein, prennent en charge celle de devant, et toi et tes deux adjoints directs, Martineau et Desroches, vous restez en position d'appui feu, planqués au coin de la rue Saint-Denis, dès que le convoi passe, avec nos groupes d'intervention, vous laissez environ deux cents mètres et vous nous suivez, discrets, mais prêts à toute éventualité. Nous, on défonce les portes arrière et on s'occupe du garde.

Verlande nota le froncement de sourcils de Gruber à l'évocation de son rôle à première vue subalterne. C'était le moment de faire parler son entraînement de mammifère prédateur, c'était le moment de faire parler les Commandos de Montagne. Il avait disposé les pions sur la carte de telle façon que si jamais, au pire, quelqu'un apercevait quelque chose de bizarre, il s'agirait d'un gars de l'escouade, pas d'un type d'un autre service, même Gruber.

Il suffisait maintenant de parler le langage de la Polis.

– Dans une mission comme celle-là, un trio de support rapide, c'est aussi stratégique que l'attaque elle-même. Ne crois pas un seul instant que tu vas te contenter du rôle de spectateur.

– Tu penses que ça va chauffer ?

– Tu pensais sérieusement le contraire ?

Le silence fait vibrer pour quelques instants le moteur de la ville à leurs oreilles.

– OK. Ça tient, et si on a quand même besoin de renforts ?

– Une unité tactique sera combinée au SPVM, ils auront pour tâche d'intervenir si ça se passe vraiment mal. Je les ai fait se poster à environ une minute du lieu de l'opération. Ils auront même une couple de *snipers* postés sur les toits environnants.

– C'est long une minute quand un type vous tire dessus avec une arme à feu. C'est le temps que ça peut prendre à un *sniper* pour repérer sa cible, la viser convenablement et l'allumer.

– Mais ça semble très court quand une vingtaine de flics vous tombent dessus pour vous passer les menottes. Et c'est très exactement le temps que ça prendra, Gruber. *Snipers* ou pas. Une minute. Affaire classée.

Il s'étonnait de sa propre assurance.

Cette assurance sur la mort.

Tout plan est une machine, avant même que celle-ci soit réalisée grâce aux indications qu'il donne.

Jusqu'au milieu du XXe siècle les machines avaient comme fonction principale de surmultiplier la puissance physique humaine.

Mais depuis la Haute Antiquité, le *plan*, c'est-à-dire l'interrelation dynamique de la carte et du territoire, avait été compris, par les Grecs, les Romains, les Chinois, les Indo-Aryens, comme une authentique *machine cognitive*, une machine qui permettait de surmultiplier la puissance de calcul, au sens ontologique, des cerveaux humains. Une machine à augmenter le potentiel de survie.

Ce n'est certes pas un « hasard », Verlande ne l'ignorait pas, si tout microprocesseur est en premier lieu composé d'une carte, qui se trouve être un *plan*. C'est la trame singulière de la microlithographie imprimée sur le composant qui ordonne les informations indispensables à son bon fonctionnement. Le *chip* est le territoire, là où l'énergie électrique est distribuée sous forme de bits d'information, mais c'est la microlithographie imprimée sur ce petit morceau de silicium qui est le plan, cette *forme de vie* qui fait de la carte un dispositif actif, un dispositif *logiciel*.

C'est pour cela qu'un plan n'a rien d'abstrait, non seulement, comme une carte, il s'imprime dans votre mémoire, mais comme tout territoire il pénètre dans votre corps.

Le plan était approuvé par McGlade, ils avaient tous les mandats requis, les certificats de sécurité, tous les tampons. Ils étaient dix-neuf, contre sept. Pratiquement trois contre un. Un ratio offensif tout juste suffisant, mais ils auraient l'avantage de la surprise. Sans compter le cordon de sécurité du SPVM en place tout autour du centre-ville et les seize hommes de l'escouade tactique en renfort si jamais ça tournait vraiment mal.

Les types du convoi n'avaient strictement aucune chance.

Le plan n'était peut-être pas plus *fort* qu'eux, mais sans conteste il serait infiniment *meilleur*.

Ondes de choc

Les premiers grands orages s'étaient fait entendre durant la nuit, en provenance de la ville de Québec. Verlande ne parvenait pas à trouver le sommeil mais s'efforçait de résister à l'impulsion qui l'attirait comme un aimant vers la bibliothèque, et le Labo.

Il resta allongé dans son lit, fuma un ou deux joints, avala une pastille de dissolvant anti-cannabinol pour le lendemain, en cas de tests, alluma la télé sur CNN durant quelques minutes. Les cyclones boréaux avançaient sur le Canada à leur rythme imperturbable. Le premier d'entre eux, Alpha, était en train de traverser le Nouveau-Brunswick, perdant à peine de sa puissance, les grands bras tournoyants du typhon avaient traversé le Saint-Laurent, des pluies torrentielles s'y abattaient, on remarquait l'arrivée de lourdes masses nuageuses jusqu'en Outaouais et en Abitibi.

De l'autre côté de l'océan, dans le golfe de Gascogne, une gigantesque bataille navale faisait rage depuis des heures, mettant aux prises les convois de réfugiés qui s'y aggloméraient et une armada de pirates surarmés venus d'Afrique occidentale. Les bâtiments formant les convois étaient armés de bric et de broc, avec du matériel récupéré sur de vieux stocks militaires et remis en état avec les moyens du bord. La flottille de pirates comptait moins de bateaux, mais son armement et l'entraînement de ses hommes étaient largement supérieurs. La Marine nationale était submergée, c'était le mot, par les masses migratoires transméditerranéennes et les pirates somalis, arabes ou érythréens qui les pillaient et les massacraient lors de leur traversée.

Dans le Pacifique Nord, une favela nautique constituée autour du micro-État de Waterland, quatre plates-formes *off-shore* assemblées à la soudure et faisant route depuis les Philippines vers le Japon, ou l'Alaska, était également aux prises avec une vaste organisation de gangsters maritimes. CNN diffusait les images des deux conflits en alternance, depuis des drones militaires chinois, ou russes, et quelques bâtiments de ce qui restait de l'OTAN, puis périodiquement repassait à la guerre civile européenne et aux cyclones qui attaquaient l'Amérique.

Au large des côtes françaises, les convois de réfugiés européens et les pirates venus d'Afrique de l'Ouest s'affrontaient selon les règles classiques de la bataille navale, avec en supplément le chaos motorisé et la puissance de feu des arsenaux modernes. Mais on pouvait y observer toute la précession des conflits sur mer, des Thermopyles à Trafalgar, de Lépante au Jutland, de Syracuse à Mers el-Kébir. La fin du Vieux Continent se manifestait par la soudaine condensation de toute son histoire.

Dans le Pacifique Nord, la configuration se présentait de façon complètement différente. Ici, la ville flottante formait une sorte de cuirassé géant cerné par des vedettes ultra-rapides dotées de mitrailleuses et de lance-roquettes, plus une myriade de petits vaisseaux d'origine militaire, fruits des diverses rapines de l'armada pirate, ou achetés sur un quelconque marché noir. Ce n'était pas des lignes de navires qui s'affrontaient en s'entrecoupant et en faisant feu en tous sens, voire au-delà de l'horizon, ce n'était pas une guerre de nombres contre nombres, une guerre de destruction basée sur le rendement statistique, comme celle qui se déroulait au large des côtes françaises, c'était un axe central, unitaire, une *cité* nomade autour de laquelle tournoyaient les nouveaux barbaresques, qui ne la détruiraient qu'en dernier recours, au cas où ils y parviendraient. Car ce qu'ils voulaient, eux, c'était *l'intégralité de la structure*, ils voulaient la *cité* flottante, ils la voulaient parce qu'elle deviendrait leur base d'opérations, ils n'étaient nullement intéressés par les cargaisons survivantes, humaines ou matérielles, et les quelques navires pris en otages d'une *all-out attack*. À la différence des pirates africains engagés dans le golfe de Gascogne depuis leurs bases côtières, l'armada du Pacifique était elle-même nomade, errant d'île en île dans toute la Micronésie, les pillant jusqu'à l'os au passage, à l'image des flibustiers des Caraïbes du XVIIe siècle, mais avec des positionneurs GPS, des armes automatiques lourdes, des canons rotatifs, des obus, des grenades, des missiles portatifs, des milliers d'hommes et des navires haut de gamme. La ville navale deviendrait *leur île*, leur capitale thalassocratique. Favela des mers ou flotte de pillards, la configuration demeurait d'une extrême cohérence : *nomadisme urbain nautique*. Rien de tel n'avait été connu auparavant. Le futur du monde se manifestait par la soudaine condensation de toute sa géographie.

Il avait fini par trouver le sommeil en baissant complètement le volume sonore et en se laissant bercer par la luminosité électrique de l'écran plasma, quelques bateaux en flammes furent engloutis en même temps que lui dans les limbes de la nuit.

Au réveil, les trombes d'eau se déversaient désormais sans discontinuer sur la ville. C'est pour cela que le plan de Fortin était un vrai plan, il mettait en relation dynamique directe les éléments cosmologiques et les facteurs terrestres, humains.

Nous serons comme le cyclone, nous attaquerons de tous les côtés à la fois. Nous serons le centre et la périphérie.

La ville est le territoire, mais la Polis est la carte. La microlithographie qui vient activer et positionner les variations du flux énergétique au sein d'une circuiterie logique.

Et eux, *ils sont le plan*, c'est-à-dire le moment où la carte et le territoire vont s'interpoler dans une configuration éminemment dynamique. La dynamique de la Loi.

La dynamique de la Loi quand elle sert à camoufler un ordre invisible, surtout pour Elle.

Il pleut très fort sur Montréal. La chaussée baigne dans de vastes flaques d'eau où crépitent les munitions liquides tombées du ciel, presque noir, une sorte de bleu-gris-violet ; à l'est de l'île, un mur de foudre a éclairé le jour d'une grille de lumière dont l'onde de choc acoustique vient juste de leur parvenir, le crash de mille avions.

Nous sommes le cyclone flicard, nous sommes les artifices de la Polis, et nous sommes en guerre contre vous tous.

Alors, ils sont le plan, ils sont le piège qui va se refermer sur leurs victimes, ils sont les mammifères de la nuit plein jour, et plein orage, ils sont carte et territoire, Cité et *Polis*, ils sont le logiciel de la Loi, et ils sont le code source qui en fait une inscription, marquée sur le front de tous les hommes, comme la lettre « Emeth » – *vérité* – des golems de la tradition juive.

Tout est minuté. Tout est calculé. Tout est *planifié*.

C'est une mécanique de haute précision, c'est un dispositif étudié pour ne laisser aucune chance à l'adversaire. C'est une machine de guerre, et c'est une guerre de machines. C'est l'hypercentre du plan qui vient englober la linéarité spatiale et temporelle du territoire ennemi. C'est le mammifère nocturne qui discerne ses proies dans la nuit où elles ne peuvent rien voir.

Alors, maintenant, vision, action, prédation : la Nuit, c'est eux.

Préliminaire cognitif. Verlande analyse les données. Le Topkick est un engin lourd, il faudra crever ses pneumatiques, tirer sur son moteur et le coincer latéralement avant de se planter devant lui. Les deux véhicules d'escorte sont des Tahoe de couleur blanche, avec une croix rouge sur le capot et l'emblème d'une compagnie de sécurité sanitaire bidon. Verlande n'ignore pas que la cargaison « officielle » est en mesure d'intéresser tous les types de terroristes, *vigilantes*, néo-fascistes, islamistes, gauchistes. Mais il sait aussi que c'est là que réside toute la ruse des paramilitaires. Personne ne tentera une attaque en plein jour sur du matériel aussi sensible. Le moindre incident, la moindre *erreur* aurait des conséquences tragiques pour absolument tout le monde. Contamination de tout un quartier, voire de toute une ville, sans l'aval de la chaîne opérative de commandement d'Al-Qaeda, ou d'une autre organisation clandestine, avec comme conséquences immédiates de graves problèmes en vue avec la hiérarchie du réseau en question, extermination immédiate des personnes présentes sur les lieux, donc mission avortée dès son exécution. Bref, les paramilis savaient fort bien que même un activiste motivé ne prendrait pas plus de risques qu'un fonctionnaire de la douane.

Opération en cours. Moment crucial, convergence des tactiques. Toute intervention militaire nécessite un contrôle parfait du chaos que votre propre action provoque sur le théâtre des opérations.

Opération en cours. Il n'y a aucune coupure. Il n'y a aucune séquence de transition. Le plan fonctionne ON-OFF. Avant-après. Il est l'Alpha et l'Oméga du Bureau des Sacrifices, rien n'existe en dehors des points nodaux qu'il a fixés à chaque extrémité de l'événement, moment post-cognitif, moment de la séparation absolue, moment où tout est machinisé par le plan, en premier lieu leurs cerveaux, moment où le territoire devient la carte et la carte le territoire, moment du métal contre le métal, moment des coups de feu, moment des pneus qui éclatent caoutchouc en lambeaux s'envolant vers le ciel, moment des pare-chocs qui valdinguent sur la chaussée stries d'étincelles rayant le béton, moment où Verlande et Voronine s'extraient de concert du Yukon XL Hydrion, chacun tenant une grenade à explosion dirigée dans une main, son flingue dans l'autre.

C'est le moment où tout peut arriver.

C'est le moment où tout va arriver.

Non seulement ils sont à trois contre un, mais ils ont avec eux l'équivalent de tout un état-major embarqué. Le *nanonetwork* les relie comme les membres d'un organisme intégral. Un organisme programmé pour la prédation urbaine. Ils connaissent tous et chacun l'évolution de la situation pour tous et chacun. *Situational awereness*. C'est le genre de contexte où ces deux mots prennent tout leur sens.

Bien sûr, le plan caché derrière le plan a dû prévoir cette éventualité. Il ne faut absolument pas que les trente secondes cruciales qui se dérouleront à l'intérieur de la remorque soient enregistrées ou ne serait-ce qu'aperçues par quiconque.

C'est là qu'entre en jeu le calculateur humain. Le mammifère nocturne évolué qui combat les grands sauriens.

L'explosion dirigée vers l'avant est susceptible d'envoyer une onde de choc secondaire suffisante pour dérégler momentanément le *nanonetwork*. Le fait que le bloc de fermeture soit composé d'un solide électro-aimant peut venir renforcer l'argument. Et provoquer un *black-out* des communications durant le temps nécessaire.

C'est-à-dire une minute, grand maximum.

Il faudra être plus rapide que la lumière du réseau.

Il faudra être plus vrai que la vérité.

Il faudra tous les baiser, flics comme trafiquants. Il faudra réussir la mission. La mission du Hell's Angel. L'Ange des Boîtes Blanches.

Les Boîtes Blanches qui portent le symbole de la vie pour mieux cacher qu'elles portent la réalité de la mort.

Toujours relier la sécurité vitale et le danger le plus immédiat.

C'est une loi que partagent tous les Anges.

Les grenades à explosion dirigée sont des « sticky bombs » : deux petites sphères, grosses comme des balles de tennis, remplies de cent grammes d'un explosif au tungstène, focalisé par le bon vieux système de la charge creuse conique. Le cône est creusé à l'intérieur des sphères, les parties superflues sont nanoprogrammées pour devenir un composite pulvérulent vaporisé dès le premier millionième de seconde suivant l'explosion, donc pas d'éclats de shrapnels malvenus, le temps de la détonation est très court, mais celle-ci est d'une grande intensité : peu de dégâts incendiaires, rayon d'explosivité restreint, onde de choc maximale. Les grenades ressemblent à des mandarines de couleur aluminium se terminant par un cylindre composé d'un nanogel à viscosité variable et de surfaces adhésives à haute sensitivité. La structure atomique particulière du nanogel permet à l'explosion dirigée de conserver sa parfaite cohérence au moment de la traversée du métal.

Modus operandi : « sticky bomb ».

On cogne d'un coup sec la grenade contre la surface à détruire, le cylindre de nanogel en avant. Celui-ci se configure automatiquement en un court et large tube conique dont la base fait adhérence avec n'importe quel type de matériau et déclenche le minuteur dès l'occurrence du contact. Trois secondes.

Trois.

Deux.

Un.

Temps zéro. Temps zéro absolu. Tout mouvement atomique gelé. Temps zéro. Temps suspendu entre l'Alpha et l'Oméga du plan, ou plus exactement en surtension entre leurs polarités.

Temps zéro. Le temps qu'il faut calculer, pour ne pas qu'il vous calcule.

Ils viennent de pénétrer dans la remorque, les débris pulvérisés de la serrure magnétique gisent à côté du garde, en uniforme gris, qui reste étendu à terre, sévèrement commotionné. Devant eux, occupant les quatre cinquièmes de la superficie au sol, et s'arrêtant net à la hauteur réglementaire, des piles de caisses en composite réfractaire, ou à induction cryogénique, d'une blancheur virginale, immaculée, avec le seul insigne de la biocontamination en logo maniaque répété partout, entre quelques croix rouges. Certaines ont souffert de l'onde de choc, quelques fêlures superficielles, des enfoncements partiels, rien de bien grave.

La cloison de séparation et les vitres avant du Topkick ont volé en éclats, l'onde de choc est parvenue jusque-là, c'est l'aide qu'il fallait à leurs confrères pour se saisir du conducteur et du passager et les balancer violemment sur la chaussée sans ménagement aucun.

Il ne leur reste plus beaucoup de temps ; du mieux qu'ils ont pu, ils ont refermé avec discrétion les portières bringuebalantes, avant de commencer à chercher les cachettes indiquées par Fortin.

Verlande sait qu'ils ont un léger avantage sur le *nanometric network*. Un petit coup de pouce de Vlasseïev – *les trucs urgents et impossibles c'est notre spécialité, tu le sais bien*, avait-il dit à Voronine – sous la forme d'un microcomposant fait sur mesure pour réagir à l'onde de choc explosive et entretenir, pendant soixante secondes très exactement, une panne logicielle de leur réseau biointégré. Ils le détruiront dans l'heure, dans la minute s'ils le peuvent.

Mais ils ont moins d'une minute maintenant. Le garde remue faiblement et pousse quelques gémissements. Rien à foutre. Il faut les valises. Vite. Mais il faudra aussi expliquer le temps passé dans la remorque. Ne rien laisser au hasard, c'est-à-dire au Diable, et ses fameux détails. Verlande ne perd pas un instant et balance un violent coup de pied dans la figure du gardien, façon Chute Boxe, résistance à agent, ça marchera, et il lui passe dans la seconde les menottes de plastique aux poignets, bien serrées derrière le dos.

– Les photos d'identification, dépêche-toi.

Camoufler le vrai par le vrai, c'est la stratégie de l'épingle dans le tas d'épingles. Très vite, le plus vite qu'il peut, tout en suivant les procédures professionnelles, Voronine bombarde de son appareil digital l'intérieur de la remorque et les stocks de caisses empilées, flashes, flashes, flashes dans la pénombre, *c'est au grand jour, le grand jour de la lumière digitale, que nous allons les tromper.*

Il faut agir très rapidement maintenant, le chronomètre tourne, il ne cesse de tourner, rien ne peut l'empêcher de tourner.

Ils entendent des cris et même un coup de feu en provenance de l'escorte avant. Ils entendent des cris et *trois* coups de feu en provenance de l'escorte arrière, juste au-delà des portes de la remorque. Tout a l'air d'aller très vite, au-dehors. Très vite, très dur, très dangereux. L'unité tactique pourrait débouler à tout instant, leurs propres collègues…

Les voilà.

Enfin.

À leurs places.

Dans les cachettes implantées à l'intérieur même de la carrosserie.

Vite, moins de quinze secondes, les enfourner dans les sacs dorsaux de combat joints aux gilets pare-balles. La micromallette grise est un petit parallélépipède de douze centimètres de côté sur à peu près trois centimètres d'épaisseur, elle disparaît aussitôt dans le plastocarbone réfractaire du sac de Voronine. La valise noire en forme surpliée, attendant là où Fortin l'avait indiqué, mesure environ vingt centimètres sur quinze et n'est pas plus épaisse qu'une enveloppe de papier bulle.

À son tour de disparaître.

Et à leur tour d'apparaître au grand jour, c'est-à-dire dans la nuée obscure du mensonge.

Devant lui, le métal encastré dans le métal crée une sculpture urbaine parachevée par les gyrophares du SPVM qui s'approchent à grande vitesse, toutes sirènes en action, la pluie a redoublé d'intensité, elle crée un voile permanent, un mur liquide qui oscille dans l'air saturé d'humidité et d'ozone, et trouble la vue au-delà de cinquante mètres. Une phalange d'éclairs vient trouer d'un bleu arctique la ligne d'horizon, à l'est de la ville, le tonnerre vient accélérer le tempo, une autre nuée de foudre vient répondre, de l'ouest, à la première, le tempo ne cesse d'accélérer. Verlande pense : Des éclairs. De l'électromagnétisme. Des interférences en pagaille.

Le plan fonctionnera, il est très exactement une icône de la carte de la Polis et du territoire urbain tels qu'ils se configurent en ce moment même.

L'opération est terminée, mais le chaos se nourrit de tout, y compris de sa propre fin.

La fausse ambulance d'escorte a été prise en sandwich par les deux Avalanche. Le premier a frappé l'arrière du véhicule selon un angle droit tout en effectuant un pivot, ce qui entraîne le tête-à-queue immédiat, méthode flicarde éprouvée depuis des décennies, le second SUV de la SQ l'a coincé par-devant en oblique.

Voilà pour le métal. Et voilà pour les hommes :

Il y a un flic du Service de Renseignement étendu à terre, inconscient, grièvement blessé à la tête et à l'abdomen, une équipe de paramedics est déjà en train de procéder à son transfert vers l'hôpital le plus proche. C'est Charlebois, son remplacement aura été de courte durée.

À la place conducteur de la voiture d'escorte, il y a un homme la nuque inclinée en arrière sur le dossier de son siège, lui aussi a pris une balle en pleine tête. Simplement, lui, il en est mort sur le coup.

Le Ford Explorer militarisé de Gruber en travers de la rue. Gruber tenant encore son pistolet à deux mains en position de tir en direction de l'homme mort. Une racaille de plus à son tableau de chasse, il n'a pas dû suivre le plan à la lettre, il s'est incrusté direct dans le convoi. Tout défile, au rythme d'un échange de coups de feu. Les portes de la remorque qu'ils ont défoncées, le Topkick gisant sur ses pneus éclatés, les deux Escalade aux portières arrachées, leurs pare-chocs plantés droit sur les jantes ennemies, le pick-up Ramcharger 3500 qui s'est pris un méchant choc latéral au moment où il est intervenu pour bloquer définitivement le camion. Là-bas aussi, les paramedics s'affairent, c'est le passager du Tahoe de l'escorte avant qu'on emmène, le thorax troué. Tous les autres sont à terre, les bras maintenus de force derrière le dos, les mains menottées, un gros flic assis sur les reins, un ou deux autres tenant la scène en joue, l'arme braquée sur les têtes ennemies.

L'opération a réussi. Ils ont maîtrisé le chaos qu'ils ont provoqué. Ils ont pris le contrôle de la situation. Et les deux micromallettes.

Les flics se regroupent désormais autour de la remorque et de son chargement.

La cargaison « officiellement clandestine » fait son effet. Elle a pratiquement été conçue pour ça. Pour aveugler, pour illuminer tous ces yeux flicards de vingt tonnes d'arsenal *high-tech*, pour camoufler par cette majestueuse apparition d'armements de destruction massive les deux petites boîtes qui ne pèsent presque rien dans leur sac.

Des exclamations fusent, mais Verlande ne les entend pas, il n'entend plus grand-chose à vrai dire, sauf la voix de Voronine qui lui murmure :

– On ferait bien de s'éclipser discrètement, les Affaites internes vont vite être sur le coup.

Verlande s'était simplement dit : Les Affaires internes sont dépassées, la Technique-Monde a tout circonscrit, non seulement toute singularité y est internée, mais la guerre s'est externalisée dans *toutes les dimensions*. Surtout la nôtre.

C'était à croire que l'humanité n'avait jamais été une espèce naturelle.

La technique n'avait pas produit une « seconde nature », venue se substituer à l'ancienne. Elle avait créé un *état tiers*, elle avait produit une « troisième nature », un hybris total, entre nature technicisée et artefacts renaturalisés. C'était ce monde qui demandait sans cesse plus de travail, plus de technique, plus de morts, afin de maintenir sa course vers l'abîme.

Ainsi, se trouvaient-ils engagés dans un « état troisième » de la Polis, ils avaient franchi le Rubicon, plus aucun retour en arrière n'était possible, et encore moins souhaitable.

Ils allaient *dealer* la micromallette grise avec Vlasseïev, et Verlande remettrait son colis à Fortin dans les deux ou trois jours, le temps que l'ancien Hell's Angel prenne toutes ses précautions. Il recevrait alors un message anodin par *e-mail*, non crypté, en provenance d'une adresse de cyber-café qui disparaîtrait du réseau dans la journée.

Fortin était comme eux. Lui aussi il était en guerre.

S'il avait planifié ce braquage avec tant de précision, et en prenant autant de risques, c'est que le jeu en valait vraiment la chandelle. On ne parlait certes pas de centaines de milliers de dollars, on naviguait dans les océans à six, sept, pourquoi pas huit, neuf zéros.

Fortin avait conçu le plan en parfait solitaire, selon ses vieilles habitudes, éprouvées depuis longtemps. Recueil discret des informations par sources multiples n'ayant pas ou très peu de relations entre elles, recoupements, vérifications, sélection, isolation, préparation. Il avait tracé les paramilitaires, ainsi que la seconde source de trafics d'armes, il était parvenu à s'introduire dans leurs circuits, il avait paramétré les différences, les analogies, les paradoxes, puis il avait choisi sa cible avec de nombreuses précautions, mais une parfaite sûreté, il n'avait pas reculé devant le danger, il savait à qui il s'attaquait, il avait tout calculé.

Lui aussi, il était un mammifère de la nuit.

En envoyant la SQ faire le boulot à sa place, il s'était offert une solide assurance sur la vie, personne ne le soupçonnerait d'avoir ainsi vendu la mèche directement aux flics. Et personne ne se douterait avant longtemps que les deux valises « secrètes » n'étaient pas tombées aux mains de la SQ, comme le reste de la cargaison.

C'est là que l'intelligence prédatrice de Fortin avait brillé de sa plus forte magnitude : *Au bout d'un certain temps, quand il apparaîtra que les valises ne figurent pas dans l'inventaire des pièces saisies, ils croiront probablement que les micromallettes sont restées dans leurs cachettes, à l'intérieur du véhicule, et que la Sûreté elle-même ne les a pas trouvées, les planques sont recouvertes d'un alliage à nanoréseau composite, réfractaire à tous les types de scanners*, leur avait-il dit ce jour-là. *Il se pourrait alors qu'ils tentent quelque chose, mais ils sauront aussi que ce sera très risqué, et qu'il leur faudra parfaitement réussir leur opération, dans les garages mêmes de la SQ ! Et s'ils le font, et qu'ils y parviennent, ce sera pour rien. Pour eux le bilan sera* back to square one.

– Pourquoi les valises sont-elles cachées dans le véhicule ? Est-ce qu'il s'agit d'une opération secrète, y compris pour la plupart des paramilis ? Un *black program* réservé à une élite ?

– Je n'en sais rien, Verlande, à mon avis si elles sont si bien planquées, c'est qu'ils envisagent la possibilité d'un braquage du fourgon, d'une attaque d'islamistes ou de communistes, ou de n'importe qui d'autre pouvant être intéressé par la cargaison officielle, je parle bien sûr de l'*officieuse*, des armes.

Verlande avait pensé : une cargaison officielle – produits virologiques – fausse. Mais qui pouvait intéresser du monde.

Cargaison officieuse : l'arsenal. Pouvant intéresser au moins autant de personnes.

Cargaison secrète : les micromallettes. Connues d'on ne savait qui. Mais qui étaient susceptibles d'intéresser les plus grandes puissances de la planète.

Quand une vérité cache une autre vérité, cette dernière est en mesure de faire exploser l'univers une seconde fois.

– Dans le même temps, comme tu le sais, ce type de convois est leur méthode privilégiée pour passer la frontière, ils n'ont donc pas beaucoup d'alternatives.

– En fait, ils n'en ont aucune.

– Exactement, voilà pourquoi ils ont conçu ces cachettes réfractaires aux scanners dans la carrosserie interne du Topkick. Il faut que ces valises passent à tout prix, visiblement c'est urgent. C'est leur faiblesse. Parmi tant d'autres.

Verlande n'avait rien répondu sur le moment. Une telle évidence pouvait avoir raison d'une cité entière. Ils s'attendaient à une opération de trafiquants rivaux, à des commandos islamistes, ou néo-bolcheviques, ou d'autres encore.

Mais ils n'avaient pas pensé à un braquage opéré par la police de la province.

Ils roulaient en direction du QG de Parthenais, pour au plus vite établir un rapport circonstancié de l'intervention et indiquer tous les détails significatifs, comme l'interruption accidentelle des communications avec le *nanonetwork* dès l'explosion de la serrure magnétique. Il fallait impérativement dresser un obstacle immédiat aux fouineurs des Affaires internes.

La pluie ne cessait de tomber du ciel devenu bleu nuit, alors qu'il était à peine midi, elle venait fouetter la ville de toutes les lanières liquides de son knout atmosphérique, la tempête gagnait en intensité avec constance, calmement, sans réelle démesure, comme tous les événements importants. Les rapports météo laissaient peu d'espoir pour les jours à venir. Le second cyclone boréal, Beaver, venait tout juste d'atteindre le littoral atlantique, entre Terre-Neuve et la Gaspésie, les deux ouragans ne se contenteraient pas de se suivre, ils allaient se superposer.

Ici même.

Les éléments déchaînés en provenance de l'océan se succédaient sans interruption, les événements terrestres survenaient comme leur reflet dans le miroir de la Chute. La Polis était probablement une image dégradée de la Jérusalem terrestre, elle-même image de la Jérusalem céleste. Elle avait subi la même déréliction que la Création, elle en formait donc le *plan*, en tant que forme de vie pensée, en tant que *calculateur* des états psychiques du cosmos.

– Le monde va finir par devenir notre meilleur allié, en même temps qu'il sera notre pire ennemi.

Verlande entendit Voronine dire : *Une minute*, et lever légèrement la main, en un signal d'attention. Il comprit qu'un message crypté en provenance de l'extérieur venait de s'intégrer au biogramme du jeune Russe.

C'était Vlasseïev. Il avait de bonnes nouvelles. Ils avaient « craqué » l'ordinateur d'Archambault et ils étaient tombés sur des choses qui méritaient d'être vues.

Cet ordinateur va nous permettre de mettre la théorie du commandant McGlade à l'épreuve, pensa Verlande. *Et donc de soumettre le monde entier à la Question. La Question qui tue.*

– Dis-lui que nous devons le voir de toute urgence, dis-lui que nous avons quelque chose pour lui. Quelque chose qui va drôlement l'intéresser.

– Je lui parle aussi du prix ? Ça aussi, ça va sûrement l'intéresser.

Verlande avait laissé son sourire flotter dans l'air, détaché de son propre visage, comme celui du Chat du Cheshire dans le roman de Lewis Carroll.

– Il n'y a pas de prix pour une telle chose. Ou plus exactement, ce n'est pas un prix monnayable en vulgaires dollars.

– *Vulgaires* dollars ? On parle de deux cents ou deux cent cinquante mille US, voire le double, je te le rappelle.

– C'est bien plus que ça. Seul le gouvernement des États-Unis avait les moyens de se l'offrir, Fortin sait beaucoup de choses, mais toutes ne sont pas exactes, lui aussi on l'intoxique, même si on l'informe. Mais il n'est pas idiot, et c'est un pro, il devait se douter de la vérité. Celle qu'il s'est bien gardé de nous dire.

– Mais *combien* alors ?

– Je te l'ai dit, ça n'a aucun prix, c'est pour ça que Fortin n'avait pas les « connexions », c'est en fait *beaucoup trop cher*, et c'est pour cette raison que le *deal* avec Vlasseïev sera d'une teneur toute spéciale.

Voronine n'avait rien répondu. Il savait que lorsque Verlande avançait ainsi dans la nuit, rien ne pouvait être fait pour l'arrêter.

Jack in the Box

La micromallette grise fonctionnait avec une clé de surcodage de type classique. Un premier niveau de sécurité par un clavier digital, un simple nombre à entrer, vous avez droit à deux essais, pas un de plus. Ensuite, on pénètre dans la machine. Fortin leur avait livré le code d'entrée ainsi que la microcarte de *bootstrap*. Elle permettait l'activation primaire du nanocircuit interne et le dépliage complet de la valise. Ensuite, la mallette entièrement reconfigurée, en forme de cube doté de saillies cristallines, on apercevait deux boutons de forme rectangulaire placés côte à côte sur un des coins de la face supérieure. Le premier, de couleur noire, servait à activer les systèmes de contre-mesures intégrés, l'autre, translucide, était un lecteur d'empreintes digitales. L'empreinte laissée sur le bouton translucide devait correspondre à celle implantée sur la microcarte pour que les logiciels opératifs de base soient initialisés. Fortin avait tout préparé avec sa méticulosité habituelle peu avant leur départ de chez lui, l'avant-veille de l'attaque.

Voronine pourrait faire aisément fonctionner la micromallette, ils pourraient *dealer* au plus vite avec Vlasseïev, Verlande se disait juste : *Les trucs urgents et impossibles c'est votre spécialité, mais les trucs urgents et inconnus ?*

La valise à surpliage de couleur noire était un peu plus sophistiquée, et beaucoup mieux protégée, sans doute Vlasseïev et ses cyberpirates auraient-ils pu forcer le code d'entrée de la mallette grise, mais pour celle-ci, Verlande en doutait fortement. L'enveloppe noire ne présentait strictement aucun dispositif de type clavier, bouton, curseur, trackball, lecteur-senseur, interface vocale, système d'entrée-sortie, ou quoi que ce soit d'autre. C'était une surface noire, immaculée, absolument plane. Fortin avait laissé partir un objet valant au moins un quart de million de dollars et sans doute beaucoup plus, Verlande ne pouvait deviner le prix exact de la valise noire, mais il pariait sur un ratio de un pour cent entre les deux contenants.

C'est pour cela qu'il n'essaya même pas de la faire fonctionner, alors que Voronine inspectait les nanocircuits de la mallette grise dépliée et activée. Il l'observa longuement, alors qu'elle trônait sur la table d'opérations principale, sous la lumière blanche du plafonnier.

Une feuille.

Noire.

De l'épaisseur d'une enveloppe de papier bulle.

Et cela valait probablement des millions, des dizaines de millions de dollars, sans doute plus encore. Cela valait des années de recherche et développement.

Il n'existait qu'un seul type d'objets pouvant valoir de telles sommes.

Bien sûr, comme l'autre valise, *il s'agissait d'une arme.*

Après le départ de Voronine et de sa valise-cube, Verlande veilla bien au-delà de minuit, ne parvenant pas à trouver le sommeil. Il erra dans le Labo, tournant autour de la table chirurgicale, contemplant la surface d'un noir très mat de l'enveloppe à mémoire de forme.

Elle ne brillait même pas un peu sous la lumière halogène surpuissante du plafonnier, elle conservait ce noir anthracite, neutre, intersidéral, parfaitement nocturne, comme si elle absorbait absolument tous les photons à sa portée.

Il prit la décision d'essayer de la sonder. Le Labo possédait scanners, scintillographes, spectromètres, tomographes à positons, IRM, il existait sûrement un moyen d'observer l'intérieur de la structure.

Les dispositifs les plus complexes s'avérèrent inutiles. En fait, une lampe de poche lui aurait presque suffi. Un simple balayage à suramplification photonique, une procédure élémentaire, lui permit d'apercevoir, mais tout juste, ce dont la feuille était constituée.

Elle était constituée de *feuilles.*

C'était un... *livre.*

Sauf que – l'ordinateur de contrôle était absolument formel – cette feuille contenait une infinité d'autres feuilles. Chaque feuille avait une épaisseur non pas nulle, mais *infiniment petite.* La densité de la structure ne provenait pas d'elles, mais d'une « matière sombre » dotée de sa propre « énergie sombre », cette matière et cette énergie encore inconnues dont on savait désormais qu'elles formaient plus de 95 % de la Création.

Elle n'était pas *virtuelle,* comme un simulacre informatique, c'est sa substance qui était radicalement différente de tout ce que l'on connaissait à ce jour. Plus encore, Verlande voyait se dessiner, sur plusieurs « profondeurs », des formes lumineuses éphémères à l'éclat vif-argent ou aurifère, et qui s'assemblaient en signes, selon des alphabets en constante métamorphose traçant au sein même de la matière noire un récit qui devait probablement se prolonger à l'infini. C'était à peine visible et pourtant ce fut un authentique choc cognitif.

C'était une *arme,* bien sûr, puisque c'était un *livre.*

Il se détacha avec difficulté de sa contemplation et revint aux procédures de survie et de calcul, les procédures qui conservaient en vie les mammifères nocturnes. Il décida d'attendre patiemment l'e-mail de Fortin, la journée avait été chargée, et celle du lendemain ne le serait pas moins, il s'arrêta un instant dans la bibliothèque adjacente pour y prendre le volume *Prima Secundae* de la Somme Théologique traduite par Laversin et l'emmener dans sa chambre. Il s'endormit sur la Question 90 : *la constitution intime de la loi*[1].

La Loi est l'ombre de la Liberté, disait Raymond Abellio, quand une société ne possède plus cette face sombre, vous pouvez commencer à vous inquiéter, car où donc est passée la lumière qui la produisait ?

Le lendemain matin, dès l'aurore, il était aux côtés de Voronine dans le Yukon militarisé, sur la route de Mirabel.

Ils avaient la micromallette repliée dans la boîte à gants.

Ils avaient tous les codes, la microcarte, l'empreinte digitale.

Et Verlande n'avait pas vraiment de *deal* à proposer en échange à Vlasseïev.

La fin du monde ne s'achète pas, elle qui vend justement le monde pour solde de tout compte.

La pluie continuait de balayer l'univers, Alpha était en train de s'éteindre doucement, mais Beaver venait d'atteindre la côte du Nouveau-Brunswick, les rapports météo affirmaient qu'il était bien plus puissant que son prédécesseur, dès le lendemain ses avant-gardes atteindraient l'est du Québec.

L'eau du ciel ne semblait pas faite pour « laver » la Terre, poncif pseudo-apocalyptique dont les faux croyants aiment à se repaître.

Dieu n'est pas un gardien de bains-douches, les cyclones de l'an dernier, et des années précédentes, n'avaient été que des prototypes. Ceux-là seraient d'authentiques signaux.

Des signaux code rouge. Ils ne « nettoieraient » rien, au contraire, ils venaient pour tout détruire. Ou en tout cas, ils venaient donner un avant-goût à l'humanité de ce que la Chute de la Création, corrélative à la Chute humaine, allait provoquer, une fois que le fond de l'abysse serait atteint. Et le fond de l'abysse était là, tout

1. Éditions de la Revue des jeunes (1935).

proche, l'humanité s'y dirigeait avec une volupté qui ne prenait sens que dans la déchéance systématique. Les cyclones eux-mêmes ne pourraient rien y faire. Il faudrait une arme un million de fois plus puissante qu'une bombe mégatonnique, avait pensé Verlande. L'Homme lui-même semblait le meilleur des candidats possibles.

Et il se dit aussitôt : C'est peut-être cela que nous apportons à Vlasseïev.

Et sa voix intérieure ne put s'empêcher de conclure : *C'est peut-être cela qui est resté caché chez toi.*

Les appartements personnels de Vlasseïev se trouvaient dans l'aile réservée à l'administration supérieure de l'ancien aéroport, vastes pièces, cloisons démontées, larges baies vitrées. Sur les toits du bâtiment, comme de tous les autres, se succédaient réservoirs à eau de pluie et antennes photovoltaïques, un peu plus loin, là-bas, à l'extrémité des pistes, se dressait le pylône noir du paratonnerre, relié à des turbines à induction magnétique qui condensaient la charge sur une partie restreinte du sous-sol, là où des capteurs-transformateurs d'énergie calorifique œuvraient directement pour le système de géothermie.

C'était la cité des cyberpirates. La contre-cité, la Néo-Polis, le noyau de résistance.

Le noyau de résistance de la politique contre la culture, avait pensé Verlande, presque malgré lui.

– Pourquoi avez-vous tenu à me voir seul ? On était presque une dizaine à bosser sur votre disque dur.

– C'est toi qui décideras de la diffusion des informations, mais on doit te voir seul.

– Diffusion des... ? Je te signale, Verlande, que c'est moi qui les ai en ma possession, les informations, et que vous êtes justement venus me voir pour ça.

– On est venus te voir pour toute une série de choses, Dimitri, et on va commencer par l'ordinateur d'Archambault, en effet. Ce qui signifie qu'on t'écoute, qu'on est prêts à voir ce que tu as trouvé, et préparés à toute sorte de vérité.

Vlasseïev avait poussé une sorte de soupir, mais ses lèvres avaient laissé filtrer un rictus glacial.

– Soyez surtout préparés à toutes les sortes de mensonges.

Ils avaient déjà vu tout cela. Vlasseïev leur passait en revue les divers fichiers et pseudo-fichiers que son équipe avait déchiffrés, quelques semaines plus tôt. C'était la première structure truquée. C'était la première organisation logicielle du mensonge. Ce n'était que des mensonges qui camouflaient d'autres mensonges.

– Vraiment très fort, ce logiciel militaire. Bien plus performant qu'un simple simulateur d'effaçage surmagnétique. Si j'osais, je dirais qu'il travaille dans l'invisible. Aucun bit d'information, aucune data, rien. Juste des variations d'impédance électrique, des micro-changements électromagnétiques influant sur la vitesse du processeur, des permutations dans la circuiterie structurelle des composants, donc dans la circulation des informations, et même la gestion de microcoupures localisées, voire d'interférences produites à partir de l'alimentation centrale. Le code source était éparpillé dans tous les fichiers visibles, cryptés ou non, une bonne partie avait même disparu. On n'avait jamais vu ça, Verlande, jamais.

Verlande pensa : *Mensonges qui recouvrent d'autres mensonges, illusion multicouche… la signature méthodologique des paramilis comme des tueurs post-mafieux…*

Le disque dur d'Archambault était relié à trois nano-ordinateurs rehaussés de divers systèmes de confection artisanale, un écran à algorithme tridimensionnel haute définition affecté à chaque unité centrale, les images transitaient de l'un à l'autre, en passant comme à travers des filtres de plus en plus nets.

Des filtres.

Des leurres.

Des trucages.

Des illusions.

Des simulacres.

C'était pourtant là que la vérité avait été produite, c'était là qu'elle avait imprimé sa trace.

– Qu'est-ce que c'est, ça ?

– C'est précisément le problème. On est tout juste arrivé à reproduire le processus de localisation des pixels, nos filtres spectrométriques ne sont même pas parvenus à arracher une seule couleur aux trames résilientes, vous verrez, et même après le troisième niveau de reconfiguration *hardware*, le dernier, ça reste mystérieux.

La vérité est un mystère, avait pensé Verlande. Si le logiciel militaire travaillait dans l'invisible, alors ce qu'il donnait à voir c'était l'invisible.

C'était ce qui se trouvait sur cette série de photos, comme passées à l'acide, vieillies de plusieurs millénaires, grises et grises, sans contraste aucun, vues au travers d'une nuée nocturne.

C'était ça qu'il fallait comprendre.

Le monde en gris sur gris, une seule valeur, des milliers de nuances. Un cosmos éteint. Un cosmos plongé dans le brouillard, un cosmos envahi par une nuit sans étoiles.

Cela ressemble à un paysage. Oui, c'est la nature. La nature sauvage. Elle est en avant-plan, elle est ce qui domine, ici.

Mais il y a des formes, grises sur le paysage gris, il y a des formes, très estompées, à peine discernables, des formes diverses, troubles, aux limites de l'existence, et qui épousent chacune différemment l'avant-plan gris du cosmos éteint. Des silhouettes grises dans une lumière grise, il y a des… *objets*, impossible d'évaluer les distances, tout est gris, et tout est placé sur le même plan, c'est-à-dire celui de la nature-machine qui domine tout.

Que peuvent être ces quelques rectangles clairs parsemés sur ce qui ressemble, si l'on observe attentivement, à la ligne de crête d'une colline ? Que sont ces drôles de stries horizontales qui rayent d'anthracite poudreux le paysage gris plongé dans la lumière grise ? Et ces formes, très pâles, parfois regroupées, parfois solitaires, des formes sans réelle structure, comme si elles avaient été filmées de très loin, au téléobjectif peut-être, mais ils ne peuvent rien savoir, le mystère est étalé devant leurs yeux comme un saint suaire électronique, tout est là, mais l'essentiel reste invisible.

– Il restait trois photogrammes exploitables, voici le deuxième, avait dit Vlasseïev.

Du gris, encore du gris, du gris à perte de vue, toujours ce même cosmos éteint, toujours cette lumière en provenance d'une lune éclairée par un soleil mort.

La configuration des gris est différente. C'est encore la nature, mais encore plus machinique, on discerne des lignes droites, des angles aigus, des structures, des formes plus nettes. Toujours estompées, toujours sur le point de s'évaporer dans la brume grise, mais elles sont de dimensions supérieures aux formes éparpillées sur le premier photogramme, elles sont plus faciles à discerner.

Il faut comprendre.

Il faut savoir.

Il faut voir.

Il faut laisser le mystère se révéler, il faut lui donner la parole, il faut écouter ce qu'il a à dire.

Chaque photogramme fut scruté et rescruté durant une bonne heure. Vlasseïev et un de ses acolytes essayèrent d'autres procédures avec leurs spectromètres, un garçon aux traits fins et aux yeux très noirs, un jeune juif surdoué nommé Goldberg, leur apporta un programme qu'il venait d'écrire, rien ne marcha.

Du gris. Des formes. Des lignes. De vagues ombres. Des nuances plus claires, des ondes anthracite ou gris granit. Des reliefs aplanis. Des surfaces embossées.

Mais le logiciel militaire de sureffaçage avait ses limites. Trois photogrammes, ce n'était pas grand-chose, mais c'était tout de même *quelque chose*.

On pouvait déjà poser l'hypothèse que les clichés se complétaient plus ou moins, qu'ils avaient été enregistrés dans le même endroit, depuis des points de vue assez proches les uns des autres pour produire un effet panoramique. On pouvait aussi supposer qu'ils avaient été pris du même point de vue mais en direction d'objectifs variés. On pouvait tout aussi bien *imaginer* qu'ils avaient été photographiés du même endroit, mais avec des focales différentes. Peut-être pouvait-on commencer par bien observer chaque détail et ensuite envelopper le tout dans le mouvement de la pensée.

De toute façon, pensa-t-il, ils n'avaient guère le choix.

D'abord le calcul.

Ensuite l'*imagination.*

Les Nombres.

Le Verbe.

Le logiciel militaire de surcryptage avait probablement ses limites, mais pour le moment elles tenaient face à toutes leurs tentatives d'investigation.

– Je dois vous expliquer quelque chose d'important, avait dit Vlasseïev en plein milieu de la séance. Nous devons rester économes dans notre processus de visionnement. Il semble subsister un nanoprogramme résiduel, implanté dans l'horloge du processeur lui-même, qui incrémente périodiquement une valeur numérique de façon aléatoire, imprévisible, à chaque passage des photos dans notre système d'analyse à double redondance, nous perdons de la définition. C'est très malin. Ce sont vraiment des *cracks*, les petits gars qui ont conçu ce machin.

– Je ne pense pas que « petits gars » soient les mots qui conviennent. Fige tout au point où en est, avait répondu Verlande. Ce n'est plus *voir* qui compte, maintenant, c'est comprendre.

Ils voyaient, certes, mais ils ne savaient toujours rien.

Sans doute fallait-il que la nuit tombe pour que l'obscurité puisse être éclairée. Il aurait dû y penser avant, se dirait-il alors. C'est dans l'ombre que nous avons le plus de chances de mieux *voir, savoir, comprendre* ce qu'il y a d'imprimé sur ces photos, c'est-à-dire l'Obscurité.

Nous sommes les mammifères de la nuit, et les ténèbres seules semblent en mesure de nous faire voir ce que nous chassons, nous, les prédateurs de la vérité.

Celle qui se camoufle dans ce cosmos éteint logé au fond d'un disque dur.

Il ignorait encore à quel point son intuition sur la Nuit capable de percer les Ténèbres n'était pas qu'un pressentiment, mais le signal de l'arrivée cataclysmique du réel.

– Qu'est-ce que c'est ? Une valise à surpliage ? J'en ai vu des plus complexes, avait dit Vlasseïev.

– C'est beaucoup plus que tu ne peux imaginer. C'est beaucoup plus complexe que tout ce que tu as vu. Et c'est beaucoup plus dangereux que tout ce dont tu t'es jamais servi. Pour faire simple, c'est un projet top-secret du Pentagone, ou de la DARPA, ne me demande pas comment ni pourquoi on l'a obtenu, c'est une arme classifiée secret-défense, à ce qu'on sait c'est un nanoréseau à intelligence autoprogrammable conçu pour les intrusions furtives dans les systèmes d'information surprotégés et la défense active des composants sensibles, on a eu l'idée saugrenue que c'était susceptible de t'intéresser.

Vlasseïev émit une sorte de hoquet, un vague rire d'incompréhension interrompu par la curiosité la plus vive.

– Verlande ! Tu t'amènes avec le nec plus ultra en matière de *cyberwarfare* et tu oses me demander si ça va m'intéresser ? Qu'est-ce qui se cache derrière cette combine, vous demandez combien, l'équivalent du budget d'un pays africain ?

– Ce ne serait franchement pas suffisant. Tu ne vas pas le croire mais dans un premier temps je ne te demanderai rien.

– Il y aura donc un second temps.

– Évidemment, et même un troisième. Le premier temps, c'est : il est à vous, vous étudiez l'engin sous toutes les coutures, vous apprenez son fonctionnement, à fond, vous sondez la moindre ligne de code, le moindre octet, vous devrez le connaître comme si vous l'aviez fabriqué vous-mêmes. Le deuxième : je vous donnerai une série de cibles secondaires, mais bien choisies, qui vous serviront de tests. Le troisième : je ne sais pas encore.

Vlasseïev n'avait rien répondu, Voronine laissait sciemment le silence plomber l'atmosphère.

Verlande observa un instant l'orage se développer vers l'ouest. Puis ce fut comme un flux électrique qui traversa sa conscience, la chair même de son cerveau.

Ce fut si soudain qu'il faillit en tressaillir. Il venait de se souvenir de ses pensées, au début du rendez-vous, lorsqu'il avait comparé les méthodes des paramilis – mensonges recouvrant falsifications, recouvrant illusions, recouvrant simulacres – avec la configuration finale du disque dur d'Archambault.

C'est vrai, les analogies existaient. Mais les *similitudes* pointaient ailleurs.

C'est comme si le disque dur d'Archambault avait été reprogrammé avec le cube de couleur aluminium qu'ils venaient de « revendre » à Vlasseïev.

Ce qui bien sûr, était strictement impossible.

Verlande agit comme à l'accoutumée, retour au réel par les souterrains cachés juste en dessous.

– *Je ne sais pas encore*, Dimitri, et c'est ainsi, mais ce que je sais, c'est qu'en échange de cette méconnaissance, tu auras en ta possession de quoi rendre ta forteresse impénétrable et détruire sans merci tous ceux qui chercheraient à y pénétrer.

Vlasseïev observait l'engin de couleur aluminium anodisé se reconfigurer sur la table, l'air pensif, et enjoué, tel un môme devant le jouet qu'il attendait depuis trop longtemps. Verlande eut une autre de ses pensées sauvages : *Si le disque dur d'Archambault a été reprogrammé par un « logiciel d'origine militaire » et que, peut-être, il s'agit précisément du Cube, ou d'une version prototype, alors sans doute existe-t-il un moyen de renverser le processus.*

– Je suis sûr que lorsque vous saurez vous servir du Cube, il vous permettra de tout restaurer dans ce foutu disque dur. À ce moment-là, nous saurons.

Vlasseïev n'avait rien répondu, sinon un assentiment de la tête, le Cube était déjà en train de devenir pour lui le seul monde réel.

– La guerre est partout, Dimitri, et maintenant elle est *tout le temps*. Cette micromachine, c'est ta vision nocturne à toi, c'est ton système adaptatif de mammifère, c'est ta survie, la possibilité de devenir un authentique prédateur pour les autres.

Vlasseïev lui jeta un regard légèrement surpris, mais continua d'observer en silence les facettes du cube se mettre en place.

La pluie redoublait de violence, une batterie d'éclairs illumina le ciel d'une nuée bleu néon.

Les éléments eux-mêmes avaient compris tout cela depuis bien longtemps.

Cortex de Concentration

La cave de Verlande était accessible via un large entresol central qui distribuait bibliothèque à droite, laboratoire criminel à gauche, tels les hémisphères cérébraux, deux petits escaliers séparés en direction du vaste espace souterrain divisé par un double mur, le « sas », avec deux portes blindées sécurisant un vestibule d'accès, doté d'un bureau, d'une petite armoire à tiroirs métalliques et d'un minifrigo.

Le sas servait d'interface entre les deux entités spécialisées de la cave, sa fonction était à la fois neutralisante et dynamisante. Il permettait de neutraliser les mécanismes fascinatoires qui éclairaient les énigmes d'une fausse lumière, au cours des enquêtes ou des lectures, et présentaient autant d'illusions d'un réel devenu dès lors simulacre. Dans le même temps, il dynamisait les relations physico-psychiques entre le décryptage numérique de la réalité et le recryptage verbal de sa programmation, entre les machines qui faisaient voir l'invisible et les livres qui voyaient l'invisible. C'était une sorte de *générateur*, isolé du monde, au cœur du monde, par lequel le sens et les formes parvenaient à se réunir dans son cerveau.

Au bout d'un temps, il ne ressentait même plus le besoin d'ouvrir un livre particulier ou d'observer les résultats d'un scanner, il lui suffisait de s'installer dans le sas, de s'asseoir derrière son bureau, pourvu d'un simple mini-PC à cent dollars, et de se servir une bouteille de Coke bien frappée pour commencer la nuit.

C'est ce qui se produisit ce soir-là, alors qu'il était revenu du sanctuaire de Vlasseïev avec des nuées grises devant les yeux et des vortex liquides tout autour de lui.

Le sas était plongé dans sa pénombre habituelle, seulement éclairé de la lumière de l'écran, état intermédiaire entre la nuit et le jour, la clarté et l'obscurité, l'état interface qui lui avait permis si souvent de compléter les diagrammes, d'opérer l'intégralité des calculs, de voir enfin dans la nuit.

L'état du mammifère prédateur.

Il attaquait la nuit par la rédaction de multiples notes. Les paramètres criminalistiques des investigations en cours s'intercalaient avec des analyses complètes, ou des extraits, d'ouvrages de toute nature, théologie, sciences naturelles et physique, histoire, anthropologie, maths, roman et poésie.

Le résultat final ne figurait jamais sur l'écran, il n'était nullement mémorisable sur disque dur. Il était tout juste un produit de sa mémoire biologique. Il était un éclair. Un éclair qui traversait le ciel de sa conscience comme les fulgurances météoriques venaient rayer celui du monde qu'elles submergeaient.

Généralement, il suffisait d'écrire, et il suffisait d'attendre.

Alors il écrivit. Son *cut-up* mental habituel. Conglomérats hyperpsychiques, filtrés par la mémoire active de l'animal nocturne : notes et extraits des rapports médico-légaux, colonnes de chiffres, opérations arithmétiques, diagrammes, plans, cartes, reconstitutions narratives des faits, hypothèses, preuves, doutes, biologie analytique, génétique, science des matériaux/extraits et exégèses des *Éclaircisse-*

ments sur les sacrifices de Joseph de Maistre, du *De Trinitate* de saint Hilaire de Poitiers, de *La Création de l'Homme* de saint Grégoire de Nysse, de *Sur l'incarnation du Verbe* de saint Athanase d'Alexandrie, des *Noms Divins* ou de la *Théologie Mystique* du Pseudo-Denys l'Aréopagite, *De la division de la Nature* de Jean Scot Érigène, tous intercalés avec les reconstitutions narratives des souvenirs paternels, et quelques jets semi-poétiques nés des événements violents vécus les dernières semaines, c'était le processus, c'était la procédure, il suffisait d'écrire, il suffisait d'attendre en écrivant, il suffisait d'être prêt.

Ce n'était certes pas automatique, mais il avait constaté une augmentation notable du phénomène, en volume comme en intensité. Il écrivait de plus en plus, de plus en plus vite, l'écriture devançait sa pensée, elle formait des *plans projetés avant leur propre conception.*

Alors, cette nuit-là, au bout d'un temps qu'il ne put déterminer, *la chose* survint.

Ce n'était pas vraiment une « chose », quoique sa définition fût presque impossible à préciser.

Ce n'était pas vraiment une chose.

C'était plutôt un *monde.*

Cela ne provenait pas d'un état onirique ou approchant, rien d'une remontée des profondeurs subconscientes, pas d'hallucinations, rien de subjectif en fait. Un monde n'est pas subjectif.

Verlande connaissait les pouvoirs de l'imagination. Il connaissait aussi quelques invariants des sciences antiques, comme cette heure du diable, 3 heures du matin, image invertie des 3 heures de l'après-midi où le Christ connut son Calvaire sur la Croix.

L'heure du diable était son alliée dans le sens où elle était son *meilleur* ennemi, elle était ce qui forçait le mammifère prédateur à s'adapter à la nuit.

C'est vers cette heure-là que son imagination avait commencé à tracer les diagrammes, opérer les calculs narratifs, définir les équations du cerveau, modéliser ce monde qui naissait entre lui et la réalité, tel un code source caché dans l'atmosphère et révélé par sa seule présence.

C'était un monde. C'était dynamique. *Dynamis* : *l'effet de la puissance.*

C'était un monde. Et c'était d'abord un vortex.

Un tube, tournoyant, noir comme la nuit, à l'intérieur même de sa structure, ne cessait de vivre et revivre des myriades de circuiteries lumineuses, lumières que les ténèbres ne parvenaient à saisir, comme dans l'Évangile johannique.

Cela lui rappela les inscriptions qui étaient apparues dans la matière noire de la feuille « photonique », c'était comme si cette surface plane s'était transmutée en un rouleau infini capable d'avaler tous les livres de sa bibliothèque et, mieux encore, de toutes les bibliothèques, y compris ceux qui n'avaient pas encore été écrits.

Le tube était un monde parce qu'il donnait à voir l'invisible, il actualisait dans le réel ce qui était caché dans les limbes des simulacres et des secrets. Vortex de nuit et lumière. Tel un viseur infrarouge donnant à voir l'Homme, la Création, et la Chute.

La Chute, c'est ce monde gris, aplani, sans forme ni sens, ces photographies résilientes que le logiciel militaire n'avait pu totalement effacer, et dont il avait conservé quelques trames quasiment illisibles.

Mais la force de l'imagination consiste justement dans ce pouvoir de tracer les plans de ce qui n'existe pas, en tout cas *pas encore.* Elle est une lectrice-enregistreuse de mondes, elle permet à Verlande de savoir avant de voir, elle lui permet de *con-naître* la nuit parce qu'il la porte en lui, elle lui permet de lire et de déchiffrer la carte fondue dans le territoire gris, elle lui permet de tracer un diagramme, un plan.

Il sait, avant de voir.

Le tube est une extension de son cerveau, il est la *camera obscura* de son imaginaire activée entre les deux hémisphères de la maison souterraine.

Lc tube est une extension de son imaginaire qu'il ne connaît pas. Première rencontre avec l'ovni. Rencontre de *troisième type*, sur tous les plans.

C'est comme un viseur militaire de nuit branché sur le monde, ce monde plongé dans les ténèbres.

Les ténèbres grises.

Son cerveau retrace les diagrammes, recalcule les données, reconstruit les images grises du monde gris.

Son cerveau savait. Maintenant ses yeux voient.

Verlande avait toujours su que l'imagination n'avait rien à voir avec les rêveries et leurs fantaisies plus ou moins associatives. L'imagination est une arme hypercognitive. Une machine psychique. Une machine qui permet de savoir avant de voir. Et avant d'être vu.

Nul doute qu'elle avait formé l'arsenal de pointe des petits mammifères du Crétacé et du jurassique qui devaient s'aventurer toujours plus loin dans la nuit, dans l'inconnu, *dans la menace* elle-même, c'est-à-dire le monde. Il leur fallait deviner, il leur fallait établir des cartes mentales de ce qu'ils avaient vu durant le jour, ils devaient tracer les plans de ce qui n'était pas encore survenu, et du territoire où cela surviendrait.

L'imagination surpassait la pure computation, mais elle était une sorte de calcul réellement intégral où les nombres se convertissaient en pensée, et où la pensée pouvait produire le monde, c'est-à-dire le penser à la fois comme objet de cognition et comme sujet cognitif.

C'était très exactement ce qui se produisait en ce moment même, ce moment où pour la première fois *il put voir ce qui lui permettait de savoir*, lorsque son cerveau émit ce vortex noir-et-lumière, nuit-et-plasma, qu'il n'avait jamais vu auparavant mais qu'il lui semblait *con-naître* depuis toujours.

En fait, il ne le voyait même pas. Justement, il le connaissait, il partageait le même espace cognitif, il était un pur produit de son imagination, cette faculté qui permet de savoir avant de voir, et qui permet donc de lire l'invisible.

L'invisible.

Le monde était gris. Cela voulait dire qu'il avait d'abord été noir et blanc.

Il savait. Il avait deviné.

Il avait pu tracer la carte dans la nuit. Et le plan s'était éclairé.

Le monde-gris-noir-blanc avait pris forme, et sens.

Des caméras de surveillance. Des images vidéo.

Ce sont trois *images*, au sens technique, trois *frames*, que le logiciel militaire n'est pas parvenu à complètement surmagnétiser. Trois images parmi des milliers et des milliers d'autres qui ont disparu à jamais.

Mais désormais, il sait, et il voit.

Il voit ce que les caméras vidéo surveillaient.

Il voit le camp de concentration.

Qu'est-ce d'autre ?

Ces stries horizontales. Du fil de fer barbelé.

Des formes floues, livides, comme décolorées au cœur du gris, ces formes, ce sont des hommes.

Des hommes nus. Des hommes nus dans la nature. Peut-être des femmes. Peut-être des enfants, aussi. Des adolescents ?

Il y a comme deux visages en gros plan, mais ils sont embossés dans le cristal gris et ne forment plus rien de vraiment identifiable, sinon qu'ils semblent en tout point identiques. Mais tout a l'air identique, justement, ici.

La nature, elle est là, elle est écrasante, une montagne, et ici, des boisés, et ici des chalets, accrochés au flanc de la haute colline, et ici, ces formes blafardes qui s'engouffrent sous la terre, comme à travers un puits invisible, et ici, encore ces stries horizontales, et toujours la pixellisation bichromique qui se superpose au faux univers plat et gris.

Les reliefs. Les formes.

Des prisonniers de guerre ? Des enfants-soldats capturés par une faction adverse ? Des photos venues d'Afghanistan ou d'ailleurs dans l'Asie centrale en guerre ? Des images d'exécutions sommaires, de tortures ? Un régime communiste, ou islamiste, une dictature tribale ?

Nos petits gars étaient amateurs de documentaires d'atrocités, voire de *snuff-movies* ?

C'était une possibilité *imaginale* à ne pas négliger, cela s'intégrait parfaitement dans la narration en cours.

Alors il voit de plus en plus net, de plus en plus près, de plus en plus vrai.

Le troisième photogramme est le plus mystérieux, il y a comme une disjonction entre les divers plans de gris, pourtant c'est bien une caméra de surveillance comme les autres qui a laissé cette image derrière elle.

De nouveau, il sait, le vortex noir-et-lumière vient de faire surgir le réel au centre de son cerveau.

Quel mystère avait pu résister jusque-là, quel mystère se dévoile dans le tube-cerveau de concentration, le tube-cerveau branché sur le camp ?

Camp de concentration. Fléchage sémantique vitesse-lumière.

Le camp est une vision imaginale venue du passé. C'est quelque chose qui y ressemble, quelque chose qui le simule, quelque chose qui le dépasse.

Concentration : définition d'une structure concentrique. Des cercles, autour d'un centre.

Et ces cercles, avec ce centre, structurent la topologie de la surface, celle des photogrammes.

Il a établi la connexion entre la carte et le territoire, il a compris le diagramme.

Là-bas, dans le vert-de-gris javellisé de l'arrière-plan, on aperçoit aussi comme de hauts pylônes plantés de loin en loin. Ce ne sont pas des miradors au sens classique, ce sont les poteaux sur lesquels sont fixées les caméras de surveillance, comme celle qui a laissé ces trois empreintes numériques sur un disque dur.

Images vidéo. Caméras de surveillance. Détention. Prison.

Le vortex noir-et-lumière est sans aucune pitié pour le cerveau qu'il occupe.

La nature rocailleuse et les boisés touffus. La montagne et ses lotissements de chalets et de maisonnettes. Les barbelés, le puits d'accès vers les sous-sols. Tout cela indique la relative proximité du « camp », disons du bagne, ou de la prison, ou de cette « structure » qui la simule, et du simple village. Comme en Pologne vers 1943. Les clichés provenaient-ils d'une dictature sanguinaire ?

Il sait, il voit. *Il con-naît.*

Les photogrammes simulent un monde inconnaissable, mais ils savent absolument tout.

Et ce savoir vient de lui être transmis en partie.

Il observe, éberlué, les mots inscrits sur le petit écran LCD. Il a écrit en direct l'expérience qu'il vient de vivre, sans en avoir la moindre conscience, pas même une fraction de seconde. C'est comme si *un autre* avait écrit tous ces mots *à sa place*, au sens strict.

Il devine que cela a un rapport immédiat avec le décryptage du réel par le cortex hypercognitif de l'imaginaire.

Parce que si les machines de Vlasseïev n'ont pu venir à bout du trucage surmagnétisé, son cerveau, au centre du cerveau-maison, lui, y est parvenu.

Et désormais tout est clair, il sait.

Il sait ce qu'il doit chercher, où, et comment. Il sait, il a vu.

Plus tard seulement, alors qu'il finissait par s'endormir avec les lueurs glaciales de l'aube, il émit vaguement l'hypothèse que cette tornade mentale avait puisé son énergie dans un des multiples récits que son père lui avait transmis durant toute son enfance.

C'était possible après tout, mais cela ne changeait en rien ce qu'il avait vu, su, compris.

Entre l'époque de son père et la sienne, il n'y avait que cette guerre qui ne s'était jamais éteinte.

Ich bin ein Berliner

La nuit et la journée qui suivirent le suicide d'Adolf Hitler, il ne restait plus dans la capitale du Reich que les fantômes de quelques bataillons SS encore en état de se battre, dont beaucoup de Français de la division Charlemagne. Voerlandt était désormais l'unique rescapé de sa section. Il avait été nommé simple lieutenant puis Obersturmführer en l'espace de quelques jours, par un haut officier de la Division Nordland, dont il intégra immédiatement une des compagnies d'élite survivantes, en remplacement d'un énième sous-officier supérieur tué net sur l'ultime ligne de défense qui tenait devant Berlin. Face à l'avancée implacable des chars et des fantassins soviétiques au cœur de la ville, l'unité disparate se frayait un chemin jalonné de cadavres vers le sud-ouest, en zigzaguant entre les tirs des *snipers* et les groupes de reconnaissance ennemis qui surgissaient à l'improviste au détour d'une rue ou en plein milieu d'un immeuble troué de toutes parts.

L'obscurité était tombée depuis longtemps, l'artillerie russe continuait de pilonner la cité à courte portée, parfois d'un carrefour à l'autre, lorsque Voerlandt se rendit compte qu'il était seul. Il se souvint des hommes de la Nordland qui étaient tombés au cours de la journée comme si cela s'était produit dans une autre vie, très lointaine. Il marchait le long d'une avenue plongée dans le noir dont il ignorait le nom, il croisait des rues désolées, sans plus la moindre lumière sinon celle des incendies, parfois il discernait une ombre fuyante, un groupe de silhouettes à peine distinctes de la nuit, il lui semblait traverser une ville qui n'avait jamais existé.

D'ailleurs, Berlin avait-elle jamais existé ? N'était-elle pas le résultat d'un rêve devenu cauchemar qui désormais disparaissait dans sa propre ténèbre ? N'était-elle pas le symbole urbanistique de la Chute ? N'était-elle pas le point nodal de toutes les cités détruites, ne marquait-elle pas une limite abyssale avec le monde qu'elle allait engendrer ?

Il marchait dans la direction du coucher du soleil, la ligne rouge incarnat du crépuscule avait disparu de l'horizon mais pas de sa mémoire, qui fonctionnait telle une carte, il marchait dans la nuit la plus totale, celle qui tombait sur le monde. Il marchait tel un automate militarisé, il marchait sans même savoir qu'il marchait, il marchait comme un fantôme dans une ville où l'obscurité semblait surgir de l'intérieur, une substance noire révélée par sa propre destruction. Il marchait dans le minuit perpétuel qu'il avait semé sur son passage.

Il avançait en épaulant régulièrement son fusil d'assaut, la lunette Vampyr lui permettait de distinguer les formes dans l'obscurité peuplée du feu des incendies, c'est ainsi qu'il les vit.

Il n'était pas encore minuit, mais c'était comme si le soleil avait disparu jusqu'à la fin des temps, le jour qui succéderait à cette nuit serait encore plus noir, il la perpétuerait pour des siècles.

Les cinq hommes sortaient d'un bureau du parti nazi situé au rez-de-chaussée d'un grand immeuble bourgeois, ou plutôt de ce qu'il en restait. Au premier étage, juste au-dessus du local du Parti, Voerlandt aperçut une forme qu'il reconnut sur-le-champ, accrochée au balcon qui donnait sur l'avenue, juste sous le drapeau noir-blanc-rouge frappé du svastika qui flottait, noirci, au bout de sa vergue.

On avait pendu un homme. En pyjama. La localisation de ses appartements donnait à penser qu'il était un des responsables du local, probablement son secrétaire, ou son trésorier. Les cinq gus entamaient leur marche sur le trottoir, sans le voir, alors qu'il les distinguait comme en plein jour, comme le tout dernier. L'un d'eux portait une lourde valise de cuir fauve, un autre un gros sac de paquetage militaire de couleur bleu marine. Voerlandt les voyait rigoler dans la lumière infrarouge, son cerveau établit le diagramme des événements sans même qu'il le veuille, son cerveau qui était l'arme de pointe forgée par cette guerre, son cerveau qui était l'extension de la lunette infrarouge, son cerveau qui était l'extension de la nuit.

Le voici brusquement planté devant les cinq lascars, le *Sturmgewehr* solidement pointé dans leur direction. Il ne prononce que les mots mille et mille fois prononcés auparavant :

Waffen SS. Halt.

Il y a un Sturmbannführer de la Totenkopf, sans doute un des derniers officiers de la division encore présents dans la capitale, un Rottenführer survivant de la division islamique albanaise Skankenberg dont il se demande comment il a atterri ici, un quinquagénaire de la Volkssturm, encore armé de son Panzerfaust, un gros type en imper de cuir avec l'emblème du parti nazi en sautoir, probablement un sous-fifre de la Police d'Ordre, et un simple Oberschütze rescapé de la 32e SS Freiwillige Grenadier Division « 30 Januar », composée de troupes de dépôt venues du sud de l'Allemagne, un jeunot complètement inexpérimenté qui n'avait probablement jamais dépassé les faubourgs de Berlin. Leur armement est tout aussi disparate que leurs uniformes, quelques Luger en place dans leurs étuis, l'Albanais porte un fusil Mauser 98, le 1re classe de la 32e SS tient vaguement un MP40 en sautoir. Le Panzerfaust du vieux Volkssturm est tenu en bandoulière dans son dos, bringuebalant de droite et de gauche à chacun de ses mouvements.

Ce ne sont plus des soldats, ils ne défendent plus rien, sauf eux-mêmes, c'est-à-dire pas grand-chose, ils sont des hommes perdus, comme lui.

Sauf que lui, il est perdu, certes, mais il ne compte pas faire partie des perdants.

Kameraden, lâche le Totenkopf, nous agissons pour le compte de l'OrPo, nous venons de surprendre un vol dans ce local du parti. Le trésorier voulait s'enfuir avec le contenu des coffres.

Pour preuve : la valise pleine de livres sterling, et ce sac de la marine militaire où Voerlandt aperçoit des Reichsmarks sans plus la moindre valeur, des francs suisses, des couronnes norvégiennes et suédoises, un sac de cuir pour dame d'où s'échappent des cristaux rouges et verts qu'il identifie comme une poignée d'émeraudes et de rubis, avec de la joaillerie d'argent en vrac, des colliers de perles, des bijoux de platine et de vermeil, il discerne aussi la lumière solaire de plusieurs lingots d'or, bref un échantillon représentatif de tout ce que les nazis avaient pu dérober aux Juifs et aux autres peuples d'Europe. Voerlandt observe le groupe disparate, il laisse la machine qu'est devenu son cerveau établir le plan caché de l'événement : aucune unité combattante commune, rien d'autre que des compagnons de fortune au milieu de la débâcle, des maraudeurs, de vulgaires bandits en uniforme, des pirates, des profiteurs de guerre, des traîtres. L'homme qu'ils avaient exécuté n'avait évidemment rien d'un communiste, ce sont bien de simples pillards pris sur le fait. C'est le sauve-qui-peut général et ils prétendent agir pour la Police d'Ordre !

– Les valises, elles étaient à lui ? leur demande Voerlandt en désignant l'homme pendu au balcon de sa fenêtre.

– Oui, planquées dans son grenier, répond le Totenkopf, il se préparait à fuir, c'est l'évidence, contre les ordres du Führer, c'était un traître, une salope judéo-communiste, et nous réquisitionnons son argent au nom du Reich.

Si elles étaient planquées dans son grenier au moment où vous les avez saisies, pauvre con, pense Voerlandt, c'est qu'il ne s'apprêtait pas à fuir, et ça m'étonnerait qu'on vous ait demandé de réquisitionner l'argent d'une section locale du Parti alors que le Parti n'existe plus, ni au nom du Reich, qui n'existe plus non plus, ça veut donc dire que tu mens, tu n'aurais pas tenu deux secondes lors d'un interrogatoire de la Gestapo.

– Il n'y a plus de Reich, avait simplement dit Voerlandt en armant la culasse du *Sturmgewehr* 44. Hitler s'est suicidé hier, en fin d'après-midi, dans son bunker.

Il vit le choc provoqué par ces mots sur ce pathétique groupuscule de gardes-chiourme qui cherchaient un moyen d'échapper au peloton d'exécution, russe, ou américain, en échange de leur butin. Même s'il ne s'était écoulé qu'une petite trentaine d'heures depuis la mort du Führer, et malgré l'état des communications dans l'appareil militaire allemand, l'intuition de Verlande lui hurlait que s'ils ignoraient cette information capitale, c'est qu'ils s'étaient déjà placés de fait en dehors de toute chaîne de commandement et de renseignement. En l'espace d'une seule nuit, et d'une seule journée, la rumeur avait traversé la ville en ruines bien plus vite que toute l'Armée Rouge n'aurait pu le faire. Ils avaient sans doute préparé leur plan de longue date, s'étaient discrètement éclipsés au moment de l'assaut final, avaient probablement attendu planqués quelque part le moment opportun, il se devait de les considérer comme des déserteurs.

Aucun d'eux ne valait la moitié d'un des biftons qu'ils avaient dérobés.

Ils ne valaient même pas le prix de la valise, ni celui du vieux sac de marine. Mais leur mort en valait largement le contenu. C'est la raison pour laquelle il les braque fermement en leur demandant gentiment de tout bien poser par terre à leurs pieds.

Le Totenkopf tenta une manœuvre désespérée : Vous êtes un SS, vous pouvez comprendre. Nous devions sauver ce qui pouvait l'être avant que les Russes n'aient tout pillé, le banquier responsable du compte était sur le point de filer avec le magot, nous le savions par une dénonciation que le SD avait reçue, si le Führer est mort, son esprit est encore vivant, tant qu'il y a des hommes prêts à se battre pour lui.

Voerlandt avait souri, il offrit son regard d'enfant un peu perdu au capitaine SS. Prêts à se battre ? Peut-être, mais pour survivre tout au plus. Prêts à acheter leur reddition ? Sans aucun doute. Prêts à mourir pour une idée morte, enfouie sous les décombres ? Sûrement pas.

– On dit qu'Himmler serait en train de négocier avec les Américains. Le SD ne fonctionne plus à Berlin et sûrement pas pour de vulgaires histoires de pillage, les gens pensent à fuir, pas à dénoncer des responsables locaux du Parti, sinon peut-être aux Rouges en échange de la vie sauve ou d'un quignon de pain. Vous mentez et par conséquent vous risquez la cour martiale, c'est aussi simple. Et la cour martiale, il se trouve que c'est moi. Parce que je suis le seul disponible.

Le gros flicard en imperméable de cuir noir amorça une supplique du style *prenez l'argent, ne nous tuez pas, nous sommes des frères allemands.*

– Je ne suis le frère de personne. Et je ne suis pas allemand, répondit-il dans un germain impeccable, juste avant de les abattre, en vidant l'intégralité du chargeur dans une belle courbe latérale, comme à l'exercice.

D'ailleurs, était-ce autre chose qu'un simple exercice, en comparaison de ce qu'il avait vécu durant les mille ans qui venaient de s'écouler ?

Voerlandt parvint *in extremis* à sortir du centre de Berlin la nuit suivante.

Après s'être emparé de la grosse valise et du sac de la Kriegsmarine, il élut provisoirement domicile au premier étage de l'immeuble du Parti où il coupa la corde qui rattachait le trésorier nazi à son balcon, l'homme alla rejoindre ses cinq assassins sur l'asphalte défoncé de la chaussée alors que partout des boules de feu surgissaient de la lumière endolorie de l'aube, il échangea sa tenue militaire camouflage contre un assemblage improvisé de vêtements civils dérobés dans divers appartements abandonnés, puis il étudia un plan de sortie en scrutant sa carte de la ville alors que les premiers feux du soleil se conjuguaient à ceux des déflagrations, avant de passer la journée à se cacher d'un abri improvisé à un autre, sous un ciel peuplé des flèches ardentes des Katioushas et des nuées fuligineuses expulsées des immeubles éventrés, se laissant bercer comme un enfant perdu par la symphonie bruitiste des derniers jours du monde qu'il avait connu et anéanti. Puis, dès le coucher du soleil, il sortit de sa dernière cache, tel le prédateur nocturne qu'il était devenu, et parvint à se faufiler de justesse entre les mâchoires soviétiques qui se refermaient inexorablement sur la cité et l'avancée des troupes américaines. On disait que les redditions se comptaient désormais par dizaines de milliers et les SS étaient exécutés sans sommation par les Russes. Rien d'autre que ce qu'il connaissait déjà, après les mille ans qu'avait duré cette guerre. Il marcha toute la nuit à travers les faubourgs réduits à l'état de ruines, parvint à l'aube dans les zones industrielles périphériques en flammes, courut durant la majeure partie de la journée suivante d'une niche souterraine à l'autre, dans les sous-sols dévastés de maisons détruites, reprit sa marche vers l'occident dès le crépuscule, sans même attendre que le soleil ait disparu à l'horizon, et cette fois sans s'arrêter sinon pour vider sa vessie. Le lendemain matin, il marchait toujours, l'azur du ciel était presque aveuglant, il y discernait les formes stavrogyres des Stormoviks soviétiques, ces terrifiants avions d'assaut, à la recherche des derniers chars allemands encore en service dans la cité détruite.

Il savait que beaucoup de soldats du Reich avaient fui comme lui afin d'échapper à la terrible vengeance russe, la ville était désormais aux trois quarts occupée par l'Armée Rouge, ne subsistaient plus que de minuscules poches de résistance désespérée, le drapeau soviétique flottait sur le Reichstag, les troupes américaines refermaient le nœud coulant à l'ouest, quelques officiers de haut rang tentaient de maintenir un peu d'ordre et de discipline dans les quelques quartiers sous leur contrôle puis, très vite, Voerlandt l'apprit de rencontres de passage, l'arrêt immédiat des combats fut décrété, on disait que Jodl et Keitel allaient bientôt signer la reddition en bonne et due forme, c'était la fin. Le silence tomba sur les ruines plus durement encore qu'un tapis de bombes. L'Europe venait de sombrer. Et il nageait dans les eaux noires qui cernaient le naufrage.

Il n'avait toujours pas vingt ans.

Il décida que l'heure était venue d'abandonner le *Sturmgewehr* qui le rendait si repérable, et qui lui avait sauvé la vie tant de fois, en versant le sang de tant d'autres hommes. Il le déposa avec une authentique dévotion au pied d'une chapelle détruite par un tir d'artillerie lourde, fit un signe de croix et tourna le dos à l'arme grâce à laquelle il avait pu survivre jusqu'aux derniers cercles de l'enfer blanc, l'arme qui n'avait pas suffi aux armées du Reich, l'arme qui, sans qu'il s'en doute un seul instant, ferait bientôt partie des lots que l'Armée Rouge utiliserait pour concevoir le fusil qui deviendrait le symbole du siècle tout entier.

Il conserva le Luger sur lui, et le poignard d'honneur dans le sac de marine, il pourrait toujours arguer qu'il les avait trouvés sur le cadavre d'un SS et qu'il les avait conservés pour assurer sa sécurité. Ça n'avait pratiquement aucune chance de marcher, ni avec les Russes, ni avec les Américains, son tatouage le trahirait dès la première vérification en règle, seul le sort qui en résultait différait, assez fortement, surtout pour un *Obersturmführer* de la division Wiking.

Alors il marcha encore à travers les faubourgs en ruines, les banlieues en flammes, puis les campagnes dévastées, sud-sud-ouest, vers la frontière suisse, en espérant éviter le gros des troupes US qui occupaient déjà toute l'Autriche ; il croisa et doubla des cohortes de réfugiés dans lesquelles il se fondait avant de disparaître et réapparaître plus loin, telle la machine de vie prédatrice qu'il était devenu.

Il ne se doutait pas qu'en sortant des décombres berlinois pour marcher vers son futur, il allait dans le même temps à la rencontre d'un passé encore tout frais dans sa mémoire. Tout frais du sang qu'il avait versé sur cette terre qu'il lui fallait quitter au plus vite.

Mathématiques de la Nuit

La journée qui suivit son expérience imaginale et le décryptage subséquent des photogrammes, il ne fit que compulser ses notes et établir des plans en colligeant toutes les cartes possibles de la région de Fermont. Voronine l'appela sur un canal crypté pour lui dire que Vlasseïev planchait comme un dingue sur le Cube et qu'il semblait excité comme jamais. Il regarda vaguement la télé, relut ses notes une dernière fois puis se coucha, il s'endormit en l'espace de quelques minutes, aspiré par une demi-douzaine d'heures de néant absolu.

Il reçut l'e-mail de Fortin peu avant l'aube, son *nanometric network* bio-intégré le prévint par une légère vibration dans le conduit acoustique et une stimulation de noradrénaline.

C'était le message convenu. Modèle Fortin. Modèle Hell's Angel double jeu.

C'était le message qu'il attendait.
Il ignorait qu'il s'agissait du message qui ne l'attendait pas.

L'hydravion était à sa place, sous son dôme translucide. Il pouvait apercevoir quelques lumières allumées dans la maison, jusqu'à l'étage, et il discernait l'éclat bleu froid des lampes à UV dans la serre hydroponique. Fortin veillait sur ses plantations comme sur des cultures d'éthanol de luxe, elles constituaient un des rares produits végétaux dont la valeur dépassait celle des biocarburants à OGM. La luminosité de ses éclairages haut de gamme était quasiment équivalente à celle du jour, mais grâce au dôme de protection, et aux autres systèmes de contre-mesures, elle n'était guère visible au-delà de quelques mètres, et seulement à la hauteur du sol.

La procédure était simplissime : Verlande savait fort bien qu'il était surveillé par des batteries entières de microcaméras et qu'il avait été identifié par l'ordinateur de contrôle, il n'avait qu'à monter l'escalier du perron, plaquer son index droit sur le lecteur d'empreintes digitales, au signal vert de l'appareil taper son code secret personnel et celui correspondant à la date sur le clavier numérique, attendre l'ouverture de la porte, entrer dans la maison.

La procédure était simplissime : il suffisait de la suivre.

Lorsqu'il pénètre dans le vestibule, Verlande se demande ce que Fortin compte faire avec cette étrange feuille noire, faite d'une infinité de « nano-feuilles », fabriquée dans un matériau semble-t-il inconnu, et que personne ne paraît en mesure de mettre en action.

Alors qu'il franchit les premiers mètres du vaste salon meublé mi-oriental mi-suédois, tout est à sa place habituelle, Fortin l'attend quelque part dans la maison, il observe sûrement avec attention les alentours pour s'assurer que Verlande n'a pas été suivi ; lorsque la vérification aura été confirmée, il se montrera.

Les minutes passent. C'est fou comme elles finissent par passer lentement. Les minutes ne cessent de s'allonger. Et Fortin ne se montre pas.

Verlande ne ressent tout d'abord qu'une vague impatience, sans doute l'ancien *biker* se trouve-t-il dans sa tour de contrôle en train de passer tous les environs au peigne fin. Mais Verlande s'est assuré de ne pas avoir été suivi, personne ne sait qu'il est ici, pas même Voronine. Il a placé cette opération personnelle sous le code rouge le plus absolu.

Au bout de dix minutes, cela suffit.

Fortin est soit dans le pigeonnier transformé en centre de commandement et d'observation, soit dans sa cave aménagée en bibliothèque. Mais s'il est dans son central de contrôle, il a pu suivre Verlande depuis son entrée sur la piste, et le voir clairement dès son arrivée sur le perron, pourquoi ne descend-il pas, maintenant ? A-t-il repéré quelque chose de suspect dans les ténèbres environnantes ?

S'il se trouve dans sa bibliothèque, il n'a pas pu ignorer le signal déclenché par le clavier digital et l'ouverture subséquente de la porte d'entrée.

La tour de contrôle est inviolable, lui-même ne connaît pas le code permettant d'y accéder, là-dessus, Fortin s'était toujours montré très calmement intraitable.

La bibliothèque ?

À moins qu'il ne soit tombé sur un incunable qui, on ne sait comment, aurait échappé à son classement, Verlande ne voyait pas pourquoi il s'attardait ainsi.

Il descendit néanmoins à la cave-bibliothèque, tapa son code d'accès, attendit l'ouverture de la lourde porte d'acier coulissante et commença à marcher entre les hauts rayons de livres. Il ne sut pourquoi mais il ne chercha pas à appeler Fortin de vive voix, il se contenta de passer en revue tous les rayonnages, enregistra au passage chaque détail dans sa mémoire photographique, constata sans surprise l'absence de l'ancien Hell's Angel et remonta dans le salon.

Les questions qui se succédaient transformèrent la vague impatience en une sourde inquiétude.

Quelque chose n'allait pas. Et plus il y pensait, plus ça n'allait pas.

Le mammifère nocturne s'éveilla en lui.

Dernière solution : la serre hydroponique. Elle était reliée, bien évidemment, au système de contrôle de la maison mais on pouvait supposer que Fortin n'avait pas prêté attention à son arrivée, ce qui signifiait qu'il était vraiment très occupé avec ses plantations. Une livraison de dernière minute ?

Verlande se retrouva face au sas de vinyle, programmé sur opacité moyenne comme le reste du dôme, qui permettait d'accéder au jardin couvert, le Glock en prolongation de son corps telle une prothèse manuelle, sécurité déverrouillée, une balle introduite dans le canon après mouvement de la culasse.

Il agissait juste comme un flic qui avait un pressentiment. Et un flic qui a un pressentiment tient généralement son flingue bien en main, sinon, parfois, il meurt.

Pour entrer dans la serre, le niveau de sécurité était plus élevé encore que dans la maison, ou la bibliothèque. Il se savait scruté sous toutes les coutures, il devrait placer son index sur une bande de décryptage digitale analogue à celle de la porte d'entrée, taper son code personnel et la date, puis placer son œil droit sur le petit lecteur-enregistreur rétinien. La serre hydroponique était sa propre gardienne, tout ce qu'elle ne pouvait identifier formellement recevait dès l'entrée une bonne décharge de 20 000 volts, par micro-tasers interposés.

Il passa ses empreintes devant la bande de lecture, tapa les codes d'accès, colla son œil droit sur le décodeur d'empreintes rétiniennes, attendit le signal vert sur la petite diode implantée à même le polymère du sas, prit sa respiration et fit entrer le pistolet devant lui, l'œil directeur en position derrière le viseur, les lampes à UV ressemblaient à des soleils morts depuis longtemps, au fond d'une galaxie lointaine.

Le Glock. Les lumières froides. La verdure électrique des plants de marijuana, les bacs à eau nutritive.

Le Glock. Le dôme à translucidité programmable, placé en position standard.

Le Glock. Et toujours personne.

Il marchait autour de quelques longs bacs de verre Securimax, s'attendant à voir la forme caractéristique d'un homme gisant à terre, mais il fit le tour de la serre sans rien trouver d'anormal. Ce qui lui sembla sur le coup réellement *anormal*.

Fortin ne se trouvait ni dans la maison, ni dans la serre. Et il ne se montrait pas.

C'était plus qu'anormal, maintenant.

Il eut le début d'une idée, et cette idée prit vie de la façon la plus soudaine qui soit.

Il sortait tout juste du dôme et entamait lentement quelques pas le long de sa circonférence, concentré sur ses pensées. Verlande se souvint qu'il lui avait semblé apercevoir de nombreux livres en désordre dans la bibliothèque, dont l'ordonnancement maniaque faisait la fierté de l'ex-*biker*. Mais surtout il eut tout juste le temps de se dire : s'il n'est ni dans la maison ni dans la serre, il ne reste plus que l'hydravion.

Il ignorait qu'il avait raison, mais il n'eut guère le temps d'y penser par la suite.

L'hydravion explosa.

Et il connut en un seul éclair l'intensité de la fusion solaire et le néant de la déconnexion.

C'est le feu qui lui fit reprendre conscience.

Le feu. La lumière. Les flammes. La chaleur. La douleur. Les brûlures.

Le feu, partout. Partout autour de lui, et partiellement sur lui.

Il ouvrait les yeux sur l'enfer. L'hydravion, en explosant, avait fait voler en éclats la grande véranda translucide, l'éparpillant dans tout l'espace environnant, les plantations en miettes, ou en flammes, les bâches de plastique se consumant jusque sur le perron de la maison, les bacs de verre Securimax éparpillés comme autant de microscopiques flocons de gel, les pylônes d'aluminium sectionnés en plusieurs tronçons, certains plantés comme des flèches géantes dans un mur de la maison, des fumeroles et des flammèches ardentes couraient en tous sens autour de lui, des flaques de kérosène crépitaient un peu partout, la friche qui cernait la maison était partiellement en feu.

Ce qui restait du dôme comme de l'hydravion, c'était deux structures de métal et de plastique fondus désormais unifiées par l'incendie qui ne cessait de s'étendre, ses vêtements s'embrasaient, de profondes brûlures apparaissaient à travers plusieurs larges déchirures noircies, ouvertes jusqu'à la chair dans son blouson, sa cage thoracique évoquait une écrevisse lacérée de coups de rasoir et attaquée par une dermatose brunâtre, de vilaines plaies béantes couraient sur toute sa jambe gauche dénudée, parfois littéralement cautérisées sur place par l'onde de chaleur, son poignet gauche lui faisait atrocement mal, les doigts de cette main lui semblaient cuire comme des morceaux de viande sur la grille d'un barbecue, ses ongles brunis, parfois brisés, fissurés, gonflés de sang ressemblaient à des mutations expérimentales, sa jambe droite n'avait subi que des blessures relativement bénignes, un large hématome bien violet se faisait voir sous une déchirure à moitié calcinée, quelques brûlures superficielles s'étoilaient autour, c'était le côté gauche qui avait pris le gros du choc thermique, mais ses épaules et ses avant-bras lui paraissaient plongés dans de l'eau bouillante, il lui semblait bien qu'une ou deux côtes situées au niveau du sternum avaient été fêlées voire sectionnées net par l'onde de choc, son œil droit, heureusement non directeur, était endolori et présentait une vision trouble, sa lentille cyberoculaire arrachée de son nerf optique, sans doute détruite, le *nanonetwork* ne fonctionnait plus que par à-coups peuplés d'interférences. Il sentait son visage couvert de contusions chauffer comme s'il était atteint d'une fièvre tropicale. Son oreille gauche, partiellement décollée, laissait sinuer des rigoles de sang le long de sa joue et de son cou, une dent s'était déchaussée, ses lèvres saignaient, ses cheveux roussis, noircis, fondus, collaient à son crâne. Ses poumons étaient endoloris, sa bouche le brûlait, tout comme l'ensemble de ses organes laryngaux, chaque respiration, chaque déglutition prenait la forme d'une boule hérissée de pointes de douleur.

Il se releva, retomba sur ses genoux, se releva, fit un pas, retomba, se redressa de nouveau, marcha quelques mètres avant de devoir mettre un genou à terre et parvint finalement à se traîner jusqu'à la Chevrolet Trailblazer où il savait trouver une trousse de diagnostic et de soins d'urgence.

Il tituba à travers la nuit devenue orange, ouvrit le hayon arrière dans un état second, se saisit en tremblant de la mallette de secours, observa un instant dans le rétroviseur son visage rougi comme par un coup de soleil atomique, réussit à soigner le plus gros des plaies et des brûlures, fixa une attelle de carbone composite sur son poignet cassé, un bandage NanoFlex autour de sa cage thoracique, et prit la route sans attendre une seconde de plus.

Alors qu'il roulait sous la pluie annonciatrice d'un violent orage, il lui sembla apercevoir des silhouettes désormais presque habituelles dans le paysage, de simples formes à peine visibles, des apparitions, des hommes casqués. Des silhouettes qu'il connaissait bien. Des hommes revêtus de l'uniforme SS. Il enregistra machinalement, sans le moindre affect, la nature des quelques visions qui s'offraient à lui derrière le mur liquide. Il fonça sur la piste en laissant derrière lui des millions de dollars de marijuana et de matériel dédié qui partaient en fumée, un hydravion soviétique pulvérisé en centaines de milliers de particules d'acier disséminées sur l'eau, sur la terre et dans les airs, et le corps d'un homme qui désormais n'était plus qu'un nuage de molécules organiques.

Il lui fallut très peu de temps pour reconnaître la signature de l'attentat.

Il roula longtemps, et vite. Visage cuirassé de rouge, luisant de sueur dans le rétroviseur. Les éléments se disloquaient à leur tour, et à leur rythme. La pluie se mit à baisser d'intensité, par à-coups. Alpha était en train de laisser place nette à son successeur qui, disaient les rapports météo, était sur le point de franchir la frontière orientale du Québec. Le lendemain il viendrait s'abattre sur Montréal. Le lendemain, il viendrait annoncer de plus grandes menaces encore.

Un peu avant Tadoussac, Verlande prit une demi-minute pour s'injecter dans la cuisse une bonne dose du cocktail de combat éphédrine/noradrénaline/dopamine/ phényléthylamine, avaler deux cachets d'oxydrine, ainsi que des analgésiques surpuissants. Il conduisait en mode automatique, ou plus exactement, c'était le mode automatique qui le conduisait. Il ne cessait de penser à ce qui venait de se produire dans la propriété de Fortin, il ne cessait de calculer.

Les paramilitaires. Ceux à qui la police provinciale avait volé le chargement « officieux », et qui dans le même temps s'étaient fait dérober un bien, *deux biens*, plus précieux encore, par des flics de la SQ agissant pour eux-mêmes, et Ryan Fortin. Verlande ne savait comment, mais ils avaient remonté la piste du Hell's Angel. Ils l'avaient remontée à la vitesse de la lumière. Ils l'avaient remontée sans se tromper d'un iota. Et ils ne lui avaient pas laissé la moindre chance. Comme d'habitude. Ils avaient fouillé la maison, en professionnels, mais ils avaient tout de même dérangé quelques livres, parce que ce qu'ils cherchaient revêtait justement la forme d'un livre.

Cette chose de couleur noire qu'il transportait dans son sac dorsal en nanofibres blindées et qui, après vérification, ne semblait avoir subi aucun dommage.

Était-ce un minuteur classique qui avait fait sauter l'hydravion ? Ou bien avaient-ils installé un système de détection optique, ou électronique, branché sur le central de la maison, ou sur l'ouverture de la serre hydroponique ? Il était entré, et cinq minutes plus tard tout explosait.

Il avait quitté les lieux dans un état semi-conscient, les pompiers devaient être maintenant en train de combattre l'incendie, mais les flics de la Sûreté du district n'allaient pas tarder à pointer leur nez, avec leurs criminalistes et tout leur kit de détection et de recherche biologiques.

Ils ne retrouveraient sans doute pas beaucoup d'éléments exploitables dans la maison, grâce aux multiples précautions dont il avait entouré son entrée – gants de latex, blouson et pantalons blindés de nanoréseaux polymétalliques, gilet pare-balles *dragon skin* doublé d'une combinaison stérile en polymère ultra-léger empêchant toute forme de dépôt organique, chaussures en composite métamorphique, ne laissant jamais aucune empreinte semblable, placées à l'intérieur de chaussons d'hôpital, crème solvante spéciale engluant les cheveux d'un enduit protecteur micronisé qui collait pour quelques heures les racines capillaires au cuir chevelu – rien que les mesures de sécurité standard pour les rendez-vous code rouge chez Fortin, à sa demande expresse, mais on trouverait sans doute des traces de sang, des morceaux de chair, des fibres, peut-être quelques fragments de sa lentille oculaire, divers liquides organiques disséminés entre la serre et la Chevrolet, sans compter les marques des pneumatiques sur l'herbe détrempée du sentier. La première conséquence du feu, si l'incendie consumait toute cette partie de la propriété, serait de solidifier toute cette boue, bien net, mieux que ne pourrait le faire le gel spécialisé d'un criminaliste ; non seulement la SQ ne pourrait ignorer la présence d'un véhicule analogue au sien sur les lieux, mais quelque chose lui disait que ceux qui venaient de tuer Fortin en arriveraient à la même conclusion. Et cette conclusion, tout comme la SQ, ils parviendraient vite à lui accoler un nom.

La seule solution, comme souvent, tomberait du ciel, avec les tempêtes qui déferleraient des cyclones boréaux.

Mais ni le feu ni l'eau ne seraient probablement suffisants pour contrer cette pieuvre multiforme qui tuait des mouches avec un marteau-pilon, qui désintégrait un seul homme avec une bombe *fuel-air explosive* de dernière génération capable de réduire tout un bunker en miettes.

Peut-être avaient-ils mis en place un système de microcaméras bien à eux ? Mieux, sans doute étaient-ils parvenus à pirater le système de contrôle et de sécurité de la maison. Fortin, de fait, n'avait rien vu venir. Et Verlande n'avait rien vu du tout. Mais eux, ils avaient vu. Et dans ce cas, ça voulait dire qu'ils savaient.

Ils étaient en danger. Lui, Voronine, Vlasseïev. Un danger d'autant plus menaçant qu'il semblait ne pas connaître de forme stable, à l'abri dans les ténèbres.

Mais Verlande savait que c'est en affrontant les périls de la vie nocturne que les mammifères avaient finalement gagné la guerre évolutionniste contre les grands sauriens.

En face d'eux, des forces coalisées très puissantes. En face d'eux, des organisations criminelles sans la moindre pitié, en face d'eux, ce qui va les obliger à voir dans la nuit, contre eux, et tout contre, ce qui va les obliger à devenir *meilleurs*.

La Chair, le Feu, la Glace

Il arriva chez lui un peu avant 3 heures du matin. Le gyrophare à lumière cryptée lui avait permis de parcourir la distance entre Baie-Comeau et Montréal à plus de 150 kilomètres-heure de moyenne. Il émettait un code d'alerte orange continu qui avertissait secrètement de sa présence les unités de la police de la route, et envoyait une série de flashes lumineux doublés d'une alarme sonore et d'un message d'urgence sur les fréquences radio et les navigateurs GPS de tous les véhicules susceptibles de ralentir sa course.

Code orange, ça voulait dire : *Tu as trente secondes pour te ranger, Ducon, sans quoi c'est entrave à la justice.*

Planté bien droit face au grand miroir de sa salle de bains, entièrement dénudé, quoique recouvert de bandages de toutes natures, Verlande avait établi un simple et rapide constat : même si la SQ de Baie-Comeau ne découvrait rien à son sujet dans la propriété de Fortin, il allait lui être difficile de trouver une explication rationnelle crédible expliquant son état physique à ses supérieurs de la Sûreté, à ses collègues du Renseignement, et même à Voronine.

La nouvelle de l'attentat et de la mort subséquente de l'ancien

Hell's Angel se retrouverait en première page des journaux dans les heures à venir, il n'était même pas nécessaire d'allumer la télévision, il savait d'avance ce qu'il y verrait.

Fortin était un de leurs indicateurs les plus protégés, en fait, il n'y avait que Voronine et lui qui connaissaient son existence, et surtout sa réelle activité. Verlande se doutait que personne ne pourrait établir un rapport net entre lui et l'incendie, sauf que tout indiquait qu'il avait subi les effets d'une explosion ou d'une intense vague de chaleur.

Ce serait juste suffisant pour que les Affaires internes s'y intéressent de plus près.

C'était juste suffisant pour en faire un secret.

Le bain d'eau glacée était prêt. 10 degrés Celsius. Il avait connu de bien plus rudes températures lors de ses exercices avec les Commandos de Montagne de l'Armée française. La chaleur qui émanait de son corps semblait en mesure de porter le contenu de la baignoire à ébullition en l'espace de quelques minutes. Thermostat puissance 10. Il se souvint du jour où son père lui avait narré sa traversée nocturne d'une rivière gelée, dans l'ouest de l'Ukraine. Il n'y avait au bout du compte que six à huit degrés de différence entre les deux époques, entre les deux guerres.

Il vida le dernier sachet de glaçons antiseptiques d'un seul trait, ils s'engloutirent et reparurent, s'irisant de l'éclat artificiel un peu froid des halogènes basse consommation.

Le thermomètre à mercure frémit légèrement vers la décimale inférieure. Il vérifia l'activité du tamis antibactérien qui avait filtré l'eau de pluie en provenance des containers de récupération de la toiture, l'analyseur biochimique lui montra l'habituel conglomérat de molécules urbaines, désormais inactives.

Il pouvait procéder à la *réparation par le froid*.

L'homme est un animal *homéotherme*, sa régulation thermique se situe dans une plage très étroite : « normothermie » entre 37 et 37,5 degrés Celsius, hypothermie mineure à partir de 35 degrés, hypothermie moyenne entre 34 et 32 degrés, où elle devient « grave », lorsque les 30 sont atteints, stade de l'hypothermie « majeure », généralement la personne est dans le coma, s'ils sont dépassés, surtout en dessous de 28 degrés, elle va mourir, passé 25 elle est morte ou donne tous les signes du décès. Le premier niveau d'hyperthermie se situe quant à lui au-dessus de 37,5 degrés Celsius et, passée la limite des 42, au grand maximum 42,5, la mort est tout bonnement certaine. Équilibre thermodynamique appliqué à la biologie humaine : l'homme vit constamment sur le fil d'un rasoir capable de couper un rayon de lumière, ou un morceau de nuit.

D'après les tests qu'il avait pratiqués dès son arrivée, son énergie endotherme équivalait à une fièvre de 40 degrés, elle n'avait cessé de monter en intensité tout le long du trajet de retour et elle semblait vouloir s'accroître encore de quelques décimales.

S'il établissait un ratio entre la température de l'eau et la sienne, il parvenait à la conclusion que passé les cent vingt secondes d'immersion, son facteur endotherme se mettrait à chuter d'à peu près 1 degré Celsius toutes les cinq minutes, en fonction de sa résistance métabolique.

Verlande connaissait bien les divers tableaux de correspondance entre les températures hypo- et hyperthermiques. Il savait par exemple que plus l'hyperthermie est sévère, plus la chute de la température du corps doit être accentuée pour venir à bout du choc thermique initial, mais la marge se maintenait dans une série de rapports très stricts, et parfois complexes.

Ainsi, en cas d'hyperthermie « moyenne/élevée », qui était la sienne, on pouvait baigner un enfant de moins de onze ans dans de l'eau refroidie à 3 ou 4 degrés au-dessous de sa température corporelle. Maximum : entre 6 et 8. Pour les adultes, le ratio pouvait doubler, 10, 12, voire 15 degrés Celsius de différence.

C'était les tableaux de la médecine civile. Mais il y avait ceux de la médecine de guerre.

Ceux qu'il allait utiliser.

Les lotions, onguents, crèmes, émulsions, huiles, baumes cicatrisants, laits hydratants, *patches* de nanoréseaux biocompatibles, compresses stériles, tampons de coton anti-inflammatoire, pansements de gaze en cellulose « intelligente » ciblant les érythèmes, sachets d'eau saline à température ambiante, flacons d'alcool à 90° s'alignaient bien en ordre sur la plaque de marbre qui jouxtait le bain, prêts à être appliqués dès sa sortie de l'eau glaciale.

Les Commandos de Renseignement des Groupes de Montagne devaient être en mesure de survivre seuls dans les conditions les plus rudes, froid intense, forte chaleur, haute altitude, neige, pluie, glace, déshydratation, surhydratation, manque d'oxygène, ils devaient savoir pratiquer sur eux-mêmes toutes sortes de médecines, jusqu'à la chirurgie d'urgence s'il le fallait. Ils étaient porteurs d'informations vitales pour leur état-major, ils devaient survivre, quels que soient les obstacles dressés sur leur route. Ils devaient mourir, ou tuer, mais dans tous les cas ils devaient faire remonter les renseignements stratégiques récoltés jusqu'au sommet de leur chaîne de commandement.

Une eau maintenue à un peu moins de 10 degrés est susceptible de provoquer une hypothermie mortelle en vingt ou trente minutes sur un sujet normal. Il faut un peu plus de temps pour une personne atteinte de brûlures graves et en état d'hyperthermie. Il avait pu constater les différences lors du premier grand naufrage sur le Saint-Laurent, en mars dernier.

Il régla une dernière fois les paramètres du thermomètre plongé dans l'eau, puis connecta un calculateur endotherme ultra-précis à une interface de son *nanocentric network*. L'opération consistait en un tableau à multiples entrées, les deux facteurs principaux, endothermie, exothermie, devaient être contrôlés comme sur la console d'un avion de chasse. Les *rapports de rapports* devaient être parfaitement respectés.

C'était une simple question d'équilibre thermique, c'était une simple question de lois physiques et biologiques.

L'eau et le feu.

La glace et la lave.

Le zéro absolu et le cœur du soleil.

Le bain froid formait un sarcophage liquide dans lequel il s'immergeait, le cerveau fulminant de calculs provenant de la nuit la plus noire. Celle où naissent les brasiers ardents des attentats.

La température de l'eau représentait la variable d'une équation où le niveau de chaleur reçu, sa provenance, source endogène ou exogène, et le temps d'exposition à l'onde thermique se combinaient à certains facteurs comme l'environnement immédiat de l'explosion, espace confiné ou à l'air libre, ainsi que la présence de gaz divers dans l'atmosphère.

Il savait que l'exposition au froid en position assise dans une pièce maintenue à 5 degrés Celsius pendant deux heures favorise la formation des globules blancs (leucocytes et granulocytes), un accroissement du nombre et de l'activité de cellules dites *Natural Killers,* ainsi qu'une augmentation des concentrations d'interleukine-6, soit un renforcement des défenses immunitaires. Le prétraitement par un exercice physique, réalisé dans l'eau à 18 degrés pendant une heure, n'occasionnant pas de modification de la température corporelle de base, augmente aussi les réponses au niveau des globules blancs (leucocytes, granulocytes et monocytes). L'accroissement du niveau de l'épinéphrine expliquait ces multiples modifications.

Lors des bains hypothermes, il devrait soutenir une activité physique minimum afin d'éviter les nécroses et les problèmes cardiaques, il aurait à maintenir dans l'eau à peu près le même rythme que celui qui l'animerait lors de ses marches à température ambiante.

À ces divers facteurs s'ajoutaient le temps écoulé entre l'exposition thermique et les premiers soins d'urgence, puis celui qui séparait ces derniers des secours médicaux proprement dits.

La chaleur avait été intense, son origine était externe à l'organisme, la boule de feu avait duré quelques secondes tout au plus, il n'y avait eu ni confinement ni exposition prolongée à des gaz ardents, les premiers secours avaient été administrés assez vite, mais il s'était écoulé plus de cinq heures avant la « prise en charge médicale » complète.

Il avait suivi la procédure initiale à la lettre, il était prêt à affronter la glace, après avoir subi le feu. 10 degrés Celsius, c'était bien plus chaud qu'un manteau de neige à 2 500 mètres d'altitude.

Dix degrés au-dessus du point de congélation. En une quinzaine de minutes, il serait descendu jusqu'à l'hypothermie *mineure*, 35 degrés. Symptômes : frissons, vasoconstriction, baisse de la tension artérielle, respiration rapide (tachypnée), pouls rapide (jusqu'à la tachycardie), tout ce pour quoi il avait été entraîné, parfois recouvert de plusieurs mètres de neige éternelle. Passés les 34°C, l'épiderme deviendrait livide, se durcissant légèrement, les abrasions les plus nettes s'en verraient nettoyées, affermies et désinfectées en profondeur par le froid, les cicatrices s'estomperaient, le système pileux arrêterait de rejeter l'énergie interne du corps, frissonnements suspendus, hérissement des pilosités dermiques interrompu, la température corporelle ne cesserait de descendre, avec un bon choc thermique à la clé. Tout ce pour quoi il avait été entraîné, plusieurs unités sous zéro.

L'épiderme deviendrait une couche de peau rigidifiée en surface, avec les premières apparitions de marbrures hypocutanées, cela retiendrait la température au plus bas niveau, le sang ralentirait sa circulation et cesserait d'échauffer les organes traversés, les pulsations de son cœur finiraient par ralentir. Son cerveau réclamerait moins d'oxygène. Son métabolisme en son entier ressortirait du feu du napalm. Sa température corporelle se situerait alors aux environs des 33,5 degrés, juste au-dessus des limites de l'hypothermie dite « grave », avec perte ou troubles de conscience modérés, hypertonie diffuse et myosis oculaires. Il aurait quelques secondes avant de succomber au sortir du bain, reprendre ses esprits et poursuivre le traitement d'urgence.

Tout ce pour quoi il avait été entraîné.

Juste un peu plus loin.

Un peu plus loin dans la guerre.

Recouvert des divers bandages et enduit des lotions qu'il avait extraites de sa *panic room*, il avait passé en tremblant de tous ses membres, et dans un état semi-conscient, une combinaison de nanopolymère à homéostase calorifique, spécialisée dans les cas de brûlures domestiques ou d'exposition prolongée au froid, pourvue d'un système de microclimatisation interne et d'un régulateur capable de stabiliser la température corporelle au plus près de la normothermie en adaptant en continu le chauffage du nanomatériau aux diverses variables, externes ou internes, reçues par ses capteurs.

Il fallait désormais obtenir l'effet inverse de celui procuré par le bain glacé, il fallait faire remonter la température endotherme. Il fallait qu'elle remonte par paliers sécuritaires. Il fallait qu'elle remonte, puis qu'elle s'arrête. Vers 37 degrés Celsius.

Tout ce pour quoi il avait été entraîné.

Il avait suivi les procédures de secours militaire avec la plus grande discipline :

– aucune friction appliquée sur le corps, jamais, avec quelque objet que ce soit, afin de ne pas renvoyer le sang refroidi vers l'intérieur de l'organisme où il pourrait provoquer hypotension majeure et œdèmes locaux ;

– marcher lentement, avec calme mais constance, tout autour de la grande pièce presque aussi nue que lui ; redistribution cohérente de la chaleur dans l'organisme, reconstitution de l'équilibre thermique intérieur, reconfiguration du corps comme machine cognitive.

Il était un mammifère de la nuit, il était âgé de cent millions d'années.

Il avait tout calculé.

Aucun saurien, même déflagrant, ne pourrait avoir raison de lui.

Il s'était de nouveau observé dans le miroir. Il n'avait décidément plus rien d'humain. C'était comme si cet *être* blessé, brûlé et lacéré sur toute la surface du corps, couvert de cicatrices, et passé successivement du feu à la glace, était la seule image possible de lui-même.

C'est bien la seule véritable *image de moi-même*, finit-il par se dire.

Pilotage du corps humain en mode automatique

La journée était séquencée à l'avance par les bains successifs d'eau froide où il allait passer la plupart de son temps, entre deux badigeonnages de lotions désinfectantes, cicatrisantes, hydratantes et antithermiques.

Une journée entière d'hôpital de campagne, au cœur de sa maison. Il y passerait aussi une partie de la soirée, quelques derniers bains à la température fixe de 18 degrés Celsius avec activité physique minimale, retour au début du processus en guise de finition.

Il calculait tout. Il ne cessait de tout calculer.

Si son corps réagissait normalement à l'opération, en quelques heures tous les effets les plus voyants de l'hyperthermie initiale auraient disparu et tous les dégâts internes seraient réparés. Seules les marques des contusions les plus sévères et quelques cicatrices resteraient apparentes pour un temps. S'il parvenait à jouer un peu au chat et à la souris, les types des Affaires internes croiraient à une séance d'UV un peu prolongée. Même les tomographes les plus précis ne pourraient rien déceler dans ses organes, et pour le reste, la thèse de l'accident mineur ne pourrait être que plausible.

Il avait tout calculé.

La journée se déroula donc telle qu'il l'avait cadencée, selon l'équation corps / eau / température endotherme / air / réchauffement / refroidissement / température ambiante / réglages de la combinaison homéostatique / lotions et baumes. C'était mécanique, fastidieux, répétitif, c'était le travail d'un flic.

Couché vers minuit, Verlande s'emmitoufla dans un pyjama de laine Woolmark et s'endormit presque aussitôt. Pourtant, juste avant de sombrer dans le sommeil, une étrange impression submergea tous ses sens, ou plutôt l'ensemble du système nanotechnologique intégré à son organisme.

Sa conscience déjà ralentie mit cela sur le compte des hypo, endo et hyperthermies que son organisme avait subies pendant près de vingt-quatre heures d'affilée. C'était comme si le *nanocentric network* se mettait à devenir une composante intégrée de son organisme.

Et de son psychisme.

De système bio-implanté, il devenait une sorte de logiciel, une série de codes, de nombres, de digits qui circulaient dans l'ensemble de son métabolisme.

C'est sans doute pour cette raison que sa nuit fut morcelée, comme autant de fragments d'un homme démoli face à son miroir.

Microréveils en séquences on-off, éclairs de lucidité aussitôt avalés par la nuit, sans presque aucune trace mémorielle, photogrammes non visibles, photogrammes sans souvenirs, photogrammes du néant.

Microréveils, coupures neurales, sauts digitaux, tout juste conscients, avec l'impression étrange que quelque chose d'autre devient organique en lui, quelque chose de disjoint et de synthétique en même temps.

Lorsqu'il s'éveille pleinement, la phase paradoxale coupée net en son milieu, avant même l'apparition du stade onirique, ses yeux enregistrent l'heure sur son antique radioréveil Sony : l'écran du cube anodisé indique 3 h 33, les leds rouges semblent contenir tout l'univers en même temps qu'elles paraissent être le point d'origine de son expansion. La sensation de cette altérité *prenant corps* en lui s'accompagne maintenant d'un éclat de cognition pure, dont il sait qu'elle illumine le mystère des organismes vivants : *toute machine est un réseau de coupures.*

Cela s'était produit durant ce sommeil fractionné. Cela s'était probablement produit durant les coupures. Cela s'était produit *entre* le monde psychique et le monde sensible.

Cela s'était produit.

Il avait changé. Quelque chose avait changé en lui, et cela faisait de lui autre chose, quelqu'un d'autre, une déviance de lui-même.

Pourquoi le savait-il ? Parce que, justement, le trait principal de ce changement, de cette déviance, de cette mutation, c'était qu'*il savait.*

Et maintenant qu'il savait, il était en état de connaître.

Alors *il connaissait.*

C'était une expérience qui semblait faire suite à celle du sas, après l'attaque du fourgon, ce décryptage « imaginal » des photogrammes gris. Sauf que les photogrammes que son cerveau décodait désormais n'étaient pas des fichiers résilients au fond d'un disque dur.

C'était les secrets enfouis dans la mémoire morte du réel.

C'est alors qu'il comprit que la connaissance était forcément un processus *dynamique*. Non pas la simple accumulation numérique de données. Pas même le *calcul intégral* du prédateur nocturne, mais la faculté de se surmultiplier elle-même, grâce à la *machine imaginale du cerveau.* C'est ce qu'il avait découvert intuitivement, lors de cette nuit des photogrammes et du viseur nocturne narratif qui avait *pré-dit* la forme et le sens du Tube. Le savoir qui s'emparait maintenant de sa pensée atteignait l'incandescence de la cognition amphétaminée : la connaissance était *dynamique*, cela signifiait qu'elle ne cessait de se surplier sur elle-même, elle ne cessait d'augmenter sa vitesse, *elle ne cessait de connaître*. Il ne cesserait désormais d'apprendre et d'approfondir sa *con-naissance* du réel décrypté.

Il comprenait, la cognition s'imprimait en lui, alors même que la sensation de changement biologique interne s'accentuait de minute en minute. Corps, esprit, psychisme, biologie, rien n'est « relié », tout est à la fois *un, singulier* et non hybridé.

C'est parce qu'elle s'imprimait en lui qu'il pouvait la lire.

C'est parce qu'elle le connaissait qu'il pouvait la voir.

C'est parce qu'elle le voyait qu'il pouvait la connaître.

Tout est reconfiguré, tout est synthétique et disjoint, toute machine est un réseau de coupures.

Il comprend.

Il sait.

Il voit.

Ce n'est pas une sensation. C'est le signal code rouge clair et net de son cerveau-corps, il entre dans un état troisième du vivant, en lui : homme et machine, mais une seule ontologie, deux « natures », non pas fusionnées, simplement « entrelacées » via une dimension tierce qui fait de lui une *synthèse disjonctive* incarnée.

Et bien sûr, il sait ce qui en est à l'origine.

Plus le temps passe, plus cette chose, qui est totalement *autre*, devient ce qu'il est.

Il la connaît de mieux en mieux. Mais il sait que c'est elle qui le connaît dans son intégralité.

Elle aussi n'est ni machinique ni organique. Elle aussi appartient à un troisième état du vivant. Elle aussi représente l'émergence d'une nouvelle histoire, pas même post-humaine, mais *métatechnique*.

Il comprend qu'elle et lui forment désormais des structures à la fois unitaires et binaires, donc trinitaires, il comprend qu'elle n'est pas apparue sur cette Terre par l'effet d'un quelconque « hasard », il sait qu'elle attendait depuis des éons un humain tel que lui, il *connaît* désormais ce pourquoi elle est une arme si dangereuse.

Elle est *l'autre absolu* en train de devenir ce qu'il est.

La Métaforme

Il ouvrit la porte du Labo à 6 h 06 très exactement, l'horloge numérique dont les diodes rougeoyaient dans la pénombre était on ne peut plus formelle. On était le 6 juin au matin. 6 h 06.

Il tapa les codes de sécurité, passa son index sur la bande d'analyse des empreintes digitales et offrit son œil directeur au scanner rétinien.

Fortin avait été très impressionné la première fois où il avait assisté à ce ballet sécuritaire rodé depuis des années déjà. Lorsque Verlande avait répété son numéro pour la bibliothèque, l'ancien Hell's Angel, qui commençait alors sa collection de livres, avait laissé échapper un sifflement de surprise.

– Je comprends pour toutes les machines accumulées dans ton labo, je sais pas comment tu as fait, mais il y en a pour des millions de dollars...

– J'ai mes connexions, avait répondu Verlande en pensant à Voronine et à ses amis comme Vlasseïev, spécialistes de la récupération *high-tech* par lesquels il s'approvisionnait clandestinement.

– Mais un bunker de type militaire pour des livres ? Combien tu en as ? Je suis sûr que le système de sécurité du sous-sol vaut plus que tous tes bouquins réunis.

– Le seul système de sécurité ici, c'est moi, avait répondu Verlande.

Ce qui signifiait que les livres valaient plus que n'importe quoi au monde, y compris lui-même.

Il était donc 6 h 06, en ce matin du 6 juin, lorsqu'il ouvrit la porte du Labo afin d'aller jeter un coup d'œil à cette forme plate et noire pour laquelle il avait failli mourir quelques heures plus tôt, et pour laquelle son meilleur informateur avait été assassiné.

Cela avait été son premier réflexe de retour chez lui, protéger la feuille noire sans attendre, la planquer dans le Labo, on ne savait ce qui pouvait arriver, son programme de régulation endotherme comportait des risques, personne ne devait voir cette forme hors du commun, elle passait avant lui.

Et maintenant, à 6 h 06 du matin, ce 6 juin, il venait pour passer *en* elle. Il voulait revoir les pages infinies et les textes en métamorphose-réécriture permanente. Il n'avait pas subi cette nuit de feu et de glace pour rien. Il devinait, sans savoir pourquoi, qu'elle était elle aussi une machine de décryptage avancée, il devinait qu'elle savait résoudre les secrets les mieux enfouis. Fortin n'était pas mort pour rien, et lui, il n'avait pas survécu à tout ça pour ne pas s'en servir sur-le-champ.

La forme noire trônait sur la table de dissection, juste sous le faisceau bleu froid du suramplificateur de photons, exactement là où il l'avait laissée la veille au soir, lors de son retour.

Elle était bien là. Sauf que ce n'était plus elle.

Elle était bien là, à la même place. Sauf que c'était devenu autre chose.

Un tube.

Dressé en plein centre de la surface anodisée.

Un tube. Un rouleau. Noir. Parcouru lui aussi de signes de lumière ne cessant de produire des formes paradoxalement visibles à l'intérieur de cette matière à la totale opacité, ces symboles dont les mutations atteignent des vitesses astronomiques.

Immédiatement, le déjà-vu, double : cela ressemble étrangement à cette lunette de visée semi-onirique qui lui avait permis de décrypter les images résilientes du logiciel d'effaçage militaire. Et cela ressemble du coup à la lunette de visée Vampyr que son père avait utilisée à l'autre bout du chaos.

C'est intuitif, mais c'est très intense : Verlande comprend que la surface plane était la chrysalide, et que voici l'animal pleinement développé. Il s'approche de la table, proprement fasciné. Il s'agit bien d'une arme, il s'agit bien d'une bibliothèque. Une bibliothèque infinie. Elle contient tous les livres dont était composée la feuille noire, mais elle semble désormais en mesure d'en faire une authentique machine cognitive. Elle semble en mesure d'en tracer le diagramme, d'en projeter les plans, d'en établir une carte.

Il faut qu'il voie.

Il faut qu'il sache.

Il faut qu'il comprenne.

Il faut qu'il pénètre à l'intérieur du tube.

Il ne se doute pas encore que c'est le tube, en son entier, qui depuis longtemps a pénétré à l'intérieur de lui-même.

Il est l'homme dénudé, feu-glace, encerclé par les machines à la tiédeur constante, homéostatique, automatiquement renouvelée.

Il est l'homme démoli face au pur constructivisme de la technique.

Il est l'homme amplifié, renaturé, cybernétisé, face à la sauvagerie nette et angulaire du monde-laboratoire.

Il est là, comme au sortir de la matrice utérine, ou d'une époque à la fois plus ancienne et plus lointaine dans l'avenir. Il est un oscillateur dont les ondes rebondissent contre les limites mêmes de l'humanité.

Hyperthermie, hypothermie, tout a été calculé.

Sauf cette forme mutagène qui se tient devant lui, feuille devenue livre devenu tube. Canon. Accélérateur de particules. Vitesse du cerveau, vitesse de la lumière, vitesse de l'esprit.

Il doit voir.

Il doit savoir.

Il doit connaître.

Il ne sait toujours pas que c'est lui qui est vu et connu.

Il ne peut se douter que ce que l'on sait de lui, lui-même l'ignore.

L'œil du canon magnéto-optique est placé juste au-dessus du tube noir, le rayonnement à amplification de photons tombe très précisément devant la lentille. Le spectromètre-scintillographe fait entendre son vocodeur : voix métallique androgyne qui désigne les paramètres des réglages, la compilation des premières données, le calibrage de l'échelle de vision, la définition exacte de l'image, l'ordonnancement des codes couleur, la mise en séquence de plusieurs programmes d'observation spécifique.

Tout est prêt.

Tout est calculé.

Il va voir. Mais il ne voit rien. L'appareil semble inactif, pourtant tout indique qu'il fonctionne à la perfection. Il passe d'un dispositif à l'autre. Toujours la même chose, c'est-à-dire rien. C'est comme s'il n'y avait strictement aucun objet sur la table d'opérations. Pourtant il le voit de ses yeux, ce tube noir dressé vers le plafonnier. Lui le voit, mais les scanners les plus puissants de son Labo n'en perçoivent pas même la présence. La surface plane et noire ne laissait voir aucun dispositif d'entrée-sortie ou de mise en action. Sous sa forme tubulaire, elle ne laisse voir plus rien du tout.

Il tend la main. Il la touche. Elle fait contact. Elle est bien réelle. Elle est visible. Elle est sensible. Sa température semble se situer vers la chaleur endotherme d'un être humain.

Mais elle reste cachée aux regards des machines les plus sophistiquées. L'unique paramètre sur lequel les appareils s'entendent est un authentique mystère physique. Visible *et* invisible, matériel *et* immatériel, le Tube n'est ni liquide, ni solide, ni gazeux, il n'est pas même composé d'une forme de plasma. Sa nature est celle de la lumière, la *lumière sombre*, et cette lumière est capable de prendre corps dans le monde. Verlande devine que c'est cette lumière la vraie machine. Cette lumière est un ordinateur quantique à l'échelle du Cosmos, elle est *lumière cognitive*.

Il comprend que c'est là une caractéristique essentielle de la *machine-tube*.

C'est bien une arme, en effet.

Elle se situe dans un état troisième de la réalité, ni visible ni invisible, codée, cryptée, secrète, c'est-à-dire connue d'un seul cerveau.

Le sien.

Il prit place dans le sas. Un réflexe. Un comportement dressé par les règles de la survie et de la cognition, qui ne font qu'une.

C'est ici que, quelques jours plus tôt, une apparition prémonitoire du Tube lui avait permis de voir ce qui se cachait sous les images truquées du pédophile Archambault, en décodant ce qui à priori était indécodable.

Il la voyait, cette machine, il pouvait la toucher, la déplacer. Sous sa forme « livre » il était parvenu, par simple amplification photonique, à voir son « contenu ». Mais le Tube, lui, ne livrait rien aux machines. Verlande devinait que cela faisait partie de son arsenal intégré. C'était une sorte d'arme quantique. Son système nerveux était en mesure de la percevoir comme réalité sensible mais aucun « organisme artificiel » ne le pouvait.

Le doute n'était pas permis : la machine vivait selon deux plans de réalité à la fois synthétiques et disjoints. *Les chats de Schrödinger*, qui existent ou non en fonction du comportement d'une particule élémentaire, et de façon *simultanée*, la nature double de toute matière, corpusculaire et ondulatoire, toutes ces vérités antidialectiques qui renvoyaient le principe de non-contradiction aristotélicien au néant dont il n'aurait jamais dû sortir avaient désormais pris *forme*.

Et cette forme, c'était le Tube.

Au bout d'un certain temps, une pensée fit une apparition nébuleuse dans son esprit.

Relations corrélatives non dialectiques. Rapport de rapport. Chiasme. Paradoxe quantique. Binarité non duale.

Il appela Voronine sur son cellulaire mais dut se contenter de lui laisser un message. Il opta pour du tout-venant flicard. Il ne pourrait être opérationnel aujourd'hui, il avait des trucs à faire en solo, ils se verraient demain matin au QG.

La proximité des dates de la mort de Fortin et de sa journée de congé maladie improvisé n'échapperait probablement pas aux gars des Affaires internes, avec la violente attaque du fourgon, ça risquait sans doute de faire beaucoup, en tout cas juste un peu trop, mais il ne lui restait aucune alternative.

Il y avait les gars des Affaires internes.

Et il y avait toutes ces fosses, en attente d'être mises au jour, à la frontière du Labrador.

Il passa une petite heure, sans véritable espoir, à tester d'autres systèmes sur le Tube. Le résultat était invariablement le même, quels que fussent les réglages, les logiciels et les dispositifs spéciaux utilisés.

Au moins, sur ce plan-là de l'échelle quantique, nous avons une certitude absolue.

Et comme il contemplait le Tube dressé sur la table, la certitude valait tout autant pour l'autre plan de réalité.

Le Tube était à la fois visible et invisible, codé et décrypté, sensible et non sensible, il échappait de fait à toutes les lois connues de l'univers.

Son apparition était probablement un signe.

Le signe que non seulement tout était devenu possible, y compris ce qui ne l'était pas, mais que ce possible-impossible était advenu.

7 h 07. Le 7 juin. C'est l'instant où la porte du Labo s'ouvre une nouvelle fois. Il n'y a pas de hasard en ce monde, en tout cas il est toujours tenu en laisse par les actes d'autant plus volontaires qu'ils restent mystérieux. Nécessité et Liberté sont les deux visages de la Providence, dont seul le Paradoxe chrétien peut témoigner.

7 h 07.

Il ne sait pas vraiment ce qui l'attend, mais il connaît ce qu'il est devenu, cet autre en lui, ce même autre qui est là, dressé sur la table de chirurgie.

Ce Tube.

Ce Tube qui semble avoir contaminé son cerveau et son corps en se servant du *nanonetwork* comme interface d'entrée-sortie, et pour en faire sa *seconde nature.*

Il est le flic de la nature renaturée, et de l'artifice surnaturel.

Il est le flic du Tube.

Ce Tube qui n'est pas « en lui », comme la célèbre définition de l'âme – « pilote navigateur du vaisseau » – de ce bon vieux dualiste d'Aristote, mais qui est l'autre, *surplié sur son autre*, qui est lui-même, joint et disjoint, synthétique et séparé.

Premier constat : le Tube n'a pas changé de forme, mais il semble changer de substance. Ou plutôt c'est comme si l'opacité de la matière sombre devenait spectrale pour ses dispositifs « naturels » de perception. Non seulement il la voit, mais désormais *il peut lire en elle*, il surpasse nettement les machines de pointe du Labo, non seulement il les a intégrées pour les projeter au-delà d'elles-mêmes, mais il a aussi intégré la Bibliothèque comme un processeur de diagrammes, et le Tube lui donne à voir ce dont il est constitué.

Mieux encore, non seulement il lui dévoile ce qu'il est, mais il lui permet de décrypter par lui-même les secrets dont ils sont tous deux constitués.

Ils sont en état de corrélation quantique.

Il lui donne à voir, il lui donne à savoir, il lui donne à *con-naître*.

Désormais, toutes les données qui transitent sans cesse dans le *nanometric network* font partie de sa *cognition immédiate*, comme de simples opérations arithmétiques qu'il saurait par cœur.

C'est un flux de photons purs qui se met brutalement à circuler dans son cerveau et dans l'ensemble de son organisme.

Il le sait, il le voit.

Plus le Tube noir devient spectral, plus son propre corps émet de la lumière.

Une lumière invisible mais qui rend visible tout ce qui ne l'est pas.

Une lumière invisible, sauf pour lui.

Son cellulaire bourdonna à 8 h 11. Le programme de sélection avait choisi les premières mesures de *Ruiner*, ce vieux titre de Nine Inch Nails qui avait accompagné des mois durant son passage dans les Commandos de Montagne de l'armée française.

Mais il ne prit pas la communication, le fait s'intégra comme donnée à calculer plus tard. Pour l'instant, il était en train de devenir le flux de lumière en soi. Il le devenait parce que celui-ci s'imprimait en lui et lui permettait en retour de lire les connaissances dont la forme connaissante et inconnaissable, sauf par lui, était formée.

Il sut tout d'elle, pour commencer, c'était le tout premier anneau du rouleau. D'où elle venait. Comment elle avait été conçue puis construite. Son rôle. Sa mission. Sa propre autonomie de pensée. Ses plans.

Il comprit immédiatement pourquoi son origine était *militaire.*

C'était parce qu'elle était bien plus que ça.

Il ne s'était toujours pas habillé, il buvait un verre de Coke frais devant une des baies vitrées du salon disposé tout en longueur, à la montréalaise. La ville était submergée par des pluies torrentielles, il connaissait de fait les rapports météo du *nanonetwork* qui s'affichaient désormais directement au centre de son cerveau, parmi les milliards d'autres calculs qui paramétraient le nouvel état de son psychisme.

Le cyclone Beaver s'était écrasé sur la ville de Québec, des ouragans tournoyaient encore à plus de 200 kilomètres-heure autour de ce point pivotal et ils couvraient toute la moitié sud de la province. L'œil du cyclone se trouvait sur le Saint-Laurent, le fleuve n'en était que plus gorgé encore de toutes ces masses d'eau convergeant vers lui. Le typhon venait à peine de se planter sur le territoire du Québec que son successeur, Corona, frappait déjà la Nouvelle-Écosse. Son cerveau météorologique envoyait un message on ne peut plus clair : catastrophe climatique en cours, s'attendre à des problèmes majeurs.

Mais les solutions, en ce Monde de la Chute, sont souvent bien plus dangereuses que les problèmes qu'elles ont pour mission de régler.

Le message de Voronine était simple, net, direct, surcrypté, comme d'habitude. Il disait :

– Salut, je pense que tu es au courant pour Fortin, les rapports de police n'indiquent aucune trace d'une quelconque machine ou objet bizarre, cela veut dire qu'*ils* l'ont récupéré et qu'ils ont fait exploser Ryan au passage.

Verlande ne répondit rien, son silence avait valeur d'assentiment pour son complice, il le savait.

– Écoute, je connais les données météo du moment, mais tu dois venir me rejoindre au plus vite à Mirabel… Où tu sais.

Il y eut une ou deux secondes de latence, puis la voix reprit :

– Le Cube se transforme.

C'est tellement possible, se dit-il, *que c'en est devenu absolument nécessaire.*

L'AUBE DES TÉNÈBRES

Tout homme qui produit un acte libre projette sa personnalité dans l'Infini.

Léon Bloy

Tenebra Borealis

La 15 Nord n'était plus qu'un large courant sous-marin. Les trombes d'eau tombaient sur la terre comme des paquets d'océan, les vents enragés leur donnaient une force de percussion latérale qui ne cessait de faire tanguer la Trailblazer de gauche à droite comme un vulgaire canot pneumatique, jusqu'à la déporter dangereusement sur un bord ou un autre de la chaussée.

La route était liquide, et elle était presque déserte. Seuls quelques véhicules officiels, police, pompiers, sécurité civile, armée, apparaissaient de loin en loin, entre deux semi-remorques escortés par des hommes en pick-up, et de petits groupes de nomades affrontant les éléments entassés dans leurs voitures rafistolées, ou courbés contre le vent sur leurs deux-roues de confection artisanale.

Le monde, toujours le même, juste dépeuplé.

Repeuplé par la nouvelle nature.

Celle qui saura fort bien se passer de l'Homme. Le rétroviseur lui renvoyait l'image de son visage devant le scintillement aquatique de la fenêtre arrière. Non seulement toute trace de la violente hyperthermie avait disparu, mais jamais il n'avait contemplé dans un miroir une peau aussi pâle, qui donnait à voir les capillarités bleutées courant sous l'épiderme. Son corps n'émettait plus de lumière depuis son départ du Labo, la corrélation quantique avec le Tube demandait selon toute vraisemblance une proximité immédiate. Elle requérait une certaine « masse critique » entre deux ontologies à la fois différentes et conjointes, elle demandait un *contact*, une cognition directe et sensible de chacune par l'autre.

Il roulait sous les rafales du vent cyclonique, il roulait en comprenant déjà ce que signifiaient les mots de Voronine.

Le Cube se transforme.

Verlande devinait, de toute sa faculté cognitive augmentée, que non seulement le Tube entretenait des relations particulières avec lui, mais qu'il était intimement relié au Cube.

Fortin n'avait pas été informé complètement. Il ne savait pas que les deux machines étaient d'une manière ou d'une autre interconnectées, qu'elles étaient en *constante communication.*

Verlande, lui, ignorait encore à quel point il était loin de la vérité.

Le visage du *hacker* russe était presque aussi livide que le sien. Les cernes en valises sombres sous les yeux indiquaient quelques nuits blanches bien compressées.

Mais surtout, Verlande n'avait jamais vu une telle expression marquer ses traits. Jamais il n'avait vu Vlasseïev désemparé, pire, comme *défait*, devant une machine.

Verlande comprenait. Il comprenait tellement vite, sans avoir à opérer le moindre calcul. Tout était si clair dans les ténèbres qui recouvraient le monde.

Le Cube se transformait, en effet. Lui aussi, il traversait une phase métamorphique d'importance. Et d'après le récit que leur avait tracé Vlasseïev, cela s'était produit aux mêmes heures, exactement, que les transmutations du Tube.

– Tout d'abord il s'est activé tout seul, disons dès qu'on a braqué sur lui le champ du scintillographe. Il s'est retourné de l'intérieur, comme un gant.

Oui, avait pensé Verlande, le Tube se met en marche, sous sa forme plane, en présence d'un cerveau humain et en fait de la lumière métacosmique ; le Cube, lui, entre en action au contact d'une source de lumière artificielle pour faire de la machine qui l'émet un cerveau méta-organique.

Le Tube était devenu « métaspectral », il ne donnait rien à voir aux machines, mais permettait son propre déchiffrage – c'est-à-dire celui du *réel* – par un cerveau humain singulier. Sa matière sombre était devenue fantomatique tout en restant parfaitement opaque sauf pour lui, *l'humain*, et le *nanocentric network* désormais intégré à son métabolisme.

Le Cube semblait opérer de façon exactement inverse :

– Ensuite, première transmutation, avait dit Vlasseïev, il est devenu progressivement cristallin, translucide, puis transparent, comme maintenant. Remarquez qu'on ne le discerne vraiment que grâce à une source de *lumière noire*, il est devenu quasiment invisible à l'œil nu.

» Et puis maintenant il se produit ça :

» La forme du Cube est devenue elle-même impossible. Il est désormais englobé dans une sphère que pourtant il contient. Rien d'une illusion d'optique, mais un phénomène physique *sur-naturel*, un phénomène qui provient de ce monde renaturé, un phénomène qui résout la quadrature du cercle à l'échelle de l'infini.

– Tu es sûr des heures évidemment, demande Verlande pour la forme.

– Tout est enregistré ici, tu le sais bien, je peux être précis à la nanoseconde près.

L'aéroport est battu par les vents et les eaux célestes, comme au beau milieu d'une tempête océanique, c'est un navire pris dans les flots tumultueux du déluge. Il est l'Arche des typhons nordiques, il est le vaisseau amiral de tous les secrets de ce monde, il est là où ça se passe, *il est une extrémité du câble, je me tiens à l'autre bout.* Les *Outlaws*. La Polis. La Frontière appartient aux deux.

Les mots se cristallisèrent d'un seul coup dans son esprit, identifiant les machines et leur rôle spécifique. Le Cube-Monde : à la fois cubique et sphérique, à la fois endroit et envers, à la fois Monde et son au-delà machinique, Monade et Multiplex. Il est la Polis du Cosmos, *il est le Grand Cube de la SQ transposé à l'échelle de l'Univers.*

Le Tube/Cortex : segment d'une droite infinie par nature, et volume à base circulaire les contenant toutes, surpliées à l'infini, *synthétiques et disjointes.* Il est le Cosmos réencodé dans des milliards de neurones.

C'est alors qu'il comprit vraiment de quoi il s'agissait.

Il offrit un large sourire à Vlasseïev et à Voronine.

– Remercie-les, Père, *parce qu'ils ne savent pas ce qu'ils font.*

Un Cube englobant le monde tout en étant englobé par lui, un hypercentre.

Un Tube enroulé sur l'infini et enroulant un cerveau biologique sur son axe de lumière, un ADN métamorphique.

Un Cube/Hypermonde. Un Tube/Métacortex.

Simultanément, corrélation des principes contraires dans chaque entité :

Le Cube s'enroule sur le monde et englobe tous les dispositifs machiniques dans son réseau pseudo-biologique, il est un *code machine génétique.*

Le Tube contient toute la Création mais devient le contenu d'un cerveau unique et singulier, il est un hypercentre, lui aussi, il est un *code génétique cosmologique.*

– Et les machines ? demanda-t-il.

– Quoi, les machines ? répondit Vlasseïev.

– Le Cube semble disparaître aux yeux humains, est-ce qu'il reste visible pour les machines ?

Vlasseïev l'observa un instant d'un air curieux.

– Comment tu le sais ?

– Je ne sais rien, je demande.

Hors de question de parler du Tube, pas encore, il fallait d'abord en savoir plus.

Beaucoup plus. Et il savait que cela ne tarderait pas à survenir.

– C'est étrange, plus il disparaît à nos sens, plus les machines semblent pouvoir le déchiffrer ou plutôt…

Verlande devinait déjà ce qu'il allait dire.

– … Plus c'est lui qui les déchiffre, les décrypte dans leur intégralité, même nos systèmes les plus protégés sont totalement transparents pour lui, en fait, il est comme une forme de vie symbiotique qui *englobe* tout dispositif machinique en l'informant, *mais de l'intérieur*. C'est vrai qu'il y a comme un échange d'informations. Nos machines accèdent à ses données, mais le problème c'est qu'il est une sorte de *simulacre total*, ce que nos machines perçoivent n'existe pas vraiment, même si paradoxalement cela semble plus vrai que le vrai. Je suis sûr que ce n'est pas son seul secret, les transformations sont loin d'être terminées.

Verlande pressentait que les transformations étaient loin d'être terminées, en effet, elles ne faisaient que commencer.

Tout était lié.

Lui, le Tube, le Cube.

Ce n'était pas une relation bipolaire et linéaire qui s'établissait entre lui et le Tube/Cortex, puis du Tube/Cortex au Cube-Monde. C'était une configuration trinitaire : chacune des entités procédait désormais l'une des autres, dans une circularité parfaite et simultanée.

C'était bien plus qu'un triangle. C'était un anneau.

Et pas n'importe quel genre d'anneau : un anneau accélérateur de particules psychiques.

La cognition immédiate de la nature du Cube-Monde et du

Tube/Cortex s'imposait en lui comme une antique donnée métabolique datant de ses premiers jours.

Cela prit la forme d'une liste. D'un diagramme. D'une carte. Cela prit la forme d'un *plan*.

Cela prit la forme d'un homme.

C'est-à-dire d'une Parole :

SACHE QUE / Le Tube/Cortex est un livre infini en écriture perpétuelle. Mais il n'existe aucun dispositif destiné à mettre en marche la « machine », hormis le cerveau de l'opérateur lui-même.

APPPRENDS QUE / On ne peut lire à l'intérieur du Métacortex qu'avec un système à hyperamplification de lumière, alors qu'il est encore une surface, c'est-à-dire à l'aide d'un récepteur ultra-sensible de photons qui amplifie ce qu'il capte, et non pas un système émetteur d'énergie qui filtre ce qu'il éclaire, *et on ne peut le faire ainsi qu'une seule et unique fois, c'est le «* bootstrap *». Le Cube-Monde, au contraire, se donne à voir dès son activation par une* émission de rayonnements, *tel un objet retourné de l'intérieur.*

COMPRENDS QUE / C'est le Métacortex qui décide. C'est lui qui choisit le cerveau avec lequel il s'interface. C'est lui qui détermine qui va le faire transiter dans l'état psychique « métamort ». Tu l'as apprivoisé, tu l'as sauvé de ses destinataires initiaux, et surtout tu as été le premier à le lire, même partiellement. L'intelligence cognitive de la Métaforme est empathique. Elle t'a choisi comme instrument de l'échange sacrificiel parce que tu es le seul homme disponible et volontaire.

NOUS SOMMES DES FORMES DE VIE INCONNUES / Nous venons d'un autre Monde. Non seulement les deux machines sont reliées par une interrelation quantique mais le Tube/Cortex fait partie de la même « machine » que le Cube-Monde, ils sont deux dispositifs synthétiques et disjoints d'une seule et même entité. Cette entité est la Métaforme. Le Tube est un révélateur cosmique, une forme d'incarnation théogonique, il est le code vivant de la Création, Logos qui se révèle et révèle. Le Cube, lui, est l'incarnation du Processus d'Évolution, soit le secret qui est aussi sa propre clé de codage/décodage.

PROCESSUS DE RÉTRO-ENGINEERING DU RÉEL / Le Tube/Cortex déchiffre le Réel, soit le non-visible, il décode le verbe secret à l'œuvre dans la Création, il est une circonvolution de ton propre cortex, à la fois exo et endogène et qui contient tous les plans codés du Monde Créé. Le Cube-Monde reprogramme la réalité, soit l'interface entre nos perceptions/cognitions et le réel, il est capable de la truquer, l'effacer, la camoufler, la remplacer par des simulacres plus vrais que le vrai. En ce sens, lui aussi est un moteur de recherche de la VÉRITÉ.

EXOGÉNÉTIQUE ET SURPHYSIQUE / Métacortex et Cube-Monde fonctionnent toujours de pair. Le Tube/Cortex est biophysique/psychique. Le Cube-Monde est microphysique/électromagnétique. Les deux, c'est-à-dire l'unité binaire qu'ils forment, sont une seule machine photonique et quantique.

INTERNALITÉ ET COSMOGONIE / Le Cube sert à camoufler, alors que le Métacortex sert à révéler. Mais les deux « machines » fonctionnent ensemble, ou plutôt n'en forment qu'une*: le Tube/Cortex est une « boîte noire », le Cube-Monde un système de métachiffrage, à eux « deux » ils surplient le monde.*

TOPOLOGIE SECRÈTE / Sur un certain plan de la réalité, *tu es « mort » lors de l'explosion, sauf que la Métaforme a rétro-agi et maintient ta forme de vie* métaspectrale *dans le champ de la réalité et qu'elle reste donc visible, active, tactile, sensible, etc., pour elle comme pour les autres. C'est le « méta-bios », état psycho-corporel qui n'est ni vivant ni mort, ni matériel ni limbique. Tu vis désormais le « troisième état », crypto-angélique, qui te permet de rejoindre les morts, et de rester parmi les vivants. Tu es un individu crypté, et un indivis décrypteur, et non seulement tu es le seul à le savoir, mais tu restes la seule et unique personne qui* peut le savoir.

MAINTENANT INTÈGRE CE QUI NE PEUT ÊTRE CALCULÉ / Le Tube est une métaforme parce qu'il est capable d'influencer passé comme futur en y intervenant sans la moindre médiation, le Tube est chronodynamique, c'est lui qui se déplace à sa guise dans les différentes temporalités dont est faite la Création. Ainsi tu es mort sans mourir, et tu es encore vivant, quoique sur une ligne déviante de ta propre réalité biologique.

Ainsi les spectres SS que tu as entrevus sur la route, l'expérience imaginale qui t'a rendu capable de décrypter ce que les machines les plus complexes n'étaient parvenues à lire, tout cela, et jusqu'à certaines de tes intuitions performatives plus lointaines encore, tout cela a été la conséquence de ton acte, celui de lire la Métaforme sous sa forme plane, puis d'offrir ton cortex au Tube.

EXPOSITION DES FACTEURS MUTAGÈNES / Le Tube est une supraréalité qui devient invisible aux machines pour rendre visible ce qui est secret. Le Cube-Monde est un suprasimulacre qui truque le réel machinisé pour rendre secret ce qui est visible. Ainsi, le Métacortex décrypte les morts et leur langage, alors que le Cube-Monde les encode dans le réel truqué par lui, et la Métaforme fait de tout cela un Cosmos.

Le Tube est composé de tous les SIGNES possibles de la Création, il cumule nombres et mots. Le Cube montre la réalité machinique du Monde, c'est pour cette raison qu'il est en mesure de l'encoder, de la truquer.

Le Tube / Métacortex interagit avec un individu singulier pour décoder son cerveau et encoder le Réel en lui, le Cube-Monde interagit avec le Monde et ses réseaux de machines pour déchiffrer sa structure et la recrypter. Grâce à ces nouveaux états cognitifs tu es en mesure de comprendre que le Cube et le Tube sont deux systèmes synthétiques et disjoints de la même « machine ». Qui n'est plus un mécanisme, même cybernétique, mais une forme de vie.

Et cette forme de vie, c'est désormais la sienne. En attaquant le fourgon des paramilitaires et en dérobant leur marchandise secrète, il ne s'est pas contenté de franchir la ligne rouge de la Loi, comme ses amis Voronine et Vlasseïev, il sait de tout son être qu'il est devenu *autre*. Complètement autre, et pourtant il n'a jamais été à ce point lui-même. Il n'est plus tout à fait humain, et pourtant il sait aussi qu'il ne le sera jamais davantage.

Il ne ressentit rien de spécial, rien de grandiose, rien de sublime, rien d'extraordinaire devant cette impression presque machinique du savoir le concernant dans sa propre mémoire.

Le Tube sert à *révéler*, il était dans la logique des choses qu'il commence par son opérateur principal.

Les seuls mots qui lui viennent alors à l'esprit sont de Gustave Thibon :

« *Dieu, de plus en plus caché sous les mécanismes de la Création dont il livre à l'homme la manœuvre. Il dissimule son existence dans la mesure où il dévoile son œuvre.* »

Verlande devinait qu'il vivait un moment crucial de cette prophétie.

Il profita d'une des rares accalmies de l'ouragan pour sortir du bâtiment principal et se diriger vers le tarmac où s'alignaient les avions désossés.

Le Cube-Monde et le Tube/Cortex ne faisaient qu'un tout en restant disjoints, telles les deux natures – humaine et divine – du Christ. Ils étaient, ensemble et chacun, la Métaforme, ils étaient Alpha et Oméga l'un pour l'autre. Était-ce le fruit du hasard ? Cette pensée faillit le faire rire.

Le Cube-Monde semblait le contre-pôle du Globe antipolitique, le Tube semblait le contre-pôle de la Chute Générale. Entropie, néguentropie, mais distribuées en chacune des entités selon une dynamique spécifique… Après tout, la zone de l'aéroport abandonné représentait elle aussi une nouvelle forme de vie, un écosystème mutant, où néo-sauvagerie et archéo-technologie se combinaient pour donner naissance à une branche nouvelle de l'Évolution. Les avions n'étaient ni morts ni vivants, à la limite certains auraient pu décoller, voire voler quelque temps, aucun ne serait parvenu à atterrir, ils étaient des *avions sans retour*, des avions prédisposés au crash, terroriste ou accidentel, des avions qui, pourtant, étaient aussi sans *aller*, faillite des compagnies, moteurs aux carburants hors norme, ils ne quitteraient jamais le tarmac de Mirabel. C'était les avions fantômes de l'économie perdue, les avions fantômes du Monde englouti par lui-même, les avions fantômes de la dernière guerre industrielle.

Il était chez lui, ici.

Ainsi, il se devait de l'admettre, car la cognition absolue ne lui laissait aucune échappatoire, il était « mort » lors de l'explosion de l'hydravion de Fortin, la Métaforme avait alors *rétro-agi* à partir du moment où il l'avait initiée, et avait – à l'instant même de l'événement – transformé cette mort clinique en un « état tiers » de la vie, où ses fonctions biologiques étaient maintenues par le moteur photonique dont son « métacortex », partie intégrante du Tube, était désormais le principe actif.

La Métaforme ne produisait ni dimension alternative ni paradoxe temporel. *Elle créait la réalité*, au moment où celle-ci était programmable, parce qu'elle ne cessait de la déchiffrer, elle pouvait en faire une narration. Elle *produisait* l'événement tel qu'il s'était produit. Elle re-produisait Verlande au moment même de sa mort. Elle l'avait décodé puis réencodé dans le monde réel.

Ainsi, il était plus-que-vivant, et il était « outre-mort », en lui aussi chacun des deux principes contenait son contre-pôle complémentaire. Il était une forme de vie inconnue, et secrète. Il était une forme de vie hypercognitive, susceptible de tout décoder dans les autres cerveaux créés.

Il comprit avec l'immédiateté désormais coutumière que la Métaforme ne l'avait certes pas choisi par une sélection aléatoire. *Elle savait.*

Elle savait pour lui et son père. Elle savait pour la ligne de disjonction synthétique entre l'expérience paternelle durant la Seconde Guerre mondiale et ce que le fils était présentement en train de vivre.

Elle savait. Elle l'avait voulu ainsi.

Allelujah.

Là-bas, au loin, en direction de Montréal, il aperçut de hauts monticules-décharges sauvages qui ne se trouvaient pas à cet endroit la fois précédente. L'économie entière, jusqu'à son plus petit micro-mécanisme, était entrée dans une phase de chaos absolu, qui n'est pas le simple désordre, mais la condition prérequise à une évolution à rebours, avec toute la complexité voulue. La grève générale des services de la voirie des principales villes de la province avait produit une industrie parallèle qui ne cessait de croître, les dispositions gouvernementales qui interdisaient la production, le stockage, la distribution d'un nombre toujours plus grand de produits industriels de « l'Époque d'Avant » ne faisaient qu'amplifier et accélérer le phénomène.

Il grimpa à bord d'un antique Boeing 737 dont la rampe rouillée et bringuebalante évoquait une passerelle de jungle métallique. Son *nanonetwork* devenu simple configuration neurologicielle de ses facultés cognitives lui permit de savoir que le troisième cyclone, Corona, était en train de traverser le Nouveau-Brunswick, sans perdre un dixième de sa puissance, force 5 à l'origine. Il frapperait la ville de Québec durant la nuit, à l'aube il serait sur Montréal. Le quatrième, Daredevil, était déjà sur le point d'éclater sur le Maine et la Nouvelle-Écosse.

Les journalistes parlaient des « Quatre Cavaliers de l'Apocalypse », ce qui fit franchement rire Verlande alors qu'il franchissait le seuil de la porte avant du Boeing.

Les Quatre Cavaliers, de simples phénomènes climatiques !

Quels mots pourraient-ils employer quand les vrais se présenteraient au monde ?

Comme tous les avions à l'abandon sur l'ancien aéroport, le Boeing d'American Airlines avait été entièrement désossé depuis longtemps, ce n'était plus qu'un long tube vide dont même les hublots avaient disparu. Plus de banquettes, plus aucun casier à bagages, le cockpit vide de tout instrument, on avait récupéré jusqu'aux vitres de la cabine, sans parler du câblage, des lampes, de tous les systèmes électriques, de la plomberie, des portes, des cloisons diverses, des *lockers*.

Il discerna le bruit furtif des petits animaux dérangés par sa soudaine intrusion dans une de leurs niches écologiques.

C'était des mammifères. Comme lui. Ils continuaient de s'introduire dans l'inconnu, la nouveauté, le mystère, là où les grands sauriens, quels qu'ils soient, n'osaient s'aventurer.

Ils savaient disparaître au moment voulu, ils savaient être là au meilleur moment, ils savaient voir, ils savaient calculer, ils savaient apprendre, ils savaient *con-naître*.

Il éprouva pour la première fois de sa vie un profond respect pour ces animaux qu'il n'avait même pas pu voir et à peine entendre.

Mais qui, eux, l'avaient vu et entendu.

Eux, qui l'avaient *calculé*.

Ainsi cette *métamachine*, formée de deux entités synthétiques et disjointes, avait su imprimer en lui ce qu'elle était, et quelle relation elle entretenait désormais avec lui, en l'espace de quelques minutes tout au plus.

Cela faisait des semaines, des mois, pour certains cas des années, que les investigations policières importantes ne conduisaient nulle part. Cela faisait des années, des mois, des semaines, que la « théorie » du commandant McGlade traçait ses diagrammes fulgurants dans les ténèbres sans que pour autant aucune des enquêtes avance d'un pouce. Il avait réussi à décrypter trois *frames* vidéo résilientes sur un disque dur nettoyé par un programme militaire, mais ce qu'il y avait vu restait étrangement hors du champ de vision, ce que l'on pouvait en dire restait figé dans un silence de glace.

Il pressentit que la *métamachine* s'actualisait dans un monde où rien, sinon elle, ne permettrait de projeter la lumière dans les gouffres. Elle n'était pas « deux ». Elles étaient *une*.

Leur physique échappait à tous les concepts connus de cette humanité, peut-être venaient-elles du futur, ou d'un laboratoire clandestin doté de technologies d'origine extraterrestre ? Sur ce plan, la machine s'était contentée de stimuler son *imagination*, tout ce qu'elle avait dit d'explicite c'était *Nous venons d'un autre monde*.

Et Verlande savait qu'elle n'était pas venue pour rien.

Quelque chose demandait à être vu.

Quelque chose demandait à être lu.

Quelque chose demandait à être su.

Quelque chose demandait à être connu.

C'est alors qu'il les vit, à l'instant même où sa conscience fracassait ce mur de verre cognitif.

Ils se tenaient au milieu du corridor, vers la sortie arrière, se tenant par la main. *Il et elle*, pour être précis.

Il les reconnut instantanément, cognition immédiate. Le photogramme gris devient une réalité parfaitement décodée. Il est devenu *réel.*

Ce sont les jumeaux hétérozygotes. Le frère, la sœur. Ceux des fosses secrètes. Ceux de la réalité révélée. Ils se tenaient devant lui, à l'autre bout du Boeing, long tube horizontal et rouillé de toutes parts.

Leur visage est brouillé, instable, en continuelle métamorphose, un Rolodex d'identités, pourtant il ressent une étrange sensation de familiarité avec ce qu'il perçoit de leurs expressions.

– Pourquoi êtes-vous ici ? leur demande-t-il.

Le silence est cisaillé par le son du métal fouetté par le vent et la pluie.

– Parce que c'est toi qui nous as *vus*. C'est toi qui nous as *lus* en premier. C'est toi qui *sais*. C'est toi qui vas nous connaître.

– Comment ça, je vous ai « lus » en premier ?

– Ton cerveau exogène nous a détectés sur les photogrammes. Il ne pouvait pas encore communiquer ce plan du trucage à ton cortex endogène.

Ils ont parlé chacun leur tour, en énonçant très distinctement une phrase après l'autre.

– Où sont les autres fosses ? Où est le centre ? Où dois-je commencer à chercher ?

Les deux enfants aux visages parasités se mettent à rire.

– Ce ne sont pas les questions auxquelles nous sommes habilités à répondre. En fait, nous en ignorons les réponses.

Cela simplifiait le problème, pensa Verlande.

– Êtes-vous envoyés par le Tube ?

– La forme Métacortex est ce qui nous permet de nous inscrire dans le réel par sa corrélation avec le Cube-Monde. Elle décode, il recode. Pour le Cube, tout est machine, pour le Tube, tout est vivant.

– Alors que pouvez-vous m'apprendre ?

– Rien que tu ne saches déjà, au fond. Nous pouvons t'apprendre la forme que cela avait.

– La forme ?

– Cela n'avait pas de *sens*, « Il n'y a pas de pourquoi ici », ne cessaient-ils de nous répéter. Mais il y avait un *comment*. Il y avait un processus. Cela revêtait une forme concrète, cela prenait sa place spécifique dans l'espace et le temps.

Ils venaient juste de dire que cela avait été réel, mais ils en parlaient comme d'une réalité passée. Une forme ? Une forme sans le moindre sens ? Une structure sans pourquoi ? Et qui avait disparu ?

Pourquoi ? Comment ? Quand ? Quoi ?

– Que t'a fait voir la Métaforme à travers le photogramme truqué ? demande la fillette.

– Un paysage. Des collines. Des maisons. Des pylônes, avec des caméras.

– C'est vrai que même leurs machines surpuissantes n'étaient pas parvenues jusque-là, dit le garçon.

– Mais ce n'est que le décor, c'est le trucage sous le trucage, continue la fillette, qu'a-t-il vu, qu'a-t-il lu, qu'a-t-il compris, le pire c'est qu'il le sait.

– J'ai vu ce qui ressemble à des grillages et à des barbelés, autour des pylônes, j'ai vu des silhouettes d'hommes et de femmes qu'on conduisait sous terre. Je sais ce que j'ai vu ce jour-là.

– Et quel nom donneriez-vous à tout cela, si vous mettiez tous les éléments bout à bout ? demande le garçon.

– Cela ressemble à un camp de détention. Avec peut-être une exécution de masse, ou quelque chose d'avoisinant. Une saloperie de *snuff-movie* militaire.

Le garçon et la fillette lui sourient, une lueur mystérieuse dans le regard.

– Vous veniez d'un camp ? Un pays sous dictature ? Les islamistes ?

Leur sourire se transforme en un léger rire cristallin.

– Pourquoi refuser d'admettre plus longtemps l'évidence ? demande le garçon. Pourquoi étions-nous au premier plan du photogramme ? surenchérit la fillette.

– Je ne sais pas, dut-il avouer.

– Parce que la Métaforme s'est servie de cette image pour la transmettre dans votre cerveau, pour que vous mettiez un nom sur ce que vous avez vu, pour que vous compreniez vraiment de quoi il s'agit.

Mettre tous les éléments bout à bout. Mettre un nom sur ce qui a été vu.

Se souvenir des intuitions en cascades qui avaient rythmé la « nuit du sas », au cours de laquelle la Métaforme lui avait envoyé, par-delà le temps, une version purement imaginaire d'elle-même.

C'est par leur *présence* que les deux enfants sont en mesure d'imprimer en lui la cognition immédiate du phénomène. Ils sont des médiateurs de la Métaforme, ils sont ses instruments de déchiffrage, ils sont ses éclaireurs, ses porteurs de vérités.

Ce qu'il avait vu sur le photogramme, c'est ici que ça se passait, ici, c'est-à-dire là-bas, là où ils avaient trouvé les fosses, là où les jumeaux hétérozygotes lui avaient envoyé, depuis leur tombe, un message précis sur la nature exacte de la *chose*, sur sa *forme*.

Il y avait bien un centre.

Un centre situé sous la terre.

Et cela avait bien une forme.

La forme *in-sensée* de la Nuit et du Brouillard.

Water Music

– Tu as vu pour Fortin ? lui avait dit Voronine. À leur habitude, ils ont employé les grands moyens pour l'avoir. Ça prouve qu'ils étaient prêts à tout pour récupérer leur dû. Ils auraient atomisé la province pour moins que ça. On ne fait pas double jeu pendant vingt-cinq ans sans s'exposer un jour à un double tranchant. Et celui-là était particulièrement dangereux.

Pour ça, il l'avait vue de très près, la boule de feu. Verlande prit l'air qu'il se devait de prendre en pareilles circonstances, soit un visage de glace.

– Le rapport de la SQ locale parle d'un attentat de grande ampleur, poursuivit Voronine, ils n'ont pas retrouvé grand-chose à ce qu'il paraît, c'est notre meilleur informateur qui disparaît. Tu crois toi aussi que c'est lié au coup du fourgon ? Je veux dire le secret dans le secret ?

En l'occurrence mentir, c'était délivrer un pan de la vérité.

– C'est possible, il y a aussi nos affaires de pédophiles et de tueurs de *screws*, et tous les ennemis qu'il s'était faits. Fortin n'était pas né pour mourir dans son lit, il l'a toujours su.

Chacun a ses limites, avait pensé Verlande, même le Monde.

Les prévisions météo militaires couraient dans son cortex, si l'armée elle-même était sur le pied de guerre c'est que ce qui allait survenir dans les toutes prochaines heures était de l'ordre de la catastrophe.

Qu'est-ce qu'une catastrophe ? En général la combinaison de *deux* catastrophes.

Corona avait – on ne savait trop comment – atteint la ville de Québec avec près de douze heures d'avance sur l'horaire prévu, pendant ce temps Daredevil reprenait de la puissance alors qu'il traversait l'État du Maine et le sud du Nouveau-Brunswick.

Tous les calculs convergeaient vers un unique résultat : le lendemain, les trajectoires des deux typhons se croiseraient, leur collision aurait lieu quelque part au sud de la région de Montréal, sur la frontière américano-canadienne.

Les cyclones ont un sens très relatif des barrières administratives.

Les routes, les autoroutes, les ponts, les viaducs seraient barrés, ou emportés par des torrents en furie. Déjà, les eaux du Saint-Laurent avaient atteint, voire dépassé, leur cote limite, tous les paramètres indiquaient que la houle venue de l'Atlantique atteindrait cette fois plusieurs mètres de hauteur, telle une marée rugissante qui gonflerait d'autant plus qu'elle remonterait le cours du fleuve, de plus en plus étroit en direction des Grands Lacs.

À contre-courant.

Il savait où, quand, comment les typhons allaient frapper. Il connaissait déjà les conséquences de leur passage. Il devinait leur nature ambivalente : ils mettraient la province sens dessus dessous pour des semaines entières.

Fermont devrait attendre.

Les fosses communes devraient attendre.

Les jumeaux hétérozygotes inconnus devraient attendre.

Mais les cyclones savaient faire de l'attente qu'ils imposent un moment où tout peut arriver.

Alors, tout arriva.

– Ils disent que des pirates ont profité des typhons pour s'infiltrer sur le Saint-Laurent, ils ont attaqué Rimouski dans la nuit.

– Les pirates sont déjà dans la ville, Alex, avait répondu Verlande, puisqu'ils en viennent.

C'était pour cela qu'ils patrouillaient dans ce canot à moteur de la SQ, sur les berges inondées du fleuve, sous des pluies diluviennes, cernés par des cascades d'éclairs dans la houle éclairée de leurs projecteurs à haute puissance.

Alpha et Beaver avaient mis à mal l'est et le centre de la province, Corona et Daredevil avaient étendu les dégâts au-delà de la frontière ontarienne, les deux premiers avaient rapidement perdu de leur puissance une fois arrivés sur la terre ferme, mais les deux suivants s'étaient nourris l'un de l'autre, multipliant leur énergie cinétique et les facteurs éoliens, sans compter les masses d'eau déversées du ciel.

De nombreuses digues avaient rompu entre Québec et l'Outaouais. Les deux typhons boréaux s'étaient stabilisés l'un sur l'autre, un peu au sud-est de Montréal, on disait que vers le lac

Champlain on avait détecté des vents de près de 300 kilomètres-heure.

Les systèmes de pompage et les canalisations de la grande métropole s'étaient retrouvés très vite saturés, les remblais de protection avaient été submergés, très vite la Vieille Ville, puis le quartier chinois, le Village Gay, le « Red Light District » de la rue Sainte-Catherine, et plus généralement l'ensemble des quartiers situés sous le niveau de la rue Sherbrooke furent immergés sous près de dix mètres d'eau. Au fil des heures, les flots en furie du fleuve, mêlés aux masses liquides tombées du ciel, atteignirent le West Island, submergèrent Lachine et parvinrent à s'infiltrer, à l'est, jusqu'aux raffineries de pétrole et de méthane, Pointe-aux-Trembles, puis, par le bras nord du fleuve, dans les quartiers d'Ahuntsic, de Saint-Sulpice, de Montréal-Nord, le boulevard Henri-Bourassa en son entier, les eaux ne cessèrent de monter, par vagues successives, jusqu'à cerner presque complètement les hauteurs du mont Royal et des quartiers avoisinants bâtis sur ses contreforts.

Très vite, cette mutation brutale dans l'écosystème de la Polis allait produire des conséquences qui formeraient la *véritable catastrophe.*

Le Cyclone et la Grande Inondation créaient les conditions requises pour qu'une sélection évolutionniste survienne au cœur même de la Cité.

C'est l'Évolution, la catastrophe.

Verlande observait la montagne de matériaux non recyclables se désagréger lentement, minée par les violents courants venus du fleuve. C'était une des plus grosses décharges sauvages de la métropole, au point qu'on lui avait donné un nom : Scrapville. Des colonies entières de *Zéco-Zécos* y vivaient, des dizaines de *business* illégaux y prospéraient.

Mais elle allait connaître le même sort que les autres, qui s'effondraient par masses entières dans les eaux, partout ailleurs dans la cité, comme ces blocs géants de glaciers ou d'icebergs qui partaient à la dérive dans l'Arctique. Scrapville était une des dernières colonies recyclo-clandestines ayant résisté à la montée des eaux, mais son sort était scellé. Verlande apercevait les myriades de gyrophares de la brigade fluviale qui s'animaient dans la direction de l'autoroute Ville-Marie, là où une des plus grosses concentrations de décharges avait vu le jour ces dernières années et où le haut monticule avait dominé le paysage, tel un Éverest de matières plastiques usagées.

Dans quelques minutes tout serait fini. Les gyrophares ne pourraient rien y faire, il était bien placé pour le savoir.

Il vit les groupes d'humains cherchant à grimper toujours plus haut sur les monticules dont la base ne cessait de se désintégrer, il entendit les appels à l'aide de ceux qui se retrouvaient coincés entre des tonnes de plastique ou de détritus compressés et les eaux boueuses qui montaient implacablement, il fit le point – zoom oculaire – sur les dizaines de corps ballottés par les flots, à peine discernables des amas d'immondices et de matériaux divers qui les accompagnaient dans la débâcle.

L'eau des typhons n'allait certes pas nettoyer la ville. Au contraire, ils mixaient leurs flots liquides aux rebuts solides de la cité, humains compris, pour en faire une matière gluante, spongieuse, visqueuse, boueuse, recouverte de mousses de toutes natures, de matériaux plastiques agglomérés à tous les types de détritus imaginables, flottant comme des espèces d'algues inconnues sur l'eau verdâtre irisée par les arabesques multichromes de l'essence, de l'acrylique, et des dizaines de liquides chimiques propres à l'univers urbain.

La décréation du monde ressemblait à de l'art moderne. Ce n'était probablement pas une coïncidence.

Cela faisait quarante-huit heures qu'ils patrouillaient les secteurs inondés de la métropole, à la recherche de survivants, de réfugiés, et de pillards. De loin la population dont le taux de croissance était le plus impressionnant.

La destruction des monticules d'ordures, l'abandon des maisons et des immeubles, l'incapacité relative, mais perceptible, des services de sécurité, la reconfiguration posturbaine de fait, étaient les facteurs nécessaires et suffisants pour que la Polis connaisse non pas l'émeute, qui est son *momentum* originel, mais le gangstérisme généralisé, qui en est le point de dissolution terminal.

L'émeute est un phénomène qui appartient encore au domaine du collectif, elle est l'irruption du chaos au cœur de la Polis, elle est l'inversion entropique de la Polis, mais l'entropie elle-même possède ses propres lois.

Le gangstérisme classique, en revanche, se fonde sur des structures claniques, familles mafieuses ou chapitres de motards criminalisés, il forme le *dés-ordre*, l'ordre instauré hors des limites de la Loi, mais cela reste un *ordre*, justement.

Le *gangstérisme total* désigne quant à lui le règne des individus solitaires ou des micro-groupes dont la solidarité ne dépasse guère quelques jours, le temps d'effectuer les rapines, de se les partager, et éventuellement de s'exterminer pour le butin.

Dès le début de la catastrophe, lors de la rupture des digues et de la submersion des canaux d'urgence, des foules affolées s'étaient ruées vers les hauteurs. Le mont Royal n'était pourtant plus qu'une vaste cascade circulaire d'où les torrents de boue venaient furieusement entrer en collision avec les flots venus du fleuve. Eaux du Ciel, eaux de la Mer, les unes en mode vertical, les autres en mode horizontal, toute météorologie active est un monde. On comprend la frayeur des foules devant un tel phénomène.

On avait alors assisté aux scènes habituelles dans ce type d'événements : ce qui permet l'irruption du gangstérisme général, ce n'est ni le chaos, ni l'ordre, ni le désordre.

C'est la panique.

Le gangstérisme micronisé n'a nul besoin d'un appareillage terroriste particulièrement impressionnant : il se greffe sur la terreur qui est déjà là. Il en est un parasite, non un facteur créatif.

Il est le dernier stade de la Chute.

Ainsi des foules enragées de frayeur avaient-elles pris d'assaut les installations pourtant sécurisées du Stade olympique et du Jardin botanique, au prix de violents combats avec les patrouilleurs locaux et les résidents de la zone – réfugiés de la crise météorologique contre réfugiés de la récession éco-énergétique – avant que les unités tactiques et l'armée n'interviennent et ne réimposent une quarantaine, encore plus sévère que la précédente. D'autres groupes s'étaient répandus sur le Plateau Mont-Royal, puis vers Rosemont, et jusqu'à Ville-d'Anjou, ou bien, plus à l'ouest, dans tout le secteur de la Côte Sainte-Catherine, Outremont, Côte-des-Neiges, Westmount, quartiers huppés où les heurts avec les gardiens de sécurité privés s'étaient multipliés.

Verlande, Voronine et les hommes de l'escouade étaient intervenus plus d'une demi-douzaine de fois pour interrompre de véritables batailles rangées entre les assaillants venus de la Basse Ville et ceux qui tenaient les hauteurs.

Les règles d'engagement étaient on ne peut plus claires en de pareils cas.

Tuer tous ceux qui n'obéissent pas à la Loi.

Très vite, la panique avait scindé la population en deux camps bien distincts : les prédateurs et les proies.

Dix contre un, c'était la norme, deux contre un, cela pouvait se jouer, avec l'aide d'une hache d'incendie, d'un couteau de cuisine, d'une arme à feu, d'un tuyau de plomb, d'une batte de base-ball, mais cela pouvait être *un contre trois*, si la proie était une femme isolée et épuisée, avec ses deux fillettes.

On parlait de nombreuses évasions, les prisons de la ville avaient subi de gros dégâts, des mandats étaient activés, les bris de condition ne se comptaient plus.

Ils croisèrent deux cadavres flottant côte à côte au coin de Peel et de René-Lévesque, une femme de race noire et son enfant. La vedette les dépassa à sa vitesse constante alors que le faisceau des torches électriques glissait sur eux comme sur une substance à peine singulière de l'eau crasseuse dans laquelle ils surnageaient. Ils en voyaient de moins en moins au fil des heures, les services sanitaires prélevaient leur dû avec la régularité et l'efficience qu'ils doivent aux organismes de la Cité, et les détrousseurs de cadavres faisaient probablement encore mieux. Il fallait également compter avec les actes de cannibalisme, les trafiquants d'organes et les bouchers clandestins spécialisés en viande humaine.

Verlande appela une équipe du coroner sur le *nanonetwork*, paramétra la position des corps en code GPS puis concentra aussitôt son attention et sa torche sur les étages inondés du siège social d'une compagnie d'assurances. Le premier étage émergeant de l'eau offrait un spectacle difficilement descriptible. Le contenu des bureaux avait reçu des tonnes d'eau et tous les types d'objets que le fleuve en crue emportait avec lui, des automobiles retournées dans tous les sens, des motos, des vélos, des parcmètres, des poteaux téléphoniques, des arbres, des blocs de béton, d'asphalte, de ciment, des bouches d'égouts, des morceaux de canalisation, des cloisons de toutes origines, des bouts de palissades, des fragments d'immeubles, du matériel électroménager, télévisions sans écran, réfrigérateurs désossés, cuisinières en pièces, des portes, des grilles, des rampes d'escalier de secours, des engins de travaux publics, des véhicules de la voirie, des lots de marchandises diverses arrachés aux centres commerciaux, des mannequins de vitrine et, régulièrement, la tache blafarde d'un corps humain, dispositif détruit parmi tant d'autres, que les *paramedics*, les hommes du coroner et les trafiquants de chair humaine se chargeraient tôt ou tard de recycler.

Verlande cherchait les parasites du désastre, il cherchait ceux qui détruisent ce qui a déjà été détruit, il cherchait les crapules du gangstérisme terminal. Pour une fois il n'était pas là pour les morts.

Le principal problème du gangstérisme terminal tenait en son ontologie même. On ne pouvait même plus le considérer comme *malin*. Il se tenait loin en dessous des sabots ardents du Diable, il était à peine chaud, en fait, il s'anéantissait très vite de lui-même, il ne possédait aucune faculté naturelle d'*intelligence avec l'ennemi*. C'était bien le degré zéro de la Chute.

Ils en avaient arrêté un bon paquet durant toutes ces nuits et ces journées de surveillance constante. Rien n'est plus facile à serrer qu'un pauvre crétin qui pense profiter de la situation pour s'accaparer le contenu d'une maison ou d'un magasin. Il laisse des signes évidents de son passage, et s'ils sont deux, il faut qu'un des imbéciles monte la garde à l'extérieur du bâtiment, l'air de tenir une pancarte claironnant « Nous sommes en train de dévaliser cette maison, est-ce que vous voyez mon bon profil » ?

Mais il n'y avait pas que des bandits d'opérette lâchés dans la ville inondée. Ils tombèrent deux ou trois fois sur des types relativement bien organisés, avec des zodiacs de plongée sous-marine, de petits canots à moteur et quelques motomarines. Ce fut le travail mécanique, monotone, répétitif des flics. Repérage, encerclement, positionnement, préparation, *set, ready, go*.

POLICE.

C'était ce pourquoi ils erraient dans la ville, tout comme ceux qu'ils pourchassaient, dans leur nuit de mammifères.

Certains étaient armés. Mais ce n'était pas des combattants dans l'âme, la simple vue d'un groupe d'hommes vêtus d'uniformes noirs, surgissant le visage masqué, hérissés de tout un arsenal de pointe, suffisait généralement à calmer les ardeurs. Cette nuit-là, un seul fit usage de son revolver, ou plutôt essaya de le faire, un Smith & Wesson calibre .44 magnum, de quoi arrêter net un rhinocéros. Il avait braqué son flingue droit sur eux, du point de vue strictement légal, c'était un homme mort. Verlande eut un geste de compassion et se contenta de lui loger une balle dans chaque jambe, avant de fairc exploser la crosse nacrée du revolver, et la main qui allait avec.

Alors que la nuit avançait dans son uniforme bleu police, Verlande se fit la remarque que les journées cycloniques de ce début juin avaient fait reculer le moment de la véritable catastrophe. Celle qu'il allait bientôt provoquer, dans les montagnes de Fermont. C'est-à-dire la Vérité. La Vérité, non seulement les peuples n'étaient pas en mesure de l'entendre, mais elle n'était pas encore prête à se montrer, telle une arme de destruction massive.

La Vérité était leur secret. Certes, il leur faudrait la *révéler*, mais il faudrait le faire avec la certitude d'occasionner le plus de dégâts possible à la société qui la recevrait.

Les cyclones avaient obligé, pour une fois, les hommes à lever le nez vers le ciel. Au moment où eux, ils allaient devoir se mettre à chercher sous la terre.

Le Monde, décidément, était adorablement organisé.

Les deux typhons jumeaux avaient perdu de leur puissance très graduellement, comme réglés par un variateur virtuel. Lorsqu'ils ne furent plus que des tempêtes tropicales de force 1 ou 2, les secours purent commencer à s'organiser. Lorsqu'ils finirent par s'éteindre d'eux-mêmes, ces brasiers liquides, la ville de Montréal n'était plus qu'un vaste conglomérat de désastres urbains, de bâtisses démolies, d'infrastructures noyées, de routes emportées, de rues et d'avenues crevassées sur des kilomètres, de viaducs effondrés, d'usines ravagées de fond en comble, les piliers de certains grands ponts reliant la rive sud avaient été endommagés.

Durant les journées qui suivirent, plusieurs typhons boréaux de moindre importance se formèrent au sud du Groenland, mais aucun ne fut assez puissant pour franchir le littoral nord-américain, la plupart s'éteignirent au large des côtes orientales du Canada.

Le soulagement se lisait sur les visages, personne ne sembla noter que ces cyclones avortés s'orientaient de plus en plus souvent vers le Nord arctique, comme attirés par le pôle magnétique. Les hommes sont soulagés lorsqu'ils ne savent pas encore que le lendemain pèsera bien plus lourd sur leurs épaules.

Verlande lui-même était loin de se douter que les cyclones étaient eux aussi des formes de vie évolutives.

Qu'ils s'adaptaient aux conditions sans cesse changeantes dont ils assuraient les mutations.

Qu'ils étaient des prédateurs.

– Un message de la fille du SCRC ? avait demandé Verlande.

– Oui, c'est son code, Ariane McDowell. Aucun doute.

– Des affaissements de terrain ?

– Oui. Corona a franchi la Côte-Nord durant plusieurs heures avant de redescendre sur Montréal, de très violentes tempêtes ont touché Fermont et sa région à ce moment-là. Les réservoirs de Churchill Falls ont débordé, des digues ont cédé, le reste a suivi.

Verlande regardait Voronine sans y croire vraiment.

Les cyclones avaient fait autant en quelques minutes qu'eux tous, flics, criminalistes, chiens renifleurs, en plusieurs journées bien remplies.

Ils avaient provoqué des éboulements dans les contreforts du mont Wright.

À une vingtaine de kilomètres de l'endroit où les fosses avaient été découvertes.

Ils avaient provoqué des affaissements de terrain.

Ils avaient mis à jour d'autres fosses.

C'était leur dernière nuit à passer dans la ville pour y faire régner l'ombre de la Justice, c'est-à-dire la Loi. L'ombre sait se faire respecter dans la nuit. Elle est la nuit qui naît de la lumière.

Verlande savait que ni lui ni Voronine ne dormiraient avant leur arrivée à Fermont, il était minuit et, vu l'état des routes, ils en auraient pour une journée pleine, au moins, en se servant de leur gyrophare en continu, et de tout un tube d'oxydrine.

C'est en remontant Wolfe en direction de Sherbrooke, à peu près au niveau d'Ontario, qu'ils constatèrent que le Plateau Mont-Royal et ses environs étaient devenus un immense déversoir par lequel toutes les eaux accumulées ces derniers jours repartaient vers leur point d'origine, c'est-à-dire le fleuve.

Cela semblait aussi bien régulé qu'une turbine de barrage, les rigoles torrentielles descendaient de la montagne à un rythme constant, comme une baignoire qui se vide.

Puis, dans cet ordre posturbain régulé par les lois de la gravité et de la thermodynamique, l'événement survint.

L'événement, c'est-à-dire l'homme.

Des hommes, en l'occurrence. Ils étaient une vingtaine environ.

Et ils étaient morts.

Ils formaient un amas de chairs blêmes qui flottait en tournoyant dans le déversoir de la rue Wolfe selon les disparités du relief urbain.

Verlande comprit que, quoi qu'il fasse, c'est pour eux qu'il serait là.

Il cria au pilote d'obliquer tout de suite sur Ontario, en direction de l'ouest, afin d'éviter la masse humaine qui roulait vers eux au milieu des eaux boueuses.

La vedette s'engagea dans la rue transversale et accomplit difficilement un demi-tour au milieu des courants contradictoires. Lorsque le hors-bord fit face au croisement avec Wolfe, la masse des corps humains tournoyait en son centre, au milieu d'un bouillonnement de remous verdâtres, mais implacablement attirée vers les berges sud de la ville, en contrebas.

Il remarqua alors quelque chose d'atypique. Quelque chose d'inhabituel. Quelque chose d'anormal.

C'était bien une masse de corps humains. Mais ce n'était pas une masse de corps humains reliés dans les flots par les lois aléatoires d'une mécanique privée de sens.

Verlande n'avait jamais cru à ce type de « lois ».

La masse humaine n'était pas constituée de corps réunis par les caprices cinétiques de l'inondation. La masse humaine se comportait comme un seul organisme. Chaque corps semblait solidaire des autres. Il dirigea sa torche en mode pleine puissance vers l'amoncellement organique à moitié immergé. Il vit les membres brisés, les torses écrasés, les têtes sans visage, dont les apparitions et les disparitions dans l'éclat ultra-violent de sa lampe au xénon étaient rythmées par le pur mouvement brownien des tourbillons du carrefour.

Il regarda Voronine et lui dit :

– Ces morts-là sont pour nous.

– Pourquoi ?

– Observe bien ce que j'éclaire, tu vois les petits morceaux de couleur bleue un peu partout ?

– Où ça ?

Verlande avait regardé son jeune collègue, il apprenait vite, mais il avait encore beaucoup à apprendre. Un petit échantillon de bleu acrylique suffit à faire la différence.

Verlande poussa la puissance lumineuse à son maximum « 110 % nominal » et maintint le faisceau là où les traces bleues dont il parlait étaient les plus visibles.

C'est-à-dire sur leurs poignets, et leurs chevilles.

Il savait de toute sa cognition immédiate qu'il s'agissait d'une fibre de polypropylène et qu'on en avait entravé tous ces hommes avant de les abattre, puis de les laisser dériver au fil des courants, des nuits, et des jours.

Jusqu'à eux. Eux qui étaient là pour les morts, quoi qu'ils fassent.

Verlande avait juste exprimé l'évidence :

– C'est une exécution de masse.

Une de plus. En pleine ville. Ils n'étaient pas près de retourner à Fermont, s'était-il dit.

Il ignorait encore que ce serait Fermont qui viendrait à lui.

L'attraction des Lois

McGlade les avait regardés tour à tour et s'était contenté de dire :

– C'est un *crisse* de bon rapport. Surtout au vu des conditions dans lesquelles il a été établi, et en moins d'un mois.

Verlande ne répondit rien, tout comme Voronine. McGlade

émettait un simple constat, et ils étaient tout à fait d'accord avec lui.

Sherville avait été briefé par le commandant, mais il ne s'était pas tapé le rapport, il se permit d'émettre un bémol :

– Mais nous n'avons aucun coupable, ni même le moindre suspect à nous mettre sous la dent.

Cette fois Verlande contre-attaqua sans attendre, c'était ce que McGlade attendait de lui, il le savait.

– Tous ces gens appartenaient à ce groupe de Pakistanais ou d'Indiens musulmans qui font de la guérilla armée au Cachemire. Enfin… ils appartenaient à cette Association d'entraide sunnite pour le Cachemire indépendant. Ce qui nous a fichu la pression, c'est le nombre, vingt-trois, parmi lesquels cinq femmes et deux adolescents d'une quinzaine d'années, dont les membres de deux familles distinctes, même aujourd'hui, et même au milieu du désastre, ça peut être payant pour les gros titres, ces connards de journalistes n'ont pas arrêté de fouiner comme des sagouins et de foutre leur nez partout, ils ne nous ont pas arrangé le boulot.

– Ils sont payés pour ça. Pour que le boulot ne s'arrange pas et fasse les gros titres. Nous le savons tous, Verlande… Continuez, avait lâché McGlade, glacial.

– La plupart d'entre eux habitaient dans le bas de la ville, aux abords de la rue Sainte-Catherine, à Verdun, ou dans les environs de l'ancienne fonderie Darling et de la zone industrielle en bordure de l'autoroute 10, je vous rappelle qu'une demi-douzaine se trouvaient en situation illégale dans le pays, l'association leur fournissait de quoi vivre et les faux papiers nécessaires, or vous le savez comme moi, il n'y a rien de mieux pour se faire repérer que des documents falsifiés.

– L'analyse légiste confirme qu'ils sont morts par balles environ soixante-douze heures avant que vous ne les trouviez dans la rue, ils ont dérivé pratiquement trois jours dans l'eau. S'ils vivaient en bas de la ville, ils auraient été immédiatement submergés et on n'aurait jamais retrouvé leurs corps, fit remarquer Sherville.

– Pendant l'inondation, ils ont trouvé refuge dans leur local, situé près de l'université de Montréal. C'est là qu'ils ont tous été exécutés, et l'incendie criminel a pratiquement détruit tous les indices… Un incendie qui fonctionne à plein tube dans un ouragan, ça demande beaucoup de volonté. Et du sacré bon matériel. C'est d'ailleurs un des éléments troublants de l'affaire : on cherche à éliminer toutes les preuves en cramant la baraque, mais on balance les vingt-trois corps attachés les uns aux autres au milieu des torrents, depuis le mont Royal.

– Vous pensez à quelque chose ?

Verlande sentit comme une bouffée de chaleur s'emparer de lui, élévation thermique, cinétique du cerveau, quelque chose était en train de s'imprimer en lui, il savait d'où cela venait.

– J'ai l'impression qu'ils ne veulent absolument pas qu'on puisse remonter leur trace, mais en même temps, ils ont voulu que les exécutions soient parfaitement comprises comme telles, bien visibles au grand jour, méthode classique d'Al-Qaeda ou de leurs équivalents chiites. Comme vous le savez, là encore on n'a pas pu empêcher ces vautours de la netpresse de photographier la scène de crime, qui faisait quatre bons mètres d'eau et des remous. Pour les fosses de Fermont, on a eu de la chance que le coin soit désertique, mais on ne pourra pas tenir le secret très longtemps, tout le monde sera au courant, par conséquent en tant que membres du SR, notre confidentialité sera foutue en l'air. Et pour la fille du SCRC, c'est pareil.

– Les gars du district sont sur le coup, Verlande.

– Ils ne feront pas le poids si un type comme Sloane décide de se brancher sur l'affaire. J'ai réfléchi, vous devriez prendre vous-même la direction effective des opérations, commandant.

McGlade souriait rarement, lorsque ses traits s'illuminaient ainsi, c'est qu'une proie allait bientôt être dévorée.

– Et je vous laisserais le contrôle de l'investigation sur le terrain, évidemment.

Verlande répondit à ce sourire par un éclat qu'il sentit naître dans son nerf optique pour poudroyer ensuite jusqu'au regard du commandant.

– Évidemment.

Sherville s'agita, il voulait qu'on revienne au problème en cours. Il veut qu'on parle de cette putain d'exécution de masse, pensa Verlande, mais en termes d'exécutions de masse, quand on aura fait notre boulot à Fermont, il en aura pour son argent.

– Quel peut être le mobile, d'après vous ?

– N'importe quel mobile fera l'affaire, le mobile c'est le crime lui-même.

– Un avertissement ?

– Je ne sais pas. Une fatwa, des trahisons, des manipulations... Tout est possible en ce monde.

L'onde thermique était douce à l'intérieur de son organisme, douce, calme, tout juste chaude, elle le maintenait dans un état de veille extrême tout en relaxant l'ensemble de ses fonctions métaboliques. C'était terriblement bon. Comme une drogue.

– Écoutez... On a mis tous nos contacts, tous nos éléments infiltrés sur le coup, ça peut venir de n'importe où. On nous a parlé de nationalistes hindous du Cachemire, de rivaux chiites, pakistanais ou afghans, de groupes radicaux iraniens, d'une faction violemment dissidente du groupe principal, du gouvernement saoudien et même des services chinois, si on multiplie par six ou sept le nombre d'« associations d'entraide » par obédience, puis qu'on multiplie ce chiffre rien que par le nombre connu de leurs membres, on remplit une circonscription électorale.

– L'aiguille dans la meule de foin ?

– Je dirais plutôt l'aiguille dans le tas d'aiguilles. Le seul truc qui me dérange un peu, je l'ai notifié dans mon dernier paragraphe : la plupart ont été tués avec des munitions traditionnelles : .223 Remington, 7.62 mm Kalachnikov, *gauge* 12, 9 mm Parabellum, mais la présence dans certains corps de munitions de type HK416 et M6A2 laisse présumer une organisation ayant de très bonnes connexions avec les trafiquants d'armes internationaux. Ce qui signifie qu'il ne s'agit pas d'un groupuscule ayant surgi par opportunité au milieu du chaos. Je pense qu'ils attendaient leur heure depuis longtemps, qu'ils avaient tout préparé, et qu'ils ont planifié les derniers détails de l'opération dès que les alertes météo ont été lancées. Les cyclones offraient une opportunité. Mais cette opportunité faisait partie de leur *planning*. Ce sont des hommes très organisés, très bien informés, et qui ont plusieurs plans de rechange pour chaque opération.

Verlande savait très exactement ce qu'il faisait en citant nommément les types d'armes utilisées, elles faisaient partie du stock retrouvé dans le fourgon des trafiquants. Il faut toujours donner un de vos plus beaux os au chef de la meute.

– Mais vous n'avez aucune idée de la nature ou de l'identification de ce groupe, donc ?

Verlande sentit cette forme d'intensité énergétique s'élever brutalement dans son cerveau. Il ne dirait qu'un seul mot.

Ce mot serait un mensonge. C'est-à-dire une vérité dont le temps d'être révélée n'était pas encore venu. Sans doute la plus grosse vérité qu'il eût jamais cachée à ses chefs, et peut-être même le plus gros des mensonges qu'il eût prononcé à quelqu'un.

– Aucune.

– La GRC, je veux dire ce fils de pute de Sloane, essaie de s'accaparer l'affaire même si elle n'entre pas dans sa juridiction.

Verlande avait hésité à répondre, il y avait ici l'ombre de la vérité, celle qu'il leur cachait, il ne pouvait empêcher ce savoir immédiat de s'incarner profondément en lui. Il comprenait de mieux en mieux les potentialités du Tube, ce Tube qui apprenait sans la moindre médiation en *con-naissant* avec lui, ce Tube qui projetait son cerveau vers l'infini de la Création. Il lui permettait, selon les circonstances, de décoder ce qui était présent, mais encore dans la Nuit.

Et en premier lieu, il lui faisait recevoir une connaissance précise de la présence singulière de cette Nuit.

– Sloane veut tout s'accaparer, finit-il par dire.

– Nous savons qu'il a un plan, poursuivit Sherville.

– Un plan ?

– Il veut saborder votre enquête pour avoir un argument de poids qui lui permette de la récupérer, mais vu qu'elle est irréprochable, c'est à vous qu'il va s'attaquer, enfin pas directement, il est plus malin.

– On vous écoute.

C'est McGlade qui répondit :

– J'ai demandé à Reznik de monter, il sera là dans une minute, il va vous raconter une chouette histoire.

– J'adore les histoires de flics, avait lâché Verlande, sans pouvoir retenir un sourire fin comme une lame de rasoir de fissurer le bord de ses lèvres.

L'histoire de Reznik était une bonne histoire de flics. C'est-à-dire une histoire susceptible d'intéresser des flics, pas des lecteurs de romans policiers.

L'histoire tenait en deux noms : Sloane. Chamberlain. C'était des noms bien connus de Verlande et Voronine. Sauf que le second ne se trouvait pas vraiment à la bonne place.

– C'est un de mes *chums* du SPVM qui m'en a parlé avant-hier soir.

– Tu as des amis au SPVM ? J'espère qu'il t'en reste ailleurs, avait répliqué Verlande.

– Si nous, les vieux briscards, on n'avait pas gardé nos contacts avec les municipaux, ça ferait longtemps que la SQ aurait été dissoute, faute de résultats. Je continue mon histoire ou tu préfères jouer les humoristes ?

Verlande la boucla et fit un bref signe de tête affirmatif. Reznik était sur les dents depuis que Charlebois, le remplaçant de Larouche, son collègue le plus proche grièvement blessé lors de l'émeute au centre commercial, avait été à son tour très gravement atteint pendant l'attaque du fourgon d'armes. Similitude des circonstances, analogies des conséquences. La mort d'un des escorteurs et les blessures subies par l'autre ne pouvaient évidemment pas équilibrer le sentiment de perte singulier éprouvé lorsqu'un compagnon d'armes trépasse, ou tout comme, devant vos yeux. Surtout si c'est le second en l'espace de deux mois.

– Mon contact au SPVM m'a raconté un drôle de truc. Il y a trois jours, dans la matinée, il patrouillait en solo, là-haut, dans le nord de la ville, au Marché Central, il cherchait d'éventuels pillards, mais le centre commercial était désert.

– Il avait déjà été dûment pillé, je présume.

– Non, il y avait une voiture de la SQ garée derrière un des bâtiments, cela a dû réfréner quelques ardeurs.

– Une voiture de la SQ, tu sais qui c'était ?

Reznik avait ouvert son sourire de cinquante ans d'âge bien trempés, comme il disait : Je suis bien plus raide que le plus vieux des malts écossais.

– Oui, justement. Le plus drôle, c'est qu'il n'y avait pas qu'une patrouilleuse de la SQ, il y avait un autre véhicule, que mon *chum* du SPVM a identifié en relevant son numéro de plaque.

– Une autre voiture ? De police ?

– Une Lincoln MKZ de couleur blanc crème, avec variations polychromatiques, pas exactement la voiture de police type, même pour un officier supérieur.

– Des civils, alors ?

– Non. *Des flics en civil.* Des flics en civil qui parlaient aux gars de la Sûreté.

– Qui c'était, ces types ?

– Qui c'était ? Sloane d'un côté, avec Chandrakhi sûrement, dans la Lincoln blanche. Et de l'autre, Chamberlain et un de ses adjoints dans leur Ford Explorer militarisé. Le flic du SPVM les a formellement reconnus.

– Chamberlain. Des Affaires internes.

– Très exactement. C'est lui qui veut votre peau. Ça fait longtemps qu'il t'a dans le collimateur, Sloane a dû l'aiguiller et lui refiler des infos, je sais pas, mais dis-toi que tu vas recevoir sa visite d'un jour à l'autre et qu'il va te passer gentiment au grill.

Verlande avait pensé : Mieux vaut suivre la loi de Murphy et se dire que d'un jour à l'autre, ce sera d'ici ce soir.

La loi de Murphy est la traduction statistique de la chute.

Chamberlain. Il existe des hommes qui laissent voir ce qu'ils sont dans le moindre détail de leur « être », dans la structure de leur visage, leur regard, le teint de leur peau, dans les mouvements de leur corps, la forme de leur bouche, les costumes qu'ils portent.

Chamberlain était *the right man at the right place*. Au-dessus de sa tête clignotait avec constance un gyrophare gueulant sa réelle identité, en tant que flicard on devait le voir venir à des kilomètres en plein brouillard. Les Affaires internes semblaient avoir été faites pour lui. Un flic qui pistait les flics, à l'intérieur même de la structure. Il n'aurait rien pu faire d'autre.

Pour Verlande, la seule morale concrète qui pouvait être tirée de son expérience à la Sûreté du Québec se résumait en quelques mots : un bon flic pourri vaut mieux qu'un mauvais flic honnête.

Verlande n'ignorait pas les relations troubles qui existaient entre leurs deux services. De tous les départements de la SQ, la Direction du Renseignement était la seule dont les investigations croisaient parfois, et même souvent, celles conduites par les équipes des Affaires internes. La Direction du Renseignement était devenue le service secret de la province, espionnage, contre-espionnage, tout le monde en fiches. Il leur était arrivé à plusieurs reprises dans le passé, à lui et Voronine, de croiser les traces de flics pourris, au service d'avocats mafieux ou d'organisations criminelles. L'investigation en cours ne déparait pas vraiment, à ce titre.

Les flics comme Chamberlain remplissent une fonction très particulière dans la structure de la Polis : ils sont chargés de veiller à ce que les chiens qui gardent le troupeau ne franchissent pas la ligne rouge, quelle qu'elle puisse être, c'est-à-dire qu'ils continuent de surveiller et protéger le troupeau, et rien d'autre. Cette fonction est évidemment très utile, elle sert à maintenir un certain niveau de discipline interne.

Mais Verlande sait que la seule discipline qui règne, désormais, c'est celle de son cerveau dont la Métaforme infinie amplifie peu à peu les pouvoirs secrets, il sait qu'il a franchi bien net non seulement la ligne rouge, mais toutes les autres, en une seule fois, et surtout il sait que ce n'est pas parce que quelque chose, ou quelqu'un, a une *utilité* quelconque qu'il ne s'agit pas d'un ennemi.

Au contraire.

– Ce n'est pas une réponse, avait dit Chamberlain.

– C'est pourtant très exactement comme ça que ça s'appelle. Vous n'avez aucune enquête officielle en cours et, si les Affaires internes veulent avoir accès à nos investigations, il leur faudra une ordonnance spéciale du commandant McGlade. Nous jouissons d'un statut un peu spécial, comme tu le sais.

Verlande retenait une sorte de tronçonneuse nerveuse de scier sa bouche en un immense sourire à la face du flic des flics.

– Ce statut ne vous protège pas de la loi, que vous êtes chargés de servir, je te le rappelle.

– Il est même fait pour le contraire. Pour que nous la protégions, par tous les moyens possibles, et légaux, cela va de soi.

– Il semblerait que vos méthodes pour y parvenir soient assez expéditives. C'est ce qui focalise notre attention. Depuis quelque temps, déjà.

Comme si je ne le savais pas, gros balourd, avait pensé Verlande, cela devait même remonter à l'époque de Wolverine, à l'époque de son admission à la Sûreté.

Un Français. Double nationalité. Études de philosophie interrompues au Canada. Commandos de Montagne de l'armée française. Parlant trois langues, allemand, anglais, néerlandais, en plus de sa langue maternelle, quoique à des niveaux différents. Plusieurs hommes abattus en service. Un fourgon d'armes clandestines attaqué en plein centre-ville, laissant trois types sur le carreau, dont un flic. Un indicateur qu'on faisait exploser dans un hydravion. Verlande concevait que cela faisait beaucoup, peut-être même un peu trop, surtout pour un flic des Affaires internes formé à la québécoise.

– Elles sont bien moins expéditives que celles des types qui balancent vingt-trois corps attachés entre eux dans la flotte depuis le mont Royal, avait-il répliqué.

Chamberlain : deux yeux marron vert un peu glauques qui semblent ne pas vraiment voir ce qu'ils regardent, et ne regardent pas ce qu'ils voient.

– D'abord, j'ai besoin de comprendre ce qui s'est passé lors de votre intervention contre ce camion de trafiquants d'armes, je ne demanderai rien qui soit en relation directe avec vos investigations. Mais si c'est nécessaire, je solliciterai une ordonnance du commandant McGlade, et s'il le faut, je monterai à l'étage au-dessus.

Verlande pensa : Tu fais ton travail. Moi c'est mon travail qui me fait.

La séparation évolutionniste.

– Tout a été consigné dans nos rapports. Tu peux toujours demander l'autorisation de les lire à McGlade.

– Ce sera fait. Mais j'ai besoin d'entendre ta version.

Verlande : deux yeux cristaux cobalt qui servent d'écrins à deux éclats de lumière plus étincelants encore. Cette lumière, c'est ce dont son être est désormais constitué, il est maintenant devenu un Agent de la Boîte Noire. Le monde se dévoile de plus en plus clairement, mais lui, il plonge au cœur des ténèbres.

Si Chamberlain connaissait le nombre exact des versions de l'histoire ! La fausse-fausse ? La vraie-fausse ? La fausse-vraie ? La vraie-vraie ?

Sans parler de toutes les autres, celles qui n'ont même pas été pensées.

Il s'entend débiter dans un grand calme la variante officielle de l'histoire, celle dont il est l'auteur en quelque sorte, celle dont la narration sert de structure à toutes les autres. Il voit Chamberlain effectuer un réglage sur son enregistreur digital branché à sa feuille électronique puis taper brièvement quelques mots sur son clavier pliable. Il voit la ville dévastée à travers les fenêtres du Grand Cube de la Polis. Il voit la lumière jaune sodium qui poudroie tout autour de lui.

Il voit.

Il parle.

Ce qu'il voit n'a strictement aucun rapport avec ce dont il parle, ce dont il parle sert à camoufler ce qu'il voit, et ce qu'il voit lui sert à décrypter ce dont, justement, il ne parle pas. C'est noir. Disons gris. Gris anthracite. Gris souterrain.

Comme les photogrammes. D'ailleurs ce sont les photogrammes.

La différence réside en ce que pendant qu'il ment avec une précision scientifique au chien de garde des flics, la vérité est en train de s'introduire en lui, le monde se décode, et il n'est plus vraiment ici. Il est *dans* les photogrammes.

Ou plutôt, il le comprend saisi d'une sorte d'effroi magnifié par la fascination, ce n'est pas lui qui a changé de place, c'est un morceau d'espace-temps qui vient interférer avec le programme en cours de la réalité.

Et il sait d'où vient ce morceau de réel. Ce *plan* étranger qui se superpose sans prévenir au territoire de la Polis.

Chamberlain existe. Mais il n'existe plus tout à fait à la même vitesse que Verlande, et donc il n'est plus localisable avec précision en tant que tel, il est très légèrement décalé dans le temps et l'espace. Une nanoseconde, un nanomètre. Un infini. Il parle, lui aussi, mais il ne dit rien, pas même pour cacher quelque chose, il parle mais il ne voit rien.

Verlande non plus ne voit plus rien, mais cela n'a aucune importance, car il sait ce dont ces ténèbres sont formées. Plus elles sont présentes, mieux il les *con-naît*.

Ces ténèbres, elles viennent des montages de fer à la frontière du Labrador.

Elles viennent de ce centre secret caché sous la terre.

– Le contenu du fourgon était particulièrement impressionnant, la liste n'a même pas été rendue publique, comment avez-vous pu obtenir une telle information, sûrement classée défense ?

Dans les ténèbres situées sous la terre, assis dans la lumière jaune sodium du QG de la Sûreté, Verlande fait face à Chamberlain, il est le mammifère nocturne en pleine adaptation évolutionniste, il est déjà un peu plus que ce qu'il était une seconde auparavant, et bien moins que ce qu'il sera dans quelques instants. Et sa vraie force, *c'est qu'il le sait.*

– J'ai mon réseau d'indics, cela fait longtemps que je les ai testés. Ma sélection est impitoyable. Et mes sources restent strictement confidentielles.

Les ténèbres sont désormais mixées avec le jaune sodium du Quartier Général, son poudroiement aurifère vire vert-de-gris alors qu'un objet lourd et métallique pèse au bout de ses bras. C'est le fusil d'assaut de son père, avec la lunette Vampyr, et le disque vert qui perce l'obscurité. La première vision nocturne technologique de l'histoire humaine. Le visage de Chamberlain continue d'exister, il continue d'articuler des phrases, il continue de l'observer, il continue d'essayer de lire quelque chose de suspect sur ses traits. Mais Verlande ne peut rien lui donner à lire sinon le livre infini qui, tout en restant caché dans son laboratoire central personnel, là-bas, au cœur de sa maison, est devenu son être en son entier, le surpassement ontologique de son propre cerveau, un plan métacortical qui décode tout et grâce auquel il peut vivre en parallèle, ou plutôt en rapport de divergence/convergence continu avec la réalité programmée de la Polis.

Il ne devait pas perdre de vue que le Tube et le Cube étaient corrélés sur le plan quantique, qu'ils étaient deux formes séparées mais conjointes de la même entité « métamachinique ». Que leurs transmutations étaient simultanées, et parfaitement inverses.

Les deux mondes coexistent parfaitement puisqu'ils sont constamment décodés/encodés par la machine formée par le Tube/Cortex et le Cube-Monde. Quartier Général de la Polis, Tube métacortical rétro-écrivant la narration *génétique* du monde, aéroport devenu Cité secrète, Cube-Monde reformatant la réalité devenue *technique*, il y a là une structure quadripartite qui crucifie en totalité l'expérience.

C'est-à-dire qui la transfigure par les Ténèbres.

Les ténèbres qu'il troue du disque de lumière infrarouge alors qu'il continue de répondre avec une certaine nonchalance aux questions de Chamberlain. Le visage du flic *ennemi* se tient au centre du viseur.

– Pourquoi avoir opté pour une intervention aussi musclée, en plein cœur de la ville ?

Crypter la vérité par elle-même, ré-encoder le mensonge comme un simulacre de lui-même, une copie sans original.

– D'abord, l'heure et l'endroit choisis permettaient d'envisager un minimum de risques collatéraux, quartier des affaires, grands immeubles, larges avenues, pas de commerces. Ensuite – *cryptage continu* –, on ne savait ni le lieu de départ ni celui d'arrivée, notre indic n'est pas faiseur de miracles, il ne connaissait avec certitude qu'une partie du trajet, à l'intérieur de la ville, on a établi notre plan d'action en fonction de ses informations.

– Vous auriez pu attendre leur arrivée au point de réception, justement.

– Et prendre le risque de nous faire repérer pendant la filature et foutre en l'air toute l'opération ? Tu n'as pas l'air de comprendre que nous, face à tous ces fils de putes, on est en guerre.

Et ça, c'était la vérité dans sa nudité absolue, c'est-à-dire armée jusqu'aux dents. Armée, donc libre.

– On a relevé une interruption de votre nanoconnexion pendant près d'une minute.

– On était à la plage, tu ne peux pas imaginer le nombre d'interférences électromagnétiques qu'on y rencontre.

L'allusion aux explosions dirigées et à la porte du camion était à peine esquissée.

– Ryan Fortin, ça doit te dire quelque chose.

Ne pas trop en faire, se dit Verlande, alors que les ténèbres se déchirent dans le jaune sodium du QG.

Il se trouve dans une réalité non pas dédoublée, mais aux diagrammes co-extensifs : le plan, sous terre, sous la surface, celui qui encode les cartes. Le territoire, la concrétude absolue de la Polis, si concrète que les hommes y paraissent des fantômes.

Il entend sa voix, alors que le disque vert fore dans l'obscurité, prédateur à vision nocturne, élément déviant du processus évolutionniste.

C'est encore et toujours l'Évolution, la catastrophe.

– Il a fait partie du chapitre des Nomads qu'on a coincés au début du siècle avec Wolverine, il nous avait déjà informés, il a continué en taule, et il a continué après. Puis il a pris sa retraite.

– Et sa retraite s'est terminée plus tôt que prévu, je présume que tu es au courant.

Surtout ne pas jouer les innocents, il appartient au corps du renseignement, évidemment qu'il sait.

Évidemment qu'il les voit.

Là devant lui, d'un seul coup apparus dans la scintillance verte. Les jumeaux.

Ils sont là. Ils l'attendaient. Ils l'attendaient depuis le jour de leur mort, et peut-être même depuis celui de leur naissance.

Et en lui / à l'autre bout de l'infini, la Métaforme les attendait, elle les attendait depuis des millions d'années.

Cognition immédiate : les ténèbres sont réelles, elles se situent vraiment sous la terre de ferrite du Nord-Est québécois, mais elles sont aussi une métaphore, une métaphore performative qui agit sur elle-même, les ténèbres qu'il perce de son faisceau vénérien, c'est le mystère même de sa propre condition.

Tout est corrélé.

Toute machine est un réseau de coupures.

Ils sont là, avec lui, sous le monde, sur la face cachée de la carte, le secret stratégique qui la constitue, ils sont dans le monde noir et infrarouge du *plan*, Chamberlain, en parfait robot de la Polis, se trouve au centre du disque vert, au cœur du territoire, les jumeaux l'encadrent de leurs silhouettes spectrales. Derrière eux, les ténèbres, derrière Chamberlain, la structure intime de la Polis. La carte à déchiffrer, le territoire à encoder. Tout se tient. Tout est corrélé, tout semble fait pour prendre sa place dans le diagramme général.

Il y a un centre. Il faut avancer dans les ténèbres pour en comprendre la localisation. Le disque infrarouge est là pour l'éclairer. Il doit transpercer de sa lumière invisible la réalité programmable du monde des humains, il doit éclairer les ténèbres qui se cachent derrière la ville, le Quartier Général, et Chamberlain. Les jumeaux multi-identitaires sont là pour tracer la topographie secrète des lieux. Il est la réplique mutante de son père dans les égouts de Varsovie, ils sont comme la condensation symbolique de tous les enfants-soldats juifs du Ghetto. Il est tout à fait logique qu'ici, dans le monde décodé/encodé par la Métaforme, ce soit ensemble qu'ils avancent dans la nuit la plus noire.

Cet endroit, cet espace-temps subterranéen, ils le connaissent, tout autant qu'ils en ont été connus. Cognition immédiate :

Il y a un centre. Il y a une narration centrale.

Il y a des points excentrés, il y a une narration secondaire.

Il existe des points d'intersection entre les deux « entités » tueuses, entre Fermont et Montréal. Il y a une structure en réseau, sous la terre, il y a des attractions déviantes, en surface.

Mais tout se tient. S'il y a un centre, c'est qu'il y a un cercle. Un anneau.

Il y a un cercle, et s'il s'agit d'une structure en réseau, il y en a sans doute plusieurs, concentriques. Toute machine est un réseau de coupures. *Network-centric.*

Des cercles. Un centre. Un monde.

Un monde sans le moindre sens, mais dont la forme était parfaitement *logique*.

Les jumeaux le guident dans les ténèbres de sa propre cognition en même temps qu'ils lui montrent ce qui se cache sous la terre de ferrite.

Sous la terre. Là où les cercles structuraient depuis le sous-sol le paysage à l'air libre, le centre, qui structurait tout l'ensemble.

L'ensemble, qui n'avait pas de sens, mais qui avait une forme.

Les jumeaux le guident tandis que Chamberlain feint de continuer à s'intéresser à son cas. Il voudrait m'avoir, pense le prédateur de la nuit, mais il n'en a plus l'énergie, ce pauvre petit saurien, qu'est-ce qu'il croyait ?

– Nous enquêtons aussi sur un massacre qui a eu lieu lors de la grande émeute du 8 mai.

– *Un* massacre… Pour ma part, ce jour-là, j'en ai dénombré au moins une douzaine.

– Des dirigeants et des gardes du corps appartenant à différents groupes d'émeutiers ont été abattus à l'extérieur du *mall*, calibre 12, probablement un de ces automatiques genre AA12, peut-être même deux, évidemment les munitions ne sont pas identifiables.

– Ces armes font partie de notre arsenal, c'est exact, mais nous ne sommes pas les seuls. Je faisais partie d'un groupe d'intervention spécial, nous sommes sortis après que la situation fut revenue sous contrôle.

– J'ai pourtant un tracé GPS de vos déplacements, toi et Voronine, et cinq, dix minutes avant l'exécution des leaders, vous vous trouviez à moins de cent mètres de la rampe d'escalier où elle s'est produite.

– Très bien. Tu dois donc avoir la localisation GPS précise d'où nous nous trouvions au moment où ils se sont fait descendre. Pas cinq ou dix minutes avant.

– Au moment où ils se sont fait descendre, c'est ça qui est assez drôle, votre *nanonetwork* était hors service, une fois de plus.

– Sans blague ? Tu veux dire, *une fois de plus*, que les interférences électriques et les gaz chimiques auraient pu momentanément endommager nos biogrammes ? Tu n'es pas sérieux.

Verlande sait que Chamberlain ne possède pas assez d'informations pour pouvoir le contrer sur ce coup-là, il sait aussi qu'il fera tout pour ne pas le montrer.

Il va donc se taire. Puis changer de sujet.

Rien n'est plus prévisible qu'un flic pour un autre flic. Et surtout rien n'est plus prévisible qu'un être humain pour un être humain comme Verlande.

Le Cube-Monde possède d'évidentes affinités avec le Cube de la Polis. Le Tube/Cortex entretient les siennes avec le diagramme secret de la nature renaturée, celui des expérimentations transformistes ultimes, celui des cercles concentriques, celui du centre souterrain. Celui du cerveau humain.

Chamberlain est ré-encodé par le Cube-Monde, alors que le Tube/Cortex décrypte les plans secrets cachés dans le réel, le décalage temporel variable permet simplement au diagramme subterranéen d'apparaître, de toute sa *présence*, entrelacé avec la concrétude absolue du monde cubique et froid où les deux flics s'affrontent.

Je suis de la Direction du Renseignement, petit reptile, tu ferais mieux de ne pas traîner dans le coin.

Verlande avance dans les ténèbres, le viseur infrarouge braqué sur le diagramme qui peu à peu s'expose / Verlande prononce des mots dont la forme cache le véritable sens, non seulement il est crypté, mais il se crypte lui-même.

Chamberlain consulte ses notes sur sa feuille électronique, il fait défiler des pages, il fait semblant de chercher quelque chose, pense Verlande, il sait que je l'ai collé au mur, il sait qu'il n'a plus de munitions, qu'il n'en a jamais eu, il sait que son coup de bluff vient d'échouer, il sait que Sloane ne risque pas d'être fou d'enthousiasme à cette idée.

Tu es un *ennemi*, ce qui n'est rien, il nous en faut, sous peine de devenir faibles, mais tu as parlé avec la GRC, et pire encore tu t'es compromis d'une manière ou d'une autre avec Sloane.

Or Verlande commence à comprendre que Sloane fait lui aussi partie intégrante du diagramme. Il ne sait encore où le placer, mais il conspire pour prendre le contrôle de toutes les enquêtes sensibles de la SQ, c'est-à-dire les leurs, et sa voiture a côtoyé de longues minutes celle de Chamberlain. C'est suffisant pour Verlande. Suffisant pour passer devant la cour martiale de son cerveau.

Les jumeaux lui sourient dans la lumière infrarouge. Plus Chamberlain se fond dans la concrétude urbanistique de la Polis, plus les enfants deviennent distincts des ténèbres d'où ils viennent et dans lesquelles ils le guident.

Les Ténèbres : là où la vie ne conserve une forme que pour perdre tout sens. Là où le sens est une forme de vie qui n'a pas lieu d'être.

Les jumeaux marchent le long d'un cercle couleur de cendres, dont la lueur apparaît faiblement comme sous une lune invisible à chacun de leurs pas, ils lui montrent un point pivotal autour duquel ils orbitent en silence.

Puis un système de corridors emboîtés formant une longue séquence de sas, *une série de coupures*, conduit au cercle suivant. Mais le centre pivotal reste rivé à la même place, cette place intangible que les jumeaux lui indiquent tout en éclairant de leur marche le tracé des cercles concentriques et des couloirs qui les relient.

Centric-Network des profondeurs.

– Comment expliques-tu la mort de Curtiss et Robitaille ?

– Pour le moment, justement, je ne me l'explique pas.

– Et celle de Ryan Fortin ?

– Nous n'enquêtons pas à son sujet, c'est le district de la Côte-Nord.

– Tu sais comme moi que vous avez toute latitude, dans tous les districts, ne me prends pas pour un con.

– Ce n'est pas notre district de prédilection, on va dire. Nous nous focalisons sur toute une série de meurtres, politiques surtout, dans la région de Montréal. Comme cette exécution de masse pendant l'inondation. Tout ça est peut-être lié à la mort de Curtiss et Robitaille. *L'enquête suit son cours.*

Il crypte, chaque mot sert à cacher un sens qui révèle une forme qui doit rester inconnue.

– Très bien, passons maintenant à ce qui nous intrigue le plus.

C'était là le nexus. Verlande savait ce dont Chamberlain allait parler, croyant avoir la moindre idée de ce à quoi ils étaient exposés.

– Fermont ? avait lâché Verlande d'un ton nonchalant.

– Oui, ces fosses communes que vous entourez du plus grand secret. On nous a dit que quelqu'un du SCRC travaillait avec vous. Une femme. C'est elle qui vous a informés ? Le hasard fait bien les choses.

– Je ne crois pas en ce dieu. L'investigation est classée code rouge. Nous intervenons parce que nous sommes là où ça se passe quand ça se passe et, devine quoi, à la Direction du Renseignement, c'est très exactement ce pourquoi on nous paie.

Chamberlain ouvrit la bouche, les mots de Verlande allaient la lui clore :

– *L'enquête est en cours*, elle est couverte par McGlade, tes questions ne sont pas de mon ressort. Et encore moins du tien.

Ce qui se trouve à Fermont, tu ne pourrais en comprendre le sens, car il n'y en a pas, et tu ne pourrais même pas percevoir sa véritable forme.

Car c'est sous terre que cela se passe.

Sous terre, avec les jumeaux hétérozygotes.

Là où le monde est un plan secret.

Les cercles de cendres, au nombre de neuf, éclairent chacun une structure voûtée de béton écru, à peine plus que le calque d'un dessin dans un clair-obscur lunaire. Chaque corridor de communication est un tunnel éclairé de loin en loin par une lampe faiblarde fixée au plafond, ils conduisent à une canalisation verticale qui, placée à leur extrémité, monte d'un trait vers le haut, au-dessus de la structure souterraine, le plan est en trois dimensions, il disjoint et synthétise la surface et les profondeurs.

Le centre est éclairé par le viseur nocturne de la Waffen SS : un puits circulaire de ciment forme un saillant tubulaire qui descend du plafond sur environ un mètre cinquante, s'ouvrant sur un épais grillage de réception, et cette fois, les ténèbres sont au-dessus de lui. Elles sont enfermées dans une boîte, une boîte qui les enclôt, une boîte qui forme le camouflage territorial du centre souterrain, secret et tubulaire qui scintille vert phosphorique dans le viseur du *Sturmgewehr*.

Cette boîte formée de ténèbres semble pourtant dotée d'une « forme », si elle n'a aucun sens. Mais cette forme, ces ténèbres qui se meuvent, se surplient, se disjoignent, se réassemblent, cette forme n'est pas « une forme ». Elle n'est pas *une*, elle n'est même pas double, ou triple, ou plus, elle n'est pas *stable*, elle est en mouvement continu. Un mouvement interne. Cette « boîte », c'est bien le signe du centre souterrain, le code rouge de sa présence, en elle les Ténèbres prennent vie.

Le plan révèle le territoire par sa face cachée, par le dessous de la carte. Les cercles. Le réseau. Le centre. Le monde. La boîte.

La boîte noire, à la fois décodage du réel et métaphore performative de ce vers quoi son être se dirige : *la boîte noire*. Celle qui décrypte les états psychiques du Cosmos, tel un encéphalogramme-cerveau branché sur l'infini. Celle qu'il lui faut déchiffrer pour comprendre ce qu'avait été ce monde, ce monde inverti sous la surface du territoire, ce monde dont les plans secrets dessinaient des cercles sous la terre et foraient des trous à la surface. Ce monde dont il sait qu'il entretient un rapport singulier avec lui-même, avec son paternel, avec les SS, avec la guerre qui ne s'est jamais arrêtée.

La cognition immédiate vient électriser la totalité de ses cellules nerveuses.

Tout est corrélé.

Toute machine est un réseau de coupures.

L'inversion des pôles

Dès la fin de l'interrogatoire, Verlande comprit un peu mieux comment fonctionnait ce qui – justement – formait ses nouvelles facultés cognitives. Connaissance de la connaissance. La plus importante entre toutes.

Chamberlain à peine disparu au coin d'un corridor du Grand Cube de la Polis, le plan du réel venu des montagnes de fer s'évanouit. Mais il ne s'annihila pas complètement. Verlande comprit qu'il changeait juste d'intensité, d'orbite quantique. Le Tube/Cortex aurait pu se situer à des années-lumière, ils étaient corrélés au point de ne faire qu'un, son cerveau était une extension du Tube, tout comme le Tube était une amplification de son propre cerveau. Ils agissaient en purs systèmes de cognition évolutionnistes, prédateurs ; la Métaforme, et ses deux entités synthétiques/disjonctives, était bien une arme. Que faisait-elle sinon au milieu d'un arsenal de pointe ?

Les différentes phases de cognition immédiate, décodage-encodage, s'adaptaient en continu au réel, c'est-à-dire aux systèmes secrets cachés sous l'apparente réalité. Ainsi Verlande comprenait comment Chamberlain avait servi d'antenne-relais pour la réception du plan souterrain venu de Fermont. Chamberlain avait eu accès à leurs dossiers, il avait parlé avec Sloane qui voulait s'accaparer toutes leurs enquêtes. Et Sloane faisait partie intégrante du diagramme, désormais Verlande le savait de tout son être, de tout son Tube/Cortex. Par la nature même de ses fonctions, Chamberlain croisait sans les toucher les différentes branches du réseau formé de toutes leurs investigations. Il était incorporé au Grand Cube de la Polis comme son système immunitaire. Il avait été dans l'obligation de rencontrer McGlade pour mener son petit interrogatoire mal fagoté, McGlade et sa théorie, il travaillait aux Affaires *internes*, il était le réceptacle qu'il fallait pour que le Cube de la Polis devienne à l'image du Cube-Monde, il était le dispositif parfait pour ré-encoder le réel dans la fiction devenue vraie en provenance du souterrain.

Évidemment, il n'était qu'un instrument, il ne savait pas, il n'avait pas su, il ne saurait jamais ce qu'il avait fait, ce à quoi il avait vraiment servi, en croyant faire son métier de flicard, son rôle de chien de garde des chiens de garde.

Verlande comprenait que les autres cerveaux faisaient office de routeurs pour le réseau infini formé par le sien et le Tube/Cortex, qui ne faisaient plus qu'un seul corps, un seul être, une entité non pas dédoublée, mais aux diagrammes singuliers et co-extensifs.

Weather report : alerte orange. Point d'origine : ensemble des territoires arctiques situés au nord de la Terre de Baffin, 200 kilomètres-heure en vitesse de déplacement initiale. Vortex internes pouvant atteindre près du double. Direction : sud-sud-est.

Un mur.

Désormais, sa cognition immédiate est devenue le *processeur* du *nanonetwork* intégré biophysiquement à son cerveau. Ce qu'il décrypte, c'est le Grand Cube de la Polis, donc son contre-pôle « naturel », seul à seul, *mano a mano*.

Un phénomène inattendu est survenu à la suite des grands cyclones boréaux. Un certain nombre d'entre eux, assez faibles à l'origine, ont été aspirés vers le Nord arctique, par-delà le Groenland et le détroit de Davis. Ils ont tourbillonné des jours durant dans les environs du pôle magnétique, jusqu'à ce qu'ils se concatènent, accumulent leurs énergies cinétiques et se transforment en une énorme muraille de vent et de neige, longue de huit à neuf cents kilomètres, profonde de deux cents et haute de plus dix mille pieds.

Un front froid gorgé d'air glacé, de grêle, de pluie verglaçante et de gel, on disait que lors de son passage vers la péninsule d'Ungava, le SuperBlizzard avait partiellement soulevé des icebergs hors de l'eau et les avait poussés sur des kilomètres à la vitesse d'une vedette à moteur.

À l'avant du front froid, la température descendait à environ moins 30 degrés Celsius ; à l'intérieur même du blizzard, elle atteignait moins 50, et on ne comptait pas le facteur éolien.

Le SuperBlizzard aurait perdu un peu de son énergie lorsqu'il arriverait vers le 50ᵉ parallèle, mais il y laisserait sa marque, et son flanc occidental irait directement entrer en collision avec les territoires du Midwest américain et les Prairies canadiennes, qui subissaient depuis des mois l'une des pires sécheresses de leur histoire.

La cosmologie devenait une composante de la politique planétaire.

Tornado Alley allait bien mériter son nom.

– J'ai pu sauver le plus important, je crois, avait dit son père.

– C'est l'essentiel, avait répondu Verlande avec un rictus pince-sans-rire.

– L'essentiel je te l'avais déjà donné, répliqua son père avec cette lueur glaciale dans les yeux qui lui faisait office de sourire depuis trois quarts de siècle. Il y a quand même un petit millier de livres qui seront bons à jeter à la benne. Ceux que je n'ai pas eu le temps de monter à l'étage, ou que j'ai sacrifiés sciemment pour en sauver d'autres, devant la montée des eaux.

Même les livres peuvent être les agents propitiatoires d'un sacrifice. Il y a des livres innocents qui paient pour les ouvrages coupables. Un déluge est un excellent exécuteur. Un SuperBlizzard peut très bien achever la tâche.

Il revint chez lui avec la Chevrolet bourrée à craquer de cartons de livres. Il avait conseillé à son paternel d'entasser le maximum d'ouvrages dans les pièces sans fenêtre, et d'obturer toutes les ouvertures avec du Compoplast en rouleau. Ce qu'il fit lui-même.

Son bunker souterrain était protégé de l'extérieur par une dalle flottante et un système sophistiqué de vérins dont il payait encore les traites. Un mécanisme de pointe pour l'évacuation des eaux, une série de *sprinklers* sophistiqués à détection « intelligente » et à neige carbonique, un dispositif permettant de verrouiller la bibliothèque en quelques secondes derrière des fermoirs étanches et réfractaires au feu, automatisés, sur glissières ignifuges, tout le kit ne lui avait coûté que les habituels services qu'il rendait à Vlasseïev.

Le Labo du sous-sol était configuré à peu près à l'identique. En cas de problème, il se barricadait derrière un mur de composite apyre que des nanotechniciens de la communauté de Mirabel lui avaient concocté, en échange d'une grosse livraison de Ryan Fortin.

De fait, sa cave n'avait pas souffert du passage des météores autant que celle de son père. Quelques infiltrations par les joints des planchers, une petite inondation dans un coin du Labo, de longues auréoles sur les murs et le plafond, un dégât des eaux sans importance, une poignée de livres endommagés, un disque dur grillé. Rien.

Le Tube trônait toujours au centre de la table de chirurgie. Verlande fut surpris de constater à quel point il s'était habitué à sa présence, puis il se souvint qu'après tout, il n'était « que » la forme infinie de lui-même, il était l'autre-en-lui-devenu-*cortexogène*, une structure imaginale plus-que-réelle, *l'autre lui-même*, cet inconnu qui décodait les secrets du monde créé.

200 kilomètres-heure. Neuf cents kilomètres de long, un bon millier en comptant les vents latéraux. Sud-sud-est depuis la Terre de Baffin.

Le SuperBlizzard traverserait la moitié orientale de l'Ontario, le Québec, et une bonne partie du Labrador. Ses flancs toucheraient inévitablement la région de Fermont.

L'eau. L'air. La terre.

Ne manquait que le feu.

Mais le feu, c'était justement l'affaire des hommes.

Le Tube/Cortex se trouvait à la même place. Dans la même position. Dans le même état.

Ce troisième état de la matière/énergie, *métaspectral*, corrélatif à la transmutation de son propre corps.

Sa densité opaque aurait été un obstacle infranchissable pour n'importe quel œil humain, et même pour un implant optique du *nanonetwork*, mais désormais il était les deux, ou plus exactement, il était l'un multiplié par l'autre. Il ne restait probablement qu'à passer au stade « exponentiel » : il serait bientôt l'un élevé à la puissance de l'autre.

Sa cognition immédiate se trouvait surmultipliée en présence du Tube, elle lui fit savoir, de la façon la plus concrète qui soit, qu'il pouvait prévoir le futur à quelques fractions de seconde près.

Il sut donc une poignée d'instants à l'avance ce que ses yeux enregistrèrent :

Le tube se reconfigura devant lui, lentement, à une vitesse absolument régulière, intangible, presque abstraite. Il agissait comme un composite métamorphique, par plans vectoriels successifs. Sa transmutation faisait de lui une nouvelle forme, un nouveau *corps*, mais c'était pour mieux pointer *le sens* dont il était porteur, cela aussi Verlande le savait.

En une minute très exactement, le Tube/Cortex était devenu une boîte.

Une boîte noire.

Parallélépipède. Même état métaspectral, la lumière à l'intérieur des ténèbres semble plus intense, peut-être.

La boîte lui indique l'*interopérabilité* entre sa cognition du réel caché et celle de sa nouvelle ontologie, tout aussi secrète. C'est la raison pour laquelle elle est une *phase,* elle aussi, une nouvelle phase de la Métaforme.

La boîte noire se déplie, elle se donne à voir, chacun des pans s'aplatit sur la table de dissection, cela forme une croix noire irisée de lumière solaire.

Verlande attend, à quelques nanosecondes près il sait que la transformation va se poursuivre.

La croix, maintenant, se replie. Mais pas sous la forme d'une boîte. Chaque pan latéral vient se rabattre sur la base centrale, les deux petits côtés se juxtaposent, les deux grands se superposent.

Cela a pris désormais la forme d'une surface planaire, rectangulaire, épaisse de moins d'un centimètre. Un livre.

Nanosecondes en lumière Vampyr dans le futur. Réalité décodée : le rectangle noir ressemble à une version miniature de la surface initiale, le *bootstrap*. Une boucle ?

Mais la différence de dimensions et de structure a son importance : le rectangle noir lévite à quelques millimètres au-dessus du miroitement de l'aluminium, et non seulement il se joue des lois de la gravité mais il commence à tourner dans le sens des aiguilles d'une montre, de plus en plus vite, jusqu'à ce que Verlande ne perçoive plus qu'une cinématique noir et or sous l'éclairage froid cristal bleu du plafonnier.

Le mouvement giratoire de l'objet dure plusieurs minutes.

Il dure.

Puis il s'arrête. Net.

À la place du rectangle noir, il voit un disque large comme un gros jeton, ou une vieille pièce de monnaie, une médaille sportive, cinq centimètres de diamètre environ, épais de de deux ou trois millimètres. On dirait une sorte de biscuit.

Procession des transmutations : le Tube, la Boîte Noire, la Croix lumineuse, le livre-surpli, et pour finir, le Logos lui-même.

D'ailleurs son accélérateur nanométrique vient de le prévenir. Cela va lui parler, directement par injection neuronale.

Cela va parler, et cela va dire :

MANGE-MOI.

Verlande contempla le disque noir qui désirait être ingéré. Désormais lui et le Tube/Cortex ne feraient qu'un sur le plan biophysique. Il savait que cette « eucharistie » de type inconnu allait le transformer en profondeur. Il savait qu'il ne serait plus jamais le même.

Il était temps de passer à l'acte.

La fusion fut immédiate. Synthèse disjonctive absolue. Le Tube/Cortex se redéplia à l'intérieur de son propre cerveau, son cerveau se surplia à l'infini autour de la structure métabiologique. Il passa définitivement de l'autre côté, là où toute réelle connaissance dévoile un pan du surnaturel, là où toute cognition est un acte absolu.

Le diagramme prit place. Ce qui existait en surface possédait son effet miroir, la « sous-face », ce qui était souterrain n'était que l'inversion de ce qui existait à l'air libre.

Il y avait un centre. On ne trouvait pour l'instant que des fosses excentrées.

On ne cherchait ni où ni comment il fallait.

En surface, il y avait un centre.

Sous terre, il y avait un cercle.

Ils n'avaient pas plus de sens l'un que l'autre, mais ils indiquaient une forme spécifique, et cette forme, inévitablement, s'inscrivait sur le territoire comme sur un livre, comme sur un corps humain matriculé.

Cette forme souterraine, c'était la carte, le plan, ce qui allait justement permettre de placer le diagramme sur le territoire.

Verlande avait regardé Voronine en poussant un soupir de soulagement. Leurs deux voitures se faisaient face, tous feux allumés, la nuit venait de tomber sur la ville à peine libérée de la dictature des eaux.

– Cette fois c'est plié, putain, plus rien ne nous empêchera de retourner à Fermont. Pas même cette saloperie de SuperBlizzard.

Ils pouvaient encore le prendre de vitesse.

Un sourire avait plissé la bouche du jeune Russe, l'air de dire *Tu fais abstraction d'un élément important.*

Verlande était parfaitement au courant, depuis la première seconde, soit dès son entrée dans l'ascenseur à l'étage de la Direction du Renseignement, dès que le métacortex avait pu se brancher sur un routeur du *nanonetwork*, comme sur n'importe quel « cerveau ». Simplement, c'était la *décréation terroriste du monde* qui continuait, il ne voyait pas en quoi cela allait l'empêcher d'aller à la rencontre du souterrain, de son centre, de ce *dé-monde de la Terreur comme Création.*

Un groupe inconnu et très bien organisé avait fait sauter les trois pipe-lines d'eau potable en provenance de l'Arctique, en Alaska, au Yukon, dans les Territoires du Nord-Ouest et dans le nord de la Colombie-Britannique. Ils avaient attaqué dix-huit points différents. Du matériel explosif de haute intensité, les canalisations détruites sur des centaines de mètres pour chaque site, des commandos puissamment armés, parfaitement entraînés... Des dizaines et des dizaines de morts, la liste ne cessait de s'allonger. À eux seuls ils avaient provoqué presque autant d'inondations et de glissements de terrain que le passage des cyclones sur le Québec.

– Ils parlent d'instaurer l'état d'urgence sur tout le territoire national, avait simplement dit Voronine.

Verlande savait. Il comprenait. Il connaissait le diagramme. Il connaissait la cinétique infernale qu'allaient suivre les choses.

– Cela fait partie du plan. Tu peux être sûr que ce sont nos amis paramilitaires qui sont, directement ou indirectement, à l'origine des attentats. En s'en prenant à une ressource considérée comme stratégique, ils savaient ce qu'ils faisaient. Surtout en plein milieu d'une catastrophe naturelle.

– L'état d'urgence changera beaucoup de choses. Même pour eux.

– Tu plaisantes, j'espère, ça ne change rien du tout à *l'état de fait*, qui est justement que l'état d'urgence est une réalité qu'on vit depuis près de vingt ans maintenant. Ce sont des mots qui servent à cacher les vrais, ceux qui ont déjà été prononcés, en secret, par des gens que nous ne connaissons pas, et que personne ne connaît. L'état d'urgence, pour nos amis tueurs de flics, ce n'est qu'une affaire de sémantique. Ce qu'ils veulent, c'est *leur* État, d'urgence. Et peut-être même *leurs États*.

– D'accord. En parlant de « secret », j'ai eu des nouvelles de Vlasseïev.

Voronine avait laissé passer juste assez de tension pour alerter Verlande.

Verlande, qui avait parfaitement interprété le sens exact de la phrase.

– Vlasseïev ? *Le Cube-Monde ?* Une nouvelle transformation ?

– Oui, il est devenu *complètement* invisible aux organes humains, ils ne peuvent le percevoir qu'avec leurs scanners les plus pointus. Et il y a autre chose, depuis aujourd'hui.

– Je t'écoute, tu penses bien.

Aujourd'hui, quelque chose était advenu. Aujourd'hui, le Tube avait de nouveau transmigré dans son cerveau. Aujourd'hui la Métaforme s'était de nouveau transfigurée.

– Le Cube a disparu, sauf pour les machines. Mais il est en train de « crypter » toute la zone de l'aéroport.

– Crypter ?

– Oui, eux aussi ils deviennent invisibles, mais à volonté, pour les organes humains comme pour les machines, sauf les leurs. Vlasseïev constate des perturbations temporelles anormales, il m'a dit « nous sommes probablement décalés de quelques nanosecondes par rapport au continuum, et le Cube joue à l'intérieur de ce décalage, comme un codage variable. Le plus drôle, c'est quand nous faisons une localisation GPS militaire ultra-précise. Au micromètre près, nous nous trouvons tous, toute la zone de l'aéroport, à l'intérieur du Cube. Et plus drôle encore, où qu'il se trouve, Verlande est lui aussi toujours à l'intérieur du Cube ».

C'était tellement logique, c'était tellement corrélatif, c'était si bonnement miraculeux, donc *absolument possible*.

– Demain, dit Verlande, c'est nous qui allons devoir nous confronter à l'invisible, demain, Alex, nous allons sous la terre.

– Sous la terre ?

– Oui, là où se trouve le centre, mais ne t'inquiète pas, ajouta-t-il sans équivoque, j'en reviens. C'est juste les Ténèbres.

Le Nouveau Monde – 1

Il était parvenu à franchir clandestinement la frontière suisse grâce à des SS de rencontre aidés par un réseau pronazi alémanique. Lors du passage nocturne, sous la lumière froide de la lune, il ne jeta même pas un regard en arrière vers ce qui avait été le Reich pour lequel il avait tué tant d'hommes et failli mourir tant de fois. Il laissait sur la piste forestière comme des nuées de cendres, dont le sillage remontait jusqu'à Berlin, cette ville dont il savait seulement qu'il ne la reverrait jamais. Lorsqu'il avait dû donner la preuve de son identité à ses compagnons d'infortune, il avait d'abord montré le Luger et le poignard rituel mais il n'existait qu'une seule preuve indélébile de son appartenance au corps des SS.

Alors qu'il déboutonnait sa chemise pour montrer le tatouage sous son aisselle gauche, il se fit la remarque que SS et déportés partageaient cette matriculation de leurs corps. Comme deux images inverties, bourreaux et victimes unis et disjoints par leur chiffrage dermique, deux extrémités d'un fil de fer barbelé tendu sur le territoire même de la mort.

Simplement – il se souvenait de cette nuit où il avait croisé cette marche infernale dans l'est de l'Allemagne –, les survivants des camps possédaient tous un nombre en propre et pourtant c'était comme s'ils portaient le même. Le nombre *zéro*, répété des milliers, des millions de fois.

Eux, les SS, c'était différent, leur matricule aussi équivalait à un seul nombre, toujours identique. Sauf que c'était le nombre du Diable.

Après la Suisse alémanique, et sa longue série de planques de quelques jours, puis Genève, où les membres du réseau ODESSA l'aidèrent à déposer et convertir son butin dans un coffre à secret bancaire contre un dédommagement somme toute correct, on lui proposa un transfert organisé pour l'Italie du Nord à la fin de l'été. On disait qu'il y avait encore beaucoup de Chemises noires en activité, les réseaux pronazis y étaient presque aussi actifs qu'en Espagne ou au Portugal. Il lui fallait quitter l'Europe au plus vite, il n'allait pas tergiverser comme s'il s'agissait de choisir la destination d'une croisière de luxe.

Dans l'intervalle, il transita de Zurich à Lausanne, dans des chambres d'hôtels ou des meublés, il fut hébergé par un couple de paysans dans une bourgade paumée du Valais, habita un chalet d'hiver avec quelques fuyards comme lui, puis il franchit la frontière italienne, aux alentours du lac Majeur.

Le 6 août 1945, la guerre « prit fin ». Hiroshima venait d'être rayée de la carte. Trois jours plus tard, l'événement se répéta, annonçant qu'il était répétable. Et que sa répétition possible venait de transformer à jamais le sens même de toute l'humanité. Voerlandt savait qu'il avait fortement contribué à cette *création destructrice*, le monde que le IIIe Reich avait produit venait en fait tout juste de naître, alors que le régime nazi s'était effondré. Son supranationalisme bureaucratique et son arraisonnement volontaire par la technique devenue unique forme pensable du monde créaient ce qui allait lui succéder, pratiquement à son image, le *stand-off* atomique pour des décennies, la mortalité du genre humain devenue spectaculairement évidente, et pourtant invisible : qu'il s'agisse des gazés-consumés dans les camps de la mort ou des consumés-gazéifiés des impacts nucléaires, c'était un environnement historique et métaphysique radicalement différent, mutant, déviant, un environnement évolutionniste catastrophique qui avait fait changer de monde tout le genre humain : il ne pouvait plus prétendre vivre une époque, mais un *délai*.

Voerlandt avait peine à croire que les gens autour de lui, tout comme les éditorialistes de la presse, ne puissent voir dans ces deux explosions jumelles, sortes de miroirs telluriques de Sodome et Gomorrhe, qu'une simple « apothéose de la science au service de la victoire », mots creux qui ne signifiaient plus rien pour lui depuis longtemps. Ne se rendaient-ils pas compte que Russes et Américains allaient ensemble, en dépit de leur rivalité, ou même grâce à elle, mettre en place les outils d'une domination sans partage du genre humain par nombre de machines et de systèmes techniques mis au point dans les usines et les centres de recherche nazis ?

Jusque-là, on savait que les humains étaient mortels et que l'on n'y pouvait rien. Désormais, on entrait dans ce moment ineffable où l'espèce elle-même était devenue mortelle. Et il s'agissait justement de son *nouveau pouvoir*.

Il s'était produit quelque chose durant les six années qu'avait duré cette guerre. Elle ne s'arrêterait pas, elle allait prendre d'autres formes. Personne ne semblait comprendre que les hommes ne seraient plus jamais les mêmes, qu'ils avaient changé, qu'ils étaient devenus *autres*. Il finit par se faire à l'idée que seuls des individus comme lui avaient une petite chance de comprendre ce qui venait d'arriver à ce qui s'était dénommé *humanité*.

Il reçut son document définitif, son « vrai-faux passeport » aux armoiries de la confédération helvétique, au cours du mois de juin 1946, alors que le réseau lui avait trouvé un petit appartement à Rome, après plusieurs transferts par Trieste, Bologne, Vérone, Florence. Jusque-là, depuis son passage clandestin de la frontière, il n'avait eu en sa possession qu'un faux provisoire, un mauvais passeport italien truqué l'identifiant comme citoyen sarde, ce qui l'aidait à vaguement communiquer avec les soldats américains, en utilisant un sabir d'italien, de français, d'allemand et de néerlandais qui pouvait éventuellement passer pour un dialecte de Sardaigne aux oreilles d'un type débarqué de l'Ohio ou du Massachusetts.

Le vrai-faux passeport s'était fait attendre près de trois trimestres, en dépit de l'argent qu'il avait fait venir de Genève. L'organisation pronazie ODESSA fonctionnait bien, mais rencontrait souvent des problèmes liés à l'activité des agents de l'Intelligence Service et de l'OSS, ou du NKVD, et surtout, durant les mois qui suivirent la reddition, et alors qu'on parlait déjà de ce qui allait s'appeler le « Tribunal de Nuremberg », le réseau avait des priorités bien plus urgentes qu'un vulgaire sous-officier de la division Wiking : des chefs de camp, des médecins de la mort, des tortionnaires, des planificateurs de génocides, des officiers supérieurs SS ou de l'Armée régulière compromis dans des crimes de guerre, des dignitaires de diverses organisations du Reich, de hauts responsables du Parti… Il avait alors pris la décision de visiter la Ville Sainte, comme ça, au fil des dérives balisées par quelques rencontres de passage : saint Augustin, saint Paul, saint Pierre, Constantin 1er.

Il put constater à quel point cette ville contrastait avec Berlin, surtout celui qu'il avait connu, évidemment. À Berlin, les monuments historiques *dominent* la ville, placés en des points stratégiques, vastes places, monticules naturels ou artificiels, ils sont une expansion architecturale/commémorative de la Cité, vous ne pouvez que les voir, ces immenses effigies, où que vous vous trouviez.

Rome est la Ville Éternelle, avait-il compris, elle est *la ville secrète*, ou plutôt *la ville des secrets révélés*, la ville des catacombes surgies au grand jour lors de la conversion de l'Empire.

Ici, au détour de la plus simple des rues, vous pouviez tomber sur une antique maison médiévale où avait vécu Giotto ou un autre maître de la Renaissance, un monument historique datant des Croisades, une église contemporaine des patristiques, une fontaine du haut Moyen Âge, un petit *palazzo* de la période baroque. Il n'y avait rien, disons pas grand-chose, et soudainement vous voici devant l'église de saint Augustin ; le coin d'une ancienne maison sans détail particulier sinon son âge vénérable et le regard foudroyant de vérité de Giordano Bruno vous fixe pour l'éternité, même la Basilique Saint-Pierre ne s'approchait que depuis une circonvolution de ruelles et les masses impressionnantes des thermes de Caracalla.

C'était au début de l'automne 1946, Voerlandt s'en souvient très bien, un an presque jour pour jour après son arrivée en Italie, il faisait encore très chaud à Rome et les pendaisons allaient bon train à Nuremberg, tandis qu'un groupe d'enfants hispanos couraient en criant devant sa fenêtre au milieu de maisons russes en flammes, sous un ciel peuplé d'avions. Il s'en souvient comme si c'était aujourd'hui même, car c'est aujourd'hui même que ça se passe.

– Votre transfert final est prêt. Mais il reste quelques détails à régler, vous ne partirez probablement que dans quelques mois, avec un peu de chance, après une étape qui servira à sécuriser la dernière partie du transfert. Nous devons reconstituer une grande partie de nos routes, des agents alliés les avaient infiltrées... Une opération d'envergure. La plupart de nos derniers « touristes » se sont retrouvés directement dans une prison militaire britannique ou américaine.

Encore plusieurs mois à attendre, s'était dit Voerlandt, c'était autant de chances de se retrouver à Nuremberg. Mais Nuremberg semblait pour l'heure une destination aussi sûre par la route de l'exil. Il avait parfaitement conscience de la situation : des hommes comme lui, l'Europe en était pleine. Le réseau pronazi avait ses priorités, ses urgences, sa routine et ses procédures de sécurité. Il n'était qu'un numéro sur une liste, le fric dégagé de son compte bancaire suisse lui avait permis de sauter quelques cases, c'était tout. La guerre ne s'était pas arrêtée. Elle était chaque jour à ses côtés, désormais.

– Tout d'abord, vous avez bien fait d'abandonner votre idée de passeport français. Relativement facile à obtenir vu l'état de déliquescence du pays, mais très dangereux, n'oubliez pas que vous aurez la police gaulliste aux fesses, lui avait dit son contact italien avec le réseau, un ancien membre des Chemises noires qui avait su pratiquer le double jeu avec la Résistance, au profit de celle-ci dès qu'il avait senti le vent tourner, ce qui lui avait valu la vie sauve, et même les honneurs de la nouvelle République italienne. Ensuite, vous êtes germanophone et parlez le français avec un accent allemand, vous passerez facilement pour Franz Reisenbecker, avait-il ajouté.

L'homme de l'ordre nouveau surgi de la guerre avait poursuivi :

– Le réseau offre deux destinations bien distinctes, les passeports sont établis en fonction, vous allez comprendre. Nous disposons de liens en Amérique latine, Argentine, Brésil, Paraguay, Uruguay et Chili, surtout. Le cône sud. Nous y avions des contacts avant-guerre et les partis fascistes européens y ont transféré beaucoup de leurs fonds juste avant la fin.

Amérique du Sud, avait pensé Voerlandt, pourquoi pas, des images de pampas, de jungles, de sierras aurifères firent une rapide incursion dans son esprit.

– L'autre destination tient aux liens que les nazis ont entretenus avec les Arabo-musulmans, vous devez en savoir quelque chose si vous étiez dans les SS. Le réseau y dispose de beaucoup de ressources, il y est très bien implanté et proche de la plupart des pouvoirs locaux. En gros, l'Égypte, en dépit de la présence anglaise, le

Soudan, la Syrie, l'Irak, la Transjordanie, la Somalie, le Yémen, le Liban, les Émirats du golfe, l'Arabie, la Turquie, mais des renseignements assez sûrs nous disent qu'elle va s'allier prochainement avec les Américains, contre les Russes. L'Algérie est directement sous contrôle administratif français, je vous la déconseille.

– Je n'aurai donc plus à changer d'identité, le passeport suisse est valable dans les deux cas ?

– Un passeport de la Confédération procure une sorte de résidence extra-territoriale universelle. C'est l'avantage d'être le coffre-fort du monde entier. Des nazis comme des Juifs. Des Soviétiques et des Américains.

Voerlandt ne pouvait qu'acquiescer à ce bon sens du fasciste italien, le même bon sens qui lui avait sauvé la vie. Ne lui restait donc qu'à choisir sa destination, celle qui l'exfiltrerait de sa propre vie.

L'Amérique, c'était tentant, mais ce n'était pas l'Amérique des westerns de son enfance, cette enfance exterminée dans le Far East russe. L'Orient et ses mystères, l'Orient et son attraction gnostique, l'Orient paré de l'érotisme paradoxal de l'islam, Schéhérazade, les soixante-douze vierges des martyrs, l'Orient, après tout, ce n'était pas si mal pour un Alsacien, qui n'était plus ni allemand ni français, mais qui était devenu citoyen du coffre-fort de l'Europe. Il choisit la route du Liban, dans sa tête d'adolescent tardif forgé dans le feu de la guerre, les images des Phéniciens, des Croisés, de Tyr, de Saint-Jean-d'Acre déroulèrent leur cinémascope mental. De toutes les routes possibles, il avait choisi celle de la guerre qui ne s'arrêterait jamais.

Au Proche-Orient, le réseau ODESSA s'appuyait sur des alliés nationaux-islamistes répartis en divers mouvements politiques. Ils avaient le contrôle soit de la rue, soit des officines du pouvoir, voire les deux, et dans tous les cas, le réseau s'en sortait sans l'ombre d'un problème. Le Liban était la seule exception, anciennement sous mandat français, avec sa population chrétienne francophone majoritaire. Les fascistes italiens et les franquistes espagnols avaient depuis longtemps noué de fructueuses relations avec les Kataeb, les phalangistes maronites du docteur Gemayel, mais ils avaient gardé leurs distances avec les organisations islamiques liées au régime hitlérien. Au Liban, d'après son contact italien, il valait mieux passer par les phalangistes que par les groupes musulmans pronazis, minoritaires et pas très bien vus, les Kataeb contrôlaient le pouvoir exécutif, ils possédaient la majeure partie du pays, ils avaient su conserver la confiance des Français, il ne serait pas emmerdé. Il pourrait facilement passer quelques années bien planqué sous le parasol de son passeport helvétique, sur un coin de plage dorée, entre Beyrouth et Tripoli, le temps que ça se tasse, le temps que le cas spécial des Alsaciens soit pris en compte par l'un ou l'autre des gouvernements de la République.

Ce dernier point, en particulier, relevait de l'erreur de calcul la plus grossière.

Il opta donc pour le transfert par Chypre, en partance du port de Brindisi. De là, on organiserait son départ pour Beyrouth, et son accueil sur place. Il serait immédiatement pris en charge par un membre du réseau, puis par un groupe de phalangistes qui lui procurerait appartement, contacts, informations, plans de route pour d'éventuelles autres destinations.

Lorsqu'il embarqua sur le ferry à destination de la grande île grecque, le 7 décembre 1946, date qui s'inscrirait le plus naturellement du monde pour toujours dans sa mémoire, jour anniversaire de l'attaque de Pearl Harbour, il ignorait que non seulement il quittait l'Europe, mais plus encore qu'il se quittait lui-même, et qu'il n'allait pas tarder à se rencontrer, à rencontrer cet *autre* qui viendrait prendre la place de celui qui était mort mille fois sur une terre qu'il avait irriguée du sang de tellement d'hommes, dont le sien.

C'est à Chypre, se dirait-il plus tard, que la disjonction, en secret, opéra. Mais en fait, il fut forcé de se l'avouer plus tard encore, elle avait commencé à forer cette ligne de fuite à l'intérieur de lui-même depuis plus longtemps, bien avant, à Berlin peut-être, ou alors à

Tcherkassy, Koursk, Budapest. À Varsovie, probablement. Mais c'est à Chypre qu'elle se manifesta pleinement comme une fracture tectonique très profonde. Elle mettrait ensuite plusieurs années avant de secouer la surface de sa conscience. Jusqu'alors, pendant son séjour en Italie du Nord surtout, il était resté confiné dans divers appartements, de vieilles femmes habillées de noir lui apportaient sa pitance deux ou trois fois par semaine, il trouvait les journaux devant sa porte chaque matin, il ne voyait les agents du réseau que lors des transferts. Ce n'est qu'à Rome, lorsqu'il fut en possession de ses documents helvétiques, qu'il commença à prendre l'habitude de sortir de sa planque. Mais Rome, en 1946, c'était la mafia italo-sicilienne, les militaires américains, le marché noir, les putes de quatorze ans, les proxénètes de seize, les trafiquants de drogues ou de cigarettes, les débris humains de tous les âges et d'à peu près toutes les armées, c'était les anciens fascistes, les nouveaux résistants. Les seuls humains fréquentables étaient morts depuis des siècles.

À Limassol, la grande ville portuaire située juste à l'est du cap Gata, devenue une des plaques tournantes des migrations transméditerranéennes, des dizaines de communautés venues de toute l'Europe et d'Afrique du Nord se retrouvaient concentrées dans des camps de réfugiés ou des quartiers semi-abandonnés aussitôt remis en état. Des Slaves de l'Est qui fuyaient tout autant la dévastation laissée par les nazis que le cataclysme apporté par l'armée soviétique. Des Baltes, pour la même raison. Des Russes, et des Ukrainiens, qui fuyaient leur propre pays. Des Grecs qui fuyaient la guerre civile en pleine explosion, des Yougoslaves qui fuyaient la guerre civile tout juste achevée, des Arméniens qui fuyaient la menace turque, des Italiens qui fuyaient la pauvreté et le chaos, des Algériens et des Tunisiens qui fuyaient les Français comme les activistes indépendantistes arabes, des Juifs, en pagaille, qui fuyaient l'Europe, tout simplement.

Et des Français.

Qui se fuyaient eux-mêmes, selon toute probabilité.

L'agent fasciste italien avait été on ne peut plus clair : Mêlez-vous le moins possible à tous ces gens, restez à l'écart. Vous serez bien sûr obligé de faire des rencontres, des voisins, d'autres réfugiés sur les bateaux, des commerçants, des fonctionnaires, des clients de bar, peu importe, restez distant, de toute façon c'est cohérent, cela correspond bien à votre identité suisse. Si vous discutez avec d'autres personnes, vous ne parlez jamais de votre passé, sauf le petit scénario qu'on vous a concocté et c'est pour cette raison que la règle à ne pas transgresser est extrêmement simple : vous ne parlez *jamais* à des Français. Jamais.

D'après lui, au moins une fois sur deux il s'agissait d'un ancien collabo en fuite, ou d'un néo-résistant, un de ces agents des services spéciaux de la IVe République qui avaient souvent œuvré pour la Gestapo tout juste auparavant. Au mieux, il s'agissait d'un indic, pour l'un ou l'autre camp, et probablement les deux.

Dans tous les cas : zone rouge. Rester neutre. Rester loin. Rester suisse.

Il suivit donc les consignes du réseau ODESSA à la lettre. Il avait survécu à la guerre grâce à la plus dure discipline martiale jamais conçue. Il survivrait à l'après-guerre en y appliquant les mêmes règles, cette guerre ne risquait pas de connaître un « après ».

Il évita soigneusement les Français, qu'ils viennent de métropole ou des colonies africaines, se tint à distance respectable des Russes, des Polonais, des Tchèques, des Slovaques, des Yougoslaves, des Roumains, des Hongrois, des Bulgares (« Vous pourriez être reconnu par un prisonnier, un soldat ennemi, un officier SS ou un ancien de votre division, et je ne parle pas des agents communistes infiltrés », lui avait dit le fasciste italien), échangea quelques banalités d'usage avec des Baltes et des Hollandais, les Suisses étaient assimilés naturellement à une nation paneuropéenne, neutre et cosmopolite, cela pouvait passer, il réussit une ou deux fois à se faire comprendre par des Arméniens, en parlant le russe rudimentaire qu'il avait appris sous le feu et l'acier, et se contenta des réfugiés grecs et des Chypriotes pour discuter un peu plus longuement, afin d'obtenir le maximum d'informations possible, en l'une ou l'autre des langues disponibles sur place.

Chypre était sous souveraineté grecque, mais comme toutes les îles de la Méditerranée, Malte, la Crète, la Sicile, la Sardaigne, elle se trouvait surtout sous contrôle anglo-américain. La guerre civile qui faisait rage depuis 1942-1943 entre les forces pro-occidentales, directement appuyées par les Britanniques, et le Parti communiste et ses alliés, soutenus par l'URSS, était repartie de plus belle après une petite année de trêve consécutive aux accords de Yalta. Il se disait que Staline voulait à tout prix un accès à la Méditerranée et qu'il ne faisait pas confiance aux Balkans yougoslaves de nouveau réunis sous la houlette d'un certain Tito, qui n'avait pas eu besoin de l'Armée Rouge – et pas plus d'une autre – pour libérer son pays et qui saurait le rappeler au Maître du Kremlin en rompant net avec l'embryon du pacte de Varsovie, entraînant l'isolation des communistes grecs puis leur annihilation par les forces royalistes.

C'est à bord du ferry, alors qu'ils arrivaient en vue du port, que Voerlandt eut une vision terriblement claire de ce qu'il était en train de vivre. Du monde dans lequel il allait (sur)vivre, désormais. La Troisième Guerre mondiale avait immédiatement succédé à la Seconde, il n'y avait même pas eu deux décennies d'illusions « d'entre deux guerres » comme entre 1918 et 1939. En fait, ce savoir était une authentique illumination, *une guerre mondiale, par définition, ne pouvait s'arrêter*. Si elle était devenue mondiale, alors elle englobait le monde entier dans son régime de *souveraineté absolue*, elle ne faisait que changer de forme et d'intensité, mais une fois établie, la maîtrise *technique* qu'elle imposait à l'humanité ne pouvait être nullifiée. Il avait eu vingt ans cette année-là, il calculait le monde comme les premiers mammifères nocturnes.

Le Monde en son entier était sa Nuit.

C'est sur le bateau grec qui partait pour Beyrouth, à l'aube du 1er mars 1947, qu'il fit la connaissance de l'homme qui allait bien plus que « changer sa vie », déjà détruite. S'il ne pouvait tout à fait lui redonner une forme, il allait lui redonner *un sens*, il allait lui permettre d'enfin réverser la terrible innocence meurtrière de sa jeunesse forgée dans l'enfer mécanisé des hommes en culpabilité assumée, comme charge, comme prix à payer pour la Chute, comme arme psychique retournée contre lui-même, afin qu'il puisse devenir ce qu'il était. La seule méthode de survie à la hauteur de ce qu'il avait vécu.

Il l'avait entendu parler grec avec un groupe d'hommes qu'il connaissait un peu, qui fuyaient les milices communistes très actives dans le sud de l'Attique. Voerlandt avait vaguement sympathisé avec eux, certains avaient séjourné pas très loin du petit appartement de la vieille ville loué à son nom par le réseau ODESSA pour ses trois petits mois de transit, il les connaissait de vue, cela avait aidé pour les premiers contacts.

Il avait néanmoins soigneusement mémorisé un détail : ce gars avait conversé avec des réfugiés hollandais, c'était sur le port, au moment de l'embarquement à Brindisi. Cela s'était reproduit de façon identique au départ de Limassol.

Un Grec qui parlait hollandais avec l'accent d'Anvers, ce n'était pas normal, c'est la raison pour laquelle il se tint précautionneusement loin de lui durant la traversée jusqu'à Chypre, puis durant le séjour à Limassol. Un Flamand ? Un ancien de la Wiking ? Lorsqu'il le revit sur le ferry en partance pour le Liban, passant d'un groupe de réfugiés à l'autre avec une aisance peu commune, Voerlandt était aussitôt entré en mode alerte rouge.

Mais il comprendrait plus tard que malgré les contingences humaines, il fallait qu'ils se rencontrent. Il fallait que la bifurcation empruntée grâce au réseau nazi ODESSA le conduise à la réversion totale de tout ce qu'il avait été, de tout ce qu'il avait fait, et de tout ce qu'il n'avait pas encore fait.

C'est pour cette raison que l'autre homme l'aborda en premier.

– Vous autres, Suisses, vous avez été les plus chanceux, et pourtant vous étiez au centre même du cataclysme.

Ils parlaient en anglais, la langue cosmopolite du moment s'était imposée d'elle-même. Voerlandt avait voulu éviter toute possibilité de contact prolongé, il aurait pu converser en néerlandais, la langue maternelle de son interlocuteur, mais il s'abstint et se barricada derrière le latin des temps modernes, le latin des touristes internationaux.

– L'œil du cyclone, monsieur, mais notre neutralité nous a permis de faire bien des choses.

Le discours était rodé, le scénario du réseau ODESSA était simplissime et ne pouvait souffrir aucune contradiction.

L'homme l'avait initialement approché à sa façon habituelle, que Voerlandt avait notée en l'observant de loin ces dernières semaines. Décontraction des gestes mais posture bien droite, sérénité mêlée à la gravité des temps présents, sourire tout juste esquissé, plusieurs langues comme munitions, l'homme savait très vite apprivoiser son interlocuteur.

L'inconnu s'était installé près de lui, en s'accoudant au bastingage, sous le soleil déjà chaud de la Méditerranée du Sud. C'était un trentenaire, cheveux très noirs, un peu bouclés, yeux gris veinés de fauve, peau mate, il pouvait se faire passer pour un Grec. Il lui avait simplement dit :

– Vous comptez vous installer à Beyrouth ?

Une familiarité dosée avec une extrême justesse, la familiarité dont on se sert entre ceux qui ont traversé l'enfer. Voerlandt avait répondu : Oui, pour quelque temps.

L'homme avait poursuivi : Je connais bien cette ville.

Sous-entendu, s'était dit Voerlandt, *si jamais vous avez besoin de moi*... Et bien sûr, l'homme pensait qu'il ne connaissait pas du tout cette ville et qu'il aurait sûrement besoin de quelqu'un.

Sauf qu'il avait le réseau ODESSA pour l'aider et le servir, et cet ancien SS, ou agent des Alliés, ou agent double, ou pire encore, ne le savait pas, et surtout, non seulement il ne fallait absolument pas qu'il le sache, ni même qu'il le soupçonne, *mais pas même qu'il y pense*, cela ne devait pas entrer dans sa grille de lecture de l'univers, cela ne devait tout simplement pas exister.

– Je rejoins un oncle qui vit au Liban depuis plus de dix ans et qui travaille dans la spécialité à laquelle je me destine.

Allons-y, commençons à truquer lentement, mais sûrement, la réalité.

– Vous me disiez que vous profitiez de vos études universitaires pour partir visiter le monde ?

– L'Asie du Sud, le Moyen-Orient, je me prépare pour un doctorat d'histoire et d'anthropologie. Je me spécialise dans la région du Croissant fertile, jusqu'aux Indes et à la Perse.

– Antiquité.

– Oui, et la plus haute, je veux comparer l'émergence des grandes cités-États fluviales entre la Mésopotamie et le Gange. Mais je compte au moins acquérir une maîtrise en égyptologie pour compléter mon cursus, à mon retour je passerai par la vallée du Nil.

Le parfait étudiant suisse. Le parfait représentant de l'homme qui n'avait pas connu le cataclysme, même de loin.

Ni même de près, au centre.

L'homme l'avait regardé avec une intensité accrue.

– Est-il vrai qu'en Suisse tout le monde fait son service militaire et reste disponible en tout temps pour la Milice, avec son arme à la maison ?

Voerlandt connaissait ce trait singulier de la société dont il était un faux citoyen.

– Les Suisses se considèrent comme des hommes libres, nous sommes donc armés.

– Un peu comme de petits États-Unis.

– Oui, et c'est pour cette raison que nous pouvons rester neutres.

Les quelques secondes de latence qui suivirent furent rythmées par la symphonie mécanique du moteur et le choc régulier des vagues sur l'étrave. Voerlandt eut le temps de se dire qu'il lui fallait continuer comme si de rien n'était, mais que cet homme, c'était désormais une certitude, ne pouvait être autre chose qu'un agent des services Alliés, ou pire, russes.

– Si jamais vous vous intéressez un peu aux choses présentes, vous constaterez que dans cette région du monde, l'émergence de nouveaux États n'est plus qu'une question de mois, peut-être de semaines.

Tout le monde parlait des Indes depuis l'été de l'année précédente, l'éclatement des premières vagues de violence anti-anglaises ou interconfessionnelles, et l'apparition d'un certain Gandhi, il se préparait quelque chose là-bas, c'était certain. La France, pourtant ruinée, était désormais plongée dans une guerre coloniale pour conserver la maîtrise de ses territoires d'Indochine, et dans le même temps on parlait de l'émergence de mouvements nationalistes arabes dans le Maghreb, notamment en Algérie. Il y avait aussi les tensions grandissantes entre Juifs et Arabes en Palestine sous mandat britannique ; l'attentat contre l'hôtel King David, perpétré l'année précédente par les paramilitaires de l'Irgoun, était encore dans toutes les mémoires. En Amérique latine, les forces armées américaines écrasaient en série plusieurs insurrections communistes et établissaient leurs hommes liges, militaires ou civils, aux commandes des Caraïbes, le canal de Panama valait largement toutes les résolutions indignées de l'ONU. On disait qu'en Afrique des mouvements indépendantistes noirs commençaient à voir le jour. La guerre civile grecque restait le point de contact « chaud » entre les forces en présence mais, en Europe, la coupure Est-Ouest se configurait sous la forme « guerre froide », bientôt les Russes établiraient le blocus de Berlin, Churchill avait prononcé les mots « *iron curtain* » à l'Assemblée générale de l'ONU, les Soviétiques avaient empilé des divisions blindées. Le monde qui avait été détruit donnait naissance à un monde basé sur sa destruction continuelle. Partout, sur chaque continent, des mouvements nationalistes et communistes voyaient le jour, prenaient les armes, renversaient les gouvernements légaux, ou illégaux, et souvent, comme en Chine, s'affrontaient sauvagement pour en prendre ou en garder le contrôle. Voerlandt eut un vague pressentiment, ils ne s'étaient pas encore présentés, il était grand temps de le faire.

– Jacob Kohnsen, répondit l'homme à la main tendue et au nom factice que Voerlandt venait de prononcer.

Voerlandt comprit dans l'instant que l'homme était un Juif hollandais, suffisamment cultivé pour parler plusieurs langues européennes, et qui avait survécu à ce à quoi il avait participé, même indirectement.

Mais il ignorait encore que cet homme serait un élément essentiel de ce à quoi il allait participer, de la façon la plus directe qui soit.

Le vent soufflait du nord lorsque le bateau entra dans la rade de Beyrouth, il poussait devant lui un ciel bas, gris, métallique, froid, impénétrable. À l'image de toute son existence, passée, présente, et surtout à venir.

L'été atomique – 1

La neige avait recouvert le paysage de sa blancheur uniforme. Montagnes de ferrite, collines boisées, hauts plateaux, dépressions, toundras, tout était égalisé monochrome albinos, tout était plan, vierge, immaculé, tout se maintenait dans l'ordre parfait du néant précédant toute inscription.

Le SuperBlizzard s'était présenté sur le territoire de Fermont à la vitesse frontale d'environ 140 kilomètres-heure, avec des rafales pouvant atteindre pratiquement le double. En moins d'une heure, facteur éolien non compris, la température moyenne était tombée de plus de trente degrés. Des toitures avaient été emportées, des pans de mur, des fenêtres, des morceaux de chaussée, des portes, quelques automobiles, des poteaux téléphoniques, des éoliennes, des cheminées d'usine avaient fusé dans les airs pour venir consteller le paysage de métal, de béton et de plastique concassé, le monstre aérien avait traversé tout l'est du Canada sur une ligne transversale d'un millier de kilomètres glacés à moins 40 degrés Celsius. Maintenant qu'il franchissait le Midwest américain en s'étendant jusqu'au Manitoba, des tornades géantes étaient signalées par dizaines dans tous les États concernés.

C'est-à-dire ceux qui depuis des mois vivaient en état d'insurrection générale.

Météorologie, *cosmopolitique*, jamais le monde ne devenait aussi cohérent qu'au moment où il se désagrégeait.

Verlande considérait ce paysage à la blancheur totalitaire en se disant que les éléments leur offraient une chance de voir au-delà des apparences du territoire, désormais ce dernier ressemblait plus aux photogrammes gris du logiciel de codage militaire qu'aux paysages qu'il avait connus quelques semaines auparavant. La météorologie avait *désinscrit* le territoire, elle l'avait remplacé par une carte. Une carte où les seuls signes disaient « *terra incognita* ». La carte ainsi configurée indiquait un fait très simple, qui ne pouvait échapper à Verlande : la blancheur céleste de ce blizzard estival montrait jusqu'où il fallait s'aventurer dans la nuit la plus noire, celle du dessous de la carte, celle des ténèbres structurées en réseau sous la virginité étincelante de la neige qui aplanissait tout. Mais, en premier lieu, cet *aplanissement* général du paysage, cette remise à zéro des compteurs de la Polis par la nature renaturée, cette glaciation des éléments, tout ce que le SuperBlizzard avait laissé derrière lui, montrait d'où il fallait partir pour trouver le centre.

Il fallait d'abord trouver *la boîte*. Il fallait tout recommencer depuis le début.

C'est ce qu'il avait expliqué à Voronine le jour de leur arrivée à Fermont, quelques heures à peine avant le choc géant venu du nord.

– Le centre est sous terre, Alex, mais on y accède par une *boîte* située en surface.

– Une boîte ?

– Quelque chose qui y ressemble, c'est-à-dire un lieu clos, susceptible de recéler un vaste sous-sol, très vaste. Si vaste qu'il s'étend probablement au-delà des dimensions apparentes de la boîte.

– Tu veux dire une maison. Une *grande* maison.

– Oui, ou n'importe quoi d'autre, un bâtiment, disons. Un bâtiment quelconque. C'est lui qui indiquera le centre, car il en est le point d'accès. C'est lui qui nous permettra de relier toutes les fosses dans un diagramme général.

Le matin du 6 août, Verlande se souvint qu'il venait d'avoir quarante-six ans, à peu près au moment de son réveil, vers 8 h 30.

Le 6 août 1945, à 8 h 30, une ville portuaire japonaise avait connu un second lever de soleil, une aurore atomique qui avait tout réduit en cendres dans un rayon de cinq kilomètres autour du point d'impact, sa date de naissance équivalait au matricule SS imprimé sur la peau de son père, il lui était très facile d'expliquer aux autres pourquoi il n'avait jamais pu croire un seul instant au hasard.

Il rejoignit Voronine à la cafétéria du motel. Ils déjeunèrent en silence. Presque une semaine qu'ils étaient là. Presque une semaine qu'ils cherchaient, sans savoir ni quoi ni où précisément, sinon un diagramme, un diagramme avec un centre. Une semaine, cela avait suffi à Dieu pour créer le monde et prendre un peu de repos, mais cela s'avérait insuffisant pour que deux hommes fassent surgir la lumière des ténèbres.

Ils s'étaient d'abord tapé l'aile orientale du SuperBlizzard. Deux jours et deux nuits de poudrerie géante et de vents tournoyants sans la moindre interruption. Puis ils avaient assisté presque aussitôt à l'extension progressive de la terrible sécheresse qui sévissait depuis des mois dans le centre-ouest du pays. Les températures ne cessèrent de monter, en flèche, le ciel de traîne vint alors saupoudrer le paysage d'une fine pluie verglaçante, grésil couleur zinc puis glace noire quand elle se gelait au contact du sol, les couches supérieures et les gros amas de neige fondirent, laissant une étendue scintillante de sérac et de neige durcie. Ce plan glaciaire sous lequel se cachait le réel, ce plan glaciaire sous lequel se cachait l'inconnu, ce plan glaciaire sous lequel se cachait le feu de la lumière.

Il avait compris au visage de Voronine qu'un événement était survenu à Mirabel. Une nouvelle transformation du Cube-Monde, inutile de chercher bien loin. Il lui suffit d'entrer en contact avec le cerveau de son acolyte pour que sa cognition de l'événement soit immédiate. Exactement synchrone à la vitesse à laquelle se composaient les pensées de Voronine, une microseconde avant qu'il ne les prononce.

Le Cube-Monde restait parfaitement invisible aux sens humains, mais désormais seules quelques machines très sophistiquées étaient encore en mesure de déterminer avec précision sa localisation *et* sa vitesse.

Il était devenu ubique. Il se démultipliait dans l'espace et le temps, et pourtant, Vlasseïev était formel, toute la zone de l'aéroport se trouvait bien logée à l'intérieur et, plus important encore, une localisation GPS militaire du Cube-Monde pointait un lieu, ou plutôt deux lieux extrêmement précis sur le planisphère : les pôles magnétiques Nord et Sud.

Verlande comprit dans sa plénitude la complémentarité du binôme Cube/Tube : le Cube-Monde réencodait le réel avec son simulacre, soit un faux réel invisible, les yeux humains et les machines ne détectaient plus la présence de la zone, mais le Tube rétro-transcrivait un code dans leur cerveau qui reproduisait cette fois le réel non simulé, en parfaite illusion, l'aéroport était invisible, mais personne ne le savait, tout le monde croyait le voir, sans pouvoir imaginer une seconde que ce n'était qu'une réplique.

Le Cube-Monde avait fait des pôles magnétiques *la demeure de son être*, pensa Verlande.

Que se passait-il en ce moment dans l'autre face de la Métaforme, dans le Tube/Cortex ? C'est-à-dire dans son métacerveau devenu endogène ?

Il ne devait pas oublier qu'il avait mangé le Tube, qu'il l'avait ingéré physiquement, que celui-ci s'était transsubstantifié dans sa propre chair, intégrant le *nanonetwork* à ses connexions cérébrales, qu'il s'était synthétiquement disjoint avec son propre être, non seulement sur un plan quantique, sur le plan des relations nanoscopiques entre les éléments de la matière, mais sur un plan ontologique, sur le plan du mystère invisible, sous la forme de cette supra-matière/supra-énergie sombre qui contenait la lumière qu'elle ne pouvait retenir et qui avait façonné son corps au-delà des limites de la mort et de la vie. Fusion du Temps et de l'Éternité en une seule Entité. Fusion du Temps et de l'Espace en une seule Entité. Fusion de l'Univers physique et de l'Univers métaphysique en une seule Entité.

Ce qui se produisit, ensuite, ce fut la GRC.

Alors qu'ils rejoignaient Ariane McDowell à son motel, un peu au nord de Fermont, ils s'étaient retrouvés à suivre une Buick Enclave qu'ils reconnurent aussitôt, à peu près en même temps que ses passagers.

– Que fichent Kirkwood et Rosemont dans le coin ?

– Je te signale qu'ils sont de la GRC, ils n'ont pas à respecter des districts comme nous, sinon les frontières provinciales, selon leur affectation.

– Ça ne me dit toujours pas ce qu'ils foutent dans le coin, contacte-les sur un canal SQ, dis-leur qu'on est la voiture à cent mètres derrière eux.

– Je crois qu'ils nous ont déjà repérés, Paul, ils se garent sur le bord de la route.

– Ils ont raison, c'est de là qu'ils feront demi-tour. Je ne les laisserai pas venir empiéter sur notre investigation, ils devront me passer sur le corps, et sur celui de McGlade.

– S'ils sont ici, c'est que Sloane les a envoyés.

– C'est l'évidence, il veut obtenir des infos préliminaires sans se faire remarquer avant d'avancer ses grosses pièces, alors il envoie la piétaille en reconnaissance, c'est un joueur d'échecs, mais moi aussi.

– J'espère que tu as préparé une bonne défense.

– Tu ne le croiras pas, je vais faire beaucoup mieux.

– Le bon vieil adage napoléonien, ça lui a passablement réussi devant Moscou.

– Je ne parlais pas du petit Corse. Je parlais du petit Japonais.

– Japonais ? Tu veux dire samouraï ?

– Bushido. Jiu-jitsu, pour être plus précis. Je ne ferai rien d'autre que de me servir de l'énergie de l'adversaire, il ne trouvera rien en face de lui. Je vais les laisser faire ce que Sloane leur a demandé.

– Merde, Paul, tu ne penses pas ce que tu dis…

– On saura alors exactement ce qu'il cherche, ce qu'il veut, ce qu'il est prêt à faire pour l'obtenir, on sera alors en mesure de faire beaucoup mieux que bloquer l'information, on va leur en donner. Version Cobalt 60, si tu vois ce que je veux dire.

Voronine voyait à la perfection. Verlande le savait, il lisait en lui les mots : *Maintenant toute guerre est une guerre de contamination.*

Verlande ressentit une bouffée de fierté à l'idée qu'il avait formé ce qui allait très certainement devenir un des *meilleurs* prédateurs de la SQ.

– Ne cherche pas à me prendre pour un con, Kirkwood, on se connaît trop bien, depuis trop longtemps, maintenant. Tu sais que cette enquête n'entre pas sous votre juridiction, disons pas encore.

– Les rapports font état de victimes en provenance de tout le Canada, et des USA, cela relève donc des compétences fédérales.

– Compétences zéro. Vous n'avez aucun mandat officiel, j'en ai eu confirmation par le *nanonet.* Donc l'analyse légiste des corps vous est ouverte, mais la *crime scene* reste sous notre contrôle, Gary, tu sais que ce sont les règles de l'Agence de sécurité nationale.

– Il y a un officier du SCRC qui travaille avec vous, une certaine Ariane McDowell. Si je ne m'abuse, c'est un organisme fédéral.

Verlande ouvrit son sourire de mammifère nocturne.

– C'est un service chargé d'assister toutes les forces de police canadiennes, elle travaille sur une enquête qui recouvre tout le pays, mais elle, elle a le droit de coopérer avec nous, parce que le droit, ici, c'est nous.

Il laissa la sentence monarchique bien tremper l'atmosphère puis il lâcha le missile, l'air de rien :

– Tu diras à Sloane que s'il veut avoir accès aux scènes de crime que nous traitons, il va falloir qu'il en discute avec McGlade, et tu sais quoi, je devine ce que McGlade va lui répondre, ça tient en deux mots, dont l'un de quatre lettres qui commence par un « f ».

Verlande vit comme l'ombre d'un soulagement passer sur les traits de Kirkwood, Rosemont semblait lui aussi se détendre gentiment.

Il s'était plutôt attendu à l'effet inverse, il avait lancé l'attaque pour susciter à la fois résistance et contre-offensive, moment où il aurait appliqué sa technique de jiu-jitsu mental, leur faire cracher le morceau, sans qu'ils s'en rendent vraiment compte, juste savoir ce que Sloane leur avait dit, comprendre ce que ce fils de pute voulait exactement.

– Écoute, Verlande, lui avait répondu Kirkwood, nous on fait ce que Sloane et Chandrakhi nous disent, mais j'avoue qu'avec leurs nouvelles attributions, ils finissent par se prendre pour Alexandre le Grand et Jules César, et ça commence sérieusement à faire monter la pression chez certains d'entre nous.

Verlande vit immédiatement l'ouverture, la position de Kirkwood était surprenante mais elle était logique, disons *humaine*. Le généralissime et son consort commençaient à en faire un peu trop.

– Qu'en pense Ferrier ?

– Je préfère ne pas te le dire, et de toute façon je ne t'ai rien dit.

Verlande lui offrit son regard amical et son sourire pire encore.

– Non seulement tu ne nous as rien dit, mais nous ne nous sommes même pas rencontrés. Ce seront les gars du district de Fermont qui vous renverront chez vous, je viens de leur en donner l'ordre. Vous aurez une version plausible à donner à Sloane. Fais-lui bien comprendre qu'on n'est pas près de se coucher au premier *round*.

– Ça, je crois qu'il s'en doutait un peu.

Verlande pensa : *Comme ça, il en aura pleine confirmation.*

Il comprenait que la guerre s'était une fois de plus déplacée sans changer de place, elle se contentait de ré-encoder le monde à son image. Le Cube-Monde fonctionnait à l'identique.

Il était à tout point de vue le diagramme cosmique de la Planète de la Chute.

Le parking de la station Ultramar désaffectée qui jouxtait le motel était recouvert de glace noire, luisante comme une combinaison de latex. Les deux voitures garées calandre contre calandre sur le béton désolé. Le soleil était un disque pâle prêt à mourir à tout instant et pourtant sous la nuée au bleu presque turquoise les températures moyennes excédaient les 35 degrés Celsius. La météorologie imitait de mieux en mieux le Monde de la Polis.

– Heureusement que les fosses déjà excavées avaient été entièrement analysées, celles que les éboulements ont ouvertes ont été sérieusement endommagées par les cyclones successifs, puis par cette saloperie de blizzard.

Verlande avait regardé la fille, il ressentit une attirance inexplicable pour elle, un flux magnétique d'une rare intensité, même depuis sa corrélation avec la Métaforme. Ce fut si subit et violent qu'il en resta paralysé quelques instants, autant dire toute une éternité. Cela ressemblait au processus de cognition immédiate auquel il était désormais habitué. Cela ressemblait à l'immersion dans un mystère. Cela ressemblait à une obscurité d'où il fallait extraire la lumière.

Mais il ne devait pas oublier qu'il n'était plus tout à fait vivant, même s'il n'était pas vraiment mort, il appartenait désormais à une espèce étrangère à la race humaine. Non pas tant par le jeu des différences que par le fait qu'il était devenu ce qu'avait été aux origines, ce qu'était encore parfois, ce que sera toujours l'Homme défiant la Chute. Il était ce troisième état du « bios », synthétique-disjonctif, où le Tube/Cortex et son être propre ne faisaient qu'un.

Est-ce qu'un tube de matière noire pouvait tomber amoureux d'une jolie fille aux cheveux dont le blond vénitien s'accordait si bien avec le soleil de cette fin d'après-midi ?

– Cela n'a strictement aucune importance, répondit-il tout autant à la fliquesse qu'à lui-même.

– Il y avait une bonne demi-douzaine de corps humains, mais aussi une fosse remplie de chiens, nous avons identifié des rotweillers, des dobermans, des pitbulls, des bergers allemands, ainsi qu'un *rhodesian ridgeback*, avec le cadavre d'un ours sauvage. Mais c'est la troisième tombe qui nous intrigue le plus. Il n'y avait ni restes humains ni animaux à l'intérieur.

– Ce n'est pas la définition du mot tombe, répondit Verlande.

Le visage de McDowell se ferma un peu, ses yeux émirent un bel éclat roux, *la colère est l'effervescence de ma pitié*, disait Bloy. Pour McDowell, la colère semblait être l'éruption de sa beauté.

– Comment vous appelleriez une fosse remplie de centaines de DVD et de cassettes vidéo carbonisés, sans parler de débris concassés de caméras de toutes sortes, tout juste identifiables ?

– Une infraction aux lois écologiques en vigueur.

Des cassettes, des caméras DVD. Brûlés. Détruits. Rendus illisibles. Morts.

C'était bien une tombe, après tout.

– Ce sont les restes humains qui ont le plus souffert, malheureusement. Nous avons néanmoins pu authentifier une opération transgénique sur l'un des individus retrouvés, toujours pas identifié. Du *retro-engineering* génétique, les premières analyses laissent penser qu'il s'agissait d'une étape intermédiaire entre les premiers types d'hominiens et les primates antérieurs dont ils descendent. Le SCRC recherche dans toutes les cliniques spécialisées nord-américaines, sans résultat pour l'instant. Je commence à penser à une opération clandestine.

Retro-engineering génétique. Verlande savait ce que c'était, il l'avait su de tout temps, cognition immédiate par décryptage du cortex « ennemi » : en ré-allumant dans nos gènes certaines séquences de nucléotides devenues inactives par l'effet de l'Évolution, on reproduit des processus génétiques éteints depuis des millions d'années. Notre corps, ontogénèse, remonte la chaîne de la phylogénèse. La procédure était encore illégale au Canada mais plusieurs États américains l'avaient autorisée, sous des conditions néanmoins draconiennes.

Un homme-singe volontaire. Une régression voulue, assumée, réalisée. Désormais la science ne servait plus qu'à amplifier la vitesse de la Chute.

Lui aussi, avait-il pensé à propos du cadavre, il avait voulu redevenir un mammifère primitif. Mais il était tombé sur un prédateur *meilleur* que lui.

– Les squelettes sont en cours d'identification, mais c'est le premier emplacement où nous découvrons des restes féminins adultes. Trois, pour être précis.

– Adultes ?

– Oui, et même assez âgées pour certaines d'entre elles, au moins la quarantaine, ce sont d'anciennes *screws*.

– Comment pouvez-vous le savoir si vous ne les avez pas identifiées ?

– Des fibres, bien particulières. Elles ont été enterrées avec leur uniforme.

La cognition fut immédiate, et synthétique. Le *nanocentric network* n'était plus qu'une circonvolution spécialisée du Métacortex, un « sens » particulier, relié à tous les autres par la synesthésie intégrale de ce cerveau hyper-centre logé dans sa boîte crânienne, ce cerveau qui dans le même temps circonscrivait toute la Création, et décodait l'Invisible. Il sut leurs noms, il connut leur existence de gardiennes de prison en Ontario – Kingston, Bath –, avant qu'elles soient exclues de l'administration pénitentiaire à quelques mois d'intervalle pour mauvais traitements infligés aux prisonnières.

Et on les retrouvait dans des fosses contenant des chiens, un animal sauvage et un humain modifié génétiquement.

Plus le diagramme se précisait, plus il devenait incompréhensible, plus on s'approchait de sa forme, plus on en perdait le sens. C'était la preuve de son existence. C'était la preuve de sa proximité.

– Le seul individu formellement identifié ressemble un peu à un mystère, je dois dire.

Verlande la regardait le plus froidement possible, comme depuis un astre lointain, afin de se protéger de sa terrible lumière, mais celle-ci ne pouvait que prendre possession de lui, *de l'intérieur*. Non seulement l'authentique cognition, immédiate, est un acte d'amour absolu, comme le disait Duns Scot, mais l'amour était lui-même un acte de cognition absolu. Vous connaissiez tout de l'être vers lequel vous aimantait cet acte, sans même avoir rien appris, rien vu, rien lu, rien su de lui. Car, en ce cas précis, c'est l'acte qui vous lisait, c'est l'acte qui vous voyait, c'est l'acte qui savait, et qui vous rendait libre.

Mise en route de la tête-machine, laisser le Tube/Vortex reprendre le contrôle, vite.

– Il n'y a rien ici qui appartienne à l'ordre du mystère, prononça-t-il un peu trop gravement à son goût.

– C'est vrai, mais celui-là, c'était justement son *métier*.

Contact-cortex-cognition immédiate. Rien d'un pouvoir télépathique, il n'y a plus de *distance*, et il n'y a plus de sensation en tant que telle, c'est l'impression directe de la lumière du Tube/Vortex dans lequel tout, depuis toujours, est inscrit, ou plus exactement : en voie d'inscription imminente.

Les données criminalistiques qu'Ariane McDowell lui fait connaître ne sont plus que d'infimes détails du monde qui s'est ouvert en lui, il l'écoute néanmoins, ce qui subsiste d'humain en lui a besoin de ces informations.

– James Earl Moore, dit « Pitch Black ». Il a monté un des tout premiers cirques transgénistes en 2010, en Oregon, il a commencé sur lui-même, bien sûr, en faisant muter le gène responsable du taux de mélanine dans le pigment de la peau. Très exactement l'inverse de Michael Jackson. Lui, il est devenu noir.

Ce n'était que le prologue, bien sûr.

– Ensuite, il a déménagé en Colombie-Britannique où il s'est associé avec celui que nous pensons être Vegas Osprey, nous attendons les derniers résultats. Osprey était un schizoïde à syndrome lycanthropique que Moore a pris sous son aile. Il lui a offert l'impossible.

– Des actions dans un cirque *underground* ?

– Non. Il lui a permis de vivre sa folie pour de bon, il lui a permis de vivre en état de lycanthropie, biologiquement.

Le diagramme semblait trembler dans les ténèbres où il était tapi. Les ténèbres ne peuvent retenir la Lumière, même si elles la contiennent.

Il finirait par apparaître, chaque mot, chaque acte, chaque fait, désormais, le rapprochait de la masse critique.

– Une manip génétique de plus.

– Exactement, *retro-engineering*, mais déviant, une pratique interdite partout, y compris dans les États les plus libéraux au sud de la frontière. On lui a fait remonter une branche de l'évolution génétique jusqu'à un état intermédiaire entre le loup et l'homme.

– Toutes ces tombes forment une sorte de zoo des transformations illégales, ou quasi.

– Oui. Cela commence à ressembler à une structure très cohérente.

Très cohérente, sans aucun doute, rétro-humanité, pensa Verlande, quand le futur n'a plus le moindre avenir, il se fabrique tous les passés possibles. Sa forme commençait à apparaître dans la Nuit. Mais le diagramme qui pourrait éclairer tout l'*insensé* de l'entreprise restait encore recouvert de son voile d'inconnaissance.

Le fait que le magicien de l'Oregon fût découvert dans une série de tombes contenant les restes d'humains génétiquement modifiés délimitait un vecteur important du diagramme. Un vecteur qui montrait un *sens*, justement parce que ces fosses n'appartenaient pas à la narration centrale, qui elle n'en avait aucun, sinon celui qu'elle s'était donné. C'était un indice essentiel, toutes ces manipulations médicales de pointe jouaient un rôle de premier plan dans le diagramme, même, et *surtout,* si les fosses étaient excentrées. Elles montraient d'autant mieux l'étendue du *plan.*

– Mais je vous répète que cela n'a en soi aucune importance, nous savons que ces fosses font partie du diagramme mais sur une ligne de divergence, une marge. Nous devons chercher le centre. Je veux dire : nous devons le *trouver.*

– Les fosses partiellement détruites pouvaient nous livrer beaucoup d'indices. Elles sont récentes elles aussi, deux ans, deux ans et demi maximum.

– Ce n'est pas le problème. Elles risquent de nous jeter dans la confusion, tant que nous ne les aurons pas intégrées dans le diagramme. C'est lui qu'il faut découvrir avant toute chose, il est *le point de destruction préliminaire*, ajouta-t-il en citant discrètement Ernst Jünger.

– Vous n'arrêtez pas avec ce mot. Un diagramme ? Un *plan* ?

– Très exactement. Ces tombes sont excentrées mais c'est par *accident*, elles révèlent qu'il y a un plan bien déterminé selon lequel les autres fosses sont disposées.

– *Les autres fosses* ? Mais quelles autres fosses ?

Verlande contemplait Ariane McDowell.

Pourquoi ne comprenait-elle pas ? Pourquoi ne voyait-elle pas ?

– Les fosses du diagramme, se contenta-t-il de répondre, le visage fermé.

Sur la route qui les conduisait vers l'emplacement des toutes dernières tombes mises à jour par les éléments en furie, Verlande demanda à Ariane McDowell de bien vouloir lui envoyer par le *nanonetwork* un rapport de synthèse des investigations sur lesquelles elle œuvrait depuis tant d'années.

– Le SCRC n'est pas l'Armée du Salut, mais je vais faire une exception pour vous, lui fit-elle savoir malicieusement par la radio de bord.

– Je suis une exception. Mais je sais rester humble, répondit-il, pince-sans-rire.

Verlande reçut alors des dossiers entiers de divers formats directement dans sa propre mémoire biologique, sa cognition en fut immédiate, comme s'il en était l'auteur.

Le Tube/Cortex sélectionna rapidement les informations essentielles, c'est-à-dire redondantes : des dizaines de disparitions suspectes au Canada et dans le nord des États-Unis, depuis une bonne douzaine d'années. Fugueuses, junkies, ex-taulardes, monoparentales pauvres, prostituées, etc., le tout étant à accorder aux deux genres, par ailleurs. *Modus operandi* : disparition sans témoins, sauf deux ou trois alcooliques et/ou toxicomanes prétendant avoir vu des hommes armés, des camionnettes ou des SUV de couleur sombre, témoignages non retenus officiellement mais que McDowell avait cependant conservés. Aucune demande de rançon, évidemment. Évaporation de la surface de la terre.

Désormais maintenu en état hypercognitif par le Tube/Cortex, Verlande entrevit un rapport très net avec l'affaire de la prostituée de Texaco Turner et ses deux fillettes louées par Archambault, toutes trois disparues depuis plus de huit semaines maintenant.

Archambault, Olsen, Fermont.

Les fosses.

Les disparitions de McDowell.

Le diagramme, le diagramme, de plus en plus net.

Le diagramme dont il percevait comme l'attraction magnétique, là, juste sous ses pieds.

C'était un jour couleur bleu nuit, la nuit noire des flics. Les intuitions de Verlande s'étaient adaptées à l'obscurité du monde. Ils roulaient dans sa Chevrolet Trailblazer SS, parée au complet, version guerre totale, alerte code rouge en action, le *nanonetwork* en mode ultra-crypté, tous les senseurs aux aguets. Si Kirkwood et Rosemont se trimbalaient sur la 89, on pouvait imaginer que Sloane avait établi son QG dans la région. Il ne se montrerait pas. Mais il serait là, prêt à toute éventualité.

Verlande entendit Voronine qui discutait à ses côtés sur un canal codé personnel du *nanonetwork*, il se contentait d'émettre quelques onomatopées, un ou deux soupirs, un « OK ». Il se tourna vers lui, il venait de déconnecter son implant auditif.

– Je viens d'avoir Reznik et Forestier, ils me disent que leur indic, Texaco Turner, le *pimp* jamaïcain, leur a balancé un gros morceau qui pourrait nous intéresser. Ils m'ont envoyé un rapport écrit. C'est bref, mais c'est on ne peut plus clair.

Verlande ne fut même pas surpris par le séquençage parfait des événements.

– C'est en rapport avec la disparition de la junkie et de ses fillettes. Elle s'appelle Alice Delorme, ses deux filles se nomment Annabelle et France.

Il fallait bien mettre un nom sur ces disparues, même si cela ne revêtait plus la moindre importance. Verlande le savait, sans même avoir *vu*.

– Rien d'autre ?

– Si, ils m'ont donné un nom, un nom que leur a balancé Turner.

– Le nom de qui ?

– Ils ne savent pas de qui il s'agit, il se nomme Matthew Corwyn Doyle. Moi, ça me disait quelque chose alors j'ai regardé dans nos listes.

– Et alors, il y est ?

– Tu ne le croiras pas, c'était le tout premier. Rappelle-toi, c'est le gars qui a disparu en Asie du Sud-Est.

– Qu'est-ce qu'ils t'ont dit de ce Doyle ?

– Texaco Turner a cité son nom en racontant qu'un de ses hommes lui avait parlé de la disparition de sa pute et qu'un dénommé Corwyn Doyle y était probablement pour quelque chose, les détails sont dans le rapport.

Il n'existe pas de meilleurs indics que ceux qui travaillent contre la police, ceux qui œuvrent au service des gangs. Ils ne travaillent pas que pour le pognon. Ils travaillent pour le pouvoir. Celui qu'une bonne dénonciation peut leur offrir dans la hiérarchie de l'organisation criminelle. S'ils le veulent vraiment, ils peuvent être plus efficaces encore que les *US Marshals* dans la traque d'un fugitif, ou la recherche de personnes disparues.

– Tu leur dis qu'on est sur un truc qu'on ne peut pas lâcher. Tu leur dis que c'est probablement en rapport avec les infos de Turner. Tu leur dis de bien le garder à l'œil.

Verlande contempla un instant le ciel bleu-vert électrique de cette fin d'après-midi. Cela faisait si longtemps que ses yeux étaient fixés sous la terre, à la recherche de ce putain de diagramme, cela faisait si longtemps qu'il n'avait pas pris le temps de s'immerger dans la beauté du Monde Créé. Même celui de la Chute. Même celui où les Hommes résidaient. Ces hommes qui enfermaient des petites filles dans des coffres de voiture, ces hommes qui nettoyaient leurs corps à l'acide et aux détergents industriels, ces hommes qui les enterraient dans des fosses communes au milieu de nulle part, ces hommes qui consumaient leur chair, dans tous les sens du terme.

– Et tu ne leur dis absolument rien au sujet de Corwyn Doyle.

Au nord-est du mont Wright, là où la terre de ses contreforts est roussie d'oxyde, à un peu moins de quinze kilomètres des autres fosses communes, s'ouvrait la dernière scène de crime. La nature surdimensionnée avait eu raison des quelques arpents de terre meuble qu'on trouvait dans les buttes boisées et les plateaux sédimentaires qui marquaient la fin des hautes roches ferriques. Le vent, l'eau, la glace, la terre, les éléments s'étaient alliés pour que les éboulis consécutifs aux pluies diluviennes ouvrent les fosses situées juste sous la surface.

Verlande fit un tour d'inspection des trois vastes tombes. Analogues aux autres. Distantes d'une cinquantaine de mètres. Elles avaient contenu des squelettes d'adultes et de quelques enfants âgés de moins de douze ans, on ne savait pas encore combien exactement, les criminalistes de la SQ et du SCRC planchaient depuis des jours sur les restes brisés, éparpillés, pulvérisés, de structures osseuses vieilles d'au moins deux ans. Elles formaient une structure cohérente avec les autres fosses excentrées, mais elles se trouvaient à quelque six ou sept *miles* des premières tombes mises à jour par les éboulis, et à plus du double des tout premiers emplacements découverts. *Il n'avait pas vu, il ne connaissait aucune structure souterraine qui s'étende sur une telle superficie.*

Elles étaient bien excentrées, géographiquement, mais aussi de la narration centrale.

La narration centrale, qui demandait à être lue.

Il se produisit deux phénomènes conjoints et pourtant situés à des infinis l'un de l'autre.

Le premier fut la mise en action du Tube/Cortex, et l'effet de cognition immédiate qui s'ensuivit. La présence des fosses avait suffi au cerveau infini pour déchiffrer un peu plus le Cosmos, et celui-là en particulier. Cet *Anticosmos*, inverti dans les caves de la Terre.

Si toutes ces fosses étaient excentrées du *plan secret,* c'est parce qu'elles ne racontaient pas la même histoire. Elles avaient été creusées dans des endroits relativement faciles d'accès, recouverts d'une terre aisément labourable, peu importait leur localisation, peu importait leur forme, peu importait leur place dans le diagramme : elles avaient été excavées par nécessité, pour répondre à un *besoin pratique*, elles avaient été déterminées par des phénomènes extérieurs, elles indiquaient de fait, même paradoxalement, un *sens.*

Or ce qu'il cherchait n'avait pas de sens. Ce qu'il cherchait ne répondait à aucun besoin pratique, ni à aucune *nécessité* de cet ordre.

Ce qu'il cherchait n'était déterminé que par soi-même, ce qu'il cherchait ne pouvait être mis au jour par les éléments déchaînés, s'il y avait d'autres fosses, elles faisaient partie intégrante de la structure souterraine, elles faisaient partie intégrante du diagramme de la sous-face, elles faisaient partie intégrante du Plan du Sous-Sol.

Le Magicien. Sa mémoire se reconnectait à l'ensemble du diagramme. La cognition immédiate continuait d'illuminer les circonvolutions métacorticales de son Tube/Cerveau, rien n'était en mesure d'arrêter le phénomène, car justement ce n'était pas un *phénomène*, mais ce qui les produisait.

Triangulation de l'évidence : Olsen était devenu un petit maître de la prestidigitation, il était relié à cette région. Il était relié au magicien mort.

Et à cet homme-loup, dont le cirque de *Nowhereland* avait fait le clou d'un spectacle de combats de chiens, désormais formellement identifié comme l'associé de Moore, le dénommé Vegas Osprey. Cela expliquait la présence de tous ces canidés dans les fosses. Cela expliquait pourquoi on n'avait jamais rien vu, rien su, rien repéré. Cela expliquait pourquoi *leur* plan restait un mystère. Cela apportait la preuve de l'existence d'un plan plus grand encore que tout ce à quoi il avait pensé.

Cela ressemblait à un duo de professeurs. Cela ressemblait enfin à quelque chose. Des professeurs qui avaient enseigné tous leurs trucs à Olsen, mais sans doute à beaucoup d'autres. Dont tous ceux qui les avaient accompagnés dans la tombe.

Nowhereland. Le Monde du Néant. Le Centre souterrain. Des connexions sémantiques. Cela voulait dire des neurones, des neurones qui avaient communiqué de cerveau en cerveau. Cela signifiait un diagramme collectif. Il resta un instant tétanisé sous le choc de la cognition infinie.

Tout le diagramme s'éclaira en lui. Sa forme. Et son *in-sens.*

C'était si évident, c'était si ostentatoire même, cette obsession pour l'inversion.

Il fallait chercher sous terre, certes, mais comme si cela se trouvait en surface.

Il venait de comprendre la *nature* du crime qu'il cherchait. Il venait d'en comprendre l'incroyable configuration.

Entreprise de troisième type. Magie. Enseignement. Génétique.

Il regarda Voronine et Ariane McDowell, et prit la décision de se taire. De toute façon, lorsqu'ils finiraient par découvrir le cimetière central, ils comprendraient par eux-mêmes.

Ils comprendraient que rien n'est impossible, quand plus rien n'a de *sens*.

Le second événement fut quasiment simultané, un décalage de quelques nanosecondes, peut-être.

Une escouade de Panzergrenadiers SS traversa le paysage encore glacé, à une centaine de mètres. Puis une seconde, qui rejoignit la première. Toutes deux en formation de combat, elles se dirigeaient avec une détermination sans faille vers une extermination qu'elles savaient inéluctable.

Son père se trouvait à la tête de l'unité de reconnaissance, précédée par des meutes de chiens, mode chasse à l'homme activé.

La différence résidait en leur apparence, qui n'avait plus rien de fantomatique mais semblait faite de cette substance « métaspectrale » dont lui-même était constitué, désormais. Une *matière sombre* dont la lumière intérieure créait, *encodait* en permanence un corps humain. Un corps de chair, de nerfs, de sang.

Ils se rejoignaient à mi-distance de la vie et de la mort, ou plus exactement sur un point de divergence/convergence absolue, chacun en provenance de son monde d'origine, chacun se liant à l'autre dans ce tiers état *métabiologique*, où ni la vie terrestre ni l'anéantissement de la mort n'avaient plus prise.

Ils étaient là pour lui montrer quelque chose.

Ils étaient là pour le centre. Ils étaient là pour le diagramme.

Ils étaient là pour cette chose structurée en réseau sous la terre. Ils étaient là pour le plan qui en indiquait la forme exacte. Ils étaient là pour les Ténèbres.

Après tout, ils avaient été faits pour ça.

Le Neuronomicon

Le 9 août était la date commémorative de Nagasaki. C'était comme son second anniversaire, son existence avait été à jamais illuminée par cette gémellité solarienne qui avait plongé le monde dans les ténèbres.

L'ordre naturel était-il en train de devenir un des paramètres décodables et ré-encodables par la Métaforme ? En quelques jours, les températures avaient battu les records de plus d'un siècle, rapidement la glace redevint eau, et l'eau s'écoula dans la terre, ou s'évapora dans les cieux.

La Polis de la Nature avait ses méthodes bien à elle pour faire régner l'ordre.

La cognition absolue avait fait de lui un livre, un livre qui déchiffrait le livre du Monde. Un livre dont le corps était le Monde. Un livre qui avait fait du Monde son propre corps, à lui, sous la forme de cette matière sombre, *métaspectrale*. Un livre qui décodait les pensées avant même qu'elles ne surgissent. Un livre qui était son propre cerveau, son propre lecteur. Un livre qui était un cortex aux dimensions de l'infini.

Tout s'imprimait en lui, tout prenait sens.

Même ce qui n'en avait aucun.

Le Tube/Cortex avait fait de sa pensée un *acte absolu* : un *neuronomicon*, un *thanatonomicon*, un *cosmonomicon*. L'Être, le Néant, la Création. Dieu, ce avec quoi il avait produit le monde, le processus infini de la cosmogénèse. La Métaforme intégrait tout cela, et en faisait une entité vivante, qui n'était autre que lui, mais *l'autre*. Chaque heure qui passait, chaque jour, chaque semaine, l'éloignait un peu plus des humains confinés à leur propre Chute. Ne subsistait qu'une poignée d'*êtres*, autant dire quelques authentiques vérités, quelques véritables *dangers*.

Il tombait amoureux d'Ariane McDowell comme d'un astre impossible, il formait Voronine afin qu'il devienne le meilleur flic de la Sûreté, il côtoyait Vlasseïev et ses *hackers* par l'entremise de la Métaforme. Cela ressemblait à une conspiration en bonne et due forme.

Ils étaient les *meilleurs*, et désormais, lui, il était en train de devenir le superprédateur qui allait dévorer tout ce qui se mettrait sur son chemin.

Il avait un plan à mettre au jour.
Il avait des Ténèbres à illuminer.
Il avait une vérité à révéler.
Et cela ne pouvait plus attendre.

– Il me suffira d'une carte.

– Une carte ?

– Pas une simple carte routière, ni même un Google Cosmos, il me faut une carte officielle de la région, il me faut les plans du cadastre.

– Le cadastre ? Mais je croyais que nous cherchions quelque chose de souterrain et d'invisible !

– Les plans cadastraux relèvent toutes les infrastructures, souterraines ou en surface.

– Vous cherchez des égouts ?

– Je cherche une structure d'origine probablement industrielle, mais qui a été entièrement refaite, de façon clandestine je pense, je dois partir de quelque chose… D'après mes souvenirs… hum, *mes calculs*, il s'agit d'un réseau de neuf cercles concentriques, avec quatre corridors, orthogonaux, chacun dans une direction cardinale. Mais je ne sais pas s'il s'agit de nord-sud-est-ouest. Il y a aussi des puits verticaux, cela signifie des bouches d'accès plus ou moins camouflées en surface, les cadastres se servent des photos satellite maintenant. Si on parvient à comprendre comment fonctionne le rapport entre la surface et la *sous-face*, nous les trouverons.

– Trouver quoi ? D'où vous vient cette certitude qu'il y a d'autres fosses, agencées dans votre sorte de… *diagramme* ?

Parce que je l'ai vu, pensa-t-il, parce que je le sais, parce que je le connais.

– Parce que les fosses découvertes nous le disent très clairement.

– Comment ça ?

– Elles sont *excentrées*, et elles sont chaotiques, je vous répète qu'elles nous indiquent le plan de la chose de façon apophatique, *en creux* si vous voulez, précisément parce qu'elles en sont absentes.

– Je n'ai pas vraiment l'habitude de travailler sur des indices inexistants.

– Je n'ai pas dit qu'ils n'existaient pas, j'ai dit qu'il fallait les lire à l'envers.

– Je n'ai pas non plus l'habitude de pratiquer la magie noire.

Elle était vraiment belle, et son ironie était feutrée. Elle était intelligente et c'était une super-professionnelle. Elle était volontaire, et elle voulait à tout prix conclure son enquête.

Sauf que son enquête ne recouvrait qu'une infime partie de la leur.

Sauf qu'elle n'avait pas encore compris ce qu'il cherchait, elle n'avait pas été confrontée aux Ténèbres.

Sauf qu'elle ignorait complètement les méthodes d'investigation singulière de la Polis, quand elle est un Tube/Cortex incorporé à l'un des tout derniers flics.

La carte scintillait doucement sur la cyberfeuille, branchée de façon visible à un enregistreur digital et au routeur wi-fi du *nano-network* et, de façon invisible, *cryptée*, secrète, avec son cerveau, son Tube/Cortex, cette machine sur-vivante, infra-morte, qu'il était devenu, cette métatechnologie localisée à la fois partout et nulle part, en un lieu singulier et dans chacun des lieux possibles.

La carte cadastrale de la région de Fermont était l'étape primordiale à la *conception* du plan, à sa cognition immédiate et absolue.

L'enquête policière consistait désormais à avancer dans l'invisible, les méthodes millénaires de la Polis ne faisaient que s'adapter à leur nouvel environnement, cet être plus tout à fait humain mais qui était justement en mesure de le devenir, et qui s'appelait Paul Verlande.

La région de Fermont.

Le mont Wright.

Les montagnes de ferrite. Les buttes boisées, les quelques massifs granitiques, les plateaux, la toundra, la nature.

Maintenant, des villages, de petites villes, des hameaux, des maisons isolées, quelques routes, des rangs, des pistes forestières. L'homme.

C'est à leur synthèse disjonctive que se trouve le centre.

La boîte en surface, celle qui cache l'entrée souterraine.

Grâce aux flécheurs de la cyberfeuille il zooma, dé-zooma, passa en mode macro, orbital, fit défiler les découpages territoriaux, les zonages techniques, les diagrammes surface/sous-sols, observa les reliefs, les failles, les plateaux, les cratères circulaires laissés par les anciennes mines de fer à ciel ouvert, il discerna les maisons, les poteaux téléphoniques, les rails de chemin fer miniers, les voies de halage pour le bois de coupe, les chemins, les routes, le plan s'imprima en lui en un seul jet de photons. Il fallait encore que ses yeux retiennent les informations, bien après que son cerveau l'eut fait.

Il fallait qu'il voie, alors qu'il savait.

Quelque part dans cet archivage cadastral de la région de Fermont se cachait le centre secret sous la terre, et en surface ce point était indiqué par une « boîte », *un bâtiment quelconque*, avait-il dit à Voronine, une bâtisse, une maison, un chalet de montagne, un garage, un hangar, une usine…

Une scierie ?

– C'est quoi ça, Entreprises Lambertville ? Coupe et transport de bois. Une scierie industrielle ?

C'était un rectangle gris aux limites d'un contrefort encore assez rocailleux et d'un plateau boisé qui donnait sur une chaîne de collines couvertes d'épinettes. Localisé à environ dix-huit, vingt kilomètres au sud-ouest des premiers emplacements découverts.

Si l'on observait attentivement les diverses localisations des fosses excavées, on avait bien affaire à une structure excentrée et chaotique, au cas où la scierie Lambertville fût le centre qu'il cherchait. Le processus de cognition absolue n'avait pas pointé son cortex amplifié vers ce point de la cyberfeuille pour rien. Quel qu'il pût être, il existait un rapport entre ce rectangle sur la carte et le centre qui se cachait sous le territoire.

Voronine lui répondit, connecté au *nanonetwork* : C'est désaffecté depuis une quinzaine d'années, la crise du bois d'œuvre avec les Américains, ils n'ont pas survécu.

Désaffecté.

C'était une grande scierie. Une vaste bâtisse en Y, constituée d'un corps central, d'une grande et d'une petite ailes, d'un garage à camions et d'un entrepôt-atelier de réparations, ainsi que de deux cabanons plantés de part et d'autre de la voie d'entrée. Elle était située au cœur d'un périmètre sauvage, boisé de variétés multiples, bouleaux, conifères, hêtres, aux limites des hautes terres de ferrite et des grandes collines d'épinettes. Dans un registre de son cerveau il était indiqué qu'elle s'était modernisée et agrandie juste avant la chute.

Il y avait des sous-sols. Stockage, tri, finitions, déchetteries, entrepôts divers.

Il fallait qu'il sache, il fallait qu'il voie.

Il fallait qu'ils s'y rendent. Tout de suite, oui.

Pourquoi, vous avez mieux à faire ?

Dès qu'ils furent en vue du bâtiment, la rétro-transcription du Tube/Vortex fut immédiate, processus de cognition activé plein pot.

Tout ce qui s'ensuivit, les heures de recherches, les passages au luminol, aux UV, aux résonateurs magnétiques portatifs, *nanonetwork* placé en mode sensoriel maximal, les centaines de clichés photo-digitaux aussitôt stockés dans leur banque de données, la visite de chaque pièce, sa fouille systématique, l'observation et la notification de chaque détail, la mise en forme tridimensionnelle de la structure, le passage au tamis de presque chaque centimètre carré, la traversée des divers niveaux, en surface, en sous-sol, aux étages, tout allait converger vers l'intuition absolue qui l'avait saisi alors que les deux véhicules se succédaient sur le terre-plein bétonné qui marquait la voie d'accès à la scierie, avec les deux cabanons de tôle ondulée et de plastique disposés face à face de chaque côté de l'entrée.

Ici, il s'était passé quelque chose.

Ici, on n'était pas au centre, mais on s'en rapprochait drôlement.

– Je n'ai jamais vu une scierie désaffectée aussi propre. Ils ont tout passé au détergent industriel, au karcher, à la sableuse, je n'ai même pas trouvé un boulon par terre.

La chaleur accumulée tout au long de la journée créait comme une seconde atmosphère, presque palpable, quasi liquide, un océan gazeux dans lequel leurs corps englués de sueur semblaient pouvoir se fondre à tout instant. Les prévisions météo étaient fort claires et son Métacortex les devança de plusieurs jours, les inscrivant directement en mémoire cognitive comme de simples chiffres connus depuis toujours. La sécheresse s'étendait vers l'est, l'Ontario serait soumis à de violents feux de forêts, le thermomètre ne cesserait de monter durant les semaines à venir, la météorologie devenait l'avant-garde de la politique.

Ariane McDowell continuait d'observer la scierie Lambertville. Elle a senti quelque chose d'anormal, pensa-t-il. Cette scierie était aussi propre qu'une salle d'hôpital, on avait fait disparaître tous les engins, machines, structures de diverses natures, mais on avait en plus absolument tout nettoyé, tout, jusqu'au moindre centimètre carré, toiture et sous-sols compris, il n'avait pas repéré de taches d'huile de vidange dans les entrepôts, il n'avait pas relevé la moindre miette de sciure, aucun copeau de bois, pas un seul débris métallique. Rien. Ne restait que la « boîte », justement, une boîte devenue presque aussi abstraite que son schéma sur le cadastre. La carte et le territoire ne faisaient qu'un, c'était un indice de plus que la scierie appartenait au diagramme, même si elle se situait sur une de ces fameuses lignes divergentes.

– C'est quand même bizarre, fit Voronine alors qu'ils remontaient dans la Trailblazer.

– Non, c'est juste que nous n'avons pas encore réuni tous les vecteurs du diagramme. La scierie joue un rôle. Même si c'est encore un rôle « en creux » comme les tombes.

Il tourna le bouton de la climatisation sur la position la plus fraîche.

– Je ne te parle pas de ça. Je viens d'accéder au *nanonet,* j'ai demandé la liste des transactions commerciales concernant la scierie Lambertville, et il y a quelque chose de curieux.

– Nous entrons dans les arcanes de la finance internationale des matières premières en déroute ?

– Écoute bien ce que je vais te dire : la scierie Lambertville a été mise en liquidation le 9 juin 2005. Un contrôle par syndic a été nommé jusqu'à l'année suivante. Vu l'état de l'économie forestière à l'époque, les clients ne se sont pas bousculés au portillon.

– Jusque-là, rien de plus normal.

– Jusque-là. Mais en septembre 2006, un racheteur se présente. Un racheteur qui n'a strictement rien à voir avec le business du bois, mais alors *rien.* La compagnie en question acquiert la scierie et la totalité des terrains qui appartenaient à Lambertville. Puis plusieurs lots complémentaires.

– Rien de plus normal, encore et toujours.

– Non. Je t'ai dit que les racheteurs ne faisaient pas dans le bois d'œuvre, et explique-moi un peu ce qu'on peut faire d'autre dans le coin, même si d'ailleurs on ne peut plus le faire.

– Une compagnie privée, rien à voir avec la Couronne ou le gouvernement provincial ?

– Rien, privée à 100 %. Capitalisme de troisième type, Paul.

– OK. C'est quoi ce business « bizarre » ?

– Ce n'est pas le business en soi qui est bizarre, c'est son absence de rapport avec la région, et l'achat de cette scierie.

Verlande se disait qu'il était de plus en plus probable qu'un jour prochain Voronine le dépasse, devienne un *meilleur* prédateur que lui. Enfin, dans quelques millénaires, lorsque les piles du Tube/Cortex devront être rechargées.

– *WonderLife, incorporated*, domiciliée en Alberta pour des raisons fiscales j'imagine. Date de création : décembre 2000. Raison sociale : organisation de séminaires internationaux, tourisme culturel, méthodes ultra-modernes d'élévation des connaissances et de la santé psychique, spiritualités nouvelles et thérapies innovatrices.

– Ils faisaient débiter des bûches par des employés ou des directeurs de service stressés ? Un bon business, je dois reconnaître, et le choix de l'endroit s'explique.

Mais il savait que son ironie n'était qu'un masque qui ne trompait personne. WonderLife. C'était la première fois que ce nom sortait. C'était la première fois qu'ils se rencontraient, en toutes lettres, lui le Tube/Cortex, elle, l'Entreprise de troisième type, c'était la première fois qu'il sentait la vérité à ce point si proche de faire basculer le monde.

– Le véritable trait bizarre, au final c'est celui-là : en 2006, ils rachètent la scierie et les terrains adjacents, mais ils la revendent dix-onze ans plus tard, en même temps qu'une très grande surface qu'ils avaient acquise en plusieurs lots au début du siècle, dans les montagnes de ferrite. Pourtant ils ne font pas plus dans l'extraction minière que dans le bois d'œuvre.

– Balance un agent intelligent sur cette WonderLife incorporée, qu'il nous ramène tout ce qu'il y a de disponible sur tous les réseaux possibles, dans l'immédiat on doit faire le point. On doit revoir le *plan* des opérations.

Nous sommes des mammifères nocturnes, nous devons chaque jour nous adapter à l'obscurité, en surface, ou sous la terre.

Il avait agrippé le stylet laser incorporé à la cyberfeuille et avait commencé à tracer le diagramme. Ils se trouvaient tous les trois sur une aire de repos au bord d'une petite route forestière, à quelques kilomètres de la scierie.

Il avait bombardé une page vierge de notes en tout genre, classées selon son chaos spécifique. Puis il avait laissé agir le Métacortex, celui qui pouvait lui faire voir l'invisible, celui qui pouvait éclairer la Nuit tout en restant obscur.

Il dessina les premiers emplacements découverts à la fin du printemps, avec leur propre espace interne, leur configuration elle-même éclatée, leur complexité apparente. La complexité est l'effet d'une adaptation pas encore intégrée de la pression évolutionniste, c'est par la simplicité qu'on domine, ces fosses sont donc bien de circonstance.

Il crayonna ensuite les tombes qui venaient d'être excavées par les ouragans, même chose, moins nombreuses, moins « peuplées », tout aussi récentes. Circonstances là encore. Nécessité et solution pratique. Ce n'était pas ce qu'il fallait trouver.

Il plaça la scierie Lambertville en dernier et comprit aussitôt la nature du diagramme.

Si l'on joignait par des droites l'ensemble des zones repérées on obtenait un triangle équilatéral presque parfait, et pourtant tout cela ne faisait pas partie intégrante de la narration centrale, celle du centre souterrain. Mais le schéma en indiquait la présence.

Et où donc ?

Sinon au centre, justement, du triangle.

Sauf qu'il n'y avait rien au centre du triangle. Absolument rien, rien d'autre que la nature encore pleinement sauvage du Nord-Québec.

Il n'y avait rien au centre du triangle, il ne pouvait rien y avoir. Le nexus du plan s'avérait un *no man's land* absolument désertique, aucune piste forestière pour y conduire, pas la moindre bicoque, pas même une vulgaire cabane de rondins.

Rien.

Mais il y avait un centre, quelque part, sous la terre. Peut-être, après tout, que la scierie était un leurre, un mauvais indice, une fausse piste. Elle semblait indiquer la manifestation de cette divergence/convergence qui structurait le diagramme. Et désormais, avec les informations ramenées par Voronine, ce diagramme prenait forme, il y avait un plan qui conduisait de la scierie et des tombes excentrées au centre caché sous la terre.

Un plan à ciel ouvert.

Les montagnes de ferrite.

Très exactement au sud de la zone des fosses excavées. C'était un vaste territoire, situé en grande partie sur d'anciens gisements de fer, abandonnés dès les années 80.

La scierie avait rempli son office, à son contact il savait qu'un état hypercognitif se développait en secret quelque part dans le Tube/Cortex, c'est-à-dire au cœur de son propre cerveau devenu machine de décryptage du Monde Créé comme de l'Invisible.

Cette petite usine semblait une réplique miniature de ce qui l'attendait. Elle se situait elle aussi dans un tiers état entre Polis et Nature, archéo-industrie devenue organe d'une entreprise de service de troisième type, machine avaleuse de bois devenue plus propre qu'une *salle blanche.*

Elle indiquait sans conteste possible la présence meurtrière de la vérité.

Le Tube/Cortex était en lui, était lui, était plus que lui. Était *l'autre-en-lui*. Il était toute la cosmogenèse imprimée dans ce corps fait de matière sombre dont la lumière cachée produisait la chair. Il était toute la faculté cognitive de l'esprit humain lorsqu'il est relié ainsi à l'Infini. Il était le Livre des Morts qui venait réécrire leur existence dans ce plan secret du réel.

Cosmonomicon, Thanatonomicon, Neuronomicon.

Anthroponomicon.

C'est pour cette raison que désormais lui et les Panzergrenadiers SS appartiennent au même univers, ou plus exactement se rencontrent sur une ligne de fuite divergente/convergente toujours recommencée.

C'est pour cela qu'ils sont là, juste devant lui.

Son père au tout premier plan.

Le Nouveau Monde – 2

Voerlandt arma la culasse du Kalachnikov AK-47 d'un geste sûr, sec, machinal. Il observa la position ennemie qu'il venait d'arroser par *bursts* successifs de trois ou quatre coups, tel qu'appris dans la SS : une rangée de fenêtres, dans une maison située à environ cent vingt mètres. Ses tirs d'efficacité avaient brusquement fait disparaître quelques ombres, il entendit des cris gutturaux, des ordres vifs, il vida son nouveau chargeur en longues rafales sur les deux ou trois ouvertures restantes.

L'AK-47 était une variante soviétique du Sturmgewehr MP43/44 qui l'avait accompagné durant toute la guerre. Et pour une fois chez les Russes, une variante en mieux. Monsieur l'ingénieur Mikhaïl Kalachnikov était à n'en pas douter un génie de l'armurerie moderne. L'AK-47 tirait une munition à peu près équivalente à celle du MP43/44, calibre 7,62 mm, logée dans un chargeur recourbé de trente balles tout à fait analogue au modèle allemand, mais sa fabrication était plus simple, plus robuste, c'était un engin un peu moins lourd, un peu moins massif, un peu moins compact mais un peu plus maniable, son montage était plus facile, le fusil était composé de six pièces principales, pas une de plus, sa précision était meilleure, surtout à longue portée, il s'adaptait mieux aux conditions extrêmes, froid intense comme chaleur élevée, et sa distance efficace était légèrement supérieure.

Les Soviétiques n'avaient pas seulement gagné la guerre. Ils étaient en mesure de la poursuivre en améliorant l'armement des vaincus.

Voerlandt s'était accroupi derrière le muret de pierre recouvert de crépi qui cernait le toit de la maison, il enclencha le dernier de ses doubles chargeurs attachés tête-bêche au ruban adhésif, une technique improvisée par les SS dans les steppes russes, et jeta un coup d'œil sur sa gauche, en direction de son compagnon de combat.

Ils pourchassaient depuis la veille les combattants ennemis maison par maison. Dès que les lots de Kalachnikov étaient arrivés, Voerlandt avait réussi à convaincre un officier de ne pas éparpiller ce précieux armement dans des dizaines d'unités différentes, où les soldats ignoraient tout du fonctionnement du fusil, mais de mettre en place illico un centre d'entraînement rapide pour des commandos d'élite, qui opéreraient par escouades spécialisées. Un fusil d'assaut pour douze hommes ne sert à rien. Le type se fait descendre et c'est fini. Il faut mettre au point des « *Sturmtruppen* »... *comme les Allemands l'ont fait*, avait-il ajouté, l'air de rien.

Le jeune homme posté à sa gauche levait le pouce en arborant un large sourire, lui aussi, il venait de tuer son compte d'ennemis.

Nathan Szeinfeld. Un Néerlandais. Il l'avait choisi parce qu'ils pouvaient communiquer sans problème dans une langue quasiment maternelle pour Voerlandt, les Néerlandais avaient formé parmi les meilleurs *Nachtjagers* de son bataillon, il avait appris à les connaître dans la division Wiking. Évidemment, là, c'était un peu différent.

Presque aussi jeune que lui, à quelques mois près. Et forgé dans le même acier et le même feu que lui, la même guerre, celle qui continuait en ce moment même, celle qui était faite pour ne jamais s'arrêter.

C'est à Beyrouth que cela s'était produit.

La *disjonction*.

Les premières semaines se déroulèrent absolument comme prévu par le plan de l'organisation ODESSA. Un agent de liaison des Kataeb l'accueillit à sa descente du navire et le conduisit directement à un petit appartement du quartier maronite d'Achrafieh, au centre de la ville.

Bientôt, grâce à l'argent planqué en Suisse, les phalangistes lui trouveraient une jolie maison au nord de la capitale, près de la mer, il aurait tout le loisir d'y penser à son avenir.

Il ne savait pas que c'était son avenir qui était en train de le penser.

Au bout de quelques semaines, il connaissait par cœur le quartier d'Achrafieh et une bonne partie de l'est de la ville, à majorité chrétienne, il finit par s'aventurer dans les secteurs musulmans situés plus à l'ouest. Au nord, il découvrit une sorte de capitale religieuse cosmopolite où à peu près tous les cultes de la région étaient présents, catholique, maronite, orthodoxe grec, uniate, copte, druze, arménien, sunnite, chiite, alaouite, zoroastrien, et même quelques Juifs... Pourtant, flottait dans l'air une tension palpable, dont il ignorait la provenance, mais qui s'accroissait chaque jour.

Le printemps commença dans cette ambiance étrange, où le luxe des grands hôtels paraissait l'écrin parfait pour la venue d'un cataclysme.

Il aurait dû se douter que le cataclysme était déjà survenu, puisqu'il en provenait, ce qui produisait cette atmosphère d'avant-guerre, c'était précisément *l'après-guerre* qui était en train de se constituer.

C'est-à-dire la guerre totale.

Sa guerre.

Vers la mi-mai, un couple de Kataeb se présenta chez lui avec un catalogue de photographies. Des maisons, correspondant à la fourchette de prix qu'il avait indiquée. Les phalangistes libanais prenaient une commission nettement plus importante que les fascistes italiens, mais au moins il se trouvait maintenant hors d'Europe...

Cette pensée n'arrivait pas vraiment à se cristalliser. Il était hors d'Europe sur le plan géographique. Mais l'Europe, par définition, c'était l'Histoire, et ces dernières années, l'Histoire avait eu une fâcheuse tendance à devenir planétaire.

Les Kataeb lui organisèrent plusieurs visites, il opéra une première sélection, au nord de Beyrouth, et jusqu'à Tripoli, le bail de l'appartement d'Achrafieh courait jusqu'à la fin de l'année, rien ne pressait, il avait le choix, et il avait le pognon. L'été libanais se mit à frapper, comme un marteau sur une enclume. La chaleur ne cessa de grimper. C'était comme l'annonce d'un grand orage électrique, imminent.

Il passait ses journées aux terrasses ombragées de ses cafés de prédilection, ou bien à rejoindre les plages, la mer, l'air iodé, les foules de touristes et de familles libanaises entassées sur le sable. Pour la première fois de sa vie, il put faire l'expérience de son corps sans que ce soit une machine.

Au fil des mois, il finit par se dire qu'il était peut-être en train de redevenir un être humain comme les autres, il était un habitant du quartier reconnu par ses voisins, les clients et les patrons des bars et des restaurants qu'il fréquentait, les habitués des plages où il se rendait le plus souvent.

C'était très exactement ce qui se produisait, au demeurant.

C'est la raison pour laquelle Jacob Kohnsen fit de nouveau apparition dans sa vie.

Et c'était afin de la replacer sur les rails métalliques pour laquelle elle était faite.

Le collimateur était accroché aux deux hommes depuis près d'une minute. Insecte cruciforme, son intersection centrale passait du mitrailleur au servant en un mouvement qui devenait chaque fois plus net, plus droit, plus rapide. Leurs longues tenues blanches se confondaient avec la blancheur des toits, des terrasses, des rues, et du ciel lui-même.

La vieille ville était tombée, il fallait à tout prix les empêcher d'aller plus loin. Sa compagnie d'assaut avait été formée sur le modèle de l'armée allemande, celui qu'il connaissait, celui grâce auquel il avait survécu, celui avec lequel il avait tué tant d'hommes. Le fer de lance du groupe de combat, c'était son peloton de *snipers*, celui qu'il avait formé, celui avec lequel il ne cessait de survivre, celui avec lequel il ne cessait de tuer des hommes.

Il suspendit sa respiration, exécuta une dernière fois le geste de translation et rétracta légèrement son index autour de la détente. Le mouvement fut répété à l'identique, envoyant une munition soviétique de 7,62 mm dans la tête de chacun des deux hommes, à une demi-seconde d'intervalle. Il n'était pas sûr que le servant ait même compris que son mitrailleur venait de mourir avant que son propre crâne explose.

Deux étés auparavant, Jacob Kohnsen l'avait abordé dans ce bar d'Achrafieh. Il était accompagné d'une femme blonde, assez élégante, âgée d'une bonne trentaine d'années et d'un assez vieil homme, lunettes cerclées de fer, barbe grise, costume passé de mode depuis la guerre précédente, celle d'avant la guerre qu'il avait faite.

Voerlandt était vaguement resté sur ses gardes lors de cette première rencontre, ils avaient bu quelques bières, discuté de tout et de rien, c'est-à-dire d'un peu de politique et de lieux communs, ce qui revenait au même.

Mais Jacob et ses amis revinrent une seconde puis une troisième fois en l'espace de quelques semaines. Voerlandt vivait désormais au rythme méditerranéen, sur le tempo libanais, plus tard il se dirait qu'il avait franchement baissé la garde et n'avait rien vu venir. Ce fut lors de cette troisième rencontre, vers la fin du mois de septembre 1947, que Jacob Kohnsen et ses amis abattirent leurs cartes. Lorsque Voerlandt fut placé face à la main étalée devant ses yeux, il ne fut même pas surpris de la nouvelle direction que prenait sa vie, tout semblait s'emboîter comme dans une machine usinée à la perfection, le monde semblait lui dévoiler enfin sa logique, son sens, sa forme.

– Oui, nous sommes juifs et nous travaillons pour la Haganah. Nous recrutons des hommes.

– Des hommes ? Vous voulez dire des soldats ?

– Pour être plus précis encore, nous cherchons des spécialistes, nous recrutons des instructeurs. Nous sommes en train de nous réorganiser, nous voulons professionnaliser nos structures et nos méthodes de combat.

– Pourquoi venir me voir ? Les seules batailles que je connaisse se sont déroulées il y a au moins deux mille ans.

Conserver coûte que coûte l'armure du scénario, continuer à être cet étudiant suisse, continuer à suivre les recommandations de l'organisation nazie.

– Disons que nous avons un léger doute quant à la totale exactitude de cette assertion.

Ne pas se laisser piéger par ce type. Ce type qui travaillait pour la principale organisation paramilitaire juive, ce type qui pouvait l'envoyer derrière les barreaux d'une prison haute sécurité en un claquement de doigts. Juste avant la potence.

– Vous me prenez pour un Néerlandais ? C'est de famille, je l'ai appris quand j'avais...

– En fait, ce n'est pas vraiment à cela que nous pensons.

– Ah non ?

– Non, mais votre néerlandais est parfait. Nous pensons que vous êtes allemand. Nous pensons que vous êtes probablement un ancien de la Wehrmacht, quoique nous n'ayons aucune preuve. Nous pensons que vous avez déserté, mais que vous êtes peut-être coupable de crimes de guerre. Nous pensons que vous fuyez aussi bien les nazis que les Alliés.

Voerlandt s'était dit que c'était un scénario plus que parfait. Bien meilleur que celui d'ODESSA. Mais il pouvait faire encore mieux.

– Vous avez partiellement raison. Je n'ai commis aucun crime, sauf celui d'avoir été incorporé de force et d'être pourchassé par les Français comme par les nazis, en effet.

Oh, pensa-t-il, quel délicieux mélange de demi-vérités et de fictions hybrides. Et surtout l'effet proprement théâtral que sa soudaine utilisation d'un français des plus strict provoque sur ses interlocuteurs. Il sait qu'à cet instant il vient de faire un choix définitif, sans retour en arrière possible, il sait que s'il était l'axe du monde tout se mettrait à tourner dans l'autre sens, n'est-ce pas d'ailleurs ce qui se produit ?

Il sait ce qu'il fait, il sait que ce qu'il vient de dire, la langue dans laquelle il l'a dit, la raison profonde qui l'a poussé à le dire équivalent à la signature d'un contrat. Ce genre de pacte qu'on signe avec son sang, parce qu'il a de grandes chances d'être versé.

Oui, il deviendrait mercenaire-instructeur pour l'armée juive.

Oui, il leur apprendrait à tuer.

C'était encore ce qu'il savait le mieux faire.

Lors des heures suivantes, il réunit sa compagnie d'assaut au complet et planifia l'opération nocturne contre les blocs de maisons encore tenus par l'ennemi. Il les avait entraînés, méthode SS, c'est-à-dire au feu du combat. Ceux qui ne s'entraînaient pas assez bien, assez vite, assez fort, mouraient. La sélection s'opérait d'elle-même, les meilleurs survivaient et c'était précisément ceux-là qui pourraient s'aventurer dans la nuit, chasser dans la nuit, tuer dans la nuit.

Ce qu'ils firent, tout au long de cette nuit.

L'aube vint rougir les murs blancs de la vieille ville, les chemins pavés, les routes goudronnées, le ciel et les cadavres de tous ces hommes qui jonchaient les rues et les toits des maisons, comme si leur sang avait repeint le cosmos en son entier.

Voerlandt se tourna vers Szeinfeld et lui dit : Il vaut mieux vous mettre dans la tête que ça ne fait que commencer et qu'on ne sait pas quand ça va finir.

Le front russe et son enseignement étaient inséparables de la moindre de ses pensées. Le front russe avait été un livre, imprimé en blanc, sur la noirceur de leurs uniformes, et de leurs âmes.

– Les Juifs sont patients, répondit le Hollandais. Nous avons attendu deux mille ans pour retourner sur notre terre.

Voerlandt ne répondit rien, il arma son AK-47 en se disant qu'il lui avait suffi de trois années pour quitter sa terre natale à tout jamais.

Plusieurs jours de combats acharnés furent nécessaires pour déloger de ce quartier du sud de Jérusalem les katybas d'élite de l'Armée de libération arabe, dirigée par le Britannique Glubb Pacha, qui voulait se la rejouer Lawrence d'Arabie, mais contre le peuple qui avait *survécu au cataclysme.*

C'était bizarre, mais dans cette guerre qui ne voulait pas s'arrêter, on trouvait dans chacun des camps en présence tous les acteurs principaux de ce qui avait été initié le 1er septembre 1939.

La Quatrième Ordonnance de Ben Gourion, qui créait officiellement Tsahal, acronyme de *Tsva Haganah Le-Israel – Armée de défense israélienne* –, datait du 28 mai 1948, deux semaines après la création de l'État d'Israël. Tsahal avait immédiatement intégré la Haganah, la principale organisation paramilitaire juive, mais aussi l'Irgoun, le Lehi, le groupe Stern et le Palmach, brigade d'élite de la Haganah commandée par le major Wingate, officier britannique lui aussi. On y retrouvait toutes sortes d'unités, comme la 7e brigade Sheva, sous les ordres du volontaire juif canadien Ben Dunkelman, Voerlandt avait même reconnu d'instinct d'anciens soldats allemands, comme lui, qu'il évita soigneusement, et il se disait dans les rangs de l'armée juive que des SS combattaient parmi eux, dans la perpétuation de leur rêve néo-médiéval de « moines-paysans-soldats ».

En face, on retrouvait les mêmes, seule la guerre savait ce qu'elle faisait.

Un jour, lors d'une contre-attaque visant à déloger un groupe de combattants venus de Syrie, il avait aperçu une silhouette au sommet d'un des toits d'où officiait son escouade de tireurs d'élite. L'homme n'appartenait pas à son unité, mais Voerlandt ne put s'empêcher de penser qu'il le connaissait. Il *reconnaissait* quelque chose dans sa structure, ses mouvements, ses déplacements, sa méthode. Un ancien de la Wiking, comme lui ? Un *sniper* hollandais ? Un Russe ?

Ce n'était pas une question de nationalité. C'était une question d'ontologie pure. Ce jeune type là-bas, qui courait de position en position sur les vastes assemblages de terrasses et de toitures, se postant pour faire feu à quelques reprises avec une précision redoutable, ce jeune type qui semblait pouvoir tenir le rôle de toute une escouade à lui seul, il savait où il l'avait connu. Il savait que ça ne pouvait être que lui.

Le jeune garçon-soldat des toits du Ghetto de Varsovie.

Il n'avait fait que changer de toits. D'arme. Et d'hommes à tuer.

La bataille de Jérusalem fut gagnée militairement par les forces israéliennes, aussi fut-elle perdue politiquement. À aucun moment l'A.L.A. ou les groupes armés palestiniens ne parvinrent à boucler le siège et à prendre position durablement dans l'un ou l'autre des faubourgs de la cité, seule la partie juive de la vieille ville fut finalement contrôlée par la Légion arabe, c'était toutefois un symbole fort. D'autre part, l'ONU ne tenait pas à ce qu'une victoire sioniste de cette envergure soit imprimée durablement dans les mémoires, juste au sortir de cette guerre dont la SDN, l'organisation mondiale qui l'avait précédée, était en grande partie responsable. Et puis, il s'agissait de ne pas se mettre tout le Moyen-Orient – et son pétrole – complètement à dos.

Un nouveau plan de partage de l'ex-mandat britannique servait désormais pour la négociation du cessez-le-feu. Les Arabes avaient refusé le plan initial, ils avaient voulu la guerre, ils l'avaient perdue, en conséquence de quoi tout s'était inversé. La mince bande de territoire que le plan de 1947 allouait aux Juifs, initialement située au nord et à l'est du territoire, jusqu'à la frontière jordanienne, était devenue un réduit palestinien placé sous l'autorité directe du gouvernement d'Amman, en retour, les Juifs se réinstallaient sur la plupart de leurs terres ancestrales, contrôlaient le nord, le littoral, le sud et la frontière du Sinaï.

Voerlandt s'était simplement dit : *Jérusalem sera pour plus tard. C'est-à-dire pour la prochaine fois.*

Puis il rencontra Rachel Wasserman.

C'était une longue fille brune, aux cheveux ondulés, à la peau très blanche, hâlée avec douceur, quelques taches de rousseur se disséminaient en pointes de sable sur chacun de ses méplats. Ses yeux gris veinés de saphir auraient pu faire s'engloutir une flotte de guerre tout entière.

Elle avait fait partie de la Haganah puis, la guerre à peine commencée, elle s'était révélée une experte dans le maniement des fusils de précision. Ils se croisèrent le tout dernier jour des combats pour Jérusalem.

Lorsqu'il la vit pour la première fois, marchant sur le bord de la route qui conduisait vers le nord-ouest de la ville, en direction de Qatane, frappé de plein fouet par sa beauté à la fois lunaire et solaire, il n'avait pu s'empêcher de penser que moins de cinq ans auparavant, il aurait pu participer à sa destruction.

Dans le même temps, un flux tendu d'hormones sexuelles irriguait l'ensemble de son corps, une turbine de libido pure, et terriblement intense. Quelque chose d'inconnu à ce jour. Certes, il avait bien rencontré quelques femmes durant sa traversée de la destruction de l'Europe, des catins de bordels de campagne, une ou deux civiles slaves prêtes à tout pour à peu près rien, une auxiliaire féminine de la SS, et les femmes-soldats russes qu'ils avaient violées avant de les abattre, lors de la grande retraite, après Koursk.

Mais lorsqu'ils finirent par se retrouver face à face, après quelques heures de combats contre un groupe d'Irakiens qui tentaient de leur barrer la route, il comprit qu'aucun monde, même celui qu'il avait créé, ne pourrait venir à bout de cette splendeur mi-solaire mi-lunaire, et que lui-même était à cet instant, et pour très longtemps, *vaincu.*

Les événements se déroulèrent selon les règles en vigueur dans les endroits du monde où l'ombre de la mort peut être portée par le plus beau des rayons de soleil. Une urgence pourtant sereine, acceptée comme telle, la sensation toute simple que c'est là, maintenant, *immédiatement*, que ça se passe.

Très exactement comme dans la féerie mécanique d'une bataille.

Rachel Wasserman avait un peu de famille à Haïfa, ainsi que

des amis de l'ex-Haganah. Voerlandt la suivit jusque là-haut, dans le nord-ouest du nouvel État, il l'aurait suivie jusqu'à Berlin si cela avait été nécessaire.

Un lointain cousin leur prêta une petite maison blanche à un étage qui donnait sur la mer, à environ trois cents mètres. Ils y passèrent plusieurs semaines d'affilée, à la fin de l'été 1949.

Des journées entières. Des journées entières à faire l'amour, les draps jetés au beau milieu de la chambre, la fenêtre grande ouverte laissant entrer un vent venu du sud qui soufflait de longues vagues de chaleur à travers la pièce, jusqu'au lit, jusqu'à leurs corps recouverts de sueur, jusqu'à leurs cerveaux en fusion.

Lorsqu'ils ne faisaient pas l'amour dans l'une ou l'autre des pièces de la maison, ou sur sa terrasse, la nuit, ils le faisaient en dehors de la ville, sur une plage déserte, ou quelque part dans les collines avoisinantes.

Voerlandt parvint à mettre la main pour une somme dérisoire sur un vieux pick-up Ford modèle 1938, qui avait servi d'automitrailleuse à la milice juive locale, il y avait retrouvé quelques douilles de calibre .50 éparpillées dans les recoins de la plate-forme. La camionnette ne marchait plus qu'en première, mais pour ses dons naturels en mécanique ce fut une question d'heures, le nez collé au cambouis, le cerveau établissant le plan des opérations au fur et à mesure, le sourire de Rachel Wasserman à la périphérie de sa vision.

Le pick-up leur permit d'explorer les environs de la ville tout autant que leurs intimités respectives, bien souvent il servit de troisième lieu d'élection pour leurs collisions charnelles, pour cette *mise à nu*, enfin, de la machine qu'il était devenu avant l'âge de vingt ans.

Pourquoi a-t-on voulu les exterminer ? se demandait-il souvent. Pourquoi nous a-t-on demandé de les détruire ?

Y compris selon les critères de sélection des camps de la mort, les Juifs formaient probablement le peuple racialement le plus « pur » de la planète. En contemplant le corps de Rachel Wasserman, il ne pouvait s'empêcher de penser à une conjonction parfaite entre la sensualité orientale et la plastique européenne. Apollon *et* Dyonisos, les Juifs étaient-ils le peuple qui produisait la synthèse attendue par Nietzsche ? Les nazis se seraient donc engloutis si loin dans l'aveuglement ? Le matricule imprimé sur son avant-bras gauche avait été légèrement estompé par le soleil et l'air marin mais il ne pouvait s'empêcher d'y lire le signe inverse qu'il portait, lui, à l'abri des regards, cette *KansMark*, cette « Marque de Caïn » que le corps des SS considérait comme l'identité secrète de chacun de ses membres. À l'inverse, le tatouage numérique avait servi à priver les Juifs et les autres détenus des camps d'extermination de toute identité, précisément en les ramenant à un simple nombre. Parfois, lorsqu'ils marchaient tous deux, les pieds dans le sable brûlant ou entre des bosquets d'oliviers ou d'acacias, il se disait : la plupart ont vécu à l'écart mais dans toute l'Europe durant des siècles, et les autres viennent d'on ne sait où à l'ouest de la Volga. Il avait entendu parler d'un mystérieux royaume scythe qui se serait converti au judaïsme alors que tous les autres peuples de la région embrassaient l'islam. Les Khazars. C'était un professeur d'histoire déjà assez âgé, d'origine russe, officiant pour les transmissions de son bataillon d'élite, qui y avait fait allusion en sa présence, une fois ou deux. Cela était resté imprimé dans sa mémoire. La guerre avait toutes les raisons du monde de ne pas pouvoir s'arrêter.

C'était le 22 septembre 1949, encore une date, un nombre, un matricule qui resterait à jamais gravé dans le métal vert-de-gris de ses souvenirs. Deux années presque jour pour jour après son engagement comme instructeur-mercenaire par Jacob Kohnsen.

Ils avaient parlé de tout et de rien, l'après-midi touchait à sa fin, leurs corps étaient enduits d'un film où les odeurs corporelles se mêlaient aux fragrances de la flore estivale et de l'air iodé venu de la mer. Il s'était endormi. Quand il s'était réveillé, le soir tombait, Rachel n'était plus dans la pièce. Il lui avait fallu moins d'une seconde pour comprendre qu'il ne la reverrait plus jamais.

Il y avait trois hommes, en chemise vert kaki et bermuda de

l'armée britannique, debout autour de son lit. Ils portaient des lunettes modèle police américaine et tenaient des pistolets automatiques Tokarev russes. Il avait compris instantanément à quel point la roue de l'Histoire, qui broyait tout sur son passage, n'était pas près de stopper son mouvement. C'était les hommes comme lui qui lui servaient de carburant.

– Vous saviez pourtant que votre tatouage vous trahirait, et vous avez quand même couché avec une Juive. Une rescapée de Bergen-Belsen, qui plus est.

– Je n'aime pas livrer ce genre de détails mais j'ai toujours conservé un haut de corps, même dans Tsahal, au moment des douches collectives je me suis démerdé pour ne rien montrer. Cela fait presque partie d'une seconde nature maintenant.

Mais Voerlandt commençait à savoir ce qu'une rescapée d'un camp de la mort était en mesure d'accomplir, de savoir, de deviner. Même lui, le SS d'élite, n'était qu'un petit reptile face à une jeune femme comme Rachel Wasserman.

Le silence de l'officier militaire israélien est lourd de milliers de roues métalliques, qui roulent sur des rails métalliques, vers une large grille métallique.

– Pourquoi vous êtes-vous engagé dans l'armée de vos anciens ennemis ? Vous vouliez vous acheter une bonne conscience ?

– Les Juifs n'ont jamais été mes ennemis. Ils n'étaient pas non plus mes amis, d'ailleurs.

– Vous étiez un SS pourtant.

– Incorporé de force, vous le savez. Si j'osais, je dirais que mes vrais ennemis étaient les Français. Ils n'ont même pas été capables de gagner la guerre et ils ont été libérés par les Anglo-Américains qu'ils haïssaient profondément et devant lesquels ils se sont aplatis. Mais maintenant ils ont un siège au Conseil de sécurité de l'ONU, dans le camp des vainqueurs ! Si j'ai rejoint l'armée juive, c'est uniquement parce que cela ne pouvait pas se terminer autrement.

– Se terminer ? Quoi donc ?

– La guerre. Ma guerre. La guerre des Européens contre l'Europe. Où donc peut brûler puis renaître Athènes si ce n'est à Jérusalem ?

L'officier l'observait avec une curiosité évidente. Un euro-helléniste typique de la tradition germanophone venu mettre en danger tout ce qu'il était, ici, dans le Néguev, en Samarie, en Judée, à Jérusalem. C'était loin d'être normal, Voerlandt pouvait aisément comprendre son étonnement.

– Qu'est-ce que vous comptiez faire avec un passeport suisse ? Finir par vous établir à Genève ? Vous allez être surpris : nous pouvons vous proposer beaucoup mieux.

Voerlandt avait tenu à choisir lui-même l'identité qu'il porterait désormais à vie, comme le tatouage identifiant son groupe sanguin, gravé sous son aisselle. Et c'était les Juifs qui allaient lui donner l'occasion de réussir son pari.

L'officier israélien ignorait tout de son compte bancaire, visiblement, il ignorait tout de ses derniers instants à Berlin, il ignorait tout des lingots d'or qu'il avait volés au parti nazi et qui s'étaient convertis en bons dollars dans cette banque genevoise, justement. C'était le temps de payer pour voir. Comme au poker. Poser les cartes et tout ramasser.

– Le passeport était surtout une clé me permettant d'ouvrir un coffre. Si je dois changer d'identité à nouveau, il faudra opérer un transfert général des fonds. Il va de soi que je suis prêt à verser une commission honorable.

– Je vais vous surprendre, je le sais, mais nous, les Juifs, nous ne nous vengeons pas pour de l'argent.

Vengeance, avait juste noté Voerlandt.

La guerre ne s'était certes pas arrêtée, il devinait même qu'elle continuerait, longtemps, très longtemps, qu'elle le suivrait jusqu'au bout de sa vie, jusqu'au bout de ce putain de siècle, s'il le fallait.

– Je ne suis pas antisémite, je n'étais pas nazi, j'ai juste tué beaucoup d'hommes. De toutes les nationalités.

– C'est ODESSA qui a préparé l'ensemble de votre plan de fuite ?

– Oui. L'idée était que je fasse un peu de tourisme en Méditerranée pour brouiller les pistes avant d'opter pour ma destination finale. J'y aurais fait une demande de citoyenneté au bout du temps réglementaire.

L'officier juif s'était marré.

– Oui, juste le temps pour que les gaullistes, les communistes, les types de l'OSS ou les flics de la IVe République, souvent d'anciens collaborateurs, vous tombent dessus. Ou pire, des gars de chez nous.

– Qu'est-ce que vous voulez exactement ?

– Vous n'allez pas me croire. Nous allons vous offrir un cadeau.

– Vous allez me fusiller plutôt que me pendre ?

L'éclat de rire du commandant se réverbéra en échos métalliques entre les murs de la salle d'interrogatoire.

– Vous êtes un héros de l'État d'Israël, monsieur Voerlandt, notre pays n'a que quelques mois d'existence, nous n'allons pas nous mettre à fusiller nos premiers mythes, tout de même. Sans compter que nous avons vérifié votre histoire, nous savons ce qui s'est passé en Alsace. Le seul détail, c'est que vous ne vous êtes pas fait incorporer dans la Wehrmacht, mais chez les SS.

– Je vous l'ai expliqué, j'avais dix-sept ans, je voyais à peine la différence.

Un demi-mensonge, autant dire une contre-vérité absolue. Il avait toujours su. Même à l'âge de dix-sept ans, lorsqu'il lui avait fallu choisir.

Il savait qu'il optait pour le camp de la mort.

– Nous n'ignorons pas que la Wiking s'est rendue coupable de nombreuses exactions, spécialement en Ukraine et dans le Ghetto de Varsovie, monsieur Voerlandt, que savez-vous du massacre de ces six cents Juifs, en Galicie, lors de votre retraite ?

– Ma brigade n'a pas été affectée à cette opération, nous tentions alors de sortir de l'encerclement russe, et surtout d'en faire sortir les autres.

– Quelle unité alors ?

– Je ne sais pas. Certains ont dit que c'était les Baltes, d'autres parlaient d'un groupe de volontaires ukrainiens. Admettez avec moi que les Soviétiques n'ont pas été avares en la matière, en retour. C'était une sauvagerie fort bien partagée.

– C'est possible, mais ce sont les SS qui sont pourchassés aujourd'hui. C'est pourquoi nous vous offrons un marché.

– Le nazisme était un marché de dupes, essayez de trouver mieux, si possible.

– Nous allons vous éviter toutes les arabesques de votre réseau pronazi. Pour commencer, vous vous sentiez à l'aise avec cette identité suisse alémanique, Reisenbecker ?

– C'était germanique sans être allemand, avec mon accent alsacien…

– Tout ce qui est plus ou moins germanique, justement, devra être effacé de votre passé. Nous arrangerons les choses de telle manière que vous vivrez dans un pays francophone mais éloigné de la France, y compris sur le plan culturel, mais où vous vous fondrez rapidement. Votre passeport suisse va vous servir pour partir vers une destination transitoire que l'on vous communiquera. Vous le détruirez ultérieurement. Parallèlement, nos services vous prépareront une nationalité clés en main, vous n'aurez plus qu'à prendre un avion et vous serez chez vous, où vous voulez. Disons plus exactement : où nous voulons.

Voerlandt avait souri. Il était jeune, mais trente mois passés dans la Waffen SS avaient fait de lui un vieux singe avant l'heure. Un singe âgé de plusieurs millions d'années, un singe qui avait vu s'écouler toute l'évolution humaine, et surtout sa dévolution, en l'espace d'une apocalypse industrielle, rapide, précise, et parfaitement planifiée. Un vieux singe à qui aucune grimace du diable n'était inconnue.

– Très bien, où ça ?

– Canada. Les précisions vous seront données lorsque vous recevrez votre passeport final, lors de votre transit.

– Très bien. Le transit, où ça ?

– C'est à l'étude. Nous pensons à l'Amérique latine.

– L'Amérique latine est également un repaire pour tous les anciens nazis, on me l'avait proposée, je cours le risque de m'y faire repérer.

– On vous conduira dans un pays où ils ne sont pas très bien implantés, et où notre communauté l'est, par contre.

– Et j'imagine que, puisqu'il s'agit d'un marché, il y a un prix à payer.

– Oui, il y a un prix. Mais je vous ai dit que l'argent ne nous intéresse pas, en dépit du *Protocole des sages de Sion* ! Et vu vos compétences et votre passé, je pense que c'est un coût qui va vous paraître dérisoire.

– Je vous écoute attentivement, quand quelqu'un fait allusion à des « coûts dérisoires », je tends l'oreille, c'est ce qu'on nous disait tous les jours sur le front russe.

– Vous aurez non seulement un passeport, mais tous les registres civils auront été falsifiés. Vous serez né en France de parents canadiens. Vous disposerez d'un authentique acte de naissance, d'une carte d'assurance sociale, et vos parents fictifs seront enterrés quelque part, ou disparus à l'autre bout du monde, c'est encore mieux.

– Très bien. Et le marché que vous me proposez, c'est de travailler pour vous en retour, c'est même banal comme évidence.

Le sourire du commandant du Shin Beth s'ouvre comme les eaux de la mer Rouge devant Moïse.

– Nous ne vous demanderons presque rien. Sinon de bien ouvrir l'œil, les oreilles, et surtout pas votre bouche. Nous voudrions que vous repériez d'éventuels réseaux ou regroupements d'ex-nazis, le Canada est devenu une destination assez sûre pour eux.

– Vous voulez que je vous fasse des rapports sur les activités nazies au Canada ?

– Oui, très exactement. Au Québec, pour être précis. Vous parlez l'allemand, le néerlandais, et un peu l'ukrainien, m'avez-vous dit. Sans compter le français et l'anglais. C'est une très jolie main. Nous voulons que vous vous fondiez dans la masse et que vous soyez en mesure de détecter d'éventuels suspects ou des activités douteuses. Surtout, que cela soit bien clair, on ne vous demande pas d'agir *undercover* et d'infiltrer tel ou tel groupe. Vous ne serez pas un agent appointé. Nous ne vous connaîtrons pas, vous ne nous aurez jamais vus. Vous n'apparaîtrez nulle part dans nos rapports. Vous n'obtiendrez pas la nationalité israélienne, vous ne serez probablement jamais nommé parmi les « Justes »... quoique... après votre mort...

– Après ma mort ira très bien, vu que ça peut être n'importe quand.

– Nous voulons juste quelques noms, des lieux, des trajets, des projets, des couvertures légales, des types recherchés par nos services si c'est possible. Rien d'autre. Des infos.

Voerlandt avait à peine réfléchi. Sa réponse avait probablement déjà jailli de ses lèvres, une nuit, dans le Ghetto de Varsovie, ou les décombres de Berlin.

Il trahirait tout ce pourquoi il avait failli mourir dans les steppes eurasiennes, il travaillerait pour les Juifs.

Il travaillerait pour ceux qu'il avait aidé à exterminer, puis aux côtés desquels il avait tué tant d'hommes.

L'été atomique – 2

Son père l'avait regardé longuement avant de dire :

– Commençons par le plus simple : je suis déjà mort et pourtant je ne le suis pas encore ; tu perçois une rétrojection du futur, la Métaforme me ré-encode dans ton présent, sous cette forme troisième du vivant que tu connais, simplement, moi c'est provisoire... J'ai demandé à connaître la date de mon décès, tu penses bien. Comment croire au hasard ? Je vais y passer, *j'y suis passé* au matin du 11 septembre prochain, à 8 h 50. Heure et date parfaitement sélectionnées. Entre 2001 et aujourd'hui il s'est écoulé dix-sept ans.

C'est à l'âge de dix-sept ans que j'ai tué mon premier homme. *Le monde est adorablement organisé,* tu le sais fort bien.

La Métaforme est une machine « internelle », comme disait Whitehead, elle est un axe nodal cinétique, qui n'est ni linéaire, ni circulaire, mais forme un hypercentre, en *extension interne infinie.* Elle a englobé ton proche passé, elle a foré un abîme dans le présent, et ce trou noir ouvre sur l'éternité en y synthétisant ton futur avec toutes les formes de temporalités. C'est pour cela que tu m'as vu, sur la route 89, puis sur la 20 Ouest, alors que je n'étais pas encore mort, mais que pourtant je l'étais, avec tous mes compagnons, ce que tu as vu c'est ce que je suis maintenant, un spectre, le spectre du XXe siècle.

La Métaforme a rétro-transposé ta mort, pour te transmuter en ce « troisième état » du vivant. Mais son influence s'est étendue au-delà, jusqu'à ma propre vie, ma propre époque, voilà pourquoi il n'y avait pas entre nous que les liens père-fils ordinaires. La Métaforme s'est incarnée de façon rétro-active dans ton imaginaire afin que celui-ci puisse déclencher sa mise en activité une fois que tu serais en contact physique avec elle, elle ne navigue même pas à une vitesse infinie *à travers* le temps. C'est elle qui fait circuler le temps à une vitesse infinie à l'intérieur du Métacortex, c'est elle qui le surplie à volonté, et agit directement, immédiatement, sur la configuration du *surgissement – phusys –* de l'événement.

Verlande comprenait. Les intuitions, le diagramme en gestation, les nuits blanches dans le Labo et la bibliothèque, les rêves, les expériences et les « hallucinations » des dernières semaines. Il observa son père et réalisa, dans un éclair fulgurant, que c'était Victor Voerlandt, déjà mort, qui lui parlait depuis cette dimension paratemporelle.

– Ce monde m'a détruit, alors que je le créais, comme tous les autres SS. L'inversion de cette destruction créative conduira à sa restauration, comme création destructive. Je crois que c'est Gustave Thibon qui disait : *Ce sera l'épreuve des derniers croyants que de choisir entre la réalité invisible d'une éternité sans avenir et le mirage éclatant d'un avenir sans éternité.* Je serais tenté d'ajouter, mon cher fils, que le « choix » s'en trouve de fait fort limité.

Nous ne sommes pas vraiment condamnés à la damnation éternelle, mais nous devons désormais être l'ombre portée par la Réversibilité, si l'innocent paie pour le coupable, le coupable se doit dès lors d'œuvrer pour la Justice dont il a été oint.

Nous ne sommes donc plus tout à fait morts mais pas vraiment vivants, nous sommes condamnés à être des spectres qui revivent sans cesse le moment de leur crime, et sommes chargés de mettre à jour les crimes les plus enfouis, les plus secrets, c'est à nous de défaire la Nuit et le Brouillard, toujours, sans la moindre pause. Ce n'est pas avec les morts, ni même avec les vivants qu'on nous a condamnés à vivre, mais avec les cadavres.

Verlande avait regardé le spectre paternel en pensant « Ni morts, ni vivants », eux aussi se trouvent dans cet état tiers paradoxal. Eux aussi, ils sont à la fois au centre et à la périphérie extra-orbitale de ce monde, eux aussi, ils cherchent des fosses.

– Je vais mourir dans quelques semaines, mais ton Métacortex m'a restructuré jusqu'à toi, avec ma compagnie d'assaut, afin que tu trouves ce que tu cherches. Mais comme il est dit dans l'Ancien Testament : *Si tu ne me cherchais pas, tu ne m'aurais pas déjà trouvé.* Tu ne dois désormais plus te retourner vers d'où je viens, je suis venu, je viendrai. Tout doit être consumé, même mon corps. Et tous mes livres.

Verlande ressentit l'onde de choc au plus profond de lui-même, cela le Tube/Cortex ne l'avait pas vu venir.

– Tes livres ? Tu plaisantes, j'espère... Il t'en reste encore des milliers.

– Ils disparaîtront avec moi, alors que toi, en ingérant le Tube/Cortex, devenu extension infinie de ton cerveau, tu les portes en toi, les tiens comme les miens, comme *tous les autres*, ils sont imprimés dans ta chair.

– Tu vas mourir en mettant le feu à ta maison ? Je te rappelle que notre religion n'autorise pas vraiment le suicide.

– Tu oublies mes compétences en mécanique générale.

– Je ne vois pas le rapport.

– C'est pourtant simple, surtout avec les technologies modernes. Je vais brancher mon palpitant à un petit système contrôlé par un PC de base.

– Ton cœur ? Mais tu n'as rien sur le plan cardiaque, les derniers examens l'ont confirmé.

– Justement, c'est toujours là où le front est calme que survient l'offensive. Je mourrai très paisiblement, ne t'en fais pas. Mon cœur s'arrêtera de battre, tout simplement, très naturellement, d'un seul coup. Il s'arrêtera de battre, et c'est tout.

– Parle-moi de ton fichu incendie et de cette saloperie de *branchement mécanique*.

– Ne t'en fais donc pas pour si peu, rien que le XXe siècle n'ait mis au point ou imaginé. J'ai conçu un système aussi simple que mes fonctions organiques au moment de leur extinction : un petit détecteur rythmique assurera le contrôle des pulsations et, au moment de l'arrêt, effectuera quelques calculs et analyses afin de confirmer le décès. Il enverra un signal dans l'interface du PC qui relaiera un code dans un petit dispositif détonant, très simple, de ma fabrication. J'aurai préalablement recouvert les murs et les planchers d'essence bon marché et j'aurai ouvert une ou deux bouteilles de gaz. Ce n'est donc pas un suicide, je m'assure juste qu'aucun légiste ne vienne fourrer son nez dans mes archives, corporelles ou écrites. Tout doit disparaître. Et tout disparaîtra, tu peux me croire.

Verlande regardait son père et les hommes de sa compagnie en silence. Décalé de quelques nanosecondes, Voronine était en train de consulter son téléphone cellulaire, Ariane McDowell scrutait chaque détail du paysage avec une paire de jumelles. En fait, c'était comme si la nature ne pouvait s'empêcher de l'observer. Sa beauté éclipsait celle du Monde Créé, c'était d'une violence inimaginable, la seule violence à laquelle il se trouvait dans l'incapacité de répondre.

Les SS semblaient attendre un seul mot de sa part pour s'en aller détruire ce qui restait du monde qu'ils avaient fabriqué.

Ce monde qui au même instant provoquait la mort violente d'une dizaine de personnes en plein milieu de la Polis.

L'officier fédéral James Ferrier, son adjoint Vartanian et deux de leurs principaux collaborateurs, Roland Bourdon et Paul-Henri Ferguson, roulaient sur l'autoroute Décarie à l'intérieur de leur Chevrolet Suburban hybride, lorsqu'ils furent doublés par deux Buick Enclave et un pick-up Silverado. Ils roulaient conjointement avec le GMC Envoy militarisé de Reznik, Forestier, Guerlain et Haddad, de la Sûreté, auxquels ils n'avaient donné que le minimum d'informations. C'était le moment du cloisonnement des renseignements stratégiques, le moment de la plus extrême prudence, c'était le moment où l'on doit même se méfier de son allié. Et plus encore, de ses propres hommes.

Ils se préparaient à partir pour le nord-est de la province, la région frontalière du Labrador, ils avaient l'intention de rencontrer au plus vite le lieutenant Paul Verlande, à qui ils devaient parler dans la plus stricte confidentialité. Ils voulaient monter une opération clandestine conjointe avec la SQ, ils avaient demandé l'appui du reste de l'escouade du Service de Renseignement, qui ne s'était pas fait prier.

Ils discutaient des raisons qui les poussaient à prendre cette mesure de dernier recours sans savoir qu'un réseau nanoscopique spécialisé, implanté à même la carrosserie intérieure, transmettait leur conversation à un petit camion Dodge Sprinter qui les suivait à deux ou trois kilomètres de distance.

Ils furent doublés par les trois véhicules, à la régulière.

Puis ils moururent. D'une façon qui était en train de devenir la norme.

Tout d'abord leur connexion au *nanonetwork* est brusquement coupée. Personne ne verra ce qui va se produire.

Personne, sauf Verlande.

Voronine a juste le temps de recevoir un bref message texto préenregistré en langage crypté sur son cellulaire, envoyé d'urgence depuis le Chevrolet Suburban. Verlande, lui, reçoit la cognition immédiate de l'événement. Il y assiste, il y a assisté déjà alors qu'il se produit. Plus tard, lorsque McDowell et Voronine recevront l'alerte code rouge et les premiers rapports du SPVM, il n'y trouvera rien qu'il ne sache déjà :

Encore une fois ce sont les nombres qui vont parler. Avec une machine à tuer comme celle qui va être mise en action, les nombres deviennent *concrets*, ils ont un poids réel, une masse, une densité, une authentique force de pression et d'impact. Ce sont eux qui tuent, les munitions ne sont que l'apparence qu'ils prennent dans le trucage de la réalité.

Ce que voient les occupants du Chevrolet Suburban et du GMC Envoy qui les suit, c'est un étrange ballet automobile, à environ deux cents mètres devant eux. Ce ballet, c'est l'ordonnancement du piège qui va tous les tuer, dans moins d'une minute.

Verlande le voit, par le pare-brise, il le voit depuis les collines de fer, il le voit depuis l'autre extrémité du Cosmos, il le voit de partout, et il voit tout, en un seul éclair cognitif.

Les Nombres. *Ce sont eux qui comptent.*

Descriptif technique de l'usine à tuer : mise au point vers 2008 par la firme éponyme – *Metal Storm* n'a cessé d'être amélioré depuis. Arme multitubes à impulsion électro-magnétique. Les munitions sont logées dans les tubes où des diodes déclenchent leur éjection. Pas de poudre à feu, aucune pièce mobile, hormis les balles. Les canons sont désormais complétés par des réservoirs à tambours situés à l'arrière de l'engin et contenant des milliers et des milliers de *rounds* à l'intérieur de cylindres semi-rigides réalisés dans un nanomatériau conducteur d'impulsions électriques. Les tubes sont de calibres multiples et interchangeables en un seul mouvement, aussi simple que le remplacement d'un chargeur. *Metal Storm* peut tirer du .223 Remington, du 12,7 mm Barrett et des grenades incendiaires ou explosives de 40 mm.

Il peut disposer jusqu'à 96 tubes, configurables à volonté.

Avec une vitesse d'éjection moyenne de 9 000 coups par minute et par tube-canon, lorsque le kit est complet, Metal Storm atteint une cadence de tir globale d'*un million de coups toutes les soixante secondes.*

Rien qu'à ces mots, rien qu'à cette liste de propriétés élémentaires, rien qu'avec ce diagramme mécanique, il est évident que la description de ce qui va suivre n'appartient plus vraiment au domaine de « l'attaque à main armée », ni même à une forme référencée d'attentat.

La machine n'a nul besoin d'un opérateur humain, disons qu'il est facultatif, et qu'il lui est possible de se tenir à bonne distance. C'est une usine de mort au cerveau autonome qui peut *à la rigueur* disposer d'un exécutant de type *Homo sapiens.*

Ce qui se produit, c'est le capot caréné recouvrant l'arrière du pick-up Silverado qui se surplie en l'espace de deux ou trois secondes, alors que les deux SUV d'escorte se collent sur la file de gauche pour empêcher tout dépassement.

La remorque du Silverado ressemble désormais à une sorte de laboratoire astronomique expérimental, mobile, et parfaitement léthal.

Sans comprendre de quoi il s'agit vraiment, les hommes de la GRC perçoivent instinctivement le danger, l'anormalité, l'inconnu. Ferrier freine brutalement et tente d'effectuer un demi-tour sur l'autoroute heureusement bien dégagée à cette heure, dans le rétroviseur, il a le temps d'apercevoir le véhicule de la Sûreté effectuer la même manœuvre. À ses côtés, Vartanian s'est saisi de son téléphone cellulaire.

Il y a le bruit. C'est un bruit difficilement descriptible, une sorte de vrombissement géant, comme si des milliers de rotors brassaient l'air en même temps, ou si des essaims par myriades se projetaient à toute vitesse dans votre direction. Mais sa résonance est très durement métallique, elle vous hurle que c'est une machine, elle hurle qu'elle est la machine qui va vous tuer, elle hurle et c'est un nuage de métal qui, comme son nom l'indique, vient tout vaporiser dans son champ de tir.

Elle est le bruit qu'on voit : et c'est la seule chose qu'on voit. Comme une onde de chaleur, un flux qui fait frémir tout l'espace situé devant les 96 tubes.

Pas de fumée, pas de flammes, rien de visible, disons rien de *concret*, une simple onde de choc propulsée à 900 mètres par seconde, bien au-delà de la vitesse du son. Ce bruit, on ne l'entend pas, c'est à peine si on a le temps de le distinguer comme une interférence dans le réel. Puis des milliers de projectiles viennent éclater sur l'acier des voitures et la chair humaine qui y est incarcérée. La destruction se chiffre d'une manière infinitésimale, en quelques centièmes de seconde.

Il y a ce flux d'informations qui fuse du cellulaire de Vartanian à destination de celui de Voronine. Un message texto, avec une petite pièce jointe. Le doigt de Vartanian appuie à toute vitesse sur les touches du clavier alors que Ferrier achève sa tentative désespérée de demi-tour. Le faisceau d'ondes radio a tout juste le temps d'être émis avant que des milliers de munitions de divers calibres ne réduisent leur voiture en cendres. Leur voiture et celle des gars de la Sûreté, juste derrière, et même cette petite Toyota électrique qui a le malheur de se trouver dans la ligne de tir de la machine aux orages d'acier.

Et le message s'imprime comme le reste dans le Tube/Cortex, finition digitale du réel implosif, un message très simple. Et sans doute un des plus importants qu'ils aient jamais reçus de toute leur carrière d'enquêteur.

Fernando Corzabal. Alias Marc Lecavalier. 1805 Kirkland. Perquisition ce matin. Disparu de son domicile. En route pour Fermont.

Et la pièce jointe qui s'ouvrait automatiquement complétait la structure du diagramme. C'était le rapport de synthèse élaboré juste après que Ferrier et les types de la GRC eurent retrouvé et fouillé le domicile de Corzabal. Plusieurs indices très sérieux laissaient penser que l'ex-truand avait partie liée avec Sloane.

C'est pour cette raison que Ferrier et ses gars avaient contacté leurs homologues de la SQ. C'est pour cette raison qu'ils voulaient tous se rendre à Fermont. C'est pour cette raison qu'ils étaient tous morts à Montréal.

C'est ainsi que la connaissance intime de chaque instant de l'attentat s'imprima en lui au moment même où la compagnie SS de son père faisait son apparition à ses côtés.

Le Métacortex ne cessait d'associer les lignes du code du réel, Verlande comprenait que l'illumination générale du diagramme était proche, elle était même probablement en train de se produire. Le retard était dû au fonctionnement biologique de ses cellules, la matière/énergie sombre contenait la lumière qui s'en libérait pour produire la chair, mais la chair ralentissait le flux photonique, les décalages variaient, nanosecondes ou pleines journées, et son cerveau devait apprendre constamment à survivre avec le Métacortex, cette structure qu'il avait ingérée et dans laquelle pourtant il se mouvait à chaque instant. Cette Métaforme devenue matière sombre incarnée, et qui se maintenait dans l'immuable en circulant plus vite que la lumière dont elle était porteuse.

Le Cube-Monde, ubique, se polarisait sur les pôles magnétiques, entre eux il tendait le vecteur de l'Axis Mundi, il était la métamachine qui allait restaurer le Monde de la Chute.

Ce que le Cube-Monde était à la sphère planétaire considérée dans toutes ses dimensions, géologique comme anthropologique – *cosmopolitique* –, le Tube/Cortex l'était pour un être singulier, *indivis*, il s'était incorporé à lui, il avait projeté ses facultés cognitives dans l'infini, le néo-cortex hominien appartenait encore au domaine de la chimie moléculaire, le Métacortex, lui, était un codex de

« lumière sombre », invisible, secret, lui-même crypté, et qui décryptait tous les signes, reliait les apparitions du Cube-Monde entre elles, tel un immense réseau, un espace-temps non seulement impossible, mais *incompossible* avec le Monde de la Chute. Un univers où le centre contiendrait la périphérie, et où la périphérie serait le centre. Un univers où plusieurs temporalités pouvaient se croiser au sein d'un cerveau unique et être distribuées en tout point de l'espace, particulièrement dans les autres cerveaux.

Il suffisait d'attendre un peu, sans doute. Il était clair que le Tube/Cortex fonctionnait de manière performative : il ne prévoyait pas l'avenir. C'est le fait de le *con-naître* qui le produisait. Si tout en lui était aimanté désormais par la forme cachée du diagramme, par ce centre clandestin dont il devinait la présence toute proche, c'est parce que le plan secret enterré dans les montagnes de ferrite avait déjà été calculé par le Métacortex. Son humanité résiduelle n'avait plus qu'à s'adapter à ce nouvel environnement évolutionniste. À lui de se hisser au niveau qu'il fallait pour affronter la Nuit, avec la lumière invisible, à lui de devenir encore et toujours plus le mammifère prédateur nocturne face à un monde hostile *par nature*.

Et en matière de survie évolutionniste dans un monde hostile, les hommes qui se tenaient devant lui, à quelques nanosecondes de décalage avec le continuum régulier, formaient probablement la meilleure école qui soit.

La mort apprend beaucoup à ceux qui survivent, elle enseigne encore plus à ceux qui se sacrifient.

– Nous connaissons ce que tu cherches, nous avons vu sa forme, nous pouvons lire son plan. Nous l'avons vu et localisé.

C'était du langage militaire, c'était bien la langue de son père.

C'était bien la sienne.

– Tu avais la carte sous les yeux, et le territoire sous tes pieds, qu'est-ce que tu fous ?

Son père le renvoyait calmement à ses manques, comme il l'avait toujours fait.

– J'ai trouvé la scierie, c'est encore un élément excentré, mais je me rapproche. Nous allons chercher plus au sud.

Son père laissa échapper un petit rire.

– Ton idée des plans du cadastre était la bonne. Il y a une autre « boîte » sur la carte.

– Il y en a des dizaines, père. Des centaines, même.

– Je parle de celle que tu cherches. Celle qui ne cesse de t'échapper.

Verlande regarda son père avec toute l'attention requise. Il avait une guerre de plus que lui, il en savait beaucoup plus sur les Ténèbres.

Verlande tenait sa cyberfeuille en main, le flécheur logiciel se mit en action de lui-même et cadra la zone qu'ils s'apprêtaient à explorer. L'impression fut immédiate. La carte s'implanta droit dans son Tube/Cortex. Elle montrait toute la structure du diagramme. Enfin, comme les fois précédentes, elle en donnait *l'impression*.

Son père jeta son regard bleu cristal dans le sien et en laissa irradier la vérité.

Ta cognition immédiate est infinie, mais elle ne peut encore fonctionner que par étapes successives, digitales, tronquées, filtrées, c'est ainsi qu'agissent les trucages des Ténèbres, ceux que nous devons décrypter. À chaque fois la vision est complète mais elle n'est pas éclairée avec l'intensité maximale, la lumière ne peut être contenue, mais elle peut encore être freinée, déviée, numérisée par le système matriculaire qui protège ce monde secret. Les détails, où le diable gît comme tu le sais, t'échappent encore, autant dire l'essentiel.

– Je sais pourtant qu'il s'agit d'un camp de détention souterrain, je sais que la prison est dotée d'un centre servant d'interface, mais aussi de puits d'accès verticaux sûrement repérables en surface, je sais qu'il y avait des caméras de surveillance, et probablement des clôtures barbelées, je sais qu'il y a une « boîte », une maison, où se trouve le centre, ou un moyen d'y accéder, je sais qu'il y a neuf cercles concentriques, qui forment un réseau relié par quatre axes cardinaux…

– Tu ne sais encore rien. Tu viens juste de t'aventurer dans la Nuit, petit mammifère. Nous sommes les agents déchiffreurs de ton Métacortex, nous allons te permettre de reconfigurer la carte en une structure cohérente. Nous, nous savons, nous avons déjà vu, approché, nous avons déjà *fait* tout cela, mais dans sa version préliminaire. *Ce que tu vas trouver là-bas, c'est la finalisation de ce que nous avons créé, en 1945. Ce que tu vas trouver, c'est la Nuit et le Brouillard, mais dans la pleine lumière d'aujourd'hui.*

Chasser un plan

Verlande jeta un coup d'œil dans le rétroviseur pour s'assurer que la Lexus d'Ariane McDowell parvenait à les suivre sur la piste défoncée.

Il croisait de fait son propre visage. Plus pâle chaque jour, lui seul pouvait y discerner les incessantes métamorphoses lumineuses du Métacortex, là juste sous les os de son crâne, et jusqu'aux plus lointaines étoiles.

Le crépuscule repeignait tout de son violent acrylique rouge feu, la forêt semblait flamber, les roches oxydées de fer émettaient des constellations de photons orange.

Et son visage semblait constitué d'une neige tombée du satellite le plus froid du système solaire. Il doutait que sa température endogène soit un jour revenue à la normale depuis l'explosion chez Ryan Fortin. Il avait été « métacréé », rétrofabriqué depuis le futur, peut-être se trouvait-il devant un effet inattendu de la thermodynamique des fluides ? Peut-être était-il tout bonnement en train de descendre jusqu'à la plus extrême des températures, le zéro absolu, quand plus aucun courant électrique, plus aucun flux de particules, plus aucune onde ne rencontre la moindre résistance ?

Devant lui, par le plexiglas étincelant du pare-brise, il pouvait voir la compagnie SS de son père leur ouvrir la voie. Les fantassins avançaient avec leur constant décalage spatio-temporel. À l'exception du char Panther et d'un half-track transformé en auto-mitrailleuse de choc où se tenaient plusieurs fantassins, tous les hommes de l'unité marchaient, alignés en voltigeurs sur les ailes, un groupe compact aggloméré derrière chacun des engins blindés. Ils apparaissaient par séquences digitales, toujours devant eux, toujours aux limites de leur champ de vision. Plus loin encore, sans la moindre coupure, dans le flux animal de la nature prédatrice, les chiens de guerre couraient sur la piste et au travers des boisés alentour.

Au bout d'une dizaine de kilomètres plein sud, il vit le char d'assaut et le half-track s'arrêter net. Un homme en tenue camouflage, tenant un *Sturmgewehr* en mains, fit quelques pas dans leur direction et leur indiqua de faire halte à leur tour. La compagnie d'assaut se plaçait en position défensive tout autour de la zone.

Il vit son père descendre du char pour venir à leur rencontre.

Verlande savait confusément qu'il lui fallait traverser une autre phase du processus de cognition, un autre découpage digital de la vérité. Il lui fallait découvrir quelque chose dont le rapport avec le diagramme général était singulier, et essentiel. C'était ce point précis qui lui permettrait de parvenir jusqu'à la « boîte » et jusqu'au centre souterrain, jusqu'au *network centric underworld.*

Il se contenta de saisir une bouteille de Coke, d'avaler un grand trait de soda et de regarder calmement Voronine.

– Suivez-moi, faites-moi confiance, c'est tout.

Il fallait essayer de trouver une raison plausible à ce qui allait se produire. Il n'y en avait aucune. Il pouvait demander leur confiance. Il pouvait essayer de fabriquer vite fait une explication rationnelle à ce qui n'avait aucun sens. Il pouvait essayer de faire croire que la révélation était due à un peu de chance et d'intelligence, voire de hasard !

– J'ai la carte en tête, Alex, je sais ce que je fais.

Il était le seul à voir la compagnie SS se regrouper devant eux. Il était le seul à savoir que « je » voulait désormais dire « nous », dont « eux ». Il ne savait pas encore que la Réversion restait active et qu'elle préparait le moment où tous ces « eux » deviendraient « lui ».

Il ouvrit la portière et avança sur la piste, à la rencontre de cette autre tombe qui ne faisait pas partie du diagramme subterranéen.

Elle n'en faisait pas partie. Mais elle avait contribué à l'élaborer.

La fosse contenait l'Architecte de la Maison. Elle contenait l'homme qui avait dessiné et réalisé le diagramme.

Elle contenait ce qui expliquait pourquoi rien n'était devenu visible.

Le Tube/Cortex avait fait de Verlande un être crypté, un être qui, simultanément, mais à un univers infinitésimal de distance, conversait avec son père transmigré de 1945, tout en maintenant son autre vie, tout aussi réelle, dans le continuum où Voronine et McDowell évoluaient. Il était vraiment devenu analogue à la Métaforme, *il n'était pas double*, lui et *l'autre lui* ne formaient qu'un. C'est pour cela qu'elle le ré-encodait continuellement dans le Monde Créé, tout en lui permettant de décoder l'invisible.

Comme les chiens de guerre.

Les chiens qui courent devant eux. Ils savent, ils voient déjà, ils ont senti. Ils connaissent. Ce sont des mammifères.

Verlande avait ouvert le coffre de la Chevrolet Trailblazer et en avait extirpé plusieurs dispositifs qu'il avait prélevés dans son Labo. Un spectromètre de masse portatif, un résonateur magnétique, un scanner-scintillographe spécialisé servant à rechercher des traces substantielles de matières organiques dans les sols. De quoi créer autant de leurres. Après tout, une machine est un simulacre qui sert à fabriquer des originaux en série.

Il distribua les instruments à Voronine et McDowell en expliquant rapidement leur fonctionnement et leur utilité :

– Ariane, avec votre résonateur magnétique vous serez capable de détecter la moindre variation de densité dans le sol, jusqu'à cinq mètres de profondeur. Toi, Alex, tu pourras voir en imagerie thermique et passer la surface aux rayons jusque vers trois mètres, ils seront susceptibles de détecter immédiatement tout objet ou amas de substances n'entrant pas naturellement dans la composition du terrain, moi je dispose d'un système d'imagerie à positons et je pourrai repérer une liste bien précise de matériaux organiques entrant dans la décomposition des corps.

– Comment es-tu aussi sûr de toi ? Comment sais-tu que c'est là qu'on doit chercher ?

Verlande observa un instant la direction qu'avaient suivie les chiens de guerre et que prenaient à leur tour les soldats de la compagnie d'assaut.

– J'ai fait mes calculs, Alex, tu sais qu'ils me trompent rarement. Ils *se* trompent rarement, il faut dire.

– Paul, nous sommes au milieu de nulle part, le territoire des anciennes mines de fer couvre des *centaines* de kilomètres carrés, comment délimiter la zone de recherches ?

C'est son père qui se permit de parler par sa bouche, depuis le continuum nano-décalé :

– Nous trouverons un espace. Une clairière. Une petite clairière au milieu des bouleaux. Une clairière circulaire. C'est une question de logique, de localisation et de distance entre les divers sites, de triangulation, d'organisation des routes d'accès, et de *modus operandi* pour les enfouissements, c'est juste une question de nombres, en fait.

Les nombres restaient de loin la meilleure des illusions pour truquer la vérité, au point de pouvoir l'imiter parfaitement.

Voronine le regarda longuement sans rien répondre. Cela devait au bout du compte lui paraître tout juste un peu bizarre, il avait souvent assisté aux intuitions éclatantes de Verlande, surtout durant les dernières semaines.

– Bon. Puisque tu le dis.

Et il ouvrit la marche, prenant sans le savoir la route qu'empruntaient devant lui les hommes de la compagnie SS.

À la façon indécelable de la nature, les boisés de bouleaux et d'épinettes s'espacèrent, laissant place régulièrement à de petites clairières d'herbes sauvages et de broussailles d'épineux parsemées de blocs de ferrite. Il fallait poursuivre la simulation. Ils passèrent scrupuleusement aux détecteurs plusieurs de ces trouées éparpillées sur la terre dure et oxydée. Voronine et McDowell œuvraient dans le plus total silence, Verlande se contentait de quelques interjections indiquant quelques clairières à la vague forme circulaire, puis il bâclait le travail assez vite pour ne pas perdre de temps, et assez professionnellement pour n'éveiller aucun soupçon. La vie se situe toujours sur ce type de divergence/convergence, la vie, c'est apprendre à vivre. Et la vie d'un flic, c'est apprendre à vivre sans que les autres le sachent.

Verlande ne perdait pas de vue l'escouade de son père, là-bas, à l'extrême limite de son champ de vision, il discernait les ombres mobiles des chiens de guerre à la recherche de chair humaine.

À un moment donné, les chiens s'arrêteraient au centre d'une clairière, l'escouade de son père les rejoindrait, puis attendrait leur arrivée. Ce serait là. Il suffirait de poursuivre la simulation. Faire semblant de chercher ce qui avait déjà été trouvé.

Car ensuite, il le savait, on passerait de la simulation à la terrible fiction du réel.

Il faudrait absolument trouver ce que personne n'avait jamais cherché.

– Comment tu peux savoir ça ?

Verlande venait de délimiter la fosse en détectant les traces organiques d'origine humaine en quantité substantielle sous ces quelques mètres carrés d'herbes sauvages, des restes osseux et des traces de tissus biologiques humains. Sur l'écran à imagerie thermique de Voronine se détachaient très bien les formes d'un squelette contre la masse sombre de la terre ferrique. En fait, les chiens de guerre s'étaient allongés sur l'emplacement comme pour veiller jalousement sur lui, et l'escouade de son père se tenait tout autour. Il n'avait eu qu'à truquer la vérité.

La cognition était immédiate, mais l'heure de la vérité absolue n'était pas encore venue. La Vérité est une arme, elle mérite soin et attention, amour, et surtout *intelligence*, elle mérite d'être servie au moment le plus opportun. Le moment où elle peut détruire tout un monde.

– J'ai établi des recoupements. Doyle connaissait notre ami le Magicien, et notre ami le Magicien des petits zenfants avait des connexions dans tous les milieux gay artistiques de la côte Ouest, dont ce type, Graham Sinerzcki. Il a été engagé officiellement par la WonderLife en janvier 2012. C'est le seul qui n'ait jamais été condamné ni même suspecté pour des actes pédophiles. Il était gay, c'est tout, il était *clean*. Et c'est pour cela qu'il est mort le premier. Cette fosse est la première du lot, et la plus proche du centre, pourtant c'est la plus excentrée de toutes.

Il voulait dire de la *narration centrale*, celle vers laquelle ils s'acheminaient dans la nuit bleu police qui tombait sur les montagnes de fer.

– Les données en ta possession nous disent quoi sur le moment de sa mort ?

– C'est la plus ancienne des fosses, et c'est la seule où il n'y ait qu'une personne. D'après les premières données, entre deux et cinq ans avec environ 10 % de marge d'erreur, on n'a qu'à dire environ trois ans. La radiodatation des ossements est imprécise à distance, sans compter les six pieds de terre. Il faudra l'exhumer pour affiner l'analyse.

– Sinerzcki, tu dis.

– Oui, cherche dans les données sur la WonderLife. C'est lui l'architecte.

– L'architecte ?

– L'architecte de la maison. Elle faisait partie des multiples actifs de la compagnie, ici sur le mont Wright.

– C'est exact, WonderLife possédait des chalets d'hiver, la scierie, plusieurs dépendances éparpillées sur le territoire…

– Dont une maison. Au sommet d'une colline. Une ancienne bâtisse, très vaste, qui a été entièrement reconfigurée par Sinerzcki.

– Reconfigurée ?

– Sinerzcki était un spécialiste des composites métamorphiques et il savait les utiliser à grande échelle, mémoire de forme, électrophorèse, nanotechnologies, surpliage subatomique, c'était un authentique expert, et un innovateur reconnu. Dès 2011, il est un de ceux qui ont inventé le concept de maison pliable. Il a travaillé pour des compagnies d'effets spéciaux dans le cinéma, ascension fulgurante, il a édifié une véritable fortune en concevant plusieurs maisons « intelligentes » métamorphiques pour des *tycoons* et des stars d'Hollywood. Il a fait de la maison une illusion, sur les conseils du Magicien.

– Une illusion ?

– Elle n'était pas à l'intérieur ce qu'elle paraissait vue de l'extérieur, et mieux encore, elle pouvait se transformer assez vite pour ne plus être ce qu'elle était à l'intérieur, *vu de l'intérieur*. J'ai beaucoup étudié le cas de notre petit génie de la microphysique. Je sais par exemple qu'il a construit un des pavillons spéciaux du parc Nowhereland de « Pitch Black » Moore.

Voronine le regardait comme si un cataclysme était sur le point de survenir, c'est-à-dire avec le plus grand calme, le calme d'un froid sibérien.

– Tu as lu le rapport des gars de la SQ avant qu'ils y passent, je parle de Texaco Turner et de sa pute disparue ?

Voronine. Il ferait le superprédateur qui lui succéderait. Il serait le prochain mammifère mutant de la Polis nocturne.

– Oui. Il existe de multiples recoupements avec certains cas suivis par Ariane McDowell.

– Il y a plus que ça en fait. Si des témoignages, même de toxicos, font état d'enlèvements planifiés et organisés, alors le cas Archambault et Alice Delorme n'est pas isolé.

Verlande regarda son compagnon d'armes et lui offrit un éclat d'azur complice avant de répondre :

– Il ne l'a jamais été.

– J'ai à ma disposition quelques *microbots* excavateurs, avait dit Ariane McDowell, ils sont en essaim dans un cargo spécial, dans ma voiture, ils peuvent être là dans une vingtaine de minutes et excaver la fosse, nous pourrons alors vérifier si toutes vos théories sont…

Ariane McDowell était d'une beauté cristalline sous la lumière de la lune et des étoiles. Elle était belle, elle était plus belle que tous les éléments réunis, elle était belle et il en tombait amoureux comme au cours d'une longue chute, très calme, sans fin, elle était belle, mais elle se trompait. Il devait être plus coupant qu'une lame, il fallait tout de suite trancher net les liens qu'elle entretenait avec ce qu'elle savait.

Car il fallait lui faire *con-naître* la vérité, le secret, le centre du diagramme. Il fallait la plonger au cœur de l'inconnu.

– Ce ne sont pas des *théories*, je sais additionner deux plus deux, et bien plus encore, je suis connu pour mon intelligence hors du commun, vous feriez mieux de vous y habituer. Il ne nous reste plus qu'à trouver la « boîte », elle est sur le cadastre. À environ vingt kilomètres au sud-est. C'est là-bas que nous trouverons le centre de la structure, et par conséquent la structure concentrique tout entière.

Il regarda Ariane McDowell avec la douceur maximale qu'il était en mesure d'offrir à cet instant.

– Appelez la permanence de la SQ du district, donnez-leur la localisation GPS de la fosse. Puis faites venir vos *microbots* avec vous, inutile qu'ils creusent ici, nous allons avoir besoin d'eux plus tard.

– Plus tard ?

Verlande se perdit dans le feu roux de ses yeux. Chaque fois le choc cognitif/amoureux était plus violent, chaque fois quelque chose se perdait en lui, chaque fois quelque chose d'immense était connu, chaque fois quelque chose forait un vide sidéral dans son cerveau.

– Lorsque nous aurons trouvé le diagramme complet, il faudra creuser.

Il s'abstint de leur dire ce qu'il savait déjà : que c'est *sous la terre* qu'ils devraient creuser.

Le fer sous la terre

Avant d'être une « boîte » vidée de toute identité, tout passé, tout devenir, cela avait été une maison. C'est-à-dire non pas un « contenant », mais un contenu, une historicité, un sens doté d'une forme.

Elle apparut comme une lointaine surface sépulcrale sous la lumière des astres, à travers les frondaisons du boisé d'épinettes et de bouleaux dont ils atteignaient l'orée.

C'était comme un météorite de forme rectangulaire qui serait tombé sur la terre, en l'occurrence au sommet d'un piton rocheux qui se dressait au centre d'un vaste cirque de roches aux teintes vert-de-gris et rouille, lui-même cerné par les buttes boisées de l'ouest du mont Wright.

Les arbres s'espaçaient peu à peu mais à leur place c'est le sous-bois qui se transformait en une longue rivière végétale de broussailles et de massifs d'épineux. Plus loin devant eux, en formation de voltigeurs, les SS de la compagnie d'assaut de son père marchaient sur la rocaille du cirque ferrique, l'arme au poing, avec cette étrange décontraction des hommes habitués à s'exposer au danger, à faire face à la mort.

Verlande avançait en tête de leur propre groupe, un legs paternel sans doute. Ils se trouvaient à une trentaine de mètres des limites de la forêt, la Maison luisait d'une lumière lunaire qui paraissait provenir de l'intérieur. Verlande fut traversé d'un éclair cognitif : le cirque était en effet d'origine météorique, un fragment d'astéroïde avait ouvert un cratère d'environ six kilomètres de diamètre dans la montagne de fer, le piton de résurgence typique des impacts à haute vitesse se tenait très exactement au centre du cirque, la maison fixée à son sommet. Des millions de tonnes de roches en fusion avaient été éjectées à une vitesse supersonique dans le ciel, dont de nombreuses particules de ferrite qui, plus lourdes, retombèrent assez vite sur l'ensemble de la région, dans le même temps, l'impact créa une onde de choc et une boule de feu qui agit avec une extrême violence dans le sous-sol du mont Wright, fusionnant le fer avec les strates supérieures, saturées de magnétite extraterrestre, faisant de lui, des millions d'années plus tard, un des gisements les plus rentables de tout le Canada.

Ferrite et magnétite. Cela avait dû être le joyau de la compagnie.

La Maison semblait suspendue dans les cieux, elle continuait de veiller sur la terre en contrebas, elle continuait de veiller sur le Fer.

Elle se trouvait à un peu plus de trois kilomètres de distance. On ne voyait qu'elle. Elle voyait tout. Elle dominait le territoire à ciel ouvert et même les collines les plus proches.

C'était bien elle.

C'était bien elle, le centre.

Verlande allait franchir les derniers mètres qui le séparaient de la fin du boisé lorsque Voronine poussa un bref mais violent cri de douleur, derrière lui.

Verlande fit immédiatement demi-tour, le Glock bien en main, extension prothétique du *nanonetwork* qui éclairait la face prédatrice de son cerveau secret, un genou à terre, position de tir activée. Il pouvait voir dans la nuit, il pouvait voir très loin dans la nuit.

Il n'avait entendu aucune détonation mais il savait que cela ne voulait plus rien dire, un *sniper*, avec une arme dotée d'un bon silencieux, pouvait tuer son homme en pleine obscurité à deux ou trois kilomètres de distance sans que personne remarque quoi que ce soit, la cible en premier lieu.

Ariane McDowell trouvait un abri derrière un des rares feuillus de la forêt, elle extrayait avec lenteur le Beretta M92 de son étui.

Voronine se tenait une cheville et indiquait quelque chose qui traînait à terre, dans l'épaisse couverture de broussaille.

Verlande s'approcha, Ariane McDowell à ses côtés, il vit ce que montrait Voronine et qui venait de cisailler sa chair.

Un morceau de fil de fer barbelé.

Il était long, partiellement enfoncé dans le sol, mais des pitons de fer rouillés maintenaient encore à la surface un ou deux niveaux d'épines métalliques, cachées par la broussaille du sous-bois sur des mètres. Verlande sortit la trousse de soins d'urgence de son sac dorsal et s'occupa immédiatement de la blessure de Voronine, en commençant par une injection antitétanique. Puis le fil de fer barbelé dessina un réseau singulier dans sa tête-machine. Le Métacortex illuminait un diagramme dans le diagramme.

Il y en avait d'autres. Plein d'autres. Tout autour.

Tout autour de la maison.

Tout autour du centre.

– Il y a même des rouleaux entiers à moitié dissimulés dans la terre et la broussaille, c'est par morceaux, on dirait que ça été partiellement *nettoyé*. Comme là-bas.

Voronine avait suivi le cordon métallique qui l'avait blessé, il l'avait perdu, retrouvé, reperdu, redécouvert, il était tombé à plusieurs reprises sur des blocs entiers de barbelés camouflés dans les herbes hautes, ou au fond de *booby-traps* judicieusement disposés sur les quelques sentiers qui bordaient la forêt.

Voronine n'était pas doté du Tube/Cortex, il restait un humain, c'est-à-dire un de ces mammifères de la nuit qui savent très vite mettre les phénomènes essentiels en relation. Il a compris le concept du *nettoyage*. Il est en train de se poser les bonnes questions. Lui aussi, il traque le diagramme, se disait Verlande.

Il répondit simplement : *Les barbelés indiquent la limite extérieure.*

Le paysage qui se dévoila pleinement à leurs yeux ressemblait étrangement aux photogrammes résilients de l'ordinateur d'Archambault. Ce vaste cirque, ces reliefs, ces ravines, ce piton central.

Les barbelés.

Les pylônes des caméras de surveillance, comme celui-ci, dont subsiste le tronc de béton, et cet autre, un peu plus loin, un poteau métallique jeté à terre, rouillé, fissuré, couronné d'une structure de plastique lacérée par les éléments. Et cet autre encore, scié en plusieurs tronçons éparpillés sur la rocaille.

Tout est plat ici, même le ciel, même les collines environnantes, tout est plat, à l'image du cirque, c'est comme si la lumière de la lune et des étoiles aplanissait tout sous une mince couche de zinc. C'est bien ici que les photogrammes résilients ont été enregistrés. C'était bien durant la nuit. C'est bien ici que la carte et le territoire ne font qu'un. C'est bien ici que *le plan prend forme.* Certes, quelques détails dans le paysage ont changé. Rien que la cinétique imparable du temps, dans les deux sens du terme, l'usure, la pourriture, l'érosion, le vent, les pluies, la neige, la glace, la sécheresse. Les cyclones, les SuperBlizzards.

Ce cirque de fer à ciel ouvert, c'est lui la structure concentrique, c'est en lui que se camoufle le secret qui prend corps peu à peu dans son cerveau sans cesse plus proche de l'infini, et de son code-machine.

Il demande à ses compagnons de réactiver leurs instruments de détection et d'analyse, alors qu'il allume son engin portatif. La vérité est proche, elle est là, mais elle n'est pas encore entrée en eux.

Ils voient, ils commencent à apprendre, il faut qu'ils *con-naissent.*

C'est très exactement ce que pense son père au demeurant, et tous les survivants de sa compagnie, alors qu'ils prennent position autour du piton rocheux et du vaste escalier creusé à même la pierre qui conduit à l'immense villa qui le surplombe.

Choc cognitif.

Décodage-recryptage-impression-narration neuronale :

La Maison a une histoire, entrelacée avec sa localisation géographique. La Maison est un Monde. Et on en a fait un Infra-Monde inverti, situé à l'altitude la plus haute de la zone. On en a fait ce qui dominait les vastes mines subterranéennes du cirque ferrique. On en a fait l'œil qui pouvait voir bien au-delà des limites naturelles du territoire.

Scott Duncan Cosworth était un Anglo-Québécois qui participa à la Ruée vers l'Or du Klondike, à la fin du XIXe siècle. Fils d'un garde forestier de la région de l'Abitibi, il s'était passionné très tôt pour la géologie et la minéralogie, mais n'avait pas eu les moyens d'entrer à l'université afin de s'y consacrer. Il vécut de divers petits travaux au Québec et en Ontario durant quelques années, puis la ruée vers le Grand Nord survint au moment précis où il était prêt à faire à peu près n'importe quoi, à l'âge de vingt-quatre ans. Le Gold Rush de 1896 fut de relative courte durée, mais pour certains, comme Cosworth, quelques années de rude labeur, d'investissements intelligents, d'expérience acquise à la dure, d'associations dynamiques, de compétition sans merci, avaient été amplement suffisantes pour se bâtir une solide petite fortune. Avec laquelle il retourna au Québec, dans la ville de Montréal, au cours de l'été 1906, juste après avoir fait l'acquisition de riches gisements d'argent et de plomb de très haute qualité à Keno Hill, qui deviendraient très vite une référence en matière de minerai dans toute l'Amérique du Nord.

Il fallait se replonger dans ce moment historique précis, celui où les mots « moment historique » avaient encore un sens, et une forme.

Le développement explosif des chemins de fer, des chantiers navals, des machines-outils, de la métallurgie de masse, de la mécanique de précision, de l'automobile, les premiers modèles d'avions, les gratte-ciel modernes construits sur des structures de béton et d'acier, les ponts géants qu'on édifiait de New York à San Francisco, l'industrie de guerre, bref, en ce début de XXe siècle, l'Or c'était bien, mais le Fer c'était encore mieux.

Au début de l'année 1907, la Cosworth Gemini Metal Consolidated voit le jour, est presque immédiatement cotée en bourse, et se met à acquérir aussitôt nombre de terrains à haute teneur en fer, ou des gisements aurifères, dans tout le Québec et le nord de l'Ontario. Elle s'est spécialisée dans ces deux minerais stratégiques. Tout en conservant la majorité des parts, Cosworth s'est associé avec un Juif américain de New York qui s'est enrichi dans le commerce des diamants et de l'or et connaît bien les réseaux d'export internationaux des métaux précieux, ainsi qu'avec un jeune prodige financier d'Ottawa, doté d'un bel héritage. La société suit la courbe du progrès mécanique du XXe siècle, connaît une ascension fulgurante durant la guerre de 14-18 en fournissant du minerai déjà transformé grâce à une petite unité sidérurgique qu'il implante au sud de la ville de Fermont, en bordure de ce qui serait bientôt la 89, ses clients sont les Britanniques puis, à partir de 1917, l'armée américaine. Cosworth a toujours misé sur l'innovation technologique et il est un géologue hors pair capable de deviner à l'œil nu l'emplacement de gisements importants depuis la surface. En 1919-1920, il double le volume de production de son usine et trois ans plus tard, la transforme en véritable centrale sidérurgique destinée à la fabrication d'un acier haut de gamme.

L'époque à la fois troublée et festive des années 20 contribue à son expansion. Mais la crise de 29 va bientôt avoir raison du jeune empire industriel. Les placements du « prodige financier d'Ottawa » mettent les ressources monétaires de la Cosworth Consolidated à plat puis le ralentissement économique général finit par tuer l'entreprise en novembre 1931.

La Compagnie était morte.

Mais la Maison allait lui survivre.

Elle aussi, elle appartenait à la race des prédateurs.

– Voici la « boîte centrale ». La Maison Cosworth. Une splendide propriété de style géorgien classique de l'extérieur, mais c'était un véritable bunker-labyrinthe à l'intérieur.

– Comment tu sais ça, merde ? demanda Voronine légèrement excédé.

– J'ai eu accès aux *plans*, lui répondit Verlande, sans même mentir vraiment. La maison dans son ensemble était truquée, elle n'avait pas de forme stable, c'est pour ça que je n'ai pas pu la voir avec précision.

Verlande aperçut Voronine qui tournait rapidement la tête dans sa direction, il n'y avait même pas trace d'un quelconque étonnement sur ses traits. De la curiosité, plutôt. Le jeune prédateur voulait comprendre, il ne tarderait pas à *connaître*, c'est-à-dire à ne faire qu'un avec la vérité.

Le plus dangereux de tous les états du vivant.

Le cirque ferrique formait une vaste étendue dénudée, rocailleuse, où les circonvolutions des différents niveaux d'extraction étaient encore visibles, ainsi que plusieurs tunnels d'accès, souvent comblés par les éboulis.

Il avait discerné plusieurs puits et corridors lors de sa neuronexion avec les jumeaux, dans ce monde secret qui structurait le *centric network* souterrain, mais ils formaient une structure diagrammique, nette, géométrique, ce qui restait ici des gisements de fer présentait souvent la forme de vastes galeries obliques disposées sans ordre apparent, ce qu'il avait vu était à taille humaine, et parfaitement horizontal ou vertical.

Plus ils approchaient de la Maison, plus il devinait que c'était elle qui était à l'origine de cette divergence, de cette *déviance*.

En surface, le chaos organisé à la dynamite des tunnels miniers. En altitude, la Maison au sommet du piton éruptif. Elle était le centre, mais le centre était censé être souterrain.

Verlande se trouvait au bord du choc cognitif fondamental, mais l'impact n'était pas encore survenu, c'était à une nanoseconde, à un nanomètre. C'était là où se dirigeaient les hommes de la compagnie SS.

Il savait que les anciens gisements de fer entretenaient un rapport avec le diagramme mais, vu leur configuration, il s'agissait encore d'un rapport divergent/convergent.

Oui, décidément, cette Maison était une forme de vie.

La forme de vie qui tue les autres.

– Il n'y a strictement aucune déformation atypique dans le sol, avait dit Ariane McDowell. À part quelques tronçons de mines tous plus ou moins effondrés.

– Et je ne détecte rien d'anormal dans le scanner, avait ajouté Voronine. Cela fait longtemps qu'il n'y a plus rien par ici.

Verlande avait retenu son sourire de s'ouvrir trop largement. Ce n'était pas de cette façon que la vérité se dévoilerait à leurs yeux.

C'est justement l'absence de traces visibles qui les mettrait sur la piste, qui les conduirait tranquillement à la *con-naissance.*

– Nos appareils ne doivent pas scruter assez profond, s'était-il contenté de répliquer.

Il avait vu Voronine l'observer une fois de plus avec la curiosité d'un roboticien pour une toute nouvelle machine.

– Cinq mètres, ce n'est pas assez profond ?

Verlande avait simplement lâché un bref soupir.

– Pas ici.

Au début de l'année 1932, la mise en faillite de la CGMC fut prononcée par un tribunal du Québec et les actifs de la société furent vendus par lots. La Couronne fit l'acquisition d'une partie substantielle des forêts, des terrains miniers abandonnés et des infrastructures connexes, la municipalité de Fermont acheta un certain nombre de parcelles des territoires situés les plus à l'est, la Province compléta l'offre. Plusieurs investisseurs privés non ruinés par la crise profitèrent du prix cassé pour s'offrir de vastes réserves de chasse un peu partout dans la région du mont Wright. Il suffit de quelques mois pour que l'empire Cosworth soit totalement démantelé.

Le seul bien que Cosworth parvint à sauver fut un lot unique, comprenant la Maison, avec son piton rocheux, quelques acres du cirque qui en faisait le tour, et une petite demi-douzaine de parcelles éparpillées sur le territoire minier et les boisés environnants.

Il conserva la Maison. Mais il y perdit la vie.

En janvier 1933, le jour même de l'accession d'Hitler au pouvoir en Allemagne, et alors que Roosevelt venait de prêter serment comme président des États-Unis, Scott Duncan Cosworth se tira une cartouche de douze en pleine tête, en calant l'extrémité du canon de son fusil de chasse juste sous le menton. Son corps fut retrouvé, à moitié décapité, dans le *rocking-chair* de son salon un peu moins de deux semaines plus tard, par un agent du fisc venu précisément prélever le dû de l'État. Cosworth mourut sans connaître aucun des « New Deals » qui se mettaient en place d'un bout à l'autre de l'Atlantique.

La Maison, construite en 1909 lors de l'acquisition des gisements de ferrite/magnétite du mont Wright par la compagnie, n'avait cessé d'être embellie, agrandie, revampée aux modes du moment durant tout le temps de l'expansion fulgurante des années 10 et 20. Deux vastes ailes latérales avaient été ajoutées, dans le plus pur style Art déco. La modernité s'offrait un dernier moment de beauté avant que ne commence vraiment le XXe siècle.

Mais s'il avait pu sauver la maison, entièrement payée de longue date, il lui fallait encore s'acquitter des diverses taxes foncières, calculées sur le domicile principal et les terrains afférents. Cosworth bénéficiait jusque-là d'incitations fiscales liées à ses activités économiques, mais celles-ci étaient à l'arrêt, la faillite de la compagnie avait jeté des milliers de travailleurs dans les agences de chômage, il ne devait pas s'attendre à de chaleureux élans de solidarité. Ruiné personnellement, son entreprise détruite, la vente des actifs ayant tout juste couvert ses dettes, il en était pratiquement réduit à mendier sa pitance.

Il ne put se résoudre à vendre le joyau architectural qui dominait le vaste cirque de fer dont il avait tiré une grande partie de sa fortune, à jamais évaporée. Il préféra le jugement du calibre 12.

Il y eut un moment de flou durant les premiers mois de 1933, mort célibataire et sans la moindre descendance directe ou indirecte, ses rares et très lointains héritiers préférèrent laisser le legs aux notaires afin qu'ils en tirent, au plus vite, le meilleur prix possible. Puis, à l'été, quelqu'un se porta acquéreur du lot. Un avocat québécois, spécialiste des faillites et autres liquidations d'entreprises. Pour les professionnels de sa corporation, le Krach de 1929 avait représenté ce qu'avaient été les mines d'or et les gisements de fer de l'homme dont il prenait la place.

Guillaume Trudel-Cooper fit de cette vaste résidence son domaine de villégiature estival et hivernal. Il y passa probablement les plus belles années de sa vie.

Puis lui aussi, il y mourut.

En fait, on ne sut jamais vraiment. Il disparut sans laisser la moindre trace, au cours de l'été 1939. Le courrier en attente s'accumula, des amis lui rendirent visite en vain à plusieurs reprises, pour finir, les corps policiers de la région furent prévenus. On ne découvrit jamais son corps, comme avalé à jamais par la terre de ferrite. L'enquête n'aboutit nulle part, le cas Trudel-Cooper rejoignit des centaines d'autres dans leurs boîtes de carton. Inutile de préciser qu'à cette date, sa disparition ne risquait pas de faire les manchettes. Le lot Cosworth était de nouveau disponible, avec ses minerais de ferrite/magnétite.

Et la guerre venait juste de commencer.

La mort avait régné, ici, dès les origines. La Maison l'avait accueillie, sur les hautes terres de ferrite. Verlande connaissait désormais tout d'elle. La Maison avait partie liée avec la mort, rien ne peut arriver par hasard, car rien n'arriverait jamais.

Son père observait quelque chose à la jumelle, vers l'orient.

– On me signale par codes lumineux que nos chiens ont découvert un autre emplacement de fosses, à environ dix kilomètres plein est.

Les SS s'étaient regroupés derrière leur Obersturmführer, ils attendaient ses ordres, et l'Obersturmführer Victor Voerlandt attendait que son fils, à une nanoseconde de décalage, à un infini de distance, lui donne les siens.

Ils se tenaient face à lui, comme dans les décombres de Berlin, pour eux chaque moment était la fin du monde, le monde qu'ils avaient créé en le détruisant. Leurs visages hiératiques faits comme le sien, de cette matière/énergie sombre qui se donne à voir comme un pur éclat de lune, sont illuminés de cette noire douceur de l'homme qui sait que pour *donner* la mort, rien de tel qu'être mort.

Verlande voyait des groupes de chiens de guerre courir en tout sens autour du piton rocheux, sur les premières dizaines de mètres du cirque de ferrite. Leurs jappements brefs se répondaient en séquences rythmiques à travers l'espace désolé. Ils communiquaient, comprenait Verlande. Et le pire c'est qu'il comprenait ce qu'ils disaient, pas en tant qu'individus vraiment singuliers, ce qu'ils ne sont pas, mais son cerveau décodait le sens général qui se dégageait de cette chorale animale.

Eux aussi, ils savaient avant d'avoir vu. Eux aussi, ils disposaient d'un instrument sensoriel qui traversait la nuit. Eux aussi, ils cherchaient le diagramme.

Lorsque Ariane McDowell lui soumit l'idée d'appeler les équipes de chiens renifleurs de la SQ, Verlande se trouva devant le défi, qui deviendrait vite permanent, d'improviser très vite une réponse rationnelle qui paraisse de surcroît naturelle et spontanée.

Désormais il calculait plus vite que la lumière, désormais les réponses étaient inscrites avant que les questions ne soient posées.

– Faites plutôt venir vos essaims de *warbots*, l'endroit est vaste, et nous serons interconnectés avec le *nanonetwork*.

Tout était vrai, et pourtant il s'agissait d'une illusion.

Il pensait très exactement *comme* la Maison avait été conçue. C'était ça, *con-naître*.

Il ne voulait pas que toutes les polices du coin se ramènent la gueule enfarinée au moment crucial, au moment du dévoilement du diagramme. Ce moment, il était à eux, eux les prédateurs de la Direction du Renseignement, eux les mammifères nocturnes en guerre contre le monde. Ce moment était leur proie, il le chassait depuis les origines de la Polis.

Les fosses retrouvées à l'est par l'escouade de reconnaissance faisaient partie de cette narration excentrée, cette narration qui démontrait en négatif l'existence de l'autre, *la narration centrale*, celle vers laquelle ils commençaient leur ascension, sur les vastes marches taillées à même la pierre, en plusieurs longues volées en quinconce, sur soixante mètres de hauteur. Verlande savait qu'il existait une très ancienne voie d'accès de l'autre côté du piton, il le savait, tout comme les hommes et les chiens de la compagnie SS.

Ce n'était plus qu'une piste démolie, parsemée d'éboulis, submergée de broussailles, parfois à peine moins étroite qu'un sentier forestier, elle était complètement impraticable depuis des années. Les escaliers, eux, sont conçus au départ pour être des *routes verticales*.

– Il y a quelque chose de bizarre, avait dit Ariane McDowell, à mi-chemin.

– S'il y avait quelque chose de normal, je commencerais à m'inquiéter, répondit Verlande.

Elle fit abstraction de la petite pointe d'ironie.

– Je détecte des variations dans la masse du piton, c'est assez faible, ce n'est pas une très grosse distorsion et c'est en plein milieu du bloc, sous plusieurs mètres de roches, mais je perçois des signaux, il y a la présence d'un vide, et aussi de diverses structures et substances métalliques…

Il saisissait mieux la structure d'ensemble. Pourquoi le centre pouvait se trouver à la fois sous la terre et en altitude, pourquoi la sous-face de fer était une réplique invertie de la surface de la terre. Pourquoi la narration centrale convergeait vers la Maison.

C'était important. S'il voyait enfin le diagramme dans son intégralité et en pleine lumière…

– Montrez-moi ça, demanda-t-il plus sèchement que voulu.

Les images étaient faiblardes, quelques traits luminescents, des traces à la lactescence frémissante, des émissions intermittentes de rayonnement.

Des nombres, en colonne, de chaque côté de l'écran. Fais confiance aux nombres plus qu'à tes sens, lui avait souvent répété son père. Cette fois-ci ce furent les nombres qui lui firent *confiance*.

Les colonnes de signes numériques vinrent s'impacter dans son cerveau amplifié, comme une longue rafale de cognition pure. Verlande savait que toute connaissance se paie par une destruction équivalente de structures neuronales. Jusqu'ici, il le savait. Un savoir abstrait.

Cette fois-ci, il le *connut*. Cognition intégrale : physique *et* métaphysique.

Get ready for the Metacortical injection.

Les diamants sont mortels

L'avion qui le conduisit au Canada, le 31 août 1950, au départ de Caracas, Venezuela, était rempli d'hommes d'affaires spécialisés dans l'extraction et le raffinement des produits pétroliers. Ils lisaient le *Wall Street Journal*, fumaient des cigares cubains, portaient des costumes de bonne coupe et arboraient le sourire imperturbable de ceux qui savent que pour chaque journée passée dans un siège de la Pan Am, un million de dollars viennent de s'ajouter à leur compte bancaire. Une nouvelle guerre venait d'éclater en Extrême-Orient, non seulement la machine militaro-industrielle n'était pas près de s'arrêter, mais c'est elle qui faisait tourner le monde.

L'adaptation à Montréal fut aussi simple et rapide que son adaptation à l'hiver russe.

Voerlandt savait qu'il ne vivrait jamais rien de plus dur, l'hiver québécois le ferait doucement rigoler, il avait combattu durant plus de deux ans le Général Blanc au service des Rouges, celui-là même qui avait mis en déroute Napoléon Bonaparte et sa Grande Armée.

Il s'appelait maintenant, et pour toujours, *Hector Verlande*. Il était né à Annecy, France, le jour de sa véritable date de naissance, de parents canadiens, avant leur retour au Québec, Trois-Rivières, alors qu'il venait d'avoir trois ans. Il avait passé la majeure partie de son adolescence en Afrique du Sud, dans un pensionnat afrikaner, ce qui pouvait expliquer son accent germanique. Ses parents étaient décédés dans un banal accident d'avion, au large des côtes de la Colombie-Britannique, en mars 1945. Disparus dans les profondeurs du Pacifique Nord, il avait été aisé de les faire passer pour des passagers accidentellement non inscrits sur la liste du plan de vol. Majeur à cette date, il n'avait pas à fournir la preuve d'un séjour dans un orphelinat d'État ou religieux. Son dossier militaire indiquait une réforme pour raisons médicales. Son lieu de naissance le situait quasiment hors de vue des radars de l'administration québécoise. Les services secrets israéliens fonctionnaient déjà à plein régime. Ils savaient fabriquer des identités clés en main, absolument indécelables, ils pouvaient ré-inventer des existences complètes, assez proches des originales pour que les hommes qui les portent ne commettent jamais la moindre erreur à leur propre sujet.

Très exactement comme les réseaux pronazis de l'organisation ODESSA.

Son faux métier : ingénieur mécanicien spécialisé. À l'époque de ses véritables enfance et adolescence, il avait passé son temps dans le garage de son paternel, à Strasbourg. Ensuite, sur le front russe, durant près de six mois par année, l'occupation principale d'un Panzergrenadier SS consistait à aider les équipages de char à remettre en route leur machine gelée par les températures subarctiques. Il avait obtenu des résultats exceptionnels en mathématiques tout au long de sa scolarité, sur les fiches de présentation remises chaque début d'année, il avait indiqué dès la classe de sixième qu'il voulait travailler dans l'aviation, *inventer des avions*.

Tous ces détails épars avaient formé un parfait tableau d'ensemble pour les hommes des services de renseignement israéliens. Il fallait que tout soit faux, mais que tout paraisse vrai. Les diplômes adéquats l'attendraient dans la maison qu'il avait choisie sur un catalogue présenté par l'officier du Shin Beth qui supervisait l'opération. Il avait opté pour un joli cottage à un étage reconfiguré en maison personnelle, un duplex, une rareté à l'époque, avec une véranda de style années 20 qui s'ouvrait sur une vaste arrière-cour, plantée d'un hêtre, donnant sur une de ces longues ruelles qui font la particularité de la ville. Une bonne partie de sa fortune volée aux nazis lui servit d'apport substantiel, son crédit fut négocié à la dure par un avocat d'affaires d'Outremont qui lui obtint les meilleurs taux possibles, et investit le reste dans des placements à bons rendements et aux risques minimums. L'avocat juif prit une commission plus qu'honorable, mais Verlande savait que ce qu'il dépensait allait lui permettre de vivre de ses rentes, ou presque, pour le restant de ses jours.

L'hypothèque bancaire serait déjà signée à son arrivée. Il disposerait d'employeurs fictifs à la demande pour ses déclarations d'impôts. Il pourrait choisir la vie qu'il désirait, tout ce qu'on lui demandait c'était de respecter le contrat.

Peu de temps après son arrivée, il apprit par une lettre tout ce qu'il y a d'officielle qu'il recevrait régulièrement une somme d'argent d'une société implantée à Boston, pour ses services de « consultant en électro-mécanique ».

C'était le « bonus » inattendu. C'était ce qui, inévitablement, n'était pas prévu au départ, c'était ce qui faisait d'un service secret un service secret. C'était ce qui faisait d'un contrat un Contrat. C'était cet homme qui se tenait devant lui, dans l'embrasure de sa porte ouverte sur la rue Clark, poudrée de neige cristalline, alors qu'un groupe d'enfants se dirigeait en courant vers Saint-Viateur.

C'était la guerre, celle qui ne cessait de continuer.

– L'Union sud-africaine ?

– Vous avez assisté au règne et à la chute du IIIe Reich, plus rien ne devrait vous étonner.

Hector Verlande ne connaissait pas grand-chose de l'Afrique du Sud, sinon qu'en 1948 le Parti national au pouvoir avait décrété l'état d'apartheid, soulevant un tollé mondial et les premières mesures de rétorsion de l'ONU. Mais il savait aussi que les Sud-Africains s'étaient battus vaillamment aux côtés des Alliés.

– Je ne saisis pas le rapport, c'est tout.

L'homme venait le voir comme un des sous-directeurs de la firme de Boston, c'est un sourire de businessman qui éclaira son visage. *Ce n'est plus de l'entraînement à ce niveau-là*, pensa Hector Verlande, *c'est la création d'une forme de vie.*

Plus d'un an s'était écoulé avant que le rendez-vous soit pris. Et plusieurs semaines encore avant qu'il n'ait lieu. On lui avait laissé le temps. Le temps de s'implanter, le temps de s'adapter, on lui avait laissé le temps de devenir un Nord-Américain.

C'était le sourire du XXe siècle en son entier qui lui faisait face, le XXe siècle et ses réversions incessantes, et insensées. Mais c'était pour ce siècle qu'il était né, ce siècle pour lequel il avait fait mourir tant d'hommes.

– Le rapport, ce sont les diamants.

Et le sourire lui expliqua le rapport. Le rapport entre les diamants et la guerre qui ne voulait pas s'arrêter. C'était tellement simple, tellement logique, tellement mécanique, tellement à l'image du siècle, qu'Hector Verlande ne put s'empêcher de répondre au sourire de son interlocuteur.

L'Afrique du Sud, premier producteur de diamants au monde. République ségrégationniste blanche, alliée de la Rhodésie, même type de régime. Les Sud-Africains ont les diamants, l'ONU a ses moyens de pression, sous la forme de ses résolutions adoptées au Conseil de sécurité, les pays « non alignés » et le bloc communiste ont les leurs, sous forme d'insurrections contrôlées dans tout le tiers monde. Qui, absolument partout sur cette planète, est d'une expertise reconnue dans le domaine du commerce des pierres et des métaux précieux, en particulier ces cristaux de carbone venus des mines d'Orange et du Transvaal ?

Les Juifs.

D'Anvers à New York, de Londres au Cap.

Les diamants n'étaient pourtant qu'une entrée en matière. Sa maîtrise de la mécanique, son faux titre d'ingénieur, sa connaissance de l'allemand, du hollandais, du français et de l'anglais faisaient de lui la recrue idéale pour les diverses missions qu'il aurait à effectuer là-bas. Sa couverture serait tout simplement sa « véritable » identité, il visiterait des gisements pour le compte de la firme de Boston, enverrait des rapports bidons, et rencontrerait de la façon la plus discrète possible un certain nombre de personnes, qui resteraient anonymes.

Les missions étaient d'une simplicité toute ordinaire pour un homme comme lui.

Il devait aider à mettre en place un réseau d'export illégal de diamants afin que les Afrikaners puissent continuer à s'armer contre les mouvements nationalistes noirs, les communistes, et pratiquement tout le reste du continent. Une situation tout à fait semblable à celle que vivait Israël au milieu de ses voisins arabes. Et les commissions prélevées sur le commerce des diamants, surtout illégaux, suffiraient largement à financer nombre d'opérations clandestines contre le Fatah et les autres factions palestiniennes émergentes.

Les Boers, protestants radicaux, voyaient dans leur État afrikaner un nouvel Israël implanté sur la terre africaine, comme l'antique royaume juif s'était établi au pays de Canaan. Les Juifs avaient besoin d'alliés, de réseaux d'information, d'argent frais, pas toujours légal, et eux aussi devaient continuer à s'approvisionner en armes.

Bref, le 3 mars 1952, tout prédisposait Hector Verlande, agent non officiel des services de renseignement militaires israéliens, ancien Waffen SS, faux citoyen canadien, assassin rescapé de la plus grande boucherie de l'Histoire, à s'envoler pour Le Cap.

Il fit en moyenne deux ou trois voyages de six à douze semaines par an. Les primes de la firme étaient substantielles sans être de nature à se faire repérer par une institution fiscale, ou autre. Tous frais compris, les paysages mythiques du Grand Trek, les plages du Cap, les vastes déserts de Namibie, cela valait bien la mise en place de quelques réseaux de trafic de diamants et de commerce d'armes clandestins. Il participa de près à l'organisation de liaisons ultra-secrètes entre le BOSS (Bureau of State Security) des Sud-Africains et le Shin Beth, ou le Mossad, des Israéliens. Il parlait toutes les langues en usage dans le pays, il apprit même un peu de zoulou.

Son contact le plus direct dans la firme de Boston était un véritable ingénieur expert en la matière qu'il était censé maîtriser, issu d'une dynastie de Juifs new-yorkais spécialistes en diamants et métaux précieux dont l'origine remontait à la ruée vers l'or du Klondike, en 1896, lorsque son aïeul avait fait fortune avec un jeune aventurier anglo-québécois.

Hector Verlande savait fort bien quelle place il occupait dans ce monde qu'il ne cessait de contribuer à créer. La circulation clandestine des diamants entre l'Afrique, l'Europe, le Proche-Orient, l'Amérique du Nord offrait la garantie que les guerres interafricaines et judéo-arabes ne connaîtraient pas de fin, et surtout gagneraient constamment en intensité.

Les conflits pour le diamant avaient un très bel avenir devant eux, au tournant des années 50 et 60, à la frontière de la Zambie et du Congo, dans la province du Katanga, des tensions nouvelles surgirent entre diverses factions politico-ethniques et les colons blancs des établissements miniers. Cela allait vite dégénérer. Des années plus tard, à la sortie d'une salle de cinéma, il s'était fait cette remarque : seule la mort qu'ils sèment est éternelle dans les diamants.

Il lui arriva de rencontrer d'anciens SS qui avaient trouvé refuge à Pretoria ou à Johannesburg, il ne leur dévoila jamais son identité ni son passé, il était un Juif, ou un type qui travaillait pour eux, cela suffisait à maintenir la distance nécessaire.

En 1956, lors de l'expédition de Suez, on lui demanda de planter des mouchards dernier cri dans les domiciles de plusieurs députés canadiens, dont un bon nombre de Québécois, sous couvert de réparations et améliorations domestiques diverses. Depuis Le Cap, il participa à une vaste opération d'intoxication de plusieurs ambassades arabes disséminées sur le continent africain, avec l'aide des services spéciaux rhodésiens. Les années 50 s'écoulèrent en une longue décennie où son don naturel pour la mécanique trouva son plus juste emploi dans les affaires des hommes. Complots. Assassinats politiques. Infiltrations des mouvements subversifs. Durant dix bonnes années, il poursuivit en Afrique du Sud ce qu'il avait commencé sur le front russe, puis vécu en Palestine, il instruisit de jeunes recrues au *urban warfare* et à la chasse aux partisans, il forma des éléments de la police namibienne qui traquaient les membres du SWAPO[1], il entraîna de nombreux détachements des forces

1. South West African People's Organization, mouvement nationaliste noir namibien, opposé aux colons d'origine allemande et française huguenote.

spéciales afrikaans, il tua même quelques hommes, dans l'épaisse brousse qui longeait la jungle à la frontière du Mozambique. Il fut à peine surpris de constater que passer des neiges glaciales de l'hiver russe aux savanes et aux forêts subtropicales ne représentait qu'une infime variation dans le processus évolutionniste de l'adaptation aux lois de la guerre.

Puis le monde passa à une autre décennie. La guerre ne cessa pas, elle changea simplement de forme.

En mars 1962, par les accords d'Évian, la France céda le territoire algérien aux forces du FLN soutenues par l'URSS, après une « opération de police » de huit années pleines qui démontra à quel point les guerres asymétriques avaient de beaux jours devant elles. Cela changeait la donne dans tout le Maghreb, et par conséquent dans tout le monde arabe. Les missions de la firme en Afrique du Sud furent ralenties, décalées, annulées, avant de s'arrêter complètement.

Dès les premiers jours de l'année suivante, il reçut une lettre de Boston, l'informant de la résiliation définitive de ses activités de « consultant », avec un honorable chèque compensatoire à la clé.

Hector Verlande fut à peine surpris de la nouvelle. En fait, il comprenait fort bien ce qui se passait. Ce qui se passait, c'est que le monde de la guerre né en 1945 changeait de forme, mais certainement pas de « sens », s'il en avait jamais eu un.

Désormais, l'État d'Israël était soutenu à bloc par les USA, il était en mesure de tenir en respect les principaux acteurs de la région, Égypte, Jordanie, Syrie, Irak, devenus en retour les alliés locaux de la Russie soviétique. La génération sortie de la Guerre et de l'Europe en ruines laissait place peu à peu à de jeunes hommes nés sur leur propre terre, l'organisation des services de renseignement juifs s'était professionnalisée à l'extrême, ils avaient déjà acquis leur redoutable réputation, non usurpée, de maîtres de l'espionnage et du contre-espionnage. Eichmann l'avait appris à ses dépens, s'il avait au moins appris quelque chose. De Gaulle et Nasser seraient bientôt conviés aux festivités.

En 1961, après le massacre de Sharpeville, alors que l'ONU avait déjà exclu la République sud-africaine de son Assemblée générale et fait condamner à plusieurs reprises sa politique par l'ensemble de la communauté internationale, les Afrikaners, en retour, rompirent leurs derniers liens institutionnels avec le Commonwealth britannique, le pays devint littéralement hors la loi à l'échelle de la planète.

De quelque côté que l'on se place, les agents non officiels, comme Hector Verlande, nés du chaos et des décombres, n'étaient plus dans la course.

Ce jour-là, Verlande père comprit qu'une page de sa vie se tournait enfin, mais au fond de lui, il savait pertinemment que la guerre ne s'était pas arrêtée, qu'elle ne s'arrêterait jamais, que rien ne pourrait l'arrêter.

La boîte au centre du cercle

C'était bien une boîte. La Maison Cosworth formait un territoire en tout point analogue à sa propre carte. L'architecture intérieure avait été conservée en l'état, un rez-de-chaussée, un grand étage, un second, plus petit, mansardé à la française, des ailes latérales style Art déco, des escaliers, des sous-sols, mais plus aucun meuble, plus aucun système de climatisation, plus aucune canalisation, plus d'eau, plus d'électricité, plus de câblage, plus de prises d'alimentation, et pas la moindre trace organique, plus rien. L'ensemble d'un blanc immaculé, à peine grisé par le temps.

– Parfaitement vide, nettoyée au complet. Une vraie salle blanche, comme la scierie, et au sens propre.

Nettoyage, *sens propre*, la notion devenait centrale dans le discours de Voronine, il avançait vers la vérité, à son rythme de prédateur humain.

Pourtant, il discernait, lui, à l'inverse, quelque chose de secret, caché, invisible au milieu de ce vaste espace homogène, dans l'univers nanodécalé, il aperçut son père et son escouade avec leur meute de chiens, autour de cloisons étranges qu'il percevait à peine comme des ombres. Mais cela suffit pour que l'éclair traverse sa conscience. La Maison avait été refaite par Sinerzcki, l'expert du surpliage et des nanomatériaux. Le Magicien était spécialiste des cirques et des attractions de foire.

Elle était configurable à volonté, ce n'était plus une maison, c'était devenu *un immense jouet.*

– On croirait qu'elle n'a jamais été habitée.

Verlande se tourna vers Ariane McDowell, son sourire sans doute gelé à jamais sur ses lèvres.

– Vous aurez du mal à le croire, mais c'est pratiquement la vérité.

Au cours de l'année 1940, les gouvernements britannique et canadien envoyèrent une série de missions conjointes dans le mont Wright pour préparer sa réappropriation par la Couronne. La petite municipalité naissante de Fermont céda rapidement aux pressions, la province de Québec, plutôt opposée à l'intervention en Europe, se fit un peu tirer l'oreille, mais les livres sterling venues de Londres apaisèrent tous les questionnements superflus. Le processus s'acheva alors que les troupes franco-britanniques pliaient en cinq semaines sous l'impact de la *Blitzkrieg* aéroterrestre de la Wehrmacht. Un consortium d'entreprises privées fut réuni afin de restructurer l'ensemble du lot, remettre en fonction les gisements, immédiatement doubler voire tripler la production de l'unité sidérurgique, bref se préparer à une économie de guerre de longue durée. Le consortium Northern Metal Industries connut la même expansion que la Cosworth Company en 14-18, en cent fois plus intense. La Seconde Guerre mondiale en fit un des leaders canadiens de l'extraction du fer et de la première phase de sa transformation. L'« après-guerre » ne fit qu'accélérer l'ascension, la métallurgie recouvrait le monde de ses aciers, de ses automobiles, de ses buildings, de ses ponts géants, de ses super-navires, de ses *bullet-trains*, de ses canons et de tous les types d'armements possibles, elle emplissait l'atmosphère de ses avions, de ses hélicoptères, de ses fusées ; le consortium vécut ses Trente Glorieuses. Et même plus.

Puis, de l'âge du Fer et du Feu on passa presque insensiblement à l'ère du Flux et du Vide. Nouveaux alliages, nouveaux métaux, nouveaux matériaux, électronique, fibre optique, plastiques, composites, céramiques... La chute des cours de l'acier, l'augmentation constante des coûts de production, l'extinction progressive des gisements les plus riches et les plus rentables, ainsi que la compétition de plus en plus rude des pays asiatiques, entraînèrent le consortium né de la Seconde Guerre mondiale dans la longue chute des années 80.

En 1993, le consortium Northern Metal connut le même sort que la compagnie Cosworth une soixantaine d'années plus tôt. Les divers terrains du mont Wright furent revendus par lots, dont une grande partie à la scierie Lambertville, alors en pleine expansion. Puis celle-ci, à son tour, subit le destin de ses prédécesseurs, l'évolutionnisme social implacable du capitalisme, la faillite, et le dépeçage.

C'est à cet instant qu'entrait en scène la WonderLife Inc. C'est à cet instant qu'entrait en scène le diagramme secret. Celui qu'il devait décoder. Et pour cela il fallait avant tout en découvrir le centre.

Et le centre, maintenant, Verlande le connaissait de tout son être, il l'avait toujours connu, il ne cesserait de le connaître.

Ce centre sur lequel il marchait.

Les plans du sous-sol

C'était un parallélépipède de granit gris anthracite. Une boîte dans la boîte.

En plein milieu de la salle centrale du sous-sol, une simple pièce toute blanche, carrée, nette, froide, totalement propre, comme toutes les autres.

Le bloc de granit était la voie d'accès, le Tube/Cortex était formel. Ils se trouvaient à la fois au-dessus et en plein milieu du centre, concept qu'il avait encore du mal à pleinement appréhender, mais le Métacortex ne pouvait se tromper puisqu'il était ce qui décodait et encodait le réel.

Verlande observait les robots excavateurs d'Ariane McDowell se mettre en place pour la tâche, chacun à son poste selon sa spécialité, son rôle spécifique et le programme général à exécuter.

La Maison avait été entièrement nettoyée, toute singularité effacée, pas même un morceau de mobilier, un miroir fracassé, un reste d'évier, rien.

Mais on avait laissé le bloc de granit, évidemment, puisqu'il camouflait la voie d'accès. Et ce cube de pierre comportait un signe singulier. Une inscription. Un emblème gravé à même la roche un peu luisante. Neuf cercles concentriques, dont le premier, au centre, formait un disque plein d'où s'étoilaient quatre branches en forme de croix, mais en X, le symbole de Saint-André. Verlande savait de tout son être qu'il ne s'agissait pas d'une référence à l'apôtre, mais bien plutôt de la représentation à la fois réelle et symbolique de ce qu'ils cherchaient. Quatre corridors cardinaux, mais en *oblique*. L'obsession de la déviation, de l'inversion, l'obsession du trucage. Le Tube/Cortex put comptabiliser les diverses structures atomiques présentes, il importa directement ses connaissances dans la mémoire de Verlande : le cube de granit avait été construit moins de deux ans auparavant, alors que la maison était sur le point d'être abandonnée. Et le cube de granit cachait un cercle. Le cercle ceinturait un disque. Un disque qui recouvrait un trou. Un trou qui ouvrait sur un puits. Un puits qui conduisait au centre souterrain.

Ariane McDowell regardait le dernier robot fouisseur émerger du béton concassé, suivi par une myriade de cyber-vers qui dissolvaient le tout de leurs sucs artificiels, dans un ballet mécaniquement réglé. De l'autre côté de ce qui avait été ce massif bloc de granit, elle pouvait voir Paul Verlande, sorte de machine lui aussi, observer la danse des créatures artificielles au-dessus de l'écouvillon d'acier qui apparaissait peu à peu sous les débris minéraux.

Elle ne savait pas que Verlande l'observait aussi. Mais *à l'intérieur.*

Voronine jeta un coup d'œil vaguement intrigué en direction de Verlande alors que celui-ci faisait le tour du sas d'acier circulaire. Quelque chose avait changé chez lui ou, plutôt, quelque chose ne cessait de se transformer en lui, comme s'il devenait étrangement autre en étant plus que jamais lui-même. Il devinait qu'ils étaient tous trois entrés dans un domaine interdit, un domaine non pas hors du monde ou de l'humanité mais au contraire planté en leur *centre.*

Ils ne vivaient pas la fin d'une époque, ils vivaient l'époque de la fin. Ils vivaient le Temps des Tribulations annoncé dans les Écritures. Aussi, pourquoi aurait-il été surpris de capter par le *nanonetwork* la voix de Paul en train de lui dire : *Je ne suis pas double, Alex, nous sommes Un...* ?

Le processus de cognition immédiate agissait comme une circuiterie de rayons venue interférer avec tout ce qui pouvait former une pensée. Verlande savait que sa *pensée* arraisonnait le diagramme, enfin. Sa *pensée* arraisonnait la technique à l'œuvre. Sa *pensée* allait bientôt tout *con-naître* de ce qui s'était produit ici.

– Le sas est codé. Un système très simple.

Et il tapa la suite de chiffres sur le petit clavier numérique. Voronine ne dit rien. Ariane McDowell se contenta d'émettre une interrogation ironique :

– Ça aussi, vous l'avez trouvé dans les plans du cadastre ?

Elle était outrageusement belle et elle savait poser les bonnes questions.

– J'ai des amis *hackers*, répondit-il avec le plus grand aplomb, face à un Voronine qui sut rester imperturbable.

Tu seras bientôt à ma place, prédateur nocturne, pensa Verlande, alors que le disque de métal se dévissait et glissait latéralement en découvrant le trou obscur, le trou qui s'enfonçait dans la nuit des profondeurs.

Là où le diagramme les attendait.

Le trou : un puits d'accès. Lumière infrarouge : des cercles de fer espacés les uns des autres d'environ vingt centimètres à la verticale. Une échelle circulaire. Ils l'empruntent. Verlande s'approche du diagramme, à chaque instant de la descente il le *con-naît* un peu mieux. Il sait, il connaît, et il voit.

Il sait qu'il approche du secret contenu dans/par/sous la Maison, il sait que se dessine ici une réplique de la Chute, il voit le dispositif déviant des centres excentrés, il *con-naît* chaque photon qui a pu s'égarer jusqu'ici.

Le puits les conduit à un mètre cinquante sous la surface, dans une rotonde de béton écru.

Il y a un autre trou, un autre puits, un autre cercle. Un autre « centre ». Mais il n'est pas aligné avec le tunnel vertical d'où ils viennent. Il est plus large, et il est décalé d'environ deux mètres.

Le second puits d'accès conduit à une autre rotonde, plus vaste encore.

Mais cette fois ce n'est pas un trou et un puits qui les attendent.

C'est un ascenseur.

La cognition immédiate est digitalisée, fractionnée par l'anti-monde qui un jour a pris corps ici. Elle fonctionne encore par plans successifs, mais il sait qu'à un moment donné, fatidique, tout ne formera plus qu'un flux dynamique et que le diagramme, à cet instant, sera *en lui*.

Ce qui se produit maintenant, c'est la perception de toute la structure de l'ascenseur, qui descend intégralement les soixante mètres du piton, plus dix mètres sous la surface du sol, ré-encodée d'un trait de lumière sombre dans son cerveau biologique. Il connaît tout de ses systèmes électro-mécaniques encore en fonction, il aperçoit un générateur à piles hydrogéniques, capable de durer plus de cent ans, émettant sa lumière bleuâtre sur une des parois, il sait tout du sas vertical d'arrivée, ce dernier puits d'accès qui conduit là où les jumeaux hétérozygotes lui avaient montré le centre. Là où tout allait s'éclairer d'un seul coup. Il sait tout de lui, comme il sait tout de la Maison Cosworth, le diagramme commence à former une structure vraiment cohérente, à la verticale comme à l'horizontale.

Ce n'était pas un vulgaire monte-charge, ou une plate-forme de descente pour mineurs de fond. C'était un splendide objet de style Art déco fabriqué dans les matériaux les plus résistants de l'époque, ceux qui avaient justement fait la fortune de son propriétaire.

Il prenait la place d'un bon tiers de la rotonde d'accès, il pouvait contenir facilement une vingtaine de personnes, Verlande vit s'imprimer en lui des images de fêtes des années 20 – charleston, garçonnes coiffées Louise Brooks, fume-cigarettes au bout des lèvres, starlettes, courtisanes professionnelles, putes de luxe, Champagne et alcools prohibés, premiers tourne-disques – qui se terminaient en orgies effrénées dans les souterrains, ici même, dans l'ascenseur, et dans la structure qui les attend, soixante mètres plus bas.

Ce n'était pourtant que la première *frame* de l'image. C'était la *frame* la plus lointaine, la plus excentrée *dans le temps*, l'ascenseur était un successeur souterrain de la Maison, il lui était intimement relié, il datait de 1919, la plaque du constructeur était encore bien visible sur l'immense porte de fer forgé et de cuivre embossé de bas-reliefs pseudo-grecs.

Pour le moment, cela voulait dire qu'ils n'avaient pas encore atteint le centre du secret, le centre du diagramme, le centre de l'autre monde qui était venu s'installer sur les ruines de celui-ci.

L'ascenseur est une autre boîte dans la boîte, *sous* la boîte. Série de boîtes noires gigognes à décoder. Il suffit à Verlande de pénétrer dans le vaste parallélépipède recouvert de marbre, de dorures et de vastes fresques semi-abstraites pour que la cognition immédiate lui fasse franchir un autre plan. Cette fois c'est la circuiterie électrique qui s'imprime dans son cerveau en un diagramme de lumière sombre. Tous les câbles, chaque connexion, la moindre microcoupure, tout est là, tout a fait corps en lui.

Il discerne deux panneaux différents, situés à chaque extrémité de la cabine. Près de lui, une console de commande réduite au strict minimum : un bouton jaune pour descendre, avec une flèche tournée vers le bas, un bouton vert pour monter, avec une flèche vers le haut, une manette de mise en route de couleur noire, un signal d'urgence de couleur rouge.

Là-bas, de l'autre côté, il y a un autre panneau, plus complexe, avec un clavier à touches digitales et une série d'interrupteurs.

Les deux consoles ne sont pas de la même génération, *elles ne viennent pas du même monde*, leurs câblages descendent en parallèle avec l'ascenseur jusqu'au point terminal, mais l'une sert à faire fonctionner l'engin et l'autre...

Coupure digitale dans le processus de cognition, il lui manque encore quelques *plans* pour éclairer d'un seul coup la totalité du diagramme.

Ce n'est plus qu'une question de minutes, il le sait, quelques minutes, c'est bien assez pour assurer la destruction d'un monde.

Et c'est le temps que va mettre l'ascenseur pour descendre les soixante-dix mètres qui conduisent sous la base du piton rocheux.

C'est la dernière plate-forme de transition, c'est la dernière coupure, c'est le dernier tronçon séparé. La grille de l'ascenseur coulisse dans un léger grincement et ouvre sur une autre rotonde, de la même taille que la toute première. Il aperçoit un puits d'accès d'où dépassent les structures tubulaires d'une nacelle d'acier de forme circulaire pouvant contenir une demi-douzaine de personnes. Il sait que la nacelle traverse un large tube, celui qui conduit juste au-dessus de la vaste surface grillagée. Celui qu'il a vu dans les Ténèbres, avec les jumeaux hétérozygotes.

En plein sur le point nodal, au point d'intersection de toutes les coordonnées du diagramme, là où tous les vecteurs convergent.

C'est le dernier sas.

Le centre est là, ils sont à la fois en son sein et tout autour, dessus, dessous, ça y est, le Métacortex va enfin illuminer son cerveau biologique, la cognition sera immédiate *et* absolue.

Il devine que cela prendra l'allure d'un cataclysme.

Network Centric Underworld

Bien sûr, ils étaient là. Ils les attendaient. Ils les attendaient depuis que le Monde avait chuté. Ils les attendaient depuis une nanoseconde. Leurs visages restaient dans cet état métastable où des milliers d'identités semblaient confluer.

Verlande ne put s'empêcher de leur envoyer un bref signe de la main, auquel ils s'abstinrent de répondre.

Il se contenta de dire :

– Nous y sommes, enfin.

Cela pouvait être destiné à tout le monde, Ariane McDowell ne répondit rien, Voronine murmura un vague « oui, enfin » et les jumeaux hétérozygotes lui montrèrent d'un geste simultané la structure qui s'étendait tout autour du plan grillagé où ils se tenaient, à très exactement 72,81 mètres sous la Maison Cosworth, selon les données en sa possession.

C'était une vaste caverne circulaire dont on avait égalisé la roche massive à coups d'abrasifs, de tunneliers et de faisceaux lasers haute puissance. Elle était nette, parfaite, propre comme une salle aseptisée. Le plan grillagé mesurait seize mètres de diamètre, en plein milieu de cette large rotonde terminale qui en faisait le double.

Ils étaient désormais hors de portée du *nanonetwork*, prévu pour traverser des bunkers de bonne taille mais pas des dizaines de mètres de roche saturée de ferrite. Sauf lui, dont le Métacortex décodait en permanence toutes les données de la Création.

Il regarda Voronine et McDowell et mentit avec assurance : *Même le code rouge ne nous parviendra pas, c'est tout juste si nous pourrons communiquer entre nous, selon nos positions dans la structure.*

– Nous serons donc seuls, avait dit Voronine.
– Nous avons toujours été seuls, avait répondu Verlande.

Et cela prit donc l'allure d'un cataclysme. Dans un premier temps, ce fut l'écho d'une catastrophe primordiale, très ancienne, mais dont l'impact s'était finalement répercuté jusqu'à aujourd'hui, pour donner une forme à ce qui n'avait pas de sens.

L'onde de choc météoritique avait agi comme celle provoquée par l'impact d'une pierre sur une surface d'eau plane. La fréquence primitive se divise selon les équations de Fourier et l'ensemble se diffuse autour du centre, du point d'impact. Des galeries naturelles, circulaires, avaient été forées sous la surface par la collision de l'astéroïde des centaines de millions d'années avant que la Cosworth Inc., puis le consortium militaro-industriel ne les utilisent comme conduits d'accès primordiaux dans cette terre littéralement imbibée de fer à haute densité et de magnétite.

Le directoire de la WonderLife s'était servi de cette configuration pour son emblème, déposé bien avant que la société ne fasse l'acquisition du lot Lambertville et des autres. Cela voulait dire qu'ils connaissaient l'endroit de longue date. Cela voulait dire qu'ils avaient étudié leur plan des années durant avant de commencer à le mettre à exécution. Cela voulait dire qu'ils avaient appris, qu'ils n'avaient cessé d'apprendre, et qu'ils avaient beaucoup appris aux autres.

L'emblème.

Une disjonction. Une *Chute*.

Les corridors obliques se prolongent au-delà des cercles concentriques sur une bonne centaine de mètres, ils donnent directement sur un épais mur de roche où un large conduit de plastique grisâtre se dirige droit vers le haut. À l'intérieur, une échelle de fer, tout au bout du tunnel vertical : le ciel de nuit, ou les ténèbres de la surface. Derrière le mur, Verlande *voit la présence* d'autres galeries, creusées en oblique, qui donnent peu à peu à ciel ouvert jusqu'à la périphérie du cirque.

Son père apparut devant lui, un chien de guerre à ses côtés.

– Je suis venu jusqu'ici, père, j'ai trouvé les tombes.

– Tu commences tout juste à comprendre la forme de tout cela. Tu ne pourras en saisir l'*insensé* que lorsque la lumière, entièrement, sera faite. Et c'est toi qui dois éclairer ces foutues ténèbres. Ici, le Métacortex, le *Neuronomicon*, est directement confronté à son antipode, ce centre souterrain qu'ils nommaient *thanatoptikon*, « là d'où on voit la mort », leurs effets s'annulent, le Métacortex ne te sera de nouveau utile que si tu franchis la prochaine étape.

– Un jeu initiatique ?

Son père dessina vivement un cercle au sens mystérieux de son index.

– N'oublie pas que le Métacortex fonctionne de manière analogique. Il décode le réel, mais il le ré-encode, sous la forme qu'il choisit. C'est-à-dire la forme qu'il *connaît*.

Le centre du diagramme formait à la fois le point Oméga et le point Alpha de tout ce monde, ce monde concentrique creusé par l'impact d'un astéroïde, à plus de soixante-dix mètres sous la terre gorgée de fer.

Verlande comprit que c'était à partir de ce point à la fois originel et terminal que la cognition immédiate deviendrait absolue. Et en fait c'est au moment précis où il en sortirait, comme un être neuf de son environnement placentaire, que le Métacortex serait capable d'illuminer d'un seul coup tout le diagramme.

Alors il envoya un message silencieux et complice aux jumeaux, tourna la tête vers Voronine et McDowell, et se contenta de dire :

– Nous avons trouvé. Maintenant nous devons *chercher*.

Et il s'avança vers le bord extérieur du vaste disque grillagé.

Il s'avança hors du centre du monde souterrain, vers la lumière.

Vers celle qui vous oblige à coudre vos paupières.

Il n'y a plus de plans successifs. Tout est flux, tout est un, tout est rayonnement. L'impact photonique est tel que non seulement son cerveau est traversé d'un éclair aux dimensions infinies, mais sa chair elle-même, son corps entier en subit les conséquences immédiates, et absolues.

Il tombe à genoux, dès les premiers pas hors du dernier cercle.

Il tombe, mais en même temps il sent qu'il se redresse, il tombe mais en fait il se relève, il tombe, mais dans le Monde de la Chute, cela signifie qu'il remonte d'où il est tombé.

Surpliées sur elles-mêmes, les voix de Voronine et de McDowell semblent ne former qu'un seul mot, pourtant il en comprend le sens, la main d'Ariane s'est délicatement posée sur sa nuque, son acolyte s'est accroupi à ses côtés – Verlande est-ce que ça va qu'est-ce qui t'est arrivé vous avez eu un malaise Verlande tu m'entends ?

Bien sûr que je t'entends, j'entends tout, et pire encore, j'ai tout entendu. J'ai tout vu, tout su, tout connu, la lumière m'a irradié, et elle m'a consumé.

Cette fois-ci, il n'existait aucune méthode de régulation endothermique à la hauteur.

Tout ce qu'il restait à faire, c'était incarner cette science *en temps réel*, en faire une Parole audible pour les autres, ses complices du sous-sol, il fallait en faire un signe, une *présence*, il fallait en faire l'opération de dévoilement du secret.

Alors qu'il se relevait en titubant, il prit conscience que l'illumination formait, elle aussi, un point *Alpha et Oméga*, né de la tension induite par le processus actif de *révélation* de la vérité. C'est-à-dire sa co-création par le Créateur et sa Créature.

Alors tout est flux, tout est un, tout est lumière. Plus de plans successifs, un seul éblouissement terminal. Encore faut-il le métaboliser. Encore faut-il que son corps l'intègre, encore faut-il que cette lumière ne l'aveugle pas, mais lui permette de continuer à *chercher*, de continuer à voir dans la nuit, continuer à voir la nuit.

Tout s'est imprimé en lui en l'espace d'une nanoseconde. La circuiterie résiduelle qui traîne dans les murs, les connexions, les disjonctions, les dérivations, la structure des tunnels concentriques et des longs corridors transversaux, séparés par des mètres et des mètres de roche encore saturée de ferrite. Et les portes.

Toutes ces portes.

Toutes ces portes de cellules. Toutes ces portes bariolées de couleurs indéfinissables. Toutes ces cellules plongées dans l'obscurité la plus totale. Sauf que l'obscurité est désormais son domaine ensoleillé. La lumière dont il est devenu récepteur et projecteur lui montre un spectacle étrange où, sous la rouille agglomérée à l'acier des portes de chaque cellule, des fresques d'acrylique polychrome se déploient en masses de couleurs vives.

Pourquoi ces images de peintures colorées et de rayons éclatants tournoyant au milieu des corridors et des anneaux concentriques ? Pourquoi cet écho de musique pop entraînante résonne-t-il dans le silence sépulcral du monde souterrain ? Pourquoi l'incarcération semble-t-elle ouvrir sur un espace de liberté ?

La lumière sombre prend consistance en lui, mais c'est ce qui subsiste de son corps humain qui continue de freiner le processus. Et il sait comment inverser la dynamique, comment faire de la *connaissance* le facteur exponentiel de sa propre expansion.

Il faut continuer de chercher. Il faut s'enfoncer dans la nuit. Il faut ouvrir les portes.

Il faut entrer dans les cellules.

C'est là qu'ils sont.

Tous.

Chaque anneau circulaire distribuait une rangée de portes, de chaque côté, sans qu'elles se fassent jamais face. Les longs couloirs axiaux permettaient le passage de l'un à l'autre, parfois séparés par une bonne vingtaine de mètres de muraille rocheuse. Tout avait été poli, abrasé, rendu aussi net que des couloirs d'hôpital. Ils remarquèrent la présence de microprojecteurs derrière des hublots fixés régulièrement au plafond, de petites structures de carbone et d'aluminium vissées à l'angle des murs et de la voûte, ainsi que des haut-parleurs hi-fi miniatures sur le haut des murs latéraux, la plupart des objets avaient été partiellement ou totalement démontés, mais il en restait juste assez pour que Verlande, à chaque pas, intègre de mieux en mieux le diagramme.

Cela ne ressemblait pas vraiment à une prison.

La joyeuse polychromie des portes se voyait complétée par les teintes pastel peintes sur les murs de chaque cercle, une pour chacun, jusqu'à l'orange vif qui clôturait le dernier d'entre eux, là d'où ils s'étaient enfoncés au cœur du Network Centric Underworld, dans la nuit.

La nuit des cellules des condamnés à vivre.

Les portes étaient closes à l'aide de serrures magnétiques alimentées par le courant du réacteur à hydrogène qui faisait aussi fonctionner l'ascenseur.

Mais on avait soigneusement coupé toute source de lumière, à l'intérieur comme à l'extérieur de chaque compartiment carcéral.

Cela trahissait la volonté de « nettoyer » au mieux cette partie pourtant secrète de la Maison.

Voronine, qui disposait d'un magnétron de poche conçu par Vlasseïev, attendait que Verlande lui indique quelle cellule ouvrir, il comprenait intuitivement que son supérieur avait eu accès à des informations stratégiques dont il hésitait encore à leur faire part.

Verlande voulait obtenir une parfaite image de la configuration des lieux, il savait que chaque anneau était constitué de façon identique. Son cerveau avait depuis longtemps intégré les dispositifs de détection de ses compagnons, il était devenu un scanner biologique, ce qu'il voyait n'était pas seulement invisible dans la nuit, mais invisible tout court. Injection des paramètres/taille des cellules : quatre mètres cinquante sur trois, toutes parfaitement identiques, taillées au micromètre près, la précision d'un laser.

Au coin du corridor nord-ouest et de l'avant-dernier cercle, il demanda à Voronine d'ouvrir une cellule. Il y avait ici une divergence/convergence avec le diagramme. Voronine y découvrit une série de containers de plastique et des tonneaux de fer-blanc remplis d'un contenu hétéroclite, et un peu bizarre. Du matériel médical brisé, ainsi que des morceaux de caméras de surveillance haut de gamme, des projecteurs colorés, une paire de boules à facettes pour discothèque et des débris de jouets en tous genres, poupées, ours en peluche, voitures miniatures, petits soldats, consoles vidéo.

Verlande contempla un instant le visage décontenancé de ses deux acolytes. On n'avait pas eu le temps, ou la volonté, d'absolument tout « nettoyer », ici-bas. Un peu d'improvisation, mêlée à une trop grande confiance en soi. Le mixage de l'erreur. Pour l'instant, aucun de ces objets ne pouvait être considéré comme pièce à conviction pour des charges criminelles. Ils ne faisaient qu'accélérer la métabolisation de la lumière sombre, ils ne faisaient qu'éclairer un peu plus le diagramme dans sa chair, ils ne faisaient que ce qu'il fallait faire.

Lorsque le Métacortex avait visité le diagramme en compagnie des jumeaux, la phase d'ingestion en était à ses débuts, il avait vu la structure, il avait su à quoi elle servait, il avait même *con-nu* une partie de son insensé. Mais c'est au contact *im-médiat* du réel que les Nombres avaient une chance d'exister comme facteurs de cognition évolutive. Les Nombres sont des signes, donc des manifestations de l'Invisible.

Ce qu'il avait capté du diagramme, c'était un plan. Les distances avaient été altérées par ses sens, il n'avait pas vu ces fresques de couleurs vives sur les portes, les murs peints à l'acrylique pastel, un certain nombre de paramètres avaient été symboliquement condensés. C'est pourquoi il continuait de *chercher*. C'est pourquoi il faisait de son corps une antenne capable de capter toutes les ondes de la Création, c'est pourquoi son père apparut à nouveau devant lui, accompagné de quelques Waffen SS et d'une meute entière de chiens de guerre.

– Tu devrais t'intéresser au premier cercle, là-bas, tout au fond.

Le premier était le dernier sur sa liste, il suivait rationnellement la progression vers la périphérie du cirque.

– Et pourquoi ça ?

Son père lui ouvrit ce sourire fracassé par quatre-vingt-douze années ininterrompues de survie dans l'enfer russe.

– Quand nos chiens s'intéressent à un endroit, c'est que la mort n'est pas très loin. Ou qu'elle y est encore.

Voronine avait fixé son regard quelques instants sur la porte de la cellule et ses dessins colorés, puis sur Verlande, puis de nouveau sur la porte, et de nouveau sur Verlande.

– Tu es sûr que c'est celle-là ? Sûr ?

Verlande improvisa un mensonge. Il savait que les portes à serrure magnétique étaient aussi étanches que des sas. Il connaissait le plan de la structure. Son père et les chiens de guerre lui indiquaient la présence manifeste de l'Invisible. Un pan entier du Réel attendait derrière ces quelques centimètres d'acier. C'est une phase intégrale de l'état psychique du Cosmos qui allait injecter sa lumière sombre dans son organisme.

Ce serait une fois de plus un cataclysme. Ce serait une fois de plus un saut quantique dans l'évolution de ses facultés cognitives, ce serait probablement terrible.

– Vous ne sentez rien ? Tu ne sais plus reconnaître l'odeur de la mort, Alex ?

– Tout au plus un vague relent de méthane, avait dit McDowell, ce n'est pas courant dans les conduits miniers ?

– Pas quand ils sont inactifs depuis une trentaine d'années. Ouvre la porte, Alex.

Alors Voronine ouvrit la porte, et ils purent regarder la mort bien en face.

Trois cadavres agglomérés contre le mur du fond de la cellule. Les faisceaux de luminol bondirent presque aussitôt dans l'obscurité.

Mais Verlande n'avait plus besoin des machines pour voir dans la nuit. Il était devenu la machine de la nuit. Il savait tout, dès le contact établi avec une phase ou une autre du Réel. Et chaque fois, la dynamique ne cessait de gagner en intensité.

Topologie de la cellule : un hublot analogue à ceux du couloir au centre du plafond, un projecteur polychrome à l'intérieur, circuiterie coupée, une dérivation se propage vers le bas, sous la cellule, comme dans toutes les autres, le plan électrique est désormais une circonvolution du Métacortex, sur un coin supérieur, les restes d'un anneau de carbone-carbone et d'un cylindre de métal branché par une cellule wi-fi hors d'usage à ce qui fut un réseau Intranet courant dans les murs, il y a aussi la marque d'une plaque de ciment au sol, aussi récente que celle de la cave de la maison, des parois de Béton-Composit parfaitement nettes, qui datent de plusieurs années, le conduit d'aération est vissé au tuyau principal, un branchement secondaire conduit plus bas dans la terre. Analyse des diverses structures atomiques : une nanoseconde.

Topologie du crime : trois cadavres, empilés comme de vulgaires objets périmés et non recyclables contre le mur du fond. Trois cadavres dont la décomposition initiale avait été ralentie puis stoppée par l'air sec et chaud pompé depuis la surface par les systèmes d'aération. On ne peut arrêter un réacteur à hydrogène, sinon par toute une équipe d'experts atomiciens, on ne peut que maintenir son activité au minimum. Un certain nombre de machineries fonctionnaient encore, en dépit des coupures effectuées visiblement dans une relative improvisation. Et les machines qui servaient à faire (sur)vivre avaient cette fois-ci servi à laisser mourir.

La mort était trois.

Elles étaient trois.

Une structure au centre, deux autres plus petites de chaque côté.

La momification est en cours. Les Nombres font lumière : taux des molécules décomposées, taux de celles en cours de putréfaction, dates des décès, entre trois et quatre semaines auparavant, viols et tortures diverses, échantillonnage des coups, blessures ouvertes, hématomes, fractures, cause des décès : inanition, déshydratation, hémorragies.

Momies ou cadavres putréfiés, rien de ce que furent ces personnes ne lui est étranger.

Ils les ont trouvées, enfin.

La mère et ses deux filles. La famille Delorme.

L'illumination fut concentrique, à l'image de l'impact laissé par l'astéroïde. Des ondes de choc divisées par séquences harmoniques.

Éclair cognitif : une fois de plus il se trouve devant une narration excentrée. Ces trois morts ne rentrent pas dans le diagramme principal, même si elles y sont géographiquement intégrées. Il s'agit d'un accident, d'une autre divergence/convergence, une de plus.

Il comprend dans la même irradiation du Métacortex que, depuis le départ, il a commis une erreur « sémantique ». Le centre du diagramme n'est pas son centre géographique, ni même historique. Le centre du diagramme, le vrai, c'est le secret qui est enfoui ici, le centre du diagramme, c'est son but, son dessein, sa forme précise, cachée, camouflée, occulte, et donc tout son insensé, c'est-à-dire la *pensée* qui avait régné ici, dans les profondeurs du fer.

Très vite les conclusions concrètes s'enchaînent.

– Alex, ouvre les deux portes situées en face, de l'autre côté du corridor.

Le plan.

Le plan devient lumière. Il commence à devenir réel. Il sait déjà, il sait ce qu'ils vont trouver derrière ces portes, mais il faut que Voronine et McDowell le voient de leurs propres yeux. Il ne doit pas leur révéler le secret, il doit les conduire jusqu'à lui.

Un secret ne se révèle que de lui-même, à celui qui l'a trouvé.

Voronine ouvre les deux portes en dirigeant le faisceau du magnétron sur leurs serrures.

Aussitôt, le luminol. Le sang, un peu partout sur le sol, sur les murs, le plafond.

Voronine observe la cage recouverte de Béton-Composit à prise ultra-rapide. Lisse, parallélépipédique, repeinte d'un gris anthracite plus sombre même que la roche originale. Puis la seconde, identique. Ariane McDowell a parcouru le chemin inverse. Le jeune Russe semble décontenancé, une fois de plus.

– Qu'est-ce…

– C'était Corwyn Doyle, avec Olsen, et sans doute Archambault, ils les tenaient séparées, pour casser le psychisme c'est plus sûr, et ils devaient passer de l'une à l'autre. Ensuite, je ne sais trop pourquoi ils les ont enfermées ensemble dans une seule cellule, et ils les ont laissées crever sur place.

Il écouta ses propres mots s'évanouir dans un lointain écho, puis il regarda son acolyte : *C'est comme ça que ça s'est passé, Alex.*

Cela ne souffrait aucun commentaire, il ne donna pas le temps à Voronine de réagir, il s'adressa aussitôt à Ariane McDowell :

– Vos *microbots* sont en route ?

– Oui, ils ont atteint le dernier étage par la cage d'ascenseur, ils commencent à parcourir les lieux.

– Ordonnez-leur de nous rejoindre ici, sur le premier cercle, c'est là qu'on va commencer.

– Commencer quoi ? demanda Voronine.

– Commencer à creuser. Les cellules n'étaient pas que des prisons. Elles étaient aussi des tombes.

– Paul… Mais… Comment tu peux savoir *ça* ?

– Parce que c'est la seule chose *logique*, Alex. Et si tu observes bien les planchers des trois cellules, tu apercevras une seconde couche de Béton-Composit en plein centre. Et je te dis que cette plaque de béton cache à chaque fois une fosse. Et c'est précisément ce qu'on va *découvrir*.

Il ignorait que cette découverte ne serait elle-même que le préliminaire à l'illumination terminale de la vérité.

Le moment où la connaissance atteint enfin sa vitesse limite.

Le moment où elle peut créer, ou détruire un monde.

Aufklärung

– Le magnétron de Vlasseïev peut ouvrir toutes les serrures, mais est-ce qu'il peut les ouvrir toutes d'un coup ?

C'était la question à un million de dollars, elle allait sûrement déterminer la suite des événements.

– Non, pour assurer le décodage il faut diriger le faisceau sur le magnéto-aimant de la serrure.

– Eh bien, tu sais ce qu'il te reste à faire.

Verlande connaissait les nombres aussi bien que ceux-ci le connaissaient. Le diagramme était devenu réel. Le réel était devenu calculable. L'espace et le temps étaient devenus pensables.

Le « dernier cercle », celui par lequel ils étaient arrivés, ne comportait que quatre portes, c'était nettement imprimé dans sa mémoire, quatre portes qui se distinguaient de toutes les autres par leur austère couleur aluminium.

Ensuite, chaque anneau comportait un nombre spécifique de cellules en fonction de sa longueur, la structure concentrique atteignait quasiment cinq cents mètres de diamètre, les circonférences suivaient avec leurs rayons et leur nombre pi. Au total, Voronine allait parcourir des kilomètres de galeries, ouvrir des centaines de cellules, il en aurait pour au moins deux heures, peut-être trois. Peut-être plus.

Pendant ce temps l'essaim de *microbots* le suivrait et s'éparpillerait dans les cages carcérales droit sur la plaque de Béton-Composit cimentée au sol. Paramétrage : deux mètres cinquante sur un mètre cinquante, précision au laser, comme toujours. Épaisseur : un centimètre et demi. Sur les murs : la couche excède à peine un revêtement de peinture acrylique.

L'essaim était composé de trois cent quatre-vingts *microbots* spécialisés de la taille de minuscules mammifères ou de gros insectes. Ils étaient accompagnés par huit colonies d'amibes et de vers digestifs, transgéniques ou bioniques, transportées par de simples minicargos roulant sur chenilles.

Mais, comme son père trois quarts de siècle auparavant sur le front russe, Verlande connaissait les nombres, et il était connu d'eux. Cela n'empêchait pas qu'ils soient ligués contre lui.

Les nombres n'ont pas d'états d'âme.

Ils sont ce qui doit être domestiqué par la pensée, ils sont ce qui doit être vaincu pour nous assurer la maîtrise du calcul.

Son père apparaît à ses côtés, accompagné de plusieurs chiens de guerre. Plus loin, dans l'ombre, Verlande aperçoit les silhouettes d'une escouade de SS qui patrouille dans les couloirs.

– Tu es bloqué par les nombres, encore une fois. Et tu ne vois pas que la solution n'est pas numérique, mais ontologique.

– L'être ? Quel rapport ?

– *Les êtres.* Tu es assisté par des robots qui copient les organismes naturels, mais tu n'as pas pensé aux masses d'organismes naturels qui copient les robots.

– *Qui copient les robots ?*

– Oui. Tous ceux qui pullulent dans la nature, maintenant. Toutes les créatures mutantes ou cyborgs devenues sauvages. Tous les mammifères transgéniques. Cela vaudra mille essaims de vos machines cybernétiques. Et tu as le pouvoir de communiquer avec eux. Tu as les interfaces.

– Les interfaces ?

– Le Métacortex agira comme une antenne, mais ce sont nos chiens qui enverront les signaux adéquats dans les cerveaux des mammifères.

Les mammifères, pensa Verlande. *Les mammifères nocturnes contre les sauriens.*

Nous voilà revenus il y a cent millions d'années, à l'époque où l'astéroïde a créé le cirque de ferrite.

Les cellules où avaient été martyrisées les filles Delorme furent les premières à être dégagées par les *microbots*. Celle de gauche avait encagé la petite Annabelle, celle de droite son aînée, France.

C'était comme s'il avait lu leur rapport d'autopsie depuis le commencement du monde.

Un groupe de vingt-cinq animoïdes et une colonie de cyber-vers avaient rapidement eu raison des quinze millimètres de Béton-Composit. Il entendait leurs bruits de succion et de percussion.

La plaque de béton disparut, concassée, pulvérisée, digérée.

Le vide fit apparaître un large panneau transparent. Vitrocristal à nanoréseau polymétallique. Pratiquement impossible à briser même avec une balle tirée à bout portant. La fosse cachait une vitre, elle cachait une lucarne, une fenêtre vers des profondeurs situées plus bas encore que les cellules.

Il savait, bien sûr, il savait depuis longtemps, il lui restait à *connaître*, c'est-à-dire à vivre l'expérience, et il fallait que Voronine et McDowell comprennent comment l'on pouvait faire de la mort un mode de vie.

Vision amplifiée pour les uns, cognition immédiate pour lui, les effets vont sans aucun doute être différents, mais ils resteront proportionnels à l'échelon atteint dans le processus évolutionniste prédateur/nocturne.

Chacun sa nuit. Chacun sa lumière. Et cette fois-ci, lorsqu'elle jaillit en lui, la métabolisation s'effectue en une nanoseconde.

Tout son être sait. Tout son être *con-naît*.

La cognition absolue et immédiate le submerge de l'intérieur et, mieux encore, il sait que ce tsunami mental va emporter les consciences à sa proximité.

Les consciences. Et tout ce qui comporte la moindre impédance électrique.

Les fosses contenaient plusieurs corps en état de putréfaction ou de momification, plus ou moins conglomérés en une seule masse cadavérique. Les parois des tombes étaient recouvertes du même Béton-Composit en fine couche appliquée contre la roche abrasée. Un conduit aspirateur siphonnait le méthane et les autres gaz générés par la décomposition post mortem, un second boyau provenait du système principal de ventilation et alimentait la tombe d'un filet d'air tiède et sec.

Il s'agissait bien d'une série d'actes volontaires, techniques, ayant un but précis. Le but était justement de conserver les cadavres empilés dans la fosse le plus longtemps possible, et la momification, même partielle, était le moyen le plus sûr d'y parvenir. L'idée était simplissime : faire vivre les vivants avec les morts, rendre la mort « vivante », en faire la compagne de l'incarcération, en faire l'image toujours présente de ce qui vous attend.

Les fosses étaient aussi parfaitement parallélépipédiques que les cellules, elles semblaient en être une version miniature. L'ensemble du plan s'éclaire, la circuiterie s'imprime, la pensée qui a fabriqué tout cela commence à prendre forme.

On-Off.

La dialectique.

La technique du diable.

Les tombes disposaient d'une petite veilleuse biofluorescente de teinte jaune-vert connectée à la circuiterie principale de la cellule. La plupart du temps, les victimes vivaient dans l'obscurité quasi totale, la seule source de lumière, très faible, provenant de la fosse où se décomposaient puis se momifiaient lentement les précédents occupants de la cellule. La taille de la vitre avait été calculée de telle façon que le seul moyen de ne pas vivre dessus consistait à se tenir allongé contre les murs. Ainsi pour ne pas voir les cadavres fallait-il restreindre de soi-même son espace vital et rester dans l'obscurité. Pour voir la lumière il fallait s'approcher de la vitre, pour voir la lumière il fallait voir la mort.

Et puis venait le temps du projecteur multicolore et de ses lumières vives en provenance du plafond. Les tombes s'éteignaient, la cellule s'éclairait.

Les couloirs se transformaient en discothèque souterraine, la musique résonnait depuis les haut-parleurs.

La fête pouvait commencer.

Maintenant, Verlande se consume de l'intérieur, la lumière sombre *prend corps* dans sa chair à sa vitesse maximale, il est en train de recevoir le rayonnement de la cognition absolue, il est en train de tout voir, tout savoir, tout connaître, il est en train de plonger au cœur des ténèbres.

Et ces ténèbres sont illuminées de couleurs chatoyantes.

Il arrache le magnétron des mains de Voronine, il est le faisceau démagnétiseur, il est le logiciel de décodage, il est *nombres*, il va ouvrir toutes les portes d'un seul geste, et il va dans le même temps ouvrir les tombeaux, eux aussi clos par des jeux de serrures électromagnétiques, il va rendre aux ténèbres ce qui appartient aux ténèbres, il va donner en sacrifice tout ce qu'il est à la lumière.

Puis il se met à marcher, à faire le tour du long couloir avant de se déplacer sur un des grands axes jusqu'à l'anneau suivant qu'il emprunte aussitôt, en prononçant des mots dans une langue inconnue, y compris de lui-même.

Derrière lui, il entend les pas et les voix de ses amis du sous-sol secret, il les entend mais cela fait des millions d'années qu'il ne les écoute plus. Le nanocontinuum décalé est venu s'implanter au cœur du réel, le réel qu'il est le seul à percevoir.

C'est bien un cataclysme.

C'est encore et toujours l'Évolution, la catastrophe.

À ses côtés, son père apparaît avec ses chiens de guerre. Les couloirs sont désormais illuminés de couleurs vives et tournoyantes, une musique disco des années 80 fait vrombir ses basses, il reconnaît la version de *That's The Way (I Like It)* par Dead Or Alive, des boules à facettes projettent des milliers de points de lumière tournoyant dans l'espace.

Il y a des hommes ici. Ce ne sont pas des SS. Ils sont habillés en civil, quoiqu'ils portent tous un médaillon aux armoiries de la WonderLife, ce symbole représentant l'endroit souterrain où tous se pressent autour de lui. Il marche au milieu de cette procession festive.

Il y a des hommes.
Il y a des femmes.
Et il y a des enfants.

Des enfants qu'on fait sortir des cellules. Des enfants qui savent que lorsque la musique et les lumières vives apparaissent, c'est le moment où ils vont sortir définitivement de leur cage de béton. Pour rejoindre la tombe disposée juste en dessous.

– Tu vas entrer dans leur *Nacht und Nebel* post-moderniste. C'est-à-dire dans leur *Aufklärung*. Ils n'adorent pas les Ténèbres, ce ne sont pas de vulgaires satanistes. Ils n'adorent rien, d'ailleurs, sinon eux-mêmes, donc rien. Leur conception de la vie est basée sur la recherche toujours plus intense d'un *entertainment sans limites*, le Diable lui-même ne les intéresse pas. Démodé. Seule la mort biologique éveille leur intérêt. Seule la satisfaction de leurs désirs, individuels ou collectifs, les contente. Ils ne se complaisent pas dans le « crime » en tant que tel, ils considèrent faire usage de leurs « droits ». Ils pensent sincèrement « expérimenter » les modes de vie du futur. Le problème, c'est que je ne crois pas qu'ils savent à quel point ils ont raison. Je ne suis même pas sûr que tu vas survivre à l'expérience.

Con-naître c'est donc être ce que l'on sait. La lumière sombre lui fait voir ce qui ne peut être vu, et pour voir, justement, il ne faut pas être vu, pour savoir il ne faut pas être su, pour connaître il faut rester inconnu. C'est l'enseignement immédiat qui provient du cerveau de son père.

Verlande comprend alors tout l'*insensé* du diagramme, cette fois pleine lumière, four solaire dirigé bien net sur la vérité, sur ce qui ne peut être dit, sur le secret qui cache le secret.

Il est devenu l'hypercentre du diagramme, il est en train de devenir le Réel, c'est-à-dire l'invisible, le secret qui englobait le camp de détention souterrain, les étages d'accès, la maison, le cirque de ferrite et toutes les fosses excentrées découvertes depuis le début de l'été.

Désormais la totalité du diagramme est extraite des ténèbres, toute la circuiterie technologique des lieux s'est imprimée en lui, les anneaux de carbone-carbone et de métal dans les coins supérieurs des cellules : ce qui reste des caméras de surveillance à amplification de lumière. Les mêmes microstructures disséminées le long des couloirs : mises en action lors d'un « Jour de Fête », comme celui qu'il est en train de vivre. Le réseau Intranet : une chaîne de télévision multiplex permettant d'accéder individuellement, et à la demande, aux images en provenance des cellules ou des couloirs concentriques.

Il est carte et territoire, plan vectoriel et physique dynamique.

Il est aussi les deux systèmes nerveux centraux qui essaient de le suivre et de le comprendre.

Ils vont comprendre.

Ils vont savoir.

Eux aussi, ils vont *con-naître*. Lui non plus n'est pas du tout certain qu'ils survivront à l'expérience.

Les voilà arrivés au dernier cercle. Le plan grillagé, la rotonde repeinte orange feu, ses quatre portes d'aluminium. Le tube d'accès. La nacelle. L'ascenseur qui ronronne juste au-dessus, les puits de transition, la Maison.

La Maison, qui attend.

La Maison, qui se transforme.

La Maison qui fait se superposer tous les centres, géographique, historique, numérique, ontologique.

La Maison du Spectacle terminal. La Maison de l'Extase. La Maison de la Mort comme mode de vie.

On conduit les enfants par petits groupes, à chaque fois accompagnés par un trio d'adultes portant un semblant d'uniforme : costume gris, chemise blanche, cravate orange, ils ressemblent à de vulgaires videurs de boîte de nuit, mais Verlande les connaît, ils étaient sur leurs listes, certains se sont retrouvés depuis dans les fosses situées à la périphérie du mont Wright. Les enfants sont revêtus de chemisettes et de sous-vêtements de nuit, de costumes variés, de panoplies de super-héros, de pyjamas colorés. Pas de matricules, pas de fers, de menottes, d'entraves d'aucune sorte, pas d'habits de prisonniers. La « singularité » de chaque enfant est volontairement conservée. La « liberté » est partie intégrante du Spectacle. Les portes des cellules n'étaient d'ailleurs pas numérotées, simplement anonymes, et probablement gérées par ordinateur. Pourtant, les enfants semblent avoir déjà subi divers actes de violence, il voit les hématomes, les cicatrices, les nez brisés, les traces de brûlures, les doigts coupés, les marques d'électrocution, les yeux crevés ou brûlés à vif, il voit les lèvres gonflées, il devine la présence des langues tranchées, il discerne les démarches hésitantes, titubantes, il calcule les fractures, les pieds brisés, les côtes fêlées, il aperçoit même des bras en écharpe, recouverts de plâtre ou de plastoflex d'hôpital, il voit, il sait, il *con-naît* les larmes, l'effroi, la paralysie de la conscience, l'impuissance, l'obéissance devenue automatique, la terreur de chaque instant, l'horreur absolue. Et tout autour, la Fête, la distraction ultime, *le mode de vie*.

Le réel est en lui. Il n'a même plus besoin de suivre la procession vers les étages supérieurs. Il est la procession, il est chacun d'eux, et tous à fois. C'est le moment où le Métacortex devient antenne active. Ça y est, la lumière contenue dans son corps commence à éclairer la surface de son épiderme, c'est un détail que ne manqueront pas de remarquer ses deux acolytes.

Mais à ce moment-là, l'antenne de la Métaforme les aura saturés du signal de la vérité.

S'ils sont encore vivants, plus rien ne sera en mesure de les étonner.

Le Métacortex est en train d'encoder le réel dans l'intégralité de son *être*, c'est l'expérience qu'il est en train de vivre, et d'émettre autour de lui, antenne du cosmos, antenne de la Chute et de la contre-Chute.

La Maison se surplie en lui, à travers lui, tout autant qu'il la circonscrit dans son hypercentre neuromoteur : configurable à volonté sur tous les étages, selon les spécifications de départ, il a suffi de quelques programmes bien adaptés pour en faire leur Maison de l'Extase. Une extase par perversion, une perversion par mode de vie, un mode de vie par compartiment, des chambres de viol, des salles de torture équipées du nec plus ultra et disposant de tous les dispositifs à la demande, il voit la cuisine ultra-moderne de Carver le cannibale qui s'apprête à tuer puis à faire cuire deux petits bébés de quelques mois, avec un garçonnet de deux ou trois ans. Il voit, il *con-naît* la copie de cirque romain où des hommes revenus à l'état de semi-animaux dévorent vivants et égorgent de jeunes enfants même pas attachés, afin qu'ils cherchent à fuir par tous les moyens possibles tout autour de la cage, il voit les écrans de la télévision interne qui diffusent les images dans les ailes réservées aux invités pas encore membres, il voit les chasses à l'homme organisées la nuit dans les boisés environnants, les territoires délimités par les barbelés, les hommes sauvages et les meutes de chiens devançant les « clients » et leurs fusils à lunette, leurs couteaux de boucher, leurs cordes, leurs haches, leurs masses, parfois leurs simples mains. Il voit la Salle des Sacrifices, pour ceux qui ont conservé un vague phantasme de déviance démoniaque, il voit les longues marches nocturnes conduisant jusqu'à la scierie Lambertville, qui n'est qu'une annexe de la Maison, où toutes les sortes de démembrements, à vif, post mortem, sont possibles, il voit le Salon Ero-Thanatos, où se réunissent les nécrophiles au milieu de cadavres encore frais, il voit, il sait, il *con-naît* la Sphère des Jeux, un espace géodésique surpliable où des systèmes de jouets modulaires servant à tous les usages pervertis sont constamment réinventables, *pour le plaisir de l'imagination*, il est là, il est la Maison, mais il n'est pas qu'avec eux, *il est eux*, chacun d'eux.

Tous.

Alors c'est ainsi. Il est cet homme, dans une chambrette d'enfant repeinte de couleurs pastel, images d'animaux sur les murs, jouets pour bambins et layettes. Il est en train de violer une fillette d'à peine huit ans, dûment attachée au ruban adhésif, son sexe défonce le petit vagin déjà mutilé par les agressions précédentes, son sexe fore le corps de l'enfant, son sexe la tue, son sexe est tout ce qu'il est, alors que les petits nounours de la couverture sur laquelle la fillette ne se débat même plus semblent prendre vie, pour laisser s'écouler des flots de sang à pleins litres / À une nanoseconde de différence il est cet autre homme, qui cloue les pieds et les mains d'un garçon d'une dizaine d'années sur une croix disposée à l'envers, il est accompagné d'autres adeptes des tortures médiévales en costumes de pénitents, divers brandons rougissent dans un brasero / Il est ce couple, un homme, une femme, d'une trentaine d'années, qui violent avec méthode une fillette et un jeune garçon suspendus par les pieds, l'homme se fait sucer tandis que sa femme électrocute patiemment les organes génitaux exposés / Il est ce groupe réuni dans la scierie transformée en usine de démembrement et de combustion des corps, certains enfants sont dépecés vivants à la tronçonneuse juste avant d'être précipités dans le four industriel / Il est cette femme accompagnée de ses deux adolescents pervertis depuis leur naissance, avec lesquels elle invente des jeux sans cesse plus sophistiqués dans la Sphère géodésique rotative, les enfants sont intégrés dans les murs comme des pièces de mobilier amovibles, leurs corps peuvent être disposés dans toutes les positions et même effectuer des séries de mouvements programmables, ils les violent avec un nombre incalculable d'objets, dont certains membres ou ossements en provenance des fosses, les tubes de carbone calcifié, parfois recouverts de chair en décomposition, défoncent les chairs, éclatent les tissus, brisent les tendons et les muscles, plus tard ils brûlent leurs organes génitaux avec différents dispositifs spécialisés, d'intensité variable, ils s'amusent de toute leur *imagination* / Il est ce type venu de Floride avec sa collection de potences où se balancent deux corps de préadolescents fraîchement pendus / Il est cet homme, devenu chimère-léopard, qui égorge de ses griffes un garçon d'une dizaine d'années coincé, nu, contre la cage du « Cirque », où une trentaine de « clients » assistent avec enthousiasme à la scène / Il est ces deux quadragénaires qui violent et torturent trois jeunes filles d'environ seize ou dix-sept ans, sans doute les plus âgées de toutes les victimes, dans la réplique d'un bunker militaire, les violeurs-tueurs en série électrocutent vagins, poitrines et anus et finiront par trancher les seins des trois filles, avant de s'occuper d'elles au rasoir, en finissant par la carotide, et en se repeignant de leur sang, les trois filles se voient mourir les unes après les autres, c'est ce que les deux hommes aiment voir dans leurs yeux / Il est ce fonctionnaire marié – deux enfants – qui viole à la chaîne un couple de filles d'une douzaine d'années depuis des jours, attachées au *duct tape* sur des chaises de cuisine qu'il suspend et oriente selon ses désirs / Il est cette femme qui torture des petits bébés et des mômes en bas âge avec des techniques de police politique / Il est ce vieillard qui s'amuse au chalumeau et à la plaque chauffante sur des corps prépubères, quel que soit leur sexe / Il est ce jeune homme qui aime regarder la mort lorsqu'elle survient sous l'eau et dont la chambre personnalisée contient une salle de noyade / Il est cet autre qui préfère l'usage de la combustion et s'est fait une spécialité de brûler vives ses victimes, en les repeignant d'essence et de solvants, organe par organe, sur plusieurs jours / Il est cet obèse millionnaire dont le mur surpliable dispose de « glory holes » programmables, au travers desquels il présente son sexe aux fillettes emprisonnées dans leur cagibis pour qu'elles le sucent en échange d'une ration de nourriture et d'un peu d'eau / Il est cet homme qui a payé rubis sur l'ongle pour tuer six jeunes adolescents dans la même journée, selon six méthodes différentes d'exécution capitale, dont la chaise électrique / Il est celui qui ne peut jouir qu'en étouffant ses victimes dans des sacs de plastique. Il est celle qui frétille de plaisir en découpant aux ciseaux les petits tétons et les vagins encore vierges / Il est tous ceux qui organisent des tombolas pour sélectionner leurs victimes et les modalités de leur mise à mort comme autant de jeux de société, en présence des « jouets » / Il est cet obsédé de la décapitation qui collectionne les crânes contre un supplément financier âprement négocié / Ici rien n'est gratuit, pas même la mort / Il est tous ces hommes, toutes ces femmes, au milieu des projecteurs colorés, des boules de discothèques des lasers d'ambiance en faisceaux polychromes et mobiles, de la musique disco qui couvre à peine les déchirures sonores des plaintes, des pleurs, des cris, des hurlements, des suppliques, des râles d'agonie.

Alors il est aussi chacun/chacune d'eux/elles, il est toutes les victimes, comme il est tous les bourreaux, il est tous les innocents massacrés, il est chacun des coupables.

Il est la Mort, la Mort comme mode de vie.

Il voit des centaines d'exécutions, il voit des centaines de viols, il voit des centaines d'abominations livrées sur son corps et son psychisme. Le Métacortex est implacable, la cognition a atteint son point de vitesse limite. Ou il mourra, ou bien il survivra à l'expérience. Ou il mourra, ou bien il pourra affronter la prochaine étape évolutionniste, c'est-à-dire la prochaine catastrophe.

Tout a une forme, même ce qui n'a aucun sens. Les enfants sont la plupart du temps drogués jusqu'aux yeux de diverses substances psychotropes, morphine, ecstasy, méta-amphétamines, hallucinogènes divers, aphrodisiaques, GHB, afin que leurs souffrances puissent se mêler à l'Extase Absolue des clients de la Maison, certains sont forcés de participer activement aux crimes. Ainsi, il est flagellé des jours durant par un groupe d'hommes et de femmes, et deux de leurs esclaves sexuels, qui s'acharnent sur son corps de jeune adolescent à coups de fouets cloutés, fillette de huit ans, on la badigeonne à l'acide, garçonnet de dix, on lui coupe les phalanges et les orteils un à un avec un sécateur de jardin, il est chacun d'eux, il est eux tous, on le castre, on le viole, le reviole, le reviole encore, on le frappe, on le sodomise de toutes les manières possibles, avec tous les objets disponibles, on le brûle sur toutes les parties du corps, on lui crève les yeux, on découpe ses tétons, on tranche son nez, ses oreilles, on l'électrocute, langue, tympans, seins, vagin, anus, on le démembre vivant suspendu à une corde ou à un croc de boucher, on le noie dans de l'eau, comme dans de la pisse de toilettes d'autoroute, on le laisse pourrir dans sa cellule enténébrée, où seule la mort fait lumière, il finit dans la fosse, encore vivant, au milieu des cadavres, là où il va finir par s'éteindre.

Son corps est foré de toutes parts, par tous les objets imaginables et imaginés ici, son esprit n'est plus qu'un ensemble d'actes réflexes, il est lui-même devenu un objet organique, une pièce de mobilier semi-vivante et vaguement programmable, et de moins en moins jusqu'au stade final, lorsque le matériel est devenu inutilisable, non recyclable, jetable.

Pourtant, même mort, sa « vie » continue, sa momie en cours de putréfaction joue encore un rôle dans le Spectacle de l'Extase Absolue, elle joue le rôle de la *mort vivante*, celle qui garde les cellules des semi-morts.

Il est dans la fosse. Il est mort, il est mort des dizaines, des centaines de fois.

Mais que peut la mort contre le Métacortex, contre l'Agent même de la Création ? Que pourra-t-elle contre lui, dont la lumière sombre a tout illuminé, chair comme esprit ?

Elle peut juste le faire mourir.

Ce qu'elle fait.

C'est-à-dire qu'elle l'éveille.

Il reprend conscience exactement au même endroit et dans la même position agenouillée que lorsqu'il s'était aventuré pour la première fois hors du plan grillagé.

C'est comme si tout ce qu'il avait vécu entre les deux instants avait été avalé, pour finir dans l'estomac du monstre, là où non seulement il avait côtoyé la mort, mais où il l'avait vue, connue, « vécue ».

À ses côtés, Voronine et McDowell sont allongés à terre et plongés dans un état d'inconscience proche de l'hypnose, leurs yeux grands ouverts sont en pleine phase de *rapid eye movement*, ils dorment, ils ne sont plus là, Verlande sait qu'ils n'ont pas vécu la totalité de l'expérience, sans quoi ils seraient morts, mais ils en ont vu assez pour qu'à leur échelle, la lumière cognitive se soit imprimée profondément en eux. S'ils sont endormis, c'est pour échapper à son intensité. S'ils gardent les yeux ouverts, c'est que cette intensité ne veut pas qu'ils les closent.

Son père et quelques soldats SS font leur apparition dans le dernier cercle. Meute de chiens, *Sturmgewehr*, lunette infrarouge Vampyr, runes solaires.

Verlande se redresse, en proie à un vertige lancinant. Ce n'est pas tant qu'il ait mémorisé les images de l'expérience que le fait qu'il a expérimenté les images dans sa mémoire vive, qu'il en est « mort », ce qui pour lui ne se peut pas vraiment, et qu'il se réveille simplement au moment où les événements semblent appartenir au passé et y ont disparu.

Sauf que la cognition absolue se préoccupe du passé, du présent, du futur, et surtout de l'éternité.

Sauf que tous ces hommes ont laissé une marque indélébile à la surface du temps, et à travers leur espace souterrain. Ils ont laissé une trace dans le cosmos.

Sauf que lui, il est présent à toutes les phases de l'événement.

Son père lui sourit en regardant les quatre portes d'aluminium, entrouvertes, leur serrure démagnétisée comme toutes les autres. Les lumières vives et la musique disco sont toujours là, mais déformées, trouées, ralenties, amoindries, distordues, fonctionnant par intermittence. Il comprend que c'est la nature du réel, à cette minute précise. Le réacteur à hydrogène fonctionne à son régime minimum, la circuiterie a été partiellement coupée, détruite, déprogrammée, les ordinateurs, les routeurs et une grande partie du câblage Intranet ont été démontés, ce qui lui parvient a été déclenché par le circuit digital de l'ascenseur, cette seconde boîte qui fonctionne de façon autonome. C'est le réel, c'est le présent, mais c'est un lointain écho du passé, et peut-être aussi les premières ondes en provenance du futur.

– C'est le dernier cercle, ce sont les dernières portes. Mais ce ne sont pas des cellules, avait dit son père.

– Pourquoi ne les ai-je pas vues durant l'expérience ?

– Parce que tu te trouvais au centre du cercle, et elles aussi. La phase de cognition absolue est aussi la première du prochain cycle, que croyais-tu, que cela pouvait connaître une quelconque fin ? Tu n'as pas compris que même notre monde de la guerre qui ne peut s'arrêter est dépassé ? Nous entrons dans l'âge de *la guerre comme monde*, sans fin ni début. Ce n'est d'ailleurs même plus une guerre. Ce sera *l'ordre qui régnera*, ce sera le nouvel état psychique de ce petit morceau de cosmos.

Verlande savait tout cela, ce qu'il ne savait pas, c'est ce qui s'était produit derrière les quatre portes anodisées.

C'était la fin du cycle cognitif précédent, le début du suivant, ici au centre du dernier cercle.

Il ouvrit la porte nord sur quatre vastes salles séparées par de simples cloisons recouvertes d'une mince couche de Béton-Composit, qu'on n'avait pas pris la peine d'aplanir. Les murs, les planchers, le plafond étaient plaqués du même alliage d'aluminium que la porte, il distingua des bondes d'éjection et des drains disposés au sol, mais à part quelques orifices non bouchés dans les murs, la pièce était vide, nettoyée, *mise à nu*, comme toutes les autres.

Il comprit la fonction des quatre pièces conjointes à l'instant où il mit le pied dans le hall d'entrée qui les distribuait.

Laboratoires d'expérimentations génétiques. C'est ici qu'ils pratiquaient le *retro-engineering*. C'est ici que la WonderLife avait implanté son département « recherche et développement ».

Il décode les cerveaux de ses acolytes qui sont en train de s'éveiller à leur tour, lorsqu'ils s'approchent de lui, Verlande sait qu'ils ne seront plus jamais les mêmes, il lit la mutation ontologique qui s'est produite en eux, elle scintille comme une étoile naissante dans leurs yeux.

Ils visitent les trois cellules, placées aux trois autres points cardinaux. Cela ressemble à des chambres d'hôpital désaffectées, l'image de salles de chirurgie à la pointe de la technologie impose leur présence dans son cerveau biologique. Il est le seul à les voir, à les connaître, mais il sait aussi qu'il lui suffira de quelques mots pour que, cette fois-ci, ses compagnons le croient sur parole. Sa parole, qui est celle de tous ceux qui sont enfouis ici.

Ce furent les chiens-fantômes SS qui lui permirent de compléter la structure du diagramme et de boucler la boucle, de clore le cercle. Ils revenaient avec la patrouille de reconnaissance en porteurs du savoir qu'ils avaient su déceler sous la terre. Ces fosses, situées dix kilomètres à l'est, contenaient les cadavres d'une meute de chiens et de plusieurs humains.

La première d'entre elles, de loin la plus vaste, recelait les squelettes de la meute canine et ceux de deux anciennes gardiennes de prisons du Québec, centres à sécurité maximum, d'un autre ex-*screw* venu du Manitoba, d'un flic d'Ottawa radié avec blâme devenu agent de sécurité dans la région de Québec, d'un adjudant-chef de la police militaire canadienne porté disparu depuis des années et de plusieurs néo-humains que les manipulations rétrogénétiques avaient transformés en un groupe d'hommes-singes et d'hybrides humanoïdes-félidés. Pour la première fois, il constata la présence de plusieurs cadavres d'enfants sur lesquels les manipulations génétiques étaient apparentes. La fosse était très grande, c'était la plus volumineuse qu'il ait vue, elle contenait très exactement seize corps, sans compter les chiens.

L'autre fosse, aux dimensions humaines, ne contenait que les restes de deux adultes qui avaient été enterrés un peu plus de huit mois auparavant. Leur identité s'imprima en lui comme une fiche de police.

C'était bien le dernier cercle décentré, c'était bien ce qui bouclait la boucle, c'était bien ce qui permettait d'éclairer un peu plus les Ténèbres. C'était bien ce qui permettait de distinguer un peu mieux leur forme, et leur *insensé*.

Le docteur Alan West Osborne était le « médecin » des lieux, avec son assistante Cynthia Alvarez, experte en chirurgie traumatique, ils avaient pour tâche d'administrer scientifiquement les diverses drogues et de « réparer les dégâts » sur les victimes pour les maintenir en vie le plus longtemps possible, en échange ils avaient le droit de procéder à des expériences de *retro-engineering* génétique. Ils étaient des contacts communs de « Pitch Black » Moore et de Sinerzcki. Sinerzcki, l'architecte, fut éliminé parmi les tout premiers aussitôt sa mission accomplie, les toubibs du « Camp de Jeunesse » ne furent exécutés qu'à la toute fin de l'opération de nettoyage. Tous les événements interreliés apparaissent dans son cerveau biologique comme s'ils y avaient toujours été présents. Spécialiste en biochimie moléculaire, le Dr Osborne avait procuré à la WonderLife les produits médicaux radioactifs qui tueraient Archambault dans sa prison, où un de ses collègues les introduisit puis corrompit un gardien qui fit pénétrer le lot dans le « pen », avant de soudoyer un détenu n'ayant aucune chance d'être libéré pour effectuer l'injection. Au moment où la solution léthale irriguait l'organisme du pédophile endormi, le docteur et son assistante étaient déjà deux mètres sous terre.

Le Métacortex complète les divergences du diagramme au moment où celui-ci s'expose.

Il fait apparaître les synthèses inconnues alors qu'elles sont justement constituées de l'Invisible.

Ils ont vu la Chute à l'intérieur de la Chute, ils ont vu la mort à l'intérieur de la mort, ils ont connu l'intérieur de la pensée qui régnait ici, sous la terre et en surface, dans chaque fractal de la carte et du territoire, ils sont prêts pour la prochaine étape de l'Évolution.

Ils sont prêts pour la prochaine catastrophe.

Narrations en masse critique

– Pourquoi nous avoir fait venir jusqu'ici ?

Voronine désignait d'un vague geste circulaire les collines boisées qui s'étendaient autour d'eux, à environ un kilomètre du cirque.

– Alex, tu sais aussi bien que moi qu'il s'agit d'un *centric network*. Nous avons vu les fosses excentrées, nous avons découvert le centre, nous avons trouvé leur Maison, et mis à jour leur prison souterraine.

– C'est ce que je disais, il serait temps d'appeler la SQ du district, et même McGlade. Et au plus vite.

Non, pensait Verlande, pas même McGlade.

Tout ne fait que commencer.

– Il existait un « village de vacances » pour les invités, les cellules du « Camp de Jeunesse » étaient parfois visitées, mais en fait, la plupart du temps, on sortait les enfants par les conduits comme celui que nous avons utilisé, au bout des couloirs axiaux, et on les emmenait dans les chalets privés des « locataires ». Seuls les « Jours de Fête » comme celui que nous avons connu se déroulaient dans la Maison, et en dessous.

– Et tu veux voir ces chalets ?

– Non, ils ont été rasés. Je dois les positionner dans la narration, c'est tout.

– La *narration* ?

Verlande pensa : La narration du cosmos, celle que je porte en moi désormais.

– Appelle ça mon plan des opérations. Ce n'est plus très loin maintenant.

Cela ne souffrait aucun commentaire, il s'était d'ailleurs remis en marche sans attendre la moindre réponse.

– Que nous est-il arrivé exactement, Paul, là-bas dans le souterrain ?

Verlande savait que le temps de cette question viendrait, et il savait qu'il viendrait maintenant. Et il savait aussi que l'interrogation viendrait d'elle. *Elle*, qui détruisait plus sûrement l'armure ontologique dont il était constitué que toutes les atrocités exhibées dans le submonde du Fer et de la Nuit. Elle, dont la beauté irradiait tout de sa lumière. Il se surprit à penser : C'est donc ça l'amour ? L'amour total, cette submersion dans le feu, cette combustion dans l'éther, cette électrification permanente, et aux variations infinies, cet Invisible pour lequel vous pourriez sans l'ombre d'une hésitation sacrifier votre vie ?

La réponse était d'une extrême simplicité. Oui, c'était ça.

– Ce serait trop long à vous expliquer en détail, mais admettez que j'ai été mis en contact avec une nouvelle sorte d'armement, une arme neurologique pour simplifier.

Il simplifiait à l'extrême, aussi bien pour elle que pour son complice de toutes les guerres, qui était en train de comprendre de quoi il s'agissait.

– Une arme neurologique ?

– Oui, elle agit sur le temps et l'espace, vous avez non seulement reçu mais *vécu* une scène du passé. En une autre occasion, cela pourrait venir tout aussi bien du futur.

Et il vit la lumière émeraude de la compréhension *intégrale* dans le regard de Voronine. Tu vois, Alex, je suis devenu *autre* pour de bon, le tube/cortex m'a ingéré comme je l'ai ingéré, nous ne sommes plus qu'un, je suis relié à l'autre extrémité de la Métaforme, soit le Cube-Monde qui n'est plus nulle part et pourtant partout en même temps, je suis le point Alpha et le point Oméga, je n'ai nul besoin de la SQ du district, et encore moins des autres, pas même de McGlade. Ce dont j'ai besoin, maintenant, Alex, c'est de la Justice Divine.

Verlande savait fort bien pourquoi il lui fallait parvenir jusqu'aux chalets. C'était ici que se trouvait la connexion avec *la narration d'avant*. Pas les narrations *excentrées*, mais la narration préliminaire, celle qui avait conduit à la création de la WonderLife, celle qui avait fini par produire le « Camp de Jeunesse ».

Ils trouvèrent les restes rasés à hauteur du sol de vingt-quatre chalets, ainsi que les structures à peine aplanies d'une demi-douzaine d'autres bâtiments en construction. Les chalets étaient regroupés sur les collines boisées par lotissements de six, largement espacés les uns des autres, et toujours protégés des regards par d'épais massifs de buissons et des bosquets. Visiblement, au moment de l'interruption des opérations, la WonderLife désirait encore s'agrandir. Les affaires marchaient bien, selon toute probabilité. Ce n'était pas à cause de problèmes financiers qu'ils avaient brutalement cessé leurs activités, exterminé leurs prisonniers, et décimé leurs clients comme certains de leurs complices. Il s'était passé quelque chose, il s'était passé autre chose.

Il sentait confusément que cela entretenait un rapport intime avec lui.

Le décodage de la narration proto-historique s'établit simplement, cognition immédiate mais encore relative, ce fut un flux d'information-lumière qui structura l'ensemble des données dans son cerveau en quelques nanosecondes.

Il marche en suivant les traces laissées au sol par les chalets rasés. Toutes ces maisons servaient aux clients habituels pour y assouvir leurs penchants selon un programme *personnalisé*, puis les enfants étaient reconduits dans leurs cellules. Cela relevait d'un cloisonnement hiérarchique implacable. Depuis leurs appartements situés dans les ailes luxueuses de la maison, les invités en instance d'adhésion regardaient la chaîne Intranet, branchée sur chaque cellule et sur chaque chalet. Les invités normaux vivaient dans leurs villas améliorées, personnalisées à chaque visite. Les invités VIP se voyaient offrir les étages supérieurs de la maison. Or certains locataires des chalets avaient vécu l'époque d'avant. L'époque des tout débuts de la WonderLife, lorsqu'elle s'était constituée au tournant du siècle en achetant les lots initiaux, à l'ouest du mont Wright, dont ils se servirent pour leurs premiers crimes, leurs premiers viols et meurtres en série, leurs premières chasses à l'homme, *à l'enfant*, ils y avaient laissé quelques fosses, creusées un peu au hasard. Puis ils avaient appris. Ils avaient *pensé*. Ils avaient planifié leur propre Évolution. La maison Cosworth était abandonnée en ce temps-là, ils avaient pu la visiter, ils avaient pu comprendre tout l'intérêt du site, ils avaient alors acheté d'autres lots de plus en plus proches du cirque de ferrite, puis ils avaient saisi l'opportunité qu'ils attendaient patiemment lors de la faillite de la scierie Lambertville.

C'était simple, net, clair, aussi calculable qu'une équation, aussi mécanique que le fonctionnement d'une entreprise cotée en Bourse.

C'était bien le capital du *dernier type*.

Ils revinrent en vue du cirque par le rang sud-ouest. Ils avaient laissé leurs véhicules au bord du rang nord-ouest, de l'autre côté, au centre d'une petite clairière vaguement protégée des regards par une rangée de bouleaux et d'épinettes. La cognition immédiate de tout le territoire s'implanta en lui, plus foudroyante qu'un isotope.

Les rangs suivaient en surface la direction des quatre grands axes souterrains. Cela datait de la Cosworth Company, pour transporter machines et minerai au plus près des vastes puits en oblique et à ciel ouvert ainsi qu'aux points d'entrée du cirque souterrain. Le directoire de la WonderLife y avait vu un moyen pratique de parfaitement organiser le « Camp de Jeunesse », et le symbole apparent de ce qu'ils cachaient sous terre. Un rire sarcastique lancé à la face du monde. Ou plutôt le rire sarcastique de leur monde jeté à la face de la Loi.

Sauf que cette fois, la Loi est là, fils de putes, pensa Verlande.

Au même instant, il comprit que la Réversibilité était en plein travail.

Les fils de putes aussi étaient là.

Pas encore, pas tout à fait, une simple anticipation de trois minutes. C'est un implant neural à la structure digitale que le Métacortex vient d'incorporer. Des images hachées, trouées, brouillées, distordues, comme la musique dans le sous-sol. C'est le réel, la cognition est immédiate, mais elle n'a pas encore atteint sa vitesse absolue.

Ce qu'il voit avant tout, c'est un semi-remorque Kenworth, de couleur blanche. Cette masse virginale d'acier roule et s'arrête, s'arrête et roule, reprend sa route, puis s'arrête à nouveau, sans cesse, comme une séquence bouclée sur elle-même. Le Kenworth blanc semble être accompagné d'une voiture moderne de couleur gris-bleu métallique, mais il ne la distingue pas nettement, elle apparaît et disparaît, ou reste dans un brouillard floconneux.

À la nanoseconde suivante ce qu'il voit est différent : le camion arrêté au bord de la route où de sa remorque s'extirpe une petite voiture de sport jaune alors que les portes se referment automatiquement et que la rampe d'accès se rétracte.

Une Mazda. Une Mazda à moteur rotatif.

La voiture d'un homme mort, la voiture qu'un homme mort avait confiée à son meilleur ami.

Et c'est le moment précis où les deux automobiles pénètrent par le rang sud-est dans les derniers boisés qui cernent le cirque de ferrite, devancées par leurs feux de position réglés au minimum d'intensité. Le second véhicule est une Honda Element dernière génération. Maintenant il peut lire le moindre détail de chaque machine comme il peut voir les visages des conducteurs dans la lumière cognitive, il peut savoir les marques et les modèles, jusqu'aux plus infimes caractéristiques des armes modernes qu'ils ont apportées avec eux, il peut connaître ce qui se cache dans leur cerveau, il les reconnaît instantanément, et il en sait plus sur eux que toutes les fiches de police qu'il a compilées à leur sujet.

Corwyn Doyle. Corzabal.

Ils viennent faire le ménage dans les trois cellules du dernier cercle.

Verlande n'a même pas besoin de prononcer un seul mot.

Il faut revenir aux véhicules.

Il faut revenir à l'arsenal.

Il faut revenir à la guerre.

Celle qui ne s'est jamais arrêtée.

– Qu'est-ce que vous avez comme artillerie lourde ? demanda Verlande à McDowell en ouvrant le hayon de la Chevrolet.

– J'ai un fusil à pompe Remington, une très bonne arme.

– Scié ?

– Vous savez fort bien que c'est illégal, à fortiori pour les forces de police.

– Les temps changent, bientôt pour arrêter une pauvre merde avec son bâton de dynamite, il faudra raser toute une ville.

Ariane McDowell allait répondre quelque chose lorsque Voronine la devança :

– Une seule ville ? Je ne te reconnais plus. D'où provient ce sursaut d'optimisme ?

Verlande envoya un sourire au titane à son frère d'armes et le figea involontairement en regardant McDowell une petite demi-seconde.

– C'est une très bonne arme, mais ça risque de ne pas être suffisant. Ils connaissent les lieux par cœur, et ils sont *enfouraillés* avec du lourd. Ils savent qu'ils prennent un risque en venant ici.

– Nous aussi on connaît les lieux, maintenant, avait répliqué Voronine.

– Exact, mais nous aussi on prend un risque en venant ici. Ce sera du *urban warfare* nocturne et en sous-sol, avec des couloirs circulaires et de longs axes de tir, sans compter les cellules. Beaucoup de caches, beaucoup de positions de feu. Il nous faut ce que j'ai apporté avec moi.

Il tira vers lui deux grosses malles métalliques fermées par de simples cadenas et les ouvrit sans plus attendre. Il se tourna vers Voronine.

– Tu connais les règles d'engagement militaires ? Tout homme armé dans la zone d'opération et n'étant pas identifié comme faisant partie de notre groupe doit être abattu sur-le-champ, sans sommation, même s'il court très vite devant toi, et sans arme apparente, puisqu'il peut être ceinturé d'explosifs ou transporter un produit toxique.

– Nous ne sommes pas plutôt censés les arrêter ? Ils sont des témoins extrêmement précieux pour la suite de l'enquête, fit remarquer McDowell.

Verlande se tourna vers la beauté qui tombait du ciel, en plein milieu de la nuit. Elle ne pouvait encore comprendre que le temps de l'enquête était terminé. Qu'était venu celui de la Justice.

– Ils ne se rendront pas. Et les autres ne les laisseront pas se rendre.

– *Les autres* ?

– Ceux qui sont en train d'arriver. Ceux qui ne veulent pas que cet endroit soit utilisé de nouveau. Ceux qui veulent qu'on l'oublie. Et qui sont venus pour ça.

Verlande commença la distribution de l'artillerie.

Les voilà, au complet, l'implant neural lui fit entrevoir un essaim de véhicules qui convergeaient vers le site, formant un chaos de métal et de lumières électriques décalées dans le temps et l'espace, il put tout juste déceler la présence de deux groupes distincts : à environ deux kilomètres et demi de distance, deux Range Rover et une Saturn Outlook pénétraient à l'instant sur les abords du cirque par la même route que Corwyn Doyle et Corzabal ; plus loin, au-delà des dernières fosses excavées, au croisement avec la 89, une autre meute motorisée avait emprunté le rang nord-est et formait un monstre hybride aux couleurs en constantes variations, la Wonder-Life ne voulait prendre aucun risque, Corwyn Doyle et Corzabal devaient disparaître à tout jamais de la surface de la terre.

McDowell avait raison, il s'agissait de témoins précieux. La preuve, c'est qu'on envoyait toute une armée pour les abattre, là où on ne risquait pas de les retrouver. Verlande prit la décision de faire la guerre à tous ceux qui voulaient éliminer ces deux témoins, qui étaient avant tout *ses* témoins, même, et surtout, s'il se réservait le droit de les exécuter, légitime défense ou non.

Ces hommes étaient à lui.

D'ailleurs, *tous* ces hommes étaient à lui.

– Qu'est-ce que c'est que ce cirque ? avait lâché Voronine en armant son HK416.

Ils venaient à peine de sortir des boisés lorsque le spectacle s'était offert à leurs yeux : en plus de la Mazda jaune et de la Honda Element, une dizaine de véhicules étaient garés autour du piton rocheux, les deux Range Rover et la Saturn Outlook avaient été rejointes par une minifourgonnette Dodge Grand Caravan Fuel-Flex et elles étaient parvenues à parfaitement coincer les voitures de Corwyn Doyle et de Corzabal ; en face, disposées au niveau de l'aile nord, d'autres automobiles étaient alignées sur le cirque : une Lincoln MKZ blanche, deux Buick Enclave et un pick-up Silverado, que Verlande reconnut sur-le-champ, plus une Toyota Highlander militarisée. Leurs moteurs encore chauds, signature infrarouge, indiquaient qu'elles venaient juste d'arriver.

Verlande pensa : Ils sont tous là. Ils sont tous là où ils doivent être. Ils sont tous là pour moi, pour nous, et pour toutes leurs victimes, innocentes ou coupables.

– *Good Lord*, toutes ces voitures… Vous croyez que la WonderLife reprend ses activités ?

La voix de McDowell, sa beauté intacte après toutes ces atrocités, sa beauté comme une arme dirigée contre l'immonde, soit le monde tel qu'il se constitue ici-bas.

– Il n'y a pas que la WonderLife ici, avait répondu Verlande.

– Ah bon ? avait répliqué Voronine, parce qu'il y avait déjà quelqu'un d'autre, ici, à part nous ?

– Oui. L'endroit était sous surveillance depuis quelque temps. Depuis que nous avons commencé à excaver toutes ces fosses.

– C'est ce que je disais, surveillé par qui sinon *eux* ?

– Par les seuls qui pouvaient savoir, par les propriétaires de la Lincoln, du pick-up et des Buick. C'est-à-dire Sloane, et ses hommes.

Verlande envoya un message très explicite dans le crâne de Voronine : *Comprends bien ce qui nous attend en bas, ce sera la guerre de tous contre tous, chaque camp se verra forcé d'exterminer tous les autres. Le mot « pitié » est supprimé du dictionnaire de référence. Tu es prié d'oublier pour un temps les Conventions de Genève et de te souvenir de Stalingrad.*

Le puits d'accès vertical nord-ouest avait été camouflé comme les trois autres, non par une plaque de béton, sans doute trop repérable, mais par un habile agencement de branchages et de rhizomes naturels recouverts d'une couche de terre compactée et de gazon artificiel surmontée de bosquets, un groupuscule de robots excavateurs en fit du simple compost. Arrivés au bas du large tube de plastique qui prolongeait le puits de surface, en un peu plus étroit – Verlande comprit qu'il datait de la réfection des lieux par la WonderLife –, ils firent face au long corridor axial avec les ombres un peu plus claires des tunnels circulaires qui s'ouvraient de chaque côté.

Verlande regarda ses deux acolytes droit dans les yeux. Un nano-éclat de lumière cognitive leur envoya un message très clair : Vérifiez une dernière fois votre arsenal, examinez bien la disposition de votre jeu de grenades, les concussives, les aveuglantes, les incapacitantes, les défensives, *checkez* attentivement vos pare-feu/silencieux, vos lunettes de visée, vos projecteurs lasers ou au xénon, vos stocks de munitions, l'installation de votre *dragon skin*, vos amplificateurs sensoriels, *tout*. Et vous vérifiez tout *deux fois*.

Nous sommes un trio de mammifères nocturnes confronté à plusieurs espèces de sauriens à la fois ligués contre nous et en compétition entre eux. Nous devons voir avant d'être vus, nous devons connaître avant d'être connus, nous devons tuer avant d'être tués, pensa Verlande pour lui-même.

Le monde avait finalement assez peu changé depuis l'époque où l'astéroïde était venu créer les cirques de ferrite.

Il se tourna vers Ariane McDowell, le clair-obscur du souterrain, illuminé polychrome par la vision amplifiée, faisait d'elle un être supranaturel, sa peau luisait d'un vif-argent mercurial, ses cheveux étaient un ruissellement de bronze solaire, ses yeux pétillaient d'une poudre turquoise, même au cœur des Ténèbres, sa beauté résistait, sa beauté combattait, sa beauté survivait, sa beauté semblait en mesure de contrarier voire d'anéantir les effets de la Chute.

Il ne sut pourquoi sur le moment mais cela lui parut le signe d'une menace à la fois terrible et inéluctable.

Cerveau état-major : attribution des tâches, organisation du plan de progression, structure de combat en quinconce, *situational awareness*, emplacement des différentes forces en présence, planification des plans B, C, et des autres, préparation de l'éventuelle retraite stratégique, cartographie exacte de la structure souterraine avec le diagramme de tous les angles de tir possibles, les positions de feu optimales, les lignes potentielles de défense, pour chaque couloir circulaire, chaque corridor axial, chaque cellule, secteur par secteur. Il imprime tout en un éclair dans les crânes de ses camarades. S'ils n'avaient pas encore compris de quoi le Métacortex est capable, désormais ils seront définitivement fixés.

Vampires et Sauriens

Il était en train d'assister, de *participer*, ici, dans le labyrinthe concentrique, à la mise en écriture d'une narration centrale, nouvelle, parfaitement synchronisée avec le réel.

Cette narration permettait de mieux comprendre l'*in-sens* que prendrait le monde dans l'immédiat, elle permettait aussi de relier les points excentrés du diagramme à tous les autres, et elle donnait à lire la structure particulière que ces événements formaient en tant qu'*histoire*.

Formation en quinconce : Verlande avance en première ligne, contre le mur situé à leur gauche, côté nord McDowell le suit, le long du mur opposé Voronine ferme la marche à six mètres derrière Verlande, et couvre les arrières comme l'avant. Il reçoit de Verlande un message formel : Tu te charges principalement de McDowell... pour les arrières comme pour le reste, fais confiance à *l'arme neurologique*.

Sans doute aurait-il dû montrer moins d'assurance sur ce point-là. Il *sut*, certes, la cognition s'imprima en lui à la vitesse de la lumière.

Mais avec quelques nanosecondes de retard sur le réel.

Juste le temps suffisant à l'enfer pour se déchaîner au milieu de neuf cercles souterrains, juste le temps pour la mort de tous les rejoindre, plus bas que terre.

Lorsqu'une trentaine d'hommes, au moins, dotés d'armes automatiques à haute intensité de tir, répartis par groupes de quatre ou cinq individus au sein d'une structure formée de huit cercles concentriques, d'un neuvième servant d'accès principal, de quatre longs corridors d'environ deux cent cinquante mètres, et d'un peu plus de trois cents cellules, lorsqu'une trentaine d'hommes divisés en trois camps ennemis pour des raisons à chaque fois différentes se mettent à se tirer dessus, dans l'obscurité quasi totale, alors c'est à nouveau le règne des nombres qui s'impose.

Son père apparut à ses côtés, avec trois chiens de guerre fantômes et deux Waffen SS de sa compagnie.

Ils doivent tous mourir, si vous voulez tous survivre, j'espère que tu l'as bien compris.

C'est donc le chaos. C'est-à-dire un ordre qui profite du désordre dont apparemment il est constitué pour étendre son règne implacable, celui de la totale indétermination. C'est la fonction même du chaos, se dit Verlande. Il transforme une situation statique, équilibrée, normée, en un pur mouvement brownien, où rien n'est prévisible. Et voici la miséricorde du chaos : les déplacements parfois erratiques des hommes qui apparaissent dans son champ de vision, les éclairs blanc-jaune ou orange qui se répondent en rafales ou par coups solitaires, c'est le moment propice à l'inversion de la logique de la guerre, le moment des *friendly fires*, le moment où vous tuez votre meilleur ami parce qu'il surgit au mauvais moment au mauvais endroit.

Le moment où les Nombres règnent, y compris sur la mort.

– Qu'est-ce qu'on fait ? avait demandé Voronine à voix basse.

Verlande répondit par un simple éclair cognitif.

Ce que doivent faire les mammifères intelligents, profiter de la situation.

– Très bien. Concrètement ça veut dire quoi ?

Ça veut dire qu'on reste allongés par terre et qu'on recule jusqu'au mur du fond, Ariane et moi on ne change pas de position. Toi, Alex, tu te posteras au centre, juste sous le gros tube d'accès. On n'ouvre le feu qu'en cas de menace avérée.

Et il pensa aussitôt, à leur attention : *Le meilleur moyen d'être une menace pour eux est de ne strictement rien faire, et de les laisser s'entre-tuer. Tout comme les Soviétiques l'ont fait à Varsovie.* Puis, pour lui-même : Sinon, peut-être, accentuer le chaos.

Les échos multiples, les différentes réverbérations, la circulation naturelle des ondes et de l'air ambiant créaient un seul et unique processus, fait de lumières et d'éclats sonores plus ou moins fantomatiques selon la distance et l'orientation des mitraillades, la localisation des tireurs, ou des cibles. Mais cela emplissait tout l'*espace.*

Alors, allongé sur le sol poussiéreux et constellé de flaques luisantes, il put *voir le temps.* Il put écrire la narration qui avait conduit tous ces hommes jusqu'ici, sous soixante-dix mètres de roche, sous une maison truquée, sous l'hypercentre d'un immense réseau de crimes.

Le temps. Là où tout prenait sens, alors que dans l'espace qui les entourait, les formes n'existaient que pour se perdre.

Le temps, seul, permettait d'expliquer toutes ces divergences/convergences qu'ils avaient constatées depuis le début de leur investigation. À sa manière, l'espace souterrain, l'espace secret, permettait d'accéder à un savoir analogue, mais sous la forme du chaos, lorsque précisément le temps ne peut plus agir en réseau de coupures mais se trouve concentré en un point unique et métastable, où tout se détruit, tous se détruisent, où chacun détruit l'autre, et lui-même, où seule la destruction fait sens, y compris en détruisant celui-ci, et jusqu'à la toute dernière forme.

Corwyn Doyle avait vécu environ deux années pleines en Asie du

Sud-Est, puis son ami Olsen lui avait conseillé de revenir au pays, quelque chose d'extraordinaire s'était mis en place pour les hommes comme eux. Corwyn Doyle rejoignit le Québec sous une fausse identité et entra aussitôt en contact avec la WonderLife alors au sommet de son ascension. Il devint rapidement un des membres enviés du groupe des *clients-employés* du « Camp de Jeunesse », son travail de kidnappeur d'élite servant de contrepartie à ses activités pédérastiques.

Le temps lui apprend maintenant l'histoire de l'homme nommé Corzabal. Le temps éclaire l'espace plongé dans les ténèbres. Il donne enfin un sens à cette forme, et à toutes celles qui s'y entre-tuent.

Pour l'instant, la cognition reste à son niveau minimum. Il connaît son identité. Il connaît quelques-unes de ses pensées. Il sait qu'il est un des employés du Camp, spécialité : nettoyeur, ce pour quoi Corwyn Doyle l'a payé pour l'aider à se débarrasser des preuves compromettantes de ses passages dans l'ancienne prison souterraine, comme les cadavres de la famille Delorme.

De *leurs* passages.

Il comprend/sait/connaît : Corwyn Doyle, Olsen, et même Archambault, peut-être d'autres encore, avaient utilisé les infrastructures de la Maison pour leur usage personnel, après la fermeture du Camp et l'arrêt des activités de la WonderLife. Les membres du directoire l'avaient appris, ils n'avaient pas du tout apprécié, ils avaient mis la région sous surveillance, ils avaient fini par les repérer. Puis ils les avaient supprimés.

Corwyn Doyle était parvenu jusque-là à leur échapper, mais il ignorait que Corzabal était sous surveillance, lui aussi. Or Corzabal n'était pas qu'un employé de la WonderLife. Il était l'homme du *momentum*, la structure pivotale de toutes les divergences/convergences.

Corzabal était aussi un agent de Sloane. Cela voulait dire que pour lui la mort avait deux visages possibles, il faisait face à deux ennemis, indépendants, mais coalisés contre lui par la simple *force des choses.*

Les mêmes ennemis que Verlande.

– Nous devons à tout prix protéger nos deux *précieux* témoins, imprima-t-il d'un éclair dans le cerveau de ses compagnons.

– Pourquoi ce changement d'attitude ? avait demandé McDowell en émettant une impulsion de son *nanonetwork*.

– Parce que la situation a changé.

– Ah bon ? avait répondu Voronine sur le même mode, je vois toujours la même chose depuis cinq bonnes minutes.

– Justement. Voir n'est pas toujours suffisant. Ce qui compte, c'est de savoir.

À ses côtés, en position agenouillée, *Sturmgewehr* dirigé droit devant, son père se tourna vers lui et avec ce regard figé à jamais sur le corps d'un camarade mort gelé dans la neige, il lui dit : Je crois que l'enseignement des souterrains de Varsovie va t'être utile ici. Et comme tu l'as appris, savoir n'est que la première étape, ce qui compte vraiment c'est *connaître*.

Dans le continuum décalé qu'il partageait avec son père, Verlande lui répondit :

– Non, comme moi tu sais ce qui est plus important que tout. Ce qui compte vraiment, c'est d'être *le meilleur*.

– Ils sont nombreux à prétendre à ce titre ici-bas. Je veux dire ici.

– Oui, le seul problème pour eux, c'est que le meilleur c'est moi.

– Si tu veux que ce soit vrai, tu as intérêt à ne commettre strictement aucune erreur.

– Mieux encore, je vais faire en sorte qu'ils en commettent de plus en plus.

Il y eut une nanoseconde de silence, il y eut un abysse sans fin.

– À un moment donné, si tu veux vraiment amplifier le chaos, tu auras besoin de nous.

– De vous ? Toi et les restes de ta compagnie ?

– Nous aussi, nous étions les *meilleurs*, puisque nous avons survécu.

– Mais vous n'êtes pas vraiment réels, je veux dire : pas dans cet espace-temps particulier.

– Nous sommes *réels*. Il te suffira d'opérer une synthèse disjonctive entre les deux continuums, pour quelques nanosecondes.

– Explique-moi donc comment procéder à cette opération de *mécanique générale*.

Sourire de glace de son père, à l'autre bout de la guerre.

– Le Métacortex te préviendra lorsque tu seras prêt. Comprends bien : nous nous incarnerons dans votre réalité, durant quelques instants nous ne serons plus des fantômes, même encodés par ton Métacortex. Ce qui sera suffisant pour nous.

– Suffisant ?

– Oui. Suffisant pour tuer beaucoup d'hommes. Et suffisant pour enfin nous sacrifier dans cette vie.

Ainsi les deux narrations s'étaient croisées, ici même. Sloane et son organisation avaient dû apprendre par leurs réseaux que Corzabal avait repris ses activités de nettoyeur pour des intérêts privés, sans doute avaient-ils fermé les yeux auparavant, mais avec les tueurs du directoire à ses trousses, il valait mieux que Corzabal y passe au plus vite de leurs propres mains. Corzabal en savait trop, pour chacun des camps. Verlande comprenait pourquoi il s'était à ce point fondu dans la ville.

Sloane avait appris son départ pour Fermont, il avait déclaré l'état d'urgence et était entré dans le lot Cosworth par la seule entrée qu'il connaissait, au moment où les tueurs de la WonderLife suivaient Corzabal et Corwyn Doyle jusqu'à leur point d'accès habituel.

Les hommes de Sloane avaient repéré les voitures mais n'avaient pu détecter les puits d'accès verticaux, ils étaient donc entrés dans la Maison avec des explosifs.

Ils n'en avaient pas eu besoin, ce qui avait accentué leur avantage. Les hommes de la WonderLife se dispersaient dans les tunnels quand le groupe des paramilitaires arriva et se signala à l'attention de tout le monde par le bruit de l'ascenseur et les quelques ampoules électriques que son circuit activait dès sa mise en route.

Devant lui, Verlande vit un essaim de *microbots* emprunter le long corridor et foncer – diodes rouges/vertes – en direction du puits d'extraction.

Tous ces hommes étaient tombés sur les hordes de robots au travail en croyant que leurs propriétaires étaient ceux qui les avaient précédés. Corwyn Doyle et Corzabal avaient d'abord pensé à une intervention préventive du directoire. Les tueurs du Camp pensaient à Corwyn Doyle et Corzabal et à leur opération de nettoyage. Les hommes de Sloane soupçonnaient les tueurs du Camp.

Mais c'est à nous, les mammifères de la nuit, qu'ils appartiennent, pensa Verlande.

– Vous cherchez à les faire sortir ? demanda-t-il d'un simple éclat cognitif.

– Oui. Chacune des parties en présence les prend pour cibles, croyant qu'ils appartiennent à ceux d'en face, j'en ai perdu plus d'un quart. Ce ne sont pas des robots de combat. Je dois les rapatrier vers un lieu sûr.

Une pensée se cristallisa aussitôt en lui – il n'existe plus aucun lieu sûr – mais il s'abstint de l'émettre. Les *microbots* avaient bien travaillé. Ils ne méritaient pas une fin vaine et dérisoire. Mais ils pouvaient encore œuvrer pour une mort utile.

Ils pouvaient encore œuvrer pour les Nombres.

Il suffisait de tout calculer. Il suffisait d'en faire les vecteurs du chaos. L'inconnu, l'imprévu, la multitude, le non-humain, la pure machine collective, devenue agente des Nombres, qui tiennent la mort en laisse.

Il se contenta de penser : *Vous allez devoir changer d'idée.*

Puis le Métacortex envoya une équation extrêmement complexe dans chacun des nano-ordinateurs des robots, ils restèrent une intelligence collective, mais entièrement dédiée à la destruction totale, et sans aucun égard pour sa propre survie. Kamikazes à composants quantiques, cyber-commandos suicide, et plus encore : *catastrophe quasi naturelle*. Évolution sismique des lois de la guerre. Ils transformeraient les neuf cercles concentriques en un enfer aveuglant où tous les humains finiraient par s'entre-tuer, il ne resterait plus qu'à aller chercher les morceaux.

Ce fut le moment où son père réapparut à ses côtés. Cette fois il était accompagné de son escouade SS au complet.

– Excellent dispositif tactique, mais cela restera insuffisant, tu devras aussi compter sur nous. Avec vos machines nous créerons la première blitzkrieg souterraine.

– Tu crois qu'il est temps ?

– En ce qui nous concerne, tu sais fort bien que lorsqu'il s'agit de tuer des hommes en masse, il est toujours temps.

La meute cybernétique ne formait plus un organisme, même désolidarisé. L'équation fonctionnelle était en grande partie basée sur les théories de la dynamique des fluides et en particulier les processus complexes qui président à la formation de liquides solvants, de coulées pyroclastiques ou de simples détergents constitués de bulles de savon.

Ce n'était donc même pas le simulacre d'une conscience partagée qu'il allait lancer dans les couloirs du souterrain mais un pur phénomène *physiqu*e. Analogue à sa mesure à l'impact météoritique d'il y avait cent millions d'années. Et en totale synchronicité avec la synthèse disjonctive des deux continuums qu'il allait opérer, autre phénomène purement physique. Verlande savait très bien que l'irruption des spectres SS dans la réalité revêtirait un caractère plus inhumain encore que la sauvagerie mathématique des essaims de machines.

Tous les hommes de la génération de son père réunis ici étaient morts depuis longtemps, seul Hector Verlande /Victor Voerlandt avait survécu au XXe siècle, il « était mort » dans le futur, le Métacortex permettait d'encrypter un tel paradoxe dans une narration vécue, c'est-à-dire une vie qui *faisait* sens. Mais en cela Verlande père était l'égal de ses camarades de guerre. Il était mort, il était damné, il errait dans les limbes du continuum séparé, cette histoire non pas parallèle, mais souterraine, qui courait entre les deux époques. Il était damné, il était coupable, des innocents avaient payé pour lui, en quantité, il devait donc faire de tout ce qu'il avait été, en qualité d'« être humain », l'instrument de la Justice Divine, c'est-à-dire celui du sacrifice.

Verlande comprit alors tout le sens de l'existence de son père, qui le conduisait très exactement ici, à cette heure. Et par la même occasion il comprit tout le sens de la sienne, qui le conduisait exactement au même endroit, au même moment.

Les machines en action allaient élever son niveau de cognition immédiate, il allait vivre en chacune d'elles comme en elles toutes, et lorsque son cerveau biologique aurait atteint la phase machinique ultime, la cognition immédiate et absolue surviendrait, il ferait apparaître les spectres SS au cœur du réel, dans le monde souterrain concentrique et ses Ténèbres paradoxalement *illuminées*, il ferait intervenir les Nombres, et les hommes qui allaient mourir pour eux.

Entrée des machines : ce n'est donc plus un pseudo-organisme vivant, mais un phénomène physique métastable, imprévisible par nature. Il faut imaginer une sorte de glissement de terrain multidirectionnel, une coulée ardente en état d'apesanteur, une avalanche de carbone-carbone, de titane et de faisceaux laser, de Tasers, de microbilles à fragmentation, de flashes au xénon aveuglants, d'impulsions concussives par infrasons, pas un seul coup de feu, pas de flammes, pas de fumée, juste un peu d'électricité, de chimie minérale, de physique appliquée.

Le son est uniforme : un bourdonnement d'insectes. C'est la musique des Nombres. C'est la musique qui ne revêt aucune forme, et qui est dotée d'un seul sens, d'un seul son, d'une seule voix, qui est pourtant multitude.

Il est cette voix, il est ce sens unique/multiple qui circonscrit tout l'espace de sa mémoire cybernétique. Il est cette colonie d'amibes dissolvantes qui se laisse tomber du plafond du troisième cercle sur deux hommes appartenant à l'organisation des tueurs du Camp, les recouvrant dans la seconde d'une coulée d'acide chlorhydrique, il peut voir et sentir leur peau dévorée par la chimie, bouillonnements verdâtres courant sur l'épiderme et y forant de petits cratères fumants, tandis que leurs bouches s'ouvrent pour hurler et y recevoir encore plus de cette pluie de douleur. Il est cette grappe de robots-foreurs dotés de leurs lasers et de leur canon à microbilles au tungstène qui se tiennent en embuscade dans une cellule du sixième cercle et qui y piègent trois des quatre hommes qui l'ont investie armes au poing, la cellule devient un jouet mortel, rayonnements dirigés haute puissance, éclairs au xénon, microbilles perforantes ultra-rapides, les hommes n'ont même pas, cette fois, le temps de hurler, il suffit d'une poignée de secondes pour que l'essaim les tue tous les trois et parte à la poursuite de celui qui est parvenu *in extremis* à s'échapper.

Mais les Nombres, ici, ne sont pas du côté des hommes. Il est cette armada de robots fouisseurs qui foncent délibérément dans les jambes d'un commando d'une demi-douzaine de paramilitaires de Sloane, miniscies circulaires, vis de titane, lames, marteaux-piqueurs miniaturisés, tout va servir à trancher des pieds, fracasser des tibias, couper des mollets, briser des rotules.

C'est bien la blitzkrieg souterraine que lui avait annoncée son père.

Dans quelques secondes tout au plus, il sera temps de lancer la seconde vague.

Celle des hommes passés au service des Nombres.

Dans quelques secondes, il sera temps d'envoyer son père au sacrifice.

Ce n'est pas Varsovie, ce n'est pas Berlin. Ce n'est pas Koursk, ce n'est pas Tcherkassy.

C'est l'origine même de la guerre, comme pensée.

C'est la bataille des mammifères prédateurs contre les sauriens, c'est la guerre qui date du moment où l'astéroïde a frappé cette partie du Bouclier canadien, c'est le moment où le calcul cognitif permet à une mangouste, ou mieux encore à un ratel, de frapper et tuer d'un seul coup le cobra parce qu'il *connaît* et donc anticipe les mouvements ultra-rapides mais purement réflexes du reptile. Et bien sûr *il frappe à la tête*, la fait exploser de ses mâchoires ultra-puissantes et l'engloutit d'un seul coup, en éjectant habilement les poignards venimeux hors de l'encéphale, anéantissant à la même fraction de seconde la seule arme dont dispose le serpent, et sa vie.

L'escouade SS de son père réapparaît au moment où cet éclair cognitif a surgi d'un passé datant d'avant l'apparition de l'Homme. Mais datait-il vraiment d'avant l'Homme ? L'Homme n'était-il pas déjà programmé en grande partie dans le patrimoine génétique en mutation constante des mammifères de la nuit ?

Les Waffen SS n'auront objectivement que quelques secondes de jonction avec la temporalité « normale ». Pour eux cela équivaudra à de longues minutes, peut-être même une heure, voire plus s'il le faut. Mais une heure ne sera pas nécessaire. Ils vont faire ce qu'ils savent faire le mieux. Ils vont traquer les hommes éparpillés dans les couloirs, peut-être cachés dans quelques cellules, ou en train d'essayer de s'enfuir par un puits d'accès, ou par la Maison. Ils vont tous les tuer, et ils vont tous mourir pour ce faire.

Sturmgewehr en action, vision Vampyr activée, cerveau en mode prédation optimale.

Numériquement, c'est du un contre un. Matériellement, l'armement ultra-moderne dont disposent *les deux camps ennemis* surclasse aisément les MP44 de l'escouade. Tactiquement, c'est autre chose, les hommes des deux bandes rivales sont tous des tueurs chevronnés, ils agissent parfois en groupe, mais ils ne possèdent pas l'expérience collective, la solidarité active, l'autodiscipline instinctive qui régit un groupe de combat entraîné au feu.

Au final : une sorte d'équilibre.

C'est-à-dire la *destruction mutuelle assurée*. Le conflit mégatonnique réduit à l'échelle d'un jeu mortel se déroulant dans un luna-park souterrain.

Le chaos dévore tout de nouveau. Il est insatiable par nature. Verlande entend des ordres en allemand qui se répercutent contre les parois pastel des couloirs concentriques. Il voit les éclairs de flammes qui se répondent, il distingue le timbre particulier des *Sturmgewehr*, il vit selon la temporalité du Métacortex, il court aux côtés de son père à l'assaut d'une position tenue par les tueurs du Camp, il court, ils courent ensemble, avec ce qui reste de la compagnie décimée à Berlin, et ce qui reste est décimé à son tour, chaque corridor franchi, chaque couloir passé, laisse son tribut d'hommes à terre. Mais les soldats SS de l'escouade continuent d'avancer, ils les tueront tous, et tous mourront, ils le savent, le Métacortex ne leur a rien caché de ce qui les attendait, ils le savent, et ils s'en foutent.

Lui-même est devenu un homme de l'escouade survivante, il voit des hommes tomber dans la lumière verte du Vampyr de son *Sturmgewehr*, il voit du sang sur les murs, comme la seule vérité qu'ils sont en mesure de révéler, il tue des hommes, et autour de lui des hommes se couchent pour toujours, il tue des hommes et il se rend compte qu'il est devenu son père, comme son père est devenu ce qu'il est l'espace de quelques microsecondes, mais cela a suffi pour que l'éclair cognitif franchisse un autre degré de magnitude, cela a suffi pour que les deux époques se joignent tout à fait.

Quelques secondes de temps « objectif » furent amplement suffisantes pour que les hommes de l'escouade de son père se sacrifient au complet, dans un tonnerre de feu et de mitraillades, et massacrent tous les hommes qu'ils combattaient dans l'obscurité, c'est-à-dire *sur leur territoire*, où qu'il se trouve. Les hommes qui s'affrontaient dans le tunnel eurent à peine le temps de voir ce qui les exterminait avec une précision industrielle, les plus chanceux parvenaient à riposter avec leur armement de pointe en direction de ces apparitions auréolées du disque jaune-vert de la lunette Vampyr et devancées par un mur de flammes. L'équilibre subsistait, la destruction mutuelle restait assurée. Verlande reconnut distinctement les explosions successives de plusieurs grenades, quelques rafales espacées, deux ou trois derniers coups de feu, puis le silence le plus total s'abattit sur les lieux, comme une coulée de béton.

Son père et son escouade ne s'étaient pas sacrifiés en vain, ils avaient exterminé les exterminateurs, et l'avaient payé de leur vie, désormais leurs âmes pourraient quitter les limbes, et ils allaient faire face, enfin, au Jugement de la Justice Divine.

Il décrypta rapidement le contenu cérébral de Voronine et McDowell qui venaient de nouveau de plonger dans l'inconscience pour quelques instants. Ils avaient vécu l'expérience comme une pure disjonction, sans aucune synthèse possible. Leur cerveau avait été séparé par les deux lignes temporelles, ils avaient vécu selon la temporalité « subjective » de l'escouade SS, une dizaine de minutes de combats acharnés dans les tunnels, et en même temps selon celle, « objective », durant laquelle les spectres avaient rejoint leur continuum pour une dizaine de secondes tout au plus. Leur cerveau n'avait pu supporter cette séparation ontologique, il avait tout débranché. Verlande rebrancha tout.

La cognition avait été immédiate et absolue, elle avait permis la synthèse disjonctive des deux continuums, mais cela signifiait que la dernière phase du cycle avait été atteinte, et qu'il se retrouvait de nouveau au *premier niveau*, comme dans un vulgaire jeu vidéo.

Il eut cette pensée, presque involontaire : *Aucun jeu ne peut fonctionner sans les lois de la guerre, mais aucune guerre ne peut être conduite sans l'expérience du jeu.*

Le silence était total dans le souterrain.

Il était total pour des oreilles humaines. Il ne l'était pas pour le Métacortex de ce nouveau prédateur nocturne nommé Paul Verlande.

Pour lui la cognition est un phénomène dynamique – *dynamis*, toujours plus de puissance –, alors que pour les hommes dispersés dans les tunnels, il s'agit d'un stock statique de données. Il continuait de les connaître un peu mieux, un peu plus, dans le flux biophysique du Métacortex, ils ne pouvaient rien savoir de plus, dans *l'état actuel des choses.*

La supériorité du mammifère sur le saurien lui semblait de plus en plus manifeste.

La prochaine phase de cognition absolue serait à proprement parler *catastrophique*, elle serait probablement la dernière car elle deviendrait l'Évolution elle-même, elle deviendrait totalement sa propre structure ontologique, il n'y aurait plus de « phases », il n'y aurait plus qu'un éclair de lumière en continu, un flux biophotonique, il n'y aurait plus vraiment de « Paul Verlande », mais il ignorait complètement ce qui viendrait lui succéder.

Il envoya la topologie des humains, emplacement, déplacement, au centimètre près, dans l'esprit de Voronine et de McDowell en y ajoutant un ordre express : *Ne communiquez pas entre vous avec le nanonet à courte portée, ni avec moi. Ils possèdent un détecteur d'ondes nanométriques et un décrypteur très puissant.*

Voronine lui répondit alors verbalement, à voix basse :

– Le nanoréseau fonctionne à peine ici, comment veux-tu qu'ils captent quoi que ce soit ?

Je ne veux prendre aucun risque, répliqua Verlande d'une simple impulsion du Métacortex. *Je veux les prendre par surprise, pas l'inverse.*

Un dialogue verbal/neural s'ensuivit :

– Nous savons où ils sont, pas eux.

Ils sont plus nombreux.

– Oui, mais ils se combattent les uns les autres.

C'est précisément notre chance, celle qu'il ne faut pas gâcher. Il faut tous les tuer avant qu'ils ne trouvent Corwyn Doyle et Corzabal, et comme moi vous savez dans quelle cellule ils ont trouvé refuge.

– On en fait des témoins protégés ?

On en fait des témoins vivants, c'est-à-dire des témoins qui parlent.

C'est le moment que choisirent ceux qui ne voulaient pas qu'ils parlent pour se mettre en mouvement. La cognition immédiate n'en était qu'à sa phase primordiale, elle n'était pas encore entrée dans le flux infini de la cognition *absolue*.

Il était donc logique qu'il l'oublie, et commette par là sa première *erreur*.

Ceux qui meurent et ceux qui tuent

Les Nombres à nouveau, les Nombres allaient jouer avec eux, avec eux tous. Seuls ceux qui maîtriseraient le calcul approprié survivraient.

Du côté de Sloane, quatre hommes, dont lui. Du côté des tueurs du Camp, quatre hommes aussi, mais l'un d'eux est blessé.

Il les connaît tous à l'instant et pour toujours, il ne cesse de les connaître, et il sait ce qu'ils savent. C'est-à-dire l'emplacement de la cellule où se sont cachés le pédophile et le nettoyeur. C'est pour cela qu'ils se dirigent vers le tout dernier cercle, au plus près de l'ancien laboratoire du docteur Osborne. Préalablement cachés dans une des anciennes petites salles cliniques, Corwyn Doyle et son complice ont essayé en vain de remettre en route la nacelle et l'ascenseur, le bruit du générateur et les éclats vacillants des ampoules de sûreté ont immédiatement attiré l'attention des deux groupes d'assassins. Maintenant, les deux hommes ont pénétré dans l'ancien labo, armes au poing, et se postent derrière les cloisons, prêts à ouvrir le feu sur leurs poursuivants.

C'est maintenant.

C'est maintenant ou jamais.

Donc, c'est tout de suite. Verlande se relève, arme la culasse de son fusil d'assaut Barrett M468, se retourne vers Voronine et McDowell et leur envoie un message :

Silence radio total. Moi seul communiquerai avec vous. Calculez. Anticipez. Survivez. Tuez-les tous, le Diable reconnaîtra les siens. Ils vont se rencontrer sur le dernier cercle, là où tout se termine. Ils se termineront les uns les autres. Nous n'aurons plus qu'à cueillir nos deux petits chéris.

Puis Verlande se dirigea vers le dernier cercle, vers les portes d'aluminium et le sas vertical, il se dirigea sans plus attendre vers sa *première erreur*. Celle qu'aucun mammifère ne peut s'offrir le luxe de commettre.

Ils arrivèrent dans leur dos, la position idéale. Mais la position idéale en théorie n'est pas obligatoirement *la meilleure* dans l'action.

Ils parvinrent au dernier cercle avec quelques secondes de retard sur les deux groupes rivaux qui mirent le pied presque en même temps sur la rotonde circulaire, par les corridors nord-est et sud-est. D'un côté, Sloane et son commando de paramilitaires. De l'autre, Verlande reconnaît Couture et Manzini. C'est le face-à-face. Là où tout devait se terminer.

Les trois groupes ennemis formaient un Y presque parfait. *C'était vraiment la position idéale.*

Les nombres. Les coordonnées. Les angles de tir. Les champs de vision. L'imagerie thermique. Les paramètres qui s'affichent dans les monoculaires de visée. Les codes. La mémoire. L'entraînement. Les réflexes. Les calculs. Le feu. Le chaos.

Les nombres.

Pourquoi les avoir attaqués ? Pourquoi ne pas avoir suivi jusqu'au bout la stratégie initiale ? Pourquoi s'être exposés inutilement ?

À cause de la *position idéale*. À cause d'une erreur de calcul. Ou pire, d'une axiomatique erronée.

Ils n'auraient pas dû ouvrir le feu les premiers, ils auraient dû profiter de cette seconde de suspens pour rester dans l'ombre et attendre que les exterminateurs se soient exterminés. Mais la position était tellement *idéale*, n'est-ce pas ?

Tout se déroule dans une étrange synchronicité. Voronine et McDowell mitraillent le groupe des tueurs du Camp, aussitôt l'homme blessé et son voisin s'effondrent, Verlande s'est collé à la paroi du tunnel et vient d'arroser au jugé la position où se trouvent les hommes de Sloane, juste devant la porte du laboratoire, il aperçoit un des hommes glissant le long du mur mais :

C'est aussitôt la contre-attaque, désormais ils sont vus, on sait où ils se trouvent et on sait combien ils sont, on les *connaît.*

Des rafales fusent des deux côtés en direction de l'axe nord-ouest, les deux tueurs du Camp à l'unisson avec le trio de Sloane.

Il envoie un flash cognitif – *Tous à terre* – et vide son chargeur en direction des assassins professionnels de la WonderLife puis, dans un seul mouvement à la fluidité d'une roche en fusion, en enclenche aussitôt un autre, au même moment une violente déflagration résonne dans tout l'espace et des jets de minuscules morceaux d'acier fusent un peu partout en un spray métallique, il voit Voronine se précipiter dans cette direction, HK416 en avant, il voit McDowell agenouillée en position de tir qui fait feu tour à tour vers la porte du labo et vers le tunnel sud-est, il se voit avancer au centre de la rotonde. Il balance une rafale en coup de grâce. Voronine, derrière lui, collé contre le mur de la rotonde, se prépare à pénétrer dans le labo, il sourit à Verlande, Verlande pivote vers lui et lui renvoie son habituel rictus avant de se retourner à nouveau. Les quatre hommes sont couchés, sur un lit rouge, au même instant, derrière la porte anodisée, des coups de feu résonnent en staccatos entrecroisés.

Ariane, retournez immédiatement aux voitures, mais restez à couvert, nous aurons besoin d'un contact à l'extérieur si jamais ça tourne mal. Il faut que quelqu'un puisse témoigner, et avertir les autorités, en cas de besoin.

Il ne cherchait pas vraiment à la protéger, même si cette pensée effleura son esprit. Il continuait d'agir comme le mammifère nocturne qu'il était, engagé dans sa lutte contre les sauriens.

– Et comment donc saurai-je que ça tourne mal si je ne peux plus communiquer avec vous ? demanda-t-elle en mode verbal.

Si ça tourne vraiment mal, personne ne ressortira d'ici vivant. Et en tout cas pas nous.

– J'attends combien de temps ?

Attendez le temps qu'il faudra.

Il se prépara à entrer à son tour dans le labo, où une dernière rafale se fit entendre, avant que le silence glacial du souterrain ne se referme sur l'espace entier comme le couvercle d'un cercueil. Il tournait le dos aux quatre corps allongés à la sortie de l'axe sud-est, il jeta un coup d'œil machinal vers l'homme de Sloane qu'il avait abattu et sut avec une microseconde d'avance ce qui se produisait derrière lui.

Ce qui se produisait, c'est que Couture avait repris conscience et qu'il allait d'un instant à l'autre relever son Criss, pistolet mitrailleur ultra-compact et parfait pour ce type de situation. Il allait le relever, il allait appuyer sur la détente et envoyer une dizaine de munitions de fort calibre dans la partie supérieure de son corps, cerveau y compris. Verlande avait cette microseconde d'avance que la cognition immédiate lui offrait. Il lui restait une très maigre possibilité de vaincre les nombres, il parvint à se retourner à une vitesse inhumaine, pur mouvement spectral, et à pointer le Barrett très exactement au moment où le canon du Criss se stabilisait sur lui. En fait, il parvint même à faire feu avec un millionième de seconde d'avance.

Cela n'empêcha pas le saurien ennemi de lâcher une rafale juste avant de mourir, et juste avant de tuer l'homme dénommé Paul Verlande.

C'est-à-dire de le rendre à son ancien état humain.

Paradoxalement la mort l'avait rendu « vivant », il était de nouveau, pour quelques minutes, un organisme *normal.* C'est la raison pour laquelle il finit par s'extraire du coma pour se relever, couvert de sang, les plaies ouvertes en stigmates rutilants. Il avança en titubant au milieu du grand disque grillagé en direction de la porte du laboratoire, là où Voronine s'était engouffré, là où des rafales avaient crépité.

Il remarqua que le centre de la porte avait été défoncé par une *forward mine*, dont l'effet de souffle est concentré vers l'avant, on l'avait collée à la superglue contre le montant en inversant la charge, la porte s'était dévissée de la plupart de ses gonds, et son centre formait une cavité convexe presque parfaite, avec un minuscule orifice aux bords consumés en son milieu, l'effet de concussion avait dû être terrible dans l'espace hermétiquement clos. C'était cela la déflagration. Et ensuite à l'intérieur…

Le Métacortex allait avoir besoin d'un peu de temps pour reconfigurer la *genèse* de son corps. Mais le temps, c'était justement ce dont Paul Verlande manquait le plus.

D'ailleurs, il le savait, il était démuni face à ce qui l'attendait.

Il n'était plus qu'un flicard de la Polis, un homme en *dark blue shirt*, foré par plusieurs munitions de gros calibre. Il ressentait pourtant quelques vagues impulsions intermittentes au centre de son cerveau, un cosmos cherchait à y habiter, l'énergie sombre n'était pas morte en lui, elle était en train de se reconstituer, c'est-à-dire de le recréer, une fois de plus.

Il s'était avancé vers la porte, le fusil d'assaut Barrett rechargé, son contrôle neuromusculaire en continuel progrès, il avait laissé son propre HK416 bien en place dans son étui dorsal. Le Glock en mode *safety* minimal était précis et sûr, parfait pour un espace confiné. Il avait tout calculé.

Lorsqu'il poussa violemment la porte d'aluminium pour s'engouffrer en mouvement d'assaut dans le laboratoire, celle-ci se déchaussa de ses derniers gonds et tomba à terre dans un claquement sec et métallique qui résonna en échos multiples dans le souterrain. Un éclair cognitif le saisit, l'éclair lui disait : *C'est un piège.*

Mais il se ruait déjà à l'intérieur, le fusil automatique pointé en avant. Il était en train de commettre sa seconde erreur.

La première avait été une erreur de calcul, un combat perdu contre les nombres.

La seconde fut une simple erreur humaine, un combat perdu contre lui-même.

Vision simultanée à peine découpée en flashes digitaux :

La pièce et ses cloisons, trouées de balles, les panneaux séparateurs partiellement détruits par le souffle de l'explosion.

La topologie des lieux : connue.

Maintenant, au bout du canon, l'exposition méthodique des angles morts et des corridors de feu. Maintenant, au bout du canon, l'exposition méthodique des hommes morts.

Des hommes couchés à terre.

En lui, il perçoit un premier éclat de lumière cognitive, suivi de la mise en place progressive d'une circuiterie biophotonique initiale. Il voit son corps se transformer légèrement de l'intérieur, l'énergie sombre se met à circuler, la matière sombre commence à encoder sa chair, des marbrures plus noires que la nuit viennent zébrer l'aura albâtre qui se dégage de son épiderme, phénomènes interpolés visibles à lui seul.

Les hommes couchés, en un panoramique saccadé : en face de lui, prostré contre le mur du fond, Corzabal gémit faiblement. Assis dans une position étrangement normale, jambes étendues, contre le mur latéral gauche, Corwyn Doyle fixe un point qui n'existe pas, le thorax et l'abdomen en charpie, devant lui, à quelques mètres, un homme est allongé sur le dos, au milieu d'une flaque rutilante, un peu plus loin, un autre gît face contre terre dans une mare de sang, la colonne vertébrale déchiquetée par une rafale d'élite.

Et puis il y a le dernier homme. Le dernier homme couché.

Celui qui est allongé contre le mur latéral droit. Celui dont le milieu du corps n'est plus qu'un trou noirci et fumant et dont la main est agrippée à la crosse de son arme comme si elle faisait partie de lui, pour l'éternité. L'homme qui est mort à cause de son erreur de calcul. L'homme qui est mort parce qu'il n'a pas su rester le meilleur.

Son seul ami parmi les « êtres humains », Voronine.

L'éclair cognitif le surprend par son intensité alors qu'il s'approche du corps, il gagne en intensité à chaque pas, il ne peut détacher son regard redevenu vivant du regard mort de son ami, il ne peut détacher ses yeux de l'énorme trou carbonisé qui s'ouvre en un cercle presque parfait entre le plexus solaire et le pelvis. Il ne peut empêcher l'éclat cognitif de submerger sa conscience et de le rétrogénérer au cœur de l'action, mais dans le continuum des spectres, dans l'univers nanodécalé des sacrifiés de la division Wiking, dans les tunnels sans fin des limbes.

Après que Verlande eut tué un des hommes de Sloane, celui-ci et son spécialiste en explosifs avaient fait détoner la charge et le trio avait brutalement investi les lieux, alors même que Voronine et McDowell ouvraient le feu sur les tueurs du Camp.

Quelques secondes plus tard, Voronine s'était précipité à leur poursuite, croyant que Verlande allait le couvrir. Mais, à cet instant, Verlande mourait, c'est-à-dire plongeait dans le coma, retraversait la frontière métabiologique dans l'autre sens et redevenait « vivant ».

À l'intérieur du labo, tout se déroule à la vitesse d'un moteur à hautes performances :

Voronine voit Corzabal étendu contre le mur du fond, sonné par la concussion, sur sa gauche il aperçoit deux hommes l'un derrière l'autre, une silhouette surgit d'un des murs de séparation, elle ouvre le feu aussitôt avec un SAW dont les balles transpercent littéralement le corps du premier homme qui tombe à la renverse, le second, armé d'un Desert Eagle .44 magnum, parvient à loger deux balles dans la masse de chair de Corwyn Doyle, mais cette fois, c'est Voronine qui le mitraille à bout portant, dans le dos.

Alors survient ce qui va plus vite que le son, presque aussi vite que la lumière, sans émettre le moindre bruit ni signal visuel.

C'est Corwyn Doyle qui en sera atteint le premier, à travers le mur de séparation interne, Voronine n'aura pas le temps d'ajuster son tir en vidant son chargeur au jugé dans cette direction, car il n'a pu comprendre d'où venait cette rafale silencieuse, invisible et mortelle. Mais la rafale, elle, sait parfaitement où il se trouve, elle ne perd pas une seule seconde pour tracer sa route jusqu'à lui, et le tuer instantanément.

Pour Verlande, l'expérience se dédouble : il se trouve dans la temporalité vécue par Voronine, mais aussi dans la sienne propre, il s'approche de son ami mort, glacé par une violente émotion, il a vu l'effet de cette rafale invisible, il a compris d'où elle venait, il connaît l'homme qui l'utilise, mais les deux éclats cognitifs se superposent, s'annulant mutuellement, il sait, mais il ne voit plus, il connaît, mais il ne s'en souvient pas, il calcule, mais il ne comprend plus.

C'est pour cette raison que la voix résonne dans son dos et le surprend à peine.

La voix lui dit de s'arrêter, de rester dans cette position, de lâcher son arme, ce qu'il fait en la jetant sur les jambes de Voronine, dans une sorte de rituel sacré connu d'eux seuls, de se séparer de son pistolet, puis de son sac dorsal, voilà c'est bien, puis de placer les mains sur la tête et de faire quelques mètres en arrière, jusqu'à la porte défoncée, avant de se retourner. Ce qu'il fait, sans souffler mot.

Elle ne souffre aucun commentaire, cette voix, c'est la voix d'un homme habitué à donner des ordres, c'est la voix d'un homme qui tient une arme, c'est la voix d'un homme en situation dominante, c'est la voix d'un homme qui a su rester le meilleur.

C'est la voix de Sloane.

L'arme que tient le « contrôleur spécial » de la GRC est une version portable du Metal Storm. Cela ressemble à un fusil dont le canon, compact et circulaire, mesure dix bons centimètres de diamètre, foré de multiples orifices, comme un tamis chromé. La crosse à section conique est reliée par un câble conducteur à une série de chargeurs à induction portés dans le dos. Elle tire deux mille microminutions de titane-tungstène par seconde d'impulsion magnétique, et en cette seconde, elles auront franchi deux bons kilomètres.

Et Sloane se tient à six mètres de lui, la distance de sécurité parfaite.

– Désolé pour votre ami, il aurait dû nous laisser faire.

Je sais, pensa Verlande.

– Je vais être très franc avec vous, car j'ai relativement peu de temps. Si j'avais voulu vous tuer, vous comprenez bien que cela serait déjà fait.

– Donc vous ne voulez pas me tuer, la conclusion était facile.

– La vraie question c'est pourquoi ?

– Vous êtes d'un prévisible. Parce que vous voulez que je coopère avec vous.

– Mieux que ça. Je veux que vous rejoigniez notre organisation.

– J'appartiens déjà à une organisation et vous aussi, il me semble. La Sûreté du Québec pour moi, la GRC pour vous.

– Notre organisation dépasse toutes ces barrières administratives, Verlande, nous sommes partout. Partout où cela compte.

L'éclair cognitif restructura intégralement un premier niveau métaspectral, il en fut brutalement illuminé de l'intérieur, de toute la lumière sombre que le Métacortex était en mesure d'encoder.

Ce qu'il lui fallait, c'était un peu de temps. Ce qu'il lui fallait c'était un peu de *narration*.

La conspiration des théories

– Des pédophiles ? C'était il y a cinq-six ans, quand nous avons mis en route l'opération. On testait, on s'est fait la main sur des truands et quelques enculés, des tuyaux qui nous parvenaient de prison.

– Corzabal ?

– Entre autres. On a très vite étendu notre réseau d'indics.

– Alors Olsen, Archambault, Scotfield, Lapointe, Corwyn Doyle, ça ne vous dit rien ?

– Nous avons entendu parler de ces affaires, bien sûr, mais désormais, nous sommes entrés dans une tout autre phase opérationnelle, je suis sûr que vous l'avez compris.

Le mutisme de Verlande équivalait à une mégatonne de oui.

Oui, il avait compris. Oui, il savait maintenant que Sloane ne dirigeait pas seulement le nouveau service de la GRC au Québec. Il commandait une très puissante organisation illégale, secrète, et parfaitement légitime à ses yeux.

Cette organisation était à l'origine d'une grande partie des attentats commis sur le sol canadien depuis un peu plus de cinq ans. Elle laissait parfois les factions en lice agir par elles-mêmes, puis elle intervenait comme un chaos au milieu du chaos, un ordre plus secret que toutes les explosions spectaculaires : frapper chaque camp, au bon moment, au bon endroit, en vue d'initier de véritables guerres interconfessionnelles, entre toutes les obédiences religieuses possibles. Si ça se trouvait, elle était responsable des attentats de Toronto et de Vancouver, voire de ceux menés aux États-Unis l'année précédente. Même, et surtout, si elle avait agi de la façon la plus *indirecte* qui soit, en se contentant de créer les conditions nécessaires et suffisantes à ce que les attentats surviennent.

Objectif: simplissime. Détruire les fondations de l'ordre policier ancien. Proposer la solution de rechange. C'est-à-dire un coup d'État dont les fondations mêmes seraient le nouvel ordre policier.

La politique à son niveau atomique.

– Nous n'allumons pas les incendies, avait dit Sloane, nous nous contentons d'y ajouter un peu d'accélérant.

– Mais dans le même temps, en accentuant le chaos, vous offrez aux États en place l'occasion de renforcer leurs dispositifs judiciaires contre les *personnes*.

– Ils ne font qu'aiguiser la lame qui leur tranchera la gorge. C'est *la guerre civile mondiale*, Verlande. Nous n'avons pas le choix. Les gouvernements sont dépassés. Nous pratiquons le terrorisme, mais nous le pratiquons de manière chirurgicale, il y a peu de dommages collatéraux... généralement.

Verlande savait tout cela, mais il savait surtout que la guerre s'était développée partout, depuis longtemps, jusqu'à devenir le régime de production du monde en son entier, puisqu'elle ne s'était jamais arrêtée, en tout cas pas depuis que son père l'avait faite.

Et non seulement elle ne s'était pas arrêtée mais, en ce moment même, il lui semblait bien qu'elle venait de franchir une orbite quantique, c'était bien le mot.

Ce fut un second éclair cognitif, plus intense encore que le précédent. C'était un décodage direct du cosmos proche. C'était un message que le Métacortex lui envoyait depuis l'orbite terrestre : une guerre atomique d'un nouveau genre allait commencer dans quelques minutes. Une guerre nucléaire sans champignon de feu, sans retombées radioactives, ou si peu. Ce serait la guerre des *Electromagnetic Pulses*, la guerre devenue pur rayonnement anticosmique, la guerre capable de tout détruire, en épargnant les hommes, ce matériel encore recyclable.

La phase de cognition immédiate était enfin réenclenchée, il suffisait que le cycle de la cognition absolue s'amorce et…

Il comprit qu'il pouvait de nouveau communiquer par le Métacortex avec les cerveaux environnants. Il pourrait gagner du temps. Il pourrait gagner de la *narration*, donc des degrés de cognition, s'il parvenait à faire parler Sloane, tout en faisant *penser* Corzabal, qui reprenait conscience peu à peu.

Sloane détecta peut-être un mouvement involontaire de sa part, il se tourna vers le seul homme couché qui n'était pas mort.

– Lui aussi je vais le garder, mais pour d'autres raisons, il passera devant notre cour martiale et je ne doute pas du sort qu'elle va lui réserver.

Verlande pensa : Tu ne te doutes pas, quant à toi, du sort que la mienne te réserve.

Il savait désormais ce qu'il convenait de faire, c'était bien comme un jeu, tel que le lui avait indiqué son père, un jeu initiatique et analogique, où tout passait par le diagramme formé par le souterrain, en cercles concentriques, il lui faudrait gagner des *points de cognition*, le Métacortex réencoderait son corps-esprit, la phase cognitive absolue surviendrait, et il ne ferait aucune erreur de calcul.

Alors, paré pour le dédoublement, paré pour le nanodécalage, paré pour la vérité truquée de la parole, paré pour les simulacres réels de la pensée.

Get ready for the metacortical injection.

Écoute-moi bien, Corzabal, et boucle-la. Même si je sais tout, j'ai besoin que tu me le racontes, je dispose d'un système d'enregistrement dont tu n'as pas idée. Il faut que tu craches la totale, sinon je me contenterai de te laisser à Sloane, et à sa cour martiale. Comprends bien que si je peux parler directement dans ton cerveau, j'ai encore d'autres munitions en réserve. Alors, écoute avec attention la voix qui te parle en silence et réponds précisément à ses questions, en te contentant de penser.

Verlande savait qu'il existait une possibilité, encore secrète, cette fois il n'aurait pas droit à la moindre erreur.

Questions en éclairs silencieux, alors qu'il dialogue avec Sloane.

Questions-réponses pensées, à travers l'invisible, dialogue verbal apparent, cachant un piège secret, chaque forme a un sens, chaque forme est l'image inverse de l'autre.

Matt Corwyn Doyle fut un des premiers clients du Camp, c'est lui qui initia et forma Olsen avant son départ pour l'Asie du Sud. Lorsque Olsen fut admis dans la WonderLife, il put parrainer un candidat, c'était la règle, il pensa à Archambault. Corwyn Doyle revint au Canada, participa pleinement aux activités du Camp jusqu'à la fin, commit ensuite l'erreur de s'associer avec Olsen et Archambault, réussit à me contacter et franchit le pas en organisant les kidnappings des fillettes Milanovic et Lavallière, de la petite Lavigne, puis celui de la famille Delorme, pour leur propre compte, dans des cellules désaffectées.

– Dans quelques jours, Verlande, toute la face de cet hémisphère aura changé. Nous sommes désormais prêts à passer à l'action, les troubles aux États-Unis et dans l'Ouest canadien vont nous servir directement, sans parler du reste.

– Évidemment, puisque c'est vous qui les avez provoqués.

– Pas tous, je te l'ai déjà expliqué, nous utilisons les forces en présence pour nos propres fins. Et nous disposons des bons boutons aux bons endroits. C'est nous qui avons déjà le contrôle des opérations. Avant même qu'elles commencent.

Des flics trop curieux, comme Curtiss et Robitaille, quelques traîtres ou des types qui flanchaient à l'approche du Jour J, Scotfield, Valdez... Valdez était en contact avec le SCRS, Sloane l'avait appris bien sûr, il a laissé Valdez intoxiquer le Service puis il l'a fait descendre par un de ses snipers, chez lui, depuis une tour voisine, les gars attendaient juste dans le couloir pour dégager son cadavre. Lapointe, classique, il a voulu faire chanter les gars du directoire après la fermeture, la WonderLife l'a payé au centuple.

– Et non seulement nous avons le contrôle des opérations, mais nous avons le contrôle des opérateurs.

– L'armée ? Les forces de sécurité ?

– Oui, et bien plus. Des milliers d'hommes, tous spécialistes dans leur domaine, capables de créer le chaos le plus total dans des dizaines de villes en même temps, du Rio Grande à l'Arctique. Le chaos sera notre meilleur allié.

Manzini, cette veille ordure. Oui, c'est lui qui organise, planifie, c'est lui qui a accès à des sources d'informations aussi bien chez les flics que chez les truands. Couture, c'est le chef exécutif, et l'exécuteur, c'est l'autre enculé, là, l'Anglais.

Ils sont tous morts, maintenant, ces fils de putes... C'est moi qui ai envoyé ce mail crypté à la SQ, j'ai pensé que le meilleur moyen de m'en sortir, c'était de vous mettre sur la piste, pour que vous investissiez le mont Wright...

– Le chaos n'est l'*allié* de personne, rétorqua Verlande. Pas même de lui.

L'Anglais ? Un tueur à gages, ancien des SAS. C'est lui l'exécuteur principal, Couture sert pour la protection, la surveillance de la cible, le contrôle de l'opération, la reconnaissance des lieux, l'intrusion parfois, etc., mais c'est cet Emerson Lake Palmer qui appuie sur la détente. Emerson Lake Palmer. C'est le nom qu'il utilise en tout cas. Et il travaille avec sa petite équipe : un certain John Darcourt, un ancien SAS lui aussi, juste plus jeune, il était sous les ordres de Palmer, qui lui a tout appris, ils se connaissent bien, mêmes méthodes, même efficacité, un psychopathe sans affect. Palmer dispose aussi de son propre spécialiste des explosifs. Un ancien démineur, un Français, comme toi, qui a opéré en Afghanistan, où il s'est secrètement converti à l'islam. On le connaît sous le nom de Hussein le Feu. Spécialité : tous les systèmes à haute capacité incendiaire. Sloane a ses experts et son matériel haut de gamme, Palmer a le Frenchy et son expérience spécifique, il pourrait faire sauter un pont avec une boîte d'allumettes.

Hussein le Feu, pensa Verlande pour lui-même. L'homme des IEDs perfectionnés, l'homme des charges creuses améliorées. Il possédait un alter ego dans l'entité paramilitaire. C'était à croire qu'elles étaient vraiment faites à l'image l'une de l'autre.

Lorsque la fermeture a été décidée, ça a coincé avec plusieurs clients, mais aussi avec quelques membres du gardiennage qui s'étaient beaucoup impliqués, comme moi. Les directeurs du centre ont alors organisé une grande « université d'été », durant laquelle, par décision « démocratique », la fermeture serait soumise aux voix. C'était très malin de leur part. Ils ont pu convaincre certains du bien-fondé de leur position, en ce qui me concerne j'ai juste décidé de jouer profil bas, je sentais quelque chose se préparer, quant aux irrédentistes, ils furent dûment enregistrés comme tels, et les nettoyeurs comme moi s'occupèrent de leur cas, avec les derniers esclaves encore disponibles.

– Tu te trompes, Verlande, le chaos n'est que le prototype de l'ordre à instaurer.

Les premières fosses que vous avez découvertes ne font pas partie intégrante du Thanatoptikon, leur grand cimetière souterrain, elles correspondent aux différentes purges qu'ils ont dû mener après la fermeture du Camp, à cause des contrôles sanitaires et policiers en constante augmentation aux frontières, y compris interprovinciales, et la création de nouvelles unités de flics, comme la vôtre. Certains clients, qui avaient payé, exigeaient de se faire rembourser avec des intérêts exorbitants comme le don d'une, voire de plusieurs victimes, ou n'importe quoi d'autre dont ne voulaient surtout pas entendre parler les gens du directoire. Ils les ont donc tués, avec leurs hommes de main les plus sûrs et leurs derniers esclaves, ensuite ils ont pourchassé certains de leurs amis qui vivaient au Canada et ils les ont enlevés, afin de tous les enterrer dans le même endroit, bien protégé.

– Vous pensez sérieusement prendre le contrôle d'un territoire grand comme la Russie avec quelques régiments de choc et des groupes de *vigilantes* ?

Sinerzcki ? Il a été le premier à y passer, et pourtant il n'avait rien fait, lui, si je puis dire, sauf la maison intérieure et ses trucages, ses espaces reconfigurables à volonté, etc. Et aussi, bien sûr, la réfection du premier anneau minier. Mais le problème, c'est qu'il était parvenu à convaincre les gens du directoire de l'autoriser à conduire conjointement plusieurs projets, dont certains à L.A., en respectant une clause très dure de confidentialité. Une fois que les plans ont été finis, les travaux mis en route, bien avancés et supervisés, il ne lui restait plus que quelques semaines à vivre, cela avait été décidé depuis le début.

– Ce ne sont pas quelques régiments de choc, Verlande, c'est une bonne moitié des forces militaires et policières. Et l'autre moitié se scindera en deux, *period.*

Disparu ? Il n'a jamais vraiment disparu, pas officiellement en tout cas, le directoire s'est arrangé pour cloner sa carte de crédit et d'autres documents, et y a fait transiter des fonds, il a reçu un paiement d'une star d'Hollywood six mois après sa mort ! Et il a réglé des factures jusqu'à il y a un an environ, quand la WonderLife a cessé toute activité.

Personne ne savait, dans le Camp, surtout pas les clients, même pour les membres du personnel, c'est resté une « opération spéciale », comme on les appelait. On s'est occupé des deux médecins en dernier, quand la fermeture a été décidée pour de bon. Ils n'avaient plus la moindre utilité.

– L'avantage numérique n'est pas toujours suffisant, vous en avez eu la preuve ici même.

Carver, ça a été le coup de génie de Couture et Manzini. Je sais pas comment, mais grâce à leurs contacts avec le milieu des taulards, ils ont appris que trois braqueurs hispanos voulaient se barrer de Leavenworth. Ils savaient que Carver le Cannibale était aussi incarcéré, ils en ont causé au directoire. Le Camp fonctionnait à plein régime, ils cherchaient sans cesse de nouvelles activités. Alors Manzini et Couture ont fouillé plus avant. Ils ont appris que les trois gus avaient presque tout pour partir sauf quelques éléments clés. Ils se sont débrouillés pour munir Carver de ces éléments. Puis ils ont organisé l'attaque du fourgon pénitentiaire. Ils se sont débrouillés pour éliminer les trois taulards. Et Carver a rejoint le zoo du Camp.

– Nous avons l'avantage *global*, Verlande, technique, stratégique, politique. Et numérique. Nous allons remettre de l'ordre dans ce monde.

Derville travaillait avec moi, pour Sloane, mais, je ne sais trop comment, en venant chez moi, il est tombé sur des informations concernant le Camp. Il a compris tout le bénéfice qu'il pourrait en tirer s'il mettait les flicards de Montréal sur le coup, tranquillité assurée pour des années, il est possible qu'il soit passé voir les gars du poste 37, je ne pouvais laisser passer ça vis-à-vis du directoire, mais aussi de Sloane, qui en savait juste assez pour qu'il ne veuille pas que cela s'ébruite.

– Tu sais fort bien que je ne verrais pas cela d'un mauvais œil, Sloane, bien au contraire. Mais vous commettez une erreur fatale, vous ne ferez rien d'autre qu'exécuter ce que ce monde a décidé pour vous. Vous n'êtes que ses prolétaires de service.

Corwyn Doyle envoyait Olsen avec ses instructions, il surveillait les cibles, Olsen opérait. C'est comme ça qu'ils ont agi avec les petites Milanovic et Lavallière. Ils les ont enfermées ici. Puis quand ils en ont eu fini, ils m'ont demandé de faire le nettoyage, mais en me débarrassant des corps le plus loin possible de la région. Ç'a été plus dur avec les Delorme, car entre-temps vous aviez découvert les premières fosses, alors la WonderLife a mis tout le mont Wright sous surveillance, et pour Olsen, Scotfield et les autres, ils ont envoyé Palmer et son petit copain.

– Nous sommes des *experts*, Verlande. Nous ne pouvons laisser la situation en l'état et encore moins la laisser aller où elle va.

Cette fois, Olsen et les autres avaient vraiment dépassé la ligne jaune. Peu importe la couleur, la ligne limite, celle qu'il ne faut franchir sous aucun prétexte. Olsen a été formé par Corwyn Doyle, qui fut formé par « Pitch Black », et l'élève a dépassé le maître, je savais que c'était un roi de l'illusion, tout un tas de trucs que Doyle lui a appris, que lui-même tenait du Magicien, Doyle est revenu au Canada après deux ans d'exil en Thaïlande, sous une fausse identité, et il a contacté Olsen sans que personne le sache. Croyez-moi, ceux qui voulaient leur peau ont dû mettre le paquet pour leur mettre la main dessus.

L'apprentissage ? Ah, ça aussi vous avez compris... Il n'y avait pas de hiérarchie entre les clients, sinon au strict plan financier... Mais certains d'entre eux, les plus expérimentés, étaient mandatés, contre rémunération, comme « Enseignants » par le directoire. Ils apprenaient tous les trucs à des groupes de « novices » ou lors de grands séminaires de « travaux dirigés ». C'était comme une université...

– Vous ne comprenez pas que vous faites partie de l'état des choses et de leur mouvement ? Rien de ce que vous entreprendrez ne restaurera une quelconque forme d'ordre ancien et encore moins nouveau. La guerre civile mondiale ne s'arrêtera pas, et vous ferez juste partie intégrante de la *situation.*

Il y avait de multiples lignes à ne pas franchir, risquer de dévoiler l'opération en était une. S'opposer à l'arrêt de l'opération en était une autre. Mais se servir à titre personnel des infrastructures laissées par l'opération, alors ça, croyez-moi, c'était transgresser le tabou des tabous. Ce crétin d'Olsen, Doyle aussi, Archambault, probablement, et peut-être même Scotfield, allez savoir, se sont servis du souterrain pour cacher certaines de leurs victimes, dont celles qu'Olsen m'a demandé de « nettoyer », ils ont commencé il y a un an environ. Mais, malgré leurs précautions, ils ont laissé des indices, ça n'a pas du tout plu aux membres du directoire. Ils ont remonté leur trace. Le directoire n'a pris aucun risque. Ils ne prennent jamais aucun risque. Archambault devait être la prochaine recrue du Wonder Camp grâce au coaching d'Olsen, mais toute l'opération s'est définitivement arrêtée deux ou trois mois avant son admission officielle. Ils étaient en contact, ça a suffi pour qu'il crève en brillant dans son lit.

– Nous sommes la situation, Verlande, nous sommes la nouvelle situation.

Ils ont commencé à acheter du foncier vers 2002-2003, il y avait un lot privé à vendre à environ trente kilomètres à l'ouest d'ici, c'est là qu'ils ont réalisé le prototype du « Camp de Jeunesse ». Ils ont monté quelques sheds, avec des caves, ils ont cerné les propriétés de barbelés, et ils ont organisé leurs premiers jeux de chasse.

– Je ne crois même pas que vous ayez conscience du monde dans lequel nous venons d'entrer, vous raisonnez encore comme au XXe siècle, or ce siècle est définitivement mort, j'en sais quelque chose.

Des fosses ? Ah, les victimes ? Oui, probablement, mais je n'en sais rien, je ne travaillais pas pour eux à l'époque, et ils ne formaient encore qu'un petit club de neuf personnes. Le directoire.

– Nous sommes l'élite, Verlande, nous sommes précisément l'armée du XXIe siècle.

Les enfants étaient divisés en trois groupes :

- Les Gambits. Ils étaient destinés aux sacrifices rituels, suivis ou non de cannibalisme. On les enfermait dans le premier cercle du Camp souterrain et il y avait une liste, dans le meilleur des cas ils survivaient une semaine.

- Les Jouets. Les plus nombreux. Ceux-là étaient distribués aux clients, pédophiles violents, sadiques divers qui pouvaient soit leur rendre visite dans leurs cellules souterraines, soit les avoir à disposition chez eux pour quelque temps, dans leurs chalets, suivant les contrats, c'est-à-dire les tarifs.

- Les Robots. Ceux-là étaient d'anciens jouets qui servaient d'esclaves sexuels mais aussi de serviteurs pour diverses corvées et travaux domestiques, ils étaient obligés d'assister voire de participer aux meurtres, surtout les « Jours de Fête ». Leur espérance de vie était supérieure.

Leur *espérance de vie*, pensa Verlande pour lui-même, rempli de neige carbonique.

C'est le moment où le cosmos se mêla à l'échange qui se déroulait sur deux plans de réalité entrelacés. Verlande capta les signaux d'alarme code rouge, puis noir, relayés par les myriades de satellites, il enregistra le plan d'ensemble des événements futurs que lui transmit son Métacortex. Puis survint la première impulsion à énergie électromagnétique dans la haute atmosphère, juste au-dessus de l'Atlantique Nord.

Verlande fut le seul à savoir. Il fut le seul des trois hommes à connaître l'ampleur de l'événement, l'ampleur de la catastrophe, l'ampleur de l'Évolution.

Verlande comprit instantanément que Sloane, à plus de soixante mètres de profondeur, n'avait pu constater l'extinction de son *nano-network* puisque, sous la masse de roche, le système n'était de toute façon plus opérationnel. Sloane ne pouvait savoir que plus rien ne fonctionnait à la surface, pas même le chaos. Et surtout pas celui qu'ils avaient planifié et organisé.

– Vous pratiquez donc un *terrorisme civilisé*, on va dire ça comme ça ?

– Nous ne sommes pas cantonnés à l'Amérique du Nord, nous avons des réseaux amis dans le monde entier, en Amérique latine, mais aussi en Europe, en Russie, en Australie, au Japon, en Inde, en Asie du Sud… et nous avons décidé de prendre cette guerre de cent ans sur nos épaules. Cela signifie que nous ne pratiquons pas une *forme civilisée de terrorisme*, mais que nous inventons une authentique *civilisation de la terreur*. À laquelle nos ennemis ne pourront échapper.

Et Verlande s'était surpris à penser : Dire que tu es l'instrument du sacrifice mais que tu ne le sais pas.

– Je crois que vous êtes en train de commettre une simple erreur de calcul. Mais de celles qui ne pardonnent pas.

– Une erreur de calcul ?

Verlande resta de glace. Il y était parvenu, la phase de cognition absolue venait à l'instant de lui permettre l'impossible.

– Oui, à propos de la vitesse du son. Et c'est pourquoi je vais refuser votre offre.

L'incompréhension la plus totale se lisait sur le visage de Sloane, mais comment Verlande aurait-il pu lui expliquer ce qu'il venait d'accomplir ?

Alexis Voronine mourut, le centre du corps pulvérisé par environ cinq cents micromunitions de calibre 1 mm, tous les organes situés sur leurs trajectoires instantanément réduits en bouillie brûlante. Son cerveau s'éteignit dans la seconde.

Puis il se ralluma. Ce n'était pas exactement son cerveau. Logé au plus profond de lui, il se trouvait néanmoins partout à la fois, son corps semblait bien lui appartenir et pourtant quelque chose d'autre y cohabitait avec lui. Il pouvait voir l'énorme trou aux bords calcinés en plein milieu de son thorax et de son abdomen, mais il constatait la présence d'une étrange matière sombre, et pourtant lumineuse, à la place de la chair détruite. Et surtout, rien de ce qui se produisait ne lui semblait incompréhensible, un savoir mystérieux l'illuminait de l'intérieur, c'était comme une voix, *comme sa propre voix* qui lui dispensait cette connaissance, en quelques fractions de seconde étirées sur des millions d'années d'Évolution.

Alors il agit tel qu'il se devait. Il était mort, mais pour quelques instants il pouvait agir en ce monde, comme la créature métaspectrale qu'il était devenu. Il lâcha son HK, dont le chargeur était vide, et se saisit du fusil d'assaut placé en travers de ses jambes.

Là-bas, il y avait Verlande, celui-là même qui avait permis que sa conscience revienne des limbes. En face de lui, il y avait Sloane, et son arme magnétique.

Là-bas, il y avait l'homme qu'il devait sauver.

– Je ne pense pas que vous soyez en mesure de refuser cette offre, je crois même que vous n'êtes pas en mesure de discuter quoi que ce soit.

– Je vous l'ai dit, Sloane, vous commettez une erreur de calcul.

– Le seul calcul que vous devriez établir, c'est celui-ci : un, je réponds oui et je vis, deux, je réponds non et je meurs.

L'arme magnétique pointait sa large gueule chromée droit sur son visage.

– Ici, Sloane, nous ne sommes même plus dans le Monde de la Chute, où les innocents paient pour les coupables, et où les coupables doivent être sacrifiés pour être dignes de la Miséricorde qui leur est accordée, ici tout est non seulement inversé mais tout est rendu totalement *insensé*, soit totalement *logique*...

– Un peu de métaphysique juste avant d'y passer, Verlande ?

– Ici, Sloane, les coupables paient pour les coupables, et les innocents sont sacrifiés pour les innocents.

– Cela ne résout pas ton problème. Travailler pour nous ou ne plus travailler pour personne.

– Ce n'est pas une question de *travail*, Sloane, je te l'ai déjà dit, c'est un paramètre lié à la vitesse du son.

– Mes munitions atteignent 2500 mètres-seconde, par paquets de deux mille, Verlande.

Sloane pointait son arme comme s'il s'agissait de l'Éclair de Zeus.

– C'est même trop, à 900 mètres-seconde, un Barrett fera aussi bien, avec une seule balle, à peu près à la même distance. Ton médullaire sera détruit avant que tu n'aies entendu quoi que ce soit.

– J'ai désarmé Corzabal juste avant ton entrée et ton ami est mort. J'ai cru comprendre que tu étais croyant, il est peut-être temps pour toi de formuler une dernière prière.

– Oui, Sloane, je vais prier pour toi.

La munition de calibre 6,8 mm Remington SPC volait déjà dans l'air, précédant de loin l'onde acoustique fusant de la bouche à feu du M468. Elle traversa l'espace alors même que Voronine replongeait déjà dans l'inconscience. Il eut tout juste le temps de constater le résultat de son geste avant de repasser la porte de la mort dans l'autre sens.

Verlande, lui, observa le crâne de Sloane exploser, projetant un jet couleur violette là où la balle ressortit après avoir traversé en zigzaguant 1200 centimètres cubes de matière cérébrale, et fracassé tous les os à son point d'entrée.

La mort fut immédiate, comme sa connaissance du fait.

Il se tourna vers le seul homme encore vivant dans le souterrain.

Il ne pouvait pas vraiment se compter comme l'un d'eux.

Universal Aircrash

Corzabal regardait fixement le corps de Sloane, à quelques mètres devant lui. Il dévisagea Verlande un instant, puis observa Sloane de nouveau et enfin la cloison qui le séparait de l'aile du laboratoire d'où le coup de feu solitaire et fatal était parti.

– Qui l'a tué ? demanda-t-il d'une voix déjà blanche.

– Un fantôme. Dis-toi que Sloane, où qu'il soit maintenant, pourra se vanter d'être le premier homme à avoir été tué par un mort.

Il perçut l'effet de forage que produisirent ces mots dans l'esprit de Corzabal.

Dis-toi aussi que je suis capable de bien pire, puisque je suis le meilleur d'entre vous tous.

Verlande laissa le silence plomber l'ancien laboratoire plongé dans son clair-obscur bleu nuit/vert-de-gris. Il reprit possession de son arsenal et arma le Glock d'un geste machinal.

– Vous allez me tuer ?

– Non. Tu vas m'être utile. Moi aussi, parfois, j'ai besoin d'esclaves.

Ce type était le dernier de tous ces fils de putes encore en vie.

Il porterait le cadavre de Voronine jusqu'à l'air libre.

Puis, Verlande le savait déjà, viendrait l'heure de son sacrifice.

Corzabal poussa un long soupir au sortir du puits d'accès. Verlande ne fit pas un geste pour l'assister. De l'aide, ce n'était pas en ce bas monde qu'il en aurait le plus besoin.

– Pose-le cinq minutes, reprends ton souffle, on n'est pas encore arrivés.

Puis, au moment de repartir :

– Je ne laisserai pas Voronine ici. Tu vas le transporter jusqu'à ma voiture, ce n'est pas très loin.

Un kilomètre avec le cadavre de Voronine sur le dos, ce ne serait jamais assez loin pour Corzabal.

Arrivé à la petite clairière où ils avaient laissé les véhicules, à proximité du sentier d'accès, Verlande tenta d'ouvrir le hayon avec son bippeur, avant de se souvenir que plus aucune source d'énergie électrique ne fonctionnait dans cette partie de l'hémisphère Nord. C'est le Métacortex qui se chargea de l'opération. Verlande comprit que la cognition absolue resurgirait très bientôt, sans plus la moindre disjonction entre chaque « phase », il n'y aurait plus de phases, il n'y aurait plus de « points de cognition » à gagner, il était hors du souterrain et de ses jeux abjects, il se tenait sous le ciel boréal, il était libre, et il n'était plus seul.

– Pose-le, délicatement, sur l'espace arrière.

Du coin de l'œil il vit la silhouette d'Ariane McDowell se détacher de l'obscurité végétale.

– Repose-toi cinq minutes, on n'a pas fini.

Ariane McDowell. Il la percevait désormais comme un objet parfaitement étranger en ces lieux. Elle n'aurait jamais dû connaître tout cela, toutes ces abominations et tous ces crimes. C'était le lot d'hommes comme lui, ou Voronine. Ou comme son père.

Elle était le seul cristal de beauté qui restait ici-bas, en tout cas il lui suffisait largement. Largement assez pour être plus-que-vivant. Largement assez pour non seulement se sacrifier pour elle, mais sacrifier tout un monde.

Il lui fit signe de rester où elle se trouvait. Puis il regarda Corzabal qui reprenait son souffle, accoudé à la voiture.

– Maintenant, on va aller s'occuper de ton chef, lui, je le destine à la SQ. C'est mon *trophée*, vois-tu ? Je vais ramener sa tête à la Gardienne de la Cité.

– Sloane ?

– Ça ne fait qu'un autre kilomètre de portage. Tu prendras soin de lui, tu lui dois bien ça. Et lui, il me doit bien plus encore.

McDowell sortit du boisé, pointant calmement sur Corzabal le HKmp7 que Verlande lui avait confié.

– Je vous avais dit de rester à couvert.

– Je ne suis pas sous vos ordres, et je ne suis plus une petite fille. Je dois vous dire quelque chose. Quelque chose d'important.

– Si c'est vraiment important, ce porc ne doit rien entendre. *Contentez-vous de penser ce que vous avez à me dire, je vous répondrai sur le même mode.*

Le mode métacortical de communication n'a rien à voir avec un dispositif d'émission/réception, il s'agit d'une *con-naissance* partagée, l'illumination se propage dans les deux cerveaux en même temps, Ariane McDowell perçut l'impression mentale de Verlande comme une vérité absolue et répondit sur-le-champ :

Il y a moins de vingt minutes, un très violent éclair est apparu au sud-est, là-bas, au-dessus de l'océan.

Je sais, répondit Verlande. *Il y en aura d'autres.*

Peu de temps après, j'ai aperçu les feux de détresse d'un avion, au-dessus de nous, je crois bien qu'il tombait… Il a disparu au-delà de l'horizon, vers l'ouest.

Je sais, répondit Verlande. *Il y en aura d'autres.*

J'ai essayé de joindre tous les services d'urgence, le nanonet est hors service et rien ne fonctionne avec les systèmes de communication traditionnels, est-ce que vous savez vraiment ce qui se passe ?

Oui, répondit Verlande, *je le sais. C'est le dernier stade de la Chute.*

Parvenus au bas du puits d'extraction, Verlande et Corzabal avancèrent dans l'obscurité. Corzabal possédait des lentilles oculaires autonomes et, quoiqu'elles aient souffert de la concussion, elles lui permettaient de s'orienter et de devancer Verlande de quelques mètres avec sûreté.

Arrivés au croisement du premier anneau circulaire, là où la famille Delorme avait été enfermée, ils marchèrent sur les débris de ces *microbots* sacrifiés par centaines pour des enfants morts, Verlande se contenta de dire : Arrête-toi, ce à quoi Corzabal répondit : Ce n'est pas ici que se trouve Sloane.

Verlande savait que Corzabal avait compris, mais qu'en dur-à-cuire il ne montrerait pas sa peur. Tout était fini, de toute façon, absolument tout, le monde entier y compris.

– Non, mais toi tu t'y trouves. Et tu vas y rester. Mesure ta chance.

Il n'y avait pas matière à épiloguer, ce n'était pas l'heure des longs discours explicatifs, ni des dialogues sur le fil du rasoir comme avec Sloane. C'était la fin du voyage, c'était la conclusion logique, ni plus ni moins insensée que toutes celles auxquelles on était parvenu ici, c'était l'endroit qui devait se refermer sur eux tous – terminus tout le monde descend : il fit feu deux fois de suite très vite, méthode SAS, en pleine nuque. Un cône pointilliste rougeâtre se dispersa devant le crâne de Corzabal qui s'effondra très nettement, droit devant, les bras raidis le long du corps.

Tu n'étais même pas digne d'être crucifié comme le mauvais larron, pensa Verlande en rangeant l'arme dans son étui.

Puis il remonta à l'air libre, au moment où le ciel commençait à s'effondrer sur la Terre.

Il avait vu McDowell, puis il avait vu l'éclair. À moins que ce ne fût l'inverse. Dans tous les cas ce fut comme un seul rayonnement de lumière qui s'imprima dans son esprit. Beauté, danger, catastrophe, amour, absolu, il comprit que c'était par Ariane McDowell, et uniquement par elle, qu'il restait un être humain, ou ce qui s'en approchait le plus.

Une seconde explosion électromagnétique, plus haute encore dans l'atmosphère, venait de mettre à genoux toute l'industrie du monde civilisé d'un pôle à l'autre, entre l'Europe de l'Est et l'Australasie.

– Qu'est-ce que c'est, Paul ?

– Je vous l'ai dit tout à l'heure, la phase terminale de la Chute. Ensuite tout ira beaucoup mieux.

– Pour une fois, je vais vous demander d'être clair et précis.

– Oh, je suis très clair. Et la Chute est un moment très précis. Personne ne pouvait se douter qu'elle s'achèverait par la Chute du Ciel lui-même.

– L'éclair ?

– L'éclair n'est qu'une manifestation visible de la chose. C'était un effet EMP. Et il y en aura d'autres. Oh, juste un ou deux, cela sera suffisant pour détruire toute technologie à la surface de la planète. À sa surface, et tout autour.

– L'avion ?

– L'avion que vous avez vu n'est qu'un préliminaire. Et nous, il nous reste du travail.

– Du travail ?

Verlande n'avait rien répondu. Il était déjà à la tâche.

Le monde physique a ses limites, et il n'est pas un super-héros doté de pouvoirs sur la matière, il est encodé dans le réel, et s'il voit jusqu'à l'infini, si sa cognition est devenue une arme, si la lumière qu'il cherche est éclairée par celle qu'il projette, il n'est pas *tout-puissant*, cela aussi le Métacortex le lui a appris.

Pour excaver tous les corps, même en travaillant sans relâche, comme les machines qu'ils furent, les centaines de *microbots* spécialisés d'Ariane McDowell n'auraient pas été suffisants. Il leur aurait fallu des jours, sans doute des semaines.

Et ils s'étaient sacrifiés jusqu'au dernier composant.

Il ne reste donc qu'une solution. Celle dont son père lui avait parlé. Les chiens fantômes SS lui serviront d'intermédiaires, d'interface animale/spectrale avec le monde renaturé.

Il va les envoyer en éclaireurs, ce qu'ils savent faire le mieux, et en chasseurs s'il le faut, ils le font aussi bien. Leur objectif : ramener sous terre tous les animaux transgéniques qu'ils pourront trouver dans les collines environnantes. Toutes les espèces mutantes, tous les hybrides, toutes les créatures bioniques sauvages. Toute la nouvelle nature. Mise au service de celle qui allait disparaître. Toutes les vies artificielles au service des enfants morts.

Il y eut un troisième éclair dans le ciel, pratiquement au zénith, puis, à une ou deux minutes d'intervalle, un quatrième, plus lointain, très bas sur l'horizon, au sud.

Ariane McDowell se trouvait tout près de lui. Le cirque de ferrite ressemblait à une image miroir de ce qui allait bientôt se produire dans la haute atmosphère.

Les premiers points rouges apparurent presque immédiatement. Ils se multiplièrent très vite au-dessus de leurs têtes. C'était un feu d'artifice monochrome et silencieux, qui semblait se mélanger au sable lumineux de la Voie lactée. Puis les premières traînées vif-argent se firent voir à leur tour, comme les queues de minuscules comètes rutilantes.

On ne pouvait certes pas les confondre avec les Pléiades. On ne pouvait les confondre avec rien de connu. Elles formaient le signe céleste qu'un événement de nature cosmique était en train d'*englober le monde*.

Ce fut aussi le moment où son *être*, mis au contact presque physique de McDowell, se révéla incapable de retenir le feu qui prenait naissance en lui. C'était une forme de cognition absolue. C'est-à-dire une attraction irrémissible vers la vérité, quel qu'en soit le prix. Alors ce fut aussi fluide et imparable qu'une authentique catastrophe. Leurs corps se frôlèrent, par « accident », ils se frôlèrent encore, preuve que cela n'en était pas un, Verlande pivota lentement sur lui-même et fit face à ce visage qui emplissait l'univers, sa main alla se placer sur la nuque chaude, empoignant la masse de cheveux au passage, son regard perça l'iris noir et se perdit dans la lumière qui vibrait juste derrière.

– *Pas ici*, avait simplement dit McDowell.

Verlande avait compris. Les chiens fantômes SS revenaient déjà avec les premières meutes d'animaux renaturés qu'ils accompagnaient dans les sous-sols, avec de brefs jappements. Bientôt tout ce qu'il y avait en bas serait en haut. Et tout ce qui était en haut serait en bas.

– Nous devons rester à proximité. Tant que le travail n'est pas fini.

McDowell se pencha vers lui pour coller ses lèvres aux siennes.

Elle se retira presque aussitôt et se contenta de dire :

– *Pas ici,* cela veut juste dire que je ne veux pas voir cet endroit. Et que je ne veux pas qu'il nous voie.

Verlande avait relâché la pression sur sa nuque et avait juste pensé : *Désormais, cet endroit va voir Dieu en face. Et je ne souhaite pas être à sa place.*

Ils marchèrent quelques minutes dans les buttes boisées au nord du cirque puis celui-ci disparut assez vite de leur vue, passée la première ligne de crête, tandis qu'ils descendaient les pentes parfois escarpées des contreforts du mont Wright. Au-dessus d'eux, les lumières rouges et les nuées argentées fusaient dans toutes les directions à la fois, certaines d'entre elles accomplissant parfois des mouvements de vrille ou de zigzag. Aucun centre n'était déterminable, cela venait de toutes parts, et cela se dirigeait dans toutes les directions. Des milliers et des milliers de lucioles.

Alors survinrent les premiers bruits d'insectes. Des milliers et des milliers de lucioles.

Ariane McDowell tout près de lui. Des milliers et des milliers de lucioles.

Des milliers et des milliers d'avions.

Des milliers et des milliers d'avions qui tombaient d'un seul coup sur la Terre.

La flèche ardente surgit au-dessus d'eux au moment où leurs corps se touchaient de nouveau. *Un Bombardier Q400*, pensa machinalement Verlande, il tombait en vrille, calmement, un réacteur en feu, en direction de l'orient, vers le Labrador. Ils virent les éclats aurifères des flammes sur le fuselage, ils suivirent des yeux le mouvement parfaitement spiroïdal de l'appareil en perdition, ils accompagnèrent sa longue descente vers le crash final, dont ils aperçurent l'éclat orange, au-delà de l'horizon. Il sentit en elle une forme de détachement mêlé à une fascination assez glacée. Il lut aussi comme l'expression jumelle de ce qu'il ressentait, et c'est cette co-extension de leur désir qui prit le dessus sur tout le reste, y compris l'avion qui venait de s'écraser à plusieurs dizaines de kilomètres. *Elle sait qu'il n'y a plus rien à faire, mais elle ne sait pas encore à quel point.* Leurs lèvres se collèrent à nouveau, leurs corps firent pression l'un contre l'autre, il sentit la pointe de ses seins contre son thorax, il sentit son bas-ventre contre le sien, il sentit son sexe contre le sien, il sentit tout son être virevolter vers le crash à la suite de l'avion tombé du ciel.

Puis il se rendit compte qu'ils étaient allongés sur un tapis de mousse et de verge d'or, partiellement dénudés, leurs peaux en osmose, s'échangeant sueur et phéromones, autour d'eux les bruits d'insectes étaient désormais accompagnés de lointains hululements. Il était 3 heures du matin, le Diable était au rendez-vous.

Il se produisit plus d'une dizaine de crashes simultanés à cette minute, dans cette région du Québec et du Labrador. Les explosions orange les cernèrent, comme une canonnade réglant son tir, le ciel devenu artillerie terminale.

Cette fois-ci, McDowell se redressa, le visage très pâle sous la lune. Verlande entendait déjà le son d'une autre dizaine d'avions qui suivaient et plus haut encore, il savait que des centaines d'autres, la plupart dépressurisés, se désagrégeaient peu à peu au cours de leur descente infernale vers l'est du Canada et des États-Unis, et que la scène se répétait à l'identique en tout point du globe, partout où volait un aéronef, civil ou militaire, plus rien ne marchait, ni leurs cockpits, ni leurs réacteurs, ni les tours de contrôle, ni les services d'urgence et de sécurité, plus un ordinateur, plus un réseau numérique, plus une ligne téléphonique, pas le moindre système électrique, à part les piles et les générateurs de secours, plus une seule lumière dans les villes, ni dans les campagnes, plus de commandes électro-mécaniques pour les navires, le parc automobile mondial planté sur place, plus de GPS, plus de radio, plus de télévision, plus de *moteurs. Plus rien.*

Je vous avais dit qu'il y en aurait d'autres. J'ai juste omis de vous signaler qu'il s'agirait de tous les autres.

Alors, il fallait maintenant laisser la nature artificielle mettre à jour la nécropole. Il fallait laisser une dernière chance aux chiens SS de redonner présence et parole à tous ceux qu'on avait réduits au silence, jusqu'après leur mort. Dans ce cimetière festif et souterrain. Cette nécropole des innocents qui n'avaient cessé de payer pour les coupables. Cette nécropole qui, en d'autres temps, aurait fait date dans l'histoire criminelle. Mais, avec le black-out planétaire, l'air-crash général, et ce qu'il savait déjà concernant la suite des événements, la vérité n'intéresserait plus personne, le cirque de ferrite resterait désert de longues années, et si jamais quelqu'un tombait un jour sur cette armada de squelettes, il passerait simplement son chemin, comme *n'importe qui d'autre*. La vérité n'intéresserait plus personne, mais elle, en revanche, allait désormais s'intéresser à beaucoup de monde.

Tout ce qu'il restait à faire, c'était de tout excaver. De tout rendre à la lumière. Les enfants morts et les débris des robots, ne pas oublier les fosses excentrées, jusqu'aux plus lointaines dans le temps et l'espace, tout rapporter sur le cirque, mais en ayant pris le soin d'établir une sélection impitoyable entre les victimes et les bourreaux. C'était une des spécialités des chiens SS.

Il fallait laisser pourrir sur place tous ces hommes dans le souterrain, et tout recouvrir, tout refermer, tout enterrer dans les Ténèbres, à jamais.

Tout.

Si l'on ne veut pas que la vérité se délite en mensonge, il faut en faire un secret.

La Chute des Cieux

Des dizaines d'avions dans une pluie de métal auréolée de gaz et de débris de toutes sortes, des morceaux de corps, de fuselages, des ailes entières, des tonnes de kérosène s'abattirent un peu partout sur le mont Wright et les régions avoisinantes. Ils aperçurent plusieurs foyers d'incendie qui éclataient simultanément dans la ville de Fermont et ses proches environs.

Leurs corps enroulés l'un dans l'autre : deux boas constrictors cherchant à se dévorer. Ils reçurent quelques fines ondées à l'odeur de pétrole, ils entendirent des débris de toutes sortes se fracasser dans les collines rocailleuses alentour, ils virent la montagne s'illuminer d'une myriade de braseros orange.

C'était juste le nouvel ordre du monde.

Le moment crucial du corps à corps se déroula avec la fluidité des catastrophes, celles auxquelles il était habitué, celles pour lesquelles il était fait.

Mais il sentit Ariane McDowell le repousser très légèrement avant qu'elle ne pose son index sur sa bouche.

– Pas maintenant. Pas tout de suite.

Le monde en était à sa dernière nuit, mais Ariane McDowell n'entendait pas le laisser guider sa conduite, même sur sa fin. Surtout sur sa fin. Elle a raison, pensa Verlande, nous ne sommes pas obligés de le suivre dans sa chute, en tout cas pas à son rythme.

– Laisse-moi faire, murmura-t-elle en le tutoyant pour la première fois.

Alors il l'avait laissé faire. Il avait contemplé ses mains, ses cheveux, ses ongles, sa bouche, ses dents, ses lèvres, sa langue, ses seins, son souffle jouer avec son sexe, le temps cessa sa course, l'espace devint un réseau de nerfs et de chair, son cerveau devint un éclair, son esprit un gaz ardent, son corps devint liquide mais son pénis était plus raide et dur qu'une arme à feu, il vit le visage d'Ariane, il vit ses yeux – *alerte orange* – couleur crash d'avion. Il vit son propre sperme se disperser en un jet de mercure devant le sable argenté de la Voie lactée. Il vit les gouttelettes iriser sa peau en y ruisselant lentement. Il vit tout cela comme si c'était parfaitement impossible. Il frémissait de tout son corps.

Elle s'était blottie contre lui, la nuit était étonnamment chaude. Mais il savait que la source de chaleur principale était endotherme, ils étaient deux petits mammifères nocturnes qui avaient vaincu les sauriens, juste avant de se *con-naître* mutuellement, et juste au moment où le grand astéroïde allait mettre à peu près tout le monde d'accord.

Son regard se logeait naturellement au zénith, à la périphérie de sa vision c'est la peau ivoirine luisante de sueur d'Ariane McDowell, ses yeux feu, ses lèvres ourlées sur le cristal de ses dents, cette flamme de vie qui occupait tout l'espace disponible. Il fut surpris de constater à quel point toute authentique forme de Beauté convolait *surnaturellement* avec l'Invisible. Puis il commença à voir ce qu'il attendait. La Chute des Avions n'avait été qu'un préliminaire, bien entendu. Maintenant, l'ensemble des cieux humains tomberait sur la Terre.

Les premières étoiles se mirent en mouvement dans l'anneau galactique.

– Je dois m'occuper de Voronine, les voitures ne fonctionnent plus, je ne veux pas qu'il pourrisse dans la Chevrolet, je le ramènerai sur le cirque, avec tous les sacrifiés.

Elle ne posa aucune question, elle se releva avec lui et le fixa de son regard fauve.

Il serra ses mains autour de sa taille et l'embrassa, comme il ne l'avait jamais fait avec une autre femme, c'est-à-dire ces relations d'une nuit ou d'une semaine qui avaient traversé sa vie comme des courants d'air.

Le cirque de ferrite était désormais le théâtre d'une intense activité nocturne. Verlande et McDowell observèrent les quelques débris métalliques tombés du ciel qui parsemaient la vaste étendue circulaire, entre des flaques de kérosène enflammé qui éclairaient la scène de leur feu vacillant. Sous la vigilance des chiens fantômes, des hordes de mammifères et d'insectes transgéniques ou bioniques s'affairaient, avec une précision plus cybernétique encore que celle des robots, à excaver les fosses souterraines, remonter les restes humains à la surface et reconstituer les squelettes. La cognition immédiate vint saturer son cerveau de chiffres.

Une soixantaine de chiens fantômes SS. Plusieurs milliers de mammifères appartenant à de multiples néo-variétés. Des dizaines de milliers d'insectes, de vers, de reptiles mutants, bioniques, cyborgs. Des centaines d'oiseaux militarisés. Des dizaines d'êtres vivants entièrement nouveaux, des chimères *rétro-engineerées,* des créatures clonées, des animaux fabriqués en laboratoire. Ils ne formaient pas une entité intelligente collective, sans plus la moindre singularité, comme les robots. Ils étaient un *réseau de singularités*, les mammifères tout particulièrement, qui dirigeaient de fait les opérations.

Les squelettes étaient patiemment reconstitués et alignés le long des grands anneaux du cirque de ferrite. Verlande pouvait voir distinctement les carcasses et les ossements sous la lumière froide de l'astre lunaire, plein, rond, globe de lumière tamisée de cristal.

Sinerzcki avait fait creuser 333 cellules dans la mine souterraine. Une bonne centaine avaient été régulièrement utilisées, une soixantaine d'autres plus rarement et plus récemment, les dernières comme salles de service. La WonderLife avait bien planifié son expansion. Très vite, les chiffres commencèrent à prendre une forme, si ce n'était un sens : en une heure, plus de trois cents squelettes avaient été exhumés par les puits d'accès, le réseau néo-animal avait atteint sa vitesse de croisière, et Verlande savait qu'ils n'avaient pas accompli la moitié du travail.

Ils se tenaient aux abords du cirque, marchant très lentement autour de la Maison Cosworth, Parthénon infernal qui se dressait au sommet de son piton rocheux, sous les rayons presque bleus de la Lune. Il leva la tête vers le ciel, oui, c'était en cours, c'était encore à peine visible, tout juste discernable dans l'infinité du cosmos, mais le mouvement était amorcé, et une fois amorcé non seulement rien ne pourrait l'arrêter, mais rien ne pourrait l'empêcher d'*accélérer*.

Le hayon de la Chevrolet était resté ouvert, il regarda calmement le corps de Voronine étendu sur la plate-forme arrière, il l'enroula dans une couverture de l'armée qui traînait dans un coin puis le hissa sur son épaule droite et se mit en marche sans rien dire. Ariane McDowell se tint constamment à ses côtés, son souffle lui parvenait parfois, avec les fragrances d'un parfum féminin. Mais le Métacortex ne cessait d'opérer, il ne cessait de connaître, il ne cessait d'encoder le cosmos en lui. Lui aussi, *il ne cessait d'accélérer*.

La guerre n'est plus seulement la forme pensable, et pensée, du Monde, elle devient la seule forme pensée, et pensable, tout court, les ondes EMP venues de l'espace avaient coupé l'alimentation générale de la planète Terre. Puis le monde plongé dans l'obscurité assista à sa propre Chute.

La Première Chute de l'Homme avait entraîné celle de la Création cosmique divine. La Seconde allait mettre à bas le Cosmos qu'il s'était inventé.

Ce fut d'une beauté pratiquement indescriptible. Et ce fut activement mortel. Dieu avait promis qu'aucun autre Déluge ne submergerait le monde. Sa Promesse s'arrêtait là, il n'avait rien promis concernant le chaos engendré par les hommes, et il n'avait rien promis concernant ce qu'ils avaient fait du ciel.

C'était la Voie lactée elle-même qui se mettait à se mouvoir. *Elle ne pourra pas ne pas le remarquer plus longtemps*. Partout, d'un horizon à l'autre, des étoiles apparemment fixes entamaient des mouvements divers, giratoires, transversaux, obliques, sinusoïdaux, elles étaient plus brillantes et plus nombreuses d'une seconde à l'autre, leurs déplacements se faisaient plus erratiques d'une seconde à l'autre, des nuées orange les accompagnaient, plus vives d'une seconde à l'autre.

Ariane leva la tête à son tour. Elle observa, fascinée, la Voie lactée qui se désagrégeait en une pluie lumineuse. Elle garda le silence un long moment avant de demander d'une voix frêle :

– La Galaxie ?

Verlande se tourna vers elle, imperturbable.

– Nul besoin de toute la Voie lactée pour finir le travail. Il y a près de cent mille objets de tailles diverses qui n'attendent que cela, jusqu'à deux mille kilomètres de distance.

– Les astéroïdes ?

Le sourire de Verlande se tendit sur ses zygomatiques, oh, il y aurait peut-être bien quelques morceaux de rocaille orbitale qui accompagneraient la chute du ciel, et ils provoqueraient sans doute leur lot de catastrophes locales, mais la catastrophe, la vraie, celle qui allait marquer d'acier et de feu la prochaine étape évolutionniste, serait évidemment l'œuvre de l'homme lui-même. Il suffisait d'attendre un peu.

Alors le ciel s'embrasa, quasiment d'un seul coup, une irradiation pulvérulente prit possession de la Voie lactée, des sphères blanches, jaunes, orange, rouges, auréolées de nuées solaires se croisaient, grandissaient à vue d'œil, traversaient la voûte céleste d'un bout à l'autre, formaient des essaims lumineux, et parfois allaient s'écraser les unes contre les autres dans un jaillissement de déflagrations. *Elle a compris*, se dit Verlande.

– Tout ne pouvait finir que par la chute de nos propres cieux, se contenta-t-il d'énoncer.

Insensibles au danger venu du ciel dont ils étaient le contre-reflet tellurique, les hordes néo-animales poursuivaient inlassablement leur travail. Les chiffres étaient désormais d'une clarté absolue : les restes de près de six cents humains avaient été exhumés du souterrain, plusieurs milliers de satellites artificiels, en service ou abandonnés, traversaient les hautes couches de l'atmosphère, accompagnés d'une myriade de débris co-orbitants. Les télescopes et les stations spatiales furent frappés comme les autres par les ondes EMP, et rapidement happés par la meute silencieuse qui fusait à

28 000 kilomètres-heure, hommes, machines, débris, tout cela ne forma plus qu'un seul amas de matière ardente qui éclaira bientôt toute la ionosphère.

Le ciel devint blanc-rose, parcouru de vibrations lumineuses spectrales, analogues à une aurore boréale.

Alors survinrent les premiers météores. Quelques boules de feu en avant-garde disloquée, puis la conflagration initiale, ces centaines de sphères éclatantes d'une lumière poudreuse, se séparant brutalement en plusieurs morceaux en fusant de toutes parts, avant d'exploser de nouveau, en des nuées aux reflets chromés par la Lune.

Ils se tenaient à mi-chemin de la Maison Cosworth et de la lisière de la forêt, aux limites du premier anneau minier. Ils se tenaient debout, serrés l'un contre l'autre, tête levée vers le ciel qui devenait une immense coupole aurifère. Ils se tenaient debout sous le dernier monde humain qui s'effondrait.

À la différence des avions qui tombèrent d'une altitude maximale de 10 000 ou 15 000 mètres, les satellites et leur cohorte de débris provenaient de l'orbite terrestre, 450 kilomètres minimum, en dehors de la couche atmosphérique, à la vitesse moyenne d'environ 30 000 kilomètres-heure. À la place de blocs entiers d'appareils ce fut une ceinture de poussière métallique enflammée qui prit peu à peu possession du ciel, alors que les débris plus importants fusaient en longues traces pyriques vers le sol où Verlande et McDowell pouvaient déjà apercevoir la signature des premiers impacts.

Ils se tenaient debout, serrés l'un contre l'autre, ne faisant pas un mais parfaitement conscients de la *présence* de l'autre, de son altérité fondamentale, qui seule permet cette cognition absolue que les humains nomment « amour ». Ils n'étaient pas seuls au milieu des fulgurances qui tombaient du ciel, ils n'étaient pas seuls au milieu du cirque de ferrite où les animaux désincarcéraient les enfants morts de leurs tombeaux souterrains, ils n'étaient pas seuls alors que les premiers nuages de poussière incandescente venaient créer plus d'incendies encore que les aéronefs en perdition, la forêt prenait feu à l'horizon, tout autour d'eux, ils ne sont pas seuls, ils sont avec les centaines d'enfants morts alignés sur les anneaux de ferrite, ils sont avec les astronautes désintégrés dans la haute atmosphère, ils sont avec chacun des satellites dont la Chute n'annonce pas seulement celle de l'homme, mais aussi sa possible restauration.

Le ciel est devenu mauve, bronze, argent, or, turquoise, émeraude, diamant. C'est la seconde conflagration, la masse principale de l'anneau orbital qui vient s'écraser contre le monde. Les averses de feu sillonnent l'espace nocturne, de fulgurants brasiers prennent naissance sur la rocaille avant de s'éteindre aussi vite. Les chiens SS, formés à la guerre, et les néo-animaux, adaptés à la nouvelle nature, évitent avec précision les ondées de poudre enflammée et les incendies temporaires qui ne cessent de clignoter à la surface du cirque. Verlande sait que le Métacortex est le feu le plus intense qui puisse exister, et c'est par le feu qu'on arrête le feu. C'est comme s'il devenait lui-même l'axe giratoire de la planète, tout tournerait autour d'eux, désormais. Plus rien, pas même la destruction du monde humain, ne revêtirait la moindre importance à ses yeux, à *leurs* yeux.

Leurs yeux, comme deux armes pointées l'une sur l'autre, or feu contre bleu arctique, sous le ciel devenu polychromatique, en continuelle variation. Le vaste anneau de métal pulvérisé resplendissait de toute cette incandescence céleste, les météores ne cessaient de se multiplier, plus rapides, plus massifs, plus lumineux. Ils aperçurent les mouvements erratiques, les fragmentations brutales dans les couches denses de l'atmosphère, les traces rectilignes fusant droit vers le sol, ils entendirent des écrasements en rafales dans les collines, ils discernèrent l'apparition de nouveaux incendies, plus proches, plus nombreux, puis ils virent cet amas cristallin auréolé d'or en fusion tomber du zénith, juste au-dessus d'eux.

La pluie de poudre ignée raya l'air tout autour du piton rocheux, une myriade de micro-objets traversèrent les carrosseries des véhicules stationnés à sa base, provoquant une série d'explosions réglées à la fraction de seconde près. *Rien n'est plus précis que le chaos*, pensa Verlande en observant les automobiles se consumer dans leurs propres carcasses enchevêtrées. Il savait que ce n'était que l'introduction. Il restait moins d'une minute, bien moins.

Les néo-animaux continuaient patiemment leur œuvre, le souterrain s'exposait désormais sous la voûte du ciel qui s'écrasait sur la Terre. Les créatures renaturées avaient soigneusement disposé les squelettes au-delà du premier anneau minier, comme si, instinctivement, elles avaient non seulement voulu les extraire du sous-sol, mais les décentrer de la nécropole, tout en la cernant de leur présence révélée. Les chiens SS avaient parfaitement rempli leur toute dernière mission.

Verlande se contenta d'énoncer : *Neuf cent quatre-vingt-sept.*

Ariane leva un regard interrogateur.

– C'est le nombre auquel sont parvenus les animaux du souterrain. Il en reste encore quelques-uns en cours d'extraction, trente pour être précis. Ils ont fini. Tout est rendu à la lumière.

La grêle ardente se dispersait sur le cirque, un bruit se fit entendre au-dessus d'eux, un vrombissement sourd, parcouru de hululements suraigus aux timbres entrecroisés, un son inhumain qui ne cessait de gagner en intensité. Il serra Ariane contre lui et se contenta de lui souffler : *N'ayez pas peur. Il ne peut plus rien nous arriver.* Il sentit son souffle tiède pulser contre son cou. Puis le satellite et ses débris chutèrent en plein centre du cirque de ferrite. En plein sur le piton rocheux, en plein sur la Maison.

Le satellite n'était plus qu'une boule de plasma se déplaçant à environ 5 000 kilomètres-heure lorsqu'il vint se désintégrer à cet endroit précis du monde.

À cette vitesse, l'énergie libérée équivalait à la charge explosive d'une bombe de très forte puissance, la Maison Cosworth disparut dans un jet vertical d'un jaune solaire qui éclaira comme en plein jour le cirque et les squelettes. L'onde de chaleur les submergea comme une nuée de vapeur brûlante.

La boule de plasma et son cœur de métal en fusion ne se contentèrent pas de détruire la Maison Cosworth, les lois de la cinétique et de la physique les guidèrent droit à travers le piton rocheux, par les sous-sols transformés en un profond cratère, puis le satellite consumé provoqua une dernière déflagration en plein centre du dernier cercle.

Ou plus exactement, l'avant-dernière, celle qui sert à la mise à feu.

Ce fut invisible, donc cela s'imprima en cognition *im-médiate* dans son cerveau.

La boule de plasma n'atteindrait pas la température nécessaire, mais cela serait néanmoins suffisant pour déclencher une réaction minimale dans le générateur à hydrogène et ses milligrammes de matières fissiles. Les systèmes de contrôle seraient instantanément détruits, cela seul suffirait pour qu'en une fraction de seconde survienne l'inévitable.

Une micro-explosion nucléaire.

Un minuscule éclat, quoique insoutenable à l'œil nu. Quelques micromètres de diamètre tout au plus. Mais la même température. La même énergie, en version miniature, Hiroshima/Nagasaki divisé par mille.

Ce fut analogue à un séisme, comme la réponse des profondeurs de la terre à ce qui avait envahi le ciel de nuit. La terre trembla sous leurs pieds alors qu'une onde de choc résonnait jusqu'à la surface dans un bruit assourdissant, celui d'un avion qui s'écrase, celui de *milliers d'avions* qui s'écrasent. Puis ils virent la surface du premier anneau minier s'effriter, se lézarder, se fendre, avant de s'effondrer brusquement par larges pans en de multiples éboulis et glissements de terrain. Au même instant le piton rocheux en son entier se vaporisa en son centre, au sein d'une nuée ardente accompagnée d'un épais nuage de fumée bien plus noire que la nuit étincelante. Le reste de la masse de roche s'écroula sur elle-même, en blocs vitrifiés vaguement luminescents dans les tonnes de poussière.

– Les animaux renaturés ont réussi, tout ce qui était en bas est en haut, alors que tout ce qui était en haut est en bas.

– Peut-être bien. Mais toutes les preuves concrètes de l'existence de la nécropole ont été détruites par l'explosion.

Verlande savait que l'atomisation du réacteur à hydrogène avait soufflé l'intégralité du premier anneau minier souterrain et même une partie du second, la chaleur avait probablement vitrifié et scellé le dernier cercle et ses puits d'accès, il resterait un peu de radioactivité résiliente dans les profondeurs, quant aux preuves elles n'avaient de toute façon plus aucune importance. Seule comptait la vérité.

Seuls comptaient les enfants morts et le lieu qu'ils désignaient.

L'aube éclaira le cirque de fer. Ce serait le Jour d'Après. Et donc celui d'Avant. Celui d'Après la Chute. Celui d'Avant les Anges chargés de trouver dix Justes dans la Cité. Le jour où non seulement le diagramme s'exposerait dans sa vérité, mais aussi dans la plus totale indifférence, le monde s'effondrant si bas, si vite, que plus aucun centre ne pourrait y être éclairé, plus aucune vérité ne pourrait être extirpée des Ténèbres, le monde allait tout égaliser de sa lumière monochrome, le monde allait se livrer à Verlande, au moment où il ne serait plus un monde.

Il le savait déjà, il avait complété la narration au moment où plus personne n'en aurait rien à foutre, et le monde contemplerait, ébahi, les multiples formes que prendrait sa propre destruction au moment où lui, Paul Verlande, s'en désintéresserait tout à fait.

Le *Directoire*, il l'avait identifié, cette galerie de visages et de noms que la lumière cognitive avait rapidement décodée sous leurs différents alias, mais leurs véritables identités, si elles existaient vraiment, allaient vite se fondre dans le chaos général, et ils trouveraient sur le marché des milliers de pseudonymes disponibles. Avec leur fortune, leurs contacts, leur expérience, ils pourraient sans doute se doter d'un micro-État nautique, ils pourraient y installer très facilement un camp de concentration flottant. Ils ne manqueraient pas de matières premières. Le monde entier était devenu un vaste laboratoire de *retro-engineering grandeur nature*. Il finit par se rendre à l'évidence. Il les avait pistés, il les avait cherchés, il les avait trouvés. Mais ils n'existaient plus.

Ultime tour de prestidigitation, l'effacement général des données informatiques de la planète leur avait donné la possibilité de disparaître dans le monde alors même que celui-ci disparaissait *corps et biens.*

– Je veux qu'on parte d'ici, Paul, au plus vite.

– Où pensez-vous aller ? Tout est pareil partout, désormais, le monde est enfin unifié !

– Ce n'est pas une raison.

Verlande se devait d'admettre qu'elle était dans le vrai. Ils pouvaient au moins rejoindre les véhicules dans la clairière, pour y passer le reste de la nuit et de la matinée.

Au moment où il s'approchait de la Chevrolet, le Métacortex envoya un premier signal, qui attira son attention mais qu'il ne fut pas en mesure de décoder. La cognition immédiate recommençait un cycle, elle n'était plus absolue, et encore moins infinie.

Mais c'est au moment où il allait mettre la main sur la poignée que l'Éclair survint.

Comme un code rouge. Un code rouge de son *nanonetwork* neuronal.

Un éclair, la vitesse de la lumière, la vitesse suffisante pour tracer un diagramme, un plan, un circuit. Une nanoseconde pour voir le piège.

Le réseau de microfibres optiques reliées de la portière à un petit détonateur placé sous le siège avec un cube de C-4, dispositif autonome, mécanique d'horlogerie classique, un câble, un interrupteur, le tout improvisé au dernier moment, mais avec génie. On n'avait pas piégé tout le véhicule, on avait simplement voulu s'assurer que le conducteur mourrait à coup sûr.

La simplicité même. Il reconnaît la signature. C'est juste l'évidence, banale, *mécanique*, qui lui saute aux yeux. Ils ont piégé *les* voitures.

Il redresse la tête vers Ariane alors même qu'il entame sa course et ouvre la bouche pour lui hurler de ne pas toucher à sa Lexus.

La dernière image qu'il voit, c'est Ariane McDowell qui attrape la poignée de sa portière et lui envoie un lumineux sourire, lumineux comme un soleil qui naîtrait au moment de disparaître dans ses propres flammes.

Les flammes qui éclosent en orange arborescente, brûlante, qu'il se prend en pleine face avec l'onde de choc.

C'est à contre-courant qu'il tombe à genoux, la tête offerte au feu, le corps encaissant l'impact et les morceaux d'acier portés au rouge.

Alpha et Oméga

Il se retrouva debout, quelques nanosecondes plus tard, il avait de nouveau passé la porte de la mort, il était encore à l'état métaspectral pour quelques minutes, puis le Métacortex réencoderait sa chair de matière sombre et il reviendrait à la « vie ».

L'automobile d'Ariane McDowell n'était plus qu'un vaste puzzle de pièces mécaniques calcinées, pulvérulentes, il ne restait aucune trace du corps de la jeune femme.

La Maison Cosworth lançait vers le ciel une haute colonne de gaz ardent, monochrome, entourée de centaines d'incendies aux tailles variables qui tachetaient la montagne d'éclats orange et bleus.

Tout autour de cette colonne de feu d'un blanc très pur, les squelettes des 1017 enfants assassinés en une quinzaine d'années par la WonderLife formaient un cercle parfait. Les chiffres, à nouveau, vinrent lui faire voir le monde tel qu'il était. 1017 enfants en quinze ans, selon une courbe exponentielle, plusieurs dizaines de clients réguliers, quelques invités, un carré « VIP », neuf membres au départ, 333 cellules. Moins des deux tiers utilisées. Ils avaient formé un modèle de société. Un modèle qui allait bientôt s'exporter dans le monde entier.

Son père apparut, seul, à ses côtés.

– Tu es encore là ? dit Verlande machinalement. Je croyais que cette fois tu étais mort pour de bon et que…

– J'ai toujours été le dernier à partir, même dans la mort. Les chiens eux-mêmes s'en iront avant moi, aussitôt leur mission accomplie. Nous ne partageons pas la même temporalité, sauf par ton Métacortex, et sur cette divergence particulière, je ne suis pas encore mort, je décéderai dans un mois, très exactement, je te l'ai dit. Mais parallèlement et synchroniquement j'étais ici, je me suis sacrifié avec les autres. Je resterai un spectre pour un sursis très provisoire... Je sais ce que tu penses.

Son père regardait les restes calcinés de la voiture d'Ariane McDowell.

– Et c'est en partie vrai. J'ai tué beaucoup d'hommes et toutes mes femmes sont mortes avant moi. Longtemps avant moi. Comme tous mes amis.

Verlande pensa à son propre destin. Ce destin éclairé puis fauché net en une seule nuit. Cet amour consumé au point qu'il ne pouvait pas faire son deuil devant un corps, la crémation avait déjà eu lieu et les cendres d'Ariane McDowell, mêlées à celles des métaux, de l'essence et des plastiques, s'envolaient peu à peu aux quatre vents.

– Je t'ai parfois parlé d'elle, mais la charge était déjà lourde avec ta mère alors je n'ai jamais insisté.

– Johanne Duvernois ?

– Oui. Je l'ai rencontrée au printemps 64. J'avais abandonné toutes mes activités d'espionnage. Je voulais tourner la page, la page de la guerre. J'avais racheté et modernisé un garage dans le nord-ouest de la ville, les affaires marchaient bien.

– Oui, je sais, *Québec inc.* Tout le kit.

– Oh, j'en ai bien profité. Johanne était une très belle fille, plus jeune que moi. C'était le début du Flower Power, tout allait très vite.

– Je sais ça aussi père.

– Oui, mais il y a encore beaucoup de choses que tu ne sais pas, et je pense que le moment est venu de te les dire.

– La mort d'Ariane ?

– Oui. Lorsqu'on a eu cet accident en août 67 vers Saint-Jérôme, tout le monde a été tué sauf moi.

– Je le sais, père, il y avait mon demi-frère dans l'auto. Celui né du premier mariage de Johanne.

– Oui, mais il n'y avait pas que lui, il y avait aussi ta demi-sœur.

– Ma demi-sœur ?

– Elle avait un peu moins de sept mois, dans le ventre de Johanne. Comme tu le sais, deux personnes s'en sont tirées sans une égratignure ou presque : le chauffard. Et moi-même.

Verlande père conduisait lors de l'accident qui avait exterminé sa première famille. Il conduisait, et il avait survécu. Ce jour-là, il avait compris que quoi qu'il fasse, l'ombre de la justice divine, celle qui dispense châtiment et miséricorde, serait la compagne de chacun de ses jours.

– Et pour maman, tu as quelque chose à me dire avant de partir ?

Son père ne prit pas la peine de réfléchir une seconde, il avait attendu cet instant durant la moitié de sa vie.

– Oui. Être le père de quelqu'un, ce n'est pas un droit, c'est un don.

– Pour toi cela signifie donc un sacrifice. Donc un innocent a payé.

– Ta mère est morte de cette saleté de cancer quand tu avais sept ans, tu as juste eu le temps de la connaître et de l'aimer, comme moi.

– Que s'est-il passé exactement ?

– Ta mère avait tenu à te mettre au monde dans sa région natale, en France, à Annecy, c'est drôle, le lieu de naissance fictif de ma fausse identité, mais nous n'avons jamais cru au hasard toi et moi, n'est-ce pas ? Je me suis toujours demandé quel rapport relie cette circonstance à ton engagement dans les chasseurs alpins, quand tu as quitté l'université McGill… c'est lors de l'accouchement. Il y a eu des complications.

– Ça je le sais, maman m'a raconté que j'avais failli y passer mais que j'avais miraculeusement survécu.

– Oui, on peut appeler ça un miracle, si on veut.

– Explique-toi, vas-y *cash*, comme tu sais le faire.

– Je n'ai jamais su si c'est cela qui a provoqué son cancer de l'utérus trois ans plus tard, mais tout le processus a vraiment été traumatique.

– D'après maman, les toubibs ont affirmé que mon encéphalogramme était resté plat une fraction de seconde, mais je n'ai eu aucune séquelle, au contraire, tu m'as toujours dit que les médecins étaient sidérés par mon rythme d'apprentissage.

– Oui, tu as survécu. Tu étais déjà le meilleur. Y compris dans le ventre de ta mère. C'est pour cela que tu en es sorti. Mais que ton frère jumeau y est mort.

Un frère jumeau, pensa Verlande, à peine surpris par la révélation. C'était lui, cette ombre qui avait toujours coexisté dans son esprit, c'était lui cet *autre-je* avec lequel il avait toujours dialogué.

Mon frère jumeau est mort dans la matrice parce que j'ai réussi à en sortir avant lui, quoique avec difficulté. Plus essentiel, c'était cette mort, et plus encore cette lutte pour la survie qui avait probablement provoqué le stress traumatique et le cancer génital qui avait emporté sa mère quelques années plus tard. Il était né mort, il était né avec la mort et l'avait traversée en (re)naissant, il était né en tuant, comme son père, il était né pour survivre à tous ceux qu'il aimait.

Je n'ai jamais été vraiment humain, pensa-t-il, aucunement étonné par le constat, je ne suis pas vraiment un « je », c'est pour cela que le Métacortex m'a choisi, et c'est aussi pour cette raison que je vais enfin pouvoir le devenir.

– Tu es un « je », tu es une personne, mais désormais tu es aussi l'autre, et tu es ce qui les réunit. N'oublie jamais que tu as été fait à l'image de Dieu.

Les jumeaux hétérozygotes se tenaient devant lui, à la place de son père. Leurs visages restaient brouillés, mais l'intensité du phénomène semblait diminuer à chaque seconde. L'impression initiale de proximité ne cessait de se renforcer. Une aimantation. Une convergence. Une ressemblance.

Verlande les observa longuement, ombres grises sur le ciel de nuit renaturé par la Chute des Satellites.

– Qui êtes-vous vraiment ?

– Nous ne sommes pas ceux que vous avez trouvés dans les fosses, nous sommes ceux qu'ils ont appelés, du fond de leurs cellules. Et si nous sommes venus, c'est parce que nous étions en toi. Nous sommes ceux qui sont morts pour que tu viennes au monde, nous sommes les innocents qui ont payé pour que tu survives.

Il comprit alors la synthèse disjonctive qu'ils formaient : sa demi-sœur, son frère jumeau, reliés par une gémellité symbolique et jusque-là inconnue qui surtendait à jamais la ligne destinale l'unissant à son père.

Dans le ciel glacé de mille variantes de feu et d'argent, Verlande vit apparaître, en séquences digitales, fractionnées, un étrange objet qui volait dans leur direction, il se reproduisit en plusieurs exemplaires dans le ciel, au moment même où il se reconstituait à terre, englobant le cirque de ferrite et les collines avoisinantes. Il reconnut très vite l'improbable territoire ubique venu d'Avion City. Les derniers hommes libres venaient le rejoindre, avec leurs avions morts, mais intacts, qui serviraient d'habitat privilégié pour les animaux renaturés.

Les jumeaux restèrent à ses côtés. L'image d'Ariane McDowell resta gravée en lui. Et la cognition absolue entra dans sa phase ultime. Il devint le je-autre, il devint son propre frère jumeau, l'innocent qui avait payé pour lui, il devint celui qui parle :

Je ne suis plus de ce monde, c'est la raison pour laquelle je suis le mieux armé pour être l'instrument de sa restauration. Je m'appelle Paul Verlande, je suis celui que vous n'attendiez pas, je suis celui qui pourra se sacrifier un million de fois, et plus encore, pour tous les innocents que vous aurez massacrés, pour tous les enfants morts dans les souterrains du cirque minier, pour tous ceux dont vous avez non seulement dérobé la vie, mais la mort.

Je suis Paul Verlande, je veille désormais sur cet endroit, le Cube-Monde est la Forteresse, et moi je suis l'Antenne, je suis à la fois la Parole et le signal code rouge qui avertit de sa présence ô combien dangereuse.

*Je m'appelle Paul Verlande, je suis, je n'existe sans doute pas, le monde existe encore, mais s'il y a une chose de sûre, désormais, c'est qu'*il n'est plus.

Cortex Scripti

Qui suis-je ?

Mon nom est Paul Verlande, et je suis un flic.

Qui suis-je ? J'ai porté ce nom en tout cas, et ma chemise bleu nuit représentait quelque chose, il n'y a pas si longtemps.

Qui suis-je ?

Je suis le traitement de texte du Cosmos / *I Am the World Processor*, je suis le médium et le message, je suis la surface d'inscription originelle et terminale, je suis le Langage qui contient tous les autres.

Je suis un des tout derniers hommes à être doté du don de la parole. Cette parole, je suis en train de la diffuser tout autour du globe, dans chaque cerveau, pour tous les consumer, ou leur apprendre à se dépasser s'ils en sont capables, je suis l'antenne vivante des morts du siècle de la technique, l'antenne-cortex des fantômes de la division Wiking, je suis l'antenne neurale des spectres de toutes leurs victimes, l'antenne-polis de tous les flics morts, je suis l'arme au poing de mon ami flic tué par d'autres flics, la radio-*summer of love* de la femme-flic que j'ai à peine eu le temps d'aimer et qui est morte à cause de moi, et de tous les autres enfants de putains, je suis le cosmos éteint des enfants disparus dans le *Camp de Vacances*. Je suis la Métaforme, je déchiffre grâce au Tube/Cortex et je suis crypté par le Cube-Monde, je suis invisible et pourtant vous sentirez ma présence, où que vous soyez. Synthèse disjonctive entre Temps et Éternité, je suis la convergence de la Création et de l'Évolution, je suis la fusion de la Lumière et de l'Obscurité. Dans ce monde où tout est désormais soumis au déluge continuel du nomadisme intégral, je serai *l'Axis Mundi*, je resterai immobile, ou plutôt je me déplacerai dans des espaces tellement infinitésimaux que vous ne pourrez jamais me calculer : si vous parvenez à connaître ma vitesse, vous serez incapables de me localiser avec précision, et réciproquement, comme toute particule élémentaire.

Je vais être votre piège. Je vais être seul, même si je suis plusieurs. C'est pour cette raison que vous devriez vraiment vous inquiéter.

Je suis la déviance évolutionniste, je suis le mammifère nocturne qui apprend à tuer, qui apprend à voir dans la nuit, qui apprend à *devenir meilleur*.

Certes, dans quelque temps, ceux d'entre vous qui ont survécu réapprendront l'usage de la technique, telle qu'elle s'est arrêtée en cette nuit fatidique. Mais je suis, *nous sommes* l'au-delà de la technique, nous sommes les hommes d'Après, nous sommes les hommes qui vivent déjà l'âge des métatechnologies psychiques, je ne crois pas que vous ayez énormément de chances.

La Métaforme ne se cantonne pas à ce microglobe corpusculaire où les hommes ont décidé de mourir, et surtout de cesser d'*être*. Ses ondes résonnent dans toute la Création, et les milliards de prières offertes aux milliards de morts fusent directement dans la Lumière qui l'a créée en l'extirpant du Néant.

Je serai, dans mon corps, l'instrument de cette Restauration car ma chair est désormais faite de toute la Création, le Métacortex est l'hypercentre pivotal du cosmos, et il est en moi, il est moi, et moi, je suis un homme, le dernier, et le premier.

Mon ADN est une antenne, code rouge, toutes les protéines allumées, toute la mémoire morte génomique réinitialisée dans le processeur organique : les gènes anciens de l'Humanité d'avant la Chute ont été réveillés en moi, c'est pour cette raison que je me trouve dans cet état troisième du vivant, cet état « métaspectral » où le corps et l'esprit sont synthétiquement disjoints, cet état singulier de la Créature dont le corps est fondé sur la biologie de la lumière.

Cet état troisième d'après la concentration biopolitique, d'après la catastrophe (anti)génétique, cet état tiers, bien sûr, c'est en fait l'état primordial, et c'est pour cette raison qu'il me donne la maîtrise du futur.

J'attends Sa venue, mais dans l'attente de ce jour de transfiguration générale, j'appelle, peut-être en vain, une humanité conquérante qui saura recoloniser ce monde. J'appelle la venue d'une civilisation implacable et juste. J'appelle la venue d'une Polis du Cosmos.

Écoutez ce *riff* descendu en droite ligne de la ceinture Van Halen. Écoutez les pulsars harmoniques cadencés par les Anges, recevez les signaux de toutes les étoiles en guerre, captez attentivement les ondes sismiques qui grandissent sous vos pieds, ouvrez grandes vos oreilles au *son du mur*, lorsque celui-ci s'écroule, enregistrez avec précaution les codes qui brouillent tous les codes, soyez attentifs, ne serait-ce qu'une seule seconde : vous comprendrez *qu'ils sont là*.

Écoutez ces voix qui hantent tous les corps magnétiques célestes, et tous les corps en décomposition ou sur le point de naître sur cette Terre.

Écoutez-les tous.

Je ne parle pas au nom des morts, je nomme la parole des morts, la différence est irréductible, ils chantent par ma bouche, que j'ouvre sur l'infini afin de laisser libre passage à leurs mots qui tuent et qui font revivre. C'est par leur contact que justement je combats la Faucheuse qui a étendu son règne thanatique en chaque point du globe, sous toutes les formes possibles, tous les insensés.

Leur parole, je la diffuserai obstinément jusqu'à mon dernier souffle, contre tous ces « vivants » agglomérés en meutes ou en troupeaux qui font de la vie quelque chose de bien pire que les limbes. Je la diffuserai contre tous, absolument tous, sans la moindre discrimination, innocents comme coupables, victimes et bourreaux, réfugiés et tortionnaires, victimes-bourreaux, réfugiés-tortionnaires, tous se verront renvoyés à la réversibilité des sacrifices, tous devront composer avec le tabernacle qu'ils ont cru pouvoir ouvrir sans en payer le prix. Je suis certes un spectre venu de tous les passés, mais je suis surtout l'ombre portée par la lumière de l'avenir, et cette ombre, c'est celle dans laquelle vous allez être forcés de vivre.

Je sais bien sûr que la Nuit la plus noire va s'abattre sur le monde, mais je sais aussi que c'est dans la nuit que nous avons appris à survivre, à voir, à comprendre, nous les mammifères de l'obscurité, je sais que c'est dans la nuit que non seulement nous sommes devenus plus forts, mais *meilleurs*. C'est dans la nuit que nous avons appris à combattre la nuit, à tuer durant la nuit et, pour finir, à la tuer elle aussi. Nous sommes devenus prédateurs grâce à elle, nous sommes devenus les agents de la Réversibilité en son sein le plus ténébreux, elle nous a tout appris, maintenant nous allons lui montrer que nous avons bien retenu ses leçons.

Si quelqu'un m'entend, où qu'il se trouve, qu'il sache que je me tiens aux avant-postes de la destruction de ce monde, retournement nécessaire à sa Restauration, c'est pourquoi je ne ferai rien pour l'empêcher. Mais je tuerai tous les fils de putes qui voudront éviter le glaive de la Justice alors qu'ils auront commis tous ces crimes.

Ce qu'ils ignorent, c'est qu'en les sacrifiant en ce monde, je les sauve peut-être de la damnation dans l'autre. Et c'est précisément mon boulot. Mon boulot de dernier flic.

Qui suis-je ?

Je suis l'homme qui a décidé de ne pas se soumettre à l'Homme, ou à ce qu'il en reste. Je me suis appelé Paul Verlande, un jour, ce n'est pas une identité pire qu'une autre, j'aurais pu devoir me contenter d'un matricule, ou d'un aboiement.

Je suis dans le Cube-Monde, je me tiens sur l'Axis Mundi, sur le champ électromagnétique de la sphère terrestre, mais je suis le Tube Vortex et je suis donc l'hypercentre de cette planète, je suis partout, nulle part, à tout endroit possible, et impossible. Je suis le mammifère nocturne qui émergera de la nuit post-nucléaire.

Si les morts veillent avec moi, c'est pour *protéger et servir* toutes les vies qui ont été prises, et surtout celles qui ont été offertes. Si les morts sont venus me rejoindre, c'est parce qu'ils ont quelques comptes à régler avec cette masse biopolitique qui ose encore s'affubler du nom d'humanité. Si les morts forment la Garde des vivants, c'est qu'ils n'ont strictement rien à perdre, pas même leur vie, et qu'ils se tiennent déjà au seuil de l'éternité. Je suis ici avec mon père et les hommes de sa *Sturmbrigade*, je suis ici avec les jeunes *snipers* juifs du Ghetto de Varsovie, avec les fusiliers-marins russes de la mer Noire, je suis ici avec les flics pourris qu'on a assassinés, avec mon ami et la femme que je n'ai pu sauver, bientôt, je le sais, les hommes que j'ai moi-même tués finiront par nous rejoindre.

Je suis le gardien de toutes les frontières, je suis la sentinelle de toutes les forteresses, je suis le flic de toutes les cités qui disparaissent.

Qui suis-je ?

Je suis l'homme debout face au monde entier, face à lui-même, face à sa propre destruction. Je suis l'homme qu'il vous faudra tuer si vous voulez continuer à vivre, et à mourir, dans vos existences carcérales.

Je suis le dernier flic.

Je suis l'instrument du sacrifice.

Venez donc jusqu'à moi, pour voir.

Remerciements

MERCI À PATRICK DIONNE ET À CHRISTIAN MONNIN

DU MÊME AUTEUR

Aux Éditions Albin Michel

COSMOS INCORPORATED, roman, 2005.
GRANDE JONCTION, roman, 2006.
LE THÉÂTRE DES OPÉRATIONS : AMERICAN BLACK BOX (vol. 3), 2007.
ARTEFACT, roman, 2007.
COMME LE FANTÔME D'UN JAZZMAN DANS LA STATION MIR EN DÉROUTE, roman, 2009.

Aux Éditions Gallimard

LA SIRÈNE ROUGE, roman, 1993.
LES RACINES DU MAL, roman, 1995.
BABYLON BABIES, roman, 1999.
LE THÉÂTRE DES OPÉRATIONS : JOURNAL MÉTAPHYSIQUE ET POLÉMIQUE (vol. 1), 2000.
LE THÉÂTRE DES OPÉRATIONS : LE LABORATOIRE DE CATASTROPHE GÉNÉRALE (vol. 2), 2001.
VILLA VORTEX, roman, 2003.

Aux Éditions Flammarion

PÉRIPHÉRIQUES, essai et nouvelles réunis par Richard Comballot, 2003.
DIEU PORTE-T-IL DES LUNETTES NOIRES ? et autres nouvelles, Librio, 2003.

www.mauricedantec.com

Composition IGS-CP
Impression CPI Bussière, janvier 2010
à Saint-Amand-Montrond (Cher)
Éditions Albin Michel
22, rue Huyghens, 75014 Paris
www.albin-michel.fr
ISBN 978-2-226-19569-2
N° d'édition : 17713/01. – N° d'impression : 093775/4.
Dépôt légal : février 2010.
Imprimé en France.